千羽之城 / 著

天地出版社 | TIANDI PRESS

图书在版编目（CIP）数据

破冰行动 /千羽之城著. —成都：天地出版社，
2019.3
ISBN 978-7-5455-4694-1

Ⅰ. ①破… Ⅱ. ①千… Ⅲ. ①长篇小说 – 中国 – 当代
Ⅳ. ①I247.5

中国版本图书馆CIP数据核字（2019）第024424号

破冰行动

POBING XINGDONG

出 品 人　杨 政
出版授权　爱奇艺文学
著 者　千羽之城
特约策划　崔 帅
责任编辑　孙学良
特约编辑　赵晓芳
封面供图　爱奇艺文学
装帧设计　徐 海 叶 茂
内文排版　成都新和平文化传播有限公司
责任印制　葛红梅

出版发行　天地出版社
（成都市槐树街2号 邮政编码：610014）
网 址　http://www.tiandiph.com
http://www.天地出版社.com
电子邮箱　tiandicbs@vip.163.com
经 销　新华文轩出版传媒股份有限公司

印 刷　河北鹏润印刷有限公司
版 次　2019年4月第1版
印 次　2019年5月第2次印刷
成品尺寸　165mm×235mm 1/16
印 张　40
字 数　592千
定 价　88.00元（上下册）
书 号　ISBN 978-7-5455-4694-1

咨询电话：（028）87734639（总编室）
购书热线：（010）67693207（市场部）

目录

1. 第一滴血

今年天气反常，还没到六月呢，就热得天怒人怨。在太阳地上站一会儿，就被烤得脸皮都疼。

大中午，路边没什么阴凉地儿，李飞两道剑眉拧得死紧，大步跨进东山市公安局禁毒大队的办公楼，攥着手机的手青筋暴起，正在给始终“号码无法接通”的搭档拨打第四次电话。

他从热浪糊脸的街道钻进冷气十足的办公楼，满脑门的汗，自己倒是感觉不到热，只觉得那头汗是急出来的。

好在这一次，电话通了。

“宋杨？你在哪儿，为什么不接电话？你前女友来找我，说不知道谁P了张她和别人的不雅照，把你给引走了，你现在是什么情况！”前几天扫毒行动刚扫了个竹篮打水，嫌疑人被保回家，转头就吊死在自家房梁上，以此向他们整个禁毒大队鸣冤示威。这么个节骨眼，有人把宋杨引走了，他的电话还死活打不通，李飞害怕当天跟着自己一起去“探底”的宋杨出什么事儿，差点就要跟上面打报告查定位了。

电话通了，李飞把上楼的脚步又收了回来。电话信号不好，宋杨的声音断断续续，依然精神抖擞皮得很，“跟你说了陈珂不是我‘前’女友，我会把她再追回来的！——我找到照片里的‘男主角’了，看着就不是好鸟，没想到一逼问，拔出萝卜带出泥的，还有大发现！”

李飞靠在楼梯拐角，这时候才缓过神来觉得热，他解了领口的两颗扣子，抻着衬衫给自己“通风”，随着动作偶尔露出一截光滑皮肤包裹的锁骨，匀称削薄的肌肉藏着属于年轻人的爆发力，此刻处于因为紧张而绷紧到蓄势待发的状态，“你发现什么了？你到底在哪里？”

信号这会儿好了一点，李飞听出宋杨在开车，“这人叫包星，表面经营医疗设备公司，背地里干着贩毒的买卖，想敲诈我十万块钱去买货。”

“你先别动，”李飞意识到不对劲，“一个吸贩毒的敲诈缉毒警要钱去买毒品？！我觉得事情没这么简单，你先别冲动，我们商量一下——”

“他已经交代了，在南井村有个毒窝，我现在正押着他去南井村。”

“南井村？”

东山是个县级市，归龙坪市管辖，是出了名的邪性地方。临海，沾着珠三角，交通发达，人员复杂。在改革开放的今天，围着主城区，靠山的大大小小的家族式村村寨寨差不多仍旧保持着族长自治的传统，各个村寨门一关，村里亲戚相互勾连，外人进去想摸个门道出来难如登天。

所以一听宋杨说是个村子，李飞眉毛就跳了一下。

“就在北山的养鸡场。”跟李飞从警校同学一直勾搭到参加工作、一起成了禁毒大队的警员，宋杨知道，跟李飞直接说地名不行，他得反应一会儿，得说标志物他才能直观地知道哪是哪。

李飞抖衣服通风换气儿的手停住，眸光猛地一沉，倏然站直了又三步并作两步地快步往楼上跑，“我跟队里报告，多派点人手一起去！”

“不行，你先别说！”电话那边，宋杨不带任何犹豫地拦住他，“不要把这事儿告诉队里的其他人，现在咱们队里除了你我谁也不信。不能再弄得跟上次一样，和尚跑了不算，连庙也让人烧了……等抓到了证据再说！”

李飞迈上二楼最后一级台阶的脚又收了回来。他瞥了一眼队长办公室的方向，办公室门半开着，他们队长正在里面打电话……

李飞黑沉沉的眸子狠狠一眯，顿时凌厉起来的眼角眉梢里透出疑惑来，他死死攥着手机，只犹豫了一瞬，豁出去似的点点头，转头又冲下楼去后院开车，“那你别轻举妄动，等着我！”

那边宋杨催他，“我马上就到了，你要来就快点。”

伴随着最后一个尾音响起的，是尖锐刹车后重物轰然撞击的声音。下一秒，宋杨话没说完，手机突然断了线。

“喂？喂？！——”李飞愣了一下，他迟疑地把手机拿下来看了一眼，手机上宋杨的名字随着手机断线而由亮到灭，一阵恶寒从脚底蹿起，这么热的天，硬是逼得他生生打了个寒战。

来不及思考更多，他猛地拉开车门跳上去，用平生最快的速度打火挂挡，转眼就把自己的老越野开成了贴地火箭，用最快的速度蹿出市局，消失在了街道的尽头……

往南井村去的路上，李飞再没能打通宋杨的电话。他心脏狂跳，心头不好的预感不受控制地滋长，他越发焦躁不安，通往南井村的山路交错纵横，崎岖难走，他不减速，老越野一路简直恨不得把主人的脑浆都颠出来。他用了最快的速度开车，然而，还是没能赶得及。

宋杨的车停在距离村口界碑不远的地方，车头被撞得凹陷，挡风玻璃上有零星几滴血迹，手机掉在车厢里，可车里不见宋杨。

确切地说——车里一个人也没有。

宋杨说他抓到了那个叫包星的毒贩，可后车门顶部的拉手上只挂了一副手铐，手铐的另一头已经被人打开了。也就是说，有人撞车逼停了宋杨，救走了包星，顺带控制了宋杨。

挡风玻璃上的血来自内部——宋杨受伤了，伤到什么地步，现在怎么样，人在哪里？是活着，还是……死了？

未知的猜测让李飞头皮发麻，后背汗毛都竖了起来。他眯着眼睛抿紧嘴角，盯着挡风玻璃上那几滴血迹，从后腰把配枪掏了出来，目光凛冽地咔嗒一声，子弹上膛，他抬手拉开了保险。

山间不是温室效应重灾区，风是凉的，清风一吹，仿佛就卷起了未知的危险和弥漫在空气中道不明的杀意，一股脑地扑在了李飞身上。

养鸡场外面拴着的大黑背似乎嗅到了陌生人的气味，突然充满警告地狂吠起来，养鸡场里的鸡群受到惊吓，扯着脖子打鸣，扑腾着翅膀乱成一团。

李飞深吸口气，双手握枪，冷定而谨慎地摸进村子，借着矮墙的掩护，朝养鸡场里面看。可是里面鸡飞狗跳，挡着视线，看不分明。

李飞一手撑在墙头上，纵身轻巧地翻进了养鸡场里面。他眼观六路耳听八方地往前走，小心谨慎，步步为营，突然一个人影从养鸡场用来做鸡栏格挡的破塑料布后面一晃而过，李飞屏住呼吸，悄无声息地追着那人影摸了过去。可那影子眨眼间就不见了，李飞追到他消失的地方，却找到了自己要找的人——

破败得不成样子，窗框玻璃碎了用木板勉强挡风，连墙壁都焦黑得看不出本色的小破屋里，离卷着一团黑心棉的斑驳小铁床不远，额角带伤的宋杨被大力胶绑在椅子上缠住了手脚，封住了嘴巴，看见李飞进来，他猛地睁大眼睛，疯狂摇头，被堵死的嘴里发出疯了似的呜呜声。

如果李飞不是把所有注意力都放在了要把宋杨救出来这一件事上，他就能反应过来，当时宋杨所做的一切——眼神、动作、声音，都是在告诉他，危险，不要过来，赶紧走。

可是他满心满眼都是要把宋杨解开，魇住了似的顾不得其他，直到斜刺里早已埋伏好的人冲出来，从后面一记闷棍劈在他脑袋上。就这么一下，来不及品味疼痛和眩晕的滋味便不受控制地仆倒在地，转瞬间两个壮汉飞身扑过来，他咬着牙爬起来踉跄着撞倒一个，却被另一个压死，他不敢贸然开枪，怕惊动村里的更多人，更怕失了准头误伤宋杨，激烈的挣扎与反抗间手枪却被对手夺走，顶在他脑袋上，逼得他一时僵住，双臂立即被另一个人锁死了。

双方照面都没一句废话，李飞被彻底控制住的时候才发出不甘的怒吼，可他已经挣扎不开了。对方显然早有准备，无论是抓他的壮汉还是随后踱步而来的另一个男人，每个人都戴着手套，哪怕抓着他的枪顶着他的后脑，也不会留下一丁点指纹。

照面一看，随后过来的这个，竟然还是个有宿怨的老熟人。

老熟人路过小铁床的时候，笑吟吟地从床上拿起了一个脏污不堪的枕头，李飞被身后的壮汉铁筑似的手臂死死勒着喉咙，缺氧使他极度眩晕，失去了对身体的控制力，他撑着一口气瞠目欲裂地瞪着缓慢走到他身边的男人，徒劳地动着嘴唇想说几句能镇住歹徒的话来，却发不出一点点声音，他不甚清晰的视线里看见老熟人把他的手枪从身后壮汉的手里接了过来，转头又把手枪摁回在了他手里——可是他开不了枪。锁喉三十秒人就能陷入深度昏迷，他这会儿强撑着一口气不让自己闭上眼，可却再提不起丁点力气哪怕动动手指。

可是那人握着他持枪的手，把他的食指钩在了扳机上。

男人抓着他的手，控制着他的手臂举枪，手里的脏枕头摁在枪口上，他已经模糊的意识隐约感到事情不对，可他来不及做更多的反应，始终在笑的男人按着他的手，扣了扳机……

打枪的声响被枕头吸收大半，李飞满耳朵尖锐蜂鸣，其实根本听不见任何声音，可在那个瞬间，他却觉得那两声枪响仿佛是在他脑子里震开的——就好像是天崩地裂。

血从宋杨的胸口和眉心渗出来，明明隔着几米远的距离，李飞却觉得那股红铺天盖地，仿佛罩在了他眼睛上。

他看着他从警校一起出来，这么多年相互扶持，有危险一起闯，有处分一起扛，有好事一起分享的兄弟，从拼命的挣扎、眼睛里写满强烈的愤怒不甘和恐惧，到瞪着无神的眼睛死不瞑目，不过就是这么几秒的工夫。宋杨，这条鲜活的生命，这个他最好的兄弟，就在他眼前，变成了一具冷冰冰的尸体。

半个小时前，他们打电话，宋杨还说，要把跟他分手的女朋友陈珂追回来。可现在他再也追不回来了，他的一辈子，就到这里了……

李飞整个人都在抖，他分不清自己究竟是被勒得濒死才抖，还是跟宋杨那双死不瞑目的眸子对视才抖，他冷得如坠冰窖，脑子嗡嗡作响，视线模糊得分不清是泪还是血，怔愣中看着那人又把他的枪扣在自己手里，他这时候才注意到，原来这个破败的屋子里，除了他和宋杨，柱子上竟然还绑着一个……

他看不清那人面容，只感觉也是个男的，中年男人把已经有两个弹孔的枕头顶在了那人的脑袋上，霎时间被绑着的人发出杀猪一样无助惊恐的惨叫，然后一声闷响，这叫声戛然而止，男人的头深深垂了下去，眨眼就失去了最后一点生命力。

那人连开三枪杀了两个人，一切发生在电光火石之间，李飞根本来不及反应，只知道双目赤红地拼命瞪着眼睛，他看那混蛋转头又去搜宋杨的身，不能容忍歹徒再去亵渎好友的他这才终于缓过神来，也不知道哪里来的力气，额角青筋暴起的同时，竟然从缺氧脱力的状态下，硬生生地撑着自己，在身后壮汉的桎梏下站直了！

中年男人摸出了宋杨的手枪，又去解开宋杨手上的胶带。他抓着宋杨的手，如同方才抓着李飞一样，如法炮制，瞄准李飞，露出狰狞的笑——

“你们……你们……啊……啊！！！”

霎时间李飞简直就像是疯了，撕心裂肺地大喊中，强弩之末的他竟然不知从哪里蓄足了力气，电光火石间竟抓着锁喉那人的胳膊，狠狠踩他一脚的同时猛地向前一个过肩摔！——

他简直就是不管不顾不计后果，疯子似的从那两个壮汉手里挣脱出来，满脑子都是给宋杨报仇的念头，迎着枪口竟然不躲不避地飞身扑向那个杀害他兄弟的凶手。猝然间子弹出膛，他本能地一侧身，子弹打在肩膀的冲力惯性竟然没能让他停顿一瞬或者后退一步，他速度不减，侧身躲子弹的同时弯腰顺手捞起地上半块灰色砖头，纵身飞跃而起，一砖头拍在了凶手的脑袋上！

那男人痛叫一声，手枪掉落，被就地打滚躲开壮汉攻击的李飞一把抓住，他枪法在队里是有名的好，这会儿生死攸关，再没什么要克制着尽量不打枪的念头，抬手就是干净利落的两枪，甚至不用瞄准，全凭手感打出去，那两名壮汉还没扑上来，就已经应声倒地。

男人爬起来试图夺枪，李飞跟他厮打在一起——那根本已经是毫无章法的缠斗了，全看谁的力气更大，谁能撑得更久。缠了一阵，那男人渐渐不是李飞的对手，一声沉闷枪响，子弹从男人脑门打穿了后脑，大量血液染红土地，已经杀红眼的李飞踉跄地从地上爬起来，眼睛直勾勾地盯着地上已经死了的男人，神经质地举着枪朝他射击，直到枪膛里的子弹打了个干净。手机铃声从不远处绑在柱子上的那具尸体身上响起，李飞呆呆地望着眼前这一切，才猛地狠狠哆嗦了一下，回过神来，扑到已经死透了的宋杨跟前，伸手徒劳地试图堵住还在从他胸膛的弹孔里汩汩流出来的血……

“宋杨，你醒醒，宋杨！你给我醒醒！你他妈给我醒醒！！宋杨！！！”

一把撕了宋杨嘴上的胶带，眼看着他嘴角有血缓慢落下来，李飞一声比一声喊得撕心裂肺，到后来嗓子已经破音了，尖锐中透着诡异的沙哑，可是无论他再怎么喊，宋杨也不会再给他一丝半点的回应了。

手上从兄弟身体里流出来的血还是热的，可他兄弟的身体已经逐渐变冷了。

宋杨死了。

死在他面前。

再也回不来了……

“宋杨……宋杨！！”

他疯了似的大喊大叫，全然不怕再把谁引来，也不知道自己肩上枪伤疼不疼，伤到什么地步，有没有打到动脉，他就像个受了刺激的疯子，晃着宋杨想让他醒过来。可他怎么都晃不醒，直到他自己失血过多倒在地上，发狂似的喊叫才戛然而止。外面鸡飞狗跳，警笛蜂鸣，似乎都跟他再没了关系……

直到市局禁毒大队的队长、李飞和宋杨的顶头上司蔡永强接到举报带着人一路赶过来，看见这一幕。

彼时刚小心谨慎摸进来的警员们还不知道宋杨的情况，只看他低着头浑身是血坐在椅子上，当即有人招呼同伴，“有警员中枪，快叫救护车！”

蔡永强和警员们朝着李飞和宋杨跑过来，众人慌而不乱地检查宋杨的情况，又有人去搬李飞。意识已经模糊不清的李飞从半昏迷中猛地醒神突然爆发，他眼睛都睁不开了，还凶悍地抡圆了拳头往抓他肩膀的那人身上打，蔡永强猛地侧头躲开，扳着他肩膀大声喊他的名字，试图让他清醒一点，“李飞！看清楚了，是我！”

“没有好人！东山没有一个好人……”李飞猛地挣开他，作势起身要逃，被几个警察猛地上前压住。他嘴里神经质地叨咕着，困兽犹斗拼命挣扎间肩上伤口血流得更加骇人，他的不信任写在脸上，直勾勾地瞪着蔡永强，红血丝爬了满眼，眼圈通红通红的，看上去格外倔强又可怜地指控蔡永强，“你……也不是什么好人。”

蔡永强悲痛不忍的面色中透着古怪，闻言又莫名其妙地皱了皱眉，“李飞……”

染着血的地上，连嘴唇都已经没了血色的年轻警员看着他的队长，他嘴里糊着血，一口白牙上沾着骇人的血丝，却森森地冷笑，“不然你们为什么来这儿？宋杨来这里只告诉了我，你们是怎么知道的，怎么知道的！”

“半小时前有人用一次性的手机卡号向110报警，说南井村蔡启荣和蔡启超兄弟俩开的那个养鸡场里有毒品交易，”蔡永强迎着李飞的视线不避不让，也紧紧地盯着他，仿佛在警告、在确认、在疑问似的一字一顿，“报警人还声称——你，李飞，涉毒，杀警。”

2. 原　罪

一切血腥杀戮的起因，都是从一周前那次协同抓捕行动开始的。

两周前，辽宁盘锦公安局禁毒支队破获了一个贩毒团伙，起获冰毒一公斤，追查毒品来源的时候，毒贩供述，这是他们两个月前在东山购买的。可是再问更多的信息，两个毒贩也说不清楚，只能说出交易地点，可交易地点不是制毒贩毒的窝点，随时随机改变，并不能因此找到更多线索。至于上家，两人能答出来的，也就只有两个交货人的外号——一个叫王二，一个叫黑豆。

除此之外，他们对东山这边掌握的所有线索，就只有一条归案毒贩跟交货人的电话录音。

一公斤冰毒在当地不是个小数字，盘锦公安下令追查，禁毒支队的姜大队长亲自带队，领着他们的周副支队跟另外两个老缉毒警来到东山，带着各种审批文件，直接找到了东山市禁毒大队。

当时蔡永强亲自接洽，但那天晚上有跨市的抓捕行动，蔡永强着急要走，就安排了李飞跟宋杨协助办案。

好巧不巧，那个诨号叫“王二”的人是谁不知道，但李飞对“黑豆”这个名字却多多少少有些印象。

他记性好，头脑活络反应极快，身手是他们队里数得着的，除了偶尔要点小聪明脑门一热就容易冲动自作主张外，再没什么大毛病了。不过说来说去，他遇事冲动的这毛病，是他们大队长蔡永强最消化不了的。

蔡永强在禁毒大队待了这么些年，什么样的警员都接触过，早也看多了见惯了，平心而论，他欣赏李飞浑身锐气的机灵劲儿，但也有意磨磨他的锐气。自从李飞上次跟他正面杠过之后，他就有意冷着李飞，队里的大行动几乎不让他再参与，赶上今天，蔡永强亲自带队出警，遇上盘锦的姜队他们过来，也就理所当然地把李飞跟宋杨一起留在队里搞接待，走之前交代了一句，“好好接待盘锦来的同志，有问题打报告，不许擅自行动。”

李飞当面答应得好好的，但从盘锦来的姜队手机里听见那段录音，又知道了毒贩绰号之后，就有点坐不住了……

对这个“黑豆”他心里多多少少有点谱儿，但不敢确定，所以不好明说，只跟宋杨说了让他先招待盘锦来的“友军”去吃顿饭，他让姜队把录音发到了他手机上，只说去去就回，转身就出了市局。

东山以河为界，市区内东西南北划出了四个行政区域，跟市局隔了一条河的对岸就是河西区，李飞出来的路上在水果超市买了几样水果，开车不到二十分钟，沿着河一直往南，在临近工业片区的一排七八十年代的低矮围墙和陈旧平房夹出来的小巷路口把车停下。

沿着脏乱破败的巷子一直往里走，在沿河一个板材破烂看上去风雨飘摇的小窝棚前，李飞停下来，撩开因为格外潮湿而十分沉重的薄门帘，往里面看了看，“林老师，在吗？”

十分寒酸破烂的窝棚里没人，倒是不远处垃圾桶边衣着褴褛的干瘦老人闻声回头，看见正好也望向这边的李飞，苍老干枯的手从正在翻找废品的垃圾桶里收了回来，“是小飞啊，你怎么来了？”

李飞把水果放进林水伯栖身的窝棚里，从根本直不起腰来的屋子里出来，朝慢慢往这边走回来的老人迎了上去，“林老师。”

“说了多少遍，不要叫林老师了，叫水伯就好。”虽然衣衫陈旧破烂，但老人把自己收拾得很干净，精神头很好，被李飞撞见自己翻垃圾桶捡垃圾的样子也一点都不觉得尴尬局促，安然地在窝棚外面地上一个塑料盆里洗了洗手。他双手有一点神经性的哆嗦，但洗手的动作却格外仔细，起身的时候了然地问李飞，“这个时候突然来我这，你是有事？”

母校当年教书育人年年评先进的老教师，如今就落魄到了这个地步，李飞心里唏嘘难过，不肯改口，也不兜圈子，爽快地笑笑，直截了当地对老爷子说："林老师，我有点事情想请您帮忙。"

"你看我现在这个样子，"林水伯摊摊手，示意李飞看看如今苟延残喘似的自己，"能帮你什么？"

李飞嘿嘿笑了一声，拿出手机，找到了刚才姜队给他发的那段录音，"您就帮我听段录音就行。"

略显嘈杂的背景音里，在经过了夹杂着零碎动静的沉默后，一个带了些广东腔的中年男声响起来，"'报纸'带了没有？"

——开头刚听了个"报纸"，林水伯原本浑浊懒怠的眸子就微微凝了一下。

所谓的"报纸"，是东山这一带毒贩们常用的暗语，通常指钱。

林水伯不动声色地看了李飞一眼，心有计较中，录音里的对话在继续。回答这个广东音的是个年轻的东北腔，"带了。三儿，快。"

从录音能听得出他们交易的地方是在车里，点钱和开关车门的动静过后，那个年轻的东北腔带了些犹豫和不满，"朋友，这货好像分量不足啊。"

"行情涨了，这几张报纸就只能拿这些货，你去问问别人，我不会坑你。"录音里的广东男声不以为意地回答，"一手交钱一手交货，咱两清了啊。"

这时车里似乎有手机的震动声，片刻后，另一个广东口音低沉地响起来，是在叫他的同伴，"走了。"

又是一阵开关车门的声音，汽车从打火到远去，周围嘈杂背景音大了起来，显然已经下车被留在原地的两名东北毒贩中，另一个声音听上去十分不满的东北汉子说："妈的，哥，咱是不是被坑了？"

之前让他拿钱的东北男人也是不快地哼了一声，"怎的，有本事你追上去啊！小子哎，咱这是在人家的地盘，为了千把块钱把命丢在这你犯得着吗？叽叽歪歪的，这点货咱弄回盘锦少说也能挣这个数。哎哎哎，把那玩意儿关上……"

录音到这里戛然而止，李飞握着手机，"林老师，里面的声音有您熟悉的吗？"

苍老落魄的水伯微微垂着眼，从身上掏出烟盒，用微微打着战的手指捻着烟纸，从烟盒里小心地倒出一点烟丝，慢慢卷了颗旱烟，借着李飞递过来的火点着了。他始终没抬头，一颗烟抽了快一半的时候，敛着的眉才缓缓地抬了抬，仿佛拿定了主意似的，终于看向李飞，声音里半点疑虑都没有，“刚开始那个声音是林胜文的。”

这么一说，就对上了。

李飞正色地向林水伯确认，“您确定？”

“肯定没错，”林水伯笃定道，“他原来也是我的学生，又是同村，低头不见抬头见的。你水伯当年有这个本事，上百个学生我不用见人，凭声音就能认出他们是谁。”

林水伯这绝活儿李飞是知道的，要不他今天也不会来。他心跳如擂鼓，进一步问道：“这个林胜文有没有什么绰号？”

林水伯叼着烟深深吸了一口，缓慢而肯定地回答说：“有。我记得是叫黑豆。”

“林老师，谢谢您！”林水伯的答案跟李飞的猜测严丝合缝地对上了，李飞着急回去办案，道了谢转身要走，刚挪了一步又突然想起什么，倏地转了回来，“林老师，您有没有办法帮我确认一下，林胜文今天晚上在不在家？”

“这个我就真帮不了你了，”林水伯苦笑着摇摇头，“村里把我赶出来，是决计不会允许我再踏进塔寨半步的。”

当地林氏一族聚居的塔寨是东山有名的村子，一向最积极响应政府号召，无论是经济建设还是政治建设都搞得有声有色，是那种每每都要被市里省里领导拿出来立典型树标杆的先进村。塔寨是当地林姓家族的聚居区，族长即村长，治家极严且规矩死板，他们林氏的人一旦犯了大错被逐出村子，就是这辈子都不允许再踏足塔寨一步。

李飞也是因为事涉塔寨，不敢贸然行事，才特地跑来找林水伯确认的，如今答案再清楚不过。他沉吟一下，也不多做纠缠，点点头，“林老师，那我先走了，您保重，改天我再来看您。”

李飞从林水伯住着的那条巷子里出来，坐回车里把事情前前后后琢磨了一遍。

他在之前的资料和消息里听说过“黑豆”的外号跟塔寨的林胜文的名字，但看过的材料也很有限，他没把这个外号跟真实姓名联系在一起。

如今盘锦那边的警方一过来，东山的黑豆和塔寨的林胜文被实锤画了等号，并且还跟冰毒搅和在了一起，这是李飞非常意外的。

塔寨一个村子都姓林，固若金汤似的，外人很难从里面摸出点什么门道，李飞从林水伯这边得不到有关林胜文更多的消息，他脑筋转了个弯儿，就把主意打到了陈珂身上……

这姑娘是市人民医院的护士，几天前还是宋杨的女朋友，两人原本处的挺好，都快谈婚论嫁了，不过现在，“女朋友”这个称谓前面，还要加个“前”字。

他也没回市局，半路上给宋杨打了个电话，让他先把盘锦来的姜队一行安排了，然后赶紧来找他会合。

李飞电话里说得十万火急，宋杨只觉着他是查到不得了的事儿了，安排了姜队他们就赶忙往约定地点赶，等李飞这条贼船停在了中西医院门诊楼前的停车场里，宋杨才知道哪有什么十万火急，分明就是这浑小子打他主意！

“要去你去，反正我不去。”刚失恋没几天的宋杨看见人民医院的大门就睹物思人肝肠寸断，瘫在副驾上环抱着手臂耷拉着眼睛装死，“陈珂都已经跟我说过分手了，我现在是失恋恢复期，不想受这份刺激。”

李飞原来只知道失恋的女人惹不起，没想到失恋的男人也不能刺激，在警校当了几年校草却压根没谈过恋爱的飞Sir对失恋的搭档表现出了十足的不理解，“不是都跟你说了情况吗，就帮忙给陈珂打个电话的事儿，问问林胜文在不在村里就行。”

宋杨眯缝着眼睛忧伤地瞥了他一眼，“那你怎么不去？”

这会儿正好是医院下班的时间，医院的大夫护士纷纷从楼里走出来，正说着话呢，宋杨眯缝的眼睛就准确无误地从人群里把陈珂挑了出来——

梳着简单马尾，白色T恤牛仔裤，窈窕的身影清丽又明快，笑起来的时候有两颗小虎牙，显得有点娇蛮，但是又特别可爱。

最近几天，让他魂牵梦绕的身影突然出现在眼前还越走越近，宋杨把接着要对李飞说的话都忘了，半眯着的眼睛瞪得老大，几近痴迷地盯着夕阳温柔光晕下的那抹倩影，微微张着嘴，却说不出来话。

李飞狐疑地顺着他的目光转头往车外看了一眼，了然而不屑地冷哼一声，“不去是吧？那行，我去。”

他说着伸手就去开车门，作势就要下车，胳膊却被刚才一直懒洋洋要死不活的宋杨一把拽住了。

也不说话，宋杨抢先一步下去，小跑着迎上眼看就要跟他们错肩的陈珂，涌起一脑门儿的热情和满腔的爱恋，却越来越紧张。

等冲到陈珂身边截住她，满腔的热情因为女孩儿错愕而反感的表情冷却下来，宋杨一米八几的个子尴尬地戳在她面前，努力地扯出若无其事的亲近笑容，“珂珂……”

陈珂的路被他拦住，无奈地叹了口气，她清越的声音带着一点规劝的意思，“不是说过，你先别来找我了。”

宋杨在兄弟面前装嘴硬的死鸭子，实际上分手这几天之内他就来找陈珂求和过两次，但都吃了闭门羹。这会儿陈珂满脸拒绝，他做小伏低也不敢多说，好在还有个公务当借口，“珂珂，我当然尊重你的意愿，不过今天情况特殊。我想请你帮个忙。”

虽然陈珂单方面地结束了这段感情，但怎么说他俩也是和平分手，不至于苦大仇深，在一起这么久积累下来的感情也还在记忆中沉淀，真有事情要帮忙，陈珂也不会不管他，因而脸色缓和，“什么事儿，说吧。”

宋杨说：“你那个闺密蔡小玲是不是塔寨的？”

陈珂有点莫名其妙，“是啊。怎么了？”

宋杨对着陈珂那张脸维持了一句话时间的正经，压抑忍耐再三，还是没控制住情绪，目光一瞬不瞬地盯着陈珂，冷不丁地来了一句，“今晚能请你吃饭么？”

……还是没个正经。把“帮忙”认定为借口的陈珂微微皱起眉，拎着包的手指攥紧了几分，懒得跟宋杨废话，她转头就要走，却又被反应过来自己玩砸了的宋杨赶忙伸手拦了下来，“不是，我开玩笑的。”

陈珂不悦地瞪他，“宋杨，我们已经分手了，不要再开这种玩笑。”

宋杨糙爷们儿低情商的眸子里闪过一丝落寞，强笑了一下，因为不想让陈珂更生气，有点尴尬地对她道歉，“珂珂，我错了。你闺密的老公是不是叫林胜武？”

陈珂不知道他东问一句西扯一嘴的到底想表达什么，狐疑地点点头，没说话。

宋杨笑笑，跟穷凶极恶的毒贩敢真刀真枪往上拼的男人却在自己喜欢的女孩儿面前赔着小心，“那你给你闺密打个电话，就说你找她——”

陈珂听不懂他到底想说什么，也找不到他的重点，不耐烦地打断他，“什么乱七八糟东拉西扯的，没正事我走了。”

“哎！”陈珂拨开宋杨要往前走，宋杨急了，一把拉住她，陈珂愠怒地回头瞠目而视，宋杨抓着她胳膊的手更紧了，“你听我说完。”

陈珂怒瞪着他，冷冷提醒：“宋杨，别闹了。你这样很幼稚。”

“珂珂……”

李飞在车里目睹了他哥们儿把前女友从冷静气到跳脚的全过程，直觉得看了一个车祸现场，他牙疼地叹了口气，无奈地从车里出来，心里吐槽着就宋杨这情商，陈珂要是能回心转意，那对他一定是真爱。

“是这样的，”李飞大步走过来，扣着宋杨的手腕让他把拽着人姑娘的手撒开，正色解释，“陈珂，我们在办案，想请你帮个忙，跟你闺密打听一下，塔寨林胜武的那个弟弟林胜文晚上在不在家。”

宋杨一脸委屈地澄清，“真的是正事。”

李飞是那种正经说什么事儿的时候，会令人产生信任感的人，陈珂看了看他，狐疑地拿出手机，找到了蔡小玲的电话。她有点犹豫，手指放在“小玲”的名字上，在触摸之际又迟疑地拿开了，宋杨看着着急，在旁边低声提醒她，“别说是我们问的。”

陈珂不理他，扭头看了看李飞，见李飞肯定地点点头，想了想，这才把电话拨了出去。

陈珂给他们的消息很确切，林胜文现在是在家的，但明天准备带着媳妇儿回惠东娘家。

坐在自己车里，李飞手指来来回回地轻轻叩着方向盘，琢磨来琢磨去，害怕万一林胜文出了东山再起什么变故。所谓兵贵神速，既然现在能确定盘锦警方说的“黑豆”就是录音里的林胜文，李飞就觉得，没有继续拖着的必要，省得夜长梦多。

打定了主意，李飞把蓝牙耳机戴上，启动了车子。副驾上的宋杨看着外面已经彻底冷清下来的医院，把烟屁股弹出了车外，好歹从前女友毫不留恋绝尘而去的悲伤中缓了过来，故意打了个趣，“李飞，我家珂珂帮了这么大忙，你怎么对我连句话也没有？你这辈子什么时候能跟我说句谢谢？一次就好！”

开车的李飞回了他一个白眼，恰逢电话接通，他们蔡队向来四平八稳的声音从耳机里传出：“李飞。”

“蔡队，”李飞也不废话，“我们这边有眉目了，盘锦姜队他们的案子涉及到塔寨村的林胜文。”

他就像是以往任何一次办案说线索一样，把事情简明扼要地跟领导汇报：“我们目前可以确定，姜队带来的录音里面有个叫黑豆的，就是林胜文。”他保持着做汇报时一贯音调平平不加入个人感情色彩的习惯，但这次说完，电话那边的蔡永强却始终都没做出任何反应。

李飞等了半晌，要不是那边能听见开车的动静，他简直以为这是掉线了，“蔡队？”

“我在。”蔡永强声音微微沉了下来，“你确定是塔寨的林胜文吗？”

“确定。”

“百分百确定吗？塔寨是禁毒模范村，从来没出过制毒贩毒分子。”蔡永强严肃地提醒他，“我要的是百分之百。”

这东西，没把人提回来之前，谁能拍脑门就保证百分之百啊？

李飞打着方向盘转了个弯儿，浓黑的剑眉微微蹙了起来，反问：“录音里面有这个人，凭这个把他带回来审一审，这有问题吗？”

手机里，蔡永强没有接话。

李飞等了一瞬，接着说：“蔡队，我们有可靠的消息，林胜文明天一早要带着老婆回惠东娘家。”

电话那边，蔡永强始终沉默，莫名的低压像是透过无线电波渗进了彼此的车里，大队长和小警员之间偶尔能听见彼此的呼吸，都显得有一点紧绷。

李飞给宋杨投去一个意味深长的眼神，又喊了一声：“蔡队？”

“李飞你听着，”蔡永强那边语气更沉，严肃认真的态度透过缓慢的语速传出来：“这件事我们只是配合，主要决定还是让姜队他们做。我现在在河源，如果你们要行动，务必先给我打个电话。”

李飞怔了一下，眉宇间透出一点不满，嘴上还是干脆地应了一声：“好。”

“还有，”蔡永强接着提醒道，“这事你先别跟队里的任何人说。”

李飞脸上疑惑更胜，自己也沉默片刻，还是点了点头，“好。”

从医院回去的李飞跟宋杨叫上暂时在附近招待所安置下来的姜队一行，重新坐在他们禁毒大队的小会客室里，按蔡永强的意思，把目前的情况跟对方详细说了一遍。

抓不抓捕林胜文，什么时间抓，怎么抓，人在别人家地头儿上的姜队等人一时拿不定主意，坐在一起研究了大半晚上也没结果，最后姜队跟他们周副支队还是决定把目前情况跟上级领导汇报一下，听听上面的意见。

趁着他们出去打电话，一站一坐等在会议室里的宋杨和李飞相互看了看，宋杨瞥了眼墙上挂着的此刻已经显示“23：15”的电子万年历，又看了看外面被白亮闪电倏然划破黑暗的阴沉夜色，当一记闷雷连绵而沉闷的声音从天边打着滚卷进耳朵的时候，他站起来用胳膊肘撞了撞站在窗边的李飞，“这天马上要下大雨，这么耗着也不是办法。要不你也给蔡队打个电话，再请示一下？”

望着窗外不知在想些什么的李飞回过神来，也看了眼表，摇摇头，又指指门外，“再等会儿，等他们商量完再说。”

宋杨点点头，又想起来别的，“我们局里没对塔寨有过什么行动，查都没查过，林胜文就是黑豆的事情，你是从哪知道的？”

“偶然听人提过一嘴。”李飞骄傲地挑眉，随口贫了一句，“小爷这24k脑白金填充出来的智商，你以为说着玩儿的？”

“满脑子脑白金，你是提前进入中老年了吧？”宋杨啼笑皆非地回他。两人正说着，姜队他们就回来了，“小李，”已然拿定主意的周副支队径自走向他们，“我们决定今晚行动。不然，他这一走，谁知道哪天回来？今晚是拿他最好的时机，错过了就麻烦了。”

李飞和气地点点头，并不反驳，“好，我们蔡队说了，我和宋杨只是配合你们，决定还是你们定。”

他这明显就是要配合盘锦警方执行抓捕的意思，可蔡队的指示分明是不愿意让他们在这案子里牵扯太多。宋杨眼角一跳，怕再晚一秒李飞就要跟他们研究抓捕计划了，也不顾合不合适，一把抓住李飞就往外拉，手下用了十成的力气，嘴上却赔着笑，“周队，不好意思，我们再给领导打电话请示一下。”

李飞和宋杨这对搭档，李飞灵活而宋杨稳妥，哼哈二将凑在一起优劣互补，彼此都能给对方兜个底，因此“飞扬组合”的名声在他们禁毒大队内部叫得响当当。

宋杨把李飞拽走，一路下楼到了办公楼的大门边上，大门开着，外面雨滴逐渐淅淅沥沥落下来，宋杨压低声音说，“万一是巧合呢？”

“什么巧合？”

“万一林水伯听错了呢？”

“不可能。”李飞笃定地摇摇头，进一步解释，“而且就算声音是巧合，绰号呢？我可没给任何提示，林老师自己说的，林胜文绰号‘黑豆’。”

“可塔寨不是一般的地方。”宋杨有些忌讳地往楼上看了一眼，“这几年咱们禁毒行动搞过不少次，哪次有塔寨了？至少到目前为止，塔寨村从来没有和制毒沾上边。况且，塔寨村的村支书林耀东又是龙坪和东山的两届人大代表！这、这要是拿错了人，问题就大了。——要不我们给陈副队打个电话？”

外面的雨越下越大，几句话之间已经从“花洒”转成了“瓢泼”，闪电亮起的一瞬映得李飞和宋杨脸色都有一瞬的惨白，好像带着某种不祥似的让人心惊。

李飞往外面看了一眼，收回目光的时候一五一十地跟搭档重复他们老大的命令，“蔡队说了，不要让队里任何人知道。任何人，包括陈副队。”

这人固执劲儿上来八十头牛也拉不回来，宋杨不认同又没办法地长出口气，“那你给蔡队打。”

宋杨说完，李飞抬腕又看了眼表，闪电又一次亮起的同时，他黑白分明的眸子里有狡黠的光一闪而过，“嗯……现在可以打这个电话了，”他说着对宋杨眨眨眼，无辜地耸耸肩，古怪地笑了一下，“打不通可就不怪我。”

他说着就拨完号又开了免提，单调的铃声在空旷寂静的办公楼里激起一点不明显的回声，空寂地响了很长时间后，免提中传来电子女音那多少年都没变过的声音和语调，“对不起，您所拨打的电话暂时不在服务区，请稍后再拨……”

没等无趣的女声说完，李飞就挂了电话。宋杨也看了看自己手机上的时间，恍然大悟，没想到自己竟然也被李飞这浑球儿摆了一道，简直气笑了，“蔡队他们的行动刚刚开始了，听说申请了当地电信配合屏蔽手机信号。你小子故意的啊！先斩后奏，居然连我也瞒。”

李飞两根手指拎着手机在掌中随手转了大半圈，微微歪着头，扬眉的时候，脸上有跃跃欲试的揶揄和挑衅，“怎么，你不敢？”

扯淡。天底下有你宋爷爷不敢的事儿吗？

宋杨瞪他一眼，一是拿他没办法，二是也被李飞勾起了好胜心，当即讥诮地从鼻子里哼了一声，“‘飞扬组合’同进同退，哪有什么不敢的？”

李飞笑起来，指了指楼上，又指了指外面暴雨如注冷风呼啸的夜幕，“出发？”

宋杨挑挑眉，“出发！”

话音刚落，一声惊雷平地而起，轰隆一声震耳欲聋，那动静声势浩大得仿佛劈开了天地，割裂了人心……

3. 制毒现场

闪电森白地照亮前路，震耳欲聋的雷鸣中，滂沱暴雨里，两辆没开警笛的警车上红蓝警灯交替地亮着，在狭窄崎岖的山路上，割开了漫天的雨帘。

塔寨村的富庶程度在整个东山都是有名的，进了村子，蛛网一般交错纵横的小路上，家家户户白墙红瓦的独栋小楼逐渐多了起来，怕引起注意，两辆警车都提前把警灯关掉了，靠着车前面的大灯沿着进村的主路一路往里开，一路上车灯照亮的两侧墙壁上，多数都用巨大的红字规规整整地写着森然肃穆的警示标语——

“毒品一日不绝，人民一日不安！”

“万恶毒为首，毒患猛于虎！”

“当年销烟尚可忆，今朝禁毒更胜昔！”

……

盘锦过来的姜队坐在李飞他们车上，随着车子前进读了一路的标语，简直瞠目结舌，“这村儿口号喊得倒响。”

“远近闻名的禁毒模范村，口号不是白叫的。”宋杨坐在副驾上，这满墙声势浩大的标语，让他有点犯嘀咕，怕真是情报错误抓错了人惹出乱子。

塔寨在东山地位微妙特殊，真抓错了人，怕是不好收场。这么一想，他微微蹙眉，提醒后面的姜队，“姜队，这里地形复杂，待会儿行动，让你的人千万跟紧我们。”

姜队点点头，看着前面越来越密集的房屋建筑，脸色也逐渐凝重起来。

村子里不像城里夜生活那么丰富，天黑了各家各户基本就都休息了，这会儿已经是凌晨了，整个村子在滂沱大雨中寂静得可怕，一路过来，几乎家家户户都黑着灯，配合着电闪雷鸣的背景，阴森恐怖。

李飞以前就研究过塔寨村的地图，此刻两辆车照着脑海里的地图路线在巷子里穿行，一直到了一条窄巷口，车进不去了，李飞把车一停，在车里跟大家一起把雨衣穿好，扣上兜帽和宋杨从前面的车上下来，警车后面的拉门大开，他拿过一起带来的地图，小声地同盘锦来的缉毒警们做行动前最后的确认，“咱们就五个人，两辆车。前面车进不去了，就停在这里，一会儿我们从这里进去，抓到人就赶紧原路撤出来，千万别弄出大动静。”

他一边指着地图给盘锦的同志讲行动路线，一边嘱咐，“里面路不好走，你们跟紧别乱跑，万一走丢了可真没地儿找去。”

虽然不了解东山这个塔寨村的情况，但姜队等人从李飞、宋杨格外谨慎小心的态度中，大致也可以窥斑见豹。

出发前，姜队为防万一，特地留了个人在他们队里听消息，以备出现突发情况时尽快做出反应，这会儿他、周副队长和另一个警员，闻言相互对视一眼，都谨慎而郑重地点了点头。

李飞收了地图，把车门拉上，跟宋杨对视一眼，也点点头，率先冲进了前方漆黑的巷子，“走吧，行动！”

高高的围墙圈出规规整整的独栋小楼，巷子里家家户户紧挨着，又被围墙最大限度地隔开了各家的私人空间，李飞凭着记忆带人穿街走巷，七拐八绕地找到了地处塔寨村中心区域的林氏宗祠。

这是林氏一族的祠堂，里面供奉着历代的老祖宗，清代仿古建筑的气派门楣下，一对大红灯笼红彤彤地亮着，在幽暗无光的村子里，显得格外阴森诡异。

李飞站在宗祠前面，若有所思地盯着上面烫金字的那块“林氏宗祠”的巨大匾额，脸色更冷凝了几分。

照顾着后面人的脚步，微微落在后面的宋杨追上来，以为他是找不到路了，站在旁边看着斜对面的三条岔路，叹了口气，无可奈何地苦笑，“最怕晚上进村执行任务，像进了迷宫。”

李飞没有说话，他闭着眼睛回忆之前自己亲自画过行动线路的地图，在脑子里慢慢把走过的路跟地图上纵横交错的线重叠起来了，半晌后，他眸光微凝，举步朝最右侧的那条岔路快步而去。

李飞方向感极强，认路的技能宋杨从没怀疑过，他抹了一把脸上的雨水，小跑着跟上李飞。在他们身后，姜队跟周副队对视一眼，再追上去往村子更深处走的时候，他们都把配枪拿了出来。

李飞一直跑到一幢四层小楼才停了下来。那院子明显比其他房子看上去更气派一些，虽然塔寨人均生活水平比其他村子高不少，但像这样的四层楼在村子里还是少见的。

门口装着监控，不起眼的红灯正亮着，李飞朝监控的位置指了指，对跟上来的宋杨和姜队他们说：“门口有探头，一会我一个人先过去敲门。等门开了，你们再冲过来拿人。”

雨下得太大了，即便穿着雨衣，仍挡不住迎面而来的疾风骤雨，雨水顺着脸沿着下颌落进衣服里，衣服湿冷湿冷地贴着外面的雨衣，格外难受。

每个人的表情都严肃而谨慎，相互对视一眼，宋杨也把手枪掏出来，面色冷凝地顶上了子弹。

气派的四层小楼也黑着灯，李飞沉了沉情绪，深吸口气，冷静地上前，低头敲响了大门。

半晌后，里面传来显得困倦朦胧的女声，“谁啊？”

李飞声音很平，穿过了噼里啪啦的雨声，显得四平八稳轻车熟路，“黑豆，是我。”

片刻沉默后，门内传来急促的脚步声，随后，大门被人从里面拉开一条细缝，披头散发的女人探出头，明显是从被窝里被叫起来的，“你找黑豆？”

门既然被打开了，让不让人进去，就由不得她了。

姜队他们原本就已经躲在了门的一侧，她这边刚开了门，话音都没落，躲在门外的缉毒警们便飞扑而入，女人感觉到不对劲，这时候再想关门已经来不及了。她下意识想喊，惊慌地瞪大眼睛刚吸了口气好出声，李飞的枪口就正正对准了她的脑门儿……

普通人一辈子也未必见过一把真枪，突然被枪口对准，别说还敢反抗，不吓尿都不错了，可这女人怔愣片刻，眼中惊慌未退，竟然还敢出声大喊着给里面拉警报——

“胜文，有警察，有警察！”

李飞简直惊了，旁边的宋杨冲过来一手去捂她的嘴，一手打算制住她，也不知道这女人究竟是吓傻了反而不知道轻重还是本来就格外凶悍，仓促间竟然不顾李飞枪口，试图挣脱宋杨往屋里跑，一边挣扎还一边拼命甩着头不让宋杨捂她的嘴，“胜文快跑啊！警察抓人了，警察抓人了！”

李飞当然不可能真开枪，眼见着吓唬不住，他跟宋杨交换了个眼神，也不管这女人了，追着姜队他们就往屋里去。但跟宋杨对抗的毕竟是个女人，宋杨多少有些顾忌不想伤了她，一来二去，李飞进屋之际，竟然真被这女人挣开了，眼看着警察进屋，她明知道进去也没用了，干脆也不往里进了，反而发了疯似的转头往外跑去——

连媳妇儿的反应都这么大，不用想也知道这屋子里是真有鬼。

跑出去的女人发了疯似的一路扯嗓子喊救命，宋杨往里面看了一眼，犹豫一瞬，还是转身朝女人追了出去。必须得抓住她，不能让她惊动更多的人。

这边李飞跟盘锦过来的三名缉毒警兵分两路，姜队带着他的警员一起上了楼，周副队跟李飞一起抄楼下。

楼上什么情况不知道，但李飞绕过一楼格外宽敞的大厅一路搜到厨房的时候，却倏地怔住了。

厨房亮着昏暗的红色小灯泡，迷蒙诡异的光线下，厨房一侧从头通到尾的大灶台上，日常用的油盐酱醋被推到角落，占据整个灶台的，甚至盛在厨具里的，根本不是家常食品，而是满满当当的制毒工具！

各种化学粉末试剂材料都乱七八糟地在厨房上上下下堆着，炉灶上一口大锅里甚至混合了各种材料，正咕嘟咕嘟地冒着热气，而大锅旁边，一格格的塑料箱子里全都是半成品的毒品。李飞只扫了一眼，立即确认了之前的所有猜测——盒子里面是冰毒，放在那里晾着，是已经进行到了全部制作工序的最后一步——晾干。

这个林胜文果然有问题。

东山这边制毒贩毒猖獗，缉毒警们经常跟这些东西打交道，几乎已经到了见怪不怪的程度，旁边盘锦过来的周副队却不认得，“这……都是啥呀？”

“全是冰毒。”李飞脸色沉冷中逐渐透出一点兴奋来，“半成品，等着晾干。”

“……开了眼了，”他们缴获一公斤冰毒，两名毒贩，就一路从盘锦追查到了东山来，眼前这制毒现场毒品堆成小山的样子周副队是真没见过，顿时瞠目结舌，“这得有多少？”

多少？

大概够把林胜文抓进去枪毙两个来回了。

李飞脸色紧绷地想说些什么，恰逢此时，楼上传来一阵激烈的打斗声音。

两人眸光同时一凛，动作极快地返身冲出厨房欲到楼上支援，刚上到二楼缓步台，就看见姜队跟另一名警员一左一右押着赤着上身穿着短裤的男人，快步从楼上走了下来。

林胜文个子不高，有点中年发福的意思，双手被手铐锁在后面，被姜队一路推到李飞面前，“是这人吗？楼上除了他没别人了。”

房子里始终黑灯瞎火的，李飞掏出手电打开，明晃晃的白光往男人脸上照了照，片刻后，他肯定地点头，“没错，是林胜文。”

林胜文做梦也想不到他竟然会在家里被警察逮个正着，听见老婆的喊声要跑却没跑了的男人在警方抓捕过程中悍然反抗，这会儿脸上已经有了乌青。在手电光下，他看上去满身油腻格外狼狈，却在李飞说出自己名字的时候紧紧地盯着他，直截了当地进行利诱，“放了我，我家里有八十多万现金，全给你们！”

李飞冷笑一声，枪口顶了顶林胜文的脑袋，“走！”

林胜文别无选择地跟他们走，他们却未必能出得了塔寨这个村子。

在七拐八绕的巷子里追丢了林胜文老婆的宋杨去而复返，头上兜帽都跑掉了，雨水淋了满头满脸。他大步冲进屋子跟李飞他们迎面撞上的时候，看了林胜文一眼，略带紧张地催促，“赶紧走。那女人把村里人都吵醒了，有人拿着家伙正朝这边来呢。”

“快，去把厨房里的毒品都带上。”长期形成的默契让宋杨没等他说完就已经转身往厨房去了，看林胜文不再说些不该说的，李飞收了枪，正色对姜队他们说：“姜队，咱们得赶紧离开塔寨村。”

他们周副队是个心直口快的，眼见着一个制毒贩毒的社会毒瘤和这一屋子的毒品，眼里挂着点凛然的愠怒，“怕什么？证据确凿。”

李飞苦笑一声摇摇头，“你不知道这儿的民风。”

但很快他们就知道了。

厨房里都是些汤汤水水的半成品没办法带出来，外面正下着暴雨，正在晾干的冰毒见了水也就不剩什么了。宋杨情急之下把套在垃圾桶上的垃圾袋拿了下来，把那些还没干透的毒品一股脑倒进去，刚追上来，就跟李飞他们一起被林胜文老婆喊来的村民们堵住了去路……

明晃晃的手电筒跟助动车灯晃得他们睁不开眼睛。

他们来时的巷道里已经黑压压地站了不少村民，哪怕是逆着光，也依稀能看见这些人手里都拿着铁棍、砍刀和锄头之类的工具。

挡在路上一动不动，看见他们出来，助动车的喇叭按得连天响，迎着李飞他们的手电筒，一个个地对五名执行任务的警察怒目而视。

这是在示威呢！

周副队惊诧之余怒不可遏，掏出枪来动作干脆利索地直接开了保险，枪口朝上，眼看就要朝天上放冷枪了，差点就去钩扳机的手却被李飞一把按了回来，“没用。你没看见刚才林胜文老婆被枪指着时的样子，顶着脑袋还敢反抗呢。这个吓唬不到他们了，只会把更多的村民引过来。”

他们的低声交谈被林胜文听得清清楚楚，他本来就不甘心，一看这些人，竟倏地有了底气，在姜队手下疯狂地挣扎起来，在雨幕下光着膀子歇斯底里——

“快！快去叫我哥！！”

外面的出路眼看就要被越聚越多的村民堵死了，周副队一把勒住林胜文的脖子，枪顺势又顶住了他的脑袋，“你给我老实点！”

这种生死存亡的要命时候，援兵就在前面，敌寡我众，谁还会老老实实地继续当乌龟?

林胜文一不做二不休，梗着脖子就跟周副队杠上了，“你有种就开枪！开枪啊！杀人了！警察杀人了!”

像是在给林胜文撑腰似的，不远处助动车喇叭更加刺耳地响成一片，场面一瞬间混乱起来，眼见着来时的路是绝对走不了了，李飞死死咬着后槽牙，把心一横，回头跟宋杨比画了一下祠堂的方向。

他们两个之间有一些专属的小手势别人是看不懂的，但宋杨立即心领神会，拎着大半袋子冰毒半成品打头带着不熟悉情况的姜队他们先走，李飞殿后防着村民突然暴起发难，一行人押着林胜文沿着与来时相反的道路一路往林氏祠堂的方向退，等他们退到祠堂大门前的时候，林胜文的大哥林胜武已经带着人从四面八方抄了过来——

真的是四面八方。

原本漆黑寂静的村子里转眼间灯光亮起鸡飞狗跳，房屋和助动车的灯光搅和着手电筒的光亮，从各个街巷明晃晃地涌来，转眼间，赶来支援的村民竟然把祠堂前面的三条路都堵死了……

李飞他们背靠祠堂，前面数十名村民一个个跟悍匪似的持着各种田间地头抓来的武器顶着雨慢慢围了上来，领头的那人身材魁梧壮硕，长长一根铁棍一头被他握在手里，一头耷拉在地上，一路摩擦出尖锐刺耳的声响，每一步都带着让人心里极不舒服的压迫感。

林胜文看见男人眼睛一亮，喜形于色，“哥！救我！”

被呼喊的林胜武没吱声，来者不善地一步步带着人缩小包围圈。退无可退，李飞下意识地往怀里摸了一把，确认配枪还在，把心一横，转头对宋杨说：“快进祠堂！这儿交给我。”

宋杨会意，也不废话，转身撞开祠堂的大门，几人迅速押着林胜文退进祠堂，紧接着，古朴陈旧的红木大门在李飞身后紧紧地关上了……

进门的周副队长顶着祠堂门，惊魂未定地说，“你们东山这地方太邪性了，从来没见过这种阵势。”

宋杨没心情说别的，脸色冷然紧绷，一手拎着毒品，一手翻找手机，要给局里打电话请求支援。

把手机从裤兜里捞出来的时候，整个都是湿漉漉的，甚至还在往下滴水呢……

这雨下的，雨衣也没个屁用。好在手机功能不受影响，一个电话拨出去，宋杨打给了他们禁毒大队的副大队长陈自立，一般情况下，蔡永强不在的时候，陈队就是他的职务代理人——

“喂？陈队！我和李飞在塔寨村被村民围住了，请求支援。我们一共五个人，还有辽宁盘锦禁毒支队的几位同志，我们是配合他们来塔寨村抓捕嫌疑人的。”

李飞还当着人肉盾牌挡在外面呢，宋杨心里着急，脸上虽然看不出来，但说话连珠炮似的语速极快，“蔡队？他知道，不不不，他不知道——”

4. 族　长

祠堂外，李飞站在门口的台阶下面，大红灯笼亮着幽幽的光，他精瘦挺拔的身影悍然而立，两道剑眉飞扬，哪怕雨水从没了兜帽遮挡的头顶往衣服里灌，他刀削斧刻的面容毫无惧色，竟生出凛然的气势来。

林胜武带着人步步逼近，李飞眸光冷凝，从雨衣下面掏出同样被淋湿了的警官证举到众人眼前，声音严肃而干练，却并不是咄咄逼人的口吻，“我是东山市公安局禁毒大队李飞，奉命来执行任务，大家不要误会。”

祠堂里，林胜文偶尔甩开警察堵住自己嘴的手，呼救的动静一声高过一声，林胜武凶悍中透着点吊儿郎当的无所谓，举起铁棍，另一端指向李飞，声音很凶，“我不管你是谁，把我弟弟放了！”

李飞毫无惧色，稳稳地挡在门前，满脸镇定，“希望你不要妨碍公务，配合警方的工作，我们必须带他走。”

林胜武冷笑一声，“你们凭什么抓他？”

“林胜文涉毒，我们有证据，请你们让开，否则后果自负。”

林胜武不屑地挑挑嘴角，“是么？你有本事就把人带走，我倒是要看看你们能怎么样。”他说着，手里的铁棍转了个方向，另一头又开始在地上有节奏地敲击，就好像是个口令一样，刚敲了几声，后面的村民们就开始有节奏地随着他的敲击声示威一般地齐声喊起来——

“放人！放人！放人！”

他们一边说一边更紧地逼过来，李飞见状收起警官证，抬手把怀里的手枪抽了出来，枪口直指林胜武，李飞在手枪后面眸光沉冷地高喝警告，“站住！再走一步就开枪了。”

林胜武不以为意地哼笑一声，挑衅地扬扬眉毛，歪着脖子讥讽地斜睨着李飞，“开啊。没见过警察开枪射杀无辜平民呢，你打给我看看。”

他态度嚣张语气悠然，李飞双手握枪，脸色越发难看。如果这些人不受手枪的威胁，他的确没有更好的办法。

村民步步紧逼，李飞连连后退，眼看着后背都要贴在祠堂紧闭的大门上了，僵持中，一个略显苍老但底气很足的赫亮声音，拖着长长的尾音，唱和一般，高声喊道：“东叔到——”

原本火药味儿十足的对峙中，一声声要求警方放人的村民们一下子变得鸦雀无声，豆大雨点连成雨幕落地的声音显得格外嘈杂。李飞牢牢握着手枪，眸子微微一紧，看着原本对他合围的村民在这一声中，齐刷刷地让开了一条通道……

凶悍的林胜武回头看了一眼，当即也将犯横的气势一收，跟着众多村民一起恭恭敬敬地垂手退到一旁。李飞看着这个架势，越来越肯定心里的猜测，半晌后，他也把枪放下，暗自叹息了一声。

能有这种排场，能让塔寨村上上下下毕恭毕敬的，除了那位龙坪和东山的两届人大代表、塔寨村村支书、林氏家族现任族长林耀东外，不可能再有第二个人了。

果然，雨幕中，身后有人撑伞的林耀东排众而出。已经凌晨了，他身上改良的复古中山装却仍旧考究得体，上面连个褶皱都没有，虽然衣襟袖口也淋了雨，却也不见半点狼狈。鼻梁上架着一副斯文的无框眼镜，镜片后面，被岁月刻下痕迹的眼尾皱纹随着微微眯眼的动作而更深刻了一些，却显出了一点锋利又波澜不惊的气度来。

他站在人群最前面，看着台阶上的李飞，没说话，脸色沉和，看不出喜怒。

只是林耀东的名，都能让蔡永强忌惮着嘱咐李飞不要贸然行动，这会儿他实实在在地站在这里，李飞只觉得一个头两个大。

僵持片刻后，他向前几步，没下台阶，却又把证件拿出来递了出去，

“我是东山市公安局禁毒大队李飞，我们正在执行公务。”

林耀东身后，给他打伞的那人李飞不认识，不过看面相跟林耀东有三分的相似，闻言先于林耀东，对李飞介绍道：“这是我们塔寨村的支书……”

“我知道。”李飞尽量让自己的笑容看上去不那么公事公办的死板，那人刚开了个头儿，他就自己径直跟林耀东打了招呼，“我认识您，林书记。”

“李警官，”林耀东慢慢开了口，很温和克制的口吻，声音低沉和煦却也掷地有声，“把你的枪收起来，有什么事情好好说。”

林耀东的面子是必须给的。李飞没什么好坚持的，点头收了枪，就听见林耀东那不大却字字清晰的声音和缓地问他：“胜文做了什么，你们要抓他？”

李飞尽量克制着情绪看了林胜武一眼，直截了当地对林耀东坦言，“制毒，贩毒。”

制毒贩毒。就这么简单的四个字，却让从刚才到现在始终不动声色的林书记变了脸色。镜片下，沉和如夜色般深不可测的眸子里有冷然又震惊的光一闪而过，他眯着眼睛，终于认真起来似的，仔仔细细打量李飞片刻，“你说的是真的？”

“我们有证据。”李飞也不含糊，说着朝祠堂抬了抬下巴，“就在里面。”

“人也在里面？”

“在。”

林耀东慢慢闭了下眼睛，再睁开的时候，他长长出了口气，有些恨铁不成钢似的沉郁，“让他们都出来吧。”

祠堂里面，给陈队打完求救电话的宋杨一直从门缝里看着外面的情况。队里的支援没那么快过来，林耀东这时候出现，反倒让他松了口气。林耀东既然顶着政府官员的帽子，总归不可能干出对他们太过不利的事情，因而开门带人出去的时候，举着手里这会儿已经在剧烈运动中被晃得更加黏糊零碎不成型的半成品冰毒，给老书记看的时候，宋杨也没太多的防备，“这是我们从他家厨房里搜到的，还没晾干的冰毒。”

林耀东静静地看着林胜文，“是吗？”

林耀东的语气里有克制着的愠怒，方才还气焰嚣张的林胜文面对族长问话，竟被那无端端让人感到格外逼仄的气场压到噤若寒蝉。

他被周副队跟另一名缉毒警控制着，大概是自觉有错，在林耀东的逼视中慢慢低下头去不敢再抬眼。林耀东见状，嘴角抽了抽，看上去有点痛心疾首又不好多说的忍耐。半晌后，他叹了口气，微微侧身，对身后严阵以待的村民们摆摆手，示意他们让路。

可他们塔寨林氏，从建村到现在，这么多年，就没有出过任何一个被警察带走蹲局子的人！无论林胜文的罪名会不会被坐实，让警察带走林胜文都非同小可。

村民们不懂那么多大道理，也不能明白林耀东顾全大局的考量，他们只知道不能让塔寨清誉就这么毁了，因而哪怕是平时说一不二的东叔表态，大家也相互你看我我看你地犹豫着，以林胜武为首，众人半晌都没动作。

林耀东把挡在他面前的伞拨开了一点，眸光如炬地扫过在场的每一个人，脸色愈加严肃冷凝地提高了声调，“给警察同志让路！”

眼见着林耀东不仅要放人离开，还要让他们把自己弟弟带走，林胜武也急了，不由上前一步，试图阻止，“东叔！”

“你给我闭嘴！”一直给林耀东打伞的林耀华是他的亲弟弟，有林氏的族长站在前面，他始终没什么存在感，此刻却也怒不可遏地数落小辈，“还有脸叫东叔。”

塔寨林氏一族祖辈留下来的规矩，族长权力大过天，林耀东意思明确地有了命令，再不愿意，只要还想待在这个村子，就必须按族长的话执行。村民们闷不吭声地让开路。李飞让押着林胜文带着毒品证据的几个人先走，自己在后面对林耀东道了声谢。

眼见着他们往来时停车的那条路走了，林胜武在警察背后紧紧看着自家弟弟的背影，片刻后倏然回头又看向林耀东兄弟，他的目光里有什么东西在焦急间呼之欲出，“华叔，东叔！不能让他们就这么把胜文带走！”

林耀华回过头来瞪了一眼林胜武。

林胜武愣了愣，看着东叔决然离去的背影，倏地仿佛明白了什么似的。他突然一个箭步冲上去，追上眼看就要走远的李飞一行，趁着所有人都没反应过来之际，手里铁棍轰然横扫，在宋杨等人感受到背后破风声霍然回头的同时，他那根格外凶狠的铁棍一下子就把宋杨手里的塑料袋挑了起来，紧接着狠狠向外一拉——

宋杨完全没有防备，反应过来的时候塑料袋已经脱手，飞出去之际被铁棍从上到下割开了一道长长的口子，里面本来就已经晃荡得就快变回汤汤水水的半成品冰毒转眼间哗啦啦全洒在了地上……李飞下意识伸出去的脚只在半成品冰毒落地前沾到了一点边，却没能阻止它的落地。

暴雨如注，地上积水汇成小溪似的往低处淌，转眼那袋几乎是冒着生命危险取回来的证据，就被雨水冲得零零散散，再也救不起来了……

宋杨愤怒转身，被李飞一把拉住，他看了眼地上已经灌满雨水的垃圾袋，咬了咬牙，“走。”

一击得手的林胜武嚣张地站在他们背后，看着自家弟弟的背影老神在在地笑起来，对林胜文意味深长地喊话：“胜文，记住，你是塔寨的，你要老老实实地配合公安的调查。该说的说，没有的事千万不要往自己身上揽！”

暴雨里，李飞回头，目光越过林胜武，深深地看了林耀东、林耀华兄弟一眼，死死地攥紧了拳头。本来还能好好走路快步离开的人，转身离开的时候突然就有点瘸了，像是刚才伸脚阻止林胜武破坏证物的时候被铁棍打伤了似的，脚尖诡异地翘着。他拎起雨衣小心地把那只瘸了的脚遮了进去，一路一瘸一拐地跟着宋杨等人一起押林胜文上了车。

大半夜，李飞他们把林胜文带回禁毒大队，直接就铐进了讯问室。

办公室里有衣服，他俩也顾不上洗澡，把身上的水随便擦擦，换了衣服，转头也下楼去了讯问室。

摄像机一开，镜头对准椅子上那位现在还天不怕地不怕的林胜文，李飞从摄像机的小屏幕里看着他歪着脑袋犯着横，满脸不服不忿地呛声，“问吧，随便问。”

彼此对视一眼，宋杨走到林胜文面前，盯着他，正色道："塔寨村是龙坪地区的禁毒模范村，村里但凡有人涉毒，全家都要被赶出村子，是真的吗？"

"废话。"林胜文冷哼一声，"林水伯就是因为吸毒被赶出村子的。"

"那你还敢干这个？"

林胜文露出挑衅的微笑，懒洋洋地抬抬眉毛，"别费劲了，你们没有证据，赶紧把我放了。"

李飞坐在椅子上，一言不发地观察着林胜文，宋杨转身拿出已经导出文件的录音机，摆在林胜文面前，按下播放键。

就是盘锦姜队他们带过来的那段交易录音。

宋杨按下停止键，饶有兴致地看着林胜文。

林胜文脸色微变，努力装出一副茫然的表情，"给我听这个干吗？"

"别装了。"宋杨也哼笑，"就凭这个，至少可以定你个贩毒，你信不信？"

林胜文眸光微微沉了几分，"你也别想诈我。这里哪个字儿提到毒了？就凭这个你定不了我的罪。"

"你情人住哪儿？"干脆而笃定的声音倏地插进来，坐在椅子上从进讯问室就没吭过声的李飞突然插话进来，没头没尾的这么一句，问得林胜文倏地愣了一下，"什么？"

李飞眸光冷定地看着他，问了一句之后又不吱声了，宋杨反应过来，接着问道："问你养的情人住哪里？"

"我哪有什么情人。"林胜文原本带着点不羁不屑的眉宇间倏地有一瞬间明显的紧张，尽管他努力掩饰，可慌乱的遮掩反而更印证了缉毒警的猜测。宋杨从李飞前面的桌子抽屉里拿出笔记本和笔，"别不承认，你包养情人的事情在东山已经不是什么秘密了吧？"

左右遮不住，林胜文干脆就直来直去地招了，他满不在乎地笑笑，仰着的脑袋跟只开屏的孔雀似的，"有又怎么样？养情人犯法么？"

"不犯法，费钱。"宋杨说着，把笔记本和笔都放到林胜文面前同样固定在地面的金属小桌板上，“把名字地址联系方式写下来，你情人的。别逼着我们去查。”

林胜文无奈地拿过纸笔在上面写下名字和地址，宋杨看着纸条，挑高了眉毛揶揄，“龙城花园？一万多一平米，你哪来的钱养情人？”

林胜文老神在在地扔下笔靠回去，“好歹我还买得起房子养得起二奶。不像有的人，呵呵。你女朋友不是医院那个姓陈的护士么？不对，现在应该是前女友了。你还真是屄包一个，连个女人都看不住。在塔寨我就认出你了，给你留着面子。”

东山市本来就不大，家族式的村村寨寨又多，真要算起来，不少人都能攀上点沾亲带故的交情来。林胜文的嫂子蔡小玲跟宋杨的前女友陈珂是闺密，宋杨跟林胜文之间虽然没交情，但多少处在那种道听途说的微妙熟悉感里，宋杨出警六亲不认，别说是女朋友闺密的小叔子，就算是女朋友的爹，他也是敢先斩后奏的。

抓的时候没当回事没留情面，这会儿被当面戳穿还捡刺耳的话来打脸，宋杨就受不了了……他气得一把将林胜文从座位上拎起来，指着林胜文的鼻子，“你再说一遍？”

林胜文懒洋洋地任他拎着，不躲不避，更没有半点惧色地迎着他几乎在喷火的视线看了回去，“说你怎么了？你就是没出息啊。”一边说，还一边无赖地把脑袋往宋杨身前凑，“干什么？要打人啊，打啊，打！老实告诉你，我还就希望你们打我，打一下试试？”他慢悠悠地笑起来，声音很轻，满怀恶意，“告死你。”

什么都能说，就是不能说他搞不定陈珂，事情扯上陈珂，宋杨平时办案不带个人情感的冷静就荡然无存。陈珂就是他的那根软肋，插在血肉里，又疼又甜蜜，他拿血肉养着护着跟她的感情，绝容不了外人来说三道四。林胜文也没想到自己竟然无意中戳了宋杨的逆鳞，眼看着他霎时怒火中烧的样子，几乎就要完全失控了，举着拳头就要往自己脸上揍，林胜文都惊了……

他妈的，就没见过警察对着执法记录仪还敢抡拳头动手的！

但好歹宋杨的拳头没真的砸下来。

李飞猛地站起来一个箭步冲过去抓住宋杨，指了指旁边的摄像机，“歇会儿，跟这种人你置什么气？饿了，你出去看看街对面那家号称24小时营业的肠粉还开着吗？开着就买点回来，别让盘锦的同志跟着我们挨饿。这儿交给我。”

李飞把宋杨劝走，说事情交给他，但实际上，从宋杨走出这间讯问室开始，李飞连看都没看林胜文一眼。

他的关注点都在他的手机游戏上，手机没静音他也没戴耳机，游戏打斗的配音里一会儿是什么“Triple kill”之类的外语，一会儿又是什么“敬请吩咐妲己，主人”……要不是叮咯咙咚呛的打斗音效太明显了，林胜文甚至都要以为他在对着执法记录仪玩什么让人血脉贲张的不雅游戏了……

这还不算，一个警察，窝在椅子上没正形儿地一只脚甚至蜷起来蹬在了桌沿上，一脸比他这个嫌疑人还吊儿郎当的样。林胜文等了半天，越等越不耐，听着那乱七八糟吵闹不休的游戏背景音更加烦躁，忍了又忍，终于在墙上挂钟时针已经快要走到“3”的时候忍无可忍了，“别摆那个屌样，你还问不问了？”

李飞头也不抬，一边手速飞快地戳着手机屏幕打游戏，一边有一搭没一搭地随口问他，“问你会说吗？”

林胜文冷哼，“我没什么可说的。”

李飞也不置可否，继续自顾自地打他的游戏。他手里有个营生不觉得，但被铐着双手禁锢在审讯椅跟金属小桌板之间的林胜文可没那么好熬，他眼睁睁地看着时间马上又要过一个小时了，简直忍无可忍，声如洪钟地吼李飞，“你到底还问不问？不问还不把我放了！”

“放你？”李飞眉毛都懒得动一下，声音很悠闲，“恐怕没那么容易。”

这会儿眼看着再过俩小时天都亮了，林胜文熬了一宿，困得不行，头昏脑涨，再加上长久坐在凳子上还有点腰酸背疼。他瞧着在村子里林耀东让警察把自己带走时候的态度，也不知道自己全须全尾从这里出去的把握有多大，这会儿强撑着气场，梗着脖子色厉内荏地吼道，“信不信，明天一早我就能出去？”

李飞轻声冷笑，“吹牛吧。”

林胜文咬咬牙，“打赌敢不敢？”他说着，用极短的时间犹豫了一瞬，紧接着就仿佛下定决心，咬了咬牙，朝着摄像机扬扬下巴，十足挑衅的语气问李飞：“你敢不敢先把那玩意给关了？”

正好这时候游戏里传来一声“Shut down”，李飞挑挑眉，好歹终于把注意力从手机上挪回来了，抬头的时候仿佛在瞧游戏里的菜鸟角色似的，轻蔑地看了林胜文一眼，站起来走过去，没二话地直接就把摄像机关掉了。

林胜文看他懒散地踱回来，关机器关得这么干脆，眸光闪了闪，勾出来一点暗沉沉的诱惑，四下看看，压低了声音讳莫如深地说：“兄弟，商量个事，你敢不敢放了我？八十万，怎么样？”

李飞瞥了他一眼，彻底失去兴趣似的，回到座位上，准备继续再来一局。

林胜文看他不搭碴儿，以为他心有忌惮，拍着胸脯跟他打包票，“我打包票，你放了我，今天的事就像从来没发生过一样，你们局里不会有一点我进来过的记录，兄弟不会让你受牵连。”他说着顿了顿，舔了舔干燥的嘴唇，“你一点事没有，还有八十万，怎么样？”

李飞对他的话置若罔闻，林胜文眼看软的不行，眼珠一转，挑衅地笑笑，声调一转，慢悠悠冷森森地提醒他，“要是不放嘛，明天你一定被收拾。你要受处分，写检查，信不信？”

李飞不屑地笑回去，撩起的眉眼中也是轻蔑的挑衅，“收拾我？谁？谁来收拾我，你认识我们队里的谁？”

看他感兴趣，林胜文倒是来劲了，“想知道吗？来，给我倒水。”

合着我们队里真有你们的保护伞是吧？

李飞心里倏然一紧，脸上却半点情绪不露，只是愈发不屑地冷冷勾了勾嘴角，嘲弄的意思更加明显。

林胜文有些气馁，看看墙上挂钟的时间，又把话说到了最开始的问题上，“时间不多了，机会就在这儿——八十万。”他努力向前探着身体，尽量用更加诱惑的语气试图说服李飞，“哎，你一月挣多少钱？”

“挣多少关你什么事？”

林胜文贼兮兮地笑起来，“我知道，不到三千，二千八出头。是不是？你知道你们领导挣多少吗？”

李飞的心狂跳起来，他垂下眉眼，玩游戏的手速逐渐降了下来，表面却始终不动声色，“跟我有关系吗？”

林胜文笑嘻嘻地摇摇头，“我给你个数，你就不这么说了。”

李飞抬起头，探究地看向林胜文，看那男人得意地伸出了三个指头晃了晃，他故意当井底之蛙地说：“三万？”

“啧，贫穷制约了你的想象力。”林胜文仿佛有了说不出的优越感，得意地笑起来，“不过想想也是，你们一线的小警察，累一年才能挣这个数。”

李飞眼睛微微睁大了一些，“三十万？”

林胜文老神在在地拖长了音调，“后面再加一个零。”

李飞嘴角轻轻抿了一下，半晌没说出话来。

他面上丝毫看不出端倪，林胜文以为他不信，昏胀的脑子像是为求目的魇住了似的，一不小心就溜出了要命的一句话，“三百万。我有证据！”

李飞静静地看着他。林胜文说完也猛地意识到自己说了不该说的，眼神里极快地闪过一丝慌乱。他倏地闭嘴，为了掩饰这份紧张，他举着被铐住的手别别扭扭地伸了一个懒腰。而大半个晚上始终都不着调的李飞从椅子上坐直了，对林胜文淡淡地笑笑，朝他晃了晃自己的手机，“你刚才说的，都录在这手机里了。”

林胜文瞳孔猛缩，嘴角微微颤抖，霎时满头大汗，“我逗你的。”他紧紧地看着面前这突然变得严肃认真起来的警察，反应过来自己不小心落了套儿，顿时浑身汗毛都竖了起来，看着他的手机，他没什么说服力地死撑着强调，“真的。”

5. 命　案

昨夜骤雨初歇，天空放晴，今天阳光格外的好，可市局禁毒大队的队长办公室里却罩着一层阴霾，刚开始上班，里面就爆发了一阵激烈的争吵……

蔡永强看见李飞进来就气得摔桌子，“我当时怎么跟你说的？我是不是说，你们如果要行动，先给我打个电话？！”

李飞跟宋杨昨天都没回家，两人在办公室里对付着眯了几个小时，这会儿蔡永强一回来就找李飞兴师问罪。被当成从犯先搁置一边的宋杨不放心李飞，偷偷地贴在门边听里面的动静，耳朵刚贴上去，就听见李飞理所当然地辩解，“我昨天晚上给你打过多少个电话？你的手机一直打不通。”

“我说了，我们在河源有抓捕行动！”蔡大队长干了大半辈子缉毒警了，就没见过胆子这么大主意这么正的，这会儿瞪着李飞的眼睛里都在冒火花，“打不通电话不能等今天？就算他今天一早去惠东，在惠东不能抓？在他岳父家不能抓？非得昨天半夜去？”

李飞不服地扭过头，“我认为我们昨晚进村抓人，是最好的时机。”

蔡永强觉得再这么呛下去要被他活活气死，他缓了口气，把脾气强压下来，问他，“什么叫最好的时机？”

“制毒现场在他家厨房里，当时厨房里的毒品少说也有几十公斤！”

“就算他当时制毒上百公斤，你现在红口白牙怎么证明？”

“我们本来提取了证据……”

蔡永强紧绷着嘴角打断他，“在哪儿呢？”

李飞语塞，丧气地拧着眉毛抿紧嘴唇，恨恨地摇了摇后槽牙，满心不甘却又无可奈何地说："被林胜武抢走毁掉了。"

蔡永强顿时怒不可遏，气得瞪着眼睛骂，"那就少放屁！"

李飞不甘心地抬起头，"我鞋里保留了一些，可以送去鉴定——"

蔡永强再一次打断他，"你怎么证明里面的东西是从现场得来的？"

"我……"

"亏你还是一个干了三年的缉毒警！"蔡永强只觉得一口气哽在了喉咙口。李飞要是他徒弟，他现在已经照着他脑袋抽了，可他跟李飞没亲近到能抬手就打的关系，打不得，他无处排解的愤怒逼得他在办公室里生生转了两圈，"你不想想他为什么在自己家制毒有恃无恐？三丰地区的村庄地形复杂，万一进错了屋子会有什么后果你不知道？前段时间惠东的进村行动，六个警察被村民围了一天一夜！"

李飞一副"随便你怎么说反正我已经抓了人"的消极抵抗样儿，木然地说："我知道，那几个警察里有我的同学。"

"这事最后是怎么解决的？惊动了省厅、省政府！"蔡永强倏地顿住脚步，回身指着李飞的鼻子严厉教训，"就你和宋杨两个人，就敢带着人生地不熟的外省弟兄，在这么恶劣的天气下贸然闯塔寨——你这叫逞能、鲁莽、自以为是、幼稚！回去给我好好写检查！"

李飞从警以来，还没被谁这么指着鼻子从头到脚都不认同地骂过，关键是林胜文这事儿他觉得自己做得并没有错，做事下决定始终保守派的蔡队才有决策性问题，可对面是队里最大的领导，上次那事儿之后他有意收敛，尽量克制着脾气不跟他硬碰硬。他这会儿只觉得自己被骂了个狗血淋头还没法呛回去，气得浑身颤抖，在这办公室是一分钟都待不下去了，转头就走，摔上门之前他回头倔强而坚定地对他们队长说："我会找到证据的。"

但是李飞的证据找得也不太顺利。

他跟宋杨刚拿着林胜文写的地址找到他情妇家里，话还没说两句，就被陈自立一个电话又叫回了队里——林胜文被取保候审了。

李飞跟宋杨从队里出来还没一个小时，再回去的时候，昨晚铐着林胜文的讯问室里空空荡荡，椅子上挂着一副手铐，仿佛在无声地嘲笑着这场闹剧。

李飞和宋杨站在讯问室门口，满脸的不甘和愤怒。半晌后，李飞攥紧了拳头，“我去找队长。”

“别冲动，”得知他们赶回来的陈自立在讯问室门外截住他，叹了口气，拍了拍李飞的肩膀，“有什么话好好说。”

李飞敷衍地点了点头。不是他对陈副队也有意见，实在是现在这个心情，能正常说话就已经不错了，至于“好好说”，他是真保证不了。

蔡永强也知道他要来，听见敲门扬声喊了句“进”，他刚进门，蔡永强就把一份报告扔到了李飞面前。

李飞尽量让自己表现得冷静一点，然后拿起那份司法鉴定中心出的病情测评报告，刚翻了两页，他就讥诮地怒极反笑起来，“‘先天性心肌炎，有心力衰竭的症状，严重者会发生心源性休克，甚至猝死’——他？心肌炎？还心力衰竭？林胜文什么样队长你也看见了吧？他壮得像头牛！他猝死？蒙谁呢！”

蔡永强这会儿倒是真冷静下来了，淡淡地扫他一眼，自顾自地把注意力放回电脑上，屏幕上是一份昨天在河源的出警报告，“这报告不是我蔡永强出具的，你有问题该去问天平司法鉴定中心。”

李飞嘲弄地哼了一声，“这才几个小时？保释的效率创下我们市局的纪录了吧？”

“他办取保候审符合《刑事诉讼法》六十五条的规定。”蔡永强懒得跟他在这种事情上争辩，放开鼠标，把桌边放着的另外几份报告一起扔给他，公事公办地说，“你看清楚了，取保候审执行通知书上有市局的公章，还有罗旭局长的签字。他哥哥林胜武也给林胜文交了保释金，一切都符合程序。”

李飞把文件都接过来，随手一翻，指着上面的一个签字，目光错也不错地紧紧盯着蔡永强，语气十分强烈，“申请报告是禁毒大队写的，上面的字是你蔡永强签的！”

这话说得就过了。蔡永强倏地皱起眉毛，终于把目光从电脑转到他身上，音调微微上挑，带着薄薄的愠怒，“你什么意思？你想说我徇私枉法？”

李飞不自在地别过头，“我没这么说。”

蔡永强深深地看他一眼，慢慢地吸了口气，不想多说地下了逐客令，

“没什么事儿你可以走了。”

李飞像是没听见，站在桌前若有所思地动也不动，有一瞬间，大概是想说点什么的，他嘴角微微动了动。但在同时，蔡永强抬起头来不悦地瞥了他一眼，“还站在这儿干什么？”

“……”李飞打消了要直截了当问他点什么的念头，一言不发，突然对蔡永强蔑视地笑了笑，转身出了办公室。

但是事情到这里还没完。林胜文被取保候审只是个开始，更多更糟糕的事情，都因着这个导火索，接踵而至。

林胜文被取保候审，昨天生死时速的一宿算是全打了水漂。这边暂时没了进展陷入僵局，盘锦的姜队他们不可能一直在东山耗下去就只能先回去，临走时跟蔡队面谈了许久，约好了相互保持密切联络。

事情到这里仿佛就按上了休止符，李飞满心愤懑不甘无处发泄，一下午都泡在了他们队的健身房里跟自己较劲。宋杨在办公室耗到了快下班，左思右想纠结一下午，最终还是坐不住了，听从着内心的召唤，去了人民医院。

望夫石似的好不容易等到陈珂肯出来，又来求和的宋杨怎么也没想到，这次受到的待遇竟然比从前的任何一次都恶劣……

小花园假山造景后面，陈珂环抱着双臂，满脸不悦地瞪着宋杨，“你现在可以啊！学会利用身边一切资源了？！”

没头没尾的一句质问，问得宋杨蒙了一下，“我怎么了？”

陈珂微微眯了下眼睛，原本应该是愠怒中透着十足威胁意味的神情，出现在她脸上竟然是一副很可爱的样子，“你们昨天去塔寨抓了林胜文？”

然而看着虽然可爱，实际上却是个带刺儿的，角度掌握不好抓下去就一手血的那种……宋杨太了解她的脾气了，知道这是真生气了，顿时气势又矮了几分，“你知道了？”

陈珂气得脸都红了，“我真后悔帮你们给蔡小玲打了那个电话！现在他们一家几口都要被赶出村子！”

宋杨愣了一下，“什么赶出村子？”

“塔寨禁毒你不知道吗？谁沾了毒品都要被逐出家族，在族谱上除名，这是秘密吗？你不知道吗？！”

知道是知道，但面对陈珂脑子就生锈的宋杨一时间的确没反应过来。这会儿听陈珂一说，他了然地“哦”了一声，木讷地跟她强调，“我们没有冤枉他。”

“可他的家人孩子是无辜的！”陈珂觉得自己在这件事上仿佛成了帮凶，懊恼又难过，“你知道多少人为他们抱不平吗？”

几乎没有情商这种东西的宋警官面对女人的脾气，固执地强调，“我们没有错。”

陈珂其实已经习惯他这个样子，被他这么一说，反而提不起气来了，一时间只觉得深深的无力，半晌后，她叹了口气，点点头，语气不知怎的反而多了些落寞，“对，你们没错。没有错，但有危险，坏人会借着风头来报复你的。”

她情绪低落，宋杨却倏地眼睛一亮格外惊喜……

“珂珂，你担心我？！”

陈珂无力地摇摇头，不想跟他就着这个话题更深地谈论下去，随口敷衍道：“我是告诉你一个常识……”

“不，你就是担心我！我就知道——”仿佛看见了重燃热恋之火的希望似的，宋杨不禁去拉陈珂的手，被陈珂毫不犹豫地甩开后，他的手转而兴奋地在裤子上蹭了蹭，无下限地妥协着，“好好好，我让小馆老板给我们留位置了，我等你下班。”

陈珂突然变得语气坚决，她别过头，“你走吧，我不会去。”

宋杨软声软语地哄她，“珂珂，上次那个小白兔掉毛的故事还没给你讲完呢。你知道么，那个故事后面还有三个续集呢，大灰狼大灰熊大灰机……”

他在陈珂直勾勾的冷淡视线中越来越没底气没信心，说话声音也不由得越来越低，话还没说完，已经自动消音了似的，闭了嘴。

“宋杨，我实话告诉你吧。”陈珂叹了口气，眸子里带着一点怀念，却格外认真而坚决，“第一，你工作性质特殊，我不能让爸妈全家都跟着我替你提心吊胆。第二，当初你追我，我觉得你挺好的，跟你过一辈子也不错，但是相处得越久，我越发现你不是我想要的人……我们面对很多事情的处理方式都不一样……对不起，我想明白得太晚了，但我不能继续骗自己……抱歉。”陈珂微微低头致歉，抿紧了嘴唇歉然地转身离去，宋杨不舍又无奈地看着她的背影，目送着她一路回了住院部的大楼，寥落地点了根烟，还是固执地去了以前他跟陈珂经常去的那家私房菜小馆子。虽然他也知道，陈珂……大概是不会来的。

挨到小饭馆里倒数第二桌客人也结了账，看看眼前这摆满陈珂平时爱吃菜品的桌子，宋杨神情落寞地笑笑，倒了杯酒，孤孤单单地自饮自酌。

没等来女朋友，倒是等来了老同学蔡军。

蔡军正好今天上半夜值班，下了班过来找点东西填肚子，没想到一推门就看见了差不多已经喝到烂醉的宋杨。

他跟宋杨、李飞都是警校的同班同学，毕业后宋杨和李飞进了禁毒大队当起了缉毒警，而他进了刑侦大队，做了刑警。虽然都是隶属于市局的，但见面的机会也没那么多了，这会儿蔡军推门看见他，还一脸失意烂醉如泥的，就想起早已在各个小道消息里流传开的一场闹剧，不由也是摇头苦笑，干脆直接挥挥手喊老板，“老板，再来个酒杯。”

那边老板干脆地答应一声，这边宋杨发现身边有人，醉醺醺地抬头，蔡军瞧他一眼，径自在他旁边坐下了，“喝酒不叫我，不够意思。”

宋杨嘿嘿地强笑一声。

蔡军拍拍他肩膀，用那种“老子敬你是条汉子”的语气揶揄他，“夜闯塔寨，行啊你们。”

正巧老板给蔡军送上餐具酒杯，听到蔡军的话，打量着宋杨，脸上多了点不屑，忍不住插话，“原来是你！兄弟。”

宋杨扭头看他，“你也知道？”

老板一笑，也轻轻拍了拍宋杨的肩膀，事不关己地嘲笑道：“消息吃不准就不要动喽。都是东山人嘛，不要搞得没朋友啦……”

这他妈是什么话？宋杨硬生生被他从满满的醉意中拉出了愤怒来，当时就不乐意了，“说什么呢？！你！你知道什么？！我说给你听听啊……”

“算啦，算啦，我不听啦，你吃好……”老板的一口广普说得比他做的粤菜都正宗，“只是你一直在这里照顾我生意，我才劝你啦……”

宋杨还想争辩，蔡军拦住，也不高兴地看了老板一眼，“好了好了……老板，不聊了，你没看他喝了不少了吗？！”

老板笑笑，不再多说，慢悠悠地踱回去了。宋杨一只手撑着脑袋，看蔡军给两个人的杯里都添满酒，又听着他熟稔地半是数落半是规劝，“心里不痛快？都是你自找的！咱们都不是刚参加工作，初生牛犊的事以后少干，好不好？”

宋杨长长地叹了口气，“眼睁睁地看着他在家里制毒，我怎么就治不了呢？”

蔡军拍拍宋杨的肩膀安慰他，“当警察几年了？抓贼抓赃，不明白？！”

“可……”

“好了好了……”蔡军深谙不能跟醉鬼争辩的道理，另起了个话题，好奇地问他：“你们审了吗？”

宋杨闷闷地点点头。

还真审了……蔡军啼笑皆非，“这种没有准备的仗，你能审出来什么？！”

宋杨眯缝着眼睛抓了抓头发，苦恼地问他，“你是不是也觉得我和李飞很傻？”

蔡军叹了口气，“你说呢？早就告诉过你离李飞远点。昨天那事儿又是他撺掇你吧？要没有他，你至于跟着吃挂落儿吗？”

“不是那么回事儿……我——我跟你讲，我们家飞Sir啊，神勇着呢……”宋杨真的醉了，醉到言语不清颠三倒四地跟蔡军把昨天发生的事情都讲了一遍。

李飞推门找过来的时候，正好看见宋杨抓着蔡军的衣服，把他当拨浪鼓一样摇晃，一边晃一边喋喋不休地问他：“你听明白了吗？听明白了吗？！……我们抓了、审了、又放了……是有原因的好吗？！”

蔡军愣在那里，一句话说不出来地任他晃了半天，方才反应过来，抓着他的手让他松开自己，嘴里干巴巴地接了一句，“要我说，你错在不该和李飞搭伙……”

宋杨却摇摇头，“这个你就错了！所有人都认定李飞做人有问题，其实全看错了！包括你，咱们同学四年，你都没搞清楚他。就说这回，如果不是他的主意我们连林胜文的毒都见不着……”

李飞来不及感慨喝醉了还对自己有这份信任的搭档有多难得，只知道今天这话宋杨对着外人肯定是说多了，他一个箭步冲过来，一把摁在宋杨肩膀上，“宋杨，聊什么呢！别说了。”

宋杨一双醉眼都快没焦距了，影影绰绰地看出来抓他的人是李飞，撑起来的身体又栽回了桌上，“李飞，怎么才来？！你也和蔡军聊聊，他们怎么什么都不明白？！”

蔡军摸了摸鼻子，背后吐槽被当事人抓个正着，他有点尴尬，咳嗽了一声，指了指酒杯，“李飞，你也来点？”

李飞淡淡地扫他一眼，没吱声，俯身架起宋杨，“别闹了，回家。”

蔡军挑眉下意识地拦了一下，“我们还没聊完呢。”

李飞没好气地抬头，目光几乎咄咄逼人地落在他脸上，语气不善，“他都醉成这样，聊什么聊，你想知道什么？！”

蔡军莫名其妙，毫不示弱地回看过去，“你什么意思？你有病吧。”

李飞冷笑一声，从钱包里抽出几张百元钞拍桌子上，再不理他，拖着宋杨转身走了出去。

就是在宋杨宿醉后的那天，跟李飞住在一起搭伙过日子的宋杨，被大清早就接了个电话的李飞一脚从床上踹醒了，他木着一张生无可恋的脸，抬了抬浮肿严重的眼睛转头就又闭上了，顺手试图把被李飞拿走的被子拽回来，声音有点哑，“喝多了，让我再睡会儿。”

李飞干脆把薄被整个从床上扯了下来，又照着他屁股狠狠蹬了一下，语气几乎是气急败坏的——

“睡个屁！快起来！林胜文死了！”

6. 内　鬼

一宿的工夫，昨天还活蹦乱跳蹬鼻子上脸跟警方呛声、诱惑李飞犯罪的林胜文，突然就死了。

还是自杀。

李飞跟宋杨赶到塔寨的时候，前天夜闯的四层楼院子里已经拉起了警戒线，刑侦大队的几个警察在查现场，里面女人哭得撕心裂肺，围观的村民堵在院门外闹闹哄哄。李飞和宋杨匆匆地从人群中挤进院来，掏出警官证晃了晃要往林胜文的屋里去。

刚越过黄红相间的警戒线，迎面就撞上了正好从里面出来的林胜文遗孀。

身怀六甲的蔡小玲跟市局刑侦大队的蔡军都在，扶着林胜文老婆的另一个女人林兰是蔡军的媳妇儿，和李飞是中学同学，宋杨也认识，当初蔡军婚礼的时候他去参加了，知道她是塔寨林氏三房头林宗辉的女儿。

仇人见面分外眼红，女人哭得更加歇斯底里，后面跟出来的林胜武排众而出一把抓住了李飞的衣服，他眼睛通红，满脸狰狞，“他妈的，你还敢进这屋？！你不怕胜文化成恶鬼缠住你？！”

因为陈珂的关系，宋杨跟林胜武虽然没交情，但也都见过面。林胜文死了，李飞、宋杨他们不管有理没理都得遭人数落，何况死者为大，宋杨也不好多说什么，只是抓着他的手劝他，“胜武，你的心情我理解，你先放开！”

林胜武一胳膊甩开他，几乎瞠目欲裂，“你理解个屁！”

他说着就要动手了，李飞也没含糊，冷着脸抬手猛地架住他的拳头，那边林兰吓了一跳，急忙去喊她老公，“蔡军，看什么呢！拉住啊！”

蔡军是林宗辉的女婿，算是半个塔寨人，林胜武兄弟是三房的旁支，怎么都能勾上亲戚关系，今天他也没出警，纯粹就是以林胜文家属的身份过来的。蔡军从上学那会儿就跟李飞不对盘，见林胜武发狠，他有意想看李飞吃个闷亏才没有立刻拉架，这会儿自己媳妇儿喊他，他才上前去跟宋杨一边一个试图把他俩拉开，“胜武……胜武！”

场面一瞬间乱了套。

吵闹、哭喊、不忿、叫嚣，外带推推搡搡，宋杨跟蔡军好不容易把他们俩拉开，林胜武还拼命地要挣开蔡军往前冲，“是塔寨的女婿你就该把他俩打出去！我弟弟就是他害死的，凶手，他是凶手！”

李飞被宋杨拉开，搡开宋杨拽了拽衣领气得呼哧带喘，刚想还口，蔡军一边死死抱着林胜武不让他冲过来，一边转头对他吼，“李飞，你走吧！这儿不欢迎你们！”

动静闹得太大，本来在楼上看现场的刑侦队长陈光荣都被惊动了，快步走下来，站在他们两伙人中间，一张国字脸，拧着眉毛凝眸看人的时候显得格外严厉，“行了！我还在这儿呢！”

林胜武喘着粗气推开蔡军，恶狠狠地瞪着李飞，李飞也毫不示弱地盯着他，说话的时候却不由自主地往楼上看了一眼，“林胜武！告诉我，你和你弟回来以后都发生了什么？”

林胜武不说话，满脸戾气地朝地上吐了一口唾液，转身愤然而去。陈光荣站在旁边听李飞质问，不悦地说他：“我看干禁毒委屈你们俩了，干脆申请来刑侦吧。”

“陈队，我们审他的时候还精神抖擞的，刚取保候审出来，转天就上吊。”宋杨抢在李飞前面缓了缓气氛，“这反差也太大了吧？”

“这话应该我问你们俩！”刑侦这边本来平时就忙得脚打后脑勺，昨天刚加了半宿的班，早上没睡醒呢就又出这么一档子事儿，陈光荣一个头两个大，看着这两个惹祸闹事儿的小子就心烦，指了指楼上，语气严肃中透着不耐，“还要看现场吗？”

李飞理直气壮，“为什么不看？”

他说着就准备往里进，蔡军一把拦住他，“这已经是刑侦的现场了好吗？！”

“要看就让他去看。”陈光荣皱着眉，示意蔡军不用拦着，“我还有事，这样，蔡军，你陪着吧。”

陈光荣说完就走了，蔡军看了看宋杨跟浑身奓刺儿的李飞，还是带着他们进了屋。

客厅里，前天夜里给林耀东打伞的林耀华跟三房头林宗辉都在，蔡军进去跟林宗辉打招呼，“爸，他俩来看看就走。”

林宗辉点点头。左手边沙发上的林耀华不咸不淡地说：“兄弟俩父母走得早，胜武一手带大胜文，胜文走得突然，胜武情绪失控，还请李警官包容。”他说着顿了顿，看着也不说话的李飞，径自把话说下去，“我来回答李警官在外面问胜武的问题。昨天我们三房的房头，在林氏宗祠里跟林胜文谈过话。他犯了族规，只能被逐出祠堂和塔寨。没想到他这么想不开。胜文回家后就把自己关在房子里，饭也不吃。据他老婆说，九点多就睡下了。早晨的时候就发现他……”

说着眼睛就红了，话也说不下去了。林宗辉好歹是三房这边主事儿的人，不好像林胜武那样歇斯底里地发火，他悲恸中压着不待见李飞等人的火气，拍了拍林耀华，“人就在楼上，二位警官请便，我和耀华就不陪了。”

李飞点头，跟着蔡军上了二楼，这楼梯前天夜里他们来走的时候还是为了抓人，没想到隔了一天而已，再走一遍，居然是看尸首……

三楼走廊的深处躺着林胜文的尸体，绳子已被剪断，刑事鉴证科的人正在现场忙着取证，李飞望着林胜文的尸体，又抬起头来望着天花板，那里有一根廊柱，那廊柱上还留着半截绳子。

楼上勘查取证，没有闲杂人等，鉴证科的人也没谁说话，一切按部就班，安静中，方才楼下一场闹剧折腾糊涂的脑子就逐渐清醒了过来。

李飞上前去查看剪断的绳索时，宋杨若有所思的目光落在蔡军身上，他定定地看着他，目光让蔡军感到极其不舒服，“你这么看着我干吗？”

昨天喝多了，但宋杨好歹还能记着酒馆里的一些片段和与他交谈的只言片语，宋杨探究地看着蔡军，不太确定地压低了声音小声问他：“我昨天和你喝酒的时候说了什么？”

他说话声音很小，但始终分了一部分注意力在蔡军身上的李飞还是听见了。

倏地转过身来，隔着林胜文的尸体，李飞瞬也不瞬地盯着蔡军那张白面书生似的脸，“是不是你把林胜文说的话告诉了你岳父林宗辉？”

蔡军不悦地望着李飞，然后又看着宋杨，简直莫名其妙，“什么话？林胜文的什么话？”

还他妈装傻！

李飞绕过林胜文的尸体，目光从他脖子上那道骇人的绳索勒痕上晃过，他上前一把抓住蔡军黑色衬衫的领口，指着地上的林胜文，说话的时候声音几乎是吼出来的，“林胜文吐出来的那件事儿，我只跟宋杨说过，宋杨只跟你说过。一大早他就死了。是你！只能是你！你告诉谁了？！”

他咄咄逼人，蔡军怒不可遏，眼看又要起争执，宋杨连忙去拉李飞，“别冲动，有话好好说。”

“你他妈的给我住嘴！”蔡军骂人没带名字，一时间也不知道他到底在骂谁了，他挣脱李飞的手，指着李飞的鼻子怒道，“什么事？我什么都不知道！再说你有什么资格教训我？我告诉你，和东山人作对，你先想好自己的下场！别以为你在这儿长大你就是东山人了！”说到一半又转向宋杨，“宋杨，我也警告你，想进步就早点离开他，早点离开禁毒大队！”

这么一场行动，先抓又放的嫌疑人就这么死了，盘锦的同志走了没人会说什么，剩下李飞跟宋杨这么两个禁毒大队的钉子户，两人一分，把满口的黑锅全背上了。

从塔寨回队里，同事们看他俩的眼神儿都不太对劲儿了，揶揄的看好戏的遗憾的不满的……什么样的都有，李飞在办公室里待不下去，把帽子往脑袋上一扣，直接出了他们队的办公楼，去了隔壁。

东山市公安局跟下属刑侦大队和禁毒大队都是一墙之隔，天这会儿又阴沉沉地飘上了细雨，李飞戴着帽子没打伞，从队里出来，直接去了市局马副局长的办公室。

因为各种原因，李飞跟马云波关系一直不错，算是那种亦师亦友的交情，同时，马云波也是李飞在这个人情礼往各种关系错综复杂的东山里，为数不多愿意真心信任的人。

细如牛毛的小雨打在纱窗上，细微的水珠在纱网上落下了毛茸茸的一层，窗外的景色因而变得有点模糊，李飞坐在会客的沙发上，接过马云波给他倒的茶水，低垂着头看着杯里上下浮动的小绿芽，满脸憋屈不甘地闷不吭声。

马云波叹了口气，走到旁边戳了戳他脑袋，“行啦，别不服气！抓毒抓赃，证据没固定下来你怪谁。”

李飞闷声闷气地嘲讽，“在我们禁毒大队，就是固定了证据也没用。”

马云波听出来他意有所指，在他身边坐下来，“你什么意思？”

李飞眉毛拧了起来，他转头看了马局一眼，棱角深刻的眉眼在光线打落的阴影中显得尤为深邃，“头天抓了，第二天就取保候审，紧接着就上吊死了。这里头可能没问题？这么明白的案子，为什么没人相信我？！他们肯定知道林胜文说了不该说的……”

马云波意外地瞧了他一眼，“林胜文说什么了？”

“他……”那个三百万的事情，李飞告诉了宋杨，他在林胜文家里斥责蔡军走漏了消息给林宗辉，但他没证据，宋杨喝醉了不记得，真追究起来，他其实拿捏不准这件事旁人究竟有没有人知道，知道了多少。

但林胜文说“领导一年拿三百万”，他也没说清楚究竟是多大的领导，哪个领导，李飞就是个小缉毒警，在他上面从副队到市局一把手，个个都是他领导，眼前的马云波他虽然相信，但归根究底同样是个领导，想来想去，他还是把到嘴边的话咽了回去，“就……也没什么新鲜的，就说要找我老大办我。”他说着，想起蔡永强，眉目间有点不屑地冷笑一声，“他倒是没瞎说，第二天蔡永强真就给了我个处分。”

“你这话里话外的，是指着你们队长说呢？”马云波不认同地提点他，“如果有怀疑，你可以去调查，然后拿证据来说话。在那之前，你是东山公安局禁毒大队的一员，蔡永强是你的大队长。他的命令就是你行动的指令，必须执行，不得有误！明白吗？！”

马云波是从基层一路干上来的，能理解一线警员的心情，当然也能明白各个单位队长所长们的处境，他跟李飞私下里交情不错，但那感情不会带到公事上来，他在其位谋其政，支持一切依法合规的行为，但不能容许像李飞这样搁心里揣摩猜忌他们队长，都像他这样，那各部门以后工作还怎么开展?

这道理，李飞现在不一定懂，他也不想琢磨官场上领导们肚子里那些弯弯绕绕，被马云波警告了一番，他不点头也不摇头，沉默地低头，把茶杯里的浮叶吹了吹，静静地喝了口水……

而另一边，留守在队里的宋杨，此时此刻正从守卫室警卫员手里接过一个轻若无物的信封，上面没写寄件人，他问了问警卫，警卫也觉得奇怪，只说送信人是个小孩，送了信就跑了。

这事儿来得古怪，宋杨也没等回办公室，站在守卫室边上就把牛皮纸袋的小信封拆开了。

里面像是没东西似的，宋杨把封口朝下倒了倒。一张照片从里面轻飘飘地落了地，背面歪歪扭扭地写着几个字，宋杨满心疑惑地弯腰捡起来，没来得及细看，本能地翻手查看照片正面，等看清照片画面后，眉毛一跳，脸上陡然变色!

谁也没想到，这张照片，最终成了让宋杨牺牲的导火索……李飞得知这事儿，是从几天之后着急忙慌找到他的陈珂嘴里听到的。

陈珂家里是开水果店的，弟弟陈岩在店里帮父母照看生意，陈珂最后一次看见宋杨，就是他拿着照片去陈家店里找她的那天。

“那照片背面写了字，意思是十万块钱，把这事儿抹平。照片上另一个人叫包星，上学的时候追过我，但已经很多年没联系了，我不知道他怎么突然会弄出这样的事……”陈珂当时无奈不安又尴尬地把知道的事情从头到尾都跟李飞说了一遍，“宋杨问我知不知道他在哪儿，我的确不知道，只是偶然听别的同学说过好像是他回了中山，跟着他姐姐姐夫，在那儿混得还不错，是一个医疗设备公司的副总。但更多确切的消息我是真的不知道，也怕他再惹出什么事儿，所以就告诉他反正照片是假的，就别再找事儿了，他不听。

“他把照片撕得粉碎，跟我说不管我爱不爱他，就算分手，他也绝不允许有人这样毁我名声……他大概是觉得我是故意不告诉他包星的消息吧，他说他可以自己查。”

照片的具体内容陈珂没细说，只跟李飞说是被人P了一张她跟别的男人亲热的不雅照，但能让宋杨气到一连几天为着张照片闷声不响暗地里违规查人的，想来那照片一定是被P得非常过火了。

不止是宋杨，任何一个正常男人面对自己的女朋友被别人P出了艳照还反过来找自己敲诈勒索这种事，恐怕都不能忍。

当时李飞其实也没怎么在意，这种事儿，他觉得是个男人都不可能拿出来当谈资跟别人分享，哪怕他俩同住在一个屋檐下。听完还想劝劝陈珂别担心，顺带给宋杨说两句好话帮他求复合，可陈珂接下来的话却让李飞微微变了脸色——

“但是他今天上午给我打电话，我觉得不太对劲。他忽然问我，以前认识的包星是个什么样的人，了不了解他家里的情况，包星或者他家里人有没有吸毒史——我问他是不是找到包星了，告诉他别乱来，可是他也没听，挂了电话之后我就打不通他手机了。李飞，宋杨会不会有什么事？”

她每说一句话，李飞的心就往下沉一点。等她说完，李飞心里已经压了块搬不走的石头了。

陈珂是真的不了解那个突然冒出来的包星的近况，李飞知道再问她也没用，了解了情况就想赶紧去找宋杨，正要走，陈珂又叫住了他，“哦对了，有个事儿我想还是也告诉你一声，林胜文的哥哥林胜武也离开塔寨了。”

这消息让李飞顿住了脚步，不解地嘀咕，“林胜武又没犯事，为什么要离开？”

“我听蔡小玲说，胜文取保候审出来后，胜武还把弟弟揍了一顿，说了让他去死的狠话。后来胜文果然死了，胜文八岁的儿子对东叔恨之入骨，说他害死了自己的爸爸，甚至要拿刀砍胜武。胜武一气之下就走了，说去深圳找个工作待一阵子。”

“她还说什么了？”

陈珂微微蹙起精致秀气的眉，仔细回想了一遍，摇摇头，“没别的了，胜文一火化，胜武第二天就……”

“火化？”李飞眼睛顿时瞪圆了，“林胜文死的当天就被拉去火化了？！”

当地农村婚丧嫁娶都有讲究，办丧的规矩通常都是停灵三天后进行土葬，林胜文死得突然，一家老小都没个安排交代，家人不请人来做法事已经算是低调到不行了，居然死的当天就这么悄没声息地把人给火化了，他老婆还同意了？！

陈珂唏嘘地点点头，却很肯定，“是。”

话说到这里，李飞就真待不住了，他心里隐隐有些说不上来的不安，但是所有事情杂乱无章地一股脑被堆进脑子里，他总觉得之间一定是有个因果的，可偏偏这些事情全都没法联系在一起。李飞脑子里有点乱，一边往队里赶一边给宋杨打电话——就像陈珂说的，始终打不通。

林胜文制毒贩毒李飞是亲眼看见的，他的死又十分蹊跷，虽然所有事情都没头绪，但李飞心里那根弦始终绷着，生怕知道那“三百万”消息的宋杨再出什么意外，不敢大意，眼看着就要去跟队里打报告叫人手一起找人了，然后宋杨的电话终于通了。

接着就是那场到处都蒙上了血色的悲剧。

但是无论是当时抓住了包星听他供述直接往南井村去查探的宋杨也好，还是随后追宋杨一路找到南井村毒品交易现场的李飞也好，他们都不知道，除了当时误打误撞摸到南井村贩毒交易的他俩，同时盯上这个地方的，还有广东省公安厅禁毒局。

广东省公安厅，禁毒局一正一副两位局长一起快步地往省厅的指挥中心走，走到一半，崔振江琢磨来琢磨去还是觉得不妥，神情担忧地停住了脚步，“我说老李，这样做会不会太冒险了一点？”

他是禁毒局的一把手，他嘴里叫的“老李”，其实就是他的副手，省厅禁毒局的副局李维民。

被他叫住，李维民也站住了脚，警帽下面捏着皱纹的眼睛上顶着一双在省厅有名的欧式大双眼皮儿，听他问的时候，那双藏在黑色镜框后面的眼睛微微挑了一下，说话的态度是那种大咧咧偏又十拿九稳的干脆，“怕什么？舍不得孩子套不着狼。”

“我倒不是怕别的，我是怕新来的领导受不了这个刺激。”崔振江看着李维民瘦削又孤拔的背影摇了摇头，他跟李维民一起共事这么多年了，老李这个从来都剑走偏锋、绝不按常理出牌的风格脾性他太清楚了。

但他了解不行，别人碰上这么个拧起来跟倔驴似的、行事看上去总有点不着四六儿的老家伙谁都得消化几天，旁人也就忍了，是惊喜还是惊吓，能不能跟上他们家老李的风格，崔振江懒得操心，但今天这位不行啊……那是新调任来的厅长，万一出点什么差错，他们禁毒局的脸还要不要了？

李维民却对这些没什么顾虑，今天这次行动本来也不是临时起意过家家玩一场，前前后后他布局落子走了多长时间了，就等着今天收网呢，最多就是比原定计划多了个现场直播环节。李维民拉着崔振江头也不回地催，“你当厅长是纸糊的？百闻不如一见，汇报一百次也不如让他亲眼看一次。快点儿，已经迟到了。”

“可是现场行动万一出了什么差错——”

在行动指挥中心门口停下来的时候，李维民胸有成竹地看着崔振江，削薄的嘴角微微向下压了一下——

本来就瘦，是那种脸型稍长，太阳穴微凹，颧骨格外突出的长相，看上去总是严肃冷静中又透着点孤高的感觉，平时坐办公室里眼角一沉嘴角往下一压，不用说话都能给人一种生人勿近的信号，但同时，他这个样子，又总会给人一种权威、笃信而淡定的印象。

“不用担心，我有底。”崔振江听见他语气肯定而轻快地说，然后深吸口气，推开了指挥中心虚掩着的大门。

7. 破冰抓鱼

崔振江跟李维民进去的时候，满墙的监控显示屏画面都亮着，前面几名接到命令率先赶来的技术干警还在调试设备，刚刚走马上任的厅长王志雄跟副厅长雷建华早就已经在一排的长桌后面等了多时。

听见动静，两位厅长一起扭头，看见是他俩，雷建华不悦地数落道："你们两个架子不小啊，让厅长等你们？！"

俗话说新官上任三把火，这倒好，新官的火没烧起来，他手下两个局长先给了人家一个下马威。雷建华说这话一半是真不悦，一半也是发火给新厅长看的。崔振江也明白他发火的点在哪，进了门先给正厅副厅赔不是，"对不起，有点事情耽误了，让两位领导久等了。"

旁边从他俩进门就一直观察着他们的王志雄不阴不阳地笑了一下，插话进来，"早就听说东山和龙坪的禁毒局势异常复杂，没想到我刚来，就给我一个下马威啊。"

"怪我怪我，都怪我。"李维民赔笑把锅抢了过来，雷建华不用问也知道这故弄玄虚把人都拉到指挥中心的鬼点子准是他出的，朝他瞪着眼睛质问："李维民，你怎么回事？"

所谓人的名树的影，"李维民"这仨字儿名声在外，这名号倒是让王志雄来了兴致，连语气也缓了下来，"你就是李维民？"

名号在公安系统中叫得响当当的老李同志先是朝新领导严肃地敬了个礼，"我是李维民，"接着弯腰跟王志雄握了握手，"王厅长您好。"

边上雷建华趁机连忙打了个圆场，明明是数落的话，但语气中却也透出一点纵容和骄傲来，“这个李维民，连公安部戴部长他都敢放鸽子，对您这就算客气的了。”

“您说笑了，迟到的事儿怪我。不过——”李维民的眼尾笑出了三道褶子，配上他那极有特点的大双眼皮儿，两只眼睛的轮廓在脸上标准地做出了一对金鱼造景，说话的时候故意压低了声音，“好饭不怕晚。”

雷建华敲敲桌子，“说吧，好好的会议室不待，把我们叫到这儿来，出什么幺蛾子？”

李维民故作神秘地眨眨眼，“破冰抓鱼。”他说着看了眼表，抬头赔笑，“现在还不到时候，我先来给两位领导汇报一下情况。”一边说，就一边示意旁边的技术干警配合他操作。

没两分钟，正面主屏幕上就有了画面，交替出现一份联合国禁毒署的调查报告，几页公安部抬头的文件，一组被查获的冰毒照片。

“几周前，公安部禁毒局通报我局，说法国国家警察总署怀疑他们查获的一批冰毒来自我省，成分鉴定和我省境内流出的冰毒完全吻合。公安部禁毒局希望我们调查这批冰毒的来源。经过分析和调查，我们怀疑这些冰毒来自我省的龙坪和东山地区。”

资料都是事先就准备好的，随着李维民的介绍，主屏幕上切换出一幅广东省地图，上面用极其显眼的标注将龙坪和东山的位置标了出来。

“东山这个地方，地形复杂，民风彪悍。正是因为这两个原因，抗日战争时期的东江纵队和解放战争时期的粤赣湘边纵队都不约而同地选择了东山和三丰地区作为他们的根据地……”

“李维民，”雷建华打断他，“你是汇报还是讲课？这些情况我们都已经知道了，长话短说。”

这会儿前方现场信号还没过来，总不好让俩厅长这么干坐着傻等，李维民有意把讲情况的战线拉长一点拖延时间，没想到这就被拆穿了，干笑一声，他言归正传地说道：“经过几个月的暗中调查，我们目前已经掌握了一些初步线索……”

也算给力，正说着，戴着耳机和前方保持通信的技术干警转头低低地喊了他一声，“李局，信号来了。”

李维民也不瞎扯了，精神一振，正色道：“接现场。”

技术员听令，墙上监控屏幕的画面被迅速切换成了不同的外景监控镜头。

四个实时传回的监控画面，一个看上去像是茶楼大堂，一个是茶楼大门外，还有一个是人群熙攘车流不息的街道，最后一个是点位很高的俯视角，正对着一栋小楼的一片造型精致的小窗户。

在场的哪个人都不是外行，王志雄跟雷建华对视一眼，从监控画面拍摄的角度都能看出来，这是隐藏在各个外勤干警身上的记录仪实时传回的画面。除了大堂、门外和街道，最后那个俯角的，应该是潜伏在茶楼对面制高点的狙击手的记录仪传回的画面。

什么行动，连狙击手都用上了？

王志雄看了李维民一眼，“这是……？”

“这是佛山的一家茶楼。”李维民说着打开了指挥中心前排控制台上的话筒，“杜力，现在什么情况？”

被他点名的警员正在一辆伪装成封闭式货车的公安指挥车里，耳朵上扣着监听耳机，面前设备屏幕上是跟指挥大厅监控里同样的画面。

耳机里听见李维民问，他一边操作设备切画面，一边汇报道：“李局，各组已经就位，鱼钩还堵在路上，估计还要一刻钟。”

杜力的声音直接在指挥中心开着的外放音响中想起来，李维民对着话筒问：“鱼饵什么情况？”

“都在包间。”随着杜力的声音，指挥中心的主屏幕画面被切换成了无人机拍摄到的画面。

隐秘悬停在某个窗口的无人机视角被微微调整了一下，随着镜头的推近，窗内包间里的情况被清晰地传了回来——包间里一共两个人，都是男的。

年轻一点的仿佛有些紧张，在沙发里坐立不安地时不时看向包房紧闭的门，左顾右盼中仿佛是为了缓解紧张的情绪。他从茶几上拿起“冰壶”，打开了火机在“冰壶”一根试管的底部慢慢烤着，片刻后叼住另一只吸管，急切地吸了几口，紧张不安的急躁借由冰毒的麻醉，这才慢慢舒缓下来。茶几另一侧放着把手枪，片刻后，他收起打火机，一手拿着冰壶吸粉儿，一手把枪够了过来，放在手里若有所思地把玩了两下。

而在茶几的另一侧，另一个年纪更大些的，正在房间里焦急地踱步，时不时地频繁看表，从无人机的角度，他离窗口远了些，表情看不真切。

透过无人机画面，新来的王厅长明白过来，这是扫毒行动现场。他沉吟一瞬，看着另一侧监控画面中原本在街道上行车的那组画面已经行至茶楼门口。从这个角度，他能看见在茶楼附近叽叽喳喳玩自拍的“游客”们，他在这一行上干太久了，一眼就能看出来那些游客是便衣们伪装的，“现场是东山市局的同志？”

崔振江摇头，“不，都是省厅禁毒局侦查科的同志。”

王志雄不解，“既然是东山的事情，怎么没有东山的同志在场？”

崔振江谨慎地小声解释道：“厅长，您刚来，可能对龙坪和东山地区的情况还不是十分了解。本地宗族观念很强，无形之中形成许多大大小小的保护伞。我们出于这个担心，整个行动都没有向东山市公安局通报。”

正说着，主屏幕上无人机传回的画面里，原本把玩手枪的那名男子也站了起来，似乎也显得焦躁不耐，在房间里不停地踱步，不时抬手看表。

雷建华盯着画面中那人的脸，“他们是什么人？”

随着询问，主屏幕的一半画面保留了无人机的监控，另一半切换出蔡氏兄弟和刘华明的照片，李维民解释说：“蔡启荣、蔡启超兄弟俩是东山市南井村的村民，房间里站着的那个人就是蔡启荣。蔡启荣的弟弟蔡启超十年前因制假币被判刑三年，在狱中服刑期间结识了一个台湾毒贩刘华明，学会了制毒的方法。出狱后就伙同哥哥蔡启荣一起制毒，从K粉到冰毒什么都做，但量并不大。”

王志雄疑惑，“对付小毒贩要这么大排场？”

李维民回过头，语气凝重，“今天这场交易的背后，是高达一吨的冰毒。”

“……”新厅长的表情逐渐凝重起来。

随着他们说话，屏幕上打出了另一张照片，李维民指着画面里那个穿黑风衣的男人介绍道：“买家，香港商人赵嘉良，这批货的最终出口就是法国。”

王志雄点头，指着屏幕上无人机对准的茶楼包间，“所以说这里就是他们的交易现场？”

“不，验货地点在另外一处，赵嘉良的手下会在另一个地点找蔡启荣的弟弟蔡启超验货，茶楼这边会等待验货的消息，一旦那边确认无误，赵嘉良会付给蔡启荣二百万现金。”

“验货地点在哪儿？”

李维民沉声说：“南井村北山的养鸡场。”

李飞在南井村口找到宋杨被撞车辆的同时，李维民口中的“鱼钩”赵嘉良正好也到了茶楼。

一辆黑色轿车停在茶楼大门前，副驾和后门前后打开，一个手里提着一只小公文箱的男人跟赵嘉良一前一后下来，两人都没说话，目光极其隐蔽地四下查看了一下，紧接着举步进了茶楼。

伪装成搬家公司车辆的公安指挥车里，杜力注视着几组便衣各自传来的画面，按住话筒跟指挥中心汇报：“李局，人已经进去了。”

这次行动，出外勤的缉毒警们一共分了四个组。

赵嘉良刚进门，伪装成保洁员的A组警员就推着清洁车离开了原定位置，透过他别在领子下面的隐藏式记录仪拍摄的画面，指挥车里的杜力跟指挥中心里的厅长局长们，同时看见赵嘉良二人跟便衣擦肩而过进了电梯。

如果不是早就盯上他，任谁都很难把这个西装革履意气风发的精明商人跟贩毒联系在一起。

他已经不年轻了，看上去大概四十多岁，西装笔挺有型，脚上皮鞋纤尘不染，举手投足间透着多年养成的绅士风度，眸光很深，哪怕是来进行这种交易，表面却看不出半点端倪，四平八稳自信里透着沉着的内敛。

他一路按照门牌找到了约定好的包间，手下人去按门铃，无人机实时传回的画面里，省厅方面所有人都看见房间里的两人对视一眼，先前吸食冰毒的那人拿起枪别在腰间，从猫眼上看了一眼，谨慎地开了门。

赵嘉良二人在沙发上坐下，蔡启荣往他们的手提箱上看了一眼，“‘报纸’带了？”

赵嘉良把箱子放茶几上往前一推，十分爽快，“都在这里，现在就看你的东西了。”

蔡启荣心下稍安地点点头，又看了眼表，“你们过去验货的人也该到了吧？”

人是到了，可是没敢进去。

彼时去找宋杨的李飞闯进北山养鸡场遭到埋伏，他被牢牢控制住，眼睁睁地看着毒贩握着他的手拿着他的枪打死了宋杨，又转眼杀了绑在柱子上的另一个人，受了刺激的李飞濒死挣扎反扑，仓促失控间转眼夺枪把在场的三名毒贩全部打死。

赵嘉良派去验货的手下正是在此时赶到养鸡场附近，养鸡场内枪声骤响，一男一女两名毒贩相互看了一眼，男的坐在车里给赵嘉良打了个电话，“良叔，我们到了，可是刚才养鸡场传出几声枪响。”

——无人机的监控拍摄不到，但当时包间内围坐在茶几周围的几个人，却同时看见赵嘉良的脸色微微变了一下。

那个瞬间他看向蔡启荣两人的目光犀利尖锐犹如鹰隼，里面装满了仿佛淬了碎冰似的冷厉，看得跟蔡启荣一起过来的蔡卫平生生打了个冷战。

“取消交易，你们赶快撤离。”几秒钟后，蔡启荣二人听见他沉声吩咐，话音未落的同时已经挂断电话站了起来，“走！”跟他同来的那人连个盹儿都没打，迅速起身拎着箱子抢在他前面打开了房门。

情况骤变，蔡家两兄弟心里强烈地突突起来，蔡卫平抢身追上他们，声音紧绷地追问：“怎么回事？”

赵嘉良回头，眸光晦暗不明地深深看了他们一眼，语气里没有半点情绪，“我派去验货的手下听到了枪声。”

蔡卫平、蔡启荣瞬间就蒙了，也顾不上他们走不走，蔡启荣连忙拿起手机。与此同时，南井村北山养鸡场里，被歹毒绑在柱子上击毙的蔡启超怀里手机单调地响了起来……

一连打了几遍电话都没人接的蔡启荣放下电话，神色担忧而慌张地叫蔡卫平，“出事了，快走！”

藏在对面建筑中的狙击手通过望远镜看见蔡氏兄弟也要离开，扶了下耳机，沉声汇报，“鱼饵准备离开。”

与此同时，伪装成清洁工的便衣看着匆匆出了电梯往外走的赵嘉良，也在汇报，“鱼钩准备离开，是否抓捕？”

两个声音一前一后传进指挥车杜力戴着的耳麦里，杜力从监控里看着原本开车在街头徘徊的C组便衣也从车上下来，快步朝茶楼门外走去，声音沉定地询问指挥中心，“李局，目标马上就要离开，是否抓捕，请指示。”

省厅行动指挥中心内，李维民看着准备上车的赵嘉良一言不发，眉头紧锁。

没得到行动命令，不能实施抓捕，也不能就看人在眼皮底下这么跑了，原本伪装成游客的B组便衣故意跑到赵嘉良的车前假装与同伴合影留念，赵嘉良面无表情的脸上终于透出一丝紧张，他透过挡风玻璃紧紧地看着车外变换不同角度拍各种照片的人，警觉地环顾四周……

指挥中心里，杜力的声音明显开始着急，语带催促，“是否抓捕？请指示！”

鸦雀无声中，所有人都在等着李维民的决定。

新来的厅长在看着，副厅长在看着，自己的直属领导也在看着。

杜力三次语气紧绷的催促后，眉宇间几乎沉如石雕的李维民终于把心一横，沉声命令，“放香港人走。”

指挥中心里，不解的、震惊的、疑惑的目光几乎同时锁在了李维民身上，听筒里，杜力简直以为自己听错了，“——再说一遍。”

李维民紧紧扣着桌沿，手背青筋暴起，声音却没有任何犹豫，“放香港人走。”

到手的嫌疑人，不抓？！

杜力满脸震惊，也顾不上什么局长领导的，不敢置信地再次确认，“再说一遍！”

“我说——”背对着领导的李维民眸子里也在喷火，他瞬也不瞬地看着主屏幕上那台黑色轿车，从前线干警隐藏的摄像头里甚至能隐约看见后座上赵嘉良的身影，李维民咬了咬牙，狠声道：“放香港人走！”

杜力无法，把命令原样传达到各组，挡在赵嘉良车头前面的“游客”们好像终于拍够了，快步让开道路，连连对司机点头赔笑表示抱歉，赵嘉良深深看了外面那些人一眼，沉声命令司机，“走。”

他前脚刚走，蔡启荣、蔡卫平就从里面快速撤了出来。

照面看见刚回到茶楼大门前的几名“游客”耳朵里都塞着耳机，已经有了提防的蔡启荣倏然意识到不对，目光与便衣们对上的瞬间也顾不上蔡卫平，出门转身朝旁边巷子撒腿就跑！

指挥中心里从主屏幕上同步看到这一切的李维民神色一凛，“立即抓捕蔡启荣、蔡卫平！”

“明白！”

街头的场面一瞬间混乱起来。

各组实施抓捕，回传的监控画面晃动得厉害，蔡卫平反应慢了，没跑出这条街就被便衣追上，为拒捕悍然朝警察开枪，被当场击毙。另一边，蔡启荣不要命地从巷子里穿出来，跟身后紧追不舍的便衣生死时速地朝着街道对面飞奔而去，慌不择路中，一辆飞驶而来的卡车刹车不及，伴随着一阵刺耳的刹车尖啸，当街将他重重地撞飞出去，追在后面的杜力眼睁睁地看着蔡启荣的身体像个破布娃娃似的在空中飞出一条抛物线，重重地摔在路中央，霎时殷红血迹从后脑慢慢渗出来流了满地……

杜力悚然而惊，疾步跑到蔡启荣身前蹲下来，眉头紧锁地看着地上瞪大眼睛张着嘴的蔡启荣，摸了摸他脖子上的动脉，半晌后满怀遗憾和不甘地跟李维民汇报，“……李局，死了。”

李维民脸色彻底铁青下来，一言不发，指挥中心里气氛凝重而尴尬，新来的王厅长脸上半点喜怒都不透，雷建华简直感受了一次被人现场打脸的酸爽，咳嗽一声，不咸不淡地说：“李维民，这回演砸了吧？看来老马也有失前蹄的时候。”

知道整个情况的崔振江片刻后遗憾地摇摇头，失落地喟叹：“看来这回是舍了孩子也没套着狼。”

寂静的会议室响起轻微的断裂声，李维民不觉中捏断了手里用来指示屏幕的激光笔。

鱼钩放了，鱼饵死了，大动干戈却毫无所获，佛山茶楼附近的便衣们一个个情绪也低落得不行，按部就班地去做善后工作，指挥中心的各种屏幕监控都陆续关掉了，上到厅长下到技术干警，人该走的都走干净了，李维民最后一个从里面出来，脑子里已经把今天的这次行动前前后后又过了两遍。——没差错，的确不该出问题。

片刻后，他给东山市局的马云波打了个电话。

东山市局的局长罗旭是个眼看着就要退休的老爷子，现在就处于万事不管等交接的状态，东山市局这边通常凡事都找马云波，而这个马云波，是李维民的徒弟。

接电话的时候，马局正急匆匆地从自己办公室里出来，拿出电话一看是他，紧绷的脸色稍缓，接了电话，“李局？”

“云波，”李维民也不废话，直截了当地问他，“东山南井村是不是出了什么事？”

南井村那边的情况马云波也是才接到信儿，远在广州的老领导是怎么知道的？

马云波当即愣了一下，一边快步往外走，一边一五一十地说情况：“您怎么知道的？半小时前我们刚接到报警，说南井村蔡启荣和蔡启超兄弟俩开的那个养鸡场里有毒品交易，禁毒大队正往那边赶，具体情况还不知道。”

李维民心道一声“果然”，连忙追问：“什么人报的警？”

“还不知道，用一次性的手机卡号向110报的警。”

“哦？”

“还有一个情况要跟您说一下，”电话里马云波的声音显得有些为难，他顿了顿，还是低声说道：“报警人还声称……李飞涉毒。”

“李飞？！”李维民在不敢置信的震愕中悚然而惊，霎时间简直连额角的青筋都跳了一下，说话声音都变了，“怎么回事？！”

8. 祸不单行

怎么回事?

就是这么回事。

蔡永强带人赶到南井村养鸡场的时候，现场就李飞这么一个活人。

再往后，蔡永强他们控制了李飞的当天夜里，东山刑侦大队的蔡军受命去李飞家中调查，从他家床底下搜出一个旅行袋，里面是满满一袋子的现金。

当天出事的，除了宋杨跟他外，还有陈珂的弟弟陈岩。

当天下午，陈岩开着自己改装的小跑上高速去遛车，本来打算进闸道从韶山下高速，刚到收费站，车却被拦了下来。

收费站里里外外站了不少荷枪实弹的警察严阵以待地对过往车辆仔细检查，轮到陈岩的时候，临检的警察直接合上他的驾驶本，指了指对面边上停车带，站在对面的另一个警察朝他招了招手。陈岩莫名其妙又不觉有些忐忑，车刚开过去，人就被警察持枪对准了……他吓得目瞪口呆，按警察的要求双手抱头从车里出来，人还没站稳，就被按在了地上，紧接着，堵在高速口的刑警从他那辆改装小跑的后备箱里搜出了几袋子用黑色垃圾袋套着、堂而皇之扔在后备箱里的冰毒。

东山市人民医院住院部，穿着病号服的李飞昏睡着，他伤得不轻，肩膀上枪伤及主血管，紧急输了几袋血，才勉强把情况给稳住了。即便如此，监测生命体征的各种仪器设备也都没摘除，不过人似是要醒了，泛着些细微青丝的薄薄眼皮儿下面，眼珠无意识地动了动，扎着针的手神经性地抽动了两下，露在被子外面的指甲都没什么血色。

天刚蒙蒙亮，万籁俱寂中，上了一宿夜班的医生护士都疲惫困倦，护士站值班的小姑娘枕着手臂浅浅地睡着了。一个穿白大褂的医生从消防通道推门而入，他戴着口罩，头压得很低，额前刘海几乎藏住了大片的面容。

他从楼梯的小门出来，四下看了一眼，径直走向李飞的病房。守着门的警察环抱着手臂迷迷糊糊靠在椅背上，走到近前的医生用戴着白手套的手从大褂的口袋里拿出来一支极细的注射器。针头上的保护套早就不在上面了。他动作干净利索，手起针落，针头直接插进熟睡警员的后颈，毫不犹豫地把一管针剂都推进去，那人只本能地哆嗦了一下，半点声音都没发出来，直接就歪倒在了椅子上……

医生脚步不停，他又看了看周围，走廊还是空旷而安静，他悄然无声地拧开李飞病房的门，闪身走了进去。他从口袋里掏出一个小药瓶，又拿出了一支更大些的注射器，插进药瓶抽取液体，片刻后，他握着针剂，上下轻轻摇晃了两下。

病床上的李飞痛苦地缓缓睁开眼睛，模糊的视线中有一个站在病床前的人影。他眨了眨眼，想让自己清醒一点，动动手才发现胳膊上打着厚厚的绷带，他打消了这个念头，直挺挺地在床上躺尸，视线逐渐清晰起来，他看见有医生正在把注射器里的液体注入他的输液瓶……本来没觉得有什么奇怪，但是视线跟医生偶然对上，李飞却觉得他眸光好像微微颤了一下——就好像他有点害怕自己醒过来一样。

李飞心里的那根弦又倏地绷紧了，他受伤的那条手臂藏在被子下面，不由自主地攥紧了拳头，他不动声色地打量对方，那人神色转瞬又恢复如常。

“医生，”他开口，发现声音嘶哑得好像不是自己的，“你给我用的什么药？”

那人状若不经意似的随手把空了的注射器从输液瓶的橡胶塞上拔下来，“没什么，营养液，你好好休息。”

他说着就匆忙转身要走，李飞在他转身之际毫不犹豫地拔掉了自己手上的针头，一把拉住医生的袖子，“等等——”

破风寒意迎面袭来，医生手里不知何时已经抓了一把匕首，李飞拦着不让他走的同时，心知已经暴露的杀手反手持刀直接划向李飞咽喉。李飞本能地松手往后躲，仓促间踉跄下床扯掉了一身的检测贴纸夹子，他人还没站稳，手里已经抄起输液架，仓促间挡住了透着杀意的匕首！

被扯开的设备连着被晃掉在地上摔个粉碎的输液瓶发出丁零当啷一阵响声，眼看就要惊动旁人，那医生也不恋战，一脚踹开抡起输液架就要往他身上砸的李飞，果断地飞身跑出了病房……

李飞本来就浑身是伤，被一脚踹倒再费劲地爬起来追出门外，那人早已不见踪影。门外警察沉沉地昏睡，李飞倏地刹住脚步，赶忙查看他的状况，把他脖子上的针头拔下来闻了闻，又摸他的脉搏，发现人没事儿，这才松了口气，赶忙摇晃着喊他："兄弟，醒醒，醒醒！"

好巧不巧，一大早不放心，赶过来看李飞情况的蔡永强跟周恺，把这一幕看了个正着。蔡永强本能地打了个激灵，飞快赶过来的同时迅速掏枪直指李飞，低喝："李飞！不许动！你要干什么？"

李飞惊讶地看着蔡永强指着自己的枪口，莫名其妙，"这什么意思？"

蔡永强和周恺对视一眼，蔡永强稳稳地端着枪一动不动，周恺上前架住李飞……那明显是控制犯罪嫌疑人的手法。

李飞震愕地转头，询问地看着周恺，周恺声音里竟然透着警告，"老实点，别逼我。"

蔡永强收了枪，摸了摸制服警察的脉搏，松了口气，"还活着。"

李飞左右看看这俩人，一个是他的队长，一个是刚从警时带他的师父，现在他们一个拿枪对着他，一个严密地控制着他……他眉毛逐渐拧起来，瞬间感到一阵难以形容的荒谬，"……你们怀疑是我？"

周恺把他扭送回病房，李飞愤怒起来，挣扎中被周恺用力按着坐回病床上，他脖子上青筋暴起，瞠目欲裂，毫不客气地质问他们队长："蔡永强，我问你话呢！"

蔡永强不吱声，收了枪，动作利索地掏出手铐把李飞铐在病床上，看着一地狼藉，拿起一片输液瓶的碎片，手指沾了液体，拿到鼻子前面闻了闻，转身摁了床头的呼叫铃。

周恺喘着粗气拍拍手，苦笑地看着他揶揄：“刚做完手术的人怎么那么大劲儿？看来平时拳不是白打的。”

李飞是个需要重点看护的病人，不仅因为重伤，还因为他涉案。铃声一响，值班医生带着两名护士连忙就过来了，看着一地乱七八糟震惊不已，蔡永强看了他们一眼，“刚才谁给他输的液？”

医生和护士面面相觑，片刻后，一个年龄不大的小姑娘怯生生举手，“我……”

“什么时候？”

“一……一个小时之前。”

说话间，已经有另一名护士拿起针筒小心地凑到前面准备给李飞注射。李飞面色不善地猛然挥开她，蔡永强也把那姑娘拦了回去，“这是什么？”

这么个架势，小姑娘都快吓哭了，颤颤巍巍地拿着针委屈地回答：“镇静剂。”

“不要打镇静剂。”蔡永强抱歉地笑笑，“我们还得问他话呢。”

护士连着保洁一起在三个缉毒警各怀心思的注视下飞快地把病房大致收拾了一下，这会儿天已经大亮了，站在外面走廊上抽烟的蔡永强电话响了，他接起来，是陈自立。

“枪弹检测报告出来了。”电话那边，刚拿到枪弹检测报告的陈自立跟他说：“宋杨、蔡启超、蔡杰和另外两名毒贩身上的子弹都来自李飞的手枪。而李飞左肩上的弹头来自宋杨的手枪。”

“物证方面有什么线索吗？”蔡永强把烟掐了扔进垃圾桶，站在走廊尽头朝李飞的病房看了一眼，“现场共缴获多少冰毒？”

“我刚问过物证鉴证科了，说还没有出结果。但是……”

蔡永强看着收拾病房的护士保洁带着工具跟垃圾鱼贯而出，一边往外走，一边催他，“别吞吞吐吐的，有话直说。”

陈自立压低了声音，有些讳莫如深，又夹杂了一点显而易见的不满，“鉴证科小刘偷偷跟我说，是上头不让把结果给我们看。”

“上头？”蔡永强眉心微蹙，直截了当地问他：“上头是谁？马云波还是罗旭？”

电话那边，陈自立却摇摇头，“他没说。”顿了顿，越发地有一肚子的槽想要吐，“按说这个马云波也是缉毒警出身，怎么就跟咱们尿不到一个壶里……”

蔡永强默默地听着，站在病房外，隔着门上的小玻璃看了里面的李飞一眼，“别说了。”

输液的架子又挂上了，吊瓶是新打的，周恺环抱着手臂站在李飞床前，“铐着你是为你好，也是心疼输给你的这几袋血。里面有蔡大队一袋，还有我周恺一袋。”

“啧，”李飞靠在床头，反正浑身都疼，他也说不清到底哪里的不舒服更多一点，闻言冷着脸作势吸了吸鼻子，眼皮儿也不抬，“我说我怎么那么臭，原来是输了你们的血。”

周恺气不打一处来地抬手拍了下李飞的脑袋，“死硬是吧？现在宋杨躺在冰冷的停尸床上，他爸妈一会儿就来。你从小到大吃过多少顿他妈妈做的饭？数得过来吗？你难道不想为你搭档的死说几句话吗？”

李飞脸色倏地冷了下来，按捺不住地作势就要冲向周恺，扯得手腕连在床头的铐子哗啦啦响，眼看又要闹起来，收了电话的蔡永强推门走了进来，“枪弹检测报告出来了——宋杨左胸的子弹来自你的手枪，你肩膀上的子弹来自宋杨的手枪。这你怎么解释？”

李飞冷哼，“我不需要解释，尤其是跟你们。”

蔡永强神情阴郁，喜怒莫辨，“不相信我们是吧？那你相信谁我叫谁来跟你谈。马云波吗？”

被噎了一下，李飞恨恨地别过头。

蔡永强语气很平静，“另外，告诉你一件事儿，陈岩在韶关被抓了。”

李飞不解，“陈岩？陈珂的弟弟？”

“别装糊涂。”

到底是谁在装糊涂？李飞冷笑一声，倏地瞪住他，愤怒的挖苦里糅杂着冰冷的讥诮，“蔡永强，你局布得不错啊！宋杨死了，宋杨女朋友的弟弟也被抓了！你们还想干什么？！”

蔡永强面对他的暴怒和质疑仍然冷定得面无表情，“不是我们要把他扯进来，韶关禁毒大队的老耿在陈岩的车上搜出三公斤冰毒。”

李飞又扯了一下手铐，“不可能！”

“什么不可能？走毒哪有万无一失的？”周恺直截了当——甚至是理所当然地问他，“说吧，到底谁是陈岩的保护伞？是你还是宋杨？”

他兄弟在闯毒窝的时候死了，他也差点死在里面，他干掉了杀他兄弟的毒贩，然后他的上级竟然问他，是他还是宋杨给毒贩提供了保护伞。

这简直就是个笑话。

但是李飞笑不出来，甚至连骂都梗在了嗓子眼里。怀疑谁都可以，可是竟然在这种时候来怀疑自己——蔡永强，你们他妈安的是什么心？

李飞嘴唇都在打着战，眼光要是能杀人的话，他估计已经把蔡永强跟周恺刮成片儿了，正僵持着，刑侦的陈队已经带着人到了病房。

之前遭暗算昏迷的警员已经被送去观察室了，这会儿守在门外的是蔡永强带过来的人，看见他们要往里进，直接给拦住了，“陈队，对不起，蔡队交代了，没有他的允许，任何人不得进入病房。”

陈光荣透过小窗子看里面蔡永强带着他们家中队长周恺正跟病床上的李飞说着什么，目光幽沉地磨磨牙，站在门外，直接大声朝里面喊了一嗓子：“蔡永强！”

病房里的三人都循声往房门看过来，蔡永强看了李飞一眼，跟周恺打了个眼神，两个人一起从病房里出来，周恺在后面把门给带上了。

“陈光荣，”缉毒跟刑侦的队长，两人要是不熟都对不起他俩所在的这队伍，蔡永强也不客气，照面就戳着他说：“你怎么有闲工夫光顾这儿？”

陈光荣朝里面抬抬下巴，“我来带李飞离开人民医院。从现在起，李飞由我们刑侦大队负责看押。我来接人。”

周恺简直震惊了，“李飞是禁毒大队的人，凭什么让你们刑侦插手？”

蔡永强拦住周恺，指了指病房，“李飞患有典型的应激性创伤后遗症，情绪很不稳定。为什么要把他带离医院？”

陈光荣意味深长地看了蔡永强一眼，“医院情况复杂，对李飞的安全不利。”

“不安全？陈队，我怎么觉得你这话里有话呢？”周恺是个老缉毒警，队里干久了，性子也直，对谁都直来直去的，他听着陈队这话就不爽，“是对我们禁毒大队不信任就直说。”

蔡永强既然不吱声，那眼前这位说的话大概就可以代表他们队长也是这个态度。陈光荣看了他一眼，“我只是执行任务。有任何疑问，你们可以问马局。”

蔡永强挡在病房门前，不说话，也不让路，脸色不太好看。

陈光荣无奈地摊摊手，“该翻白眼的是我，我昨天可是干了大半夜你们禁毒大队的活，腿都累抽筋了。”

沉默半晌后，蔡永强慢慢地开口：“你们打算把李飞带到哪？”

“局医务室。”陈光荣说，“你们放心，局里已经和医院的院长沟通过了，他们会派一个医生和一个护士过去，随时护理李飞。这待遇比特需还特需了吧？”

“要是我们想讯问李飞呢？”

陈光荣摊了摊手，“专案组成立了，罗局任组长，马局是副组长，你的名字不在专案组的名单里。李飞和宋杨都是你们禁毒大队的人，局里这么做也许是为了避嫌吧。”

蔡永强无动于衷地打量他半晌，把手机拿了出来，“我打个电话。”

“请便。”

马云波接到蔡永强电话的时候，正在办公室里看刑侦送来的昨天连夜审问陈岩的录像。

屏幕前，陈岩显得很疲惫，说话语速很慢，但字句很清晰——

“我们用我父亲的水果公司做掩护走私毒品，从蔡启超那儿拿货。”

镜头前，陈光荣问他：“出到哪里？”

“下家是韶关的一个夜店老板。”

“跟李飞有什么关系？”

“……每笔生意，李飞都要抽头百分之二十。”

“南井村北山养鸡场是怎么回事？”

按陈岩的供述，南井村北山养鸡场，是他们给宋杨设的局。他跟李飞贩毒的事儿不小心被宋杨发现了，陈岩觉得那个马上就要当他姐夫的宋杨油盐不进，迟早要坏事，而且，李飞也喜欢陈珂，记恨宋杨抢了他的心上人，所以就跟他商量想办法，要干掉宋杨。陈珂跟宋杨说过，当上中队长就结婚，宋杨立功心切，李飞说只要告诉宋杨南井村北山养鸡场有毒品交易，笃定宋杨一定会上当。

马云波看完了全部审讯记录，折断了手里的签字笔。

蔡永强的电话就是这时候打进来的，“马局，我蔡永强，我想知道，你为什么要把李飞交给刑侦大队？”

马云波抓着电话缓缓深吸口气，才把情绪稳了下来，即便如此，他的声音仍然很沉，“把李飞留在你们那儿也没用，他不会跟你们说一个字。”

“为什么？”

“他对你和禁毒大队不信任。”

电话里，蔡永强很坚持，“李飞是我禁毒大队的，我不同意把他移交给刑侦。”

马云波摇摇头，“把李飞带回来审，是省厅禁毒局的意思，我们已经为5·13案成立了专案组。”

蔡永强质疑，“专案组里为什么没有我们禁毒大队的人？”

“人员组成不是我马云波一言堂决定的，而是经局党组讨论决定的。”马云波的声音逐渐不悦起来，“你现在主要的任务就是开展内部整顿和调查。马上把李飞交给陈光荣，如果李飞不配合，让他给我打电话。”

趁着蔡永强走到旁边打电话的时候，陈光荣凑近周恺身边，脸色悠然，声音带着不怀好意的揶揄，“告诉你一个内幕——陈岩撂了，我们刑侦昨晚还从李飞家里搜出一百四十万的现金。”

周恺脸色骤变，猝然回头正要说什么，蔡永强正好回来了，“交人。”

周恺几乎以为自己听错了，“蔡队？！”

蔡永强看了陈光荣一眼，脸色铁青地把正挡着门的周恺一把拽开。

陈光荣挑挑眉，不屑地看了蔡永强一眼，准备进门的时候，他歪着身子凑在周恺耳边，透着仿佛就要撕破脸宣战的敌意，低声奚落，“别以为我不知道，你们禁毒大队，没有几个是干净的。”

他语调轻快，周恺瞪圆了眼睛差点就要动手了，“你说什么！”

“我什么都没说，”刑侦的陈队无辜地摊摊手，施施然推门进了病房，“是你自己听错了吧？”

一开门，脸上得意消失，陈光荣也当场怔愣。

人呢？！刚才还在呢，隔着病房门往里面都能看见的！这会儿他妈人呢？！

陈光荣抢步上前，愕然地看着床头已经被打开的手铐，又冲到窗口往下看了一眼，楼下一个人影都没有！

光天化日的，门外刑侦跟禁毒的人快要把门口儿都堵死了，李飞竟然在他们这么多人的眼皮子底下跑了！

简直滑天下之大稽！

9. 全城通缉

陈光荣气急败坏地带着人推开迎面冲进来查看情况的蔡永强二人，火速冲下楼去追人。蔡永强跟周恺也是极度震惊，他看着人去屋空的病房，目光一路从解开的手铐到大敞四开的窗户，片刻后，他若有所思地回头，往卫生间的方向看了一眼。

卫生间的门虚掩着，周恺循着他的目光猛地把门拉开，里面同样空荡荡的。

若有所思地沉吟片刻，蔡永强摇摇头，走到角柜边上，抬手把他刚才放在这里的一块碎了输液瓶的玻璃碎片拿起来，交给周恺，“拿去化验。”

周恺眨巴着眼睛拿着玻璃片低头闻了闻，找了个袋子把碎片装进去，狐疑中目光微凝，“氰化物？”

蔡永强不点头也不摇头，“走。”

蔡永强出门前，仿佛不经意似的，看了一眼此刻门大敞的洗手间上的小吸顶灯。而在他们走后，洗手间上方的吊顶板忽然从里面被掀开，一身病号服的李飞捂着受伤的胳膊，从里面跳了出来。

5·13案件震动全省，省厅从上到下密切关注案情进展，李飞一跑，前后没有半个小时，禁毒局崔振江就收到了消息——

“刑侦大队和禁毒大队都在，居然看不住一个李飞！”

广东省公安厅厅长办公室里，王志雄、雷建华跟李维民也都在，崔振江电话开的免提，所有人都能听见来汇报情况的马云波惋惜又不甘的声音，“在他家里搜出了巨额现金，陈岩也供述了自己在李飞庇护下贩毒以及二人合谋设计宋杨的罪行，所有证据都对李飞极为不利。这一跑，无异于彻底坐实了自己的罪名。”

崔振江拧着眉毛冷声立即下令：“马上通缉，全城搜捕。”

“是。”

这边挂了电话，他头疼地揉揉眉心，新厅长王志雄对这通电话旁听了个全程，不太理解现在东山市局的组织结构，“马云波不是东山公安局的副局长吗？怎么我听上去像是他在主事？”

“是这样的，”雷建华解释道，“两年前马云波从禁毒局侦查一科科长调任东山市公安局，那时候其实是作为局长人选考虑的。但东山方面认为马云波还年轻，东山禁毒形势严峻又复杂，希望马云波能在副局长的位置上锻炼两年。所以，马云波最终是以常务副局长的身份上任的，主抓禁毒。可现任局长罗旭经常请病假不上班，马云波其实是在主持着东山市公安局的工作。”

王志雄若有所思地点点头，转向旁边从把他叫来开会开始直到现在都一言不发，什么态度都不表示的李维民，“李维民，李飞的事你怎么看？”

李维民沉着脸摇摇头，坦然地说道：“我和李飞关系特殊，我申请回避。”

王志雄挑眉，“什么样的特殊关系？”

“我们的关系……”李维民顿了顿，这么多年了，他跟李飞的关系，始终找不到一个更准确的定位，顿了半晌，他拧着眉毛，还是用了惯用的说法，“像父子。”

“哦？”王志雄意外地看向他，却没多问，“没关系，先说说你对他的看法。”

“李飞有很多缺点——冲动冒进，做事不考虑后果。”毕竟关系敏感，李维民斟酌着词句，一边说着，还是一边笃信地缓慢摇摇头，“但这孩子疾恶如仇，说他涉毒，我不信。”

崔振江提醒他，“不要以主观判断轻易下结论。”

“我也是以常情常理推论。”李维民抬头看了他们一眼，“宋杨和他是发小，后来又是搭档，像兄弟一样。说他俩好得穿一条裤子都不为过，李飞更不可能开枪杀他。”

王志雄沉吟道："那你的意思，他是被人设计了？"

"没有证据，我不能武断下结论，只能猜测。"李维民苦笑，"这个臭小子，我希望亲手抓住他，问个明白。"

马云波刚被省厅问询了一波，转头又被叫到东山市政府市长办公室，让市长陈文泽给戳着鼻子骂了一顿。

跟他一起过来的就有那位要退休的老局长罗旭，从头到尾眼观鼻鼻观心地稀释自己的存在感，陈市长把手里一摞资料摔在桌子上指着他怒喝，他也不吭声，"东山刚在今年年初才摘掉戴了两年的全国毒品重点整治地区的帽子，气都还没喘匀一口，你们就又来这么一出！"

陈文泽也是快半百年纪的人了，要说也是个经过多少大风大浪的人，喜怒不形于色的功夫也是过硬的，但今天早上一开电视就看见铺天盖地的报道，一上班秘书处就接到各种媒体打来的电话，从昨天到现在应付了十个指头都数不过来的各种省里领导的询问，再好的养气功夫也都被磨没了，这会儿简直快要气得爆炸了……

"这次南井村5·13案件是什么性质你们知道吗？东山又被你们推到了风口浪尖了知道吗？知道这半个小时我接到过多少个电话吗？广州市委两个常委，龙坪市委全部的常委，还有《南方周末》、《广东日报》、《广州日报》、广东电视台、广州电视台，网站的自媒体——那就多了去了！你们这是想干什么？想把东山、想把我们都往死里整吗？！"

马云波站在办公桌前，垂着目光认责，"陈市长，这事跟罗局长没有关系，我马云波负全部责任。"

陈市长气得一巴掌狠狠拍在桌子上，"你马云波负得起这个责任吗！"

"这也不能完全怪马云波，"东山市局的老局长不好总让副局一个人顶雷，他为难地往桌上厚厚一摞报纸资料上瞄了一眼，"龙坪和东山地区禁毒形势复杂，云波这两年呕心沥血……"

"罗旭！"陈文泽暴怒地打断他，"形势这么严峻，你还来和稀泥？我告诉你，这次恶性事件你也有责任。你算算，今年还没过完六个月呢，你休病假却有四个半月——”

“我也不想啊，”罗旭趁着陈文泽声音微顿，连忙插话进来，他也觉得委屈，“……毕竟马上要退休了。”

他这样，还不是为了要锻炼新人，给年轻人腾位置？他要是明天退休今天才撂挑子，后面的事儿谁能立刻接得起来？

“你！……”老局长有理有据，怒气横生的陈市长竟然没接上话来。半晌后，他深深地叹了口气，朝向马云波，“务必尽快抓到那个李飞。”

马云波点点头，还是肃然又单调的那一声：“是。”

陈珂这两天都在广州总院培训。台上总院专科的护士长讲课生动有趣，跟她一起过来参加培训的同事们都听得津津有味，她却心不在焉，总是觉得一阵阵没来由的心慌。

今天下课早，从多媒体教室出来，同事们约好了一起出去逛逛街，更衣室内，心神不宁的陈珂直愣愣地站在箱子前不知道在想些什么，直到旁边跟她一起来参加培训的同事碰了碰她胳膊，“陈珂，刚才好像听见你手机一直在振动。”

她茫然地回过神来打开柜门，从包里找出手机，上面是三个蔡小玲的未接电话。

她跟蔡小玲没事儿打电话聊个天什么的，通常一遍没人接就不会再打二遍了，等着对方看见回过来就可以，但一连三通电话，这肯定是找她有事儿。可是陈珂回拨，电话里却传来服务台单调的电子音，说她拨打的电话已关机。

刚打了三个电话，转头电话就关机？陈珂有点莫名其妙，正考虑着要不要再给她打一遍或者发信息问问到底怎么回事儿，广州总院这边的护士忽然从更衣间外面探进头来喊她：“陈珂，外面有人找你。”

……她没想到会在这里看见蔡军。

蔡军跟宋杨关系不错，以前宋杨也带她跟蔡军一起吃过饭，彼此算是相熟，但是她有点奇怪，为什么此刻应该在东山上班的蔡军会出现在这里，并且……穿着制服，旁边还有一个跟他一样穿着警服的警察。

“蔡军，你这是……”陈珂奇怪地指指他们，“来这里出外勤？”

蔡军不点头也不摇头，他看着这个目前看来应该是还什么消息都没得到的姑娘，眼底透着一点怜悯，“陈珂，我要告诉你一个消息，你不要太激动。”

“……”陈珂心里那令她不安的情绪又突兀地冒了出来，她显得有点局促，目光在对面三个刑警身上转了一圈，“什么？”

蔡军紧紧地攥起拳头，声音低哑，语气沉重，“……宋杨死了。”

陈珂以为自己听错了，瞪着眼睛，表情完全空白地望着他。

他有些不忍，回避地低下了头，“你……节哀顺变。”

陈珂张张嘴，听见理智在她脑中摧枯拉朽的声音，“你说什么？”

“宋杨，”蔡军沉痛中透出一点藏不住的痛恨来，“他是被李飞开枪打死的。”他说着，从公文包里拿出一份枪弹检测报告的复印件来递给她，“这是物证科的枪弹检测报告给出的结果，李飞已经畏罪潜逃了。还有……”

蔡军说着顿了顿。他看见眼前身形纤弱的姑娘身体仿佛支撑不住这么沉重的打击，猛地打了个晃，他不确定她还能不能承受得了后面同样糟糕的消息，但是他此行的目的就是如此，所以还是狠狠心，为难地对她说：“韶关警方昨天从你弟弟陈岩的货车里找到四十公斤冰毒——”

“不可能！”理智的弦终于绷断了，陈珂状若疯狂地推了蔡军一把，声音尖锐，几乎歇斯底里，声音在走廊里爆出回声来，“你骗人，陈岩不会！——宋杨不会死，陈岩也不会贩毒！”

她说着，眼泪就跟断了线的珠子似的落了下来……

“陈珂，你不要激动，你弟弟对自己贩毒的事实供认不讳，所以，我们需要你跟我们回去协助调查。”蔡军被她推了个踉跄，他也知道承认自己的亲人贩毒、相信自己的男朋友死亡这两件事情有多难，但事实如此，所有证据都能证明这两件事，他也只能公事公办，“不管怎么样，都希望你能跟我们走一趟，配合调查。”

陈珂瞪大眼睛紧绷着身体不相信地后退，跟蔡军同来的警察见状上前想去抓她，被蔡军伸手拦了下来，“陈珂，我知道你和宋杨的关系，相信你能理解我们警察的工作。先别难过，去把衣服换了，路上我慢慢给你讲。”

陈珂张张嘴，却什么都说不出来了。她脑子里乱哄哄的，仿佛刚才那一嗓子歇斯底里，把她浑身的力气都抽干了似的。她木然地流着泪，哭着跟蔡军他们对视片刻，机器人似的，胡乱抹了抹眼泪，魂不守舍地回了更衣室。

她好好的出去，转头就哭成泪人回来，跟她同来的小姐妹都惊了，一个个围过来问她怎么回事，她坐在更衣箱旁边的长条凳子上，捂住脸，忍住哽咽，摇了摇头，“没事儿，逛街我就不去了，你们去吧。”

“到底怎么了？”

“没什么，”她深吸口气，强打起精神，拼命止住眼泪，抬头对小姐妹们勉强勾起一个比哭还难看的笑来，“我……家里有点事情，可能要先回去一趟，你们不用管我……让我一个人待会儿。”

她对此明显不想多说，同事们也不好再问，不放心地劝了她几句，拿着东西悄然退了出去，走的时候替她关好了门。

再无一人的更衣室里，抹掉再次流下的眼泪，定定神，走向衣柜，又把手机拿出来，双手颤抖着从手机里找出“李飞”的号码，慌忙地拨了过去——“对不起，您所拨打的号码已关机。”

陈珂越发地六神无主，她慌乱地按着号码又打给宋杨，可是宋杨也关机。

蔡军的话似乎越发的无可反驳，她浑身都在打着哆嗦，手抖得几乎按不住屏幕，正要再打给她弟弟，慌乱中手机啪的一声掉在了地上，落地的同一时间，竟然嗡嗡地震动起来……

是个陌生号码。

她仓皇地捡起手机试探着接听，谁都想不到，正在东山被全城通缉的李飞，此刻正躲在林水伯的窝棚里，拿着老爷子粘着胶布的破旧老手机，凭着记忆中的号码，给陈珂打了个电话——

“我是李飞。”

“李飞？”陈珂说话还带着浓重的鼻音，小心翼翼的，跟从前她那明媚清越的声音截然不同，“你在哪？”

李飞一下子就反应过来，陈珂的情况不对劲。

他猛地从椅子上站起来，窝棚太矮，他突然一站，脑袋差点顶到棚顶，“陈珂，你怎么了？”

“他们说宋杨！——”

“你别急……”

两个人说话的声音叠在一起，李飞攥着手机悚然而惊地话锋一转，连忙警惕地问：“谁？谁说？”

“蔡军……”

“他去找你了？”

陈珂不由自主地朝更衣室小门方向看了一眼，“他就在门外，还带了一个人。”

“陈珂听我说，”李飞脸色焦急而凝重，“你不能跟蔡军走，你现在谁都不能相信。”

陈珂带着一线希望，“那宋杨……”

李飞猛地闭上眼睛，“宋杨死了。”

更衣间里，陈珂拿着电话泪如雨下，她用力捂住嘴不让自己哭出声来，害怕手机漏音也害怕听差任何一个字似的，手机的听筒被她下意识地死死压在耳朵上，李飞语速飞快，在电话里严肃地告诉她：“有人在陷害我，陷害陈岩。听我说，你赶紧离开医院，什么都不要拿。把手机扔掉，直接去中山，住到中山公园旁边的丰益宾馆里。我到中山后会跟你联系的。记住，对谁都不要说我的行踪，到时候我会跟你解释一切的。”

陈珂不解，她声音尽可能放到最低，抽泣哽咽却再也压不住，“为什么要去中山？”

“要洗清我和陈岩的罪名必须得找到包星，具体的我们见面再说。”李飞没时间解释太多，着急地跟她确认，“我刚才说的你都记住了吗？”

陈珂全身发抖，咬住嘴唇，用力点点头，“记住了。”

电话挂断，陈珂通红着眼睛茫然地抬头，半晌后，拿出柜子里的包，把里面的东西一股脑倒在地上，从里面捡出身份证和现金，把手机连同其他的东西一起塞回包里……

事情发展到这个地步，李飞不敢再相信任何人。

林水伯听见了他跟陈珂打电话的全部内容，却什么也不多问，从一大堆破破烂烂的衣服里翻翻找找，又看看李飞，想了想，还是觉得自己身上这件勉强还能看。他把自己身上的衣服脱下来给他，“这件衣服你试试合不合身。”

脱下来衣服一抖落，就有原来藏在兜里的三粒小药丸突兀地掉在了地上……李飞弯下腰捡在手里才认出来，那小药丸是三粒“黄大仙”。他愕然抬头，林水伯笑容尴尬，片刻后，他却什么也没说，把那东西又给水伯轻轻放在了桌子上。

说来可笑，满市局的人他不敢相信，却肯相信一个靠捡破烂维持生活还没忘了吸毒的拾荒老人……

林水伯局促地把那东西收起来，指了指李飞面前泡了半天的杯面，“赶紧把面吃了。”

李飞换上衣服，“不吃了，我得马上走。”

林水伯按住李飞，“有天大的事情也不能饿着肚子。”

他坚持地摁着李飞坐下让他吃面，自己犹豫了一下，还是转身从墙角的一个中空铁管里取出了薄薄一叠钱，递给了李飞，“这是我卖废品攒下的一千八百块钱，少了点，先用着。”

一千八百块钱，对平常人来说不算什么，但对水伯而言，这几乎是他这些年攒下的所有家当。

李飞动容，放下面碗，眼圈有点红了，“林老师……”

林水伯安慰地笑着拍拍他，拿起钱塞到李飞的手里，不带任何怀疑的目光静静地看着他，“李飞，水伯相信你是一个好人。”

10. 守株待兔

真要归根究底，李飞虽然不是李维民的亲儿子，但他的少年时代，至少有三分之二的时间是住在李维民家里的。

早几年，坊间甚至还有风言风语，说李飞就是李维民的私生子。反正他们爷俩都姓李，这流言蜚语解释也解释不清，后来李维民也好，李飞也好，都懒得说了。有时候听见八卦，甚至还能生出点看戏的意思来，过后爷俩儿当个谈资就着下酒，也颇有点趣味儿。李飞出事，李维民看上去三缄其口地守着原则避嫌，但其实心里比谁都着急。

站在办公室外面的走廊里，李维民一连给陈珂打了几个电话都是占线，焦急地看了看表，正准备再试一次不行就想别的办法的时候，电话总算通了。

电话那边陈珂不吱声，李维民不确定这个号码是不是她，“是陈珂吗？”

陈珂声音紧绷中透着颤抖，“你是谁？”

她这个状态，李飞能听出来不对，李维民当然更可以，他尽量用沉和的让人能够信任的平静声音说：“我是广东省公安厅禁毒局的李维民，你上次和李飞、宋杨来过我们家，还记得吗？”

“李叔叔？”

“陈珂，你听我说。”李维民打这个电话完全是他的个人行为，“李飞现在不知去向，你是宋杨的女朋友，你弟弟又卷进这个案子里了，我想，李飞可能会主动联系你。如果你知道李飞现在在什么地方，请你马上告诉我！”

“李叔叔，”陈珂犹豫着，“你为什么觉得李飞会跟我联系？”

李维民沉声说：“陈珂，我跟你说句实话，万一李飞死了，那事实真相就很难调查清楚，你知道这其中的利害关系吗？”

陈珂嘴唇翕动着，她在犹豫，不知道自己该不该对李维民说李飞的下落，对面，李维民琢磨着她的态度，却已经猜到了李飞必然已经联系过她，他严肃郑重中带着劝慰，“陈珂，时间紧迫，我们必须找到他。”

“……中山。”陈珂心里乱得很，但李维民她见过，那是跟李飞关系最为亲密的人，她想他应该不会害他，而且李维民是广东省公安厅的领导，应该可以帮到李飞，因此她把心一横，“李飞要去中山找包星，包星是我的一个同学，宋杨……宋杨出事的时候，应该也是去找他。”

包星，宋杨，李飞……

李维民攥着手机的手指一紧，“李飞现在具体位置在哪？”

“他没说。”陈珂声音磕磕绊绊的，“不过，他让我赶紧去中山，住进中山公园旁边的丰益宾馆，他到时候会跟我联系的。”

李维民忽然问她：“陈珂，你是在广州吗？”

“对，我在广州总院培训。”

“你等着，我马上派人护送你去中山。”李维民当机立断，“记住，来的人叫杜力，是禁毒局侦查三科的科长。还有，省公安厅禁毒局已经介入了这起案子。如果李飞再跟你联系，你无论如何告诉他，让他赶紧给我打电话。听明白了吗？”

李局就是有这种几句话就能把人安抚下来的能力，陈珂镇定了下来，小心翼翼却又格外谨慎地对他确认，“听明白了。”

“有什么李飞的消息第一时间给我打电话。就是这个手机号。”

“好。”

“我让杜力马上去接你。另外，你马上把李飞跟你联系的手机号发过来。”

陈珂犹豫了一瞬，还是点点头，“好的。”

李维民挂了电话后立即做了两件事，一是照着陈珂发过来的号码给对方打了过去，二是把目前了解到的情况跟新厅长做了汇报。

电话打过去意料之中的没找到李飞，对方自称是个捡废品的，只是有个路人借他手机打了个电话。李维民挂了电话去厅长办公室，刚才的几个领导此刻也都还没走。

“李飞冒着危险要赶到中山去寻找包星，说明包星一定是东山事件的知情人。”李维民站在王志雄的办公桌前面，中肯地汇报道：“我已经通知中山市局赵学超副局长，让他赶紧找到并控制住包星，并让他在丰益宾馆附近布置警力，等待李飞的出现。”

办公桌后面，王志雄正色看着他，肃然下令：“李维民，你亲自指挥中山的这次行动，绝对不能再出任何差错。”

蔡军觉得，他们刑侦大队最近可能出警的时候撞上了什么邪门儿的东西，要不怎么就这么无独有偶，早上李飞在他们陈队眼皮子底下跑了，中午陈珂又在他的监视下溜了……

本来换了衣服出来的陈珂情绪已经镇定不少，说是要去上厕所，他也没在意，他跟同事两个大老爷们儿总不能直勾勾地站女卫生间门前去盯人，但就是上个厕所的工夫，久等陈珂不出来，再找，人就已经不在里面了。

蔡军摘下帽子摸了摸脑袋，简直快要气笑了，“你怎么看？”

同来的警察看了眼女卫生间，“应该是在里面又换回了护士的衣服，趁我们不注意鱼目混珠就溜了。”

蔡军磨磨牙，硬着头皮给他们队长汇报情况，“喂？陈队，宋杨的那个女朋友溜掉了。要不要联系当地警方调监控看？”

出乎意料，陈光荣闻讯竟然不急不慌，反而特别淡定地告诉蔡军，“不用了。”

蔡军都愣了，“不用了？”

电话那边，陈光荣悠然地笑了一声，“五分钟前陈珂接到了李飞的电话，他们约在中山见面。”

蔡军奇道：“陈队，你神了啊，你是怎么知道的？”

电话里，陈光荣笑起来，漫不经心地提点了他一句，“不该问的别问。”

中山跟东山一样都是龙坪辖下的县级市，李飞在路上拦了一辆往中山去的集装箱重卡，给了二百块钱路费，一路顺风车坐到了中山。

一路上车里交通广播里，男女主持人用悦耳动听的声音说着毫无营养的笑话，伴随着夸张的大笑音效，从重卡老旧的音响里传来，货车司机性子豪爽，一路跟着那节目时不时笑出声，李飞疲惫地靠在副驾上，降下了一点车窗。

货车在高速路上开得快，搁平时李飞都能跟他讨教一下这个速度是怎么不被拍照扣分的，但现在，他一点说话的精力都没有。

暂时脱离了危险环境，人静下来，他就开始不受控制地想宋杨。有些记忆就是这样，发生的时候再平常不过，可是当永远失去发生机会的时候，却能让人痛不欲生。他甚至有点埋怨宋杨，怎么那么笨，就让人给抓了呢？明明跑得那么快。警校的时候，次次长跑第一，李飞玩命都追不上他。抓毒贩的时候跑得也很快，总是抢着想要挡在他前面……

前不久宋杨还问他呢，什么时候能对他说句谢谢。他当时坐在车里特别大爷的样儿，但事实上，他是很感激宋杨的，只是不想说出来。他觉得一辈子的兄弟呢，有的是时间，心里的感谢用行动表示就好了，俩大老爷们儿，没必要啰里吧嗦吭吭叽叽地谢来谢去。

可是现在他想对宋杨说了，说谢谢，然而……再也没机会了。

李飞控制不住，酸胀的眼圈里聚满水汽，到底还是落了下来，他暗骂自己没出息，胡乱抹了抹脸，恰巧司机并道，打着转向看后视镜的时候就给看见了，“怎么了兄弟？”

“没事，”李飞舌头狠狠盯着上颚，“迷眼睛了。”

同时迷眼睛的还有坐在出租车上，从广州往中山赶的陈珂。

她跟宋杨，其实是有次李飞受伤的时候认识的。李飞住在他们医院，好像没别的什么朋友，成天都是宋杨去陪护，她刚好是负责李飞那个病房的护士，一来二去，就熟络起来了。她不喜欢警察，宋杨却成天对她死缠烂打，偏偏方式又贱又克制，一来二去闹得她脑袋一热就没了原则。

其实跟宋杨在一起挺开心的。但是冷静下来，她还是不喜欢警察……你看，事实证明她的不喜欢是对的，如果不是警察，那宋杨……就不会死了。

还有陈岩。那小子胆子大小得分事儿，你让他开跑车时速二百地绕着盘山路往下飙他都敢，但是让他杀条泥鳅却都不敢提刀。归根究底，玩自己的命他高兴，但玩别人的命他不敢。他对所有生命都充满敬畏，是绝对不可能去贩毒的……可事情怎么就成了现在这样？

她弟跟宋杨一起出事，蔡军来找她，李飞来找她，甚至公安厅的李局长也来找她……她不过就是个小护士，他们为什么把自己看得这么重？陈珂不懂。她想不明白，有关宋杨跟陈岩的所有记忆都在脑子里跑马灯似的走过，她眼泪止不住地落，一包纸巾全交代了进去……

陈珂没有按照约定等杜力来找她。重新通过手机号码定位到她位置之后，同样正在往中山赶的李维民才松了口气。

警车鸣笛一路呼啸，他几乎是跟中山市局安排过来的人一起到的丰益宾馆，安排人员做行动部署的时候，他看看周围，在宾馆外面找了个僻静无人的角落，按着数字键给一个手机上没储存过任何记录的陌生号码打了个电话——

与此同时，香港某酒店总统套房内，卧室里的男人似乎刚睡醒，窗帘还没拉开，他光着上身披着睡袍坐在床边点了支雪茄，听见手机振动，就夹着雪茄接了电话。

遮光的窗帘透不进光，卧室也没开灯，他的脸隐藏在阴影里看不真切，“喂。”

“是我。”电话那边，广东省厅副局长的声音压得低低的，“我长话短说。李飞出了点状况，昨天他去了南井村的交易现场，原本他是被抓了的，但现在又逃了。”

阴影中，那人叼着雪茄抽了一口，沉默中，声音透着一丝不悦，“被你们警察抓了？”

“事情很复杂，现在我没时间跟你多说，人我还没见到，不过你可以放心，他一定在中山。”

“放心？现在这个情况你让我放心？”

“我现在马上就出发去中山，不出意外很快就能见到他。”

男人冷笑，“如果出了意外呢？”

李维民从善如流地冲着他的不悦迎上去，“你的人呢？”

男人一点不客气地冷嘲热讽，“你们警察都是废物？把人弄丢了，还想让我的人去帮你找？”

电话里，李维民嘿嘿地笑了一声，“你不敢吗？”

“放屁，”男人不以为意地笑骂一声，“我有什么不敢？”

收了线，始终没什么太大情绪波动的男人将手里的雪茄往烟缸里狠狠摁成了一坨。晦暗中，他眯着眼睛咬了咬牙，给底下人打了个电话。

电话那边，原本就在广东待命的手下接了起来，“老板？”

男人冷然地沉声吩咐：“你们俩马上去中山，到中山后立刻给我打电话。”

李飞。男人目光阴沉，紧紧抿着的削薄嘴角，慢慢地压了下来……

陈珂赶到丰益宾馆的时候，李维民跟中山市局的赵学超已经安排好了。

李飞打电话过来问陈珂房号的时候，负责监控查找来电号码的便衣就给了消息，说是查到李飞的电话是从学院路的一个公用电话亭打来的，但是中山市局的人赶往学院路的时候，没半点意外，李飞已经不在那里了。

出租车上，李飞坐在后座，习惯性地看着窗外建筑的特点，直到司机一路开到了他说的“中山公园附近”，他也没跟司机说他究竟要去哪里。

“先生，前面就是中山公园，你要在哪里下车？”司机耐不住性子地问他，李飞却拉低兜帽仔细观察着周围的环境，模棱两可地说：“你朝前开，我让你停你再停，开得稍慢一点。”

司机莫名其妙地从后视镜看了他一眼，还是依言放慢了车速，顺着路一直往前开。

李飞足够谨慎，因为他是李维民教出来的，但现场是李维民亲自主持部署，半点破绽都没有，李飞没察觉出有问题，但他的车开进丰益宾馆区域的时候，其实就已经被便衣们盯上了……

李飞若有所思地回过头来望着路边那辆小型厢式货车，然后又看了看丰益宾馆方向，司机把车速换到了一挡，“先生，前面就到头了，你到底去哪里？”

李飞抿紧嘴唇，“再绕回原路，按刚才的路再走一遍。”

司机不满地从后视镜里看了看李飞，觉得今天又遇上了奇葩，“拜托你下去自己走喽，我要回家吃饭。”

李飞也不废话，直接从口袋里拿出一百块钱给司机递了过去，“我记错门牌号了，再麻烦你一趟，对不起。”

所谓有钱能使鬼推磨，司机接过钱，哪怕心里骂着娘，还是顺着他的意思，从一挡又换回了三挡，带着他又往丰益宾馆所在的位置返了回去。

那辆厢式货车看不出问题，李飞暗暗压下心中的不安，定了定神，给酒店前台打电话，让前台帮忙转508房间。

陈珂就在508里面，电话一响，在李维民鼓励的目光中接了起来，“喂？”

“是我。”李飞从水伯那里出来的时候又买了个二手的手机，一起还买了张不记名的手机卡，听见陈珂的声音，轻声问她：“你在房间吗？”

陈珂紧张地看了李维民一眼，“在。”

“没什么异常吧？”

陈珂的指甲几乎抠破了她自己的手心，“……没有，你到了吗？”

“马上，你在房间里等我，一会儿见。”

电话挂断，李维民看了赵学超一眼。

省厅禁毒局的李副局，整个广东公安系统无论是谁多少都得给面子，赵学超会意地拿过对讲机，对各组人员说道，“所有小组注意，目标马上要进宾馆，目标马上要进宾馆！”

与此同时，509房间内的杜力却放下望远镜，从后腰掏出手枪顶上膛，把枪放在窗台上——

“有可疑情况？”马雯是省厅禁毒局的一名女缉毒警，人长得耐看，身手好得跟开了挂似的，除了人年轻经验还不足之外，妥妥是个巾帼不让须眉的代表。看杜力突然掏枪，她目光一凛抓起桌上的狙击步枪也过来了，走到窗边往楼下看了一眼，杜力却把望远镜递给她，引着她看向了对面居民楼东南角的一扇窗户，“对面有杀手。”

马雯一阵心惊，拿着望远镜朝对面望去，只见杜力所指的那扇居民楼窗户此刻已经被打开了，挡着视线的窗帘只露出一条缝，自动步枪的枪口赫然从那缝隙里露了出来。

谁都不知道，究竟有几拨人得到了李飞会出现在丰益宾馆的消息，也无法得知，现场到底埋伏了几个不同的势力。

让司机在宾馆门口停下来，李飞又拉了拉兜帽挡住了小半边脸，他谨慎地观察着周围的情况，小心地从车上下来，他双脚落了地，人从车里出来，手却扣着车门上沿没有松开。

所有人都在他下车的那一瞬间动了。

马雯的枪瞄准对面楼藏着杀手的那间屋子，朝着被窗帘挡住、情况不明的屋里微调着不同角度连开了枪，原本藏在里面的杀手猝不及防肩部中弹，但在子弹钉进杀手肩膀的同时，杀手的子弹也朝着李飞的脑袋打了过去！——

不过因为中弹的关系，枪偏了，子弹擦着李飞的头皮打碎了宾馆的玻璃门。枪声四起，李飞脸色大变，连半秒钟思考都没有，一切几乎就是本能地猫腰钻回车里，对已经吓傻了只顾尖叫的司机咆哮："快走！"

那司机已经蒙了，一边嗷嗷大叫一边条件反射地使劲儿轰油门，出租车发出可怕的轰鸣，李飞急红了眼，"挂挡啊！！！"

与此同时，厢式货车里的便衣持枪从车上冲了下来，街上的群众吓得纷纷逃窜，现场顿时乱成一团——

便衣们朝着李飞所在的出租车持枪包抄过来，那吓到已经不能思考的司机终于挂好了挡，开着车没头没脑地冲着警察就过去了。司机在车里号的如同杀猪，眼看就要撞飞冲过来的人，千钧一发之际李飞半身身体倾过去狠命一打方向盘，车的轮胎在地上发出一阵刺耳尖鸣，车尾巴生生在地上漂移了半圈，被李飞操控着方向盘朝转角的小路疾驰而去！

508房间里，听见枪响的陈珂也惊恐尖叫，手台中杜力汇报的声音绷得极紧，"对面居民楼三单元四层东边的房间里有枪手。"

李维民死死拉着陈珂不让她到窗边去看情况，陈珂惶然地抓着李维民眼里噙着泪地尖锐问他："他死了吗？李飞！"

"没有，"李维民脸色铁青，"陈珂你冷静一点。"

赵学超闻讯一边从508的房间里冲出去朝外跑一边对着对讲机怒喊："快，2组拦截李飞，3组4组捉拿枪手！"

原本有条不紊的部署被意料之外的枪手这么一闹简直就炸开锅了，谁都没想到对面楼上竟然还藏了另外一拨人，原本安排过来的人都是为了抓李飞的，现在分出去两组抓杀手，人手就显得捉襟见肘，而当3组4组的便衣们赶到刚才杀手所在的房间踢门而入的时候，那房间早已人去屋空，只剩下窗边满地碎玻璃上的几滴血迹。

“有血迹！”

“封锁现场！快快快！”

手台里各种汇报连成一片，李维民本要跟着赵学超一起下去，无奈陈珂的状态实在脱不开手。另一边2组的人追着横冲直撞的出租车进了老街，惊呆了的司机踩在油门上的脚早已僵硬得挪不开，李飞一路尽量握住方向盘躲避一切大大小小的障碍物，出租车一路连撞带划折腾得七零八落，右边后视镜摇摇欲坠地挂在车壁上，好不容易跟后面紧追不舍的警察拉开了距离，李飞正想着怎么才能安全地把车先停下来，斜刺里一辆大型SUV冲过来，直愣愣地拦在出租前面。出租车根本没地方躲，就这么直接一头撞了过去！

吓蒙的司机这时候才反应过来刹车，即便如此前盖还是被SUV顶得凸起，李飞的脸差点没在挡风玻璃上贴变形，司机这会儿也不叫了，目瞪口呆地看着李飞额角流血却踉跄地下车转身就往后跑，转瞬SUV上面也有一男一女跳了下来，男的箭步而上抬手就抓在了李飞后脖领，李飞也不含糊，猛然回身挣开他的桎梏，举拳朝着那男的面门就轰了过去！

男人身体很壮，拳头带风袭来他抬胳膊挡了一下，同时一拳重重地砸在了李飞肚子上——

李飞左肩有伤，此时刚缝合的伤口已经渗出血来，他抵挡不住，趔趄着撞向出租车后盖，那男人上前朝着李飞的肚子再击一拳，趁着李飞抱着肚子直不起腰，他活像头棕熊似的直接弯腰扛起李飞，走向了自己的车。

出租车里司机已经完全傻眼了，僵在车上看着那女的把后备箱打开，那男的又把他的乘客给扔进去，接着后备箱锁死，那一男一女开着侧面凹陷的SUV，在警察追来之前绝尘而去。

一切甚至都没用上二十秒。

11. 性命作保

东山市局禁毒大队，蔡永强匆匆地从外面回来，下车就往办公室走，迎面正好碰上从自己办公室里出来的陈自立。两人照面一点头，陈自立跟着蔡永强往他办公室去，蔡永强边走边问他："你那边怎么样？"

陈自立摇摇头，"给中山市局的几个弟兄都打了，他们对丰益宾馆的事都讳莫如深，根本探不出什么口风来。"

"不知道是不是出什么事儿了，"蔡永强打开办公室的门走进去，脸上一贯看不出喜怒，声音却有点紧，"赵学超也不接我的电话。"

当然不可能接。中山抓捕李飞的行动被严密封锁，除了中山市局跟省厅禁毒局参与活动的人员外，其他人打探不出半点消息。大动干戈的一场抓捕行动最后扑了个空，李维民临时带着省厅缉毒局的人，在中山市局驻扎了下来，同时安排人先把陈珂妥善保护起来。

找了个空当，李维民寻了个没人的地方，给之前拨过的那通陌生号码又打了过去。

"李飞被你的人带走了？"

还是香港酒店的套房，之前赤膊披睡袍的男人已经换上了衣服，接电话的时候，正不慌不忙地往威士忌里加冰块儿，"是。"

李维民在电话里低声质问："你准备把他带到哪儿去？"

那人还是平淡悠闲的样子，全然听不出不久之前他刚把雪茄碾成麻花的脾气来，施施然地对李维民说："安全的地方。"

李维民声音里带着一点警告和规劝，"你现在带走他等于坐实了他的罪名，这辈子他可能就只剩下逃亡了。”

“你想怎么样？”男人轻笑一声，“让我把他交给你？”

“交给我，我保证他的安全。”

“你怎么保证？”

李维民连个盹儿都没打，掷地有声地跟他保证：“用我的生命保证。”

“我就奇怪了，好好的局面玩成这样——”电话那边沉默片刻后，男人悠闲中夹着揶揄的声音又响了起来，他晃了晃酒杯，冰块碰撞出清脆好听的响声，他把玩着酒杯，脸上也带着玩世不恭的轻松，“你这个广东省缉毒局副局长是怎么当的？这么完美的布局，都能被人玩，对手是黑洞吗？”

“蔡启超、蔡启荣兄弟这种小鱼迟早被吃掉，是不出意料的，”李维民纠正他，但是自己也奇怪，到目前为止，他还想不到到底是谁突然横插进了上次的行动里，而且……他低头扶了下眼镜，“我也想不出，是什么人，能把宋杨、李飞这两个小子也送进来，不偏不斜。”

“哼，”那人浅浅呷了口酒，他举着酒杯，站在城市的高处，透过那漂亮的黄色液体，看外面那熙来攘往的繁华世界，稳稳地勾了勾嘴角，“你真个没能耐，等我吧。”

在警察手里抢了李飞的一男一女一路把车开到了中山郊外。从车上下来的时候，长相妩媚眉宇间却藏着精明干练的女人，从后车门的塑料袋里取出一瓶矿泉水，想来想去，还不太能理解自家老大的做法，“这么大动干戈闹一通才好不容易把人抢来，老板怎么又要再给警察送回去？”

“按老板说的办吧。”男人也是摇头却不多话，绕到车后面，被困在里面的李飞孜孜不倦地踢着车板，那男人警惕地看看四周，开门之前，对女人点了点头。

电动门打开，突如其来的光线让李飞睁不开眼睛，随着电动门越开越大，女人突然扬手把矿泉水扔向李飞，李飞下意识地抬手去挡，旁边的男人突然上前，将李飞抬起的手给铐上，另一个手铐铐在自己的手腕上，接着一把将李飞从后备箱里拉了出来——

李飞没想到竟然是这么个打开方式，他仓促地站稳，虎视眈眈地戒备着他们，“你们想干什么？”

“要想活命就给我老实点，”男人推了他一把，“走！”

李飞刚才伤口崩开，衣服这会儿透出血来，他一边挣扎抵抗一边被迫踉跄地被男人推着往前走，“你们到底是谁？”

“我们是谁对你来说不重要，重要的是你现在还活着。”

男人说着竟然把自己那边的手铐解开，转而给他铐在了一棵老榕树的气根上。这波莫名其妙的操作弄得李飞惊疑不定，“你这是什么意思？为什么把我铐在这儿？”

男人不吭声了，走了几步将手铐钥匙扔在他绝对不可能伸手够到的地上，没有理他，转头就要回车上。李飞一看他们这是真要走，连忙追问：“陈珂呢？你们把她怎么了？”

男人这才回头看了他一眼，“她在警察的手里。”说完转身上了车。

远处传来警笛声，女人望着后视镜，只见一辆车顶上顶着警灯的轿车正风驰电掣而来，挑挑眉，一脚油门狠踩到底，车子离弦之箭一样朝着来时的路飞速蹿了出去。

然而，事情都做到这个分儿上了，杜力奉命来找李飞的时候还是扑了个空。被打开的手铐挂在树枝上。杜力头疼地给李维民打电话，“李局，我到了您说的这个地方，人已经不见了。手铐还在，不知道他怎么打开的。”

电话里，李维民沉默一瞬，让杜力收队回了中山市局。

中山市公安局行动指挥室里，屏幕墙上接入的是中山市各个区域的监控摄像头画面。赵学超坐在指挥席上，正在就抓捕李飞的事情做下一步部署，“时间紧迫，抓紧向各兄弟单位通报，都帮忙留意着点，发现李飞的行踪及时抓捕。”

正说着呢，余光瞥见李维民端着茶杯走进来，赵学超客气地站起来，“李局，不是说好您先休息一会嘛。”

李维民摇头笑笑，“我不累，你们辛苦。”

赵学超是个挺有眼力见儿的干部，李维民过来，他就主动让开指挥席的椅子，“您坐。”

李维民摆摆手示意他坐回去，“中山的情况你比较了解，具体行动还是由你来指挥，我来向你学习。”

“李局说笑了，”赵学超连忙说，“您当年跟毒贩过招的时候我们小学都还没毕业呢。”

李维民笑笑，没再说什么，按着赵学超的肩膀让他坐下，示意赵学超继续，自己端着茶杯站在了一旁。

该客气的该礼貌的该恭维的都有了，礼数周全，赵学超也不坚持，对李维民点点头又坐了回去，继续着刚才没说完的话，“我们现在无法确定劫走李飞的是什么人，那辆车最后出现的方位是在东郊，以那个位置为原点向四周排查，注意沿途各处宾馆、酒店、饭馆、小卖部，另外加派人手24小时监视各个交通枢纽，铁路机场高速收费站，还有几个重点路口要设卡，出租车和私家车都要查。”

李维民听他说完，思考着慢慢说道：“他应该不会离开中山。”

他话音还没落，兜里的电话就振了起来，掏出手机看了一眼，是个中山当地的座机号，李维民心下一动，接了起来，“喂？”

“李局，是我。”

“李飞？”

李维民接李飞的电话谁都没避讳，当中说出李飞的名字也没打盹儿。

赵学超等人闻声惊讶抬头，李维民给他比了个手势，赵学超会意地立刻让负责追踪的人准备好。电话中，李维民的声音始终很稳，“你在哪儿？”

李飞的嗓子是哑的，能听得出来他状态不是很好，“我在中山。”

“具体位置在哪里？”

李飞似乎一下子反应过来什么，“你在哪儿？”

李维民回答他：“我也在中山。”

电话里李飞的声音突然一紧，“你到中山来干吗？”

李维民没有立刻回答他。突然的一阵沉默，李飞倏地挂断了电话。

技术干警那边动作迅速，很快就有一张中山市的电子地图铺在了大屏幕上，上面一个红点一明一暗不断闪烁，技术干警指着那个红点对他们说，“他用的是东郊的一个公用电话。”

赵学超看着李维民，不由升起些钦佩来，“李局，他确实还没离开中山，您说他会去哪儿？”

李维民盯着屏幕上的红点沉思，忽然问：“包星找到了没有？”

赵学超给操作大屏幕的警员打了个手势，包星的照片跟资料占据了屏幕的大片位置，中山市地图被缩小放在了右下角，“人还没找到，资料在这儿。”

操控大屏幕的警员一边播放各种资料，一边随着资料进行简单解说：“资料显示，包星很早就开始吸毒，而且还把他的姐夫谢锐拉下水，他这个姐夫本来是个青年才俊，开了一个公司，叫中山星锐医疗设备股份有限责任公司，自己是总经理，包星是副总经理，这家公司曾经资产上亿。”

李维民问：“现在什么情况？”

那警员回答：“三个月前这家公司已经被强制破产了。谢锐一个星期前在中山人民医院死亡，死亡原因是吸毒过量，造成中枢神经过度抑制，导致缺氧窒息。因为欠了一屁股的外债，所以包星只好开始以贩养吸，平时他应该主要都在中山活动，这几个月行踪比较飘忽。”

“他姐姐呢？”

“他的姐姐还在中山，家住山水小区。”

赵学超盯着屏幕上包星的照片摸摸下巴，似是在自言自语：“如果李飞真的在找这个包星，这几个地方他都有可能去，哪个可能性最大呢？”

李维民看了眼右下角的地图，微微敛起眉眼，“分头行动吧。”

李飞要找包星，中山警方挑头，把包星曾经经常进出的、李飞可能会去的地方都监控了起来。

下午的时候在已经破产的星锐医疗公司附近曾发现体貌特征跟李飞很像

的可疑身影，但是最后竟然还是给跟丢了。

满中山追这个从星锐医疗附近跑走的人的时候，警方都没想到，李飞竟然杀了个回马枪——

“那个星锐医疗啊，在我们这里曾经有名得很，但是公司效益好啦，老板就吸毒，把好好的产业败光了，人也没了，可惜了，听说都是被他小舅子给折腾的……”夜班出租车司机絮絮叨叨地跟后排的乘客聊天，越临近前面那如今影影绰绰如同鬼楼似的破产公司，他就越不能理解，“哎，小伙子你去那里干什么啊？”

李飞戴着帽子摇摇头，他始终环抱着手臂靠在后座里，地方到了，他给钱下车，动作之间手放下来，司机看见了他方才一直压在交叠手臂下面的衣服胸口上有血迹。

大半夜的，司机激灵灵打了个冷战。傍晚的时候他收到了公司发下来的通知，大概内容是市公安局正在抓一个什么逃犯，通报各出租车公司和出租车协会协助提供线索，一有发现立即汇报，通知上还带了一张“通缉犯”的照片……

司机其实已经记不得那张照片上的人长什么样子了，通缉犯什么的，也没往心里去，但这会儿看见大半夜衣服染血不去医院反而来荒楼的乘客，他就把心里那根弦给拎了起来——

不行不行！这可不能姑息着当看不见。司机紧张又谨慎地盯着李飞走远一点，拿起电话，悄悄拨了一通110……

李飞脑子够用，很多技巧是李维民亲自教出来的，在禁毒大队里不光身手数得着，侦查能力也特别强。所以相对的，他的反侦查能力也很强……

警方的套路他太了解了，所以算准了他白天在医药公司附近露脸，警察就不会想到他半夜还会过来，但是身上的血迹实在是没办法，他偷偷躲在公共卫生间里给伤口重新包扎做了紧急处理，但就这么一身衣服，染了血也没办法，还得穿，总不能在大街上裸奔。

他一路顺着星锐医疗已经杂草丛生的大院翻进去，打开吱吱呀呀生锈的大门，顺着楼梯摸上了楼。

被执行破产，公司所有值钱的东西都被搬空了，空当当的大楼里破桌椅板凳跟乱七八糟的纸张一起躺在地上，李飞从所有文件箱都被搬走的财务室一无所获地出来，想了想，还是不死心地又摸索着上了一层，找到了那间挂着“总经理办公室”牌子的房间。

可惜，还是什么都没有。

正转身要走之际，却被后面突然伸过来的手以迅雷不及掩耳之势猛地锁住了咽喉……

霎时间李飞浑身的汗毛都竖了起来，本能地抓住勒着自己脖子的那条胳膊躬身就要把人掀翻，但那条手臂铁钳似的牢不可破，僵持中，却倏地放开了他。

李飞捂着脖子猝然转身，喘着粗气惊魂未定之际，却对上了李维民那双欧式双眼皮儿下带着笑意的眼睛……

李飞梗着脖子，差点把自己给噎死。

“我这要有一把刀，你现在已经被割喉了。”李维民也不管愣在当场说不出话来的李飞，径自扶起两把椅子，才对他招招手，示意他坐下，“你觉得警察绝对想不到你会杀个回马枪，所以又转回来了，对不对？”

打死李飞也没想到李维民会在这里守株待兔……被猎人抓了个正着的兔子缓了缓神，闷不吭声地走到李维民身边，坐下的时候，浑身的防备都卸掉了。

半晌后，他直愣愣地说：“宋杨死了。”

“我知道。”

“是被我的枪打死的。”

“我知道。”

“一切都是假的。”

“我知道，所以你想找到包星洗清你自己。”

偌大的办公室实在太空了，周围也太安静，他们不大的说话声在里面都带着浅浅的回响，李飞的声音是那种“反正事已至此我豁出去了”的冷静，李维民依旧沉和，李飞每一次说完，他回答的每一句“我知道”，都充满毫不犹豫的笃信。

李飞铜墙铁壁般的冷硬伪装在这种毫无保留的信任下慢慢龟裂，那种被所有人背叛，被信任的人设计的难过又填满心头，他攥了攥拳头，低下头，对李维民的说法算是默认了。

李维民看了他一眼，“现在所有的证据都是针对你的，形势对你极为不利。”

李飞冷哼一声，就这么两天，他骨子里的野性全都被激出来，声音里透着不屑，“我不怕。”

李维民沉默半晌，语气更沉地告诉他：“我是这次抓捕行动的指挥。”

一瞬压抑而尴尬的沉默，李飞咬着嘴唇磨磨牙，“让我走，我能找出真相。”

“让你走？出去你就会死。”李维民不动声色的脸上终于出现了一点激动的、规劝的情绪，不再冷静的语气是长辈对亲近疼爱的小辈说话时才有的语重心长，“小飞，有人想让你死。宋杨已经死了，放你出去，下一个死的就是你。”

李飞梗着脖子，“我不怕死。”

“你不怕死，我相信。但如果你死了，可能正中有些人的下怀，宋杨也就白死了。”

李飞抬头，嘴唇嚅动，说不出话来。

“单枪匹马是最简单的选择，但是未必是最佳选择，你有责任还所有人一个清白，而不仅仅是你自己。”

“我知道谁有问题，”颓败的总经理办公室里，李飞的声音漾开回音，很倔强，“我不想回去接受他们的讯问。”

李维民忽然不着边际地问他：“你还记得，小时候你出去踢球，别人冤枉你砸了人家的玻璃，堵在门口来告状，我是怎么做的？”

李飞静默半晌，声音发闷，“您让我自己去证明。”

李维民笑了笑，“你找到砸了玻璃的那个孩子，约好一起去给人家赔礼道歉。”

李飞皱眉，“这不一样。”

“道理一样。”

李飞忽然抬头，脸上带着不掩饰的探究，仿佛急于确定李维民的态度，“您认为我该回去？”

“从小到大，我没有强迫你做过任何事情，这次也不会。”出乎意料的，李维民却并不着急或者激动，他还是那平和的样子，说出的话却让李飞心里逐渐回暖，“我不会强迫你，如果你不愿意，我今天甚至不会抓你回去，但是你自己要想明白，到底要怎么做。你这么聪明，我相信你很快会想清楚，像从前一样，我把选择的权力留给你。”

他说着，顿了顿，盯着李飞的眼睛看了半晌，突然像个玩世不恭的老顽童，爽朗地笑起来，“只要你问心无愧，我挺你。”

这几乎是他在这个世界上最亲近的人了，李飞低着头沉默了许久，再抬头的时候，眼睛已经红了，“我有一个条件。”

他声音里藏着些拼命压抑的哽咽，李维民却并不说破，“你说。”

李飞倔强而坚定的眼睛看着他，“除你之外，我不回答任何人的问题。”

夜光下，李维民郑重颔首，拍了拍他的肩膀，起身站了起来……

李飞知道他回去会面对什么，像他自己说的，羁押也好，审讯也好，他都不怕，他怕的是头顶着被人栽赃下来的黑锅，怕的是被所有人误解的犯罪，怕的是宋杨大仇不能报，幕后黑手永远逍遥法外。

不过有李维民在他身后，连这些他也不怕了。

12. 进驻东山

中山市警方带李飞先去就近医院，给他身上绷裂的枪伤重新清创包扎，把他带回中山市局的时候，已经是下半夜了。

谁都没睡，所有人都点灯熬油马不停蹄。李维民答应了李飞亲自讯问。李飞刚进羁押室屁股还没坐热，李维民就找到了赵学超，“学超，准备连夜讯问李飞。”

赵学超答应一声就去安排，谁知道赵学超刚走，李维民就接到了省厅王志雄的电话。让李维民连夜从中山赶往白云机场，跟他一起坐最近的航班飞北京——公安部的张副部长紧急召见。

王志雄打电话的时候，禁毒局的崔局就已经在赶往中山的路上了，李维民离开期间，他暂时接替李维民，跟中山市局协调，保证李飞安全。李维民没办法，只好又叫赵学超暂停了审讯，临走时候把自己外套脱下来给了赵学超，让他帮忙转交李飞。

李维民走得匆忙，没来得及再去跟李飞见个面，而他一走，这些弯弯绕绕的情况是没人会跟李飞说的。

奉命给他送衣服的警察打开羁押室的门，以为要带他去审讯的李飞就站了起来，谁知来人竟然告诉他今天不审，要求他坐回去，顺带还给了他一件外套……

“给你的，”送衣服的警察嫌弃地看了看他一身褴褛不说还滚了土又染了血的衣裳，忍不住催他，“赶紧换了吧。”

李飞脱掉身上林水伯给的这件，接过警察手里衣服的时候，却结结实实怔一下——这是三年前他从警校毕业，刚到禁毒大队，拿到人生第一笔工资的时候给李维民买的。衣服上有个当时看上去很前卫的图案，他民叔嫌弃太张扬搞怪不适合自己半大老头儿的年纪，说什么也不肯要，他非拦着不让民叔脱，为了让他就要这件，当时不惜以“今天是我第一次发工资，这件衣服有重要的纪念意义”相威胁。

时过境迁，背后的图案过时了，衣服现在也已经洗旧了，没想到，老头儿穿得还挺勤。

李飞换上外套，上面有淡淡的烟味儿，有那么一瞬间，他觉得自己仿佛是被保护起来了。

天已经大亮了，公安部副部长办公室里，张副部长摘下眼镜，略带疲惫地揉了揉眼睛：“这个案子里的关键人物李飞，和广东禁毒局的李维民副局长究竟是什么关系？”

“这要从二十多年前说起。”公安部禁毒局长苏建国坐在对面，指了指他拿在手里的那一摞资料，“李维民当年是海关缉私局的科长，李飞的母亲钟素娟曾是他的得力干将。钟素娟当年查获了一起走私毒品案，有人威胁利诱钟素娟不成后给钟素娟注射过量毒品将她毒死。李飞后来就住在李维民家里，度过了高中和大学时代。”

张副部长一边听他说，一边又把眼镜戴回去翻看资料，从里面找到了几张照片，其中一张里面，李飞的胳膊搭在李维民的肩膀上，镜头前两个人都笑得很开怀，“那李维民可以算李飞的半个养父了。”

苏建国点头，“养父这个称谓，不为过。但李飞从广东警院毕业后，坚决要求回东山，因为当时他的外婆病重没人照顾。”

“那李飞的父亲呢？”

“他父亲李建中是一个海员，在钟素娟死后便失踪不知去向，也有人说他是在逃港期间身亡。”

资料里有一张老旧家庭合影，照片里，眉宇间透着英气的女人抱着还在襁褓中的孩子，被丈夫搂在怀里，恬静幸福的样子。但让张副部长在意的是，李飞爸爸的脸部被人从照片上剪掉了。

他奇怪地指指照片，想问苏建国这是怎么回事，门外却有警卫敲门，汇报说是广东省厅的王厅长一行到了。

“我去迎迎他们。”苏建国说着站起来，在他身后，张副部长暂时打消了询问照片的念头，把文件夹合了起来。

李维民跟苏建国并肩而行，他有点心虚地凑近了些，低声问：“张副部长点名要见我？”

苏建国跟他打交道的时候多了，知道他是个什么德行，闻言打趣地看了他一眼，“哎，真是新鲜事儿，你李维民也会紧张？”

李维民苦笑着摇摇头，“这次不知道为什么，还真有点紧张。”

苏建国挑眉，“李飞。”

李维民嘿嘿地笑了一声，没接茬儿，却暗自心惊——这么大动干戈地找他们来，还真是因为李飞。

“……我们从丰益宾馆现场提取到了从枪手枪支射出的弹头，经弹道检测确认，枪手用的枪支是警用手持95式5.8毫米的突击自动步枪。但没有找到相匹配的枪支。”

张副部长的办公室里，跟王志雄坐在一侧的李维民简明扼要地把昨天的抓捕行动大致说了一遍，张副部长一边听着一边看着手里的材料，“杀手怎么会知道李飞的行踪？还有时间提前布置狙击点？”

李维民回答说：“我们在陈珂的手机里发现了被人植入的木马软件。也就是说我当天和陈珂的手机通话内容被犯罪分子全程监听了。我们也对李飞和宋杨的手机进行了检查，没有发现里面有木马软件。”

“但是，李飞在南井村北山被捕后，他和宋杨的手机都被东山市公安局禁毒大队收缴。”王志雄补充道：“东山市公安局禁毒大队是不是干净，有没有人暗中对李飞和宋杨的手机进行过处理，现在已经不得而知。”

张副部长闻言转向他，“建国说，你去广东上任前，他给你写过一封有关龙坪和东山禁毒形势的长信？”

王志雄点点头，“是的张副部长，建国局长认为广东龙坪、东山地区制贩毒形势非常严峻，毒贩们很有可能收买了地方政府和政法系统里的一些官员，充当他们的保护伞。”

“建国，”张副部长转而示意旁边的苏建国，“你再简单说一下那封信的主要内容。”

苏建国闻言拿起桌上的一份材料，“这是上海、江苏、江西、安徽禁毒部门近半年来缴获的冰毒成分鉴定报告，被抓获的毒贩都供述，这些冰毒大部分都来自广东的龙坪和东山地区。龙坪、东山地区在1999年和2011年曾两次被国家禁毒委挂牌重点督办毒品问题，最近3年来，龙坪制造的冰毒在全国查缉的冰毒份额中飙升，从14%到16%，再到33. 4%，目前已经超过40%，数据触目惊心。此外，根据可靠情报，东山的制毒贩毒分子不但大肆拓展国内市场，还利用境外贩毒集团的资金和走毒通道，把毒品跨国走私到了欧洲。”

“所有这些，都告诉我们一个事实——在龙坪、东山一带隐藏着一个产能惊人的地下毒品生产窝点。不，这么大的产能不能再叫窝点了，应该叫基地才更符合实际。事实上，我们部里和广东省厅这四年来对龙坪和东山地区开展的联合禁毒行动就有六次，这还不算广东省厅和龙坪、东山地方警方开展的大大小小的十几次扫毒行动。之前的这一次，也是我和李维民一起策划的，”苏建国说完笑着对李维民点点头，“维民，你自己介绍情况吧。”

李维民清清嗓子，饶是铁打出来的脸皮，当面说起这碴儿来也是尴尬，“是，刚刚进行的这次行动让领导们看笑话了。我们本来的计划是一次钓鱼行动，想要顺藤摸瓜来摸排隐藏在龙坪和东山的一个地下秘密制毒基地。依照我们的剧本，如果那个秘密团伙知道蔡启荣、蔡启超的动作，绝不会坐视不理。市场份额就这么些，蛋糕就这么大，他们是绝对不会允许别人来抢地盘的。”

王志雄这才明白过来，“所以你让我现场参观的那次破冰抓鱼行动，目的本来不是抓捕毒贩，是引蛇出洞？”

李维民点头，“是。”

“剧本设计得不错，”苏建国可惜地叹了一声，“可惜演砸了。”

“确实有点意外，也是之前的设计不够周密，鱼没咬钩，倒是把打的窝子给吃干净了。”李维民也不无遗憾地自嘲一下，然后语气一转，脸色又变得轻松自得起来，“不过也没关系，我们不在水里跟它缠斗，先遛遛，等它没劲了再下抄子。”

苏建国上下打量李维民，简直服气他这面对副部级领导也能没羞没臊且越挫越勇的心态，“李维民，我是真服了你了，你长心了么？怎么一点都不害臊呢？”

李维民挺理所当然地看了他一眼，“害臊有什么用？反正都演砸了。”

苏建国拿他没办法，绕开话题，正色道：“我是担心意外才刚刚开始。每次行动过后，毒品不但禁不住，风头一过毒贩们反而变本加厉。为什么？除了政法部门执法不力等因素之外，我认为，犯罪分子已经收买了个别政府官员，为他们的利益链充当保护伞。这是我给志雄厅长写的那封长信的主要内容。我写这封信的目的也是希望志雄厅长能克服重重阻力和困难，花大力气彻底解决龙坪和东山的制贩毒问题。”

张副部长点点头，看向李维民，“龙坪和东山地区制贩毒团伙的嚣张和猖獗程度已经超出了我们的想象。这块毒瘤一日不除，人民的生命安全就一日得不到保障。你们来之前，建国向我提了一个方案，以5·13一案为切入口，马上成立公安部、广东省公安厅联合调查组，明天就进驻东山。我觉得这个方案有操作性——联合调查组以李飞的案件进入东山，目标不大，但效果好的话，可以起到尖刀利刃的作用。”

“张副部长，我已经和志雄厅长商议过了，我们禁毒局会派左兰处长和副处长苏康参与联合调查组。”苏建国说，“鉴于事发广东东山，而李维民是广东省厅禁毒局的副局长，对广东的禁毒形势和李飞本人十分了解，我和志雄厅长的一致意见是让李维民任联合调查组的组长，左兰任副组长。”

张副部长沉吟片刻，对李维民指了指他桌子上还没收起来的有关李飞和他关系的资料，“你和李飞之间的渊源我已经听建国说了。按道理，在这件事上你应该避嫌，但是建国却竭力推荐了你，说你有过大义灭亲的事迹，又在省厅纪检委工作过，在省厅和禁毒局都有良好的口碑。志雄也说，广东省厅的同志一致推荐你任这个联合调查组的组长。志雄刚去广东上任，这可是他在广东打的一场硬仗，我得为志雄负责。所以，我才让志雄把你带到北京来——我想亲自见你一面，替志雄把一把关。”

原来是这么回事儿。这有什么好三缄其口不能说的啊？来的路上一字不透的……李维民朝着他们新厅长腹诽了一句。

张副部长表情变得格外严肃起来，眉宇间似有凛然之色，义正词严地问他：“李维民，我要听你亲口跟我说，在这次调查中，你能真正做到奉公执法、铁面无私吗？”

李维民倏地起立，他严肃地拽平了衣服上的褶皱，脚跟一磕，抬手朝张副部长敬了个军礼，掷地有声地对他承诺道：“张副部长，请您放心，如果李飞真是制贩毒分子的同谋，我李维民绝不会手软。如果在公安系统内部有任何人是制贩毒分子的同谋，我李维民绝不会姑息！我在此向您郑重宣誓，无论是任何人，任何身份，从事任何工作，只要沾上一个毒字，我李维民都会追查到底！”

都熬了一夜，中山市局的警员给李飞送了简单的早点过来，他看也不看，走到铁栅栏前对送饭的警察要求，“我要见李维民局长。”

“不是跟你说过了吗？他要见你自然会来见的。”

过了半宿了，李飞的耐心早就耗光了，外面嘈杂的雨声也搅得他心烦，“那为什么没人讯问我？没人理我？”

警察也挺冲的，“我哪知道？我们只是负责你的安全。”

“你们——”

“谁说没人理你？”昨天夜里过来的崔振江推门打断他，掸了掸肩膀淋上的雨，“你不什么都不想说吗？”

李维民跟崔振江一正一副两个局长搭档有些年头了，因为李维民的关系，他其实认识崔振江，但认识是一回事，信任是另一回事，“我说过，不回答除李维民副局长之外任何人的问题。”

崔振江被他气得哭笑不得，“除了李维民，你还相信谁？”

李飞想了想，有点退而求其次的勉强，“马云波局长也行。”

“你相信马云波是因为你曾经救过他的命吗？”

“不是。”李飞纠正道，“我信任马局长，是因为在他主持禁毒工作的这两年多来，东山禁毒工作的成绩有目共睹。今年一月国家禁毒委还给我们东山摘了帽。”

崔振江问他：“据马云波说，你之前就向他反映，说你怀疑禁毒大队队长蔡永强和制毒分子有勾结？”

李飞眼角微微压了一下，直直地看着他，“我有证据。我能证明蔡永强和东山三丰地区的制毒分子有勾结。”

崔振江等着他继续，李飞却再不肯多说一个字了。

“你小子可以，案子在公安部都挂号了。”崔振江隔着栏杆点了点他，“公安部和广东省厅已为你的案子成立了联合专案组，维民是组长，他下午到了广州会直接去东山，待会儿中山警方会负责把你押解回东山，你先吃了饭，安心等等。”

外面天阴得跟快黑天了似的，大雨被风吹得溅进窗户，顺着市长办公室的窗台一路落下来淌在地上也没人理会，陈文泽坐在办公桌后面，问马云波跟罗旭：“李飞现在羁押在什么地方？”

“问不出来，”马云波坐在对面的椅子上，“不过据我以前在禁毒局办案的经验，像这种情况调查组一般都会住在当地的武警驻地。李飞应该还在中山。”

“中山丰益宾馆的枪手有线索了吗？”

马云波还是摇头，有点惭愧地低声道：“我给中山市局的赵学超副局长也打过电话，有关丰益宾馆的事件他闭口不谈。不过据我所知，他们并没有抓到枪手。”

罗旭坐在旁边，几次张了张嘴，还是没忍住，“李飞究竟是怎么从咱们这里的医院逃出去的？不是有天网系统吗？查查不就知道了。”

马云波为难地看了看陈市长，没有说话。

这有什么好难言之隐的？罗旭随着马云波的视线看过去，“陈市长？”

“不是财政困难嘛。”这个事儿，他一个当市长的，其实有点难以启齿，“东山的一大半监控探头都是个摆设，是为了应付上级部门检查装的门面。”

罗旭被噎了一下，满心槽点又不敢多说，半尴不尬地换了个话题，“我听到风声，说追杀李飞的幕后真凶是蔡启荣和蔡启超的手下。他们这么胆大妄为，是不是还有什么不可告人的内幕？另外还有传言说，宋杨的那个女朋友脚踩两条船，和李飞、宋杨都有一腿。还有人说李飞杀宋杨是情杀。”

张嘴就这么多传言八卦的，陈文泽看了他一眼，“罗局长，你不是长期请病假住院的吗？哪来的这么多小道消息？”

罗旭尴尬地笑了笑，反应过来自己是不是有点说多了，“医院可是消息散布最快的地方，每天人来人往的……”

“那你还听说什么了？”

“还有人说，陈珂的弟弟陈岩不是贩毒吗？他本来是从蔡启荣、蔡启超那里拿货的，因为蔡氏兄弟坐地涨价，陈岩很不满，就让宋杨去收拾他们。他们的勾当被李飞发现了，这才发生了北山养鸡场的血案。”

陈文泽和马云波相互看了一眼，陈市长嘴角挂着点似笑非笑的意思，也看不出对他听来的各类传言是满意还是不满意，“这么说宋杨才是警察队伍里的老鼠屎？这倒是个新鲜的说法。”

正说着，马云波手机就振动起来。他本来不打算接，看了眼来电，却站了起来，“陈市长，罗局长，省厅禁毒局崔局的电话，我接一下。”

陈文泽颔首，马云波就这么接了起来，简单地应了几声，挂了电话眼神有点微妙，“陈市长，罗局长，李维民要到东山来了。”

陈文泽微微凝眸，“他来干什么？”

“公安部和广东省公安厅成立了联合调查组，进驻东山，李维民任组长。李飞由中山直接押送回东山接受联合调查组调查——最晚明天应该就都到了。”

罗旭问他："咱们要和联合调查组见见面吗？"

马云波摇头，"崔振江说不用接待，如果联合调查组要找咱们谈话，事先会通知的。"

陈文泽神色有些莫测，"那你们专案组的工作呢？"

"照常进行。"马云波公事公办地回答，"不过崔局说李维民特意交代——讯问李飞，得经过联合调查组的批准，并且要有联合调查组的成员在场。"

"新官上任三把火啊，"陈文泽仿佛是想通了其中关窍，长叹一声，"阵仗那么大，怕是因为新上任的省公安厅厅长吧。"

罗旭堆坐在椅子上显得有些老态龙钟的没精神，似乎有点担忧又似乎在感叹，"龙坪、东山是广东省最难啃的两块骨头。当年为了打击龙坪、东山走私汽车，新上任的省委书记不把自己的前程给打掉了吗？新官上任三把火不假，但烧不好是会引火烧身的。"

"老罗，"陈文泽不悦地打断他，"这种唱衰的论调，哪儿说哪儿了啊。"

"那当然，那当然。"罗旭这才反应过来说多了，他转向马云波，"云波，虽说我挂的是专案组组长，但我这段时间血压到了200，医生让我……专案组和后面联合调查组的事，你就多操心了。"

马云波应了一声，"罗局长，你放心养病，有什么新的情况，我第一时间向你汇报。"

13. 落　刀

跟李维民一起到东山的，还有公安部张副部长亲自派下来的左兰和苏康。

5·13案各方面都盯得紧，联合调查组进驻东山的第二天早上，李维民就约了马云波过来。

调查组的办公地点依照惯例设在了东山某武警驻地。李维民的临时办公室里，马云波又把已知的情况对李维民三人陈述了一遍。

这些情况左兰跟苏康进入调查组的当天就都知道得一清二楚，现在重新听了一遍，也没发表什么看法，只是问他："马局长，听说你和李飞的关系也不一般？"

马云波转过目光，仔细地看了眼说话的这位公安部禁毒局的左处长，她跟李维民差不多的年纪，眼尾有了细密的皱纹，长发低低地绾着，脸上五官很柔和，说话却很干脆。马云波打量着这位以前没见过的女处长，微微笑了一下，"什么叫'也'？"

他说话的时候，有些讳莫如深地看了眼李维民，李维民却大大方方地对他抬抬手，示意他大可以知无不言。

"好，"他这才点了点头，"如果说相互信任也是一种特殊关系，那我确实信任李飞，因为他救过我的命。"

左兰翻看手边自带的另一份资料，"你说的是三年前吧？"

马云波颔首，"看来左处长情况了解得很充分。"

"马局长别误会，"左兰抬头看了他一眼，和煦地跟他解释，"我只是查阅背景资料的时候偶然看到的。"

“那这样吧，我就再详细讲一遍，有关我跟李飞的……‘关系’。”马云波配合地说道，“我当时是禁毒局侦查一科的科长，那次是在汕头出任务，李飞是出警人员之一。我们当时封锁码头，抄了一艘货轮。任务本来很顺利，我们很快控制了涉嫌贩毒的船员，但走进下舱去查货的时候，没想到里面还埋伏着一条漏网之鱼。毒贩朝我开枪，当时是跟在我后面的李飞扑倒了我。那本该打向我的子弹最终击中李飞的右胸……他那疤到现在还有呢。——所以，我们是生死之交，从那以后，我就无条件地信任李飞，他也信任我。”

左兰了然地笑笑，“怪不得李飞说，整个东山市公安局，他只信你一个人。”他说着转头看了李维民一眼，“这个故事李局应该早听过了。”

左兰跟李维民早在之前就一起合作办过两次案子，也算是老熟人了，“一线的干警很多都是这样的过命之交，这样的故事有很多。”

马云波一笑，接过话来，“要说保护伞，在战场上我们相互之间都是保护伞，不过现在‘保护伞’已经成了敏感词了，像我们这样的‘特殊关系’确实应该申请避嫌。”

苏康看了他一眼，“相信马局长不会徇私，你现在是5·13专案组的组长？”

“副组长，组长是罗旭局长。”马云波更正了一句，抬手看了看表，抱歉地对李维民说：“对不起李局、左处长、苏副处长，十一点市政府要召开一个5·13案件新闻发布会，我是发言人，得赶回去。”

李维民不解地皱眉，“发布会？”

“现在市里的领导很重视舆情防控，这个案子目前民意汹涌，最好把工作做在前面。不过您放心，我会注意把握尺度。”他说着站了起来，对李维民和左兰敬礼，“李局、左处长、苏副处长，我们专案组有什么调查进展，我会第一时间向你们汇报的。你们需要什么材料或讯问什么人，随时给我打电话，我手机是二十四小时开机的。”

马云波走后，左兰沉吟片刻，忽然问李维民，“为什么李飞毕业后要回东山？”

李维民据实相告："当时他外婆查出胃癌，李飞是外婆带大的。"

拍了拍手里的材料，左兰疑惑道："为什么没有李飞父亲李建中的资料？"

"李飞的母亲牺牲后，李建中受了刺激，一个星期后突然失踪，到现在也没有他的消息。也有人说，他逃港时死了，但没有证据。"李维民说着看看时间，拿起了桌上的电话，给负责为李飞治伤并评估身体情况的武警医院大夫打了过去，"肖大夫，李飞怎么样？"

肖医生放下手里李飞的CT片子，"都检查了，李飞目前状态稳定，可以进行讯问，但时间不能过长。"

挂了电话，李维民示意左兰跟苏康，"我们走吧。"

联合调查组分头行动，苏康带着人去讯问陈珂，李维民跟左兰来审李飞。

伤口得到妥善处理，好好地睡了一觉，李飞的精神状态好了不少。他坐在被讯问人的椅子上，手里的手铐已经解开了，看着李维民带人进来，两人对视一眼，都没有说话。

左兰在李维民身旁坐下，做完了讯问前的准备工作，"李局，开始吧？"

李维民点头。

左兰面对李飞，正色道："李飞，联合调查组现就有关5·13一案依法对你进行讯问。你必须实事求是，如实回答，不得隐瞒或捏造事实。否则，你将负相应的法律责任。"她说着，拿下了笔帽准备随时记录有用的信息，"说一说你的基本情况和家庭情况。"

李飞没说话。

左兰微微皱眉，加重了语气提高了声音，又问了一遍，"李飞，说一说你的基本情况和家庭情况。"

他规规矩矩地坐在椅子上，垂着眉眼，依然不肯说话。

"李飞？"

李飞消极地抬了下眼皮儿，看了她一眼，"我不回答你的问题。"

左兰愕然，"为什么？"

李飞看一眼李维民，左兰用钢笔轻轻敲了敲桌子，提醒道：“李飞，现在是公安部和广东省公安厅联合调查组在对你进行讯问，你有义务配合调查组的工作。”

李飞又把抬起的眼皮儿放了下去……

左兰无奈，转头看了眼李维民，本来是想让他来的，可这半大老头儿竟然也不松口，就这么面无表情地看着李飞不搭腔。

左兰只好自己来打圆场，“鉴于你有伤在身，我来帮你重复一遍资料上的信息，这是必要程序，如果实际情况和资料上有任何出入，你可以随时打断我。”

李飞还是没听见似的没任何反应，左兰说着自顾自地翻开资料，“你的母亲钟素娟1989年10月牺牲，父亲李建中在1989年11月失踪，三年前你已向人民法院申请宣告他死亡。外婆林巧英三年前因病去世，现在没有其他直系亲人。你从广东警官学院侦查系毕业，获学士学位，毕业后被分配到东山市公安局禁毒大队工作至今……”

“在中山劫我的那两个人是谁？”李飞打断左兰，猛地抬起头来，目光豁亮地盯着李维民，声音紧绷，语气很强烈。

李维民这才开了腔，当着左兰的面，语气很平静，措辞却有训斥的意思，“我的线人。他们因为冒险救你，现在已经不能再出现在东山，甚至广东，否则就会有生命危险，这是救你的代价。你明白吗？”

李飞没想到那两个悍匪竟然是他的人，一时气短，愧疚地低下了头，嘴上却没停，“我还有个问题。”

左兰示意他，“你说。”

大概是觉得内疚了，他这会儿也不坚持非李维民不吭声的原则了，“陈岩的案子有问题。”

左兰感到意外，“你知道陈岩的事情？”

李飞点头，“知道。”

“你什么时候知道的？从什么渠道？”

李飞坦言：“蔡永强说的。”

“什么时候跟你说的？”

“我在东山医院的时候。”

“所以你才从医院逃走？”

李飞低着头，没有答话。

左兰看着他，“从你家里搜出一百四十万现金，是你的吗？”

李飞嘲讽地嗤笑，“我所有的钱，包括外婆留给我的存折和现金加起来，一共只有六万三千多块钱。”

左兰忽然话锋一转，飞快地问他：“据说你手里有蔡永强勾结毒贩的证据？”

李飞看了李维民一眼，拒绝的时候，有点话里有话的意思，“有关这件事，只要陈岩的事情弄不清楚，我什么都不会说。”

小子，你以为全世界只有你最聪明，只有你才能看出案件的问题和突破口吗？李维民没好气地瞪他一眼，起身出了讯问室。

他也没说他要干什么去，这种场合左兰也不好多问，只好转而换了另一个点，“说说你和陈珂的关系。你和陈珂是怎么认识的？”

李飞莫名其妙地反问她：“为什么问这个？”

“这和本案有直接关系。”

李飞毫不客气地否认，“我认为没有。”

左兰的眉心慢慢蹙了起来，语气更重了几分，“陈岩说你也想当他的姐夫，你和宋杨、陈珂，你们三个到底是什么关系？”

李飞皱眉，“这是陈岩口供里说的？”

“对不起，我不能告诉你。”

李飞做了一个深呼吸，靠回椅背上，“差不多一年前，我追捕一个毒犯，从三楼的窗户里跳下来摔断了腿，在人民医院里住院，陈珂是人民医院的护士……我们三个就是这么认识的。”

“你跟宋杨是什么关系？”

李飞嘴角抿得更紧了一点，“宋杨是我兄弟，我俩从小一块儿长大，后来分开过一段时间，又在警院碰见了。”

左兰笑了一下，“所以，是宋杨追的陈珂？”

提起那段记忆，李飞也寥落地笑了笑，“宋杨对陈珂是一见钟情，从小到大我没见他那么喜欢过一个人。”

左兰仔细地瞧着他脸上的每一个细微的反应，“所以你和陈珂只是朋友，没有什么特别的？”

李飞挑着眉毛耸耸肩，很无所谓的样子，“别人非说有，我有什么办法？”

曾在监狱中教东山南井村蔡启超制毒的刘华明，出狱后就不知去向，蔡氏兄弟相继出事，警方也没人把5・13大案跟他联系在一起，但是当天去提货的赵嘉良不一样。

李维民要放长线钓大鱼，抓捕蔡启荣、蔡启超当天放走了他这个鱼钩，一路逃回香港的赵老板却不能就这么算了。交易中断，他要的货折在半路，就相当于他的钱也一起折在了半路。

香港老城区狭窄巷道间拥挤的旧楼房破败的老屋里，堆满了凌乱杂物的床上，从内地警方视线里消失的刘华明正跟情妇一起瘫在上面“溜冰”。

对着冰壶急切地深深吸了两口，男人脸上流出迷醉而满足的神情，他神经质地晃了晃脑袋，把屏幕已经自动熄灭的手机又摁亮了——搜索引擎上显示的都是有关东山南井村5・13案件的那些新闻。

他并不点进去看，快速地往下滑动两下，把消息看了个大概，盯着屏幕的眼睛有点发直，好像对这些信息反应不过来似的。

这时候手机进来电话，他看着电话号码犹豫了一下，还是接了起来，“良叔？”

手机里，赵嘉良的声音格外温和，“阿明啊，你在哪儿呢？”

“我……”刘华明示意情妇别出声，“我……在铜锣湾一个酒吧里，有事吗良叔？”

赵嘉良声音里的笑意隔着电话都能听出来，“那你到窗前来，朝楼下看看啊。”

刘华明愣了一下，他犹豫着起身朝着窗边走去，掀起窗帘的一角朝下望去——接着就激灵灵地打了个冷战。

楼下街上，衣着考究神态悠闲的赵嘉良靠坐在车前盖上，悠然地拿着手机，看着他所在的窗户，心情十分不错地跟他挥手，“Surprise！”

刘华明吓得忙把手机关了，他匆匆穿上衣服，推开刚挪到床上半躺着吸冰毒的情妇，从枕头底下摸出一把手枪。

女人吓了一跳，“干吗啊？！”

刘华明也不说话，把枪别在后腰，冲到门口打开门……接着又高举起双手退了回来。

钟伟已经开了保险的枪口黑洞洞地对着他，手就轻轻地搭在扳机上，“老实点，不然爆你头。”

“伟哥，”身上有枪也没用，照面就被人指着脑袋，他没那个信心自己出枪的速度能比钟伟勾手指的速度更快，刘华明堆起讨好的笑，满脸胆怯，“有话好好说……”

钟伟歪着头邪邪地勾着一边的嘴角看他，“你怎么知道我们不是来跟你好好说的？”

他说着朝刘华明抬抬下巴，跟他一起上来的手下就上前去缴了刘华明藏在后腰的手枪，他养在这里的情妇闻声光着脚从床上下来，走到门边看见这一幕，也不知道是吓傻了还是受到毒品刺激脑子已经被麻痹住了，竟然木然地望着眼前的场景，不哭不喊也不闹。

钟伟挺满意地看了那女人一眼，枪口往刘华明脑门上戳了戳，“还要我们请你走？”

人为刀俎，刘华明没办法，只好放弃了抵抗，任凭搜走了他手枪的那个人高马大的汉子把他押下楼。街上，赵嘉良靠在车上挺愉快地吹了声口哨。

“良叔，”他声音打着战，满含急切地哀求，“听我解释！”

赵嘉良露出了一个莫名其妙的表情，无辜地拍了拍刘华明的脸，语调轻快，“良叔请你喝个茶，用不用这么严肃啊？”

赵嘉良的名号在他们这条道上是狠得出了名的，表面一副温文无害和气生财的样子，实际上做起事来比谁都疯都狠都不要命……刘华明得罪不起他，可也知道，南井村那事儿一出，他是把眼前这位得罪大了……

赵嘉良一路把他带到了一个小码头边上的废弃仓库里。他被赵嘉良的两个马仔仰面按在一个长凳上，脸上蒙着一块毛巾，钟伟拿着一壶烫人的茶水往毛巾上慢慢地倒。刘华明死命挣扎着却挪不开半分，他甚至连一点声音都发不出来，死亡的脚步却在每一次挣扎间加速向他奔来……

赵嘉良拿着一块小丝巾随手擦了擦腕表的表盘，看差不多了，气定神闲地对钟伟抬了抬手。

钟伟随即停手，刚才跟他一起去抓人的那汉子上前一把将毛巾掀开，缺氧到差点昏厥的刘华明，连憋带烫被折腾得脸色通红，脖颈上青筋暴起，眼泪鼻涕一起流了下来。

赵嘉良坐在阴影里，幽幽地问他："怎么样？良叔的茶好喝吗？"

刘华明堪堪止住了咳嗽，号叫的声音都打着战，"良叔，不关我事啊！"

"蔡启荣、蔡启超都死了，养鸡场的货也被公安缴了。你当我赵嘉良白在道上混那么多年？连谁是条子的线人都看不出来？"

钟伟在他脑袋上狠狠拍了一下，顺手抓着他头发又给了他几巴掌，相比于他老板赵嘉良玩游戏似的轻描淡写，他逼供的态度可狠戾多了，"谁让你来找良叔的？你的幕后主子是谁？你向谁出卖了我们和蔡启荣进行交易的情报？"

刘华明嘴角撕裂，一管鼻血说话间就流了下来，"没有什么幕后主子，我也没向任何人告密……"

"啧，"钟伟都气笑了，"玩硬的是吧？"

他说着就作势要打，赵嘉良却在一边抬手叫住了他："文明一点。"

钟伟压着怒意长出口气，朝两个马仔示意，刘华明再次被按倒在长凳上，毛巾又盖回脸上，刘华明在极度恐惧中，已经重复过几次的游戏仿佛就这么进入了无限循环。可就这么折腾，他竟然都咬死了不肯说。

听着毛巾被拿开后他杀猪似的号了几次，赵嘉良失去耐心地从椅子上站起来，不耐烦地朝钟伟挥了挥手。

钟伟直接把湿毛巾拿下来，塞进了刘华明的嘴里……

码头远处的夜空之下海天相连，赵嘉良的视线一路从城市的明亮光影看到视线尽头浓稠得化不开的黑暗，夹着雪茄，慢慢地吐了口烟。

雪茄抽了一半，钟伟就从里面出来了。

“吐口了吗？”

钟伟揉着手腕眉目阴冷地摇了摇头。

赵嘉良平静地笑笑，“他有什么家人？”

“老婆已经跟他离婚了。好像有一个儿子，跟着他老婆。”

“在哪里？”

“日本。”

赵嘉良轻描淡写地把烟掐灭，“明天一早，跟我去日本看看他儿子。”

14. 冤　案

左兰审李飞，苏康问陈珂，李维民叫人调来了陈岩被捕当天的审讯录像，对着电脑反复看了几遍。杜力跟马雯隔天一早带着有关陈珂陈岩父母的确切消息来找他的时候，刚打了个照面，马雯就不合时宜地有些想笑——他们李局从出发去中山开始，这几天一共也没睡几个小时，如今不止有欧式双眼皮儿，他眼睛底下都肿出卧蝉来了。

其实跟李维民相处久了的人都知道，这位每当局里进新人，通常都能稳居小年轻们民主投票选举出的“最高冷领导”NO. 1的李局，实际上很好玩儿。不办公事儿的时候，他就没什么领导的架子，跟个老顽童似的，特直率，拿话逗逗他什么的，他通常还能跟你斗几句嘴，斗不过就把脸一板，但却是虚张声势的，根本不会动真气。

马雯跟他混得挺熟了，看他因为自己的忍笑而不自在地摘下眼镜揉眼睛，倒是真没收住地乐了，“李局，困了就歇歇，您这熬完了今天明天就不过了是怎么着？”

李维民哭笑不得摆摆手，示意自己没事儿，“怎么样？”

马雯脸色一整，正色汇报道：“昨天去了陈家的水果店，店里下了闸，另外，陈珂的父母都失踪了。”

“这是监控录像。”杜力他们也是加班加点把附近的监控视频都排查了一遍，他说着把U盘插在李维民电脑上，拿过他的鼠标打开其中一个文件夹，点开了对所有视频进行排查之后至关重要的那一个，“有问题的地方已经剪出来了。”

监控视频中，陈岩和陈珂的父母被几个戴着帽子的男子带走。

那个监控摄像头拍摄角度很高，人的脸都被帽檐遮住了，李维民把视频重新放了一遍，抬头问杜力："查到是什么人了吗？"

"还不清楚。"

李维民看着那视频，声音严肃了起来，"陈岩有可能被威胁了。"他说着，连一秒钟都没耽误，直接拿起电话给马云波打了过去。

马云波昨天承诺配合，今天果真来得很快，李维民给马云波又把录像放了一遍，视频里，陈岩的状态有些恍惚，语速很慢，"我跟李飞说，你才是我的姐夫，那个宋杨，油盐不进，迟早要坏我们的事。"

李维民按下暂停键，指着审讯画面，对马云波说："陈岩的精神状态有问题。"

马云波沉思片刻，"陈岩被抓的那天，刑侦大队连夜从韶关带回来审讯的，忙了一通宵，看起来确实有些疲惫。"

李维民闷不吭声地起身踱步，半晌后，他摸摸下巴，"供词也说不通。"

这倒是没发现……马云波询问地看向他，"哪里说不通？"

李维民自顾自地思索，闻言随口回了一句："宋杨身上没有检出硝烟反应，说明他没有开过枪……"他说着，慢慢停住脚步，征询地看了马云波一眼。

马云波从沙发上站了起来，掷地有声，"没有刑讯逼供，这一点我可以保证。"

父母被抓，如果陈岩知道，那为什么他的第一个想法不是报警？没刑讯逼供，为什么自动自发地撒谎对自己贩毒供认不讳还要拖李飞下水？如果他被威胁，在警察的地盘上被审讯，没有任何闲杂人等，这么好的机会，为什么不说实话不求助？

李维民想不通，干脆决定亲自去问问，"陈岩现在哪？"

马云波立刻说："还在刑侦大队押着。"

李维民当机立断，"你跟我去一趟。"

大概是从没想过忙到脚打后脑勺的联合行动组长会从武警驻地跑到刑侦这一亩三分地儿来，蔡军扯着嗓门儿发的牢骚在走廊里都能听得见，“涉毒杀警现在还能好端端地待在武警部队被严密保护……啧，人人都知道李飞后台硬，拼爹拼不上，拼干爹也好啊——”

刑侦这边也有跟蔡军他们一届的警校同学，蔡军跟李飞关系恶劣早就不是什么秘密了，他在自己家里说，别人也犯不着拦着他，谁知道就这么好巧不巧了，正被陈光荣引着进办公室的“干爹”给听了个正着儿……

陈队万年冰山的脸上差点都皲裂了，连忙重重地咳嗽一声。蔡军闻声一转头就看见李维民、马云波都站在门口，连忙尴尬地从办公桌上跳了下来。

李维民从眼角到嘴角都微微向下压着，严肃得简直油盐不进，他走到办公室最里面的白板前，看着那上面画着的陈岩、宋杨、李飞、蔡启荣、蔡启超等人的关系图。

从李飞到宋杨的名字有一条箭头，上面写着“杀害”二字，从李飞的名字指向陈岩的名字也有一条箭头，上面写着“保护伞”。

李维民转过身，走到蔡军面前，看着这小年轻面红耳赤地朝自己敬了个礼，声音不辨喜怒地问他：“你刚才说谁拼爹来着？怎么不把我的名字也写上去？”

蔡军讪笑。那毕竟是自己的人，陈光荣走上前去，说话也真没客气，“其实按照规定，您应该避嫌。”

李维民转身看着陈光荣，目光在他身上打量了片刻，忽然问：“陈岩是谁审的？”

陈光荣迎着他的目光，“我。”

蔡军放下手，“还有我。”

李维民看着陈光荣和蔡军，“就你们两个？”

旁边不远处工位上一个看上去矮瘦的小警察怯怯地举起手站了起来，“我……我也在场。”

李维民不动声色，目光犹如利剑般从办公室里的刑警身上一个一个看过去，看着他们迎着自己的目光，也一声不吭地依次站了起来。这个场面，就好像是一圈东山警察把李维民给包围在了中间似的。

气氛莫名压抑起来，李维民仿佛没有感受到周围无声的压迫感似的，淡淡地问他们：“你们都在场？”没人吱声，仿佛所有人都默认了，李维民看着他们整个刑侦队，半晌后，反而轻轻地笑了起来，“很好。”他说着，转向陈光荣，“陈岩人呢？我要见他。”

陈岩露在外面的皮肤上没有可见外伤，除了表情颓丧外，精神状态也还好，看着这个开门带了两个警员进来、气场压人的老警察，茫然得有些不知所措。

他不知道李维民是谁，李维民也没做自我介绍，刚坐下就直截了当地问他：“陈岩，你是什么时候告诉宋杨养鸡场有毒品交易？”

又来了。

陈岩疲惫地低下头，“12号。具体时间我不记得了。”

李维民进一步问：“上午还是下午？”

陈岩有一瞬间的沉默，“下、下午。”

“在什么地方？”

陈岩开始支支吾吾，“好像是……在我家水果店。”

“好像？”李维民面不改色地诈他，“你家水果店附近正好有一个交通监控摄像头，我们手里有一周之内的监控记录。”

陈岩的手指狠狠颤了一下，立刻改了口，“我记错了，我是打电话告诉他的。”

只问到这里，李维民就可以确定，陈岩的确是受到威胁了。

他似笑非笑地看着陈岩，“你打电话告诉他的？用的什么电话？”

“用……我自己的手机。”

李维民挑眉，“宋杨手机里并没有和你的通话记录。”

陈岩没法解释，紧紧地抿住了嘴唇，不说话了。

“既然你没有见过宋杨，也没有和他通过电话，那你是怎么把养鸡场的信息告诉他的？”

陈岩想不出合理的解释，他开始紧张，攥紧了拳头，身体也在控制不住地打战，但李维民的讯问并没有因此而停止，“110报警电话是你打的吗？”

“……不是。”

啪的一声——

李维民突然拍案，脸色一变，声色俱厉地喝问：“为什么要做伪证？！”

陈岩被他那一下子吓得差点从椅子上掉下来……他显然是吓傻了，眼神有些反应不过来的呆滞，脸上纠结而痛苦，他绝望地双手抱住脑袋，脸埋进了手臂里，眼泪横流，磕磕绊绊地，终于把一直藏着的话一股脑地全倒了出来。

“我睡觉的时候，有人在我手里塞了一张纸条，要我按照纸条上的说。不然我爸妈就没命了！”

李维民脸色彻底沉了下来。

从羁押室出来，越过等在外面的马云波跟陈光荣，径直走到他们刑侦的大办公室，在屋里所有刑警的注视下走到尽头的白板前，拿起板擦，把陈岩案的相关内容擦了个干干净净。

他擦完后，沉冷地转身，刀子似的凌厉目光从屋里每一个人身上刮过去，最后定在惊疑不定跟上来的刑侦队长身上，片刻后，他在所有人的凝视下，拨开马云波跟陈光荣，头也不回地走了出去。

法国马赛拥有全欧洲第二大港口，马赛港全年来往船只密集，大到30万载重吨的超级油船，小到运送肥皂的货船，所涉货物品类繁杂，全年吞吐量巨大，港口来往人员密集复杂。总的来说，是个能给运毒打掩护的地方。

带着心腹去日本的赵嘉良，在去“看望”刘华明儿子的路上，接了个来自法国马赛地区的电话，“朱老板？”

华人区某公寓内，朱鸿运躺在床上，懒洋洋地把手机放在脸上，伸手把床头柜上的冰壶拿了过来，他沉醉地吸了一口，对他刚从店里约过来的法国性感女郎抬抬手，示意她坐在边上等自己一会儿，他嗓音很粗，但听上去很愉快，“广东方面又有新货来了，说是昨天才到的。”

赵嘉良坐在后座吹着海风，舒服地半眯着眼睛，“你怎么知道是昨天才到的？”

“他们断货快半个月了，昨天还找不到货呢，今天你想要多少他们都能给，只要你给得起钱。”朱鸿运畅快地吐了口气，“我刚尝过，是新货，还有印度洋的海腥味呢，哈哈哈。”

女郎大概是听不懂朱鸿运在说什么，看他笑得畅快，就觉得金主今天的心情很不错，她似是耐不住寂寞，脱掉外套，衣着暴露地迈着猫步款款走到床边，在朱鸿运的大腿上坐了下来，轻轻地用涂着鲜红指甲油的手指撩了一下朱鸿运的下巴。

电话里，赵嘉良倒是觉得有些奇怪了，“跟之前的是同一批货吗？”

朱鸿运虽然外表浑不吝的样子，但说话却很肯定，“错不了，纯度和品质一如既往的好。是同一批货。”

“你确定？”

“放心，”他搂过女郎滑腻的细腰，在她颈窝之间轻嗅了几口，“我的鼻子比健仑金标法的尿液检测还要准。”

赵嘉良根本不知道他居然是一边办事儿一边儿打的这通电话，闻言只觉得这批货到得很奇怪，“是从哪个港口进来的？”

“这我哪知道？”朱鸿运嗤笑一声，一点不在乎，“不是马赛就是勒阿弗尔，内地和香港的货船都走这两个港口。哎，你那边进行得怎么样了？眼看着几个月就过去了，怎么音信全无啊？我可是一切都准备妥妥的了，就等着接你的货了。”

说到这个，赵嘉良昏昏欲睡仿佛对不上焦距的眸子渐渐清明起来，拿着电话，不悦地沉下脸，“那天刚刚跟供货方接触，就被条子搅黄了。幸亏我走得快，不然就栽进去了。你再等等，有消息了我再告诉你。”

朱鸿运今天打电话本来是问他这批货什么时候到，结果竟然得到这么个消息，他掐着女郎屁股的手都没控制住力道地狠抓了一把，引来女郎小猫似的一声轻喘，“赵老板，开什么玩笑？没有货，你跟我交易个屁啊？”

广州那边现在局势不明风声鹤唳的，货源一时半会儿也不可能再打通，赵嘉良沉吟片刻问他："能不能通过你的渠道摸一摸，找到广东方面的供货方？"

"我靠，你想害我呢？"供货方那是能张口闭口就说的吗……朱鸿运在心里骂了句娘，被怀里姑娘蹭得心里痒痒，急不可耐地就要挂电话，"我可不想这么早去阎王爷那里报到。不跟你说了，旁边的妹子都等不及了。"

"你旁边有人？"赵嘉良简直要骂娘了，供货方不敢说，这电话内容你他妈就敢让人旁听？！

"你放心，"朱鸿运不以为意地跟他解释，"她一个字都听不懂。挂了。"

对方挂了电话，赵嘉良沉吟片刻，取出另一部手机发了条短信——"法国又从国内进了一批货，据说是昨天到的，你能不能想办法查一下，昨天进入马赛和勒阿弗尔两个港口的、来自中国的货轮号？"

手机里，没有储存的号码回信很快——"有一点难度，需要时间。"

老子现在最等不起的就是时间。赵嘉良翻了个白眼，又打着字问对方："那你帮我查一下二十五或二十七天前，从珠海港、汕头港、中山港、湛江港四个港口往法国马赛和勒阿弗尔的中国货轮，这能办到吧？"

对方问："二十五天前？"

"良叔，"钟伟坐在副驾上回头看了他一眼，指了指前方，"马上到了。"

赵嘉良点头，动动手指给对方回过去，"4月15日至4月19日之间，越快越好。"

在赵嘉良这里，从来就没有"祸不及妻儿"的说法，为了达到目的，他可以不惜一切代价。

看见手机里12岁的儿子嘴上贴着胶布满脑门是血地被绑在车里的时候，无论是面对死亡还是面对毒打都没松口的刘华明彻底崩溃了，张嘴就把赵嘉良要找的人说了出来，"是灰子！"

"灰子是谁？"

“真名叫陆童，澳门人，是澳门福鑫赌场看场子的。他除了看场子，也给那些赌客卖毒品。”刘华明双目通红，“那时候是你们要我帮你们找内地的货源嘛。我在铜锣湾碰到了灰子，就顺口问他认不认识内地制毒的人。你也知道澳门赌场里内地客人多，除了一些搞腐败的官员，一些大老板，最多的就是毒贩。特别是广东的毒贩。你想想，毒贩挣的都是快钱，所以做完一单大生意往往都会去澳门赌钱，输几百万也不眨一下眼，给的小费也多……过了大概有半个月吧，灰子突然给我打电话，让我去澳门见他，说是要给我引荐一个人。我赶到了澳门，没想到灰子引荐的那个人就是蔡启超。我们本来就是狱友，虽然出狱之后都没联系了，没想到我要找的人就是他，也省了很多麻烦。我马上就把这情况跟你说了……”

赵嘉良不信任地看着他，“就这些？”

“就这些了！”刘华明死死抓着铁笼，视频里他儿子的哭喊被嘴上的胶布压得只剩呜咽，他就这么一个儿子，不敢拿孩子的命开玩笑，“良叔，我这回说的全都是真话，没有半句假话。”

赵嘉良把这些信息在脑子里捋了捋，菲薄地笑了起来，“你把我卖给这个灰子了？”

刘华明胆怯地低下头，“灰子说他必须得知道是谁在香港接这个单，他怕是条子用的钓鱼法。”

“按你这么说，你也没有什么过错嘛。”赵嘉良悠悠地看着他，“那看到我们，为什么要跑呢？做贼才会心虚呀。”

刘华明是心虚，干他们这行的，老板跟上下家的信息都是该烂在肚子里的秘密，不能说，说了万一出事儿就不知道还有没有命活，他为了完成赵嘉良的任务，不得不跟灰子坦白了赵嘉良，但是回去复命的时候却瞒着这事儿没敢说，再加上后来知道南井村的事情，他就更虚了。

“后来我知道蔡启超出了事，还死了一个条子，我怕在你面前说不清楚……”刘华明局促地解释，“良叔，我说的都是真话。”

赵嘉良不置可否，“是真是假我会验证的。”

“良叔，我什么都说了，”刘华明隔着电话佝偻着腰低声下气地哀求，

“求您了，求您高抬贵手把孩子放了吧……”

赵嘉良玩味儿地把一旁的孩子揽了过来，声音很温和，“跟爹地说‘拜拜’。”但孩子嘴被粘着，哪可能说出来什么，小孩子无比恐惧地缩着身子，赵嘉良晃了晃手机，代替孩子玩笑地说了一声，“拜拜爹地。”

15. 养父审养子

李维民带领联合调查组进驻东山调查5·13案的消息公布出去后，出人意料地竟然在东山掀起了轩然大波。几百号群众正聚集在距离市政府最近的一个街心公园里，手里举着写满标语的条幅和纸牌，对政府的此项决定表示抗议。

东山电视台跟省台驻地记者都已经闻讯赶到了现场，从记者拍摄的现场镜头里，能看见一溜触目惊心的大标语——

还东山5·13一案真相！

养父审养子，掩盖东山警界黑幕？

我们要真相，不要假相！

彻查李维民和李飞的关系！

李维民滚出东山！

……

马云波焦头烂额地往市政府赶，看着车窗外聚集的群众，他趁着还没到地方，不无担忧地给李维民打电话，“师父，有很多群众聚在一块儿抗议您做调查组的组长，一定是昨晚在网络上疯传的一则关于您的谣言，起了不好的作用。”

李维民也得到了消息。原本只是身边熟悉他的人传谣言说李飞是他私生子，昨天晚上也不知道怎么回事儿，这消息竟然在网上传播开了，一度上了当地热搜榜，李维民觉得这事儿只是个开始，“你们有什么措施？”

马云波苦笑，“我刚赶到市政府，陈市长正召集市委常委商量对策。”

李维民不放心地叮嘱，“不许采取强硬措施，不能把矛盾激化。”

“可如果不马上采取适当的措施，就怕事态会升级。”马云波顿了顿，也是犯难，“到时候就更不好收拾了。”

李维民坦荡地说：“必要的时候，我会亲自到现场。”

这边突然示威游行的群众让东山市人民政府头疼不已，省厅那边，因为李维民出任联合调查组组长的事，王志雄也受到了莫大的压力。

他一早就被叫到了省政府，下了车就匆匆地往办公室赶，一进门就打电话把雷建华叫了过来。

“王厅？”

王志雄刚摘了帽子，脑门上还有细汗，闻声从窗边回过身来，“把门关上。”

雷建华把门关上，王志雄示意他坐下，“我刚从肖副主席那儿回来。”

雷建华一听头都大了，“省政协副主席肖一德？”

王志雄苦笑一声，“广东省还有哪个副主席姓肖？”

“为了东山的事？”

“准确地说是为了李维民任调查组组长的事。”

李维民才带人到东山三天，事情就闹到省政协副主席那去了？雷建华眉毛死死地拧成了一团，“肖副主席怎么会过问这件事？”

王志雄声音冷定，“有人跟肖副主席打电话反映，说这时候派李维民去东山十分不妥，说我们省公安厅做了一个错误的决定。”

雷建华明白过来，“就因为李维民和李飞的特殊关系？”

“除了这个还能有什么理由？”

“给肖副主席打电话的人是谁？”

王志雄摇了下头，“他没说，我也没问。”

“能惊动肖副主席，而且李维民刚上任他们就有动作，说明这个人很有分量啊，”雷建华垂眉自言自语地嘀咕了两声，抬起眼来又问王厅，“那……肖副主席的意思呢？”

“他建议——”王志雄顿了一下，“特意强调了，只是建议。建议我们把李维民调回来，免得再让媒体和网站找到炒作的话题。”

雷建华想笑还笑不出来，“警察倒成了弱势群体，有多少人想看咱们的笑话？”

“现在自媒体发达，很多人的牢骚满腹也被放大了，说警察要在全民监督下开展工作。当然，这并不是坏事，执法公正就是要靠人民的监督……”

雷建华的手机忽然响了起来，两个人对视一眼，雷建华看了看来电显示，“崔振江。”说着就把电话接了起来，“振江？……什么？！”

最后的那声“什么”简直都震惊得变了调儿。

王志雄眸光一紧无声地询问怎么回事，他拿着电话张张嘴，顿了足足两秒钟才从惊愕中回过神儿来，“现在有三百名群众聚集在东山市政府门口示威游行。李维民说要到现场去。”

他跟王志雄汇报了一声，又抓着电话对崔振江讲：“得马上打电话拦住他——这种时候他绝对不能到现场，龙坪和东山是有过恶性群体事件的。有什么情况马上向我汇报！”

雷建华那边打着电话，王志雄就拿着自己的手机搜了一下——都不用特意搜索，本地热搜明晃晃地挂着话题呢，点开一水儿全是示威游行画面，雷建华挂了电话有点坐不住了，“要是不及时制止，怕这事态闹大了不好收拾。不然先把李维民调回来？”

王志雄从手机屏幕上抬起头来，斩钉截铁地回了雷建华一个字，“不。”

“王厅……”

王志雄摆摆手示意他不用再劝，东山闹得正欢，他反而从容地笑了起来，“让李维民当这个调查组的组长，我一直心有忐忑，现在反倒踏实了。”

雷建华诧异，“为什么？”

“有人这么不愿意让李维民去东山，恰恰说明咱们这一步棋走对了。”

雷建华还是有一瞬犹豫，但也不好再多说，“你打算怎么办？”

王志雄笑了一声，手指在桌子上轻轻敲了敲，声音里带着一点嘲讽，却又坚定非常，“我还就铁了心了，绝不临阵换将。我倒是想看看，东山到底唱哪出！”

李维民绝对是个硬茬子，谁都拦着不让他去现场，但到底谁都没能把他拦住。

示威的群众已经一路从街心公园走到了市政府大门前的广场，接着就在这里扎根儿了。

吵吵嚷嚷中，李维民的车停在人群后面的马路边上，他从车里下来，从一旁的警员手里拿过话筒，一边喊着话一边大步走向了人群，“我就是李维民！”

随着他的声音，示威的人都转头看过来，李维民面无惧色地走向市政府大门，示威的人群被他的气场所震慑，不由自主地给他让开了一条道。

闻讯连忙从政府办公大楼侧门赶过来的马云波，照面就赶紧指挥着带过来的警员要把他保护起来，却被他抬手断然拦住了。

“我是5·13案联合调查组的组长。我听说大家对我当这个组长非常不满，因为涉案人李飞和我的关系不一般。”李维民在突然因为他的到来而陷入寂静的示威现场，面对着几百双眼睛的审视，正色地坦然点头，语气克制而严肃，“没错，这是事实。”

一片哗然。

被李维民气场震慑住的人群里各种交头接耳，也不知道是谁，突然扯着脖子义愤填膺地喊了一句：“他是李飞的亲生父亲，李飞是他的私生子！”

另一个不知道是谁的声音接着也喊了一句：“他是毒贩的保护伞！”

又一个人说：“我们要真相！”

人群又躁动起来，一声声口号又开始了，群情激奋的人群举着标语一步步朝李维民走近，马云波冷着脸戒备地上前挡在李维民的前面，却又被他推开了，“你们想知道真相？我也想知道。”

临时收到一条信息追在他后面一路驱车赶过来的左兰这时候不动声色地

从人群侧面绕过去，走到李维民旁边，伸手拉了拉李维民的袖子，一声不响地把手机递给了他，李维民低头看了一下手机——上面是三个有案底的人的资料。

“寻找真相就是我来东山的目的和工作。”李维民会意，再抬起头对众人喊话的同时已经有了明确目标，他一边说一边眼神犀利地在人群中搜寻，恰巧这时候刚才带头喊李飞是他私生子的那个声音又七个不服八个不忿地叫起来，“李维民是出了名的伪君子！他和钟素娟早就有私情，李飞就是他的私生子！”

他不说话还好，一吱声李维民如炬的目光立刻把他从人群里揪了出来，他抬手指向人群中那个与照片长相相差无几的年轻人，直接把他的名字叫了出来，“陈有泉，你是叫陈有泉吗？”

陈有泉愣住，望着李维民，面前的人群闪开一条缝隙，他无处隐藏，李维民目光带着压力落在他身上，然后拿起手机，面对所有人读出手机上面的信息，“陈有泉，丰西镇河沿村村民，2006年因制毒被公安机关逮捕判五年徒刑，于2011年8月出狱。”

他说着顿了顿，把手机上的资料往上拨了拨，看了看他下面的另一张照片，又指向前排举着标语纸板的另一个人，“陈航，丰西镇河沿村村民，2010年因吸毒被公安机关拘留收审过三次，被强制戒毒，但却屡戒屡吸。”

他说着，又锁定了队伍侧后方的另一个正拼命试图往人群中藏的矮个子中年男人，“陈南生——陈南生是你吧？丰西镇河沿村村民，2005年因走私罪被判七年有期徒刑，2012年4月才刚刚刑满释放。”

说话间把刚才打头呛声的三个人都给揪了出来，李维民拿着话筒，沉定地环视面面相觑、一瞬间没了主心骨的人群，“各位，这三个应该就是这次游行示威的组织者。他们三人都有案底，而且是公安机关重点监控的对象，这次不知道是受了什么人的指使。”他说着，转头去喊市局的副局长：“马云波！”

马云波站在李维民身边脸色铁青，“在！”

李维民的语气反而悠闲下来，似笑非笑地看着这三个人在市政府大门口儿还妄图逃跑，“你们得请这三位好好聊一聊吧？”

马云波勾勾嘴角，冷冷地看着那仨煽风点火的货被警员摁在地上，“放心李局！”

李维民语气一缓，对人群好声好气地接着说：“希望大家不要被人利用。”

被煽动来的男女老少都不说话了，默默地望着李维民，李维民对领导承诺过，对李飞承诺过，对担心李飞安危的老朋友承诺过，现在，他对着人民群众，同样掷地有声地承诺道：“如果李飞真的和制贩毒团伙有勾结，我决不手软。”

一场闹剧好在有惊无险地平息了，马云波动作其实也挺快，指挥着网警那边迅速做出反应处理不实言论，同时安排媒体记者会说明这件事情的经过。李维民在回去的车上，玩味地看着左兰手机上那三条信息，轻声吩咐：“查一查，是谁把陈有泉、陈航和陈南生的资料发到微信上的。”

左兰点点头，看他说完话脸上忽然掠过不经意的笑，有点莫名其妙，“笑什么？”

李维民把手机还给她，微微笑了一下，“这只是个序幕。”

左兰沉吟一瞬，“你是说……”

李维民点点头，“陈岩为我们拉开的序幕。”

“逼供陈岩的事情败露，他们想利用民意赶我们走？”

李维民不再解释，微笑地示意司机，“走。”

对比这两天对李飞跟陈珂的交叉问话，在相同的问题上，李飞跟陈珂的回答几乎是完全一致的。

陈珂知道的事情太有限了，李维民他们回去的时候，商量着今天准备从林胜文的案子入手，拿李飞对蔡永强的矛盾跟猜忌当切入点。

还是同样的套路，左兰专盯李飞，苏康负责隔壁讯问室，同样的内容审不同的人。不过这一次，李维民没管李飞，而是坐在苏康旁边旁听了他与蔡永强问话的内容。

苏康看着对面穿着警服不苟言笑气场沉肃的禁毒队长，“盘锦市公安局来了三位同志，是你让李飞、宋杨去接待的吗？”

蔡永强镇定自若的脸上没有任何犹豫，“是。”

“为什么是他们两个？”

“当时队里的几名主力都有案子要处理，只有李飞和宋杨有时间。”

“李飞说，当时他得到确切线索证明是塔寨村的林胜文将毒品卖给盘锦的那名毒贩的，马上就向你进行了汇报，是这样吗？”

“是，汇报过。”

“汇报的时候你在哪儿？”

“去河源的路上。”

苏康示意他，“说说当时的情况。”

蔡永强仔细地把当天的情况回忆了一遍，然后说：“当时河源的情况紧急，得先布置那边的行动……”蔡永强想起接通李飞电话时的情景，他当时脑子的确没在东山林胜文的事情上，李飞电话里挺着急的，接连提醒了他几次，“但河源那边的事情当时明显更重要，箭在弦上不得不发。我就跟李飞说这件事我们只是配合，如果有行动，就事先给我打电话确认……”

苏康拿笔把主要信息做了记录，接着问道：“当时跟你一起去河源的还有谁？”

“我跟李飞打电话的时候，周恺、林越森、蔡达标、陈胜利都在车上，”蔡永强坦荡道，“你们可以向他们求证。”

从进门就沉默地坐在旁边的李维民忽然开口：“你为什么要向李飞交代，不要把林胜文涉毒这件事跟队里的任何人说？”

蔡永强愣了一下，莫名其妙地淡淡道：“我不记得我说过这些话。”

李维民眯起眼睛打量他。蔡永强神态自若地迎着他的目光看回去，沉默、冷静而无所畏惧。

16. 线　索

赵嘉良是铁了心要把南井村事件在背后搞鬼的人揪出来，从日本回来，他就直接带人去了澳门。

用了点法子让刘华明通过电话把那个灰子从赌场里约出来，陆童以为来的人是他，约好了到地库他的车附近见，谁知道赶过去，却没找到人，停在旁边的那辆黑车倒是不慌不忙地降下了车窗。

黑色轿车里，赵嘉良笑容可掬态度亲切，“陆童？”

陆童疑惑地往车里看了一眼，带了戒备，“你是谁？”

车里，赵老板笑眯眯地自报家门，“赵嘉良。”

陆童一愣，转瞬反应过来是中了套儿，转身就要跑，谁知刚转了个身，脑门却被冰凉的硬物顶住了——钟伟从一旁的柱子后面闪出来，手枪稳稳地顶着他的脑袋，赵嘉良在车里看着他，好整以暇，“对不起，你得跟我们走一趟。”

陆童知道赵嘉良为什么找上自己，枪口当前他不得不顺从着跟钟伟走到车边，却在钟伟开车门之际突然动了手——

他猛地将车门一推，钟伟压根儿就没想到被枪顶着脑袋他还敢不老实，猝不及防之间枪口一偏，陆童抓住这机会就要挣开钟伟的桎梏逃跑，后座上时常跟杨丰一起出任务的关欣此时却打开车门悍然拦了上来。

赵嘉良手下不养闲人，这姑娘的爆发力跟她的身高体重简直不成正比，竟然生生抓着陆童手臂一个背身过肩摔把他扔在了地上，落地之时钟伟的枪已经又跟了上来，顶着他的后腰让关欣从后边把他双手给铐上了。

错失了唯一的逃跑机会，陆童脸上终于有了真切的胆怯，踉跄着被推上车，他缩着脖子看着前面的赵嘉良，“你们想干什么？”

赵嘉良气定神闲地笑了笑，没有说话，朝坐在驾驶室的钟伟摆了摆手。

他们停车的那地方正好是监控死角，黑色轿车进出地库之间车上就多了个人，却没任何人察觉……

车子一路开进郊外小渔村，带着陆童在人迹罕至的海边停了下来。

陆童一路惊疑不定，被钟伟不客气地从车里推出来，踉跄着栽倒在地啃了一嘴沙子，他还嘴硬，“你们要知道什么？行有行规，我没有什么要说的。”

“人为什么总没有自知之明？”赵嘉良靠在车上慢条斯理地点了根雪茄，看着地上不想一直趴着却又不敢站起来的赌场混混，不无遗憾地摇头感叹，“为什么非要别人来考验你的强度极限？”

一旁的钟伟从口袋里掏出一条丝巾，在手里慢慢地拧成柔韧细绳，陆童看着他的动作反应过来他要干什么，本能地瑟缩着往后退，赵嘉良好整以暇地欣赏着他的恐惧，朝钟伟伸出手，“我来。”

钟伟犹豫地看着他，“老大，小心脏了你的手。”

“我有分寸。”赵嘉良不由分说地把刚点着还没抽上一口的雪茄交给钟伟，把丝巾拿过来，放在手心里又将它捻得更细了几分，“再给你一次机会，”他语气温柔地告诉陆童，“我从五数到一——五，四，三，二……”

他一边倒数一边绕到了陆童的身后，陆童被钟伟押着，听着仿佛死亡倒计时似的倒数，可他压根就没数一。

悠悠然地喊完“二”，赵嘉良就忽然动了手。那拧成细绳的丝巾从后面猛地套在陆童脖子上，动作干脆利索狠戾至极——

陆童连一声都没发出来。他本能地挣扎，双脚在沙滩上乱蹬乱踢出触目惊心的轨迹，脸涨得通红，青筋暴出，但赵嘉良的手始终连一丝颤抖都没有，稳之又稳地维持着最初的力量。

陆童不断蹬动的双脚越来越无力，仿佛生命在渐渐抽离。赵嘉良突然松开丝巾的那一刻，陆童头一歪身体一软，仿佛被人抽走了骨头似的，倒在地上彻底一动不动了……

钟伟和关欣一言难尽地相互对视一眼，关欣弯腰把手指放在陆童鼻孔下面探了探，脸色有点为难地对钟伟摇了摇头。

说好的有分寸，结果一出手就把人给绞死了……

老大亲自动的手，做手下的也满肚子槽点没敢吐。赵嘉良看着他俩一来一去的眼神交流倒是很不以为意，把雪茄从钟伟手里拿过来，轻描淡写地看了地上一动不动的陆童一眼，气定神闲地靠回车上吸了口烟。

地上那具“尸体”却在这时突然剧烈地抽动了一下。像是溺水的人好不容易挣扎上了岸，陆童猛地狠命吸了口气，紧接着猛地侧过身，蜷缩在沙滩上狼狈地拼命咳嗽起来。

钟伟跟关欣都松了口气，赵嘉良连眼皮儿都没撩一下，“我都说了，我有分寸。”

钟伟再接再厉地把那已经散开了的丝巾又拿了起来，蹲在陆童身边，充满威胁地又绕了两圈，“想说了吗？”

“我……说，我说，”陆童是被吓破胆了，这会儿什么原则都没有了，“是阿标。”

钟伟问他：“阿标是谁？”

“于标，他是香港荣昌贸易有限责任公司的一个经理。他的公司在铜锣湾，公司的地址黄页上有。”

赵嘉良仿佛事不关己似的，看着波涛汹涌的海面抽着雪茄，钟伟拎着陆童让他跪坐了起来，“他为什么要撮合我们和蔡启荣、蔡启超的交易？”

“具体原因我不清楚，我只是中间的一个掮客。于标知道你们在找内地的货源，就让我想办法促成这件事。蔡启超正在制毒的消息还是他告诉我的。”

钟伟回头看了赵嘉良一眼。赵嘉良轻飘飘地吐了口烟，“接着说。”

陆童是真怕了他，简直就是知无不言了，“后来蔡启超和他的哥哥蔡启荣专程来了一趟澳门。刘华明也在，没想到大家一拍即合。蔡启超和蔡启荣一直想找海外的大客户，兄弟俩非常高兴，答应事成之后给我10%的分成。”

“蔡启超兄弟俩在东山是怎么出的事？”

“这我真的不知道。”

“这个于标是什么背景？”

“十年之前，他跟我做过一单海洛因生意，是缅甸的货，通过云南至广东的通道进入香港的。我和他就做过这么一单生意。后来我因走私罪被抓，在内地坐了三年牢，出来后于标已经进入这家荣昌贸易有限责任公司。”

赵嘉良若有所思地看了他一眼，“公司的法人是谁？主要做什么业务？”

“这个你们自己去查嘛，”陆童哭丧着脸，“我都说了那么多了，够死几个来回了。”

这不是什么秘密，赵嘉良点点头，算是饶了他，示意钟伟给他解开手铐，“陆童，我们知道你家的住址，明白我的意思吗？”

太明白了……陆童点头如捣蒜，“你放心，我们今天没有见过面，我根本就不认识你。”

赵嘉良还算满意地摆摆手放他跑了，自己却没立刻上车。慢悠悠地把手里那支雪茄抽完了，手机里，让杨丰去查的消息也有了结果——

“老板，查到了。荣昌贸易公司的法人叫黄达成，公司的主管业务是从国内向法国销服装、纺织品、鞋、箱包和玩具。从法国往国内销红酒和乳制品。”

突然从内地流进法国的那批货，还有这个……黄达成。赵嘉良的手指在车前盖上轻轻地敲击着，半晌后，深不可测地勾了勾嘴角。

东山武警部队讯问室里，对李飞的讯问也还在继续，左兰看着坐在对面的这个年轻人，他先前倔强得不吭一声，对于她提出的所有问题都置若罔闻，现如今就算肯开口，神情也多少透着防备。她想起翻看的资料，李飞的冲劲儿、莽劲儿，初生牛犊不怕虎的这份闯劲儿，是多少踏入这行年轻人的初心，也是多少人根本就守护不了的初心。

他不相信蔡永强，认为蔡永强和毒贩有内部勾结。蔡永强是东山市局禁毒大队长，这样的人若是真的如他所言，这个东山，岂不是要烂到根儿了？

另一边，苏康安排人去对蔡永强提到的那天跟他一起出警的几个人查证，室内一时谁都没再说话，坐在那儿的蔡永强想了想，却自嘲地勾了勾嘴角。

他干了缉毒警这么多年，审毒贩的经历数不胜数，现如今竟然也成了这板凳上的被审问者，着实有些可笑。他抬起头，看着坐在对面面无表情的苏康，既然不让他走，那就是还有话要问了，反正这么个情势，对方要是不着急，他也就得坐这儿跟人家耗着，人家不吐口，他就走不了。

等了等，终于苏康又接着问他："李飞他们出发前又给你打过手机，你为什么不接听？"

蔡永强无奈地扯了扯嘴角，"当时河源市公安局跟电信部门打了招呼，把抓捕地点的手机信号给屏蔽了。"看着苏康依旧面无表情的脸，蔡永强叹口气，"这你们可以问河源市公安局的申局长，他可以做证。"

而在左兰的提问里，李飞却没法控制地陷在了有关那晚的回忆里……

明明是可以一锤定音的行动，却因为突如其来的意外导致了一连串的错误，甚至演变成了如今的局面，他有些烦躁地挠了挠头发，整个人沉浸在一种焦灼的状态中，心底像压了一块巨石，压得他喘不过气来，"塔寨的抓捕进行得不顺利，人抓到了，证据全毁了。"

说到这里，李飞暗自咬牙，神情很是沮丧，"第二天蔡永强以擅自行动为由给了我警告处分，林胜文也被取保候审了。"李飞将拳头狠狠握紧，额头上的青筋隐隐冒出，他不明白，怎么就是擅自行动，怎么就给了警告处分，怎么就能让既定的犯人被取保候审，这一切，难不成都是他错了？

左兰挑眉，看着他愤怒压抑的模样，"你对处分很有意见？"

李飞的后牙槽动了动，牵动着肌肉也跟着明显移动，他没有回答，在沉默了数秒之后，才低声开口："马局长说处分是党委的决定，我没意见。"

他抬起头，眸子里隐有怒火，"我对林胜文的取保候审有意见，头天进来，第二天就取保，从来没有这么快的。”李飞握拳，充满嘲弄意味深长地嗤笑一声，“申请报告是蔡永强签的字。”

另一边，苏康也问到有关于林胜文的事情，“关于林胜文取保候审一事是你办理的吗？”

蔡永强叹息，点点头，“没错，林胜文看上去身体状况很好，但手续齐全，我没有理由不办。我在签字之前打电话给马局长商议过。”

马云波是李维民亲自带出来的徒弟，也是自己一力举荐的人才，这么大的事情李维民有些不信马云波能轻描淡写地应允，李维民开口问道：“马云波当时怎么说？”

“问我符不符合条件，如果符合条件就让我自行决定。”

“就这？”

蔡永强想了一会儿，十分肯定，“就这。”

苏康翻看着手里的资料，手指点了点资料上的某处，“这个龙坪天平司法鉴定中心有资质吗？”

蔡永强皱眉，“在林胜文的事情之前，天平司法鉴定中心也出具过类似的鉴定报告。”

苏康看着资料上的某个名字，皱眉，“你对季筱桐了解多少？”

蔡永强一愣，苦笑一下，“能量非常大。上面总有人替她说话，搞不清靠山到底是谁。”

同时，左兰往后靠在椅背上，也在问李飞：“你认为龙坪天平司法鉴定中心有问题？”

李飞不屑地扬起嘴角，比牛都壮的林胜文被鉴定先天性心肌炎，鉴定得那般迅速，不就是为了把林胜文捞出来？

“我认为问题的根源在塔寨村，如果不是村里出面，鉴定中心不会自己找上门来做证明。”

塔寨村，这个在东山泥潭里宛若明珠般存在的村落，它近乎没有任何污点，无论东山有着如何禁毒的大风大浪，它都稳稳地扎根在那，不动不摇，成了东山这个泥塘里唯一的一朵白莲花。

苏康跟蔡永强这边，李维民插话进来，带着些许严厉，“你认为塔寨村有问题吗？”

蔡永强轻笑，“塔寨是禁毒模范村，历年来的扫毒行动，塔寨从来都没有被波及。”

李维民的眼神带着更大的压迫，对回答不置可否地进一步问他：“所以你认为它没有问题？”

蔡永强打着官腔，“塔寨村的书记林耀东是东山市人大代表。”

李维民一掌狠狠拍在桌子上，砰的一声巨响，把旁边的苏康都吓了一跳。霎时间，禁毒局老局长看着这位归他管的东山市局禁毒队长，几乎声色俱厉，“我再问你一遍，你正面回答我的问题，你认为塔寨和林耀东，有问题吗？”

“我是警察，我讲证据！”蔡永强一瞬间也倏地激动起来，他猛然拧紧了眉毛，竟然就这么一字一顿地对着李维民呛了回去，“有证据，他就有问题。没有证据，他就没有问题。”

联合调查组对李飞跟蔡永强的盘问都戳在了塔寨村上面，但塔寨村的村支书林耀东却没有受到整件事的任何影响。

东山中学是个老校了，他们塔寨的不少孩子都是从这里出去的。塔寨村富裕起来后，族长林耀东当了村支书没两年就在东山中学创办了“耀东奖学金”，每年五月都会举办颁奖典礼。

他始终觉得，做他认为对的事，做他应该去做的事情，至于名声掌声什么的，等把事情都做好的那一天，自然就会找上门来。自然形成的影响力，永远要比营造出来的更让人感到自豪和荣耀。

颁奖典礼的音乐回荡在整个校园之中，所有人的注意力都在台上，没有人注意到一个穿着脏破校服的少年从校门下面不足四十公分的缝隙里拼命挤了进来，跑到操场上，拍了拍掌心的泥灰，站在队伍最后面看着前方领奖台上的那些人。少年也就是十五六岁的年纪，瘦削的小脸上却露出与年龄极不相符的不屑冷笑来。

讲台上，陈文泽以校友的身份做了致辞后，又对着话筒说道："下面，请人大代表、广东省优秀村支书、东山中学教育基金会副会长、东山塔寨村村支书林耀东先生讲话。大家欢迎！"

在一片掌声中，林耀东站起身走到前面，看着台下的孩子们，表情慈祥而欣慰，"今年是'耀东奖学金'设立的第四年，今天我很高兴能给这十位品学兼优的学生颁奖，我今天要给大家讲讲我自己的故事……"

台下的师生聚精会神地听着，站在队伍末端不起眼位置的学生只感觉肩膀被拍了一下，回头，立即吓出一身冷汗来，张嘴就要喊，被林小力瞬间捂住，"给我闭嘴！拿来！"

男生嘴唇嗫嚅翕动，"什么？"

林小力狠狠打了一下他的脑袋，"你他妈少装糊涂，快点拿来！"

那男生本来也是个胆小怕事的，被他打了一下，当即眼睛就有点红了，缩着肩膀低着头在兜里翻了半天，只翻出来一张五块钱，林小力瞬间抢过，略带不满地瞪了他一眼，看了看队伍其他方向，走了过去。

"记得是我读初一的时候，学校要搞一个广播体操大会，班主任让我们穿统一的白衬衫、蓝裤子、白球鞋。我们家当时很穷，父亲患病瘫痪在床两年了，家里只靠我母亲种田维持生计，家里根本没有钱给我买这身行头。可我又特别想参加这个活动……"

台上林耀东的讲话还在继续，他语速有些慢，声音沉和，林小力本来一点也不关心台上颁奖的是谁，但是却偶然间被钻进耳朵里的几个词带走了注意力——

家里很穷，没钱买学校要的衣服，父亲瘫痪……

林小力不由站住了脚，表情空白地往林耀东看了过去，这一看没想到，这个人他竟然还挺眼熟的……

"我翻箱倒柜从家里翻出一件我父亲过去的白衬衫，一条我母亲的蓝裤子，很大，但总比没有强。广播体操大会开始前一天，我还没有找到白球鞋，没有办法，我用白粉笔将我穿的那双已经露出脚趾头的解放鞋涂成了白色。第二天，我们上场的时候，天却下起了小雨。结果，你们能想象得到，我那双白色的球鞋被打回了原形……”

林小力没想过他们塔寨的林书记也有这样的童年……他听得专注，旁边有害怕他的孩子看他站着不走就赶忙主动把零花钱都跟他上缴了，可是他竟然没在乎这个，仿佛不想被打扰似的，不耐烦地抬手挥开，他的注意力都被林耀东的故事吸引了，长这么大从来没这么专注地听过谁说话。

“我当时心里很着急，盯着自己的球鞋，动作就跟不上节拍，结果越急就越慌乱。由于我的频频失误，我们班没有拿到名次。在后面的班会上，班主任说我一颗老鼠屎坏了一锅汤——

“她对同学们说，要远离我这样不服从纪律和安排的同学，免得被带坏。她喋喋不休地数落我，她说我下课捡瓶子，全家吃烂叶。那次班会后我就再也没有回到学校上过学。这就是影响我一生的一双白球鞋的故事。”

扩音器的声音停住，林小力不由咬紧了嘴唇，他沾满泥灰的手攥着五块钱，听见台上林耀东充满鼓励地给自己的讲话做结语，只觉得老头儿的那张脸仿佛闪着光似的耀眼，“贫穷是暂时的，但有时候贫穷给孩子带来的伤害却是一辈子的。自卑会一直跟随，还有一辈子挥之不去的阴影。”

林小力听完这话，只觉得心头有一种莫名冲动，齐齐涌了上来，让他红了眼眶，偷偷抹掉快要落下的泪水，发现其他孩子投来惊讶的目光，他十分烦躁地骂了出来：“看什么看！滚蛋！”

“……同学们，你们生活在一个较富裕的年代，但这并不代表你们可以不用努力，可以衣食无忧地过一辈子。社会给了你们成长的空间，同时又孕育着无穷的挑战。你们仍然需要继续努力！谢谢大家。”

掌声雷动中，在人群的后面，林小力也忍不住抬起手掌，跟着拍了起来。

演讲结束，颁奖典礼也圆满完成，林耀东在师生的送别下走出学校，刚走到车门边，听到有个稚嫩的声音在唤自己，“林书记！”

林耀东回身，看到一个脏兮兮的孩子跑了过来，似乎有点眼熟，“你是塔寨的？”

林小力点头，气喘吁吁地停了下来，一双眼渴望地看着林耀东，林耀东微笑，“赶快回去上课。”

“我不是学校的！”林小力摇头，林耀东看着他一身脏破校服，一点也不介意他浑身泥泞，拍了拍他肩膀，和蔼地笑着问道：“为什么？”

林小力说得很大声，生怕林耀东不相信一般，“我和你一样，我也是吃烂菜叶长大的。我爸妈早死了，我阿公捡瓶子把我养大，老师同学都看不起我。我阿公死了，是村里出钱给他下的葬，是村里出钱给我吃饭念书。”

林耀东摸了摸他有点扎手的头发，“那就该好好读书。”

林小力摇头，“我不是念书的料，让我跟着您吧！”

“不念书是要后悔的。”林耀东笑了笑站起来，他还有事，说完转身要上车，林小力飞快追上去，竟然扑通一下子跪在了林耀东身前，“我从小学开始就年年留级，被开除过四次，老师都说我是一颗老鼠屎……”

林耀东眸光微颤，似乎永远和煦的脸上终于有了温和之外的动容，打断了他的话，“家里还有什么人？”

林小力抬起那双通红的眼睛，摇了摇头，“您不答应我就不起来。”

林耀东目光闪烁，这孩子让他依稀能看见从前的自己，半晌后，他长叹一口气，走上前俯下身，“起来，孩子。”

17. 扑朔迷离

一连几天不间断接受各种问讯，让李飞备感疲惫，还是那间讯问室，李飞的坐姿没有前几天那么端正了，他靠在椅背上，抬手掐了掐太阳穴，以此来让自己脑子更清醒一点。

李维民坐在他的对面，左兰翻资料带起了一点细碎的声音，“林胜文被取保候审，第二天一早就在家里自杀了。”

掌心遮住小半张脸，李飞闷声闷气地纠正，“是被自杀。”

“什么意思？”

李飞断然道：“林胜文不是一个会自杀的人。”

左兰不动声色地看着他，“还是那句话，你有什么证据？”

李飞放下手，眸光更加清明了一点，他条分缕析地回答：“有两个可疑的点，第一，按照当地的民俗，死者一般都是停尸三天后进行土葬，可是林胜文当天就被拉去火化了。第二，林胜文的哥哥林胜武在弟弟死后第二天就离开塔寨，说是去深圳找工作去了。”

李飞顿了顿，反问道：“林胜武在塔寨很有地位，虽然不是林宗辉的亲儿子，但他们塔寨林氏三房那一支，基本都是他在支撑的。他老婆蔡小玲现在大着肚子，他怎么可能放下一切跑去深圳找工作？”

左兰听到这里，沉吟片刻，“对林胜文的死，刑侦大队的结论是什么？”

李飞的手交握在一起，“自杀，为此我还去找过马局长。”

李维民倏地插话进来，“马云波怎么说？”

李飞转过视线看着他，“他对刑侦大队的结论也有不同意见，但没有任何证据能证明林胜文是他杀，只能认定这个自杀的结论。”

左兰审视着李飞，敢情说到现在，这小子真的是凭着一张嘴，断了所有的事，“所以，这一切都只是你的猜测，没有证据？”

一口气堵在胸口，李飞猛然抬起头，他眼里的那团火快要烧了出来。明明所有人都知道出了问题，现在却是一副完全是自己瞎猜的姿态？

“林胜文死了没多久，宋杨就出事了，事情再明显不过了，没有意外，全都是安排。证据？你不觉得这时候再强调这个词太冷血了么？”李飞说到宋杨，一下子就憋不住了，猛然站了起来，李维民见状连忙走过来拦下，“你这种情绪没有任何意义。”

“那什么才有意义？！”

李维民看着他难以压制的恼火和委屈，只吐出了两个字，“事实。”

这两个字仿若一根针，把李飞的怒火扎破，他如瘪了的气球瞬间沉默，泄气地坐回椅子上。李维民脸色稍缓，忽然要求他：“说说宋杨是怎么死的。”

就在李维民说起宋杨死因的一瞬间，李飞整个人都紧绷了起来。

他还是维持着刚才瘫坐下去的姿势，靠着椅背，整个人都显得颓然起来，可是偏又在颓然中严防死守似的戒备着周围的一切。宋杨是在他眼前死的，是死在他自己的配枪下的，李维民知道让他讲述那段记忆有多折磨人，但是没办法，宋杨的死是整个5・13案件要彻查的关键，绕不过去。

片刻后，李飞狠狠地咬紧后槽牙，太阳穴上青筋暴起，用强撑着的倔强坚韧拼命掩藏痛苦，终于开口说道：“宋杨收到了一张裸照，和他要十万块钱。”

左兰迅速问道：“什么裸照？”

“包星和陈珂在一起的裸照。”

“照片你见过吗？”

李飞木然地摇摇头，“没有，宋杨说他撕了。”他说着，声音愈加痛苦起来，“为了给陈珂出头，宋杨找到了包星。其实他给我打电话的时候，我就意识到这是一个圈套，包星一个贩毒的，他敢跟缉毒警敲诈要钱？”

宋杨的死，始终让李飞陷在极深的自责中。

如果他能再细心一点，如果他能再多顾虑一点，如果他能再敏锐一些，宋杨就不会死，他的兄弟现在还能好端端站在面前！可惜事已至此，所有的假设都不成立……

李飞死死握着拳头，红了眼眶，创伤后应激反应作祟，他眼神开始莫名地慌乱躲闪，情绪激动而急躁，安静的室内他像一头被扔在热水里慢慢就要煮熟的鱼，急促的呼吸仿佛每一口都带着炽热的温度，身体里的每一滴血液每一根神经似乎都在奔腾着叫嚣他自己的过失，他几乎就说不出话来了，头不停磕在前面的小桌子上，充满自责的一声一声悚然而空洞，左兰见到他这副样子，忍不住抬头看了看李维民，压低声音问道：“还继续吗？”

李维民从来没见过李飞这个样子，痛苦自责而无助，他心里都揪起来了。坐在这里的如果只是李维民而不是李副局长，他都能冲过去抓起李飞带他踹门就走，但是不行。他是省厅禁毒局的副局长，更是联合调查组的组长，为了追查事情真相，为了早日水落石出还李飞个清白，他只能咬牙狠下心来，眸光幽沉地对左兰肯定地点点头。

毕竟李维民是李飞的半个养父，左兰真没想到他能狠到这个地步。叹了口气，左兰微带动容地定了定神，敲敲桌子，提醒李飞清醒一点，“既然宋杨给你打电话的时候，你就意识到是圈套，为什么还要一个人去？是怀疑这事和蔡永强有关？”

李飞脑袋顶在桌子上，沉默了很长时间，终于从刚才自责到失控的状态中冷静过来。他抬起头，眼睛里全是血丝，嗓子已经哑了，“蔡永强是蔡启超兄弟没出五服的堂兄弟。被我打死的那个蔡杰，前年被抓的时候，扬言认识我老大，暗示要蔡永强办我。不久前蔡杰结婚，蔡永强也毫不避嫌地去了。我和宋杨前脚刚出事，后脚蔡永强就出现在养鸡场？”

“李飞，你说的这些，都是基本事实以及你和宋杨对蔡永强的怀疑和猜测，并不能证明蔡永强和蔡杰有事实勾结。”左兰的语气冰冷。

李飞猛然抬头，那双眼盯着左兰，“我想问一句，养鸡场发现毒品了吗？”

左兰点头，“发现了，四十公斤冰毒。”

李飞忽然就笑了，讥诮愤怒、悔恨悲恸，几乎在那一瞬间吞没了他，他眉间寥落，嘴角勾起的笑浸透了森寒的凉意，似是嘲弄道：“……四十公斤，宋杨的一条命。”

左兰也沉默了一瞬，语气不由也沉重起来，“那么，你在北山养鸡场有没有看到包星？”

李飞摇头，“没有，我没看见他。”

左兰打开桌上的文件夹，拿出蔡杰等三人的照片，往前推了推，示意他看，“和你在养鸡场里打斗的三个人，是他们吗？”

李飞微眯着眸子，将照片里的三人仔细看了看，“是。”他说着指了指蔡杰，“我只认得蔡杰，前年扫毒的时候被我亲自抓过，后来被取保候审了。另外两个不认识。”

同一时间，另一间讯问室里，苏康对蔡永强问道：“你跟蔡杰的关系怎么样？”

蔡永强似是迷糊了一下，“哪个蔡杰？”

苏康的笔在桌子上敲了敲，“还有哪个蔡杰？5·13案的蔡杰。”

“哦，”蔡永强恍然反应过来，“他因为贩毒被我们抓过，后来取保候审了。”

苏康挑眉，“就这些？”

“就这些。”

苏康打量着他，蔡永强坦然回望，面无表情，半晌后，苏康笑了一下，“你参加过他的婚礼吗？”

蔡永强的目光多了点诧异，但还是回答了，“去了，因为他在我儿子书包里塞了两万块钱。在他婚礼上，我把那两万块原封不动还给他了。”

“他给你塞过几次钱？在什么时候？”

“记不清了，次数太多。”

“那么多次你都没要吗？”

蔡永强盯着苏康，好笑地反问他："你能证明我要了吗？"

"蔡永强，注意你的态度。"苏康沉下声音提醒他一句，转而问道，"你和蔡启荣、蔡启超兄弟是亲戚？"

"东山就那么大，谁跟谁往上攀三辈不是亲戚？"被问到家里那些亲戚的破事儿，他显得有些烦躁，不耐烦地反问，"难道亲戚里面出个毒贩就要株连九族吗？"

快午休的时候，李维民下令暂停了两边的问讯。李飞状态非常不好，他抬手搓了搓脸，在椅子上呆坐了将近五分钟，才在两名武警的陪同下走出了讯问室。

从讯问室到羁押室，外面这条长廊他一天走两个来回，开始的时候还有各种想法和情绪，如今只剩下了麻木。他想趁着中午的时间，回去睡一觉。累，身心俱疲，从骨子里往外泛的那种疲倦。

他在武警的看守下沉默地往回走，听见另一间讯问室的门响了两声，本能地寻声看过去，李飞倒是站住了。也不困了，也不乏了，精神抖擞，像只等待随时战斗的大公鸡。——他居然在那间讯问室门外看见了蔡永强。

简直是仇人见面，虽然这仇视是李飞单方面的，但也不妨碍他眼红。

他又慢慢地抬脚，迎着蔡永强一身警服挺直腰杆步履从容地朝这边走过来，跟他错身而过之际，他看着蔡永强制服上明晃晃的警徽，极近轻蔑地嗤笑了一声。

那笑声太明显了，连后面的武警都听得清，可蔡永强却连眼睛都没斜一下，与李飞擦身而过，自始至终，面无表情。

李飞被问得累，其实问他的也都不轻松。负责去重新找齐各种证据、查验检测报告、看监控、重新对比案发现场各种资料等事情的杜力，午饭是在李维民办公室里吃的。

杜力一手捏着馒头，一手从他在李维民办公桌上堆满了的各种资料里把一张照片扒拉出来，贴在了白板上，"DNA鉴定报告证明，这半块砖头上的血迹和蔡杰的DNA样本相符。根据尸检报告，蔡杰的额头遭锐器打击并形成三角形的凹陷粉碎性骨折，并在创口内找到砖屑。”

李维民皱眉，翻看着资料，旁边的盒饭还没打开，“可以证实蔡杰被枪击前的确遭受到砖块的袭击。”

“在蔡杰的脖子及左右胳膊都发现青紫色瘀伤，皮下也有出血斑，这也证明蔡杰死前与人发生过扭打。同样，我们在李飞胳膊上也发现类似的瘀伤和皮下出血，这一切都与李飞的表述吻合。还有，蔡杰右手的手套上查出有硝化纤维素残留，而在宋杨和另外两名死者身上却没有。证实除了李飞之外，只有蔡杰使用过枪支。而且蔡杰还戴着白手套。在养鸡场工作，没必要戴白手套吧？”

左兰的筷子握在手里，不过也没吃东西，闻言凝眸思索着摇摇头，“但这一切并不能完全排除李飞的嫌疑。”

李维民认可道：“就算李飞和蔡启荣、蔡启超不是同伙，也不能完全排除李飞和包星是同伙。……李飞肯定还有重要的情况瞒着我们没有讲。”

左兰会意，“你是指他为什么怀疑蔡永强？”

“这小子从小主意就正，他跟崔振江说过他有证据，可是问到现在，全是猜测，关键证据半句都没吐出来。”

“有关这件事我问过他，”左兰说，“我问他证据，他却要先说林胜文的案子——他很有把握和条理。从一开始，我们就是被他牵着走的。”

李维民闻言不禁摇头笑了一声，“这小子，他是故意的。”他说着抿了抿嘴角，手摸了摸下巴，目光悠长深远，思维却一下子跳了好几个跨度，“包星现在仍然下落不明，李飞的供述中，现场也没有包星。”

左兰点头，“当务之急，是找到这个人。”

李维民端着杯子到饮水机前接了杯水，若有所思地问杜力：“陈家父母怎么样了？”

“已经找到了。有人说陈珂在广州出事了，把他俩骗外地去了。”杜力是饿急了，张嘴咬了口馒头，含混不清地说：“马雯过去接了，下午就能回来。”

李维民垂眸喝了口水，半晌后，他跟左兰说：“下午不让苏康去了，你去问问陈珂她跟包星的事情。”

第二次被带到讯问室，陈珂还是感到不安。她惴惴地坐下来，左兰温和地笑着看她，微微点头，示意她不用紧张。她随便跟陈珂聊了几句跟案情无关的，看陈珂的紧张有所缓和，才温声问道：“陈珂，我还有些事情要跟你确认，我们现在可以开始吗？”

陈珂抿着嘴点点头，左兰不着痕迹地观察着她的表情，问道：“包星是谁？”

“我的大学同学，在学校里追过我，毕业后给我打过一段时间的电话，想让我回心转意跟他好，我没有答应。后来就再也没有联系过。”陈珂小声说着。

“宋杨得到的有关你跟包星的不雅照，是包星发给你和宋杨的？”

陈珂脸色有些尴尬，却还摇摇头，“我不知道是不是包星发的。我没有收到照片，对方只寄给了宋杨，照片背面写着要十万块。”

“照片你看了吗？”

陈珂点头，“看了。照片是把我的头像P上去合成的。”

左兰皱眉，“照片呢？”

“宋杨当着我的面撕了。”

“看到照片以后，你和包星联系过吗？”

“没有，我没有收到照片，也不能确定宋杨的照片是包星发的。我劝过宋杨，让他也不理……”

宋杨喊着自己珂珂的傻样子，还有他那分手后还死皮赖脸贴上来的傻劲儿……这些场景这几天总是在她脑海里不停回放，哪怕过了这些天，想起宋杨，陈珂还是红了眼睛，泪水在眼眶里不停打转，她狼狈地用手抹掉，“对不起。”

左兰看着她双眼通红的模样，叹了口气，“那我们继续？”

陈珂点点头。左兰的问题让她再一次陷入沉默，“宋杨为什么执意去找包星？”

“因为……”陈珂刚刚擦去的泪水再度疯狂涌出，她不可控制地颤抖起来，“我们在谈分手。”

左兰诧异，“分手？”

那个阳光无比的傻男人，那个在她面前丝毫不吝啬表现出自己爱意的男人，那个不管多晚都会在医院门口等自己的男人，那个在她单方面分手之后，还要赖般黏着自己的男人，他是这么爱着自己、爱着自己啊……

陈珂再说不出话，捂住脸，无声地痛哭起来。

“我错了……宋杨，你回来……你回来啊……”哽咽的低语，悲戚的哭声夹杂着无数的思念与悔恨，左兰听着心里也难受，只好走上前去拍了拍她。

当事人哭成这样，话是不能继续再问了，她收拾了东西想暂停，李维民却从外面进来接替了她，“陈珂，不哭了。”

左兰出去带上了门，李维民走到她身边，不知道从哪里带过来一包纸巾，拍拍肩膀递给她。陈珂泪眼模糊地抬起头，脸哭得跟个小花猫似的，看见他，却勉强压住哭声，抽噎着叫了一声“李叔叔”。

李维民安抚地笑着看她，“告诉你个好消息，你弟弟的案子清楚了，他是被陷害的。你父母被人骗到外地，现在也接回来了。待会儿我让人送你回去。”

陈珂颓唐狼狈的脸上，通红的眼睛终于微微亮了起来，她又哭又笑，缓了半晌才局促地拿着纸巾擦干净了脸，仰着头问李维民：“那李飞呢？”

李维民遗憾地摇头，“他暂时还只能待在这里。”

“李叔叔，”陈珂抿了抿嘴唇，“……我想见见他。”

李维民摇头，伸手轻抚陈珂的肩膀，“陈珂，我理解你此刻的心情，但是李飞现在不能见任何人，这是纪律。”

陈珂沉默着又低下了头，半晌后，她忽然问：“李叔叔，是不是找到包星就能找到杀害宋杨的凶手？”

李维民点头，“嗯，他很关键。”

“包星有一个女朋友叫杨柳，也是我以前的同学，在中山。”不管照片是不是包星做的，陈珂其实都不想再跟包星有任何的牵扯，但事情关乎杀害宋杨的真凶，也关乎李飞能否洗脱罪名，她现在说出这些信息，没有丝毫的犹豫。

“陈珂，我想请你帮个忙。”李维民听她说完，在短暂的犹豫后，忽然压低了声音对她说：“我们和毒贩的关系……他们当中有我们的线人，我们队伍里也不可避免地有他们的耳目——”

陈珂脸上隐有决绝之色，听见自己可以帮忙，她急切地打断他，眼睛里甚至闪着明亮的光，“李叔叔，只要能找到杀害宋杨的凶手，我什么都愿意做！”

“听我说完，”李维民说，“之所以抓不到包星，不排除我们内部提前走漏消息，所以，我需要你的帮助。”

关于煽动群众游行示威的事情，马云波那边隔天就有了结论。经过对陈有泉、陈航和陈南生进行讯问，陈南生和陈航都供认，是听从陈有泉的鼓动后带领一些村民去市政府闹事。陈有泉给了他们一人五万块钱。陈有泉曾因制毒被判五年徒刑，当时抓他的人就是李飞，他一直对李飞怀恨在心，就想趁这次报复他。陈有泉不承认后面有人指使，而到马云波跟李维民汇报情况为止，警方也没有找到别的证据证明他是受人指使的。

至于当天把他们三人的信息发到左兰手机的人，马云波也好、左兰也好，竟然都没查到任何线索。

这两天不像之前又逃又抓那么动荡了，该睡的觉就得按时睡，可李维民睡不着，而羁押室里的李飞也一样。

他只要一闭上眼，宋杨的脸就会出现在眼前，他的那双眼里倒映着的是自己，是拿着枪的自己……李飞痛苦地闭上眼睛，心里无数次地发誓，一定要找到真相，给宋杨报仇，也给自己洗冤。

翻来覆去迷迷糊糊地熬过了一晚上，羁押室的门一阵细碎响声，李飞烦躁地睁眼转头看过去，竟然不是带他受审的民警……

李维民推门进来，给他带了早餐，“我们来聊聊？”

这个从小看他长大的男人笑呵呵地把早餐放在他旁边，仿佛他现在的身份不是审讯者，而是在和一个叛逆儿子谈心的父亲，李飞坐起来，头却扭到一边不看他，“有什么可聊的。”

李维民笑了，这孩子打小什么样他门儿清，“你捂着什么不说，以为我不知道？你还有什么没告诉我？”见李飞依旧沉默，李维民无可奈何地拍拍腿，有些退让地开口，“好！咱们换个身份。”

李飞转过头嗤笑一声，看了看这个羁押室。自己是个缉毒警察，现如今却被扣在这里，换身份？要怎么换身份？

他摇摇头，头晕乏力泛恶心，实在没胃口，“换不了。”

李维民轻叹口气，拍了拍他的肩膀，“我明白你的感受……”

“你不明白！”

李维民按住他的肩膀，目光如炬，“我现在是以个人的身份同你说话，宋杨的死，不是你的错。我是想告诉你，自责没有用处。”

李飞怔怔地看他，突然就笑了，他一把推开李维民搭在肩膀上的手，整个身体近乎跳了起来，居高临下地看着李维民，心里是那种撕心裂肺的疼。他指了指自己的脑袋和胸口，“宋杨就他妈死在我面前！这里！这里！”李飞的呼吸急促，一提到宋杨，他的情绪还是会失控，“你却把我当嫌疑人关在这儿，还说什么自责有没有用的空话！凭什么！”

李维民盯着他那双暴怒的眼，看着他那张因为愤怒和仇恨近乎扭曲的面孔，他的眼底迸发而出的叫嚣、不满，哪一点，他是不懂的？

李维民缓缓开口，语气却越来越重，“凭我吃过的盐比你多，上过的战场比你多，见过的血比你多。你妈妈也是我的战友，她也死在我的面前！”

李飞的瞳孔缩了缩，身体像是泄了气的皮球，颓然地歪着身体靠在墙上，再没了刚才那份与之相争的怒气。李维民叹气，拍了拍他的肩膀，“你自己考虑吧，如果你不把所有知道的告诉我，我没有办法帮你。”

李维民走了没多一会儿武警就过来了。又坐到那间讯问室里，白亮的灯光一打，李飞就觉得有些刺眼。汗水从李飞的额上渗出来，他嘴唇干裂，目光失焦，使劲儿摇头试图让自己更清醒一点，对面左兰还在问：“所以，从蔡三毛的案子开始，你对蔡永强就有了成见？”

关于李飞和蔡永强的梁子，就是要从这个蔡三毛的案子说起。那时的李飞刚入缉毒队，敢冲敢闯，天不怕地不怕，当时周恺作为他师父在带着他，偶然的一次任务中，他发现田溪镇塘头村的蔡三毛有制毒嫌疑，但没有明确的证据。他当时把这件事跟蔡永强汇报了，要求上技侦手段，对蔡三毛的手机进行跟踪监听，可是蔡永强没有同意。为此李飞和他发生过争执，但后来还是把蔡三毛抓了，可关了没两天，蔡永强就把他又给放出来了，结果到了春节的时候，人却死了——在春节看戏的时候因为一个座位发生了口角，被他们村大房的人打死了。

没有比这更省事、更荒唐可笑的理由了。

蔡三毛死后，他父亲一口咬定这是杀人灭口，没有把蔡三毛入葬，而是把棺木抬到凶手蔡波家里，停在院子中央。凶手逍遥法外，双方的房头对峙，谁也不服输，闹得沸沸扬扬。塘头村大房和三房的矛盾和积怨由来已久，因为宅基地问题，两房三年来就发生过大大小小的械斗共十三次。眼看一场群体事件就要发生，着急上火的村支书居然就去找了禁毒大队，要求禁毒大队帮忙解决这宗停尸案！

当时那村支书找上门用的词不是“请求协助”，而是“要求解决”。

按说，抛开所有事情，就他这个态度，蔡永强那根硬骨头都不可能理他，但让人匪夷所思的是，在村支书的“要求”下，蔡永强还真就去了……不仅人去了，还自己掏钱买了几条烟，天天召集各个房头的老大去祠堂开会协商，最后这荒唐的会开了一个多月，涉案的房头终于答应各自妥协，蔡三毛才得以下葬，更可笑的是，丧葬费居然还是东山市公安局和田溪镇出的……

后来蔡波落网，按他的供述，是为了给三房一点颜色，身在大房的他就想办法栽赃了三房房头的儿子蔡三毛说他制毒，后来蔡波受审，罪名是过失杀人，判刑三年缓刑两年。

从那个时候开始，李飞就隐约地觉得蔡永强、周恺和陈自立就是蔡三毛的保护伞，心里的梁子也就结下了。

可根据蔡永强的讲述，这个蔡三毛，是他在塘头村秘密发展的线人。

蔡永强说，当时他们的确怀疑塘头村有团伙在进行秘密制毒，但因为一直找不出证据，所以就发展了蔡三毛成为线人。这事在禁毒大队，甚至是整个市公安局，只有陈自立、周恺和蔡永强本人知道。蔡三毛也答应蔡永强的要求，可就这个时候，李飞擅自以贩毒罪把蔡三毛抓了个现行。

他这么一闹，搞得蔡永强等人哭笑不得又措手不及。后来他们做了补救，找了个借口把蔡三毛放了出去。可半个月之后，也就是春节看大戏的时候，蔡三毛就被大房蔡波当街打死了。由于蔡永强他们当时还没有任何塘头村制毒的证据，蔡三毛命案搞得他们特别被动。没办法，也只好自己出面去收拾这个烂摊子。

姑且先不论这些说辞的真假，单蔡三毛是蔡永强线人的这事儿李飞是直到现在都不知道的，他从自己的角度把他所知道的这些事儿跟左兰讲了一遍，左兰跟他再次确认的时候，他却反应不过来。满头冷汗地撑在桌子上，他有些恍惚，“你说什么？”

左兰看着他的样子有点担心，“你没事吧？”

李飞强忍不适摇摇头，“……没事。”

左兰紧盯着他，眼底露出一点犹豫，旁边李维民始终不表态，她在沉默半晌后还是示意他，“没事就继续说吧。”

“其实也不是从那个案子开始……早在马局到任之前，我跟蔡永强就起过一些小摩擦，都是对事不对人。但我向马局反映蔡三毛一案存在问题的时候被周恺听到了，他在队里传得人尽皆知，我李飞从此也就背上了局长助理的绰号，他们觉得我是告密者。从那天开始，队里谁都不待见我，对我冷嘲热讽。这就是东山人的性格，平时再怎么有分歧，可一旦受到外部威胁时，就会立马抱起团来一致对外。”

左兰点头，“你们禁毒大队，东山籍警员大概占多大比例？”

“八成以上。已经算少的了。因为工作性质特殊，局里会特意调一些外地警员过来——陈自立就是部队转业的。可东山人还是占绝对多数。自从我被当成马云波的助理，‘东山人’这个群体就把我给排除在外了。在禁毒大队，我是彻底被孤立的。”

“宋杨呢？他也站在了你的对立面？”

“没有。当时在禁毒大队，只有宋杨一个人挺我。我从小没爹没妈，外婆是东山中学的老师，工作很忙，我经常在宋杨家里吃饭。我和他，比亲兄弟还要亲兄弟。

“新官上任三把火。马局在那场谈话之后，就开展了一场为期三个月的扫毒行动。那次扫毒的成果有目共睹。从马局到东山之后，东山地区毒品的市场份额……连年下降……戴了两年的‘全国毒品重点整治地区’的帽子，也摘了……”

李飞脸色苍白眼皮直打架，他的手死死撑住自己摇摇欲坠的身体，嘴唇干得只能频繁地伸出舌头来舔，尝到了丝丝血腥味道。

逼着自己硬起心肠的李维民这会儿是彻底坐不住了，他快步走了过去，探手摸了摸他的额头，脑门儿有丝丝凉意，挺舒服，李飞迷迷糊糊地抬起脸，仓促虚弱地对李维民笑了一下，脸上还有没被痛苦腐蚀干净的倔强，“没……事……我能……”

话没说完，人已经倒了下去。

李维民瞳孔猛缩，慌忙回头叫人，“快去叫肖医生！”

“高烧三十九度六，伤口有炎症。手抖、心悸、感觉呼吸困难，这是甲亢的早期症状。另外血糖和血压都有些偏高，但胸透没有异常。”武警驻地医院病房里，肖医生拿着各种检查结果跟始终待在这里等消息的李维民说情况，“主要是一直精神高度紧张焦虑，导致神经系统功能改变。同时引起内分泌系统的下丘脑功能紊乱，进而使垂体分泌激素功能受到损伤。”

李维民勉强压住心疼和自责，“怎么治？”

“病人目前需要休息和充足的睡眠。”

李维民点点头，肖医生一走，病床上的李飞就睁开了眼睛，他苍白而虚弱，看着李维民，被这些天积压在身体里的各种情绪逼出来的火气不见了，他想起早上跟李维民的对话，有点惭愧，“民叔，我不该对你发火……”

“我就知道你小子醒了。”李维民见惯不怪地瞪他一眼，俯身把他的被子给往上拽了拽，把被角给他掖严实，“什么都别说了，好好休息。”

李飞垂着眼睛，声音低低的，“陈珂，她……可能会有线索。”

“我知道。”

“保护她……”

“放心，”李维民定定地看着他，安然而笃定，“我都安排好了。”

18. 端　倪

街道上车水马龙，路人行色匆匆，一身破烂衣裳的林水伯推着那辆嘎吱作响、随时要散的车走到垃圾桶旁，手探进去翻了翻，拿出一个矿泉水瓶，拧开盖子把水倒在路边绿化带里，旁边路过的人不约而同地离他一米远。

黑色的奔驰在水伯的面前停下，林水伯佝偻着身躯下意识地看了一眼。车窗缓缓降下来，林水伯看见里面的人，原本随便别人怎么看他也不在乎的脸上，倏地浮起狼狈的尴尬和难堪。他局促地笑了笑，声音很低，透着一点讨好的意思，“支书……”

林耀东一脸可惜地看他，“你看看你，现在成什么样子了。”

林水伯更是尴尬，将手放在衣服上抹了几下，讪讪地搓了搓手，“挺好的，挺好的……”

林耀东叹息，“水伯，把你赶出村我也是被逼无奈。我儿子女儿都曾经是你的学生，我不想那么做的，可村有村规……”

“我知道我知道，是我犯规在先，我不怪你。”

林耀东看着他破车上的东西，怜悯而唏嘘，“别再碰那东西了，那东西让你儿子仔仔丢了命。你再看看你自己，都成什么样了？你曾经是龙坪的模范班主任，优秀教师，也是有身份有荣誉的人。”

林水伯不知道该说什么，他被赶出村是他自作自受，但出了村也没改了吸毒的毛病，他现在过得如此落魄，也怨不得谁，“我给塔寨丢人现眼了，支书，要是没别的事，我……”林水伯推了推他的破车，“我就先走了。”

“等等！”林耀东开口，向车内招了招手，很快林小力从车里下来，他还是干瘦的样子，衣着却很整洁体面，人也精神了，林小力递上了一沓钱，林耀东示意让他把钱塞到林水伯手上，林水伯看着这数量不少的人民币，狠狠咽了一下口水。

“去买几身像样的衣服，告诉你，可不能再去买毒了。”说完，车窗摇了上去绝尘而去，从车内隐约飘来一句林小力的吐槽，“那种人为什么要给他钱？他一定拿去买‘黄大仙’……”

林水伯一叠声地道谢，直到车消失在了视野之中，才连忙直起腰，将钱塞进了自己的破衣裳里面，推着破车匆匆朝着街对面去了。

破车在小巷子里发出嘎吱嘎吱的响声，林水伯推得急，破车近乎要散架一般发出呐喊，到了某一个角落，林水伯瞧了瞧四下没人，赶紧将怀中捂着的一沓钱拿了出来，满是污秽的手指迫不及待地开始数了起来，一张一张接着一张，林水伯的眼睛开始放光——这叠钱有三千块左右。

他又数了一遍，接着点了几张，又将剩下的钱放在嘴边闻了闻，然后卷成一卷塞到手推车的手把管子里。林水伯再次环顾四周，见没人经过这才放心，推着破车离开小巷，朝着街面而去。

林小力说得没错，有钱了，他就要去买“黄大仙”。

有些东西，一辈子也碰不得，一旦碰了，就要用一辈子给它埋单。

“黄大仙”一直是从一个小毒贩那里买，林水伯也不知道小毒贩到底叫什么，反正一直跟着这条道上的人一起喊他“伍仔”，伍仔年龄不大，撑死也就十六七而已，脾气挺横，但价格还算“公道”。

林水伯在伍仔经常出没的地方没有找到他，倒是在最后一个巷子口看到了伍仔的老大麻子带着几个小弟模样的小年轻儿自小巷里跑了出来，林水伯上前一步，“哎，麻子……”他想问问他知不知道伍仔在哪儿，却没想麻子狠瞪了他一眼，根本不想废话一般，带着几个年轻人挤上了路边的一辆黑色轿车，绝尘而去。

林水伯呆呆地看着开走的车，又往巷子里面看了看，小巷子里面空无一人，林水伯推着破车嘎吱地走了进去，只见不远处的几个垃圾桶那里似乎有个人影躺在那，还时不时地听到微弱的呻吟。

林水伯四下张望，见没有任何人经过，他快步跑了过去，却见伍仔正躺在那，双手抱着肚子，腰腹手臂全是血。

“伍仔！”林水伯见到他这副模样，当下过去，要扶他起来，一眼看过去却又被吓住了，猛然站起身子，推着车就要跑，躺在地上的伍仔发出微弱的声音，“救救我……水伯……救救我……”

哪怕落魄到这种地步，林水伯骨子里的根还在，他不能看着一条人命在他眼前就这么白白没了，想了想，他还是叹了口气，吃力地弯腰将地上浑身是血的小年轻儿艰难地背了起来，带着他一路颠簸踉跄地朝着最近的小诊所跑了过去——

诊所里就那么一个医生带俩护士，闻声都跑了出来。医生打眼儿看见伍仔那个面黄肌瘦的样儿也能猜出来这人是怎么回事儿，人让护士推着板车进了简陋的小诊室拉上了帘子，他却跟林水伯伸了手，话没多问，钱要得极为利索，“要治他这伤，得三千块钱。”

林水伯张张嘴，以为自己听错了，“多少？！”

“三千，没钱别治。”

有一瞬间林水伯甚至觉得，自己大概是真没有来外财的命。林耀东刚给的钱，不多不少正好三千，谁能想正好交代在这事情上了……

从小破车的管子里把钱拿出来，跟着身上的这些，一共正好三千块，他挺不舍得却又义无反顾地全给了医生。医生推门进了处置室，林水伯看着自己这满身满手的血，怔愣地站在急诊大厅里。

三千块钱花了，他该走了，不想蹚这趟浑水，但是伍仔躺在那里，他又实在放心不下……

他儿子仔仔要活着，也该是跟他差不多的年纪吧……

林水伯眼底透出一点痛苦来，挣扎片刻，他看着自己掌心的血，还是留了下来。局促地坐在旁边的凳子上，看了看外面暗下的天色，长长地叹口气……

答应了李维民帮忙找包星的下落，从武警部队被送回家，陈珂有种恍如隔世的感觉。就这么几天的工夫，她的生活就完全天翻地覆，什么都变了。确认了老爸老妈跟弟弟都好好地回来了，她洗了个澡换了身衣服，没耽误什么时间，傍晚的时候就直接坐车去了中山。

这个季节的天气，夜晚已经开始闷热了，陈珂擦了擦头上的汗水从出租车上下来，仰头看了看面前的这个老旧居民楼，包星的前女友杨柳就住在这里，陈珂深吸一口气，急匆匆地走进楼内，看了看手中的门牌号码，停在了一扇门前，犹豫了一下还是伸手敲了门。

杨柳的声音自里面传来，陈珂的心头一紧，继续敲门，门内似乎有人走了过来，但突然又没了动静，陈珂耐心等待，有些怕杨柳不会开门，有些怕她这次来扑了个空……门突然就打开了——

“陈珂？”杨柳微微打开门，有些意外陈珂出现在这里，按照她们的关系，应该不见面的好。

“好久不见，我、我找包星，他在这里吗？”陈珂的视线越过她往里面张望。杨柳冷哼一声，“那你可找错人了，我和他已经分手一年了。”

杨柳作势要把门关上，陈珂连忙伸手去拦，她显得有些不好意思，但又很坚持，“能、能让我进去说话吗？”

杨柳叹口气，只能将门打开让她进来，陈珂连忙进门看了看，屋子里的东西都很简单，没有任何男人生活过的痕迹，杨柳没说谎，包星真的没在这里。

杨柳靠在门边上，“你找包星，怎么不去问他姐？”

“你的住处就是她姐告诉我的。”

杨柳看着陈珂的眼神还是有些不悦，“你找他做什么啊？”

陈珂抿了抿唇，这件事太过重要，况且李叔叔说过不要将事情告诉任何人，她沉思了一会儿，才开口道，“他对我还不死心，我现在有男朋友了，他在中间乱搅和，还做了一张假的裸照合影，发给我男朋友。我来找他谈谈，别让他再骚扰我男朋友。我都没跟他谈过恋爱！这个人太无赖了！”

杨柳听到这里，眼神才和缓了很多，“他就是个无赖！我跟他都分手了还三天两头来找我借钱，为了躲他才偷偷搬到这来的。倒了八辈子霉，他身边的人，都被他害惨了。家破人亡。”似乎是找到了共同话题，似乎她也料到女神一样的陈珂也会受到这样的遭遇，话匣子一下子打开，“他一直缠着我，把我的工资卡当提款机。怕我逃走，就不让我去工作，把我反锁在家。有一天我趁他出去找毒品，从窗户逃出去，顺着外面的下水管往下爬。爬到三楼抓不住了，摔下去腿被划了一道二十厘米长的口子——”杨柳面无表情地拉开自己的裤管，那道伤疤就横陈在那儿，像一条多足的虫子，触目惊心。

陈珂看得倒吸一口凉气，又暗暗叹息，对于杨柳来说，身体上的伤痕不算疼，心上的才算疼吧。

“我为了躲他，搬了五次家。包星弄不到毒品，就逼我到医院去偷吗啡。我不干，他就拿刀砍我。那天要不是他姐拦着，我早就已经——”已经很久没有被触碰过的往事，再次揭开还是血淋淋的一片，杨柳弯下腰，保护般地将自己的身体抱紧，“他逼我当小姐供他吸毒……”说到这里，她已经泣不成声。

陈珂也蹲下身子，不知道如何开口，只能用手抚摸着她的头发，听着她的哭泣在屋子里面回荡，陈珂心中五味杂陈。

在路上奔波了很久的陈珂在杨柳的房间不知睡了多久，被外面的开门声惊醒，她看了看手机，半夜三点。陈珂穿好衣服，往客厅走了过去，杨柳正坐在那一声不吭，浓妆艳抹的样子让她看上去妖艳无比，身上的衣服快要遮不住她的身体，陈珂都忍不住微微移开目光。为了生存，这样的选择她可以理解。

杨柳站起身，面无表情地拿了瓶酒给自己倒了一杯，看了看衣着朴素清纯的陈珂，再看她那双依旧纯洁的眼睛，似乎没有被任何事和人污染过，再想想自己当下的处境和遭遇的一切，杨柳将那杯酒狠狠灌了下去，陈珂急忙走了过来，这才看见杨柳的眼下有着明显的乌青。

“你怎么了？”陈珂探手要去看她脸上的伤口，杨柳倔强地把头偏到一边，陈珂却比她还倔，非将她的脸扭了过来，那片瘀青让她的一只眼睛彻底充血，化了浓妆的脸上有着明显的两道泪痕。陈珂看得很是心疼，刚要说话，杨柳将脸偏开，“别用那种眼神看我！”

“我没有……”

“我告诉你！钱没有干净不干净。我的钱都被包星吸毒败光了，我现在欠一屁股债，我要赚钱吃饭！”杨柳像是刺猬，竖起了保护自己的刺，将自己柔软的那一面，用刺重重包裹。

“我只是想看看你的伤。”陈珂开口，带着深深的无力感，杨柳看她那副依旧纯真的脸和眼里真实的关怀，颓然地坐了下来，“没见过你，我心里还算过得去。可是看到你现在这样光鲜单纯的样子，再看看自己……”又倒了一杯酒，狠狠灌了下去，“我真是活该，当时要不是我把包星从你手上抢了过来，现在去做这个的应该是你！当时都以为包星是个有钱的公子哥，可没想到是一颗灾星。你看看我现在的样子，我是替你变成这样的！”

陈珂大步走了过来，抢过她手中的酒瓶，给自己倒了一杯，忍着酒的辛辣，仰头便灌了下去，“我陪你喝！”

杨柳呆呆地看着陈珂喝酒的样子，似乎是想通了什么，痴痴地笑了一声，扭头将包里的纸条递了过去，那上面是一个电话号码。

“你不是找包星么？我打听了很多人才打听到长期卖毒品给他的那个湘仔，这就是湘仔的电话，通过他就能把包星约出来。”杨柳说完，又给自己倒了一杯，陈珂看着纸条，心上悬着的石头总算落了地，她握紧纸条，“杨柳，我不知道该怎么谢你……”

杨柳把酒一口饮尽，看着陈珂这身打扮，冷笑了一声，她知道这个圈子的规则，至于陈珂……进了这个圈子，恐怕会被吃得渣儿都不剩，到时候别提找包星，她自己都难保。

“你一个人办不妥这事的。要想找到包星，还得我帮你。”

“谢谢你，杨柳！”陈珂知道她所说的意思，这事凭她自己，真的办不成，若不是有杨柳，她现在恐怕就像只没头苍蝇，只会四处乱撞吧。

杨柳摆摆手，重新倒了一杯酒，看着那酒水随着她的摇晃起起伏伏，她微微眯起眼睛，“找到包星，我要他把我失去的都还给我！”

同一时间，香港，某停车场的二层，赵嘉良的手指在方向盘上微微打着节拍，若有所思地看着手机里两天前发过来的一条信息——

那是份名单。上面详细列明了4月15日至4月19日之间，从珠海港、中山港、汕头港、湛江港四个港口去往法国马赛和勒阿弗尔港的中国货轮号和其所属公司。巧得很，正有他前不久从陆童嘴里挖出来的那个黄达成的公司。

本来运的东西就杂，捎带点东西夹进去运出国，想来的确是很方便。

赵嘉良无声地冷然勾勾嘴角，这时候，另一辆不起眼的黑色轿车利索地倒库，停在了他旁边的车位上。

两边的车离得极近，左右后视镜都快要蹭到了。两台车的车窗先后降下来，赵嘉良很不客气，照面就把副驾上的一个文件袋顺着对方的车窗给扔了进去，“帮我查于标、黄达成和香港荣昌国际贸易公司的背景，特别是账务方面。”

旁边车上的中年男人看了眼被他甩进副驾的文件袋，却没有拿过去看，“目的？”

“前几天法国的朋友告诉我，有一批新货从内地运到了法国。而黄达成的荣昌公司在4月18日从珠海港往法国发过一批电子产品，货轮号和发货清单上面都有。货轮从珠海港出发到达法国马赛港和勒阿弗尔港需要二十五到二十七天的时间，至于黄达成往法国发的那批货是不是在5月13日左右到达法国的，你们保安局禁毒处应该有办法查清。”

警匪勾结，还勾结得这么明目张胆，毒贩一点不客气地要求堂堂香港保安局禁毒处的副处长去给他调查信息，这场面实在是百年难遇了。

谭副处长若有所思地侧头打量了他半晌，还是把副驾上的文件袋拿过来拆开了，“你是说这批货抢先进了法国市场，还跟黄达成的荣昌公司有关？”

“猜的，还没证据。”赵嘉良施施然地摊摊手，语调很轻松，“三天时间能给我回复吗？”

谭思和大致把袋子里的资料翻了一遍，朝他不悦地瞪眼睛，“有没搞错啊？你是在命令我吗？”

“不，这是你欠我的。”墨镜下，赵嘉良一副浑不吝的混账样子，嘴角一撇，他又改了口，“那就两天，两天内我必须得到答案。”

谭思和看他那样子就气不打一处来，差点把手里的资料都捏皱了。他在香港好歹也算是有头有脸的人物，就这么个混天混地的赵嘉良敢把他当自己家的搬运工用，今天查点这个明天要点那个的，偏偏他还说不出理来……他是真欠赵嘉良的，没办法，就得还。因此虽然没打算拒绝他，但脸上还是过不去地呛他：“我是在帮你打工吗？！”

赵嘉良嘴唇轻轻上扬，推了推墨镜做了个让他尽快办事的手势，脚踩上油门发出巨大的声音，赵嘉良迅速一打方向盘，车轮摩擦过地面发出刺耳的声音，朝着停车场出口的方向呼啸而去……

伍仔虽然浑身是血看起来吓人，但都是皮外伤，没碰到要害上，小诊所做不了全麻，给他扎了局麻缝了针，清创包扎，医生从处置室出来的时候，天都快亮了。

“再补交两千七百块，手术比我想象的要复杂。”推门走出来的医生摘掉口罩说了一句，林水伯愣在那里，两千七？他哪儿来那么多钱！“医生，能不能……”

“剩下的钱我不要也可以，不过我要把他交给警察，你自己看着办。”医生看着林水伯一身脏乱邋遢的衣服，一副公事公办的样子，没有丝毫通融的可能。

林水伯当下开始翻自己破衣服上的口袋，很多钢镚噼里啪啦地掉在地上，他连忙弯身捡了起来，几张皱巴巴的票子还有一些硬币，林水伯笑得尴尬，“我现在只有这些钱，剩下的我……分期给你。”

医生皱眉，不过还是将钱接了过来，“分期？我凭什么相信你？”

“你别看我现在这么落魄，我从前可是东山中学的老师，还得过省里优秀教师的称号！……”林水伯焦急地开口，黄牙在说话的时候忽隐忽现，看着医生明显怀疑的眼神，林水伯还想试图证明什么，一个护士自病房走了出来，眨了眨眼睛仔细看了看，“林老师，真是您啊？”

林水伯的话全都哽在嗓子眼里，多希望刚才说过的话全都咽回去，他育人无数，也曾有着光明的前途，曾经有多自豪，现在就有多讽刺，他现在这个样子，怎么配得起一声老师？“我其实不是什么老师，刚才……你认错人了……”

林水伯面带惭愧甚至不敢再抬起头，匆匆走进了病房，伍仔已经醒来，林水伯走上前，抬手扶他，“咱们这就走，你能走得了吧。”

伍仔冷冷看他，什么都没有说，撑起身体在林水伯的搀扶下站了起来，看到不远处小护士的眼神，伍仔冷笑，在林水伯的搀扶下缓缓离开。

被赵嘉良查到头上的黄达成最近有点儿寝食难安。他的荣昌贸易公司本来就不干净，有心人顺藤摸瓜一查一个准儿，他又不是个太有主见的人，得到消息说赵嘉良最近一直在查有关他跟他公司的消息，这位黄总就彻底坐不住了。

他早上给他们家老大打了个电话，这会儿赶到中餐厅，却不敢表现得太急躁，在门外重新整了整衣服才推开包间房门进去，对着正坐在里面吃早茶的男人恭敬地喊了一声，“大哥，早。”

“坐下一起吃。”刘浩宇拍拍身边的位子，气定神闲地将一道菜推了过来，手上的绿色大猫眼闪着淡淡的光，“烟熏凤尾鱼配豆腐和海胆籽，你一定要尝一尝。”

“谢谢大哥。”黄达成弯着腰谄媚地笑了一声，却始终都没敢拿起筷子吃一口，他局促而紧张地搭了个边儿坐下，直到刘浩宇吃完了，拿纸巾轻轻擦了擦嘴，黄达成才略微抬起头，出声道：“陆童已经供出了我，赵嘉良找来怎么办？”

刘浩宇将擦嘴的纸巾扔到桌上，拿出一根牙签大咧咧地剔剔牙，瞟了一眼黄达成，“只要澳门和东山两边不出事，你有什么好紧张的？我们的生意，陆童知道多少？”他的眉宇间常年带着一点阴翳，笑的时候瘆人，不笑的时候吓人。黄达成在外面有恃无恐张牙舞爪，但在他面前是不敢造次的，他微微弯着腰，声音很恭敬，“不多，他只是个牵线的。”

刘浩宇剔完牙，舌头顶了顶腮帮子，什么话都没说。

黄达成呼吸却紧到了嗓子眼，他们和赵嘉良虽然干的是一个行当，但终归不是一条船上的人，现如今赵嘉良明显一副不肯善罢甘休的样子，像极了一条咬住不放的恶犬。

“赵嘉良和蔡启荣接头的时候，已经被公安盯上，蔡启荣跑路时被车撞死，为什么唯独他安然无恙地逃出来了？”看着黄达成越发坐不住，刘浩宇终于慢条斯理地开了口，连声音都带着十足的阴郁，但语气却很轻松，“卖白粉的林浩南当年跟他走得最近，江湖上有传闻，说林浩南就是他一手送进去的。”

黄达成眼睛一瞪，“大哥怀疑他是条子的人？那我们为什么不……”他说着手在脖子上轻轻一划，做了个杀之而后快的动作。

刘浩宇看不上地瞪了他一眼，环抱着手臂靠在了椅背上，“别动不动就开杀戒。咱们现在都是做国际贸易的，都是有身份的人了。又没有把柄落在他的手里，心中坦荡，有什么好怕的？记住，这个年代最好的杀人武器是金融和贸易，而不是刀和枪。”

赵嘉良是这个城市咬人最狠的一条疯狗，但说白了，狗再厉害，也玩不过人。刘浩宇不在乎一个赵嘉良能翻出多大的浪，但却必须要忌惮赵嘉良背后的势力，“赵嘉良是罗绍鸿的弟子。当年在旺角要不是他一人背着罗绍鸿拼出一条血路逃出来，罗绍鸿不会有今天。以罗绍鸿今天在香港的地位，我怎么能随随便便动他的人？打狗还得看主人的嘛。但只要我们能证明他是条子的线人，那我怎么处理他，他罗绍鸿就管不了了。”

黄达成恍然大悟，继而跟刘浩宇一起露出了一个不怀好意的笑，“大哥，我明白了。”

黄达成虽然没什么主见，但能混到今天，也不是个脓包。没隔两天，他就循着刘浩宇交代的线索，把事情都落实了下去。

香港有名的重刑犯监狱内，被关押的大毒枭林浩南被告知有人来看望，脚镣在地上摩擦的声音刺耳，走在走廊上习惯了不动声色的他心里却在犯嘀咕，今天不是嘉良来看自己的日子，他林浩南自从被关进来，亲儿子都没来看过几次，除了嘉良还会有谁能想起他来?

打开会见室的门，看着坐在那一身西装笔挺的人，林浩南挑眉，倒是位稀客，“张律师，已经大半年没见你了，今天怎么突然想起我了？”

狱警推开门走了出去，张律师将一沓资料放在桌上，林浩南随手接了过来，他在这地方待久了，身上早没了当年叱咤风云的气场，不过骨子里玩世不恭没正经的劲儿倒是没改，“不会是要释放我吧？别给我太大的惊喜。”

“这家公司12月准备在港交所挂牌上市，目前已启动筹备工作。上创业板，发行股票5亿股，每股发行价11. 98港元，预计开盘后股价能达到20港元，计划融资15亿港元。”张律师面无表情地开口，看着林浩南不动声色的脸，继续道，“你如果在这份文件上签下你的名字，那这些材料就跟你有关系了。你可以有这家公司20万的原始股。”

林浩南愣了一下，张律师眼神充满诱惑地凑近他，压低了声音对他说道：“三十年的刑期，已经过去八年了，还有二十二年。这对你来说，不算是个令人绝望的数字。二十二年以后，你就再也不用为生活发愁了，你可以有一个安详的晚年。”

林浩南挑挑眉，对此不置可否，饶有兴致地看着张律师，“这个慈善家总得从我这儿要点回报吧？”

张律师笑了一下，“向你打听一个人——赵嘉良你认识吧？”他说着，声音压得更低，“当年，你是不是被赵嘉良卖给条子的？赵嘉良是不是条子的线人？”

林浩南面无表情，也不开口说一句话，张律师一副我知道你一定经不住这种诱惑的表情，身体往后靠了靠，“我的老板就要听你一句实话。只要你跟我说实话，这20万的原始股就是你的。”有钱能使鬼推磨，更何况他林浩南如今只不过是阶下囚。

将资料放在鼻间狠狠嗅了一下，林浩南笑得很浪荡，“很诱人呢，就像女人的味道。你说是赵嘉良向警方告发了我，你有什么证据吗？”

“你手上有五条人命，还不算跨境贩毒。依你的罪判个终身监禁没有任何问题，可你只判了三十年。林浩南，是不是因为赵嘉良，让你和条子达成了协议？”

“砰！”林浩南的手猛然砸在桌子上，他用了十足的力道，那一下子声势浩大吓人至极，连手铐的链子都在桌面微微颤了几下，张律师吓了一跳，几乎是从椅子上蹦起来的，他连忙后退了半步，惊魂未定地再看过去，只见先前还脸上带笑的男人瞬间变得如恶鬼一般，那双阴狠的眼睛让张律师立刻反应过来，如今再落魄，但手上染了无数鲜血的大毒枭，骨子里残酷的狠劲儿是不会变的。

他张张嘴，一时之间说不出话来，林浩南却霍然暴起，压着眼角眉梢，目光阴狠地定定看着他，怒而拍案地站起来喝骂道：“你他妈的想让我陷害我最好的兄弟？啊？我林浩南关进这监狱八年，除了赵嘉良每个月来看我，连我的亲儿子都没来看过我一眼！他妈的，赵嘉良惹着你们什么事了？为什么要逼我来陷害他？！”

张律师被吓得说不出话来，连忙推了推眼镜，以求能让自己平复下来，“真相，浩哥，你只要告诉我真相就可以。”

林浩南挺直身子，一脸轻蔑地看着张律师，仿若是在看一条狗，“你需要知道真相是吗？”他既不屑又无所谓地嗤笑一声，斗狠似的，抬手戳了戳自己的胸膛，“我，林浩南，至多还有一年的活期——我得了肺癌，晚期，全身扩散。”将桌子上的资料抽出，随手一扬，林浩南仰头大笑，“这些钱又不是冥币，哈哈哈哈……”

在张律师呆若木鸡的眼神中，林浩南敲了敲门，狱警进来要带他离开，他转头，对着张律师竖起了中指，头也不回地离开。

张律师被他吓得后背衬衫都有了潮气，从监狱出来，他抹了把头上的汗，深吸口气，给刘浩宇打电话，“刘总，是我。我刚从监狱出来，不是赵嘉良。”

刘浩宇有些意外，他肉给得足，林浩南没道理不咬钩，“你确认？”

“林浩南被检出是晚期肺癌，没几天好活了，这时候说的话应该是真的。”

收了线，刘浩宇微微皱着眉，他靠近椅背闭上眼，手指在扶手上有节奏地来回敲了几遍，半晌后，缓慢地睁开眼睛，眉宇间透着一些犹疑——如果赵嘉良不是条子的线人，那么，他查货源，到底是想干什么？

19. 警匪勾结

杨柳之前因为包星的关系，认识两个经常卖冰给包星的小毒贩。但是跟包星分手这么久了，能不能通过他俩找到包星她也不确定，不过既然答应了陈珂，她还是决定死马当成活马医地试一试，没想到存着一次也没打过的号码还真就打通了。

“包星是我男朋友，我有急事找他。包星是在你们那里拿货的，所以我来问问你们。”

手机那边除了一声“喂”之后就没了声音，陈珂听不到声音有些焦急，杨柳也狐疑地挑挑眉，“喂？喂？”

“你叫什么名字？”电话那边有了动静，听声音年纪不大，带着强烈的戒备。

“杨柳，不过你别跟包星提我的名字，他要知道是我就不出来了。”

“你别挂，等一下……”电话那边说完这句话又没了声音，在一旁的陈珂焦急地耐不住性子，压低声音问了一句，“为什么要你等？”

杨柳示意她不要说话，又等了一会儿，那人跟她说道：“晚上十点，在中堂吧后门，带上一千块钱。”

电话挂断，杨柳转过身来，松了口气似的对陈珂点点头，“晚上我跟你一起去。”她说着，看了看时间，好像是为了压惊似的，揉了揉胃，“走吧，我带你去吃点东西。”

广东的茶楼生意相对来说是很好做的，中山常家茶楼的生意一直不错，老板常山是个东北爷们儿，为人豪爽得很，眼睛也毒，经常来的人他基本都能认出来，常客来了都有赠菜，新客过来也会抹个零，钱都不多，但是让人舒服，他这茶楼开得热热闹闹，正值饭点，他自己也在大堂里忙活着，直到几个警察从街头的那家店挨家问过来，店里的服务员才把他叫了过去，警察手里拿着一张照片，包星的，这几天赵学超受命，全市范围内通缉包星，警察一直在对他进行地毯式搜索。

“见过这个人吗？”

常山仔细看了看，他皱眉似是回想了一下，接着摇摇头，“没有。”

警察指了指照片上的那张脸，“有人说前天在这儿见过他，你看清楚了。”

他又看了几眼，还是摇头，有些无辜地开口：“看清楚了，真的没见过。两位警官，我这茶楼每天进进出出的人多了去了，就算他来过，我也不认识他是谁啊。再说了，也许是别人认错人了呢？”

诈了一句也没诈出来，几个警察看他不像在说谎，把照片和名片都留下一份，准备去问下一家，“仔细问问你的服务员，如果有什么消息，马上给我们打电话。”

常山连连点头答应，几个民警走了出去之后，他拿起通缉令和警察的名片仔细端详了一下，似乎有点懵懂，但转身把照片塞进抽屉的时候，脸上却掠过了一抹转瞬即逝的阴沉冷笑。

豪爽好客的东北老板不光在茶楼的生意上叫得响，实际上，在中山地区道上也是有一号的。

正巧当地瞎胡混的两个小子过来吃饭，刚好和警察擦肩而过，看着警察离开的背影，个子高一些的阿布凑了过来，很关切地问：“山哥，出什么事了，条子怎么上门了？”

湘仔带着笑走过来，一手搭在阿布的肩膀上，似乎很了解似的吊儿郎当地开口：“山哥跟条子的关系可不是一般的铁。是吧山哥？”

常山几乎是把他们俩当跳蚤，将菜单递给两人，懒洋洋地说：“随便点，八折。”

湘仔和阿布说了声谢接过菜单坐了下来，阿布想到最近躲起来不敢冒头、被警察满大街找的包星，又琢磨起刚才刚接到的那个自称是包星女朋友的电话——随便约个人，也就是个张嘴闭口的事儿，他狮子大开口地要一千块钱，那个杨柳竟然连盹儿都没打一个地就答应了……这莫名其妙地突然满世界都在找包星，他好奇他这位买冰的常客最近到底是惹上了什么事儿，实在忍不住就开口问了一句，“湘仔，包子到底惹上什么事儿了？缩着头不敢出来。”

“找死啊？大庭广众少提包子，条子正在通缉他呢。”湘仔说完，四处看了看，生怕有人听见一样，狠狠地按了一下阿布的脑袋，“安静吃东西啊！废话少说！”

在不远处的常山，敏锐的听力捕捉到包子两个字，他看着埋头吃东西的阿布和湘仔，难不成这两个小子会知道包星的下落？常山走了过去，笑着开口：“湘仔，阿布，跟山哥来一下。”

两个小子犹豫了一下，还是跟在常山的后面，走进了茶楼后面的办公室。办公室内，供奉的关二爷不怒而威地站在那，前面还烧着香火，常山将门关上的瞬间，笑容已经消失，似是换了一张脸，他转过头，带着极强的压迫感，“湘仔，你们说的包子是谁？”

“一、一个朋友。”根本无法和这样的眼睛对视，湘仔有些害怕地移开眼睛。

“大名是不是叫包星？”

“山哥你也认识他啊？”湘仔有些惊讶，忍不住抬头看着常山。常山走近一步，“跟山哥说实话，你们是不是知道他现在在哪？”

湘仔和阿布对视一眼都没敢开口，他们虽然都是小马仔，但互相可都是彼此的同伴，说出去的后果他们不是不知道，包子能不能活命……可就在他们的一句话上了。

常山见两人不开口，将通缉令拿了过来，“前几天，在东山南井村北山上的一个制毒窝点被警察端掉了，有一名警察被打死。这起案子和包子有关。要是不说，我马上就给刚才的两个警察打电话，让他们带你们进局子里说去，好不好？”

湘仔听了倒是没怎么怕，反倒不怕死地应了一句，“山哥跟警察关系好……上次，我看到山哥和一个条子在一起，我听见别人管那人叫陈大队……唔！”

根本来不及反应，湘仔只觉得嘴里一阵发麻发疼，再一看，常山那双暴怒的眼睛盯着自己，一根粗棍子已经蛮横地戳进了嘴里，湘仔连忙咿呀地开口求救，满嘴是血地喊着：“山哥，饶了我吧，再也不敢在外面随便乱说话了。”

常山阴狠的眼盯着湘仔，这才缓缓将棍子拿了出来，湘仔连滚带爬地往后退撞到了墙上，常山甩了甩棍子上面的血，冷冷说道：“说吧，包星在哪儿。”

东山的警局讯问室内，李飞的讯问依旧继续，自上次蔡三毛的事情牵扯出对蔡永强的怀疑后，李飞开口说了更多。他坚信自己和宋杨对蔡永强的怀疑没错，他们的侦破方向也没错，还是因为另一件事，让他更为笃定如此。

那是另一件命案，关于蔡松林的。

去年10月22日晚上8点14分，禁毒队接到报案，说有人往果园的一个临时建筑搬运毒品，到了8点31分的时候，报警人再次来电声称刚才喝大误报，紧接着第二天凌晨再次接到报警电话，一辆车坠海，车里死去的人正是湖西村村民蔡松林。尸检鉴定蔡松林是醉酒驾车，判定为自杀性死亡，但很快蔡松林的媳妇表明，蔡松林根本就不会喝酒，因为他对酒精过敏。事后经过调查，10月22日当晚报警的人便是蔡松林，后来蔡松林的老婆也因为上访被人逼走，蔡松林一家再无他人，完全破败。10月22日当晚出警的，正是蔡永强和周恺。

李维民和左兰听了李飞的讲述，都不约而同地皱眉。李飞在讲述过程中带着很强烈的个人主观情感和判断，他认为蔡永强有问题，一切事情自然就会往他的头上靠，李飞认为蔡松林是被杀，蔡永强和周恺联合起来，参与了果园贩毒，甚至杀人灭口。

李维民皱眉，“你想过没有，林胜文案件和蔡松林案件里，除了蔡永强，还有陈光荣和蔡军。同样的逻辑，是不是可以认为陈光荣和蔡军也脱不了干系？”

李飞深吸一口气，“没错。我现在对东山市公安局的同事没有任何信任感。蔡永强调任禁毒大队大队长之前，曾经是刑侦大队的副大队长，而陈光荣当时是刑侦大队的中队长。蔡永强的父亲和陈光荣的父亲也有渊源，都曾经在东山县委大院工作过。还有，蔡永强和陈光荣的老婆是表亲戚，所以，蔡永强、陈光荣之间有一股无形的纽带，把他们俩捆绑在一起。”

其实关于这件事，昨天李飞昏倒接受治疗的时候，左兰讯问蔡永强，他也有提起过。

蔡永强说，接警的当天晚上值班的有三名警员，时间紧，临时调配人根本来不及，他也跟着出了警。在路上，他给副大队长陈自立打电话，让他马上调人随时准备支援，他们用了大约二十分钟到达了目的地，但是搜遍了屋里，别说是毒贩和毒品，连鬼都没看见一个。当时他们怕报警人说的地点不明确，就把整个果园都搜了一遍，结果还是没有找到毒品。也就是这时候，110又打来电话，说是报警人喝醉了，给110报假警取乐。

后续的事情是110处理的，禁毒这边不知道具体情况，只是把禁毒大队的出警情况向110作了汇报。至于那天晚上的报警人第二天就坠海身亡的事情，蔡永强说他们禁毒这边是不知道情况的，那段时间他们正准备配合省厅禁毒局搞春雷扫毒行动，特别忙，也没再留意这件事的后续。

关于这些，当天出警记录里都有详细记载，左兰让人去查过，跟蔡永强的话能对得上。

所以她提醒李飞说：“这只是你的猜测。”

李飞抬眼，不服输地看着左兰，非常肯定，带着一丁点儿小傲慢，“我承认没有铁证，但逻辑是对的。”半晌，他微微垂下眼，语气越发笃定地又说了一遍：“我坚信，我和宋杨的侦查方向是对的。”

李维民和左兰相视一眼，两人都沉默不言，面对着带有极强主观色彩的李飞，这件事根本就不能做出正确的定论。

武警驻地的会议室内，专案组和联合调查组的成员正在一起开着会。代表专案组出席的正是马云波和陈光荣。会上讨论着有关林胜文的案子，陈光荣发言到一半，手机忽然振了起来，他低头看了看手机屏幕，犹豫了一下，还是站起身低声说道："我出去接个电话。"

他不动声色地出门，把手机摁了静音，一路穿过走廊，走进了洗手间，反手将门锁上，依次查看了每一个隔间之后，这才接听了电话。常山带着东北腔的嗓音辨识度特别高："陈哥，我打听到包星的下落了。"常山很肯定，"那两个小崽子不敢骗我。包星有个女朋友，我通过这两个小崽子约好今天晚上要跟包星见面。"他压低了声音，对陈光荣说，"陈哥，你尽管吩咐。"

陈光荣沉吟片刻，忽然没头没尾地问他："彪子的伤怎么样了？"

常山笑了一声，"不碍事，好在弹头没留在身体里。"

"你俩没留下尾巴？"

"放心吧陈哥，一点痕迹都没有留下。这两天他们恨不得把中山翻个底朝天，不也没找到我和彪子吗？"

厕所内的水管在滴答淌水，陈光荣的皮鞋在光滑的瓷砖上来回摩擦，发出有规律的声音，半晌后，他有了决定，"那好，这事你得帮我摆平。哥一定亏待不了你。"

"已经把那两个卖冰的崽子控制住了。陈哥，是包星一人，还是把两个卖冰的崽子都除掉？"

陈光荣那张在系统内部、公众眼前从来都刚正不阿充满威信力的脸上，逐渐透出狠辣来，他握紧电话，声音冷肃，果断地吩咐道："你和那两个崽子接触过，不能留，仨人一起除。"

三条人命，这位陈大队长竟然就轻描淡写地落了刀，仿佛他要的不是活生生的三条命，而是三个烂瓜。

谁能想到，堂堂东山市局刑侦队长，竟然是个最大的黑警，是那个处处给案情侦查设绊子的人。

而那天藏在丰益宾馆对面楼上准备狙杀李飞、随后又被杜力发现打伤接着落荒而逃的人，正是这个常山和陈光荣口中的“彪子”。

常山的声音在电话那端传来，“你放心吧陈哥。陈哥的事就是我的事，我一定亲力亲为。”

“事关重大，不能有丁点儿的差错。”陈光荣说完这句便挂断电话，他显得有点焦虑，叉着腰在格子间外面静默了片刻，这才打开水龙头洗了洗手，镜子里他的脸映了出来，还有他制服上别着的警徽。

他将水龙头关上，对着镜中的自己冷冷一笑，推门走了出去，想到那个还活着的李飞，眼底涌起了狠辣的杀意，那日没有除掉李飞这小子，以后一定是个祸害。

碰头会讨论了很久，最终都没有得出什么明显结论。从楼里出来，马云波就揉揉眉心，不免有些泄气。他师父那边一点有用的消息都没有透露，说来说去就是那么几点，似乎想把口子对准他们这边，话里有话，言有所指。

“马局你先走，我抽根烟再走。”陈光荣似乎也是心情压抑，他说着把烟盒摸了出来，马云波沉默着点点头上了自己的车，陈光荣看着马云波的车消失，这才慢悠悠地将烟点上，拿出手机，拨了一通电话出去——“包星有下落了，我已经派人去处理了。”

“辛苦了，尾款我明天打到你香港的账户上。”

电话那边，窝在自家小院摇椅里悠闲地打电话的人，竟是塔寨村支书林耀东的亲弟弟、林氏的二房头——林耀华。

陈光荣笑了笑切断电话，将手头上的烟狠狠地吸了一大口，然后扔在地上用鞋跟重重碾了上去。在他这个位置，靠每个月的死工资怎么能养得起一大家子人？常在河边走，哪有不湿鞋，一旦入了这个泥潭，想再拔出来可比登天还难。陈光荣走向不远处的警车，蔡军靠在警车边，见陈光荣过来连忙上车。

“陈队，刚才我在走廊上见你接了个电话，谁打来的？”

他本来就是个好奇，没承想陈光荣竟然一脚刹车猛踩到底，车轮在地上发出刺耳的摩擦声，蔡军虽然系着安全带，也被这急刹车的惯性冲到了前面，他两手挡在前面，这才没让自己的脸撞上去。他回过头，看见陈光荣的表情一瞬间锋利得吓人，“你在走廊上看见我打电话？”

蔡军被他吓得心惊肉跳，说话都打了磕绊，“后来……你就进了厕所。”

“你都听见了什么？”

蔡军张开嘴想说什么，红灯早已经变了绿灯，被堵在身后的车辆不停地按喇叭，陈光荣就跟听不见似的，那双眼直勾勾盯着蔡军，蔡军额头上微微冒汗，“没……没听见具体内容——陈哥……绿灯了……”

陈光荣深深地看了他一眼，这才转回头脚踩油门继续开车，一路之上两人再没说一句话，陈光荣继续开车，蔡军惊魂未定。

人在中山的陈珂直到被杨柳拉上了车，还有点反应不过来。

杨柳坚持跟她去找包星她没意见，但杨柳并没有告诉她，一起去找包星的，除了她俩，竟然还有别人。

一辆本田商务，杨柳拽着她上去的时候，副驾上的中年男子犹疑地看着她说：“就这位小朋友，能把包星钓出来？”

男人名叫曾子良，四十左右的年纪，陈珂没吱声，戒备地看着他，有些手足无措的样子，听见旁边杨柳喊他良叔，“能不能，一会儿不就知道了嘛。”

“行，”曾子良挺高兴地冲她咧嘴笑起来，很仗义的样子，“今晚要能弄到包星，良叔不会亏待你！”

陈珂感觉气氛不太对劲，她有点不安，握在手里的手机响了起来，是李维民。她正犹豫着目前这个情况能不能接李维民的电话，曾子良却一把将她的手机抢了过去，他看着上面的名字，咂咂嘴念了一声，“李叔叔？”

陈珂伸手准备拿回手机，谁知还没抢到，手机却被这人关了机。他把陈珂的手机扔给身旁的手下，回头笑嘻嘻地看了她一眼，“从现在开始只有良叔，没有李叔啦！”

另一方面，李维民看着被挂断的手机，微微眯了下眼睛，再打，电话里传来了“手机已关机”的提示语音。他眉头紧锁，脸色已经完全紧绷起来，转身拿起桌上的座机，急忙拨了号，电话一通，李维民语速极快地切说道：“我是李维民，学超，马上追踪陈珂手机的位置，马上！”

常山压根就没放在眼里的湘仔和阿布，虽说做的是一手抓钱一手提头的买卖，但说到底还只是两个涉世未深的小崽子，好勇斗狠可以，但用脑子办事儿的能力就不行了。

他们从没想过常山会杀他俩灭口，上午还被这位山哥戳了个满嘴是血，晚上却在威逼利诱下信了他的鬼话——

常山告诉他们，他跟警察沟通过了，如果湘仔跟阿布配合他们把包星抓了，他们就立功赎罪了，以前犯下的事一笔勾销。

按着约定好的时间到了地方，曾子良却不肯让杨柳去，非得让陈珂一个人下车。陈珂本来也着急找包星，况且这会儿没得选，她从车上下来，一路提心吊胆地顺着中堂吧后面那条黑漆漆的小巷一路往前走，早就已经藏在附近探头探脑出来观察情况的湘仔和阿布就看见了她。

中堂吧的后门也没有灯，街道冷清而杂乱，陈珂站在中堂吧的门口四处张望却始终没看见人，正犹豫着要不要先回去，从转角处突然绕过来的一束强光就打在了她脸上——

她被这光晃得睁不开眼睛，用手挡着脸朝着那灯光射来的方向望去，只见一辆摩托车呼啸着从她身边驶过，开出几米又猛然掉头，车灯又晃住了她，湘仔没下车，一条腿撑在地上，扶着车把问她：“你是杨柳？”

“是我。”约人是杨柳，她总不能告诉他们自己是陈珂，眯着眼睛放下手，“我就是杨柳。”

湘仔的摩托车熄了火，灯也关掉了，“听包星说你们早就分手了，现在为什么突然要找他？”

陈珂学着杨柳的语气，直接告诉他：“我有事。”

“什么事？”

陈珂没回答，从包里拿出一个装了一千块钱的信封，上前几步给他递了过去，“你要的一千块钱。我找他有私事。”

湘仔盯着她，又看了看巷头巷尾，不放心地诈她：“你不是一个人来的。”

也算是在公安部跟省禁毒局的各个审讯高手那里过了几个来回的陈珂十分镇定，“我就是一个人来的。”

湘仔回头看了阿布一眼，两个人这才从车上下来，来到陈珂身边，不怀好意地上下打量她，“没想到包星那个吸毒的烂仔，还有个这么漂亮的女朋友！”

湘仔踢了阿布一脚，提醒他：“先办正事！”

“他十分钟后到。”湘仔转向陈珂，指了指一旁不起眼的角落，“你先到那边角落里等一会儿。”

陈珂怕包星不来，不确定地问他：“你没告诉他是我要找他吧？”

“我没提你，”湘仔也上下打量了她一眼，“我只叫他来拿货。”

这是真话。他告诉包星来拿货，没告诉包星是他前女友找他，还有常山“配合警察”要抓他的事儿。

陈珂也怕包星看见自己突然就跑了，听话地躲在了角落里。湘仔跟阿布一人点了根烟，一边等人一边用只能两个人听见的声音随口说着话。

“湘仔，”阿布比湘仔年龄更小一点，白天湘仔被捅了个满嘴血的画面现在想起来还让他悚然而惊，因而站在巷子里张望，时间越久就越觉得不安，“我怎么没看到警察？”

他们两个人之间，湘仔算是阿布的“老大”，这种时候，他自觉不能在这种事情上跌份儿，便夹着烟经验丰富地指了指曾子良的商务车方向，“看见没有，那里都是便衣。”

阿布惊奇，“你认出来了？”

“那是，我出来混多少年了？”湘仔骄傲得差点连自己都骗过去了，“门口停的那辆商务车我看就像便衣的车。”

阿布朝黑黑的小巷深处紧张地看了看，“可我觉得……那开茶楼的山哥还有那个彪子，怎么都不像是好人啊？”

“你当好人的额头上都贴着‘好人’俩字啊？”湘仔回手在阿布脑袋上拍了一巴掌，“山哥和彪子都是警察的线人，线人懂不懂？”

“线人我当然懂，警匪片里很多的。”阿布听他说完觉得这理由过得去，松了口气地点点头，突然对这次的行动十分向往，“湘仔，要是这次咱们真帮警察把包星抓了，会不会有奖金？”

湘仔胸有成竹，他一个贩毒的，如果能发展成警察的线人，这就改邪归正，“到时候肯定少不了咱们的。包星参与的那个案子死了一个警察呢，那是一个大案要案！等咱们立了功，说不定也会被发展成警察的线人。”

阿布狠狠裹了口烟，“没看出来，包子看上去㞞得很，竟然能干出这般惊天动地的事来……”

“要不怎么说毒品碰不得？为了弄钱买毒品什么事干不出来？”他说着往缩在角落里的陈珂身上看了一眼，“可惜了那个妞了，还不如跟我呢。”

包星戴着鸭舌帽提心吊胆地走进这条巷子的时候，早已在街口等待多时的面包车里，常山戳了戳把座椅放倒半躺着的张彪。

张彪坐起来，微微活动了一下受过伤的现在还有些僵硬的肩膀，从里面抄起一把尖刀。

两人轻轻地打开车门下了车，远远地缀在包星身后，跟着他走了过去……

包星一路像出来偷食的耗子似的，谨小慎微地站在巷口不再进去了，湘仔眯着眼睛看了看外面的那个人影，踩灭了烟头拍了拍阿布的肩膀，阿布闪了三下那摩托车的前灯——这是他们接头的暗号，那黑影就朝着这边快步而来。

“哎呀，你们有车干吗还要我费这个劲跑这么远？”他一边擦着汗一边从口袋里取出两百块钱交给湘仔，几乎急得跳脚，“快点给我，我都一天没吸了。”

湘仔接过钱揣进了兜里，“急什么？有人还想见你呢。”

包星愣了，往旁边张望着，“谁？”

湘仔耸耸肩，“你的老相好。”

“杨柳？”包星怔了一下，缓慢地往后退，还没等拉开步子要撤呢，角落里陈珂却忽然站了起来。

这一来二去，包星就彻底忘了要跑的事儿了，“是你？”

陈珂从角落里出来，定定地看着眼前这个人，她以前就十分讨厌他，现在他还挂上了宋杨的一条命，这种讨厌就演变成了憎恨。她冷冷地看着他，开门见山，“我们单独说点事……”

陈珂为什么会来，包星心里一清二楚。最初的震惊过后，他哪里还会等她上来问，猛一转身拔腿就跑。陈珂下意识地想要抓住包星，伸手却抓了个空，她顿也未顿地赶紧去追，可包星没跑两步，竟然不跑了……

只见包星来的那条路上，张彪和常山从巷子一头走来，手里近半米长的砍刀在月光下闪着森寒的光。他们这么个亮相，巷子里的所有年轻人都吓了一跳。

常山跟张彪就是奔着杀人过来的，见人一句话没有，拎着刀直接就朝包星砍了过去。愣神的包星被眼疾手快的陈珂一把拉开，张彪手里的刀在包星肩膀划出长长一道血口，包星惨叫一声，还没等喘口气，旁边的常山竟然也举刀朝着陈珂刺了过来——

陈珂没时间多想，她下意识地举起手里的拎包朝着常山狠命砸过去，然后拉起包星就朝着巷口跑去！

湘仔和阿布震惊地望着这一切，而就在此时，把这里发生的一切都看了个真切的曾子良已经叫人开车迎了过来，司机机灵地换了远光，那灯晃得巷子里所有人都睁不开眼睛，动作受阻，本田商务却转眼间到了中堂吧后门，车门被曾子良唰地一下狠狠拉开，湘仔跟阿布都被这声势吓住了，赶忙举起手来，忙不迭地瞎喊：“警察大哥，不要开枪，不要开枪……”

警你大爷的察！

曾子良看着这两个小崽子莫名其妙，没工夫理他们，从车上跳下来照面就把抱头乱窜的包星一把抓住塞进了车里。常山二人没想到半路上竟然还杀出个程咬金，当即也不犹豫，直接举起装了消音的手枪来就朝着曾子良他们射击，子弹在车身上爆出火花。曾子良捂着脑袋猫着腰飞速冲回车上，人还没完全上来已经在对驾驶员大喊：“愣着干什么？快走！”

眼看车子就要走，里面受惊的杨柳一把抓住曾子良，指着车外面飞快朝这边奔来的陈珂，语气竟然非常坚持，“良叔，带上她！！”

司机只当没听见杨柳的话，发动了车子往前开，曾子良却始终没关车门，路过陈珂身边的时候，曾子良喊了她一声，朝她伸出手，陈珂一把抓住，千钧一发之际被他连拉带拽地弄上了车。

车后一连串子弹击打钢板的金属声响起，后车窗被击裂，司机却头也没回，脚下油门狠踩到底，车子在常山、张彪的穷追不舍下绝尘而去。

20. 乱成一团

慌不择路地狂飙一气，确定已经甩开了杀手，坐在商务车里的几人都惊魂未定地瘫在座椅上。

上来得急，曾子良跟他们一起坐在了后面，看了眼半个肩膀的衣服都已经被血水洇透的包星，沉着声音问他：“开枪的是什么人？”

“我不知道。我就是来找湘仔取货的。”包星已经顾不上肩膀的伤了，不敢置信地看着冷着脸咬牙撕开他的衣服给他做包扎的陈珂和坐在一旁虎视眈眈看着他的杨柳，“你……你们、你们怎么在一块儿？”

他不问还好，他一出声，杨柳新仇旧恨全想起来，一把推开陈珂，声色俱厉地问他：“包星，鑫达商贸公司欠你姐夫五百万的借条在哪？”

包星装傻，“什么借条？”

这会儿有曾子良给撑腰，打死包星他也不敢对自己动手，杨柳不客气地一个巴掌扇在他脸上，也不知道她是急是气还是兴奋，脸都红了，“你再跟我装傻？”

包星挨了一下，看着车里虎视眈眈的曾子良和他的手下，不敢再装糊涂了，嗫嚅着道：“借条……我藏起来了。没用的，我去要过了……”

曾子良狞笑着拍拍他的脸，“借条给我，我帮你去要。”他说着又回头看了看车后面，见没有车追上来，这才松了口气，以为刚才那两个人也是为了这五百万来的，不由嘀咕了一声，“看来惦记这五百万的人还不少。”

什么借条五百万的？陈珂目光狐疑地在车上每个人身上都转了一圈，忽然想起来什么，连忙拉住包星，“和东山的事儿有关系吗？那些人是不是想杀你灭口？”

包星都愣了，“你怎么知道东山的事儿？”

曾子良警觉地瞪起眼，“东山什么事？你他娘的到底犯了什么事？”

陈珂握紧了拳头，直截了当地说：“他害死了一个警察，公安局正在通缉他。”

曾子良的脸色瞬间大变，要不是为了五百万，他现在就能把这坨垃圾踹下车。可这好不容易抢来的人还不能丢，他气得猛踹了包星一脚，“包星你个灾星！你到底拉了多少泡屎没擦干净？！”

他说着倏然转头恶狠狠地盯着陈珂，目露凶光，“你是什么人？警察？！刚才那几个是什么人？”

“我不是警察。”陈珂连忙澄清道，“刚才是什么人我不知道！”

“她不是警察！”杨柳利用了陈珂，但没想害她，说着就拉了拉曾子良的袖子，“良叔，让她下车！我们带包星去取借条。”

“不行，他得跟我走。”陈珂一把死死拉住包星，看着杨柳的目光很坚定，说着就朝曾子良喊：“停车，我们要下车！”

杨柳也一把拉住了包星的另一条胳膊，想也不想地断然拒绝，“不行！他现在值五百万！”

陈珂这会儿终于反应过来了，原来杨柳答应帮她找包星根本不是为了帮她，而是为了得到那张五百万的借条去把钱要回来，“你利用我？！”

“本来都死了心了，看见你，我怎么想都替自己不值，所以我必须得拿到这五百万，这是包星欠我的！”她用目光恶狠狠地剜了包星一眼，对陈珂说得理所当然，说着又去催曾子良，“让陈珂下车，咱们去找借条。”

“还找什么借条，黑白两道都要办他！这小子就是个灾星！”曾子良简直暴怒，说话间又狠踹了包星几脚，“老子要被你害死了！先他妈躲几天再说！”

那辆商务车在小巷里紧急刹车停了下来。车门打开，曾子良把陈珂从那车里推了下来，陈珂挣扎着回过头，“杨柳，杨柳你听我说，把包星给我——”

“对不起。”曾子良不由分说地把陈珂的手机扔出车窗，重重地把车门关上之际，陈珂听见杨柳这样道歉，轻描淡写。

车子快速驶离，她一个人固执地在陌生的中山街巷里拼命追着那早就没影了的车，追到后来，她甚至不知道自己往哪条岔路走是对的。可还是这么义无反顾地往前跑，哪怕为难自己，也不想放过这样一个能把包星抓住的机会。

抓住包星，宋杨才能申冤，李飞才能平反……

她几乎是不要命了，跑到满面泪水，跑到浑身脱力，直到被活动的步道砖绊倒，膝盖的疼痛才让她缓过神来。

半晌后，她在地上坐起来，拿起手机，慌忙地开了机。

一瘸一拐地走出早已经不知道是哪里的小巷，终于看到了路灯的街边，她头发散乱，裙子撕破了，膝盖上在流血，狼狈地招手拦出租车。

总算有个司机肯停下，她也顾不得司机上下打量自己的眼神，拉开门坐了上去，“师傅，去中山市公安局。”

司机没说话。

她坐进车里，等了半晌发现车一直没动，不解地抬头，只见司机指着车窗外前后包夹的两辆警车，语气紧张地提醒她：“公安局来了……”

陈珂抬头，中山市局的副局长赵学超敲敲车窗。

这几天几乎都耗在了联合调查组临时驻地、合计着自己跟陈光荣的关系迟早也得被拎出来的蔡永强，干脆把陈光荣找出来喝了顿酒。

街边大排档里，蔡永强磕着桌沿儿开了瓶啤酒，给陈光荣前面的酒杯又添了点儿，“调查组也找你谈话了？”

“老兄，你是被找去谈话，我呢，是作为专案组成员被叫去开会的。”陈光荣故意轻松又得意地纠正他，满嘴揶揄道，“咱俩的处境不一样哦。”说着，他不自觉地又看了看手机。

蔡永强莫名其妙，“你今天怎么一直在看手机？”

陈光荣一怔，“有吗？”

“两分钟看了三次。”蔡永强说，“是有什么事儿吗？”

反正干他们这个工作的，平时等消息等到寝食难安或者临时被一个电话叫走这种事儿见惯不怪的，蔡永强的意思是他要队里有事儿今天就先散，谁知道陈光荣却把手机扣在了桌子上，摇了摇头，“工作太忙，我老婆怀疑我有外遇。我得防她查岗，万一漏接电话就麻烦喽。”

蔡永强不置可否地撸了口串，忽然十分怀疑地问他：“你不会真有外遇吧？”

正说着，陈光荣的手机突兀地响了起来，他拿起电话看了看，又看了看蔡永强。蔡队长很识趣儿地站了起来，“解手。”

陈光荣一直等到蔡永强走远了才接电话，是常山打来的，他本以为是个好消息，谁知道，这通电话竟然是报忧的。

本来说得好好的，小事一桩，绝对不会失手，谁知道最后竟然是这么个结果。这要不是公共场合，陈光荣直接就骂人了。陈光荣在蔡永强走近之前调整了狰狞的面部表情，含糊其词地对常山说了一句，“你有什么需要尽管向我提。”接着就挂了电话。

蔡永强甩了甩手上的水，正好听见这句，看着陈光荣半是玩笑半是揶揄地打趣，“这个外遇还挺难缠。”

“这个笑话不好笑啊。”陈光荣放下手机看了他一眼，仰头把剩下的那大半杯酒都干了，说话间就摆摆手站了起来，“不能再喝了，老婆真的要不高兴了。老板，结账。”

他心里装着常山捅出来的这么大一窟窿，当然喝不下去了。蔡永强不好多问什么，只是看着他去吧台结账的背影，若有所思地挑了挑眉。

赵学超找到了陈珂并从她嘴里了解到了事情经过之后，就立即给李维民回了电话。听见陈珂只是膝盖蹭破点皮人没什么大碍后，李维民悬着的心才算是归了位，听见已经带着陈珂到中堂吧后巷看了一圈现场的赵学超说：“和杨柳在一起的还有三个男子，领头的一个叫曾子良。他们绑架包星，好像是为了一张五百万的借条。另外……现场有个人被枪杀了。”

“出事现场有没有查到什么线索？”李维民问，“那个被打死的人的身份查明了没有？”

“身份已经查实了，”赵学超回道，“是个街头小毒贩，绰号阿布，真名叫刘跃华，湖南长沙人。现在专案组正在摸排他的社会关系。不过，这种毒贩的社会关系复杂，一时半会儿很难有结果。从现场找到的弹壳和弹头判定，不是制式手枪，而是自制的仿五四式手枪射出的。李局，您也知道，这种仿造的枪支枪源不好查。”

“杨柳呢？”李维民提醒，“从她的社会关系查，一定要查细。”

“这是目前唯一的线索了。”赵学超先是应了一声，接着又有些犯难，“不过，据陈珂说，杨柳现在也做皮肉生意，接触的人范围很广，所以……”

“不要强调客观困难！”李维民倏地有些暴躁，严肃地打断他，“哪起案件是那么容易破的？这次必须要拿下包星，不能出意外，而且我要的是活口！”

赵学超被老领导震慑住了，不敢再说别的，立刻应了一声“是”。

李维民反应过来自己有些失控——李飞关在羁押室里，帮他办事的陈珂又差点出事儿，5·13案情至今没有进展，从省厅到公安部都在盯着……他一个人承受了太多太重的压力，“对不起，我有些冲动，”李维民道歉，缓和了口气，轻声说道：“学超，有新的进展马上告诉我。”

赵学超也知道他的处境，无声地叹了口气，“李局，我明白……”

“另外，”李维民嘱咐他，“有关陈珂所说的，一切都严格保密。”

赵学超又严肃地应了声“是”，挂了电话，快步朝会议室走去了。

办公室里，中山市局有关丰益宾馆事件的专案组成员正在紧张地忙碌着，白板上一边贴着阿布死亡现场的照片，另一边是杨柳、包星的照片，还有“曾子良”几个字，在原本该放照片的位置，画了个问号。

其实他们已经查到了消息，一名警员拿着一个资料夹走了过来，“赵局，我们从‘金色年华’娱乐场找到一位妈咪，她认出了杨柳。她说杨柳和他们娱乐场看场子的曾子良走得较近。但是这个曾子良的手机扔在住处没带走，手机无法定位，您手里拿的就是他的基本资料。他是河南南阳人，开办过武术学校，后经营不善倒闭。五年前来到中山，去了‘金色年华’娱乐场，是‘金色年华’的保安部部长。”

赵学超点点头，翻开资料，从里面找到了有关曾子良的几张照片。他拿起一辆破旧的商务车的照片端详了片刻，旁边的警员解释道：“这些资料是我们从派出所和车管所查的，那辆本田商务车是曾子良去年买的二手车，在车管所里有记录。”

“这个曾子良现在人呢？”

“据那个妈咪说，曾子良请了一个星期的假，理由是母亲生病，他得回一趟河南南阳。”

“你们有没有惊动‘金色年华’里的人？”

“我们是通过线人摸查到这些情报的。那线人假装嫖客去的“金色年华”，应该没有惊动到别人。”

“好，”赵学超啪的一声合上文件夹，凛然道：“马上比对从中堂吧附近调到的监控录像，看当晚有没有这辆车出现过。有的话，马上在全城搜找这辆本田商务！”

还是那间二层停车场，赵嘉良和谭思和的车依然并排停在相邻的两个车位上。“法国警察署今天早上回复了，荣昌贸易公司的货物是由远平号货轮运到马赛的。”

赵嘉良手臂搭在车窗上，被墨镜遮住的眼神看不真切，“法国方面的接货方是谁？”

谭思和笑了一声，也很轻松，“这你就不用管了，法国的事，法国警察署会调查的。”

赵嘉良看了他一眼，嘴角勾起一点意味深长的笑容，“也许用我法国方面的人更管用。”

“赵嘉良，”谭思和只要跟他对上，多数时间都是没说两句话就开始来气，这人从来不按常理出牌，有的时候会让他很难办，他微微蹙眉，半是提醒半是警告地道："你越线了，这不合规矩。"

"谭处长，"赵嘉良也看向他，他摘了墨镜，那双眼睛幽沉得仿佛深不见底，"事情做成了就一好百好，你管我用什么办法得到情报？"

"万一这次你搞砸了呢？"

赵嘉良笑了一声，"人生就是赌博，不怕你运气好，就怕你懂科学。"

其实平心而论，这些年，赵嘉良几乎没失过手，谭思和对他这话多了点兴趣，"那你的赌博科学是什么？"

赵嘉良高深莫测地挑挑眉，"堡垒往往都是从内部攻破的。"

他说话留一半这毛病也不是一天两天了，谭思和知道他有自己的路子，这些年他是怎么经营出现在这个局面的谭思和不得而知，不过他刚才那句话是对的——只要能达到目的，不管赵嘉良中间用了什么手段，只要不过分，他们是可以担待的。

谭思和不再问他，拿出一个文件袋从车窗给赵嘉良扔了过去，"远平号货轮的货物清单，接货方都在里面。还有你要的黄达成和荣昌公司的背景。"

赵嘉良点头，"查出他的资金往来有什么问题吗？"

"没有。"谭思和挖苦了一句，"纯洁得像个处女。"

赵嘉良不满地看了他一眼，"让你们警方查，最后就是这个结果。"

谭思和比他更不满，"你这叫什么话？！"

"我收回。"赵嘉良耸耸肩，"远平号是哪个公司的？"

"香港浩宇集团，前身是香港浩宇货运公司。"

赵嘉良挑眉，"刘浩宇？"

"对，就是他。"

"黄达成和刘浩宇的合作是从什么时候开始的？"

"没有这方面的数据，不好说。"

"刘浩宇会不会是黄达成的后台老板？"

"也可能只是生意上的合作伙伴。"谭思和很保守地说了另一种可能，而后问他："你的下一步计划是什么？"

赵嘉良笑笑，“我干我的，你干你的。我们互通有无，行吗？”

谭思和吹胡子瞪眼地哼了一声，“只要你不越线。”

赵嘉良在车里伸了个懒腰，然后气定神闲地耸耸肩，对这个几乎每次接头的时候对方都要说一遍的要求不以为意，“不越线就不是我赵嘉良了。”

谭思和在车里深深地看了他一眼，片刻后，他从副驾上拿起另一个装得鼓鼓的信封，也顺着车窗给赵嘉良扔了过去，“酬金。”

他一边说一边伸长了胳膊，拿着一张夹在小票据夹里的单据也递给了赵嘉良，“签字。老规矩。”

那单据上赫然印有“香港保安局”字样的公章！

赵嘉良接过票据夹，拿出笔来在那张单据上龙飞凤舞地签上了自己的姓名，把单据递还给谭思和后，他把墨镜重新戴上，“时间过得太快，我们合作已经超过十年了。”

是啊，竟然都已经十年了。谭思和现在还能回忆起他初来香港那头几年的时候——胆大心细，却疯子似的不要命，别人都往后躲，他却杀红了眼似的冲进死人堆里单枪匹马地把罗绍鸿硬生生给救了出来。他这个警方的线人根本不需要刻意伪装，斗狠玩命几乎就是本色出演，如果不是有广东那边的李维民做担保，当年谭思和根本不敢用他。

“不要越线，希望我们还能再合作十年。”谭思和对赵嘉良这人简直是又爱又恨又无奈，赵嘉良手段多路子野，但他跟保安局这边算是互通有无又各自为政，并不受他们控制。

临走的时候，谭思和叹了口气，又不放心地嘱咐一句，然后关上车窗，率先开车出了停车场。

在他身后，赵嘉良笑着，点了根烟，把保安局给线人的酬金扔在一边，拿起那个装资料的文件袋，从里面抽取出一张全英文的出货单——其实刘浩宇猜得没错，他就是警方的线人，并且横跨了内地和香港，跟两边的警察高层都有联系。

5·13案件当天亲自当鱼钩跟李维民一起钓鱼的是他，丰益宾馆枪击案发生时让人救走李飞的是他，让李维民调查广东货轮出港信息追查销往法国货源的也是他。

谭思和跟他合作已经有十年了，但是谭思和也不知道，他干这一行，其实二十年有余了。

大概是属那种叼住肉就不松嘴的乌龟，一口咬不死也没关系，反正来日方长，只要他不松口，十年二十年甚至更长的时间，血流干了，总会被拖死的。

当年活跃在广东跟香港的毒贩们惹上他，总归是要连本带利，都还干净的。

他把出货单从头到尾看了一遍，戴上耳机，给远在法国的朱鸿运打了个电话，没有半句废话，“你在法国海关有人吗？”

正好遛车遛到了海边的朱鸿运下车吹海风抽烟，他车里蹲了一只从长相到眼神都十分呆萌的哈士奇，正伸着舌头哈哈地喘气，他听见铃声，猫腰从副驾的车窗伸手进去拿出手机，顺道在狗头上撸了一把，心情似乎很不错，“干吗？”

“搞一张提货单，查一下香港荣昌贸易公司发给威利贸易公司的电子产品是哪一家物流公司从港口提走的。”

朱鸿运把烟从嘴里拿下来，莫名其妙地问他：“你查这些干吗？这不都是条子干的事吗？”

赵嘉良在电话里谈笑风生，“我在教你怎么做生意，怎么开拓市场。”

“我用你教？”朱鸿运不屑地啐了一口，“我朱鸿运在法国做黑白生意十几年了，我有我自己的销售渠道。只要是挣钱的事，我朱鸿运向来无师自通。”

“这次的生意不同以往。”两人买卖做得多了，也算相熟，赵嘉良听他这么说话也没生气，只是幽幽地提醒他，“你以为你的法国同行都是慈善家？会甘心把份额和利润让给你？你不事先布局，到时候怎么死的都不知道。”

电话那边，朱鸿运摸着探出窗外的哈士奇毛茸茸的脑袋，沉默了下来。

赵嘉良说的是事实。市场一共就那么大，每个势力都想扩大份额赚更多的钱，强大蚕食弱小，这是天经地义的事。他现在日子过得是好，但是谁能保证，他能一直这样顺风顺水下去呢？

“怎么？怕啦？”赵嘉良在那边笑吟吟地揶揄道，“现在收手还来得及。”

朱鸿运摸了摸自己的光头，舌尖舔了舔上唇，回味着唇齿间残留的一丝烟草味道，半晌后，声音沉了下来，“我朱鸿运枪林弹雨里出生，生来就没怕过。”

“那好，我跟你交底——”赵嘉良泰然自若地谈着不管被哪一方发现都要掉脑袋的事儿，抛出让朱鸿运无法抗拒的诱惑，“我要你做的不是分一杯羹，而是取而代之。我知道你以前小打小闹，发过一点小财。怎么样？有没有发大财的胆？”

良久的沉默后，朱鸿运把烟狠狠地捻灭，看着远处逐渐从海平面落下去的夕阳，豁出去似的咬咬牙，把心一横，低低骂了一句，斩钉截铁地答应道：“干！”

21. 落　网

东山某武警驻地讯问室里，左兰拿起水壶，亲自给李飞倒了杯水，“我认真回顾了我们之前的谈话，你在中山对崔局长说，你有蔡永强勾结毒贩的证据，实际上你交代的都是几起案件中对蔡永强的怀疑。你还说林胜文的案件和5·13案宋杨的死有关系，这个关系是不是蔡永强？”

李飞皱着眉头，轻轻握住水杯不吭声，左兰微笑着退后了一步，“如果不愿意正面回答，你能不能给我们一些提示？”

李飞低头看着水杯，片刻后，终于用很轻的声音吐出了两字，“塔寨。”

左兰跟他确认：“塔寨？那是禁毒模范村。”

“5·13案是因为我和宋杨把矛头指向了塔寨村。”李飞语速很慢，但是条理很清晰，“塔寨村是东山最大的自然村，人口二万多。这么大的村子，在林胜文出事前的两年里，没出过一起制贩毒事件，可塔寨村的村民个个开豪车住高楼，难道都是靠养虾种荔枝挣出来的？”

左兰从旁边装满案件相关资料的笔记本里看了下大概的情况，对他说：“塔寨村有一个大龙房地产公司，在龙坪和东山地区有三个楼盘。最近，大龙房地产的丰园丽景也开盘了。”

李飞挑眉，“他盖楼的原始资金从哪儿来？”

“林耀东的投资和村民集资。”

“我怀疑塔寨村其实就是怀疑一个人——村支书林耀东。”李飞才不管林耀东的能量有多大，是不是人大代表，他直截了当地说道：“如果不是有组织的包庇，塔寨就不会拿模范村。说白了吧，我认为，塔寨村很可能存在一个秘密地下制毒团伙。”

“你怀疑林书记包庇村民制毒？可是林胜文死之前是被赶出村子的。”左兰提醒他，“你的怀疑有依据吗？”

李飞又把头低下去，“这个以后再说。”

这时候坐在一边旁听的李维民手机振了起来，他看了一眼，示意左兰继续，自己出去接电话，“学超？”

赵学超跟穿着防弹衣、荷枪实弹的特警们一起从楼里出来，步伐飞快地往各自的车上赶，他坐在副驾上，一边把安全带拽过来扣上，示意队伍出发，一边跟李维民汇报：“李局，已经找到包星他们藏匿的地点。他们藏身在中山的长安镇，我们正在往那里赶。”

李维民闻言精神一振，“记住，包星必须要留活口！”

“明白。”赵学超严肃而镇定地应了一声，“我挂了，有什么消息我会第一时间向你汇报。”

与此同时，中山市郊一条人迹罕至的小巷内，张彪把车从巷子里开出来，常山也坐在副驾上，在给陈光荣打电话，“陈哥，我们找到他们藏身的地方了，在长安镇。绑架包星的人叫曾子良，他的车是一辆二手车，原来是一家珠宝公司老板的。那个老板因为常用那辆车运珠宝，车上装了GPS定位装置，过户的时候忘了把那套装置拆下来了。我们现在正往长安镇赶，不出意外的话，半个小时内能把事情搞定。”

电话里，刑侦陈队长的声音极其阴冷，“一定要取包星的命，不惜代价。还有，你马上把手机卡销掉，不能留下我们俩通话的记录。”

“明白了陈哥。”常山应了一声。另一边，电话一挂，陈光荣就关掉了通话的手机，将那手机卡从手机里拿出来掰断，直接扔到马桶里冲走了。

常山跟张彪到得比赵学超的人要早。

大晚上的，屋里的灯光照不亮外面的街巷，长安镇里黑灯瞎火，靠村头儿的一家二层楼房小院里，只有一楼的一间屋子亮着灯。

常山和张彪虽不是职业杀手，但身手跟经验并不逊色，那天对方开车把人劫走，双方没交过手，常山跟彪子也没把当天弄走包星的人放在眼里。

翻进院里直接就朝亮灯的房间摸了过去，但他们谁也没想到，本田的车主曾子良，竟然是个练家子。

要功夫有功夫要反应有反应还他妈经验老到，他们悄无声息地把门推开，里面曾子良就飞身凶悍地扑了出来，一脚把常山手枪踢飞，直接就把他摁在了地上——

场面一瞬间乱起来，本来在跟他们一起打牌的杨柳看见来人都带着枪，声嘶力竭地尖叫着往外跑，常山翻身起来跟曾子良扭打在一起，张彪直接拉开枪栓抬手照着给曾子良当司机、这会儿见状就抱头要跑的男人后心背打了一枪。

男人后背瞬间炸开血花，踉跄倒地，温热的鲜血霎时就洇透了衬衫。

那边常山跟曾子良打得十分激烈却不分上下，张彪立即冲上楼去找包星，杨柳慌不择路地跑出去的时候看见曾子良脑袋上已经见了血，便从院子里绰起一根铁棍，也不知道哪里来的勇气，竟然又回来了。

曾子良跟常山滚在地上，杨柳站在他们旁边手里死死攥着棍子犹豫着却不敢朝常山打下去，正在这时，从楼上搜了一圈没找到人的张彪下来，看她举着棍子，连一瞬间的犹豫都没有，直接举手就朝她开了一枪！

砰的一声。杨柳也是背后中弹，柳絮似的身体一软倒了下去，常山被枪声吸引有一瞬的走神，曾子良趁机抓过旁边刚才被他踹掉的手枪抬手照着常山就是一枪！

与此同时，张彪的枪口又瞄准了曾子良。

枪声响起的同时曾子良就地一滚躲开，张彪再要打枪，就看见自己胸口有血花倏地炸开了……

一时之间，满屋子鲜血，只有曾子良一个人还好好地站在那里，他怔了一阵才反应过来发生了什么，抢步冲过去小心扶起杨柳，她还没有咽气，濒死咳嗽着，血从嘴里涌出来，她看着曾子良，却勉强地勾了个笑容，“曾子良……对不起……”如果不是她要找包星，就不会有这么一遭祸事了。

曾子良摇摇头，虎目圆瞪血丝遍布，嘴唇剧烈颤抖着，安慰她的声音却很温柔，“别说话。会好的。”

杨柳看着他，有点眷恋，很安静，“好啊……”

嘴角的笑容凝固，杨柳在这如同叹息的一声“好啊”中咽了气，而就在此时，赵学超带人踹门冲了进来，下一秒，看见屋子里惨状的所有人几乎都倒吸了口凉气。

半晌后，有条不紊指挥特警处理现场的赵学超给李维民打电话说了现场的情况，“李局，包星抓住了。杨柳死了，曾子良重伤，现场还有两个男人的尸体，身份目前不能确认，不过外面的一辆车估计是他们开来的，希望能找到线索。那两个人带着两把枪，一把自制的仿五四式手枪，很有可能是在中堂吧后巷里用过的那把，不过得鉴证部门鉴定后才能认定。另一把是双筒猎枪，枪管被截短了。两人可能是职业或半职业杀手。

把包星从冰柜里面拽出来的时候，他眉毛染霜嘴唇发紫，已经冻得快休克了。他左藏右躲了这么多天，被曾子良掳劫，又目睹命案现场，几乎把那点本就不大的胆量吓没了，警察连夜再一审，他就全撂了。

“我一直都在蔡启荣那里拿货，一个月到东山一两次。但每次只拿一万到两万块钱的货，从来没有超过两万以上的。后来有一天蔡启荣的侄子蔡杰找到我，说他可以以非常低的价钱给我一批货……十二万，十公斤。作为交换，他让我配合他们，把东山市公安局禁毒大队一个叫宋杨的警察引出来。蔡杰跟我说，宋杨跟他们队里另一个叫李飞的，惹到他老板了，他老板叫他给他们点颜色。宋杨现在是陈珂的男朋友，我去做这事儿不会引起怀疑。”

包星陷在回忆里，声音有点胆怯，又有点痛苦，“我是需要钱，但对方是警察——警察我可惹不起，所以这事儿我本来是不敢干的，可是不干也不行……蔡杰把枪拍在桌子上，跟我说，有些老板，不是我想拒绝就能拒绝的。我没办法，为了活命，我只好答应。”

“后来蔡杰找来一个小姐和我一起拍了一张不雅照，然后把陈珂的头像P上去，寄给宋杨。再后来事情跟蔡杰设计的一样，宋杨真的上钩了。……我按照蔡杰说的，告诉他，有一笔特别划算的交易，十公斤的货，只要我十二万，这是天上掉下来的馅饼，我急着去拿货，但是实在没钱，只好想了这么个馊主意。后来宋杨把我给铐了，问我这便宜为什么不给别人偏给我。也是蔡杰教我的，我说蔡杰是蔡启荣的侄子，想赚一笔外快，这单货是瞒着蔡启荣出的。要是叫他叔叔知道撬了他的货，这事情蔡杰兜不起。后来宋杨就问我们在哪里交易，让我带他过去……

“我……因为蔡杰他们当时就在隔壁屋子里听着我说话，我不敢多说，但我当时劝过宋杨，我说劝你还是别去，他不在乎，他把另一只手铐铐在了他手上，让我带他去指认现场。

“再往后，宋杨把我铐在车后座，就往南井村的北山养鸡场去了……路上他接了个电话，我估计就是蔡杰说的那个他的搭档李飞打过来的吧，不知道那边说什么，反正宋杨就跟他说，找到我了，拔出萝卜带出泥地翻出了南井村的毒窝，让他先不要告诉其他人。正说着话呢，他的车就被早就埋伏着的那边的人给撞了。

“他当时就受伤了，趴在方向盘上半天没起来，我趁机摸到了他的钥匙打开了手铐……蔡杰的人把他弄下车，想来杀我灭口，还好我早有准备跑得快，从旁边斜坡上直接跳了下去。那坡很陡，也很深，幸亏我抓住了一条树根，最后只是受了点皮外伤。我拼了命地跑……后来一路到了中山躲了起来。”

赵学超把包星的供词整理好报了李维民，另外，他们从现场带回来的，除了几具尸体和各种武器装备外，还从常山他们开过来的面包车里找到了一部手机。

卡是新的，查不到任何通话记录，本来是暂时封进证物袋待查的，没想到这边正审着包星呢，暂时放在中山市局刑侦办公室里的手机却突然响起了。来电的是一个归属地为东山市的手机号——

办公室里，忙碌的所有人都静了一下，赵学超盯着那个来电，跟旁边的一个女刑警抬了抬下巴示意了一下。

女警会意地接听电话，稀松平常的声音，透着睡梦初醒的慵懒，

“喂？”

赵学超在旁边低声吩咐其他人马上对手机号进行定位，女警手机里听见一个中年男声问：“你是谁？常山呢？”

女警镇定地回答：“常山在洗澡，你又是谁？”

电话那边，陈光荣忽然意识到什么，猛地把手机挂断，把里面刚换的卡又取了出来，掰断，直接扔到垃圾箱里，脸色紧绷地开车直奔一家私人茶楼会所。

一路按约好的包间房号找过来，推门进去，坐在茶桌边上不动声色摆弄茶具自斟自饮的正是塔寨林耀华。

陈光荣一年到头在林耀华这里拿得盆满钵满，这会儿却没能按约定替人消灾，他在林耀华面前不免就有些讪讪，“华叔……”

林耀华头也没抬，“中山的事，我都知道了。不是说你这两把枪万无一失吗？”

陈光荣自己也是纳闷又头疼，“常山和张彪确实是两把好手，按理说料理一个包星是小菜一碟，不应该出岔子。”

林耀华慢吞吞地泡了壶茶，拿了小茶杯倒了茶推到他面前抬手示意他坐，“丰益宾馆一次，这是第二次了。”

陈光荣有些拘谨地坐下去，“是我的责任。”

林耀华也不是太在意，他摇摇头，径自吹了吹茶汤，“好在人死了，不至于引火烧身。”

“华叔，这次真的是人算不如天算。”陈光荣苦笑，“谁能想到半路杀出来一个曾子良，有人有枪有功夫。”

林耀华不置可否，“该好好烧烧香了。”

“不然，我给赵学超打个电话，探探口风？”

“你能打探到的消息，我也能。”林耀华终于幽幽地抬头看了他一眼。

“那要不，”陈光荣沉吟一瞬，眼神试探中夹着狠戾，“还是想办法把李飞解决了。”

“不行。有人不让我动他。”

陈光荣奇道："谁那么大面子？"

林耀华看了陈光荣一眼，陈光荣反应过来自己问多了，换了个话题，"你的意思是？"

"我的意思是——"林耀华指了指他们各自都放在桌上的两只茶杯，"非常时期，咱们还是少来往。"

日升月落，李飞再回到那间讯问室的时候，终于听见了好消息。

"包星抓到了，"李维民定定地看着他，"你现在可以说了。"

李飞眼睛一下子就亮了起来，他显得急切，他在椅子上动了动，有那么一个瞬间，几乎就要站起来了，"他招了？他受了谁的指使？"

左兰和苏康都在，但席上没有人回答他的问题，李飞等了一会儿，反应过来，深吸口气平静心情，摊摊手，"好，不该我问的不问。我想知道，我的嫌疑人身份还要背多久？"

"我只能告诉你，包星归案后，中山市局连夜对他进行了审问。"李飞看李维民，而他民叔说话的时候眼神坦诚又笃定，虽然没把话说明白，但目光一对上，李飞就从李维民的眼神里得到了自己想要的答复。

他连日来总是下意识抿紧的嘴角终于松开了些，眼底那负隅顽抗般的倔强不见了。他想了想，又问："陈珂呢？"

赵学超找到陈珂后就把她密不透风地保护了起来，李维民肯定地回答李飞："她很好。"

"好。"李飞靠在椅子上，长长吐了口气，开口道："我说。"

李飞终于说了他们在抓捕林胜文之后的全部审讯过程。

"我们对林胜文的连夜审讯，中断过一些时间，在这段时间里，他说出了一个很重要的消息。"李飞说到这里，两只手微微握紧，"他跟我说，我们有领导，一年能从他那里拿三百万。"

李维民说："当时摄影机关了。"所以那段时间发生的事情是个谜。

李飞点点头。

苏康问："关掉录像，是不是违反了讯问嫌疑人的程序和规定？"

李飞先承认的确如此，而后又解释道："但在具体的审讯过程中，这种情况不可避免。有的时候为了让犯罪嫌疑人放松警惕说出一些线索，我们也会这么做。"

"你觉得林胜文的话，有多大可信度？"李维民看着李飞，李飞抬起头，用坚定的目光看他。

"百分之八十。"

听到这个数字，李维民有些惊讶，李飞知道如此相信一个制毒人说的话的确有些不可思议，但他并非胡乱相信，"林胜文当时的表情和语气，很有底气，一副瞧不起我们的样子。我审过不少毒贩，也有横的，比如当年的蔡杰，都是负隅顽抗，嘴上硬，心是虚的。林胜文和他们不一样。他的底气从何而来？只有一个解释——他有靠山，来头还不小。"

"第二，经常有毒贩一上来就拿'你们的领导是我的朋友、亲戚'吓唬我们，可他们说来说去都是虚张声势，没有实质内容。林胜文不一样，他说的都是细节。从问我的工资开始，再提到了'你们领导'和'三百万'，还说他有证据。他的话里不但有内容、有实例，而且表述的时候表情自然、语气肯定，没有一点做作。

"第三，我诈他说，他说的那些内容我用手机都录下来了，他当时的害怕也不是假的。"李飞说到这里，看着李维民，目光沉定，语气倏地十分强烈，"而林胜文说完这段话，回去第二天就死了。如果不是因为泄露机密被灭了口，还能有什么理由？"

没人能够合理解答，审讯室里陷入了短暂的沉默。

半晌后，李维民问他："这件事你都和谁说过，你向上级汇报了吗？"

"首先，我不会向蔡永强汇报，但当时又没有来得及向马局长汇报。林胜文死后，我才把经过和怀疑汇报了马局长。"李飞叹气，漠然陈述事实的声音显得懊丧，"我跟宋杨说了，他又告诉了蔡军。"

"蔡军？"这些天以来跟李飞聊得多了，左兰对这些名字都不陌生，"你觉得他有嫌疑？"

"蔡军是塔寨村林宗辉的女婿，林宗辉是塔寨的三房房头，林胜文、林胜武弟兄俩都是他那一房的。林胜文死后，我问过蔡军，但是他不承认。”

李维民整理着李飞所说的这些情况，手指有节奏地轻轻敲击着桌面，“你怀疑蔡永强就是林胜文说的那个公安内部的保护伞？”

李飞笑了，嘴角轻扬带着嘲讽，“林胜文说过他很快就能出去，而我要受处分写检查，第二天全应验了。”根本就不需要去验证，若不是蔡永强，难不成林胜文还会未卜先知？

左兰忍不住问了一句：“那你怀疑林耀东的理由呢？”

“只有他这样身份和地位的人，才有可能和公安的领导做交易。只有林耀东给，蔡永强才敢安心地收。其他人都做不到。”

李维民摇摇头，无奈地看向李飞，“这些都没有证据。”

“是，我没有证据。我根本没有录下来林胜文说的话——确切地说，我根本没想到他会直接把这种消息说出来。”李飞坐在那，当然知道这些都不能算作证据，但他坚信自己的推理准确，他和宋杨的方向是对的！他不能因为没有证据，就将这事彻底放下，甚至当没发生过！他抬起头，那双黑眸闪着光，眼中那仿佛被宋杨的死讯、被这些天的羁押而磨干净了的自信和骄傲无声地悄悄重新燃烧了起来，有那么一瞬间，李维民又看见了那个他曾经无比熟悉的、总是神采飞扬斗志高昂的李飞，然后听见他笃定地一字一顿说道——

“我坚信我的所有推论都是正确的，如果有机会，我要继续查下去，一定能找出你们要的证据！”

所谓有钱能使鬼推磨，朱鸿运对赚钱的事情格外上心，跟赵嘉良狼狈为奸地约定好了之后，他就按赵老板说的，去查了香港荣昌贸易公司发给法国威利贸易公司的那批电子产品的提货公司。

他不止爱赚钱，还舍得花钱，消息回来得格外快，没两天，委托的白人律师就在他手下人的引领下找到了他在马赛华人区的住处，把一张提货单和几张照片交给了他，“刘浩宇的远平号承运的所有货品，法国这边都是由同一家物流公司提货。公司名称叫‘青龙国际物流公司’。老板叫宋倩，台湾嘉义人。这是她老公何瑞龙，在公司里的职位是CEO。”

而在香港一座佛寺大雄宝殿，刘浩宇的一只胳膊被绷带缠着，手拿着一炷香恭敬而虔诚地进香，把香放在胸口默念了什么，身后站着几个马仔。一边的黄达成连忙将香接了过来，插在了面前的香炉里面，“浩哥，你这胳膊是怎么弄的呀？”

刘浩宇直起身，一双眼看着佛像，旁边的僧人在低声吟诵着经文，他低声开口：“昨天出去海钓，有一条好大的鱼。我从来没遇到过这么大的鱼，见猎心喜，不肯撒手，结果被鱼拖着走。鱼线割伤了这条胳膊，要不是我及时撒手，差点整条胳膊被卸下来。”刘浩宇转头看了看黄达成，黄达成连忙开口：“大难不死，必有后福。”

刘浩宇呵呵一笑，将头又转了回去看着佛像，“不，是老天爷警告我——要小心了。小心驶得万年船。”说完又对着佛像恭敬地拜了一拜，忽然问：“这两天心里不踏实，下一批货什么时候到港？”

一旁站着的马仔开口道：“明天一早就到马赛。”

刘浩宇心神不宁地低声诵了声佛号，吩咐手下的小弟们：“最近多到庙里烧烧香，放放生。”

22. 干得漂亮

香港马会看台的最佳位置上，赵嘉良正陪在一位精神矍铄、绅士风度十足的老爷子身边谈笑，他们正前方赛道上，骑手们高踞马背，胯下高头骏马蓄势待发。看台上人声鼎沸，只等一声枪响，群马竞发。

这场赛马因为有几位知名的骑手带着爱马来参赛，之前宣传炒得很响，明里暗里都开了不少盘口赌输赢，赵嘉良跟他陪着的这位也下了注，不过肥水不流外人田，这两位的注都是押在了自己公司的盘口上。

他身边陪着的这位就是跺跺脚香港黑白两道都要听见点动静儿的罗绍鸿。

真正爱马的跟妄想从中牟利一夜暴富的一起挤在看台上，场内盛装的骑士带着各自的爱马，在一声发令枪响和观众兴奋的尖叫中，奋力朝着终点冲去——

与此同时，法国马赛当地警方也拿着破门锤破开了某公寓的外门，全副武装的特警们朝着那间据说藏有大量冰毒的屋子呼啦啦冲了进去！

香港马会赛马场上群雄逐鹿，法国马赛警方与毒贩爆发了激烈的交火……

赛场上，一匹全身没有一丝杂色、鬃毛黑到发亮的马一骑绝尘率先冲过终点线，现场欢呼尖叫、破口大骂此起彼伏闹成一片；法国公寓内激烈的枪声逐渐平息下来，警方从那所公寓里缴获大量高纯度冰毒，并成功抓捕了该贩毒集团头目尼尔森·库克。

一切尘埃落定，赵嘉良故作遗憾地摇摇头，却站起身来给了旁边老爷子一个拥抱，“恭喜啊鸿叔，你又赢了。”

“哈哈哈，”罗绍鸿爽朗地笑了一声，十分开心地拍了拍赵嘉良的后背，“险胜、险胜啊。”

赵嘉良信服地笑笑，陪着老爷子从马会会场离开，刚回到自己办公室的时候，朱鸿运的电话就打进来了，笑声传来，有着掩饰不住的兴奋，“老兄，你真是大手笔啊！从今天起很长的一段时期里，整个法国，甚至整个欧洲就是一片真空地带，等着我去填充。没想到你会借警方的刀来替我们开拓市场！”

赵嘉良身子往后靠在老板椅里，交叠起双腿搭在了桌子上，语调轻松地笑了一声，“小意思啦。你要种地，我帮你清理一下杂草；你要养鱼，我帮你捉干净池子里的王八。后面还有更大的惊喜。”他赵嘉良要的，可不是要分一杯羹这么简单。

同天夜里，在嫌疑人尼尔森·库克的指认下，法国警方在他所说的港口查封了一条正在卸货的船只，挨箱检查已经卸了一大半的货物箱，打开箱子，在场所有警察皆是目瞪口呆——

近三分之一的货箱，里面满满当当，装的全是冰毒。

一天后，从法国当地发出来的报道震惊世界——不管篇幅长短，那天各台各网的国际新闻里，几乎都能找到有关这次扫毒行动的消息。

“——法国警方近日截获了一批巨量冰毒，击毙毒贩一名。这批冰毒总重量高达1.5吨。据悉，涉案公司是一家华人开设的运输公司。公司的CEO何瑞龙已经被警方逮捕。何瑞龙是台湾嘉义人……”

电视里正在直播的新闻让吃着饭的刘浩宇停住了动作。他自觉仿佛听错了，不敢置信似的缓慢地抬起头，接着就看见了新闻画面里满是警方路障的现场，被查封的带有青龙物流Logo的货车，甚至是裹在裹尸袋里被警方抬走的、不知道是谁的尸体，以及……何瑞龙的照片。

刘浩宇刀叉脱手，一瞬间面如死灰地瘫坐在了椅子上。

这则新闻爆出来之后，李维民回了一趟省厅。

王志雄挑头叫他回来开会，他风尘仆仆推门走进厅长办公室的时候，王志雄、雷建华和崔振江都已经在等他了。

电视上早间的新闻在重播，还是有关法国警方截获总量1.5吨冰毒的消息，王志雄看他进来，有些意外欣喜地笑着问他："这是你和你那位线人的杰作吧？"虽然是问句，但是语气特别笃定。

李维民笑而不语算是默认，王志雄拿着遥控器把电视关了，跟他点了点头，欣喜地赞许道："干得漂亮。"

李维民也没坐下，他把带进来的资料整理了一下，径自走到小会议室的白板上，把5·13案件跟今晨这则报道有关的人物都写在了白板上，简单地画了一个关系图——

"之前法国国家警察总署查获的毒品很有可能来自我省龙坪和东山地区。我们怀疑销售及运输渠道是借助黄达成的香港荣昌贸易公司出口法国的电子产品，由香港浩宇集团的远平号货轮运抵法国。再由宋倩、何瑞龙的青龙物流公司到港口提货并销售，法国威利贸易公司的老板赖恩是他们最大的'分销商'。但可惜的是，在这次的运输途中，刘浩宇临时起意，将全部毒品转移。青龙物流负责这次运输的手下也被法国警方击毙，目前尚没有证据能够证明浩宇集团的远平号与我省的毒品有关。"

等他说完，香港浩宇集团刘浩宇、香港荣昌贸易公司黄达成、青龙物流宋倩跟何瑞龙、法国威利贸易公司赖恩，一系列名字赫然在列。李维民说到最后，在刘浩宇的名字旁边打了个问号。

王志雄看他最后在刘浩宇的名字下面打了个问号，明白他这是在追问是谁给刘浩宇供货。上次行动的时候，李维民就在指挥大厅里告诉他，5·13案件背后是高达一吨的冰毒，如今这个1. 5吨，倒是比之前估计的量更加骇人了。

事情算是殊途同归，但这件事背后，甚至刚到广东的王志雄也意识到，这件事跟5·13案件乃至整个东山地区的毒品网络，怕是都有莫大的关系。

他沉吟片刻，问李维民："你认为，法国的这次行动，会对东山地区的禁毒局势有什么影响？”

“毒品生意说到底也是生意。”李维民眨了眨那双欧式双眼皮儿，似笑非笑地说道：“如果东山就是整个毒品销售网络的源头，一旦下游销售渠道受阻、资金链断裂，一定会反馈到上游，上游就会自乱阵脚，犯错就在所难免。”

雷建华抬手指了指名字上打问号的刘浩宇，“难道我们就只能等着对方犯错？”

李维民笑而不语又高深莫测地摇了摇头，目光注视着其他人，“不。这个时候东山的制毒集团必然要寻找下家，重新建立销售网络，这是我们打入其内部的大好时机。”

崔振江叹息，想到上次的失败，不免有些担忧，“我们的线人已经失败过一次了。”

李维民笑了，他从白板前走回来坐下，神色轻松自在，“此一时彼一时。我的线人已经拿到了暗网密钥，并且在暗网上发出了信息，寻找货源。香饵已经备好，就等大鱼上钩了。”

其他几人听了都是发笑，他们这位李副局，永远都是这副胜不骄败不馁的样子，立一次功不见他有多高兴，行动失败也看不见他多忧愁，王志雄因为工作关系跟他频繁接触的这些日子，倒是改变了对李维民最初的看法，对他的信任和容忍度都越来越高了。

“你这个线人，听上去神通广大，”王志雄并不问他线人到底是谁，只是跟他确认，“他可靠吗？”

李维民笑起来，不带一丝怀疑，冷静、严肃而笃定地回答在场的所有人：“我信任他，就像信任我自己。”

被李维民像信任自己一样信任的赵嘉良，难得也得到了他们谭副处长的嘉许。停车场的天台上，谭思和难得主动约赵嘉良来见一面，还拿着自己的打火机给他把雪茄点上了，“干得漂亮。”

赵嘉良也没客气，就着谭处长的火点了雪茄，吸了一口，也难得笑得不那么欠揍，“合作愉快。”

“你马上要去东山了吧？替我向李维民问好。”

“东山是要去的，但不是现在，还有事情没做完。”

“还有？”谭思和看着他的表情，反应过来，“又要我帮你查什么？”

赵嘉良狡黠地眨眨眼，“已经发到你手机里了。”

谭思和狐疑地打开手机看了一眼，接着不那么正经地吹了声口哨，“美女啊。”

林水伯最终还是把伍仔带回了自己的窝棚，可是没住两天，又带着他一起从窝棚里搬了出来……

那窝棚本来是林水伯外嫁的妹妹给他弄的，虽然他妹妹也不想跟这么个爷俩儿都毁在毒品上的哥哥再有瓜葛，可一奶同胞的她又不能真就这么弃之不顾，没办法，这才在家附近给他弄了这么个地儿。但是知道林水伯带着满身打绷带的伍仔回来之后，他妹妹就忍不了了。

那窝棚里值钱能带走的东西本来也没什么，林水伯把存在管子里剩余的那几百块钱拿出来，收拾了几件还能穿的衣服，拿着被褥卷了一卷，就褴褛地从窝棚里走了。但即便如此，他也没放弃伍仔这个小毒贩……

东山的某个烂尾楼内，一阵阵冷风透过没有窗户的洞口吹进来，伤已经好了不少的伍仔在屋子里面焦急地来回踱步。

外面的楼梯突然传来细微的脚步，伍仔瞪大眼睛跑了出去，将还未到门口的林水伯拖了进来，双眼焦躁地在他身上来回打量，忍不住伸出微微颤抖的手，“老鬼，快，我熬不住了。给我来一点。”

林水伯低着头走了进去，“没有弄到。今天可能是警察有行动，我没找到卖货的……”

伍仔揪起林水伯的衣领，那双瘦弱的手臂硬生生将林水伯原地提了起来，他瞪着眼，眼眶周围微微泛红，眼底全是血丝，林水伯挣扎，“你做什么，伍仔！”

伍仔将他丢在地上，双手不受控制地颤抖，摸着他身上的衣服，嘴唇也跟着在哆嗦，他就像是一只缺氧的鱼，呼吸紧迫，身体里奔腾的血液在叫嚣，他根本控制不了这样的渴望，只想沉沦在毒品带来的快乐中，“钱呢？你带走的那四百块钱呢？”这老头子不肯去买，他就自己去买！钱啊，他要钱啊！

林水伯看着他尚且年轻的脸，声音发颤，“伍仔，你听我说，你不能再吸那玩意儿了……”

伍仔在他身上没有搜到一毛钱，怒目圆睁，“为什么！”他根本听不到林水伯在说什么，他也不需要答案，一把抓住林水伯的胳膊，也不管林水伯会怎样，他只知道，他要票子！“把它们藏在哪了？快把东西交出来。”

“伍仔，你还年轻，你跟我家仔仔一样大，你可不能再走仔仔的路……”

“我操！”这个唠唠叨叨的老头子，有完没完！不给他买货就算了，现如今票子也藏起来，藏起来就算了，还他妈叨叨叨，还他妈说他们家仔仔！真他妈的可笑，林大鹏当时死得那么惨，他这个亲爹竟然不知道，竟然还一直以为自己儿子是吸毒吸死的……

“你以为你儿子仔仔真的是吸毒吸死的？啊？”

林水伯愣住，他呆愣地看着伍仔，“我见过我儿子的尸体……警察说……”

警察说警察说，这老东西能不能不要这么蠢！他脑子一热，毒瘾煎熬外加曾经目睹林大鹏死相的刺激，让他冲着地上的糟老头就不管不顾地喊了出来：“警察？警察知道个屁，你儿子林大鹏是被人害死的！我认识他！他是让别人害死的！”

伍仔气喘吁吁，林水伯瞪着眼睛说不出话，他抖着嘴唇，自地上爬了起来，颤着声音开口：“不要乱讲……”

“我当时就在现场！我亲眼见到的！”

世界似乎在这个瞬间冻结，什么声音都听不到，唯有伍仔急促的喘息，和林水伯不断加速的心跳声，下一秒，伍仔意识到自己说了不该说的事，但话已出口，如何都收不回来。

林水伯脚步不稳，身体有些摇晃地伸手过来，抓住伍仔的衣服，“是谁害死了仔仔？是谁？”

伍仔紧抿着唇角，很想打自己的耳刮子，一把推开林水伯，他不可能再开口说第二句，看着林水伯眼中莫名的光，伍仔低声开口，“你还是不要知道的好。”

林水伯愣住，看着伍仔波澜不惊的脸，突然就笑了，“听起来就像是真的一样。人家都说，信猫信狗都不能相信吸毒的人。”他的仔仔怎么可能是被害死的，警察都说他的仔仔是吸毒过量，怎么可能是被……害死的！

伍仔看他那一副自我安慰、自我救赎的样子，不由得恼从心生，随手拿起自己的东西要往房间外面走，他要离开这里，离开这个自以为是的老头子！

“伍仔，伍仔，你不能出去，他们还会找到你的。”林水伯看着伍仔头也不回地走了出去，连忙去追，抓住他的胳膊又被强硬地甩开，他一个常年没正经吃喝的老头子哪里是小年轻的对手。看着伍仔下了楼梯出去，林水伯在后面赶着追，脚下一个不稳，身子连滚带爬地跌了下去，再也站不起来。

伍仔听到后面的动静回头，看着林水伯整个人从楼梯上跌落下来蜷缩在角落里呻吟，他的手紧了紧，最终还是头也不回地跑了出去。

林水伯看着他的背影越来越远，撑起自己的身子，就好似那个下午，他的仔仔也在眼前，不管他如何呼唤，他的仔仔就那么头也不回地走了，头也不回地离开他的世界……

“伍仔！”林水伯大声喊着，声音回荡在烂尾楼里，伍仔的身影却早已隐没在黑暗之中。

华灯初上，维多利亚湾泛起点点星海，整个港湾展现出令人迷恋的魅力，无数豪华酒店公寓置身在这五彩斑斓中。赵嘉良疲惫地瘫坐在沙发上，面上罕见地露出了一丝疲态。突然手边的手机铃声响起，他皱了皱眉，极不情愿地接起电话，不用听对方的声音便知道是谁，直接道：“你还真是阴魂不散，连喘口气的时间都不给。”

东山市李维民办公室内，他踱步站在窗前，看着窗外安静寂寥的夜色，不同于香港的繁华，这片土地夜阑人静，好似蛰伏着一只巨大的凶兽，李维民丝毫困意也没有，眸光晶亮，“等大功告成了，随便你喘多久。东山这个制毒集团买卖做到这么大，一旦市场出了问题，没钱赚了，内部一定会乱。现在是我们最好的机会，一定要抓紧，我已经在省厅的会上打了包票——”

赵嘉良慢慢坐直身子，毫不留面子地打断李维民的话，慵懒缓慢的声音微微上挑，有些轻慢的意味，“你又提前邀功请赏，征求我的意见了么？”

听他的牢骚，自己也有点不好意思。李维民这毛病跟了自己大半辈子，如今是改不了了，他心虚地讪笑一声，跟多年老友开玩笑似的给对方戴高帽，“我是对你有充分的信心。”

赵嘉良冷笑嘲讽道：“好话留着跟别人说吧，到目前为止一切都在计划中，你可以放心。”说完这些，赵嘉良又沉默半晌，突然语气中带着一丝关切地问他：“李飞怎么样了？”

李维民见赵嘉良提到李飞，语气也正经起来：“他很快就能自由了。”

“李维民，”赵嘉良伸手在脸上搓了一把，他强迫自己打起精神来，看着外面的夜色，最后目光却落到了窗玻璃映出来的自己的影子上，他顿了顿，因为困倦而微微沙哑的嗓音，像叮嘱托付又像告诫威胁，一字一句地告诉电话另一端的男人，“我在外面刀头舔血没关系，我只希望你保护好李飞，不要让他再卷进去了。”

李维民听了他的话，心中突地一阵酸痛，他深吸一口气保证道：“在这个问题上，你可以像信任自己一样信任我。”

第二天一早，东山武警驻地李维民的办公室内，英姿飒爽的女警马雯正笔挺地站在领导办公桌前，一脸不情愿地目视前方，冷淡道：“我不想当李飞的保姆。”

李维民皱眉强调道：“不是保姆，是保镖。”

马雯依旧面无表情，语气没有起伏道：“保镖更不想当。”

李维民对这个手下也是头疼，语气严厉道：“这是组织的命令！”

马雯丝毫不怕李维民发火，她的脑海中回忆着在丰益宾馆时自己开枪击中枪手，导致枪手子弹射偏救了李飞性命的画面，冷冷道：“很多人都可以胜任！我已经救过他一次了。”

李维民也知道马雯说的是哪一次，他点头道：“所以你才是最佳人选。”

见上司依旧“冥顽不灵”，马雯再也绷不住了，她暴躁地摘下帽子，不顾上下级之分急切地嚷嚷道：“为什么一定是我？我是缉毒警，又不是保镖！”

李维民定定地瞅着马雯，一字一顿地向她解释道：“李飞的安全，是整个行动成败的关键，而你就是保证这个关键的关键，从林胜文制毒案开始，整个东山缉毒警中，李飞和宋杨是犯罪分子最大的威胁，现在宋杨已经牺牲了，李飞还活着！”

马雯听到这，诧异地看着李维民，“他真的……？”

李维民正色看着她点了点头道：“这回明白了？不该问的别问，从现在开始，你的任务就是二十四小时保护李飞。”

马雯吞了口唾沫，睁大眼睛：“二十四小时？！”

李维民点头：“贴身保护，寸步不离！”

法国警局的审讯室内，因毒品案被抓的威利贸易公司老板赖恩看上去好似已经被吓破了胆，这个皱巴巴的小老头颤抖地闭着双眼，使劲儿地在胸口划着十字，嘴里不停自语道：“我是个天主教徒，我跟荣昌贸易公司做的都是合法生意。我从他们那里进口电子产品。已经做了一年多了，从没出过问题。我真的不知道那些货里面会夹带毒品。”

他的身边，何瑞龙则完全是另外一副表现，他衣冠楚楚地站在那里，用流利的法语对警察道：“我不知道，我什么都不知道。我是合法商人。我要等我的律师。”

警察们对视一番，见一时半刻也问不出什么，为防两人串供，分别将两人带入两个监室暂时关押起来。

何瑞龙所在的监室内，一同被收监的还有一个白人男子，这个男子一身酒气，邋邋遢遢，一副喝多了的模样，他见屋中又多了个人，便看着何瑞龙一个劲儿地笑着。何瑞龙面色有些凝重地径直走到床上坐下，对着离自己越走越近的酒鬼道："离我远点！"

那酒鬼走到何瑞龙面前满口酒气地道："你这件外套不错，很贵吧？脱下来吧……不然可惜了……"

何瑞龙见那酒鬼伸出手来要扒自己的衣服，不由反抗起来，两人因为抢夺外套动起手来，忽然之间，那酒鬼眼中闪过一道戾色，掌中翻出一片泛着白光的刀片划开了何瑞龙的颈动脉，鲜血瞬间喷溅而出，何瑞龙来不及有更多的反应就倒在了地上，他的眼睛很快由不可思议到失去神采，他的衣服上流满了鲜血，变成了一个真正的血人，而那个酒鬼用身子挡着何瑞龙，嘴里犹在喃喃自语道："这么好的外套，我早就说了让你脱下来，现在可惜了……"

就在正对面的监室里，天主教徒赖恩则不动声色地冷眼看着这一切的发生，直到何瑞龙身体凉透了，警察着急忙慌地冲进来将人抬了出去，赖恩才慢慢走回自己的床上，躺了下来。

第二天，因为找不到更多证据指控赖恩贩毒，被保释的赖恩从警局出来，眯眼看着外面的阳光，拥抱亲吻着来迎接他的老婆孩子，看上去惊魂未定劫后余生一般。

东山塔寨，一条小路通向半山腰上祖辈留下来的一座家庙。这座老庙原本只有一间供着佛像的屋子，单薄的木门一关上，里面就黑漆漆的，香炉里铺满尘土，周身彩绘已经斑驳的佛像面对着塔寨村。

后来林耀东发达了回到村里，自己掏钱翻修了佛殿，给佛像贴了金身，门前开出一块空地来，修了一个观景小院。站在这里，可以俯瞰到整个塔寨。自此，佛殿里的长明灯常年不休，连香火也旺了起来。

林耀东刚给佛像添了新香油，从殿里出来，站在院子里，看着晨光熹微时显得格外安宁静谧的村子，心里有种仿若王者俯瞰城池与臣民的感觉。他为掌控着他们的命运、让他们对自己臣服敬畏而感到骄傲和欣慰。

在这清晨的静谧中，林耀东拿出手机拨了一个电话。

手机铃声在香港一座寺院的大雄宝殿内响起。大雄宝殿佛像前的蒲团上跪着一溜马仔，每个人都神色紧张地绷着身子，刘浩宇脖子上挂着白色的绷带，吊着一只胳膊大发雷霆地怒骂道：“让你们好好烧香磕头！心诚则灵！你们的心诚不诚啊？”

马仔们连忙对着佛像磕头如同捣蒜一般，生怕老大看到自己不够虔诚而一枪毙了自己。

就在此时，刘浩宇听到铃声，掏出手机来看了看，皱眉接了起来。

电话里的声音很冷，“我的钱呢？”

“我也没有办法。赖恩被抓，何瑞龙被抓，销货方没有了，中间环节也断了，经营多年的市场没了，这次我们能断尾自救，已经是老天保佑。”刘浩宇的语气无奈，烦闷至极。

林耀东知道他说的是事实，货物被抄，非他们任何人所愿。他沉默半晌，用平淡的声音告诉对方，“我手里还有货。”

“先避一避吧，”刘浩宇拒绝，“风声闹得这么响，一时半会儿我到哪里找那么大的市场？”

“我告诉你，我脚下的塔寨是个火药桶。”林耀东语调始终很淡漠，听不出威胁的意思，却让人心里发冷，“暂时没有爆炸是因为钱。有钱挣的时候，一好百好，没钱挣的时候，一点就着。”

其实李飞猜得没错，塔寨是个毒窝，林耀东是这个窝里掌控一切的主人，可惜，他没有证据。

刘浩宇当然也知道里面的厉害了，短暂的沉默后，连声音也软了下来，“好了，我会尽快找新的买家，你少安勿躁。”

23. 暗藏玄机

马云波的车一早就开进了武警驻地院内，他今早才知道包星已经被缉拿归案，李飞的案子终于能真相大白，他借着过来汇报东山市局专案组近期工作进展和情况的由头，赶着想过来看看李飞。

从5・13案发生直到现在，十二天了，他们一直没见过面。

包星落网供述实情后的当天，李飞从羁押室被移到了正常的小宿舍，不过门外还是有人守着，马云波进去的时候，他正站在窗边看着外面的武警大院不知道在想些什么。

“马局？”他寻声回头，见到马云波的时候眼睛亮了一下，不免有些激动——马云波是他在中山公安局唯一信任的人，这时候看见他，简直就跟看见了半个亲人似的。

马云波看着站在他面前忽然有点尴尬的李飞，反而更像是这宿舍临时的主人，抬手指指单人床，“坐，坐下。身体怎么样？”

“医生说恢复得很好。”他们两个人对坐着，一时间都沉默下来。

半晌后，马云波找了个话题，笑着打破了沉默，“包星归案了。”

李飞低着头，“我知道。”

“有李局在，一定会还你一个清白。至少到目前为止，我们东山的专案组没有找到更不利于你的证据。”

李飞也笑起来，看着马云波的目光是那种看过命兄弟似的笃信，“谢谢马局长。”

马云波点点头，这么个场合，也不好多说什么，他只是过来看看李飞，看到他状态还不错也算安心，正起身打算离开，李飞突然喊住了他：“马局！”

他站住回头，听见李飞低声跟他说：“我都对联合调查组说了——从进塔寨村抓林胜文开始，我把所有对你说过的怀疑和猜测都对联合调查组说了。”

马云波挑眉，看着李飞那双澄明的眼，点了点头。他太知道了，李飞是咬死了蔡永强不肯松口，不过既然有怀疑，他就支持一切符合规定的查证，“你应该把你所知道和怀疑的一切都如实地向联合调查组汇报。李飞，你在一线，东山禁毒形势的严峻性你比我更清楚，有些局面光靠我马云波一个人的努力是打不开的。你能如实说很好，让联合调查组通过5·13一案为东山以后的禁毒工作扫清一些障碍。”

李飞点点头，马云波正色严肃地看着他，眸光里充满了信任、鼓励和肯定，“还是那句话，你不要有任何的顾虑。”

马云波刚走没多大会儿，马雯就来了。李飞对这个突然到访的陌生女警感到莫名其妙……尤其是对方还冷着脸，仿佛他欠了她钱，“你是……？”

“我叫马雯，SPC调过来的，现隶属省厅禁毒局。”马雯站在宿舍里，冷言冷语地简单做了自我介绍。

李飞这性格，你跟他好言好语他反而不好意思跟你撂脸子，但你要是跟他来硬的，那他绝对不认㞞。这么个一点交集都没有的陌生人，哪怕是个美女，但突然上来跟他没好气，他也不太能忍，撩了下眼皮儿，扫了她一眼，“不懂黑话。”

“SPC，就是武警特警学院特战队，俗称猎鹰突击队。”马雯直挺挺地站在对面看着他，“现在的任务是给你当保镖。”

什么？李飞有一瞬间简直哭笑不得，几乎立刻就想到了这绝对是李叔的主意，别过头笑了一声，“我不需要让女人来保护我。”

“这事由不得你。”马雯一本正经地说道，“领导指示，你的问题已经基本澄清。原则上你有人身自由，但出于安全考虑，还不能离开这里。你可以通过我购买一些生活必需品，也可以打电话，前提是我必须在场。”

李飞不满地拧起眉毛，“我打电话必须你在场？”

“不仅是打电话，”马雯进一步说道，“我得到的命令是对你进行二十四小时寸步不离的保护。”

李飞张了张嘴，挺挑衅地回了一句：“我上厕所你也跟着？”

马雯索性拉了一把椅子，在李飞对面坐下，她反正是给自己做好思想工作了，这会儿说话很坚决，“你以为我愿意？希望你能以大局为重，积极配合我的工作。”

李飞也很坚决，“我再说一遍，我不需要女人保护。”

马雯挑眉意有所指似的问他：“不需要么？”

李飞也挑眉反问：“需要么？”

李飞觉得这种女警就应该坐在办公室当文员接电话录资料做分析。马雯挑挑眉，起身从床头拿过上面还没写一个字的笔记本，又坐了回来，“好，那么我们来讨论一下你在丰益宾馆的行动表现——”

李飞不满地打断她，“丰益宾馆那事儿跟你有什么关系……”

马雯不理他，径自在上面迅速画下丰益宾馆草图，举到李飞面前，干脆利落地说：“你应该从一声枪响就对枪支型号有所判断，那是职业杀手选择的狙击步枪。当时你的正确反应，应当是迅速寻找掩体，而不是抱头鼠窜。”

李飞没想到她竟然拿这个说事儿，顿时不忿地回道：“当时我在出租车里，无法判断枪声来源和位置。”

马雯也不跟他纠结，换了下一个问题，“以当时的距离，一枪就应该爆。然而并没有，说明什么问题？”

李飞莫名其妙地看着他，没吭声。

“说明杀手已经受伤了，因而连发数枪都没有命中目标，事实上当时警方早已提前布控，有警员发现了对面楼里的狙击手，先开了枪。”

这倒是李飞之前没想到的。合情合理，李飞恍然大悟，“你说得对，肯定是这样。”

“而敏锐地发现狙击手并且先发制人救了你的命的那个警员——”马雯

故意停住卖关子，等着李飞下意识地问她是谁，她才用大拇指冷傲地指指自己。

李飞跟见了鬼似的，“你？！”

马雯挑衅地扬起下巴邪邪地勾了勾嘴角，“不客气。”

李飞难得半尴不尬地别过视线，一言难尽地绕开了话题，“我要买个人用品。”

马雯把笔跟本子搁在李飞面前，爽快地道：“列个清单吧，我去帮你买。”

省厅的办公室里，投影仪上面开始播放林耀东不同时期的照片。

杜力声音清晰和缓地配合着各种照片介绍道：“林耀东，1962年出生，祖籍东山塔寨村，是塔寨村的大房头。1984年卷入一起汽车走私案，是团伙成员之一，但不是骨干，当时也没有他的确凿犯罪证据，无法进行指控。事发以后他逃到香港，十年后，在香港成了富商，成立了香港大龙国际贸易有限公司，自任董事长，据说身家过亿。”

一个村官，身家过亿？王志雄拧着眉毛看照片上那个内敛儒雅的林书记，“他是靠什么致富的？”

李维民说道：“马云波刚到东山任职的时候跟我说起过，据说林耀东是靠炒股和炒房在香港起的家。1984年至1987年这四年是香港的牛市，而1985年至1997年，是香港楼市六轮大涨期，原始资金也许就是他走私汽车挣来的钱。”

杜力等了等，看他们不讨论了，接着说道：“2008年底，东山市在深圳搞了一个东山商会。主要是为了吸引东山籍的成功商人回东山投资。在当时的东山市副市长陈文泽的游说之下，林耀东于当年回到塔寨村，成了塔寨村的村支书。而后在东山成立了大龙房地产公司，自任法人兼董事长。东山云湖度假村还有丽景花园都是大龙房地产公司开发的，东山大酒店林耀东也是大股东。”

说着，他又切了下画面，开始介绍跟林耀东关系密切的人物照片。

崔振江摸着下巴，指着林宗辉的照片思索着说道："有意思……辈分高、岁数比林耀华大两岁，排位倒在林耀华后面。"

"有人的地方就有博弈。"这些资料李维民之前都看过了，说着也指了指投影上做短暂停留的照片，"别看塔寨都是姓林的，里面并不是铁板一块。"

王志雄环抱着手臂靠在椅背上看着照片若有所思，"林耀东的故事听起来很励志。一个亿万身家的港商回到穷乡僻壤的家乡当村支书，是个很好的正面典型。可于情于理，总有点说不通吧？"

"全球金融危机以后，实业越来越不好做，林耀东回东山发展也说得通。"雷建华中肯地评论，"为了拉林耀东回乡，东山市也给足了他实惠。大龙房地产开发公司一成立就成功拍得了东山开发区八万平方米的住宅用地，推出丽景花园项目。楼盘开盘当天就被抢售一空，光是凭这个楼盘，林耀东至少挣了一个亿。"

"如果林耀东把回塔寨村当作一个筹码，从政府这里拿到了不少的实惠和好处的话……你们想，一个楼盘就能挣一个亿，那林耀东为什么还要去做毒品买卖呢？这可是要掉脑袋的买卖。"

李维民手指在桌子上轻轻敲了两下，"除非这中间他的资金链出现过问题。"

杜力把手边一起带过来的材料分给了王志雄等人，"这是塔寨村村委会财政支出的数据以及东山、深圳大龙房地产开发公司的财务数据，并没有发现有什么问题。"

王志雄等人拿过资料翻看，一时间会议室再无任何人说话，气氛似乎又沉闷了起来……

法国那批货扣得实在不巧，正赶上他们塔寨林氏该结账的日子。几个房头带着各房能主事儿的男人们聚在祠堂内，林耀东端坐主位，看了看两旁或站或坐的人，朝林宗辉抬抬下巴，"三房先说吧。"

林宗辉也不含糊，直截了当地要钱，"该结账了。"

林耀东四平八稳地坐着，“钱还没到，再等两天。”

林宗辉皱眉，“已经多等了五天。”

“再等两天。”

“几天？”林宗辉不满起来，“给个准话。”

坐在林耀东左边第一个位置的林耀华拍了下扶手，“宗辉，你怎么跟大哥说话的？”

“我家里有卫星电视，我看了新闻。”林宗辉脸色紧绷地环视在场众人，“你们家里没有吗？家里总有小辈上网吧？上网一查就能查到。前几天法国警察缴了1.5吨的冰。这1.5吨的冰，不会是咱们塔寨做出来的吧？”

他用了个仿佛不知内情的问句，但其实那批货到底怎么回事，大家心里多少都有点数。林耀东也不推脱，直截了当，“确实是塔寨的。”

星聚堂内原本安静的众人窃窃私语起来。有惊慌不安怕引火烧身的，也有不怕死就怕从此断了财路的。

“那么大的房地产公司，难道就没有办法把钱补上？”

“也许是个机会金盆洗手，以后都不用提心吊胆了。如果不做这门生意，倒也好，那他林耀东得给大家一句话——以后做什么？”

“不做这门生意，还有什么生意能来钱这么快、这么把稳？”

“操，印钞票啊！”

“印钞票也是要杀头的。阿九公关了二十年，刚刚放出来，人都关成老年痴呆了。”

“现在剩的怎么办？手里料头还有剩，我那还有五百公斤货没有出。”

“扫毒扫得这么厉害，李维民亲自坐镇东山，这些货留在手里也是个炸弹，说不准什么时候就爆了。”

“赶紧找人出手。你要是没办法，我们自己想办法。”

“对，你要是不行，咱们另行选举。村支书也是有年限的，这一任干完，下一任换人嘛。能者居之。”

“我看宗辉就不错，他女婿是警察。”

“宗辉房里的胜武去哪里了？把他找回来……”

“是啊，胜武到哪里去了？”

……

林耀东原本只是不动声色地低头悠然喝茶，但听着他们越说越离谱，风势竟然逐渐开始针对自己而倾向林宗辉，他慢慢抬头看着下面越发混乱的人群，微微眯了下眼睛，突然毫无预兆地劈手砸了茶盏——

林灿带着几个年轻人闻声从外面冲了进来虎视眈眈地围住了众人，林耀东淡淡地看着他们，声音很轻，却掷地有声，“我还在这儿。”

星聚堂下瞬间鸦雀无声，林耀东拿出条手帕来慢条斯理地擦手，冷淡地教训，“星聚堂是祖宗面前议事的地方，不是鸡零狗碎讨价还价的地方。”

林宗辉心里压着火儿，众人面面相觑，落针可闻的窒息中，突然有人风尘仆仆地从外面进来，人还没到，声音已经先到了，“今天好热闹，都在呢啊？”

众人纷纷回头看去，竟然是蔡军……

林灿眉毛一横走上前来拦他，“这里是林氏宗祠，里面都是姓林的，你一个姓蔡的进来干什么？”

蔡军哼笑了一声，根本没把他放在眼里，“我岳丈叫我来的。三宝没了，二宝残了，以后三房顶门立户就是我了。”说着拨开林灿就往里进，林耀华不悦地看着他，“你姓林吗？”

林宗辉在旁边插话道：“阿军可以入赘。”

“那要办了仪式才算。”

蔡军也没客气，大咧咧地走进来，竟当着所有人面直接将配枪亮了出来，往他岳父旁边的小茶桌上一拍，环顾周围的所有人，震慑力十足地笑了一声，“警方怀疑这里有人制毒贩毒，我来旁听，做个见证，总可以吧？”

“阿军，”林耀华皱眉，“别开玩笑了。怎么还带枪呢？”

蔡军挑衅地看着林灿等人，微微抬了抬下颌，“职业习惯。”

林耀东朝林灿示意，“叔叔伯伯们议事，你们都出去。阿军和小力留下。”说着，把手里的帕子一扔，环视在场早已噤若寒蝉的众人，“现在的塔寨，有自己的幼儿园、小学、养老院，全是免费的。只要你出生在塔寨，或者哪怕你出生在外面，但族谱上有你的名字，就能幼有所育，老有所养。全中国有哪个村子能做到？”

陪在林耀东身边的林小力眼睛都亮起来了，他是真切感受过这些好处的孩子，也是因为这些，感谢而崇拜着他的东叔。

场面已经完全控制住了，林耀东语气微缓，继续道：“如果你们这样就满足了，那我只能说我很失望。信息时代了，全球化了，全世界都可以是我们的市场。如果你们没有这样的眼界，我要强迫你们睁开眼睛去看这个世界。这个时候，我们要团结，塔寨昨天、今天的繁荣靠的是团结，明天的繁荣依旧要靠团结。”

这场面有人有枪，不管人是哪家枪是哪家的，反正知道自己没能力抗衡的房头们最后也都点了头，按林耀东的说法，回去再“等两天”。

星聚堂的议事结束，林耀东沉默地上车回去，他有些疲惫地靠在后座，村子里只能容下一台车通行的狭窄小路上，车始终匀速地平稳开着。

跟他坐在一起的林景文看着路上从田间回来的农用车、接孩子放学的自行车电动车和从村外回来的行人纷纷给他们的车子让路，心里多少有点自豪，林耀东闭着眼睛，却仿佛知道他在想什么似的，忽然开口对他说，“景文，你不要看。有些事，不去看可能会更清楚。你只要感觉这车子稳不稳，就知道塔寨的人对我变心了没有。这个时间，打工的回来了，上学的也接回来了，卖光了青菜的也该往家里赶了，是准备晚饭的时候了。这么窄的路，我的车还能开得这么稳，心里就有底气，”他闭着眼睛，波澜不惊，神态自若，“塔寨，还是我的塔寨。”

林景文收回目光崇拜地看着他，“阿爹，你真厉害。这下这帮人，能死心塌地跟你干下去。”

林耀东却摇头，“摁得住一时，摁不住一世。没钱赚，人心迟早要散。还是要赶快找下家，开拓市场。”

“阿爹，我有办法找到下家。”塔寨跟毒品挂边的所有事情林耀东都不让林景文碰，林景文知道这是为了以后多给他留条退路，但这种事情，整个塔寨都在跟着他阿爹干，他是阿爹唯一的儿子，总不能凡事都躲在后面，他也想替林耀东多分担一点，“你听说过暗网吗？”

“暗网？”林耀东不知道。

“国际上的军火走私、贩毒，很多交易都能在暗网上成交。”

林耀东笑了一声，啼笑皆非地摇摇头，只觉得那是小孩子们的游戏，“我不信这个。我林耀东必须得面对面、眼神对眼神，才能判断对方的段位，以及是敌是友。”

也是回去的路上，林宗辉没开车，蔡军陪着他一路散着步回去，林宗辉这时才收了脸上强硬撑起的冷定，寥落地叹了口气，“阿军，今天你能来替我解围，我要谢谢你。如果你不来，林耀东可能会采取怀柔政策，说不定，会拿我杀鸡儆猴。”

“阿爹，能帮上忙我当然很高兴。”蔡军也为难，“但是以后这种场合……就不要拉上我了吧？我又不姓林，身上还有制服，你把我放在那个位置上，我也很作难的呀。”

“我今天也是迫不得已。胜文死了，胜武走了，二宝又是那个情况……”他叹了口气，“三房我独木难支。”

“胜武有消息吗？”

林宗辉沉默地摇摇头。

被林宗辉念叨的林胜武，正在珠海的某个出租房内，看着面前的二十几块钱和空了的钱夹子发呆。这钱连塞个牙缝都不够，他林胜武竟然也能落到今天这个地步……

他呆呆地坐在那里，琢磨了一会儿，半晌后，从口袋里掏出一张新手机卡，打开手机的后盖，把里面的手机卡拿出来放进嘴里，泄愤般发着狠地嘎嘣嘎嘣嚼碎了，恶狠狠地吐出去，然后把新的手机卡插进了卡槽，打了个电话。

半晌后，他从屋里出来，躲在巷口小心地四处看了看，没发现异常，这才放心地走出来，拦了辆出租车……

林胜武搭乘着出租车到了某个小区里面，让司机等了一会儿这才下车，一双眼时刻警戒着周围动静，他能出逃至今没有被找到，也是因为他万分留心，不能轻易着了道。

刚才他和顺子通了电话，这是一个有过几笔交易的点头之交，在珠海林胜武也想不到别人，没钱没法活命，他别无选择，好在顺子不知道他多少事情，也能稍微安心一点。

很快，穿着内衣裤的顺子自门洞里出来，拿着一些现金塞给了林胜武，“武哥，刚才翻了翻，家里只有这么点，全给你拿来了。我不知道老婆白天拿了四万去打美容针。对不起，真的对不起，要不，咱们现在去找个取款机再给你取点？”

“足够了，到了四会再向他们拿，哪天顺便来珠海再还你……”林胜武迅速将钱揣进衣服，顺子踮起脚看了看不远处的出租车，“真要走啊？”

林胜武点点头，急匆匆地坐上出租车，对着司机说了一句去四会，和车外的顺子挥了挥手，“谢了，走了。”

出租车开走后，顺子拿出手机拨通一个号码，让人去查林胜武所坐出租车的车牌号，接着又拨了一通电话，接电话的正是遍寻林胜武不着的林灿。

“灿哥，对不起，拖不住他，我怕太热情了让他生疑。”顺子为难道，“不过，我只给了他四千多块。”

林胜武走的时候没带多少钱，估计也是不敢动卡，这些天林灿监控着他的账户信息里面的钱一直没少过，他就猜到林胜武肯定要去找朋友，他把在广东各地信得过的自己人都通知了个遍，没承想早就知会过的事情，竟然还能他妈办砸了。

林灿一听就急了，“我不是让你只给一点的吗？！”

“灿哥，这……家里要是四千多都拿不出，他就该怀疑了，万一他急了眼把我灭了怎么办？”顺子拿着电话苦着脸，林胜武那凶名在外的野狗，谁他妈惹得起？“不过灿哥，胜武跟出租车司机说要去四会，我记下那辆车的车牌号了，我让刚子他哥去查了，看那辆出租车到底是不是真去了四会，有什么消息我会马上打给你。”

事已至此，也只能这样，林灿无奈地“嗯”了一声，“一定得查到那辆出租车。”

林胜武是真去了四会，但是没在那待。从乘坐的那辆从珠海过来的出租车上下来，他状若无意地朝着前方匆匆而去，眼角的余光却始终注视着后面的那辆出租车。

见那出租车掉转头朝着来的方向飞驶而去，他停了下来，看了看四周，这时，抬手又拦了一辆四会本地的出租车。

他戴上鸭舌帽遮住了那张阴郁的脸，弯腰钻进车里，跟司机说道：“去珠海。放心，钱不会少了你。”

他竟然换了辆车又回去了。

24. 逃　亡

夜晚，香港一处废弃停车场内，谭思和坐在车内已经等了一段时间，他面色平静丝毫看不出焦急，突然他的双眼微眯了一下，另一辆车飞驰而至，径直开到谭处长的车边停下，两辆车相对而停，车窗落下，赵嘉良那张人畜无害的脸露了出来，谭思和意味深长地笑了一下，“你要查的美女，还挺有料。”

赵嘉良挑了挑眉毛，两人相对而笑，同时下车，谭思和的手中拿着一个厚厚的文件夹，一边从中拿出几页资料递给赵嘉良一边道：“这是你特别交代的张敏慧，香港科技大学会计本科，英国巴斯大学金融硕士，毕业就考了 ACCA，英国特许公认会计师公会认证，号称‘会计师界金饭碗’，入职英国著名的 BAD 公司。”

赵嘉良并没有说话，只是接过资料翻看起来。

谭思和接着道：“2011 年因为 BAD 公司的献金丑闻成了替罪羔羊，落魄了两年以后回到香港求职，进了浩宇集团的财务部门。”

这话刚落，赵嘉良抬起头来，谭思和没他那故弄玄虚说话留半句的破习惯，继续道：“然后不到一年的时间，她就被任命为整个集团的财务总监，晋升速度飞快。”说到这，他又取出几页资料和一些照片：“这是她在浩宇集团的主要关系网。”

赵嘉良看了看谭思和手中递来的资料照片，伸手接过来逐一翻看，在翻到其中一张照片时停顿了片刻，只见这张照片上正是何瑞龙和张敏慧在凯旋门前的合影，两人很亲密地靠在一起。

谭思和看赵嘉良盯着这张照片，跟他解释，“有意思的是，张敏慧曾经有过婚约，结婚对象就是这个何瑞龙。”

听了这句话，赵嘉良也勾唇一笑，似乎并不意外，继续往下翻看照片，突然他停下动作，举起其中一张照片，照片上一个女孩笑颜如花：“这是谁？”

谭思和凝眉看了下道：“罗佳怡，也是浩宇集团的职员。这个人三年前死了。”

听到这儿，赵嘉良眼周肌肉突地收缩一下，敏锐道：“三年前？”

谭思和肯定地点头道：“对，死在自己家的浴缸里，割腕自杀。”

赵嘉良听了这话，连忙往前翻看罗佳怡的资料，只见纸质资料上的死亡日期正是1月7日，他低声反问道：“自杀？”

谭思和补充道：“抑郁症。”

赵嘉良停顿片刻，似乎在思索什么，接着问道：“罗佳怡和张敏慧什么关系？”

谭思和回道：“她是张敏慧的表妹。”

赵嘉良皱眉颇有些不信地继续问道：“确定是自杀？”

谭思和不知道赵嘉良为什么纠结这件事，有些不耐烦道：“已经过去三年了，早就定案了。”

赵嘉良突然盯着他问道：“你能不能重启对罗佳怡死因的调查？”

谭思和颇感意外地看着赵嘉良问道：“为什么？”

赵嘉良知道自己必须要说服谭思和，便一边翻看着手中的资料一边对谭思和解释道：“这上面写，罗佳怡是三年前的 1 月 7 日死的，三年前的 1 月 6 号，也就是在罗佳怡死的前一天晚上，公安部禁毒局和广东省联合行动，在汕头港截获了一艘从巴拿马来的货轮，从货轮上搜出八千公斤的海洛因。那天晚上，一个毒贩打死了同伙又开枪自尽。”

听到这儿，谭思和饶有兴趣地盯着赵嘉良，突然开口问道：“赵嘉良，广东和香港的涉毒案，有哪件是你不知道的？”

赵嘉良也看向谭思和，目光如一潭死水，脸上一点表情都没有，他一字一顿地道："那天对我比较特别。"

三年前，李飞刚刚从警不久，就参加了那次抓捕行动，并且在行动中中枪负伤，一条鲜活的生命差点就这么交待了。

想起李飞，他一时间有些出神怔愣。谭思和是第一次在这个老搭档的眼中看到了某种类似于憎恨却又悲切的情绪，他忍不住低声问他："你怎么了？"

赵嘉良恍然回过神来，勉强弯了弯嘴角，把眼底一点复杂的情愫妥善地收起来，"一个故人的孩子在那次行动中差点丧命，所以我对那个日子印象深刻。"

谭思和点点头表示理解，走赵嘉良这条路，刀尖舔血朝不保夕，心中总是有外人不知的伤痛，他也不追问，继续刚才的问题道："你怀疑刘浩宇的公司和三年前的行动有关？"

赵嘉良收拾好情绪点头，"应该不会只是时间上的巧合吧？浩宇公司的货轮到达法国的第二天，市场上就出现了来自中国的毒品；何瑞龙刚刚在法国被捕，转头就被人杀了……"他说着，又举起手中照片，"头天大宗毒品到港，第二天浩宇公司的罗佳怡就死了。"

谭思和听到这儿心中也有些凝重起来，他深吸了口气道："好吧，我会试试看，不过别抱太大希望。毕竟当年是以自杀结的案，已经过去了三年，相关证据早消失殆尽了。"

赵嘉良知道谭思和答应了就会竭尽全力去办，便撂下这事儿，又问道："张敏慧在香港还有什么家人？"

"目前张敏慧在香港孤家寡人一个，没有任何直系亲属，她原本在香港生活的父母、弟弟、妹妹等家人，在张敏慧被任命为浩宇集团财务总监的前一个星期，全都移民去了加拿大温哥华。"谭思和看着照片中的张敏慧，脑子过了一遍她的资料后肯定地答道。

赵嘉良皱了皱眉道："看起来倒像是毒贩最惯用的手法，把亲属移居到人生地不熟的地方当人质。"说罢，他抬手看了看手表，环顾了下四周道："时间差不多了，我们不要久留。"

谭思和见赵嘉良没什么要问的了，将手里的档案袋递给他道：“剩下的，材料上都有。”

赵嘉良接过档案袋，看着谭思和发动汽车朝着停车楼下飞驰而去，待他完全看不到影子了，才若有所思地转身坐回了车上，给钟伟打了个电话。

香港浩宇集团楼下，张敏慧和一个女职员正从写字楼里出来，两人微笑着在门口挥手告别，接着她便朝着地铁方向走去，同一时间街对面，钟伟也从一家咖啡厅走了出来，不远不近地缀在张敏慧身后，两人一前一后上了同节车厢。

已经夕阳西下，她不紧不慢地在小路上走着，自始至终没发现有人跟踪她。钟伟一直跟着她，直到她走进某栋公寓楼，这才注视着她的背影，拿起相机拍了两张照片，随后转身离开……

同一时间，广东省公安厅的小会议室内，王志雄、崔振江和李维民正围坐其中，李维民皱眉道：“在东山公安局，我总有一种奇怪的感觉，大家都相互提防，气氛有点诡异。我认为东山公安局一定是出了问题，而且这个问题出在领导身上。”他的这一感觉，也正好印证了李飞所说的“林胜文说公安局领导收了他们三百万”这句话。

王志雄面色凝重道：“你的意思是，马云波领导不力？”

崔振江靠在椅背上，思索片刻凝眉道：“马云波身上是有一些缺点，最大的问题是年轻气盛，对大局的把握稍有欠缺，性子刚烈急躁。当初让他去我是有过犹豫，但事实上，他去东山才半年，东山的禁毒形势是大有改观的。”

李维民点点头，赞同崔振江的话道：“没错，他去之前，龙坪和东山地下毒品的价格在二万左右一公斤。他上任半年以后，龙坪和东山的地下毒品价格升到了三万一公斤。这说明打击力度加大了，毒品的货源少了，地下毒品的价格自然就升上去了。”

崔振江表情轻松了点，接着道：“为此，省厅也是嘉奖了马云波同志的。”

“马云波是我带出来的,当初是我跟领导力荐，让他去东山任公安局长。”李维民坦诚地说到这，又有些担忧地轻声叹气，“刚开始去的时候他充满了干劲，现在好像有些力不从心。也许跟振江所说的马云波的缺点有关，他和毒贩结怨已久……”

王志雄目光一凛，盯着李维民道：“结怨？仔细说说。”

李维民带着点回忆道：“五年前，马云波还在我手下工作，他带人端掉了一个从云南往广州运毒的贩毒团伙。那时候毒贩跟踪了他一个多月，最后在他和爱人去韶关给岳父岳母拜年的路上，实施了报复，那次是他的爱人于慧替他挡了子弹，当时毒贩用的是霰弹枪，于慧全身中弹 150 多处，几乎就是把她后背炸开花了……其中有 9 粒弹丸深入脑部、颈椎、腰椎等重要部位和脏器，有的比小米粒还小，医生不敢再手术，那 9 粒弹丸至今还留在她体内。”

听了这个故事，王志雄面色沉重道：“发生过这样的事情，看来这个马云波还是个硬骨头。”

话落后，整个会议室中一片安静。

好一会儿后，王志雄接着道：“李飞恢复自由了？”

李维民点点头道：“基本恢复了。但我打算先让他停职，等5·13一案彻查清楚，再恢复他的职务。”

王志雄看着李维民强调道：“要派人保护李飞的生命安全，以防再次发生不测。”

“已经安排好了。”

崔振江问王志雄道：“那维民他们联合调查组要撤出东山吗？”

王志雄摇摇头道：“不，继续驻留在东山，以公安部、广东省厅联合督导组的名义。联合督导组由现在调查组的原班人马组成，维民还是组长，左兰是副组长，主要任务是督导东山市公安局开展自查自纠。当然这只是表面工作，外紧内松，但这项工作必须得做。要是在这个时候匆匆撤回联合调查组，反而会让他们警觉。成立这个联合督导组的真实目的，是去除制毒分子和保护伞们的戒心，让他们觉得这只是一个过场。维民，你们下一步的工作重心放在塔寨村和东山市公安局上。”

“明白。”李维民立刻认真答复道，“王厅长，雷副厅长，我有一个想法，能不能在东山搞一次扫毒行动？可以打击一下制贩毒分子的气焰，提振一下公安干警的志气。”

王志雄批准道：“可以。但不要触及塔寨村，另外，我们现在要集中力量找到失踪的林胜武，不管是死是活都得找到他。李飞的分析有道理，林胜武无缘无故失踪一定跟林胜文的死有关联。这个工作由崔局长负责，要保密，不能使用龙坪和东山的一个警力！”

崔振江也挺直了胸膛答道：“是。”

东山市的一个按摩房中，陈光荣和林耀华趴在相邻的按摩床上刚刚放松地享受过按摩，林耀华伸了伸懒腰就坐了起来，拿过一边的浴袍披在身上，陈光荣依旧趴在那里，看着林耀华起身，低声道：“你不是说要少见面吗？”

林耀华手中动作顿了顿，面无表情道：“现在要多见面。”说完这句话，他挥了挥手，按摩小妹很有眼色地悄然离去，他披着浴袍走到茶桌边上，在蒲团上坐了下来，一边煮水沏茶，一边道：“那个包星现在对我们有威胁吗？”

陈光荣趴在按摩床上，眯眼不甚在意道：“包星是蔡杰一手操控的，现在蔡杰已死，死无对证。他的证词充其量只能洗白李飞，对我们没有直接的威胁。我们还有腾挪的余地。”

听了陈光荣的话，林耀华手中动作不停，接着道：“有件事我觉得奇怪，李飞配合调查那么多天，按说该交代的早就交代了。可是林胜文说出了三百万的那个关键证据怎么就没曝呢？”

陈光荣听到这，懒散的双眼慢慢聚焦起来，他有些不确定地再次问道：“华叔，你确定林胜文手机里存着你说的那个视频？”

林耀华肯定地点点头道：“确定。阿灿亲眼看过。”

陈光荣又追问道："那林胜文被取保候审之后，亲口说的给李飞看过视频吗？"

林耀华皱眉，这次有点犹豫道："也没亲口说，他出来之后直接去了甜蜜蜜，跟那儿的小姐漏了口风——当时在包房里，林胜文口无遮拦跟小姐说了，小姐转头就把消息透给了林天昊。"

林天昊是大房的人，跟林灿、林景文年纪都差不多，算是林耀东指哪打哪的亲信。

陈光荣伸展了下四肢，从床上坐了起来道："会不会听错了？"

林耀华这次又肯定道："不会，那里小姐都是我们供养的，错不了。"

陈光荣下床走到林耀华旁边拿起茶杯边喝边道："那为什么李飞拿不出来？除非他没有……林胜文那个视频？"

林耀华不在意地笑了一下，"他说早就销毁了，手机也丢了——"说到这的时候，他发现陈光荣双眼一直在盯着他，他的话音越来越低，脑中急速运转起来，突然恍然大悟道："林胜武！视频……视频很可能在林胜武手上！他弟弟刚死他就跑了，头七都没过！"

这时候的林胜武正在珠海市的一间小超市里准备结账，他买了一些方便面、矿泉水和火腿肠，当然还有一条便宜的香烟，他一边看着超市老板结账，一边警觉地看着外面的马路，此时外面已经黑了下来，路上行人稀少，在老板算好账后，他掏出钱来递给老板，接着就朝附近的一间出租房而去，走到房门口，他依旧警觉地查看周围，甚至低下头来看着那门缝，门缝中沾着一根头发，正是他离开的时候特意留在那里的，直到他确认这根头发连着门和门框依旧完好无损，这才放心地拿出钥匙打开门闪身进入。

坐在简易木凳上，林胜武三下五除二吃完了方便面，然后抹了把嘴静静地坐在那里，片刻后，他从包里取出从顺子那拿来的钱，抽出几张放到钱包里，剩下的放在双肩包里，然后走进卧室躺在床上。他已经从塔寨出来很长时间了，东躲西藏整个人如同丧家之犬，但只要静下来，就能想起他弟弟的那些事儿。

那天两人回到林胜文家中的时候，已经是夜里了，两兄弟一进院子，就有人把大门关上，并从里面反锁上了，两人一前一后朝着屋里走去，刚进门，就见林灿和林天昊带着四五个小伙子扑上来把林胜文紧紧地摁在地上。林耀华和林宗辉坐在堂屋正中。

林胜武看着弟弟被按在地上，立刻怒喊着上前要拉开林天昊："你们干什么？不是都说好了吗？"

就在林胜武扑过来的时候，一边的林灿掏出手枪对准了林胜武，林胜文看着这情形立刻挣扎着喊道："哥！哥——"

林胜武被枪指着不敢轻举妄动，他回过头看向林宗辉，林宗辉站在他的身后，阴冷着脸一言不发，林耀华突然盯着林胜武开口道："胜文犯了大忌，老大说他必须死。胜武，你是懂规矩的，当初，在宗祠里老祖宗面前，你也是发过誓的。"

林胜武听到这里，面色骤变，一下子跪在了林耀华的身前激动道："华叔，我求求您，放过我弟弟吧。"紧接着他又扭头看向林宗辉道："辉叔，您替我们说两句，您让我们回来的！"

林宗辉无奈地望着林胜武叹了口气，摇了摇头。

林耀华接着说道："家规族法说得很清楚，任何人不许吸毒、不许私制私贩。这几条你林胜文犯了一个遍！再加上他在警察面前……"

还没等林耀华将话说完，林胜武就打断他的话恳求道："我弟弟他就是吹牛，他什么证据都没有！他平常就是个大嘴巴！"

林耀华冷冷地看着兄弟俩道："那个视频呢？给我。"

林胜文恐惧地缩成一团，只知道摇头道："我没有啊。我当时就是录着玩儿的，后来就删了，手机都丢好几个了，我……"林胜文哭着跪在地上不停摇着头道："我那是吹牛，我没有证据，我什么证据都没有……"

林天昊上前一步，蹲下身从林胜文身上搜出手机翻看一番，冲着林耀华摇摇头，林耀华点头道："就算没有这一条，你犯了家规族法，必须惩戒，以儆效尤！"

话音一落，林胜武就知道不好，他想要站起来扑过去，林宗辉却早一步一把拉住了他，林胜武看向林宗辉，林宗辉朝他摇了摇头，而林灿则在一边用手枪对准了林胜武，林胜武浑身发抖，林宗辉的手紧紧地按在他的肩膀上，他眼睁睁地看着弟弟被林天昊他们往楼上抬去。

林胜文一边挣扎一边狂喊着："哥，哥，你救救我啊，我不想死啊，哥！"

林胜武全身颤抖着，泪水涌上了他的眼眶，他的耳边是弟弟越来越远的求救声，林宗辉冷冷地在他耳边道："这是一条不归路，选择了就该认。"

楼上，林胜文那撕心裂肺的声音突然就中断了，传来蹬腿的声音。

整个屋里静静的，没有了一点声音。

泪水像断了线的珠子从林胜武的眼里滚落下来，半晌过后，林宗辉道："一会儿，你跟我走，去我家，我让你婶子给你备好了酒菜，你要装作什么事都不知道。要是警察问起来，你也这么说。听清楚了吗？老大答应了，胜文的老婆孩子可以留在塔寨，村里会给他们生活费，也答应会给胜文厚葬。"

林胜武仍然一动不动，慢慢地止住了泪水。

林宗辉看着林胜武，张了张嘴接着道："没能救下胜文，是我的错。从今往后，胜文的孩子也是我家的孩子。"

说了这半晌，见林胜武还没动静，林宗辉拉了拉他，想让他走，林胜武突然道："辉叔，我……能上去看看胜文吗？"

林宗辉犹豫了一下，终于点头道："看一眼就下来，什么东西都不能碰，听到了吗？"

林胜武点了点头，没有回头，直接朝着楼上走去，他一步一步地走上来，站在楼梯口，林胜文被吊死在廊道上，他呆呆地望着弟弟的尸身，眼睛里是一种绝望。

时间仿佛在这时候完全静止了。

胜文……

胜文！！

林胜武一头冷汗地从床上惊醒过来，外面不远处的街面上传来警笛的鸣叫声，他从床上跳下来，瞠目欲裂地扑到窗前望着外面的动静，直到那警笛声渐渐远去，林胜武才松下劲儿来，擦去额头上的汗水，瘫坐在床上。

25. 洗脱罪名

东山市公安局会议室里，众人眼睛都盯着电视屏幕里审讯包星的视频。

视频里，眼泪从包星的眼中滚落下来，他拼命地压抑着自己的情绪，但还是忍不住哭出声来，他的嘴巴一张一合地说道："那坡很陡，也很深，侥幸得很，我抱住了一棵树，从半山腰上滚下来并没有受重伤……"

画面定格在这里，李维民看着会议室里的所有人。

陈文泽面无表情地看着面前的茶杯，马云波则看着自己的笔记本，左兰和李维民相互看了一眼，李维民随即开口道："这就是包星的全部供词，大家对包星的供词有什么疑问吗？云波？"

被点名的马云波看了看陈文泽，然后开口道："从包星的证词上看，李飞和宋杨明显是被蔡杰设计的。"

李维民接着道："专案组最近的调查有和包星的证词相矛盾的地方吗？"

马云波摇头："目前还没有。本案最关键的人物蔡杰已死在现场，许多问题死无对证。"

陈文泽看着李维民道："死在中山现场的那两个杀手的背景查出来了吗？"

李维民靠在椅子上道："还没有。"

陈文泽皱眉提出疑问道："那么，蔡杰为什么要精心设计这么一个局来陷害李飞和宋杨？"

李维民手指在桌上轻轻敲击着道："蔡杰为什么要陷害李飞，蔡杰的身后是不是还另有主凶，目前还不好下结论，这些都将由 5·13 专案组继续进行调查。”

陈文泽若有所思，“什么意思？你们联合调查组不负责下面的调查工作吗？”

李维民点头说道：“就目前调查组和专案组所掌握到的证据来看，李飞勾结制贩毒分子杀害宋杨的嫌疑基本可以排除。我们已经解除了对李飞的羁押，但还没有恢复相应的职务，先作停职处理，5·13 案发后，社会上、网络上谣言满天飞，对我省的公安形象产生了十分负面的影响。省厅一时间成立调查组的目的，就是为了查清涉案警察有没有和犯罪分子相勾结。目前这个疑问已经打消，调查组的工作也告一个段落，后续调查由专案组全权负责。从今天起，我们联合调查组将以联合督导组的名义继续留在东山，主要任务是督导东山市公安局开展自查自纠。”

此时有一辆警车停在了东山市公安局门口。马雯打开后车门，李飞不情愿地绕过马雯，向市公安局走去，而马雯则很好地扮演着保镖的角色，亦步亦趋地紧随其后。

李飞来到会议室坐在众人对面的时候，已经是黄昏了。

“李飞。”等他坐好，左兰正色看着他，神情严肃，眼里却也有欣慰，“经公安部广东省公安厅联合调查组为期十二天的调查，结论如下：5月13日发生在东山市南井村北山养鸡场的命案，系由南井村村民蔡杰精心策划所为。东山市公安局禁毒大队警员宋杨，系由蔡杰用东山市公安局禁毒大队警员李飞的六四式手枪射杀。李飞没有相应责任。”

她微笑一下，当众宣布：“李飞，从现在起，你自由了。”

李飞默默地听着，面对自己被洗刷清白这一消息并没有什么意外或激动，他等了等，没见别人有后续，半晌后，张张嘴，觉得这一切跟场噩梦似的，梦里天翻地覆，醒来却云淡风清，“就完了？”

“不然你还想怎么样？”

李维民瞪他一眼。左兰嘴角的笑容更大了些，补充道：“由于蔡杰及相关的责任人都已死亡，该案还需进一步调查。你现在只是恢复自由，还不能恢复工作。李飞，你是警察，有关的程序不需要我再跟你解释，希望你能理解。”

他当然能理解。

长达十二天的调查，至此，终于落幕。

李飞慢慢从座位上站起来，面向众人，镇定、严肃而认真地，抬手敬了个军礼。

重获自由的李飞在公安局走廊里疾步前行，马雯在他的身后追问：“你去哪儿？”

李飞面无表情地继续往前走着，好像没有听到马雯的问话，他一路从市局的院里出去，气势汹汹地回了隔壁的禁毒大队，径直走到蔡永强办公室，推门进去。

此时蔡永强正和陈自立在办公室里对坐着好像商量着什么。见李飞突然闯门，站在门口冷定而敌视地盯着自己，蔡永强抬起头来，随意地点点头道：“出来了？不急着报到。”

李飞冷笑一声，阴阳怪气地直盯着蔡永强道：“你很失望吧？”

听到这，陈自立的表情就有些尴尬了，他连忙站起来道：“蔡队，要不我这就安排一下，队里的弟兄们和李飞喝一杯？”

此时的李飞谁的面子都不想给，直接拒绝道：“不必了。”

蔡永强也不想把陈自立晾在那里，便开口对他道：“先去忙吧。”

有了蔡永强这句话，陈自立松了口气，连忙站起身告辞，在陈自立离开后，蔡永强不甚在意地摆弄着桌上的手枪，而马雯身负保护李飞的重任，在虚掩着的办公室门口警戒着。

蔡永强轻笑一声道：“恢复自由是好事，出来了要注意安全，希望你死的人不会轻易放弃。”

李飞此时只觉得这话是在警告他，不由怒火中烧道：“这是威胁吗？”

蔡永强直视着李飞，目光坚定丝毫不退让道：“李飞，我知道你对我意见很大，但是，当警察的，重调查讲证据。如果有怀疑，欢迎你拿出证据。”

李飞看着这个在他眼里就已经贴上了“黑警”标签的人，忽然之间就忍无可忍，兄弟送命，他又逃又躲死里逃生，还在羁押室里待了这么多天——新仇旧恨都在他看见蔡永强那假仁假义假正经的脸时轰然火起，他再难自控，突然冲上去照着蔡永强那张笑脸一拳打了过去，接着他站稳，挺直腰，站在蔡永强面前，毫不示弱地眯起眼睛，掷地有声地回应：“你放心。”

莫名其妙突然就被打了，蔡永强这臭脾气哪里肯善罢甘休，何况他因为这小子的怀疑至少陪审了六天，李飞不满，蔡永强还他妈冤呢！蔡永强抹了下撕裂的嘴角突然也朝着李飞脸上同样位置又准又狠地轰了一拳——

一个禁毒大队长对上手下的警员，两人就这么缠斗在一起，谁也顾不上什么身份体面，完全就是有仇报仇有冤报冤的架势，听到动静的马雯迅速冲了进来，打眼一看简直瞠目结舌，一边制住蔡永强一边拉开李飞，她焦头烂额地冲着李飞喊道：“你还没有被关够吗？！”

中间夹着个马雯，打是不能再打了。

李飞呼哧带喘地挣开马雯，如饿狼一般狠狠地盯着蔡永强，而蔡永强也毫无惧色，全身肌肉虬结，仿佛整个人都在冒火……

夜晚到来，远在珠海的林胜武撩开窗帘，看了看外面暗下来的天色，然后整了整衣服，快步走出了出租屋，他一路低头走到一处台球厅门口，台球厅门口挂着霓虹灯牌子，上面写着“来吧台球厅”，这个台球厅正处繁华闹市当中，林胜武观察一番后，抬脚走了进去，大厅里面人头攒动，他走过台球案，观察着打球的人，片刻后，脸上露出轻蔑的微笑，转身走向服务台。

服务员脸上挂着职业性的微笑问道：“先生，打什么台？”

林胜武不回答她的话，反而问道：“你们老板呢？”

服务员停顿了一阵，突然转身进门，片刻，领着一个戴着眼镜的中年人走了过来，这老板揉着惺忪的睡眼看着林胜武，语气有些不善，“什么事？”

林胜武简短地答道：“打球。”

老板皱眉道：“打球交钱。”

林胜武定定瞅着老板道：“我是来赚钱的。”

老板这时才来了点兴致，他上下打量一番林胜武，然后道：“你知道这是什么地方？”

林胜武点点头，很有底气道：“珠海最大的台球厅。”

老板接着道：“你知道这儿有多少驻场打专业比赛的？”

林胜武自负地笑道：“您开场子，输一盘我就走人。”

两个小时过后，几辆黑色车子停在台球厅门口，数名混混从上面下来，纷纷走向台球厅门口，这些混混兴奋地议论着：“听说来了个高手，打了三十多盘，没有对手——”

台球厅正中的那个球案是众人的焦点，围观者众多，只见林胜武悠闲地翻袋打进黑球，接着一阵掌声惊呼声响起。

旁边的对手则面色如土。

林胜武骄傲地环顾四周，轻蔑道：“还有谁？”

众人噤若寒蝉，愣是再没人敢上了。

老板笑容可掬地上前，看着林胜武好像看着个金元宝似的道：“兄弟，借一步说话。”

林胜武放下球杆，跟着老板来到僻静处，老板试探地打听道：“兄弟平时在哪儿打球？”

“佛山。”

老板点点头，又问道：“兄弟驻场什么价？百分之二十的提成，怎么样？”

林胜武出乎意料的痛快，直接道：“百分之十五就行，但是时间要我定。”

老板提出的这百分之二十还给他留下了讨价还价的余地，没想到这个高手竟然还主动调低了价格，立刻点头道：“成交！”

李维民开完会收拾着桌上的东西正准备走，下意识地抬头一看，马云波正站在门口，他有些诧异道："你还没有走？"

马云波笑了笑道："您不也在？师父，我想跟您谈谈。"

李维民点点头，示意他进来后说："我一直在等你来找我。"

马云波走进屋来垂手而立，看着李维民将门关上，突然开口道："对不起，师父。"

李维民掀起眼皮看了看马云波道："所以，你是来检讨的？"

马云波没有说话，只是点点头，李维民便伸手示意他坐下，主动道："检讨什么？"

马云波在李维民的示意下正襟危坐，还把帽子摆放端正，他已经很久没有这样局促和正经了。

李维民见状，目光慢慢变得严肃起来，马云波在师父的目光下有些艰难地开口道："三年前，一桶提炼好的 50 公斤重的制毒原料，售价 200 万到 220 万，能制出二十条一公斤分量的冰毒。每条 25 万，就是 500 万，扣除师傅的工钱十几万，药品添加剂五万，人工和电费三四万——三个礼拜，净赚 200 万，在东山，进入毒品生意的门槛很低。亲戚里有人在做毒，就会提供学习的机会。跟着做一年，你想单干，亲戚还提供启动资金。很多不直接制毒的家庭也都间接地提供资金。基本都是以宗族为单位，限定在一个宗族里。打掉河前村制毒团伙后，我去做过调研，一个七十多岁打扫祠堂的老人对我说，他也想跟他们做毒发财，求了好几次，人家不用他——"

李维民一开始默默听着，突然伸手打断了马云波的话，开口道："你还记得来东山前，我跟你说的话么？"

马云波再次沉默片刻，点头道："记得。"

李维民看他点头，便继续道："东山地区一定是制毒的重灾区。我告诉过你，不要仅仅给我扫一堆面儿上的喽啰，沉下心来，有耐心地经营！花时间、用心智，三五年彻底铲除根源！我说了，不要天天一碗紫菜蛋花汤，我要炖了三天、熬了五天的高汁靓汤！！……你呢？！三年时间，这个嘉奖那个表彰，一个不少！可成效呢？真正的大批量的制毒窝点你端了几个？！”李维民说得越来越激动，他的手指有些颤抖地敲着桌子高声道：“几个？！回答我！三年的时间，马云波，我给了你三年的时间……你还给了我什么？！毒越扫越多，毒情越扫越严重，毒贩越藏越深！现在居然公然杀害警察、栽赃警察，证据链做得天衣无缝！我对你的信任，你用了三年的时间就这样回报我？！……说话？！”

马云波在李维民的逼问下痛苦地闭上了眼睛，片刻后，他取出一份报告交到李维民面前，李维民接了过来低头一看，竟然是马云波的辞职书，他皱眉盯着马云波道：“这是什么意思？！”

马云波目光哀切地将自己的难处都倒了出来：“请求您让我回到您的身边吧。我现在宁可在您手下当着禁毒科长，那样……干净、纯粹。我可以只面对案件、罪犯，而不是……人情。

“您说得没错，我深知我的使命，可……可您看看我们的干警们，没日没夜地加班工作就不说了，每天面临的生命危险还有利益诱惑也不说了，他们为了头顶上的警徽，付出的代价与委屈是无条件的、心甘情愿的也不说了，可……可我看着他们拿着微薄的工资，安慰着家人，只求心安理得地当一名警察的时候，我……我心里过不去……过不去，师父！东山市公安局不仅仅只是缉毒，方方面面的工作……都需要平衡。

“是！我明知扫扫面上的灰尘容易，但马上又会蒙上灰尘，可我必须得扫，每天得扫！得来的嘉奖、荣誉是一定要争取的！是，我可以沉下心，耐住寂寞，甚至牺牲荣誉，只为三五年抓出根源。可……可万一我没抓出呢？或者只抓出了一部分呢？！我……我怎么对得起我的东山市公安局四百多名干警以及他们家庭的信任与付出！怎么对得起他们三五年的日辛夜苦？！”

李维民听了马云波的话，心中默然片刻，突然拿起那份辞职报告，把它撕碎，然后看着马云波道：“马云波！先不说别的！先说这份辞职报告！……你是英模！”马云波听到“英模”二字，稍稍愣住，他盯着李维民，李维民接着说：“你是英模！这就是一个英模面对困难的态度吗？！……你给我看的就是这种退却的态度吗？！”

李飞开门回家的时候，冷清的气息几乎从门内迎面扑来。

在他开门前，他对这间屋子全部的记忆，都停留在5月13号。这天他照常把最爱睡懒觉的宋杨踹起来，两个人在楼下摊位吃了点早点，照常去上班。可是再也没能照常一起回来……宋杨永远都不会回来了。

李飞眼睛酸涩，他关上门，把被刑侦队搜得乱七八糟的家里简单收拾了一下，东西都按原位放回去，收拾完手上都是灰，眼泪却要落下来。他也没管干不干净，抬手抹了把脸，抹完才反应过来，又拿手背去蹭，手背上不出意外挂了黑水，他一时觉得可笑，就真这么又哭又笑起来。

他深吸口气，看着冷清的家里，半晌后，拿了换洗的衣服，去了卫生间。

他洗了个澡，情绪逐渐冷静下来，正裹着浴巾从卫生间出来，一抬头就看到马雯这个女人阴魂不散地坐在他家沙发上，被吓了一跳，声音挑得老高，“你怎么进来的？！”

马雯指了指他家二楼的窗户，好整以暇地坐在沙发上，冷笑一声，“说好了五分钟，你这个厕所上的时间有点长，跑得也有点远。”

李飞转身迅速抓了一件睡衣套在身上，嘴里还不忘狡辩道：“我已经自由了！”

马雯冷着脸道：“你自由了，我的不自由才刚开始。”

李飞堪堪把扣子系好，不高兴地下逐客令道：“这是我家，我没请你进来，请你出去。”

马雯略微抬了抬下巴，极不情愿地道：“我说了，必须二十四小时不离你的身边，这是我的任务。”

李飞见这女人冥顽不灵，知道不能硬来，便立刻调整态度，放低姿态，和颜悦色地坐到了马雯身边道：“咱们商量一下，上有政策，下有对策，你不需要执行得这么严格，事情都可以通融嘛。”

马雯斜眼瞥着他，不为所动冷冷道：“你的小命也可以通融？”

李飞被噎了一下，又立即挺直了胸膛道：“你看我都成了东山的名人了，谁还敢杀我？”

马雯挑眉好奇地看着他问道：“你凭什么这么说？”

李飞有些神秘地吐出两个字：“直觉。”

马雯听了这话差点翻个白眼，嗤笑道：“你是女人吗？警察应该相信逻辑和证据。”

李飞使了半天劲儿也没让马雯有所松动，无奈地叹口气问道：“李局到底跟你说什么了？”

马雯起身一边关窗户拉窗帘，一边道：“说你很重要，从现在开始窗帘不许拉开，窗户不要随便靠近，晚上不能开灯，接电话要开免提，出门要提前报备行程——”

李飞简直惊了，他目瞪口呆地看着马雯的动作，不可思议道：“凭什么？你疯了吧？”

刚说到这，李飞手机响起了提示音，他看了一眼屏幕，一条微信语音出现在手机上，他拿着手机转身就往屋里走，马雯连忙追上抢过手机点开语音，陈珂的声音从手机中传出：“李飞，我听李叔叔说你没事了。能见个面吗？”

半个小时后，陈珂形单影只地站在东山小馆的门外，不远处，李飞的车停了下来，车门打开，李飞和马雯前后脚下了车，李飞径直走到小馆门口看着陈珂，陈珂也看着李飞，她的眼里立刻积满了泪水，两个劫后余生的人无言对视了片刻，陈珂终于低喃道：“你没事，真好……”

话还没说完，陈珂就突然抱住了李飞失声痛哭起来。李飞不知道该怎么安慰陈珂，犹豫地抬起手，轻轻地抱住了陈珂颤抖又瘦弱的肩膀，陈珂哭得越来越凶，马雯站在两人旁边，有些尴尬地咳嗽了一声，陈珂这才察觉到还有外人在场，连忙止住了哭声，红肿的眼睛看向马雯。马雯微笑着对陈珂伸出手来：“你好，我叫马雯，省厅禁毒局的。”

陈珂连忙抹了抹眼泪和马雯握手道：“你好，陈珂。”

马雯点头道：“我知道，我在丰益宾馆见过你。”

听到丰益宾馆，陈珂恍然点头，李飞见两人认识了，便引着他俩走进小馆，朝着熟悉的靠窗座位走去。

马雯见李飞陈珂要落座，连忙赶了两步拦住两人道："你们不能坐这。"

李飞皱眉："为什么？"

马雯专业地道："靠窗临街。"随即她又指了个角落的位置，示意李飞到那里去坐。

李飞站着不动，丝毫没有要改变主意的意思，马雯也毫不退让，两人就这样对峙着，李飞强硬道："这是我们以前老坐的位置。"

马雯皱眉道："那就更不能坐这个位置了。"

陈珂看着两人继续对峙，连忙拉了拉李飞，把他拉到马雯指定的位置道："算了李飞，我们坐那边。"

马雯见李飞过去了，便满意地自顾自地坐在了李飞陈珂宋杨常坐的位置上，远远看着这两人。

李飞和陈珂的桌上放着三副餐具和酒杯，宋杨的酒杯满着，位置却空着，不一会儿，桌上的酒下去了一半，饭菜却没有动，陈珂叹气道："这一段时间，我好像已经活了一百年，把我爸妈带走又送回来的人是谁？陈岩车上的毒品是谁放的？李飞，这一切到底是怎么回事？你告诉我！"

李飞抿了抿唇，眼中有不忍，却又只得拒绝道："我只能说，这件事关系到一个很大的案子，所以……"

陈珂笑了下，接过话道："要保密是吗？"

李飞点点头，陈珂低头看了看手中酒杯，摇头道："可是如果不是为了我，宋杨不会去找那个包星，那后面的事情就一定不会发生……我……宋杨是因为我才……他是为了保护我……"

李飞见陈珂满心内疚，不知该怎么劝慰才好，面对外人的伶牙俐齿全都发挥不出来，只能笨嘴笨舌苍白地说道："这事跟你没关系！你别这么想！"

不远处的马雯看着那两人，李飞正隔着桌子给陈珂递纸巾擦泪，她有些同情地摇了摇头。

这边陈珂将酒杯端起来，看着李飞道：“为了宋杨……喝一个。”

说罢，陈珂将手中酒一饮而尽，放下酒杯后，低声在李飞耳边道：“我们在这喝过多少顿酒？”

李飞摇摇头道：“不记得了……”虽然嘴上说着不记得，但他的脑海中却浮现出过去的一幕幕，曾经他们三人就在这，在那个靠窗的位置上，开心地有说有笑，慢慢地，三个人的画面渐渐隐去，现实中，是马雯一个人坐在那个位置上自斟自饮。

李飞知道不能让陈珂继续这么伤感下去了，只得换一个话题，想要帮助陈珂摆脱悲伤：“家里还好么？”

陈珂摇头道：“不太好。”

李飞小心翼翼地问道：“你弟弟怎么样？”

陈珂叹了口气道：“惊吓过度，每天晚上做噩梦，不知道多久才能恢复。”

这个情景李飞也无能为力，只道：“你要坚强。”

陈珂摇摇头：“最近总是回想起咱们三个第一次见面……你还记得么？”

李飞嘴上说着不记得了，脑海中却浮现出他和陈珂第一次见面的情景，而陈珂此时依旧沉浸在对过往的回忆和对宋杨的愧疚中：“第一次见面，我就没给他好脸色……出事前我还要跟他分手……”

李飞劝她道：“都过去了，陈珂，你得面对现实，以后，自己照顾好自己。”说罢，李飞轻轻碰了碰陈珂的酒杯，一口喝掉了自己的酒，接着又端起了宋杨位置上的酒一饮而尽。

26. 鱼死网不破

公安局会议室内，马云波差不多是让李维民给骂醒了，辞职的事不敢再提，自从马云波从省厅禁毒局调走，他们师徒俩再没有像现在这样促膝长谈过了。马云波看着李维民犹豫道：“师父，有句话我不知道该不该问。”

李维民道：“你说。”

“联合督导组为什么不对塔寨村和林耀东展开调查？李飞对我说过他对林耀东和塔寨村的怀疑，特别是对林胜文的死。”马云波一边说着，一边看着李维民。而李维民则盯视着马云波，突然问道：“对林胜文的死，你们东山市公安局不是有结论吗？还有什么隐情？”

马云波摇摇头：“没有，不过……”

李维民训斥道：“别吞吞吐吐。”

马云波深吸一口气快速道：“因为塔寨村太干净，在三丰地区，这有点不正常。您懂的。”

李维民看着马云波，眼中带着审视道：“以你的个性，如果什么事有怀疑，一定会有所行动。”

马云波点头道：“我是采取了行动。去年 7 月，我让蔡永强在塔寨村发展一个线人，争取从内部找到突破口。我选定的目标是三房头林宗辉的儿子林三宝，可是就在我们做他工作的时候，林三宝遭遇车祸身亡了。”

李维民闭了下眼睛问道：“是巧合么？”

马云波一边回想着当时的情景一边道：“我让刑侦大队进行过调查，有疑点——肇事司机刘志有肺癌，2012 年年初就发现了。因为刘志家里经济困难，他向单位隐瞒了自己的病情。出事那天，他说是因为疼痛、身体状况不好，才发生了恶性交通事故。事后，他被判刑一年缓刑一年。去年 11 月份，刘志因肺癌晚期医治无效而死亡。”

李维民思索着这些信息，慢慢问道：“为什么选林三宝当线人？”

马云波回答道：“林宗辉和林耀东、林耀华兄弟曾经有过节，林宗辉的二儿子又被林耀华的儿子林灿打成二级伤残，林三宝放话要为二哥报仇。这些是我们发展他作为我们线人的很好的基础。对了，不过当时蔡永强对这件事的态度并不积极。”

李维民沉吟片刻点头道：“这件事上，你对蔡永强有所怀疑？”

马云波没有隐瞒自己的心思，直接点头承认道：“说实话，有。”

马云波回忆着道：“蔡永强说他会想办法接近林三宝。他认为林三宝跟林灿有仇是肯定的，但是林三宝能不能信任警察不好说。”

李维民皱眉问道：“你是什么时候跟蔡永强说这个事儿的？”

马云波将时间说得十分精准：“去年 7 月 16 日。林三宝的车祸是在 7 月 21 号，就是在我和蔡永强谈话后的五天。”

李维民又一次沉思片刻，看着马云波道：“说说你对蔡永强的印象。”

马云波一边回忆一边道：“我对他的印象分三个阶段。我刚来东山时对禁毒大队的工作十分不满，对蔡永强自然就印象不好。可是在之后的几次扫毒行动中，他的工作还是让我满意的——这个人执行力很强，也有一定的威信。但是，自林三宝事件后，我对蔡永强的印象再次不好了。”

李维民挑眉问道：“为什么？”

马云波细细分析道：“他从派出所干警到派出所所长，然后到刑侦大队副大队长、大队长，再到禁毒大队大队长……蔡永强在东山干的时间太长了，他的家人、亲朋好友也都在东山。在东山，最怕用这种有一定社会根基的警员。蔡启超兄弟和他的亲属关系就不必说了，河前村的大毒枭陈光明还是他的小学同学。”

李维民点点头，接着问道：“除了林三宝事件，他还有什么疑点吗？”

马云波摇摇头，有些不甘道：“没有，他城府太深，处事圆滑，喜怒不形于色，找不出什么破绽。不过，我相信李飞对蔡永强的直觉。可是，要从蔡永强身上找出漏洞，恐怕要比从塔寨村和林耀东的身上找出漏洞更难。”

李维民至此也没有发表自己的看法，只是依旧看着马云波。

马云波再次问道：“师父，刚才我提的建议您觉得怎么样？”

李维民眨了眨眼睛，有些莫名道：“什么建议？”

马云波提醒道：“对塔寨村和林耀东展开调查。”

李维民一边思索着一边吩咐道：“李飞跟调查组说起过他对林耀东和塔寨村的怀疑。虽说没有直接证据，但有一定的逻辑。考虑到林耀东在东山的地位和影响，要调查他必须要有充分的证据才行，这个任务就由你们专案组来完成。”

马云波听了他的话，抬眼望着李维民，李维民也盯视着马云波，片刻后，马云波道：“这次的扫毒行动，要把塔寨村列为重点吗？”

李维民看着马云波，并没有说话。

此时的塔寨村夜阑人静，只有几点零星的光晕点缀着寂静的村子。林胜武家的客厅中只有林宗辉和蔡小玲两个人，蔡小玲用手按着后腰要给林宗辉泡工夫茶，林宗辉看了看她，伸手接过来自己泡，两人无声地听着茶水的声音，片刻后，蔡小玲终于忍不住开口道：“辉叔，从前我问过胜武，为什么要替你卖命，你猜胜武怎么跟我说？”

林宗辉面上晦暗不明，只一语不发闷头喝茶，蔡小玲接着道：“胜武说，整个塔寨，他就信辉叔一个人。”

林宗辉顿了顿，放下茶杯道：“他信错了人，我没能护住他们兄弟俩。”

蔡小玲摇了摇头，面上带着点认命的悲哀：“不怪你，林耀东连自己亲兄弟都能下手……”

这话还没说完，林宗辉就厉声喝止道：“小玲！不要口无遮拦。”

蔡小玲眼神中透着些许倔强，她看着林宗辉道：“我说的是实话，耀祖叔当年身体多好！选举前一个星期说没就没了。”

林宗辉听到耀祖这个名字，突然怔怔地出神，脑海中回想起了一个中年男子躺在地上浑身抽搐口吐白沫的情形，蔡小玲接着说道："他们把脏水往您身上泼，搬出十年前你和耀祖叔之间宅基地的那点恩怨做文章，二宝只不过听不下去理论了几句，就被林灿砸断了腿——"

林宗辉阴着一张脸，在茶几下的手紧紧地捏起了拳头。

蔡小玲接着道："我后来做噩梦经常梦见那天的场景，要不是胜文和胜武不顾自己抢出了二宝，他能活到今天么？二宝落下残疾想自杀，又是胜武把他接过来整夜开导，还叫我精心侍候。辉叔，胜武对你和二宝掏心掏肺，你不能看着他们把我们一家往死里逼，不闻不问啊！"说到这，泪水从蔡小玲的眼里滚落下来。

林宗辉咬了咬牙，低声道："要怪就怪胜文手欠，拍了不该拍的东西。"

蔡小玲抬起头来，擦了擦眼泪道："胜文已经死了。"

林宗辉盯着蔡小玲道："东西还在胜武手里。胜武不交出来，他们能饶得过他吗？这个事总得有个了断。"

蔡小玲吸了吸鼻子，看向林宗辉道："辉叔你说怎么办？"

林宗辉眼中闪烁带着异色道："小玲，你是有选择的。"

蔡小玲缓了半天才明白林宗辉是什么意思，她不敢相信地瞪大眼睛，"你让我把胜武交给他们，用他的命换我和孩子的平安？"

林宗辉叹了口气安抚她道："这不是我的意思，是他们的意思。我在他们面前说过不少胜武的好话，可胜武现在不光是他们的敌人，还是塔寨村所有参与那生意的人的共同敌人，这个道理你不懂？"

蔡小玲这时终于明白事情绝无转圜的余地了，她的眼中透着绝望，木木地一言不发，林宗辉硬着头皮继续劝慰这个孕妇道："小玲，看开点——胜文走了，可他老婆孩子老妈现在不也过得好好的吗？孩子上学的钱、老人养老的钱村里都会出的。"

蔡小玲麻木地开口道："春草昨天刚查出乳腺癌，晚期。你说她们过得好吗？"

林宗辉愣在那里，没想到这一出。

蔡小玲眼珠转了转，看向林宗辉问道："辉叔，难道当年你就是这样忍了，才换了你家的平安？"

林宗辉原本还带着点愧疚的脸色瞬间变得铁青："你说什么？"

蔡小玲平静无波地道："辉叔，你真相信三宝是出车祸死的？"

林宗辉愣了一下，旋即恢复面色道："三宝的死，交警大队有鉴定报告。再说肇事司机认罪了，也服了刑。"

蔡小玲冷笑一声，好似在嘲笑这个掩耳盗铃的长辈："你真信吗？我不信。还有胜文，我也不信他是自杀死的。"

林宗辉冷冷地看着蔡小玲道："小玲，有胜文前车之鉴——想活命，就要管好自己的嘴。"

被这样如毒蛇一般的眼神注视着，蔡小玲眼中闪过一丝恐惧，凭空打了个寒战。林宗辉不再看她，站起身来就要离开。蔡小玲一把抓住林宗辉的胳膊，扑通一声就跪在了林宗辉的面前，哀切地低泣道："辉叔，求你了，你德高望重在村里说得上话，只有你才能帮得了我们，你想个办法救救胜武救救我们吧。"

到底是本家的媳妇儿，又大着肚子，林宗辉眼中带着点不舍将蔡小玲扶了起来，咬牙道："胜武要是走了，我会厚葬他的，我还会把他的儿女当成自己的儿女。他再打电话回来，你就把这句话原原本本地告诉他，让他好好想清楚。我相信他是条好汉，不会拖累你和孩子们的。"说完这话，林宗辉将蔡小玲的手扯开，头也不回地朝着门口走去。

蔡小玲跪在冰凉的地上，悲伤的表情重归于平静，她有些出奇冷静地道："辉叔。"

林宗辉站住，但是依旧没有回头，然后他听着蔡小玲一字一句地道："胜武是一条狼。狼若回头，必有缘由——不是报恩，就是报仇。"

林宗辉深吸一口气慢慢吐出，一边打开门往外走一边道："这么拼没有结果。到时候只有鱼死，网却不会破，你信辉叔的话。"

看着林宗辉的背影，蔡小玲挺着肚子跪在客厅的中央，半晌后，她垂下头，额前的刘海遮住了眼睛里晦暗不清的情愫……

夜晚的珠海主街上依旧人声嘈杂，灯红酒绿，林灿从一辆车上下来，站在“来吧台球厅”门口，抬头看看招牌，举步走向门口，大厅里烟雾缭绕，生意兴隆，他在台球案中间缓步而行，观察着每个打球者。

此时靠里的包间中，林胜武正在和一名叫阿荣的混混对局，阿荣表情严峻地瞄准，林胜武则神情轻松，一眼就可看出谁占优势。

林灿在大厅里转了一圈，一无所获，于是走到服务台前，对着服务员亮出手机中林胜武的照片道：“我找个人，见过吗？”

就在这时，胜券在握的林胜武悠闲地抬起头来看向包间外面，突然发现了林灿的身影，阿荣瞄准半天，正要击球，就见林胜武一把将台球杆扔在案子上，彻底搅乱了球局，阿荣立刻愤怒起身：“你干吗？”

林胜武掏出几张百元钞票扔在案子上低声道：“这盘算我输了。”接着转身拿起外套遮住脸顺着墙根就溜出了包间。

服务员仔细看了看手机中的照片点头道：“他啊，我们这驻场的。”

林灿眼前一亮，立刻问道：“人呢？”

服务员指了指包间的方向，林灿转头看向包间，可此时林胜武已经躲避着林灿的视线，绕过大厅出了大门，林灿快步走进包间，正看到阿荣收拾桌上的百元大钞。林灿不由皱眉问道：“跟你打球的人呢？”

阿荣耸耸肩，神色轻松吹牛道：“打不过，跑了。”

林灿立刻举起手机将照片给阿荣看：“是不是他？”

阿荣点点头：“就是他。”

林灿接着快速问道：“往哪儿跑了？”

阿荣手里捏着钱，转身指了指门口，林灿立刻飞速追了出去。一路绕过人群跑到门口，四下环顾一番，却早已不见林胜武的身影，他知道鱼一旦再次入海，便不是轻易能找出来的了，不由沮丧地转身回去，一把拦住了正要离开的阿荣，低声问道：“常打？”

阿荣莫名点点头，林灿瞅着他道：“想赚钱吗？”

阿荣下意识道："打球？"

林灿摇摇头："找人。"

阿荣有点警惕地打量着他道："你是警察？"

林灿举起手机展示着照片道："我不是警察。你听我说，我前几天和这个人玩过，我俩的赌注是一颗球一万，我输了不少。现在我想赢回来，到处找他，不过他躲着我。关键不是钱的问题，是面子。明白吗？你要是能帮我找到他，不管输赢，每颗球我都给你百分之五十的提成。"

阿荣的眼睛一下睁大了，有点不相信自己的耳朵，好像从天而降的一块大馅饼把他砸得有点晕，他不可置信地确认道："你说真的？"

林灿没说话，直接从兜里掏出一叠人民币递给了阿荣："定金，他应该不会再到这儿来了，整个珠海的台球厅你都要帮我找。"

阿荣有点精明地转了转眼珠道："在别人家场子找着他怎么算？"

林灿及痛快地道："放心，加钱。"

塔寨的林宗辉家中，蔡军对着老丈人道："阿爹。"

林宗辉点点头让了让道："阿军来了？坐，今天不忙？"

蔡军摇摇头，坐下道："今天宋杨葬礼，我偷闲来绕一绕。"

林宗辉想了想："那个死在南井村的宋杨？"

蔡军点了点头，林宗辉给他倒了杯茶，也没再说话。

蔡军有点忍不住问道："阿爹，他到底是被谁弄死的？"

林宗辉掀了掀眼皮反问道："为什么问我？我就应该知道吗？"

蔡军看着林宗辉，缓缓地摇摇头道："你不应该知道，你在塔寨早被边缘化了。要是你知道些什么……"

没等蔡军说完，林宗辉打断他道："你不姓林，我知道什么也不会告诉你、不该告诉你。除非你入赘……"

林宗辉琢磨让他入赘的事情不是一天两天了，那天在祠堂里当着家族兄弟小辈的面说出来，这事儿算是过了明面，当时蔡军没办法，只能默认下来，但这种事情，他是绝对不可能同意的，蔡军也打断林宗辉的话道："阿爹，这个事我们不提了。塔寨的浑水，我躲还来不及。上次开宗堂多凶险。阿爹，你也少掺和那些事，不要跟林耀东对着干。”

林宗辉咬了咬牙，带着点恨意道：“我是不甘心。三房人丁凋零，二宝、三宝不用说了，连胜文、胜武也被赶尽杀绝。我想再搏一搏……”

蔡军摇摇头，丝毫没有一点闯劲儿道：“不要搏了，一家人平平安安就够了。”

听了女婿的话，林宗辉好似突然被重物压弯了脊梁，他的背驼了下来，好似瞬间老了。

大排档中，李飞一个人坐着等蔡军的到来，马雯则坐在旁边一桌盯着他看。蔡军到得倒是准时，人一到就对着老板喊：“老板，拿酒。”接着跟旁边桌的马雯礼貌地打了个招呼，又对着李飞道：“你不是去广州疗养做心理辅导吗？”

李飞盯着他道：“你也觉得我心理有问题吗？”

蔡军没回复他，只斟酌着道：“你、我、宋杨从小就是同学，又一起上警校……宋杨走了……谁心里都不好受。”

他说着给李飞斟了杯酒，也不招呼，自己先仰脖喝了一杯。

“白天我看见你哭了。”李飞拿着酒杯，大概是因为那几滴眼泪，让他对蔡军的态度缓了几分。

蔡军这才反应过来，李飞约他喝酒，竟然是因为这个……

他觉得有点好笑，可又笑不出来，眼睛定定地看着啤酒瓶，突然道：“对不起，这段时间调查5·13案……我没帮忙……我……”

李飞盯着蔡军，蔡军吸了口气接着道：“李飞，你别怪我！你是一个人吃饱全家不饿，我不行啊……东山的水太深了！单说蔡启荣、蔡启超兄弟，手里有三个养鸡场，每个鸡场一天能出十几公斤的货，产能还在逐渐扩大。你和宋杨出事的时候，蔡启荣、蔡启超正在和一个香港人做生意。要不是你们俩搅局，生意就成了。”

李飞皱眉道：“香港人？搅局？……”

蔡军点点头："制毒贩毒，说到底也是生意。蔡氏兄弟开拓香港路线，有可能就动了别人的奶酪，当然有人要他们付出代价。也许你和宋杨，不过刚好成了人家的棋子而已。"

李飞咬牙，脑海中又多了个思路，他问道："蔡家兄弟动了谁的奶酪？"

蔡军手里捏着玻璃酒杯摇头道："那就不知道了。"

李飞脑海中琢磨着什么，半晌没有说话，蔡军低声劝他道："李飞，5·13 案你也算劫后余生啦，不容易！别再折腾了！老老实实去广州疗养，好好调整调整！"

说完安慰的话，蔡军再次将杯中酒喝完，拍拍李飞的肩膀，站起来走了。看着蔡军离去，马雯起身走到了李飞对面，问道："死心了？"

李飞看着蔡军离去的方向，毫不理会马雯。

待两人回到家中后，马雯在沙发上把自己安顿好，盖上了外套。李飞诡异地看着马雯道："你想干吗？"

马雯换了换姿势，语调正常道："将就一晚，明天送你去广州。"

李飞瞪眼道："这是我家。"

马雯点点头，赞同他的话道："我是你的保镖。鉴于男女有别，我就不和你睡一个屋了。"

李飞气到冷笑一声道："你的脸皮怎么这么厚？"

马雯听李飞这样说她，也有点生气道："一个大男人，反倒要一个女人保护，是谁的脸皮更厚？"

李飞立刻反驳道："我又没请你来，你也不一定打得过……"

李飞话还没说完，马雯突然闪电般出手，只三招就把李飞给制伏了，她按着李飞的脖子盯着他道："服不服？"

李飞被控制着动弹不得，嘴里还在叫嚷，"不服！"

马雯盯着他片刻，突然放开了李飞，李飞刚动动脖子，做好搏击准备，却立刻又被马雯再次制伏。马雯扬眉道："服了吗？"

李飞气愤地哀号道："不公平！我要是也在猎鹰突击队训练几年，我也能……”

这次不等李飞说完，马雯突然掏出手铐，把李飞给铐在了一个立式灯架上。

李飞看着马雯的动作，心中闪过一种不好的预感，他连忙问道：“你干吗？”

马雯顺手拿了沙发上的外套，理所当然且理直气壮地耸肩道：“我改主意了——我是女人，我应该睡床，你睡沙发。”

眼看着马雯进了里屋，李飞看着他被手铐锁在自己家灯架上这么个样子，一时间哭笑不得……

27. 免死金牌

市局办公室中，陈文泽气急败坏地拿着一份文件对着马云波和李维民怒道："你们这份行动计划是怎么回事？"

李维民和马云波交换了下眼色。李维民开口："有什么问题吗？陈市长？"

陈文泽深吸了口气，尽量稳住情绪，"为什么禁毒模范村也在行动范围里面？"

马云波解释："这次的风暴扫毒行动比以往的行动都要大，动员的警力更多，深度和广度当然也……"

话还没说完，陈文泽就皱眉打断了他的话道："我不管什么深度和广度，你们这是好大喜功，怎么不考虑影响？"

李维民立刻接话道："什么影响？"

陈文泽盯着他道："塔寨是禁毒模范村，这个荣誉称号是我亲手颁的。你们去扫毒，就是打我的脸！"

马云波不满地嘟囔："一个称号，又不是免死金牌。"

陈文泽目光略带沉重地看着马云波道："你知道我作为东山市长，招商引资的压力有多大！为了维护一个宽松友好的投资环境，我花了多少心血！不能让回乡支援经济建设的人寒了心。就在前几天，林耀东还以大龙房地产公司的名义搞了一个助学基金。这样的企业，这样的企业家我们都不能相信，还有谁能相信？"

李维民点点头，突然就被说动了似的道："市长说得有道理。我们再回去研究研究。”

陈文泽却不满意李维民的话，立刻道：“还研究什么？就这么定了，把塔寨从行动计划里摘出去。”

李维民微笑着试探似的问道：“市长，你跟林耀东有私交吗？”

陈文泽先是愣了下，接着愤怒地看向李维民，好似自己被侮辱了一般，语气却冷静下来，“如果尊重和感谢民营企业家对地方经济做出巨大贡献也算私交的话，那我就是和他有私交。”说完这话，他转身走了出去……

马云波和李维民再次互视一眼，一同朝外面走去。两人上了车后，马云波试探地问道：“师父，真的要把塔寨从行动计划里剔除出去吗？”

李维民面无表情，看不出他在想什么，只听他道：“当是卖陈文泽一个面子。”

马云波微微皱眉，却再没说什么……

马雯这一夜睡得还算不错，迷迷糊糊中听到有细碎的金属撞击声，她立即翻身下床从屋里出来，却发现灯架上的手铐开了。她连忙跑到窗口往下一看，见李飞正准备逃跑，他下意识抬头看看自己家的窗户，结果看见马雯，吓得立刻拔腿就溜！

马雯反而被他气笑了，脸都没顾上洗，从桌上抓过车钥匙，彪悍地撑着窗户直接跳了下去！

李飞伤已经好得差不多了，动作不再受限制，偏这马雯的速度比他一个大老爷们儿更快，转眼就追了上去，李飞哪里肯就范，眼看她就要朝自己伸出魔爪了，李飞转身就跑进了他跟宋杨经常过来吃早点的摊位里，两人围着早点铺子一个追一个逃，在热气腾腾的油条锅两边对峙。这会儿正好就是吃早饭的时间，小摊儿上生意正好，里面都是住附近的邻居，左邻右舍纷纷过来围观，李飞的皮性子上来，竟然还不忘跟邻居大叔大婶们点头打招呼，一边打招呼还一边煽动群众帮他拦住后面那妞儿……

这些大叔大婶们自然都是李飞的老熟人，马雯遭受到来自大叔大婶们有意无意的阻挡，简直哭笑不得，这么折腾了半天，好不容易抓到李飞破绽，一把拽住李飞胳膊，马雯怕他再跑，手上力道加重了些，挑衅而不悦，“还跑吗？”

李飞被她拧着胳膊从早点摊里推了出来，大叔大婶各种围观群众满眼兴奋地探究，李飞只觉得就要没脸在这小区里住下去了，“都是我街坊邻居，给我留点面子。”他说着，小声服了个软，“行吗，雯姐。”

马雯虽然不太信任他，却还是依言放开了他的胳膊。一被放开，李飞拔腿就跑，马雯懊恼地抬脚就追，前方正好有摊水渍，马雯脚下一个踉跄，李飞见状，下意识地连忙回来关心，被马雯一把抓住，好巧不巧，她昨天开过来的车就停在路边，她押着李飞直接塞进了车里，转头就拿着车里的手铐把他铐在了后座的扶手上——

李飞一边挣扎一边表达不满，眼睛里都快喷火了，“我说你过分了啊！我好心好意过来看你有没有事，你就这样对我？我不是罪犯，你有什么权力给我上手铐？有什么权力限制我的人身自由？”

马雯不再被他影响，只倔强道：“李局给了我这个权限。要说法，问他要去。”

李飞大声道：“我要给他打电话。”

马雯冷哼一声，无动于衷地耸耸肩，“到了广州再打吧。”

市公安局副局长办公室里，马云波才刚从陈市长那边回来，陈光荣就敲门进来了，“马局，暴风扫毒行动的计划定下来了吗？”

马云波点头道：“定了。”

陈光荣接着问道：“大致目标是哪里？涉及哪几个村？”

马云波眼中一暗，看了眼陈光荣加重力道说：“行动计划是要保密的。到正式行动那天，你自然会知道。”

陈光荣“哦”了一声，又为难道：“因为涉及人手调度，我需要大概安排一下警力。”

马云波不为所动，“行动会抽调一部分武警边防和特警，不需要刑侦大队的警力。”

陈光荣听了马云波的话，并不离开，反而关上门站在那里一动不动，马云波皱眉看着他道："还愣着干什么？"

陈光荣犹豫片刻，"禁毒模范村塔寨……会在行动范围里吗？"

马云波苦笑一声，抹了把脸道："我们刚从你哥那里回来，是他极力反对把塔寨列入行动范围内，李局已经答应了。"

少有人知道，东山市长陈文泽，是陈光荣正经一母同胞的大哥。

听到这个，陈光荣不可察觉地松了口气，马云波若有所思地打量着他，没再说什么。

东山市的扫毒行动突然就这么以雷霆之势展开了。

李维民带着马云波跟市长陈文泽汇报行动的当天夜里，十几辆警车风驰电掣地来到东山某村前，特警们端着枪朝着村子里飞速冲去，用破门锤撞开某户村民的家门，冲进现场抓捕了正在制毒的一家人……

村镇、厂房、海港、渔船……警方的速度快到让制毒贩毒分子无法反应，所查之处几乎例无虚发。

一时之间，东山乃至整个龙坪地区，舆情哗然。

塔寨村林耀东的书房里，电视屏幕中正播放着东山新闻，只听播音员安红的声音从音响中传出："连日来，我市公安和边防武警，以东山为主战场，在我市五个乡镇同时开展'风暴'扫毒行动。本次行动摧毁 4 个制贩毒犯罪团伙，抓获犯罪嫌疑人38 名，击毙犯罪嫌疑人 1 名，缴获氯胺酮 125 千克、摇头丸1000余粒、仿制五四式手枪 2 支、猎枪 3 支，捣毁制毒窝点 2 个、藏毒窝点 4 个，查扣毒资 200 万元……"

林耀东听到这，拿起遥控器把电视关掉。林耀华坐在后面的沙发上，目光阴冷地哼笑道："哼，两年前的'春雷'扫毒行动阵势不比这大？这个行动那个行动，不过都是走过场。拿现在时髦的话说，他们是在作秀给老百姓看，图个热闹。"

久经风雨的林耀东却没有说话，只继续站在那里不知想些什么。

林耀华接着幸灾乐祸道："死了个警察，又找不到主谋，总得抓几个替死鬼。不然这事不好向老百姓交差。不过咱们还得感谢警方，这是在替咱们清扫市场……”

林耀东突然冷冷地开口道：“唠叨完没有？”

被打断了絮叨的林耀华立刻闭嘴不再说话了，林耀东冷着脸低声道：“我倒是希望李维民能对塔寨村展开调查。”

林耀华眨着眼睛不明所以地问道：“哥，这次可是陈市长在前面替咱们挡了枪，不然塔寨保不齐也在扫毒行动范围里。”

林耀东皱眉道：“他这是在帮倒忙。抓毒要抓赃，我们什么都没有，怕什么？现在好了，李维民退在后面，把马云波推到前面。”

林耀华脑子不够用，不知道该说些什么，只得张着嘴巴双眼空洞地看着自己大哥。

林耀东接着道：“隔空打拳，更难。”

愣了片刻，林耀华又一次乐观地安慰哥哥道：“我看这是好事。对手都被警察清除了，货源一少，价格还会涨上去，现在国外的财源被断，咱们正好趁这个机会占领国内市场。大伙都等着开工呢……”

林耀东明显没有弟弟这么好的心态，他摇着头道：“你没听说吗——联合督导组扎在东山不走了。”

林耀华被这些年的顺风顺水给惯得早已失去了警觉意识，他大大咧咧道：“哥，你多虑了。除了林胜武，我们没有留下任何能让李维民抓得住的证据。而且咱们里面的人说，李维民并不完全信任李飞的话。”

林耀东不理会林耀华的话，只突然吩咐道：“你去问问陈市长今天几点有空。”

当天下午的市长办公室内，陈文泽庆幸地看着林耀东道：“幸亏被我拦住了，不然你们的禁毒模范村就要被人背后议论了。”

林耀东义正词严道：“陈市长，您多虑了。我们塔寨向来干干净净，哪里来的毒品，我们不怕被查，更不怕背后议论。”

陈文泽看看他，面对他的不领情也不生气，只挥手道：“你别想多了，我这么做也不是为了让你领情。”

林耀东也不继续这个话题，只挑起另一件事道：“陈市长，今天来是有件事想请你帮忙穿针引线。”

陈文泽好奇道：“什么事？”

林耀东面无表情道：“邀请李维民到塔寨参观。”

听了这话，陈文泽不解地看着他道：“为什么啊？”

林耀东眉头慢慢皱了起来：“既然扫毒行动没有涉及塔寨村，行动过后，宣传一下禁毒模范村，也是顺理成章的事。”

陈文泽颇为好大喜功，立刻拍了下大腿道：“这个想法好！必须要宣传。”

得到消息的马云波坐在李维民的临时办公室里简直觉得不可思议，“参观塔寨村？林耀东想干什么？”

李维民倒是坐得住，稳稳当当地道：“既然人家发出了邀请，咱们当然要欣然接受——这是为客之道。”

马云波皱眉问道：“师父，你还是不相信李飞说的话？”

李维民不动声色地看了他一眼，反问道：“哪一句？”

马云波却只觉得他在明知故问，“至少让我调几个特警来，保证你的安全。”

听了这个建议，李维民笑笑：“两万多人的塔寨村，要真有问题，你调几个特警来能保我不死？”

马云波琢磨一下，一时说不出反驳的话来，李维民接着道：“如果这是一局棋，那这局棋还在互相试探、暗中布局的阶段，远没有到剑拔弩张的地步。再说了，一个塔寨，我有什么可怕的？”

马云波犹不放心道：“那我陪您一起去。”

李维民看他一眼，点了点头。

说是不调特警不搞声势，但真到了参观的日子，李维民一行还是来了两台车。李维民带着左兰和苏康，东山市局马云波带了两个好手，一前一后地停在了塔寨村的村口，被村民敲锣打鼓地一路迎了进去。

声势搞得跟首长视察似的，孩子们挥舞着小旗子，村道上扯着各种热烈欢迎的大标语，跟墙上粉刷的禁毒口号搅和在一起，看上去还真挺像那么回事儿。

被众多村民簇拥着的林耀东、林耀华走上前来，林耀东上前两步热情道："李局，辛苦了。"

李维民面色严正，不苟言笑，"职责所在。"

见李维民甚是冷淡，林耀东又寒暄着开门见山地问："李局是不是对我有什么误会？"

李维民挑挑眉："这话从何说起？"

林耀东依旧热情，可热情中却透着不解，"这么大的扫毒行动，怎么绕过了塔寨？"

听到这话，李维民挑眉，也分不出是真信任还是话里有话，只是不带感情色彩地评论道："塔寨是禁毒模范村，扫毒扫不到你们头上。"

林耀东却十分严肃地道："模范村更要严格要求。我一直盼着督导组的同志来。"

交锋片刻，林耀东和李维民突然同时都笑了起来。

林耀东客气地伸手道："请。"

从设施齐全的养老院到热火朝天的村办农副产品加工厂，林耀东一路介绍，"这是我们的老人之家。只要是出生在塔寨，或者居住到达一定年限的老人，都可以免费在这个老人之家养老。至于村办加工厂，想工作又放不下家里的，人人都能有工作。生活有了保障，就不会动毒品的歪主意。"

李维民始终用心观察着这个村子，看禁毒标语甚至都写到了工厂围墙上，不由点头道："禁毒标语随处可见，看来林书记对宣传也很重视。"

林耀东笑着谦虚道："应该的，李局过奖了。"

众人继续往前走着，李维民突然注意到了一旁的修车铺。林耀东看了看日头道："走了一上午，请各位领导中午到家里吃个便饭。"

李维民却摇摇头道："心意领了，我们还有工作。"

林耀东劝道："李局这就见外了。简单的工作餐而已，我老婆做的海鲜可是独有风味。”

不远处的一栋小楼上，林小力趴在窗前望着下面的李维民，用手做成一把手枪的样子，作势瞄准、击发，又用嘴吹了吹“枪口”上看不见的硝烟……

李维民浑然不觉有个孩子在对着他“干坏事”，只是一路走过来，穿过弯弯绕绕的村道，忍不住感叹，“林书记，你这塔寨，就像个迷宫。不过安全措施做得很到位，都有路灯，各路口还都安装了摄像头。”

林耀东赔着笑：“这村子是祖上留下的。外人进来是不容易找，但是从小在村里长大的，闭着眼都能找到，不需要门牌号。”

一边说着，一行人继续走着，左兰悄声在李维民耳边道：“道路错综复杂，门牌号一概没有，对于外人来说，进到里面很难摸得清门道。”

李维民也点点头，目不斜视，却微微落后了林耀东，在左兰身边用只有两个人能听见的声音低声回应，“村口都有暗哨，交通要道也有哨点，侦察有难度。”

林耀东的家是整个塔寨最高的建筑，从天台上看过去，视野虽赶不上半山腰佛殿前的观景台，但依然能俯瞰整个背山面海的塔寨村。

林耀东客气地一路带李维民等人回了家，一路上到天台，李维民看着这开阔的视野，仿佛心里格外敞亮地深深呼吸了一口，“你家这个位置不错啊，正好在塔寨的心脏部位。”

林耀东也笑着道：“李局见笑了。”

双方沉默了片刻，林耀东突然开口道：“说句不见外的话，我一直想交李局您这个朋友。”

李维民挑眉看向林耀东道：“哦？”

林耀东迎着李维民的目光道：“我知道，李局是有抱负的人。”

李维民并不否认，他转过头再次看着楼下的村庄，纠正道：“更多的，是责任吧。”

林耀东也随着李维民的目光朝外看去：“不瞒您说，我和李局一样。有一句话说——只有英雄，才能惜英雄。”

李维民摇摇头：“什么英雄，公仆罢了。不过林书记的能量确实很大，连市长都拍着胸脯替塔寨村担保。你真的能保证塔寨一家制毒的都没有？”

林耀东有些哀伤地道：“李局说得对，话不能说得太满，我吃过这个亏，前段时间的林胜文就是教训。”

听到林胜文的名字，李维民再次转过头来和林耀东对视，片刻后，若无其事地移开目光，再次望向了整个塔寨……

28. 亲父子

李维民带着左兰他们去了塔寨，去之前，安排他从省厅一起带过来的禁毒局科长艾超去参加了东山禁毒大队的会。

禁毒大队自己的会议室中，地上放着一只水桶，里面是各种化学材料，看上去廉价得很，艾超不解其意地看着那东西，“这是什么？”

“料头，福建货。”周恺仿佛见怪不怪了似的，平淡地说：“是这次‘风暴’扫毒行动搜出来的。”

陈自立从桶子里拿出一份叠得四四方方的纸，看了看微微张嘴有点反应不过来的艾超，“再让你开开眼。”

艾超把纸接过来，一边打开一边问：“这又是什么？”

——那张纸上记载着各种化学品的用量和添加步骤。

艾超看了一眼，有点不敢置信地抬起头，不敢置信地看向陈自立。

陈自立点头确认了他的说法，“制毒说明书，每只桶里都有。只要按上面的步骤操作，小学文化程度都能做出来。”

哪怕早有预感，听见真是这么回事儿，艾超仍旧骇然，又低头看了看手上这张配方跟地上那堆不起眼的廉价制剂，“你们东山的制毒分子，这么猖狂？”

被艾超这样一说，周恺和陈自立对视一眼，都觉得面上无光，有些讪讪地不再说话。蔡永强插话进来，说明了今天叫人过来开会的目的，“据提供料头的福建人供述，应该还有数十吨的料头不知所踪。这些料头一到东山，就像人参果一样，全都遁地消失了。”

“数十吨？？”艾超咋舌，“这要是全都制成冰毒……”

其后的影响，简直想都不敢想。

广州的疗养院中，马雯正坐在心理治疗室外面等着李飞，里面隐隐能传出两人对话的声音。

李飞坐在沙发上百无聊赖地回答着医生的问题。

医生一边翻看着李飞的资料一边道：“哦……不到一岁父母就都不在了？外婆一个人把你带大的？”

李飞懒得说话，只从鼻腔里道：“嗯。”

医生接着不经意道：“李维民是你的养父？”

李飞皱了皱眉，这次连回应都没有。

医生再次问道：“你觉得你和他关系怎么样？”

李飞不耐烦地瞪着他道：“不错。”

医生情绪没有被影响，只是接着道：“进一步说，你仰视他吗？”

李飞勉强耐着性子道：“他是个受人尊敬的人。”

医生点点头，还是那个问题道：“那你也尊敬他吗？”

李飞又是那副半死不活的样子，连眼皮都懒得抬了：“嗯。”

医生看着他：“除了尊敬之外呢？”

李飞有气无力道：“没了。”

医生仍不放弃道：“温暖吗？”

李飞点点头顺着他的话道：“温暖。”

医生继续道：“高大吗？”

李飞继续顺着他的话：“高大。”

门外的马雯总觉得李飞脑子根本就没在上面，就是惯性地顺着往下说，这会儿医生要接着问一句“傻逼吗？”他估计都能顺着来一句“傻逼……”

可那心理医生不急不躁，不弃不馁，仿佛没注意到李飞的这么个状态，还在继续念经，“你们吵过架吗？像父子那样？”

李飞深吸了口气，终于忍无可忍了，“父子吵架什么样？！”

佛系医生顿了下，平静地转向另一个问题：“那你觉得你们的关系亲密吗？”

李飞都想骂脏话了，强忍着一语不发地抬起眼瞪向心理医生，片刻后，念经似的医生终于被他瞪得有点害怕了，吞了口唾沫硬着头皮继续道：“你怎么评价你的人际关系？”

看他孬了，李飞心里微爽地垂下眼去，又耐着性子回了一句，“挺好的。”

医生心中舒了口气，继续做着“问卷调查”，“跟同学、同事，相处都愉快吗？关系好吗？有没有沟通和交往的障碍？”

李飞眉毛烦躁地拧成一团，语气倏地冲了不少，“你什么意思？”

医生连忙解释道：“心理学上把每个人出生的家庭称作原生家庭。原生家庭对人一生的影响非常大，包括人际交往模式、认知模式、情商，以及性格。”

李飞耐着性子听医生在那儿讲，马雯在外面知道医生讲的都是些套话，忍不住想冷笑，她本着对医生专业性的质疑站起来，贴到了门上，打算把他问李飞的问题听得更清楚一点——

“每个人，要想改善自己的人际关系，想调整自己，都必须先回溯原生家庭，真正地认知自我，才能修复好自己。”

李飞很冲地回道：“我修复什么？我挺好的。”

门外，马雯心里自发地给这个医生发了一张“没用的庸医”终身成就奖状。

可心理医生浑然不觉，却还在继续问着：“这么说吧，你觉得 5·13 案对你有什么影响？”

李飞翻了个白眼：“没有影响。”

医生又翻了翻资料道：“那宋杨在你的生活里处于什么位置？工作搭档？战友？”

李飞顿了顿，开口道：“他是我兄弟。”

医生连忙道：“像亲人一样的兄弟？”

李飞确定道：“对。”

医生瞬间就像是揪到了李飞的小辫子一样，激动道："你看，这就是你的原生家庭给你带来的影响。由于父母长期没有陪伴在身边，你会有强烈的渴望情感的心理行为，你会格外珍惜身边的朋友，把对父母的依赖感，转移到别人身上，来弥补童年缺失的情感需求，比如宋杨。"

李飞此时心中早已烦躁得要爆炸了，这会儿情绪已经从忍无可忍发展到无须再忍的地步，他倏地站起来，不满地怒道："那照你这么说，珍惜身边的人也是种病态？！"

医生看着李飞要出去，连忙拦他道："你不能走，治疗还没完……"

治疗你大爷！李飞心里暗骂一声，不耐地一边拧开房门一边道："我没时间听你在这儿胡说！"

见李飞出来，马雯连忙拦着李飞又把他给摁了回去，"接受治疗也是执行任务，这是李局给你的任务。"

李飞强压着火，被马雯按在沙发上一言不发，马雯却背对着医生，狡黠地对他眨了下眼睛。李飞还没反应过来怎么回事儿，她已经倏地转过身去，对着那位"没用的庸医"气势汹汹地道："绕来绕去的，你到底要说什么？！"

医生咳嗽了一声，给自己壮了壮胆，对李飞继续说道："因为你从小的心理缺失，5·13案又失去了亲密的兄弟，所以……你觉得你……还能当警察吗？"

这两者的逻辑关系在哪儿啊？？一阵恼火简直转眼就从嗓子眼蹿到了天灵盖，李飞倏地站起来，刚要发作，没承想马雯竟然比他的反应更快更激烈，"你胡说什么？！"

心理医生没想到这个女警竟然也冲着自己来了，一时语塞，被吓得不轻。马雯把李飞推到后面，自己站在心理医生面前，针锋相对地看着他，"你再说一遍！"

心理医生看着双眼冒火的马雯哆哆嗦嗦道："原生家庭决定心理状态，心理状态决定人的行为方式……"

马雯猛然打断他的话，"什么原生家庭！胡扯！你有病吧！"

李飞看着马雯这副模样，也有点蒙了，医生更为莫名其妙，连忙道：“这位警官……请你出去……”

马雯哪里肯出去，一把打开他的手，“你给我说清楚，什么叫不能当警察？”

医生不敢再说话了，生怕这个火药桶彻底爆炸，马雯却近一步逼向他，不依不饶声色俱厉，“凭什么牺牲了战友就不能当警察？！对战友有感情不行吗？啊？！你胡说八道什么！我投诉你！”

李飞也目瞪口呆。明明他才是备受煎熬的苦主，马雯却比他反应还大，李飞也不知道这整天凶巴巴的姑娘到底怎么回事儿，不过这么一闹，对她的印象分倒是提升了不少。

不过她跟别人吵架，这么千载难逢的好时机……

李飞眼珠一转，趁着她所有注意力都在凶那个心理医生上，赶忙悄没声息地转身，小心地退出了诊室，接着在走廊里撒腿狂奔起来——

诊室里，看着被她吓到钻进桌子底下的心理医生，马雯犹不解气，“你躲什么躲？给我说清楚！……出来出来！最讨厌你们这帮心理医生，动不动就给人下结论！怎么就不能当警察？你说！重感情就不能当警察？这是什么道理……李飞你说话啊，你就让他这么胡说？！……”

马雯义愤填膺地一回头，满腔恼怒就被按了暂停键。

——李飞这混蛋，竟然趁着她给他出头的时候跑了！

也顾不上这医生不医生了，马雯连忙拔腿紧追出去，可是一路追到疗养院门口，哪里还有李飞半个影子。

办公室里的警员们仍然在加班忙碌着，周恺看到蔡永强进来，忙从桌子上拿起几份写好的材料匆匆地跟了上去，“蔡队，这是上沿村陈海制毒集团和姚冀贩毒集团的材料。”

蔡永强一边走一边接过去翻看着道：“范玉刚那个团伙的呢？”

“明天晚上能交。”

蔡永强点点头嘱咐：“今天晚上加个班，把它弄好，明天一早马局要去省禁毒局汇报这次‘风暴’扫毒行动的情况。”

周恺简直崩溃了，“我已经加了一个星期的班了，周末都在加班！老婆长什么样都快忘了。”

蔡永强闻言顶着一张不苟言笑的脸幽幽地看着他，“半个月前是谁说烦死老婆了，还说再也不想看到她？”

周恺讪讪地笑笑，不敢再说什么，只好转头又滚去加班了。

周恺刚走，蔡永强手机就响了起来，他看了看号码，接了起来，“马局。”

马云波在电话那头道：“刚才左兰通知我，让你明天早上十点去云来宾馆三楼会议室，联合督导组要找你谈话。”

蔡永强顿了下，有些为难道：“可是，明天市检察院的黄副院长要跟我见面。”

马云波直接下令道：“改个时间。”

听了这样强硬的命令，蔡永强沉默片刻后，走进自己的办公室里关上门，马云波的声音继续传来：“‘风暴’扫毒行动的材料都准备好了吗？”

蔡永强烦躁地掐着眉心，“明天八点半我让周恺把材料送到你办公室。”

“好，那就这样。”

通往东山的长途汽车上，李飞坐在座位上闭目养神，汽车上正在播报东山的扫毒新闻。

播音员安红的声音再次传来：“连日来，我市公安和边防武警，以东山为主战场，在我市5个乡镇同时开展‘风暴’扫毒行动。本次行动摧毁 4 个制贩毒犯罪团伙，抓获犯罪嫌疑人 38 名，击毙犯罪嫌疑人1名……”

李飞睁开眼睛，看着新闻中的画面，越来越生气，最后狠狠挥拳砸在前排的座椅上。

而此时坐在车上的赵嘉良正在和李维民通话，“搞到密钥就能直接搭线。”

李维民道：“密钥很难搞吗？”

赵嘉良十分自信地道："这种事情什么时候让你操心过。"

这话倒是真的。李维民笑起来，"我这边刚做了全面的大扫毒，对手就算上暗网找出路也要先避风头，你还有时间。"

赵嘉良没接这茬儿，却突然问他："你还记得三年前汕头的行动吗？"

"李飞受伤的那次？"李维民自然是记得的，"你又有什么发现？"

赵嘉良摇摇头，"现在还不清楚。"

李维民也恨死了他说话不说完的毛病，正要吐槽，赵嘉良却忽然语气愉快地打了个哈哈，"不是什么大事啦，浩宇集团躲得过法国警署躲不过天意……李飞怎么样？"

李飞啊……李维民觉得脸上无光，面有菜色，"失踪了。"

"你说什么？"赵嘉良简直以为自己听错了，当初一个东山市局在医院没看住李飞让他跑了，如今偌大的一个广东省公安厅都管不好一个李飞？！

赵嘉良语气一转，倏地沉冷起来，几乎是咄咄逼人地质问李维民，"什么叫失踪了？！怎么失踪的？在哪里失踪的？"

这种事儿，李维民也是真讲不出理来，只好硬着头皮跟他说："从广州的疗养中心跑的，可能是对停职的安排不满。"

"李维民，"赵嘉良的火几乎要从听筒里喷出来了，"你是怎么向我保证的！"

李维民是无奈又无辜，"……我总不能把他当成犯人关押起来。"

"如果有必要，就得关。"赵嘉良越发地愤怒不满，"李飞的事情，你哪次听过我的？我早就说别让他当警察，尤其别当缉毒警！"

李维民也是头大，但他并不认同赵嘉良把人圈起来的做法，"孩子大了，他有自己的意志和想法。"

赵嘉良毫不客气地打断他的话，语气愈发强烈，"不要跟我说这种空话。我给你们当了二十多年的线人，难道不能提这么一点要求？"

"没人强迫你当这个线人!"李维民本来也不是个脾气好的，能这么压着算是给足了赵嘉良面子，可是说到这件事情，他也倏地激动起来——"当年你扔下李飞走的时候我怎么留你的？你没有履行过父亲的义务，就不要企图行使父亲的权利。你不能干涉他的选择。我也不能。”他一字一顿，语气强烈严肃非常，电话那边，赵嘉良张着嘴，一时竟哑口无言……

没错，叱咤香港的大毒枭赵嘉良——就是李飞的亲生父亲，李建中。

二十多年前，他的妻子钟素娟在一起走私毒品案中受人威胁，后被毒贩注射过量毒品死于非命，从那时候开始，为了给妻子报仇，李建中扔下了只有八个月大的李飞，毅然以警方线人的身份走进贩毒集团，这一干，就是二十几年。

为了保护他的身份，所有有关李建中失踪的信息都是李维民亲自伪造的，而曾经的所有生活影像却是李建中亲手毁去的……李建中的真实身份成了绝密，内地这边，二十几年来他一直只跟李维民联系，至此，世上再无李建中。只有慢慢发达起来的香港商人赵嘉良。

人民医院的走廊中，陈珂正从门诊的诊室里出来，一眼瞅到了前来看病的马云波妻子于慧。于慧自从受了重伤好不容易抢救回这条命，几乎就是人民医院的常客了。

她当初的伤太特别也太骇人，医院接触过的医生护士不用特别关注就能记住，时间一长，她倒是跟这里的人都很熟稔了。

“于姐！”陈珂看她又来了，连忙叫住她，于慧听到熟悉的声音回过头来，就见陈珂朝她走来，有些担心地问道，“您最近来医院来得越来越勤了，是不是伤口不舒服？”

于慧跟陈珂也投缘，两个人很聊得来，便一路往医院楼下的小花园走去，于慧叹了口气，“最近天气多变，时不常就会疼。”她说着指了指颈椎、腰部和头部道，“这儿，这儿，还有这儿。”

陈珂脸色担忧，犹豫了一瞬，跟她说：“我帮你跟大夫通融通融，多开几支吗啡。”

于慧摇摇头，不太提得起精神来，“也没什么大用。”

“吗啡也不管用？”

于慧沉默片刻，笑着摇了摇头，“谢谢你了。”

傍晚马云波回到家里，于慧端着刚做好的菜从厨房出来：“云波。”

马云波一边扶着门框脱鞋，一边满脸疲倦地摆摆手，“我很累，不想吃饭了……”他话还没说完，于慧就打断他，“你看谁来了。”

这时马云波才发现自家沙发上还坐着个人，那人闻言便站了起来，“马局。”竟然是李飞。

马云波都愣了，“李飞？你……你不是应该在广州疗养吗？”

李飞抿了抿嘴，有点不好意思，偏又带着倔强，“我是逃出来的。”

马云波听了这话简直不知道该说什么了，半晌后狠狠点点他，“你可真行。”

李飞嘿嘿笑了一声，他跟马云波藏不住什么话，也没那么多客套，直接就问了一句：“马局，‘风暴’行动为什么绕过塔寨村？”

马云波反应过来，“你是为这个回来的？”

李飞赶紧摇头澄清，“真不是，我是在回来的路上看到的。”

马云波瞪他一眼，扯了扯自己身上的衣服，借口回卧室换衣服，立刻给李维民打了个电话。

李维民心想这徒弟是真没白教，过命的小兄弟都没能让他对师父隐瞒不报个一丝半点的，还戳在办公室生闷气的李维民听说李飞竟然跑到马云波家里去了，简直哭笑不得，担忧中又夹着怒气的脸色却缓了下来，怕李飞再跑了，叮嘱道：“你别告诉他给我打过这个电话，就当我不知道。”

马云波应了一声，“师父放心。”

算是忘年之交的马云波跟李飞一起坐在沙发上，听着李飞不满地控诉，“你们就是不敢动塔寨！什么扫毒行动？就是走走过场，想大事化小，小事化了。我早就设想到了这种局面。”

马云波面对着这样的李飞也是头大，本来忙碌了一天就十分疲惫，还要在这儿给他做思想工作。他随手剥了个橘子给李飞扔过去，无奈又无语，“你应该再想想，我们为什么不动塔寨？”

李飞抓着橘子哼哼着，有点委屈，但更多的是不甘心，“你们不相信我。”

马云波盯着他摇了摇头，简直是恨铁不成钢地叹了口气，“向你透露一个消息——督导组明天就要正式调查蔡永强了。”

李飞知道之前因为他的案子成立的公安部、广东省公安厅联合调查组这会儿改名成了联合督导组还留在东山，但听了这个消息，他抿抿嘴唇，仍然不满，“恐怕也是走走过场。”

马云波不满地瞪他一眼，干脆拿过他手里抓着的橘子，直接整个塞进了他嘴里，“禁毒大队你不信任，刑侦大队你也不信任，联合督导组你还是不信任——是不是连我也不信任？指不定我也在饭菜里给你下毒了。爱吃不吃，不吃饿着。”

李飞艰难地吞下了一整个橘子，被马云波骂了一顿，撇撇嘴，倒是不怎么在意，跟在马云波后面，毫无节操地在餐桌边上大咧咧地坐下来，一边讨好地对于慧嘿嘿笑了一声，一边呛马云波，“凭什么不吃，在武警部队关着的时候我就想着嫂子这手艺呢，馋都馋死了，我还得多吃两碗呢！”

他也是真累了，吃饱喝足，精神放松下来，人就倒在沙发上睡着了，马云波帮着妻子收拾了碗筷，回来看着他睡梦中也难掩疲惫的样子，叹了口气。于慧也不叫他，轻手轻脚地给他盖上了一条毯子，随后和马云波对视一眼，马云波关掉了客厅里的最后一盏灯，揽着于慧进了卧室，轻轻掩上了门。

与此同时，塔寨村林耀华家里，林灿坐在林耀华的下首汇报消息，“阿爹，这趟虽然没找到林胜武的人，不过我已经安排了人，盯着珠海所有的台球厅，他没别的地方可去，应该很快就有消息。”

林耀华不太放心道：“他要是不去台球厅呢？”

林灿十分笃定，极有把握道：“就算不是为了钱，为了过过瘾，他也早晚会去的。除非他再跑。”

见林灿这副胜券在握的模样，林耀华这才点点头，林灿接着道：“阿爹，那个李飞出来了。我们就这么放了？”

林耀华用手指敲着椅子扶手道："现在动手，目标过大，再看机会。"

他们等机会，李维民却不想给他们这个机会。

天刚大亮起来，李维民就把马雯给叫来了，"既然李飞回了东山，你就继续在东山执行你的保护任务。"

马雯不爽，"还要我保护？为什么？他的嫌疑已经解除了！"

李维民严肃地道："或者是犯罪分子认为李飞手里有不利于他们的证据，又或者是犯罪分子知道李飞不抓到他们就绝不会松口，因为，他是一匹狼！"

马雯没想到这次行动她的任务和那个滑头李飞彻底分不开了，不由沮丧，干脆一不做二不休地站在他们李局面前开始耍赖，"我不干了！我不干了！……他不是罪犯，不能铐，不能关！他也是个警察，还时刻想着逃跑，我怎么看得住！再说，他又是个男的，上个厕所，晚上睡觉……你让我怎么跟？！"

说到这儿，马雯想起来李飞闹的种种"节目"，假火也变成了真火，瞪着领导正色道："换人吧，李局，真的不干了！换个男的，再不老实，至少还能收拾他一顿！"

李维民静静地听着马雯的建议和诉求，半晌后道："知道为什么要你一个女同志做这个工作吗？"

马雯没想到李维民突然问这个问题，她也十分好奇地眨眨眼睛，等着后话。

李维民道："因为宋杨。"

啊？宋杨跟她有什么关系……马雯怀疑地住了嘴，李维民语气软了下来，对马雯解释，"李飞是个孤独的孩子，他的身世你也知道，这种从小有着自卑感的人是很难认准朋友的。但一旦认定了……也很可怕。宋杨，就是他唯一认定的朋友。他现在这种为了宋杨的死，不要命式地追凶，很容易打动任何一名生死一线的干警，因为……因为这种兄弟般的情感！你懂吗？！"

懂啊！他们一线干警，哪个不是拎着脑袋做任务的？兄弟就是坚实的臂膀，但是这跟让她保护李飞有什么关系？马雯虽然被他们李局这声情并茂、语重心长的话打动了，但是她琢磨了一会儿，好像明白过来了点什么。“所以……您是觉得，给李飞安排个男的，他们会变成兄弟，容易被李飞策反？那您为什么就认为我不会被打动呢？”

李维民张了张嘴，大双眼皮眨了眨，忽然就语塞了。

马雯本来还想李维民说出什么别有深意的话，但她看着李维民的表情，自己心里那不可思议的猜测竟然被证实了，她又气又无语，抽了抽嘴角，额角青筋都快暴出来了，“就因为我是女的？！”

猜对了，李维民心里就是这样想的。但是看着他们马警员的表情，一时间竟然没好意思点头。

马雯简直不知道该说什么好，她威胁地眯着眼睛磨磨牙，把警帽戴好，冷下脸来，不苟言笑地对李维民敬了个礼，然后气愤地转身就走。

出了门口，临关门的时候，突然扒着门把头探回来，凶巴巴地瞪着正好跟她看了个对眼的李局，冷哼一声，一字一顿、无比清楚地送了他两个字——“狭隘！”

门嘭的一声被关上了，李维民愕然地站在里面目瞪口呆地张张嘴，半晌才好似从被噎住一般的失声状态回过味儿来，指着门虚张声势地怒喊了一声：“你说什么？你再给我说一遍？！”

“还用再说一遍吗？您听得那么清楚。”

于慧要强，当初死里逃生，伤成这样，马云波百般阻拦也没能让她辞职。他们夫妻俩上班时间差不多，马云波通常都是先把于慧送到单位自己再去市局。吃完早饭两口子一起出门的时候，于慧怕李飞自己在家拘束，还特意告诉他，“李飞，你自己在家里随便一点。”

李飞爽朗地笑着点头，嘴特别甜，“谢谢嫂子。”

马云波不放心地嘱咐他，“出于安全考虑，还是尽量不要出门。”

“知道了。”李飞答应一声，送走了夫妻俩，刚要回身在沙发上坐下，门铃就又响起了。他以为是于慧忘了什么东西，因为他在家里又不好直接开门，连忙过去把门打开，结果于慧的影儿没见着，倒是李维民那张特色鲜明的脸直接堵在了他面前……

他这才反应过来，他觉得和自己有着坚定革命友谊、绝对不会出卖他的马局，昨天晚上已经把他给卖了。

这下被堵个正着，想跑都来不及，他挡在门前神色变换，一时无语，门外的李维民脸色不善，语气也不好，“不想让我进去？”

是呗！您还看不出来吗？李飞心里腹诽，还是让开了门。

李维民脱鞋进去，环顾四周，既不坐也不说话。李飞被他莫名冷淡的气场压得心虚，想了想，还是忍不住问他：“扫毒行动为什么绕过塔寨村？为什么不对蔡永强和林耀东展开调查？”

李维民这才转过头看了他一眼，淡淡地说：“今天已经正式开始对蔡永强的调查了。”

“那塔寨呢？”李飞不满地追问，“你是不敢动塔寨还是不信我？”

李维民皱眉盯着李飞道：“如果不信任你，就不会恢复你的自由。”

李飞嗤笑一声道：“自由？把我晾在一边每天无所事事，这也叫自由？”说罢，他停顿片刻，冷哼道，“啧，那就是不敢，宋杨的命在你们眼里根本不算什么。你们不敢，我敢。我要求立刻恢复工作。”

李维民直视着李飞，眼中坦坦荡荡，半晌后，他忽然异常严肃地问李飞，“李飞，我信任你。你信任我吗？”

李飞被这个问题噎了一下。

信不信任，昨天马云波都说出来了，李维民哪可能看不出来？所以他也不等一时气短的李飞回答，终于在沙发上坐了下来，不揪着这个问，转而换了个话题，“疗养院的刘医生告诉我，你对生父的事很介意？”

李飞一提到那个医生就没好气，说起他生父来更不想谈，把头一扭，“我不想提这个。”

李维民叹口气，态度软了下来，“民叔跟你聊聊家常，也不可以？来，坐。”

李飞自从毕业进了公安系统工作，跟李维民之间就有默契，叫“李局”

就是工作状态，喊“民叔”就是私人角度。他忽然说“民叔”，李飞就没什么好坚持的了，闷不吭声地在他旁边坐了下来。刚坐稳，就听见李维民直截了当地问他：“你想知道他？李建中。”

李飞沉默了很长时间。李建中这个名字在他的生命里是如此陌生又如此特殊。很长时间的沉默后，他终于开口，沉闷地说：“我去民政局查过照片，民政局的人说可能是当年录入电脑时弄丢了。作为父亲、丈夫和儿子，连张照片也没有。您不觉得不正常吗？好像故意把自己的所有痕迹都抹掉，或者是有人帮他抹掉。我甚至连他是哪儿人都不知道。”

李维民看着桌上于慧临走前给李飞备好的果盘，低沉着声音道：“他是潮汕人。”

李飞一怔，猛地看向李维民道：“你认识他？”

李维民点点头：“我们是同一年从部队转业到地方的。后来他辞去公职做了海员，常跑远洋，我们就见得少了。”

李飞心里忽然有种不好的预感，他试探地开口道：“……他走私？”

李维民没有确认也没有否认，只缓缓道：“人都会犯错。不能因为一时犯错，就否定全部。”

李飞心中不好的预感更加强烈，“是他连累了我妈。”

李维民却忽然转头看向他，逼人的眸光甚至不容他有一丝半点的怀疑，“我可以负责任地告诉你，那是意外。我也迁怒过他，后来才理解到他内心承受的痛苦，不是我们能想象的。他年轻的时候开朗、幽默，很有担当。”

“担当？？”李飞打断李维民的话，冷笑一声，他飞快地从钱包里拿出一张泛黄的全家福，那上面他的父母抱着婴儿时期的他，只是父亲的部分已经被剪掉了。

李维民接过这张残缺不全的全家福看了看，一边端详一边叹息，“当年你外婆竭力反对他们的婚姻。他们偷偷领了结婚证，没有办酒席。你妈妈牺牲后，你外婆把你带回东山，不让你爸爸见你……”

李维民一边说着，脑海中一边回忆起当年的情形。当时的他还十分年轻，在雨夜里匆匆赶到李建中的家中，李建中打开门让他进去，那个老式居民楼的房子里，除了一些光秃秃的家具，已经看不出任何人生活过的痕迹，李建中站在客厅里，一旁放着一个旅行包。

李维民惊讶地看着这一切，忍不住问道："飞飞呢？"

李建中冷冷道："被他外婆接走了。我一会儿就走，我要的东西你拿来了没有？"

直到那一刻，李维民仍然在拦着他，"建中，你这是胡闹！我们缉私局会为素娟报仇，不需要你……"

"你们怎么报？"李建中打断他的话，悲愤而悲切，"他们在香港，你们能去香港抓人吗？"

"我们和香港海关、香港警方都有合作。我答应你，一定会把凶手绳以之法，你的责任是好好把飞飞抚养成人。"

听到"飞飞"两个字，李建中一身冷硬慢慢卸去了些许，他苦笑道："飞飞的外婆不这么想，她希望飞飞这辈子都不要再见我。"

李维民立即道："我去劝她……"

"不用。"李建中摇摇头，"这样也好，我可以没有负担地去给素娟报仇——我要的材料你到底拿来没有？"

"那些材料都是机密，我给你就是违反组织纪律。"

李维民的挣扎当然不只是因为纪律，李建中懂，却装作不理解他，脸色重新冷硬起来，"你以为没有你的材料，我李建中就找不到杀害素娟的凶手了吗？从今天起，李建中已经死了，我现在叫赵嘉良——"

他说着从一个柜子上拿起一个大信封，"这里面都是我和素娟的照片，我的部分……我都已经剪掉毁掉了。"

李维民不敢置信地接过信封打开，震惊地查看着里面无一例外全都残缺不全的照片，甚至就连唯一的全家福，夫妇俩抱着小李飞，原本笑得灿烂爽朗的李建中的部分，都已经被剪去了……

他的决绝让李维民说不出话来。

李建中却好像早就已经从缅怀过去中走出来，跟从前生活在这里的男主人诀别了一样，冷定、淡漠而毫无感情地跟他说："我希望你帮我把我在政府、银行、单位等部门的痕迹都抹掉。这样以后我还有机会回来见儿子。”说完又叮嘱道，“如果我有意外，你就是我儿子的父亲。”

李维民眼中倏地一阵酸胀，仿佛被滚烫的液体灼伤了，他死命瞪着眼睛不让眼泪落下来，连嘴唇都在微微颤抖，沉重地摇头，“我不喜欢这样的告别。”

李建中毫不动摇地看着他，逼他作答道：“答应我。”

“我答应你。”良久后，李维民郑重其事地对他承诺，“我答应你，我会照顾好李飞，等你回来。”

李建中面上轻松了点，头也不回地朝门外走，临出门之前，却低低地对他说了声“谢谢”。

在李飞这里看到那张残缺不全的全家福，像是讽刺，更像是一种说不清的悼念，李维民不禁红了眼眶，却什么都没跟李飞说，只摘下眼镜搓了把脸。他把照片还给李飞，看了看表，站了起来，“回家吧，不用再躲着我了。”

李飞连忙跟着站起来，抓住他民叔怀念过去感情动容的时候，趁热打铁地提要求，“别再让那个马雯跟我了。”

李维民却没给他面子，“让她保护你，是我的底线。”

29. 追　查

李维民坐在车里，车子在街面上行驶着，他望着车窗外熙来攘往的人群和车流正在出神，手机突然响了起来。他拿起手机看了看接听道："学超？"

赵学超直入重点道："李局，两个杀手的身份搞清楚了：一个叫常山，中山兴隆茶餐厅的老板，祖籍黑龙江鸡西市人，2007 年因抢劫杀人被吉林警方网上通缉。另一个叫张彪，常山的跟班，祖籍吉林通化。通化在 2010 年发生过一起入室抢劫杀人案，该案一直没有告破。通化警方把张彪的 DNA 和当年现场留下的血迹进行了比对，证明当年的凶手就是他。"

李维民面色也凝重起来："哦，都背着命案？这回是受谁的指使？"

赵学超有些为难道："这个……中山专案组还在调查之中。"

李维民点点头，知道调查难度很大："他们哪年到的中山？"

赵学超皱眉道："目前还不清楚，不过兴隆茶餐厅是在 2012 年开的。"

李维民立刻道："重点查一下，他们和东山有没有交集。"

东山市公安局禁毒大队办公室里，陈自立和周恺也正在忙碌着。陈自立一边查看资料一边道："法院说，这两个嫌疑人的口供有问题，要是证据不足……"话还没有说完，陈自立突然住口，他看到了站在办公室门口的李飞。不光是陈自立，所有在场的人都僵住了，李飞见众人的反应，有点尴尬地挠了挠头，还没等说话，周恺就很不客气地道："你来干什么？！"

李飞油盐不进地冷淡回应，"我是禁毒大队的。"

周恺愤怒地瞪着他，"你跟督导组的人胡说了什么？蔡大队都被叫走了！"

李飞倔强地冷笑一声，“清者自清，他要没问题，干吗怕调查？”

周恺撸起袖子上前：“害群之马！”

见兄弟要动手，陈自立连忙拦住周恺，清了清嗓子，对李飞好言相劝道：“李飞，你害宋杨送了命，又害蔡大队被调查，就够了吧，兄弟们现在挺丧气的，你就饶过我们吧。对了，早上广州还打电话来，叫你回去看病，不信你问他们。”

李飞知道这一屋子里的人都对他有意见，他环顾屋子里一双双排斥的眼睛，不再说什么，直接转身离开。从办公室出去的时候，气得插在兜里的手都是抖的……

香港，赵嘉良跟着沈岳警官来到证据管理室门口。门上挂着“香港警务处证物管理室”的牌子，五十多岁的老警官沈岳对赵嘉良说了声“在这儿等我”，就径直推开了证据管理室的门，对里面道：“老许，我还以为你早回家领退休金了呢，怎么还在呀？”

正在整理档案的老警官抬头看了看沈岳说：“等着你来接我班呢。”

沈岳听了这话，转头向门外等候的赵嘉良点了点头，关上了门，然后上前把手里的调档单给老许，老许戴上老花镜看了看调档单，然后在电脑键盘上一字一字地敲着。

沈岳突然道：“不用查了，三年前我接的警。抑郁症，割腕自杀。”

老许推了推眼镜，顿了下道：“自杀？还调什么档？”

沈岳不正经道：“那姑娘年轻漂亮，我想再看看她的容貌。”

老许冷笑一声，不在意地起身朝里面走去：“你就是块屎坑石头，又臭又硬。”

沈岳跟着他走到一排物证架前寻找，沈岳眼尖，直接从上层的证物架上搬下一个纸盒，“老许，你继续待着吧，等十年我再来接你班啊。”

老许从眼镜框上面探出眼睛来，白了他一眼道：“签字。”

沈岳一边签字一边嘟囔着：“又不是什么金银珠宝，你当我愿意拿回家？”

沈岳从管理室中出来，直接将盒子递给了赵嘉良，赵嘉良接过盒子打开看了看，沈岳不满道："为什么非要重启调查？还能查出什么花来？"

赵嘉良不回答他的话，只是随口道："谢啦，沈警官。"

东山的破烂尾楼里，林水伯坐在地上，他的面前摆着吸食冰毒用的冰壶。他粗糙的脏手颤抖着，突然站起来走到窗口，把手里的冰壶狠狠地扔出窗外。然后回过身来把地上的吸食工具都拿起来，统统扔了出去。

接着，林水伯一步步爬上"窗口"，他看着洞开的烂尾楼，里面黑森森的，他突然笑了起来，只是这笑容比哭泣还要凄惨。"仔仔，爸爸来找你来了。仔仔……"

"水伯！"就在此时，伍仔的声音从他身后响起。林水伯愣住了，他回过头来，只见伍仔正站在房间门口惊恐地望着他。那天他生气跑走，到底是让林水伯给揪了回来，这会儿他看着伍仔，不禁老泪纵横，有点欣慰，又有点难过，"伍仔，我要去找我儿子了……"

"你找什么找啦！"伍仔连忙奔上前来一把抱住了林水伯的腿，把他从窗口拽了下来，林水伯整个人摔在五仔的身上，牵动了伍仔的伤口，他痛苦地呻吟了一声。

林水伯连忙从他身上下来，抱歉地低喃道："对不起，你的伤口还没好透，有没有事？"

伍仔疼得龇牙咧嘴吼道："你个死老鬼！你刚才想干什么？"

林水伯愣了片刻，突然抱着伍仔大哭起来："我……我实在是撑不下去了……"

伍仔感受到这个挂在他身上的老男人的悲伤，他不会安慰人，但半晌后，目光却渐渐坚定了起来，"你不能死，你不是还想找杀你儿子的凶手吗？你要是死了，怎么给你儿子报仇？"

林水伯愣住了，怔怔地看着伍仔，半晌后忽然道："伍仔，你愿意帮我？"

伍仔不说话，他长这么大没对谁示好过，这会儿不自在地别过头去。林水伯抹了抹眼泪，仿佛终于从绝望中找到了一点支撑，让他眸光锐利起来，

"伍仔，你说得对！我不能死！我还有事要做！我要给仔仔报仇……"

林水伯和伍仔相依为命地靠在一起，到太阳快要落山的时候，伍仔突然全身颤抖起来，他的头上冒出一层接一层的汗水，林水伯担忧地不停给他擦着汗水。伍仔缩成了一个球，嘴里颤抖地念叨着："冷……我冷，冷啊……"

受东山扫毒行动的影响，林水伯已经很久买不到货了，不过就算买到他也不想让伍仔吸，刚才一冲动，冰壶都扔楼下摔了个粉碎，现在两人身无分文，更是想都别想了。

林水伯站起来抱起所有能盖的东西都压在伍仔身上，拿过一杯热水把伍仔扶起来，又将吸管插在杯子里道："伍仔，喝点糖水，不然你会严重脱水的。"

伍仔颤抖地吸吮着吸管里的热水，林水伯拿着水杯的手也颤抖着，忽然，伍仔一阵反胃，一口污物全吐在林水伯的身上。林水伯没顾得上擦，立刻用双手抱住那水杯往伍仔的嘴里送，伍仔撑不住地胡乱摇着头，不肯再喝了。

林水伯咬牙道："你必须喝。当初仔仔的毒瘾犯了，我就是这么治他的。"

伍仔好歹还能听明白话，他痛苦地蜷缩着，勉强动动嘴唇吸到了水，仿佛跟自己较劲似的大口大口地吸着，一瓶水喝完了，人总算平静了一些。林水伯忙把他放倒，用被子把伍仔裹得严严实实的，不知过了多久，伍仔打着摆子的身体终于平静下来，他无力地望着林水伯。

林水伯拍了拍他身上的被子道："你睡一会儿吧，睡一觉就会觉得有力气一些。"

伍仔摇了摇头，绝望地半眯着眼睛，"我……会死的……"

林水伯坚定地道："不会，你不会死的，你只要扛过三天，毒瘾就会小很多。你年轻，身强力壮，能扛过去的……"

正安慰着伍仔，林水伯的毒瘾也犯了，他打着哈欠和喷嚏，额头上也是大汗淋漓。他艰难地站起身来想走，可是身子软软地靠着墙面滑了下去，他瘫坐在地上……

不知过了多久，朝阳已经升起，霞光照射进来，水泥筑起的窗户外，又是东山新的一天。

赵嘉良坐在自己办公室里，将一叠罗佳怡死亡现场的照片摆在桌上细细观看着，这些照片正是罗佳怡死在浴缸里的照片，是从各种角度拍摄的。

赵嘉良不放过丝毫细节地逐一查看后，再把那些照片码好放回证物盒里，然后把散落在桌子上的法医鉴定报告等材料也都放进证物盒里。随后目光落到一盒录像上。

那录像带盒子上写着“华威公寓监控录像”的字样。

赵嘉良拿起手机拨了个电话，“钟伟，给我找一台老式录像机来。”

钟伟保持了一贯的水准，效率高得跟坐火箭似的，电话放下没二十分钟，就抱着录像机进了赵嘉良办公室。

将录像机连接上电视，赵嘉良接着把那盒监控录像放进了录像机，电视上随即出现了罗佳怡那栋小区电梯里的监控画面，画面上显示的时间正是三年前的1月7日。

钟伟见赵嘉良目不斜视地看了许久，终于忍不住问道：“良叔，要找什么？”

赵嘉良也已经看得有些不耐烦，他捏了捏鼻梁，拿起遥控器开始快进。突然，仿佛发现了什么，他把画面再次倒回来，定在一个画面上。那画面上有一个背着双肩包、戴着棒球帽的男子进入电梯。

赵嘉良仔细地盯着那个画面上的男子看，忽然自言自语道：“见鬼了，你看看这个人，是不是有点面熟？”

钟伟连忙凑上前来，仔细地盯着画面，脱口而出：“陈大雄？”

既然钟伟也能认出来，赵嘉良就知道自己没有看错人了，“对，就是陈大雄。”

随后他再一次看向画面上的时间，时间显示为：1 月 7 日 14 时 23 分。

赵嘉良放慢速度，继续盯着画面，不一会儿，那电梯停住了。是在 21 层，那男子从电梯间走了出去，赵嘉良仿佛被人拿针戳了一下似的，扑到办公桌前，把刚才整整齐齐码放进去的资料又取出来，着急地翻着。直到找到罗佳怡住址一栏，仔细看来，正是华威公寓三单元 21 层 2115。

赵嘉良拿着这份材料重新走到电视机前，快进地看着录像带，终于定格在了一帧画面上，上面那个名叫陈大雄的男人戴着棒球帽从 21 层进入电梯，时间显示是1 月 7 日 14 时 53 分。

赵嘉良心跳有些加速，他又看着材料，罗佳怡死亡时间一栏上写着：1 月 7 日 14 时 30 分左右。

赵嘉良愣在那里反应了两秒，随即脸色越发沉冷地走到办公桌前，拿起自己的手机，给谭思和打了个电话——

“喂？”

赵嘉良震惊之余难得有些紧绷，毛病倒是没改，“你猜我刚才在罗佳怡的公寓电梯间的监控录像里看到了谁？”

谭思和皱眉不耐烦道：“我最烦的就是猜谜语。”

这种时候，赵嘉良就不卖关子了，“陈大雄。”

“陈大雄？？”谭思和出离地震惊，简直以为自己听错了，“旺角有名的职业杀手？”

“对，就是他。”赵嘉良冷笑一声，“监控视频显示，三年前 1 月 7 日下午 2 点 23 分，陈大雄进入罗佳怡住的华威公寓三单元的电梯，到达楼层就是罗佳怡住的 21 层。陈大雄是当天下午 2 点 53 分离开的，而法医的死亡报告里，罗佳怡死亡时间是下午 2 点 30 分左右——你觉得是不是有点意思了？”

话说到这个地步，谭思和觉得自己该去跟他见个面了。

还是那个停车楼里，还是原先的位置，谭思和的车已经停在车位上，片刻后，赵嘉良的车也飞驰上楼，和谭思和的车相向而停，两人同时摇下车窗，谭思和笑道：“你的好运气为什么总也用不完？你该去买六合彩试试手气。”

赵嘉良不屑地冷哼，“是恭维我还是为你们自己的失误开脱？”

“我没空和你打嘴仗。”谭思和说着拿出一个文件夹朝着赵嘉良扔过来。

赵嘉良接住文件夹打开，里面有陈大雄的照片和资料，下一页是一张公寓楼监控视频拍下的放大截图，上面是正往外离去的陈大雄的身影。

谭思和道：“由于当年定性为自杀，就没有仔细排查监控视频拍下的那些人的身份和背景。而陈大雄去年才因为残杀温大明星落网。三年前出现在监控视频里的那个陈大雄，只是一个普通人而已，警方不可能想到他和罗佳怡之死有关系。”

这种借口在赵嘉良这里根本不成立，“还是你们不负责任。要是当初就调查他，说不定香港就会少几个冤魂。”

谭思和皱眉不满地说：“你能不能积点口德？”

赵嘉良不置可否地耸耸肩，“陈大雄承认了吗？罗佳怡的案子？”

谭思和双手一摊，耸了耸肩。

赵嘉良看着他那个无能为力的表情，抽抽嘴角，觉得这人怎么能这么不要脸，“你什么意思？……你不会是想让我去审他吧？”

谭思和脸上有点挂不住，无奈道：“跟你见面之前我去了赤柱监狱，见了陈大雄。他怎么都不肯承认罗佳怡之死和他有关系。职业杀手嘛，有他们自己的戒律和游戏规则。结果不算太令人满意，但警务处的人都已经尽力了。毕竟时间过去太久了，有些线索已经永远失去了。”

赵嘉良凝眉盯着谭思和，他似乎也在思索，半晌后还是断然摇头，“不行。我必须知道确切的答案，不然我下一步无法行动。”

谭思和好奇，“什么行动？”

赵嘉良看了谭思和一眼，只继续默默地翻看着陈大雄的资料，没搭理他。

谭思和被晾了半天，知道他是不可能说了，想了想，遗憾地叹了口气，“我们能做的恐怕只能到这儿了。罗绍鸿不是你老大吗？请他出马，也许陈大雄会卖他的面子。当年在旺角，不是你把他从枪林弹雨中背出来的吗？他欠你的可不是一个人情，而是一条命。”

赵嘉良想都没想，“我不能让他知道我在调查浩宇集团。”

谭思和无可奈何，“那就没办法了。”

赵嘉良拿着资料思索片刻，突然盯着谭思和，若有所思地看了半晌，在谭处长被看得浑身别扭想抽他之前，他悠悠地把目光收了回来，忽然胸有成竹，老神在在地笑了，“可以找罗绍鸿。不过不是我去找，而是你们保安局禁毒处去找他。”

谭思和立刻警觉，“什么意思？”

赵嘉良玩味地看着他，“罗绍鸿现在是政商两界有头有脸的大人物，为了香港的社会稳定，配合警方工作，义不容辞。”

就知道这人眼珠一转准没好事儿。谭思和撇撇嘴，顿了片刻，琢磨了一下可行性，最终还是点了头，“好吧，回去我试试看能不能让我 Boss 去和罗绍鸿见面。希望私交和正义都能完美地兼顾到。”

赵嘉良丝毫不掩饰嘲弄地看着他，揶揄道：“官僚主义的运作体系在你身上体现得淋漓尽致。”

谭思和懒得跟他废话，“讲效率也得讲策略，你不在体系内，说这些你不懂。”

懂不懂的，反正我也没在你们体系内，跟我有什么关系？赵嘉良心里腹诽，不过反正谭思和都答应了，其余也就没什么好说的，他继续翻看资料，“罗佳怡一案的重启调查是秘密进行的吧？”

谭思和朝他瞪眼，“我们俩互惠互利这么多年了，说这话你就不怕伤我感情？”

赵嘉良笑了一下，“我得确保万无一失。”

“这世上有万无一失的事情吗？不过要是我有过什么闪失，你还能活到今天吗？”

“谢谢，”赵嘉良夸张地对他点了点头，怪腔怪调地赞美，“我的生命会因你而灿烂的——”

“啧。”谭思和憋不住，狠狠瞪他一眼，却笑了起来……

李飞在他自己家卧室里弄了个白板，往床对面墙上一挂，一边在心里捋着各种关系，一边把涉案者和他所怀疑的每个人的名字都写在了上面，片刻后，白板上一左一右，左边是以林耀东为首的塔寨村的一张网络，右边是以蔡启荣、蔡启超为首的一张网络，两张关系图有个共同点——中间写着蔡杰的名字。

李飞想着跟蔡军喝酒时他说过的，宋杨遇害的时候，蔡启荣、蔡启超正在和一个香港人做生意……他思索着，又把“香港人”这三个字写在了白板中间。

看着白板琢磨了片刻，他转过头坐到电脑前，开始通过现有资料搜索一些信息。

他通过“蔡启荣、蔡启超、香港”三个关键词搜到了“龙坪市第二届潮汕商会迎春年会”，又通过迎春年会搜到参与年会的公司，眼尖地把一家名叫“香港嘉良国际贸易有限责任公司”的企业挑了出来。

再用这个公司名字去搜，知道了公司法人叫“赵嘉良”。

把“赵嘉良、蔡启荣、蔡启超”三个人放在一起，搜索引擎就显示了寥寥几笔、一看就是企业为了宣传而自己拟稿通过媒体记者发出来的报道。不过在报道里，李飞看见了一张赵嘉良跟蔡启荣、蔡启超兄弟的合影。

顺着这个思路找下去，很快，“香港嘉良国际”“潮商赵嘉良”“在东山投资兴建东山嘉良化工涂料有限责任公司”“注资三千万人民币”等消息都出来了。

李飞把消息从头到尾都看了一遍，目光冷凝地注视着电脑照片里赵嘉良那张沉和儒雅的脸，片刻后，他站起来，笃定地把白板上的“香港人”擦掉，换上了“赵嘉良”几个字。

那时候的李飞还不知道，那是他二十多年以来，第一次看见他父亲的样子。

脑子用得多了肚子饿得就快，他在卧室里圈圈画画、写写改改了大半天，后来都听见了自己肚子叫了，这才反应过来早上起来到现在一直没吃饭。

李飞摸了摸肚子，站起来走出去，刚走到客厅，就见茶几上刚好有一碗泡面，毫不客气地拿起来就吃，刚从厨房里走出来的马雯立刻叫道：“喂！这是我的！”

李飞毫不在意地道：“你再泡一碗呗。”

马雯瞪着他：“就这一碗。”

听到这是唯一的一碗，李飞有些讪讪地放下了面碗，然后又往马雯那边推了推。

马雯看他这副可怜的样子，不耐烦地翻了个白眼，“服你了。我去看看冰箱里还有没有鸡蛋，给你煎两个鸡蛋先对付着吧。”

李飞揉了揉鼻子，恍惚中好像看到了宋杨。曾经两人也是同吃最后一碗面。

马雯动作快，片刻后厨房里飘来焦香味儿，她从厨房出来，把那两个煎得金黄的溏心太阳蛋放在了他面前。

不知道是不是饿得心慌，马雯做的这些，总能让他想起宋杨来——抢他面吃的宋杨，给他煎蛋的宋杨，透过马雯，他好像又看见他兄弟了似的。

马雯看他盯着鸡蛋动也不动地怔愣出神，半晌后眼圈竟然都红了，有些无措又格外别扭，连凶巴巴的语气都没了气势……

"干吗？知道你人缘差，但也不至于差到有人给你煎个蛋就感动成这样吧……"

李飞不理她，却从怀念中缓过神来，闷不吭声地低头夹起鸡蛋，仿佛在发泄情绪似的，狠狠地咬了一口。

马雯靠在沙发边上居高临下地俯视着他，看他这个狼狈样，不知道为什么心里多少有点满足，张嘴出来的却是，"哎，会说谢谢吗？嘴巴就用来吃啊？难怪人缘差！"

这时李飞已经飞快地把煎蛋吃完，擦着油光的嘴巴带着点淡淡讽刺看着她，"你才认识我多久就说我人缘差，你很了解我吗？"

马雯轻蔑地看他一眼，理所当然特别笃定，"你恢复自由那么久都没人联系你，唯一和你联系的除了李局就是那天见的陈珂，还有谁会联系你？你这不是人缘差吗？"

这可真是……无法反驳。

李飞撇撇嘴，自觉在这个话题上自己占不着便宜，伸手又把马雯的那碗面拽了过来，"你不饿的话，我先吃了！"

他这个狼吞虎咽的样子，倒真是饿得狠了。马雯觉得让个大男人吃俩煎蛋填肚子这也确实不太人道，也就没阻止他，自己转头轻车熟路地从冰箱里拿了罐李飞之前囤的饮料拧开喝了两口，想想又觉得把午饭让给他吃实在很委屈自己，忍不住还是想戳他，"你……一点儿绅士风度都没有，活该你现在还单身。"

李飞呵呵呵地笑起来，气定神闲地开始嘲讽，"说我单身，那你呢，你男朋友呢？"

马雯猝不及防受到暴击，一时连饮料都喝不下去了……

李飞这些日子简直是被她压着打，这会儿终于扳回一局，嘴上越发地没溜儿，“也对，你这样的想找男朋友估计挺难。”

马雯一时沉默，李飞见她忽然不吱声了，抬头看了她一眼，没想到目光一对上，这姑娘却仿佛被踩了尾巴的猫似的，忽然奓毛了，“他很优秀！”

谁？

男朋友？

李飞张张嘴，愣住了。

他就是随口一说，没想到她竟然还真有男朋友……

“也是 SPC 的？”

马雯抿着嘴点点头，李飞更觉得奇怪了，“那你还离开 SPC？”

马雯抿着嘴角，忽然站起来，“你吃不吃了，不吃我收了！”

“吃！吃吃吃……”李飞怕她真收碗，赶紧把那碗面抱了起来，偏偏情商不在线，吃饭也没堵住嘴，“说着话呢好好的怎么就急眼了呢？我说那天在广州你怎么比我还激动……你该不会是心理有问题通不过评测被筛下来的吧？”

马雯强压着的那点火再也压不住了，“听好了！我是自己主动申请调离的！”

刚才是猫被踩了尾巴，这会儿是因为尾巴被踩疼到发怒奓毛了……

李飞一碗面吃完了，他把碗放下，眨巴着眼睛，“你看看你现在的样子，还说心理没问题！暴力加狂躁……”

马雯这次却没再搭理李飞，直接转身就走——如果不是领导有命让她二十四小时跟着李飞，她现在已经摔门而去了。

然而命令大过天，李飞的卧室他自己霸占着，现在这混账还坐在客厅，马雯没地方可去，豁然把门打开，径直走到楼梯间尽头，背对着李飞，闷不吭声地靠在了转角的墙边……

李飞终于意识到有哪里不对劲了……心里隐隐地有了点猜测却不敢相信，看着走廊里她显得单薄的身影，内疚地摸摸鼻子，自言自语不太确定地反问自己：“我……我是不是玩笑开大了？”

30. 新线索

东山那栋烂尾楼中，说了林水伯他儿子真正死因的伍仔，熬过毒瘾，却又改了主意……

伍仔舔了舔干裂的嘴唇，半晌才闷声道："你不想活是你的事，我还要留着这条贱命呢。"

林水伯眼神暗了下去，又不甘心，"可是，不把杀仔仔的人找出来，水伯我死也不能瞑目的。"

伍仔被烦得不行，倏地盯住他，"那你去找警察啊！"

他说的是气话，林水伯倒像是被点醒了，一把抓住伍仔的手道："你跟我一起去！"

"开什么玩笑？！"伍仔一把甩开他，林水伯踉跄了一下扑在地上，他挣扎着爬起来，呆坐在地上怔愣地看了伍仔半晌，突然反应过来，"伍仔，那些人要杀你，是不是因为你知道我儿子仔仔被杀的真相？那你更要帮我了，这样或许还能救你自己一命！……"

伍仔笑了一声，也不知道这笑是针对谁的，"他们要是知道我知道，我早就去见阎王了。"

林水伯不信，"那他们为什么要对你下狠手？"

伍仔手指甲抠着掌心的肉，要命的事儿，他竟然轻描淡写，"我吞了大虾的货。"

"那他们照样不会放过你的……"林水伯眼底闪过一丝真切的恐惧和担忧，"所以咱们只有这一条路，报警吧，至少……"

“你神经病吧？！”伍仔猝然打断他，像个突然暴躁的疯子，看林水伯的眼神仿佛是在看另一个疯子，“我是个贩毒的，你是个吸毒的，警察会相信你我的话吗？再说了，警匪一家懂不懂？在东山更是！”他说着站了起来，看着林水伯的眼神竟然带着怜悯，老油条似的摇摇头，“百无一用是书生。”

林水伯根本不在乎他怎么看自己，一门心思都在报警上，“我……我认识一个好警察……”

“哦，那你去找他吧。”伍仔冷漠地笑了一声，忽然转身就走，“别拉上我！”

林水伯连忙爬起来追出去，他毒瘾刚过去，这会儿没力气走不快，追在后面一叠声地喊他，“伍仔！伍仔，你别走，离开这楼你会没命的！”

“那也比被你逼死了强！”伍仔回过身远远地吼了他一句，“找警察？我又没发疯。”

他是没疯，可就是运气不好。他没想到刚从烂尾楼里出来，迎面竟然看见了麻子——带着三个人或蹲或靠地待在水泥门柱边上，在“溜冰”。

四目相对，扎了个小辫儿的麻子缓缓站起来，笑了，“伍仔？”

伍仔挺谄媚地笑了一下，忽然转身就跑！

“抓住他，别让他跑了！”乐子找到一半，还没过瘾呢，也顾不上了，几个人把工具随手一扔，撒腿就奔着伍仔追了出去！

他们本来就堵着下楼的出口，伍仔只能返身往楼上跑，正好又撞上了从上面追下来的林水伯。水伯诧异他去而复返，还没等反应过来，伍仔已经越过他往更里面跑去了，怔愣的瞬间，后面麻子带人也从他面前风一样掠了过去。林水伯猛地一颤，木讷的神经突然反应了过来。

楼上是死路，对方四个人堵伍仔一个，他根本不可能跑得掉，几个人分散开来一围，伍仔的退路就断了。

一直把这小子逼到了角落里，麻子双手插兜七扭八拐地站着，笑得特别狰狞，“奶奶的，没想到你命还真硬。”

伍仔手心里全是冷汗，他张张嘴，用干涩且颤抖的声音求饶道：“麻子，看在咱们是老乡的分上，饶过我……”

“饶你？”麻子笑了一声，恨不得立刻活剐了他，“你他妈的知不知道，就因为你吞了货，老子差点当了你的替死鬼！现在刚刚扫过毒，你知道那些货现在市面上涨了多少倍吗？”

伍仔一边哆嗦一边嗫嚅，“我也是没忍住……你通融一下……”

麻子啐了一口，“要是老大知道你还活着，那我就得死，我要想活，你就得死。这行的规矩就是这样。”冷漠地说完，他朝身边的几个人摆摆手，“给我上！”

话音落下，几个人就朝着伍仔逼过来，就在这时，林水伯从楼下又竭力跑回来，他年纪大了，跑得上气不接下气，人还没到跟前，身体就往前扑着差点摔倒，他借着惯性一把抱住麻子，顾不上老胳膊老腿儿硌在粗糙水泥地上的疼痛，死死抱着跟他一起倒在地上的麻子不松手，几乎是声嘶力竭地喊：“伍仔！快跑啊！从我这边跑！”

伍仔愣了一下，顾不上其他，飞速地朝着麻子这边跑来。而麻子万万没想到这个捡破烂的老家伙竟然敢上前，拼命想要挣脱，无奈林水伯拼尽全力紧紧地抱着他，一时竟然挣脱不开。

伍仔飞快地从林水伯拼了命帮他撕开的这条口子冲出去，玩命地朝楼下飞奔而去。

麻子的一个手下连忙冲上来，抄起一根木棍照着林水伯后脑就是一棍子。林水伯连哼都没哼出一声来，眼睛一翻，直接倒在地上昏了过去。

绕了一圈没追上伍仔的四人又回到烂尾楼中。麻子看着昏迷在地上的林水伯，一脚就朝着他踢了过去。林水伯暗哼了一声，并没有醒来，麻子抢过手下小马仔兜里的折叠刀打开，想要对林水伯下手，那人忙冲上来一把拉住了他，“不行啊哥！”

麻子暴戾地道：“怎么了！”

拽着他的那人跟他解释，“我上次在街上看到塔寨村的‘总理’林老大给过这老头钱。林老大对他还挺客气的，咱们别惹出别的麻烦来。”

麻子听了这话愣在那里，看着这么个捡破烂的糟老头惊疑不定，“真的？”

那人连忙点点头，指着另一个同伴，“不信你问‘棒槌’。”

外号叫棒槌的那人连忙点头道：“我们俩亲眼所见，一大沓钱呢。听说这老头是塔寨村的人，咱可不能惹。”

塔寨的人，是真的惹不起……麻子面上晦暗不明，片刻后，对着几个小弟厉喝：“那我告诉你们，伍仔还活着的事不能跟老大说，听到了没有？”

几个人连忙点头，麻子又磨磨牙，“这些天给我长着眼，一定得把伍仔从东山翻出来！”

几个小弟立刻诚惶诚恐地应了声“是”。

麻子出气不成，不甘心地踹了林水伯两脚，又不放心地伸手在他的鼻子前试了试气息——见他还能喘气儿，麻子暗暗松了口气。

他还是觉得心里恼恨得很，不解气地朝地上的林水伯吐了一口唾沫，带人扬长而去。

林水伯一动不动地躺着，好一会儿才好像憋在胸口的那口气顺出来了一样，猝然剧烈地咳嗽了两声，艰难地翻过身来。他睁开眼睛，喘着气，一动不动地躺着，望着窗外的天空，半晌后，似欣慰又似绝望地闭上了眼睛……

马雯脾气又急又暴，但好在是个讲理且不记仇的，自愈能力还超强，中午被李飞从走廊拉回来的时候还横眉冷对拿他当空气，这会儿已经雨过天晴了。她看着李飞在白板上面写的密密麻麻的人物关系网，诧异地开了腔：“什么情况？福尔摩斯？”她说完又觉得这不是重点，指了指白板，“不是……天天藏着自己看，今天怎么舍得拿出来了？”

李飞这一下午锁在卧室对着这块板子，这会儿终于灵机一动有了道道，他从厨房里拿了根筷子，回来高深莫测地对着马雯敲了敲白板。

马雯虽然参加了丰益宾馆的行动，但后来的工作主要就是保护李飞，因此对案情的发展知道得有限，白板上有几个名字她甚至都没听过。站在前面凝神看了半天，她摇头，“没看出什么。给我讲讲？”

李飞这才神秘地低声道：“你想不想知道林胜文的证据在哪儿？”

马雯愣了片刻，突然嘲笑，“有证据你就不是这副德行了。”

李飞尴尬地咳嗽了一声，“我手里没有，但是我知道哪里有。”

马雯显然是不相信李飞，只把这当成逃跑的另一个借口，立着眉毛警告道：“别想乱跑啊。”

“跑什么跑，不跑不跑。”李飞是有求于人，从善如流地跟她一叠声地保证一番，这才又故意带了几分恭维讨好地跟她说：“但这个证据只有你能拿到，我不行。”

马雯对他这种“惯犯”没什么信任可言，从鼻子里哼了一声，冷笑，“支开我？更没戏。”

“我是认真的！”

马雯掏出手机示意他，“你最好老老实实在家里待着，不然我就汇报给李局——我也是认真的。”

“你别啊……”李飞看她要打电话向李维民汇报，一着急就连忙按下马雯拿手机的手，不满地嘟囔，“二十多岁人了，怎么老喜欢打小报告……你先听我说完。”

马雯猝然把手从他手里抽出来，脸上有转瞬即逝的尴尬，但还没等李飞捕捉到，已经又变得凶巴巴起来，“说！看你要什么花样。”

李飞一本正经的，“我知道有个地方有可能有线索，但是我在毒贩那边挂了号的，谁都认识我。你是省厅的，刚来，生脸。最主要你是女的，目标小，这事儿只有你能办成。”

马雯看他说得有鼻子有眼的，不由已经信了一半，犹豫地打量着他，“真的？”

“我骗你干吗？你这身手我跑得掉吗？”为了达到目的，他也不在乎认不认厌了，“我要骗你的话，我每天躺家里让你看着，一日三餐给你伺候好好的，直到你任务完成，行吗？”

马雯挑眉收起手机，好奇中又夹着不耐烦，“信你一次……在哪儿啊？”

李飞把手里的筷子放下，“先去你那儿。”

马雯挑眉，满脸怀疑，“我那儿？又要什么花样？”

“就换身衣服，”李飞上下打量着她T恤配牛仔的穿搭，高深莫测地笑了起来，“你穿这个可不行……”

夜半时分，灯红酒绿的甜蜜蜜夜总会门口，一辆出租车在不远处停下，李飞和马雯先后下了车，两人差不多都变了个样子。

李飞一副小流氓的打扮，喷着啫喱把头发抓起来做了个“杀马特”洗剪吹造型，戴着墨镜，破洞牛仔裤腰间别着一条金属链子，手腕上不伦不类地缠着不知道打哪儿弄来、也看不出是真是假的菩提子珠串，走路一步三摇晃，就差把“老子不是好鸟”六个大字贴脑门上了。马雯的齐肩短发用一次性染发剂染成了黄色，身上是一套紧身的黑色低胸套裙，化着烟熏妆，眼角用粗眼线勾勒得微微上挑，整个人看上去妩媚妖娆又性感。

她平时就是个素面朝天，这会儿化了妆，整个人的气质显得跟平时不太一样，李飞站在夜店门口隔着墨镜上上下下打量她一番，十分满意，特别中肯地评价，“挺风尘。”

马雯柳眉一竖：“你说什么？！”

“我说你穿裙子挺好看！”李飞立即大声改口，笑嘻嘻地扮演着一个称职的混混儿，带着马雯往夜总会里面进的时候，压低了声音在她耳边说道：“记住，你叫周琳。”

马雯不解，“为什么？”

“行动需要，注意伪装！”李飞神秘又殷勤地说了一句，马雯扫了他一眼，懒得跟他计较，甩开他径直朝着“甜蜜蜜”走去。

落后两步的飞Sir看着踩着细高跟、风情万种扭着腰往前走的马警官，摸摸鼻子，人都走前面去了，他才敢逞口舌之快地抱怨一句，“保镖还那么多问题……”

“甜蜜蜜”生意不错，这时候又正好是高峰期，一推开门里面嘈杂的动静就爆了出来，乌烟瘴气中一群红男绿女随着不断变换颜色的彩灯挤在台上疯狂摆动身体。马雯进去四处看了看，擦着端着酒杯拿着饮料在台下跟着一起摇摆的人的身体挤过去，在离舞池很远、相对安静的卡座上坐了下来，打了个响指，招呼远处的服务生，“Waiter！”

这店里做着见不得人的买卖，在里面上班的无论男女眼睛都贼得很，过来的男服务生一眼就看出她是生人，笑得很殷勤，“美女，第一次来我们这里？”

马雯瞟了他一眼，倒是半点不露怯，老到地从红色漆皮小挎包里拿出一沓现金放在桌子上，随手从里面抽出一张，当着服务生的面轻车熟路地对折了几下，把百元大钞折成了一个板板正正的三角形，脸上挂着点意味深长的笑，给他递了过去。

“稍等。”侍应生接过折好的钱，表情变也没变，噙着殷勤的笑，转身离开了。

他走了没五分钟，一个浓妆艳抹的中年女人走了过来，在马雯对面的位子上坐下，她上上下下地打量了马雯一番，“要货？”

马雯看得出来她是这个场子里的妈咪，点点头没说话。

“等我一下。”妈咪也点点头，没说她要的“货”有还是没有，对她笑了一下，便转身离开了。不远处吧台边上有个穿艳色裹胸露脐装配小短裙的风骚女郎，妈咪径直走过去，压低了声音对她朝马雯的方向扬扬头，“见过吗？”

这姑娘是她手底下的人，会来事儿得很，很多人来了都愿意找她。她认识的人多，路子也就广，闻言看过去仔细打量了一遍，摇摇头，妈咪的眉间就微微蹙了起来，背对着马雯的脸色也严肃了起来，“没见过？去看看，谁介绍来的。”

姑娘点头，笑着走到了马雯的对面，坐在了刚刚妈咪的位子上，很自来熟地笑起来，“我叫艳艳，以前没见过你，第一次来？”

马雯点头。

“怎么知道这儿有货的？”艳艳问道。

马雯无声笑笑，“我男人常来。”

艳艳眨眨眼，“这儿没有我不认识的人，你男人是谁？”

“——死了。”

“死了？”艳艳警惕起来。

马雯撩起眼皮若有所思地看了她一眼，“不然我也不用来这个地方，以前都是他给我带回去。”

不知怎么的，艳艳总觉得她看自己的眼神和对自己的态度仿佛带着敌意，“他是？”

“自杀的。”

“自杀的？”艳艳突然想到一个名字，心里不由自主地就七上八下起来，“叫什么名字？”

马雯倒是真的冷笑出声了，对着她一字一顿地说道：“黑豆，林胜文。”

“黑豆？”艳艳忍不住拔高了声音，戒备被惊愕取代了，“那你是？”

马雯意味深长地勾勾嘴角，“我姓周。”

“周？”艳艳皱眉回忆了一下，想起来，“周……你是叫周琳吧。”

马雯皱眉，“你怎么知道？”

艳艳看到马雯承认了，上下打量了马雯一番，眼神变得有点品头论足的意思，“就是你啊，黑豆还在龙城花园给你买了房子。”

马雯挑眉，“知道得还不少。”

艳艳唏嘘，“这点小事他天天吹牛。你命好，还落了套房子，我们可是被他害惨了。”

马雯皮笑肉不笑地泛酸，“他没少在你们这儿花钱吧。房子？房子未必保得住，临死前还把警察招来了。”

艳艳下意识地朝四周看看，捂住嘴讳莫如深地凑近她，“警察也去找你了？”

马雯惊讶，“也找你了？”

人都死了，她可不愿意为了个死人再惹一身骚，艳艳连忙澄清道：“别误会，警察找的不是我一个，他死前那天不是来过这儿吗。”

马雯更不爽了，“他刚出来就到了这儿？？”

艳艳有点好笑，“人都没了，咱们就别计较这些了。”

马雯有丝讪讪，“他最后说什么没有？”

“也没说什么。”艳艳不甚在乎地回忆道，“好像他说他亮了一个什么证据给警察看，然后警察吓得就把他给放了。”

“什么证据？”

“我管他什么证据，就因为这个，后来另外一个姓林的，把我叫去关了好几天。”

“叫你去干什么？”

“说是盘问，其实还不是想白玩，都是色鬼，这些人没一个好东西。”艳艳耸耸肩讥诮着。

大概是因为觉得自己也被林胜文那个死鬼给坑了，艳艳跟马雯话是越说越多，越来越投缘，原本躲在二楼盯着马雯那边情况戒备着的李飞，看着他这女保镖举手投足连眼睛里都是戏，觉得她不去当演员有点屈才……

“货”是没买成，但是在她满脸失望临走的时候，艳艳给她留了个电话，告诉她先去别的路子问问，实在不行了，再给她打这个电话，她帮她拿货。

跟艳艳道了谢，同李飞在后门会合，两人一路无话地回了李飞家，刚进门，马雯衣服都没顾上换，也没等李飞问，直接就把从艳艳那里知道的重点信息都跟李飞说了一遍。

李飞在白板上用箭头把“证据”“保护伞”跟“林胜文”连成了个三角形。

他盯着白板不动，马雯说完半天了，他忽然拿笔在“证据”上敲了敲——“林胜文手里真的有证据。”

见他说得笃定，马雯感到惊奇，“为什么？”

李飞回忆起审讯那天晚上，林胜文亲口告诉他，他有证据能证明他们系统内部有位领导受贿三百万，李飞之前能确定的是，林胜文说的不是假话，但他现在能确定的是，林胜文真的有证据——

“林胜文在‘甜蜜蜜’说了大话，说他把证据亮给我看了，所以，才给自己招来了杀身之祸。我推测，林胜文的证据不是录音就是视频，要么就是照片。他们以为林胜文的证据真的在我手里，才大费周章，给我和宋杨设了个局，把我俩裹到了南井村的案子里。这个计划很聪明，既除掉了蔡启荣、蔡启超……”

马雯暗暗咋舌，“又除去了你和宋杨！”

李飞点头，一边说一边在白板上蔡氏兄弟旁边写下了“竞争对手”几个字，画了个箭头，“可惜我成了唯一的漏网之鱼，所以他们接二连三派出杀手，想要除掉我。”

他语速飞快，手也飞快地在白板上写写画画，一边说着，又在一旁写下“杀手”二字，和自己的名字连上了一条线，同时又将“杀手”和“未知人物”连在一起，“当他们发现那个证据不在我的手里……”

马雯一阵不寒而栗，没等李飞说完，脱口而出：“他们就放过你了。”

李飞深吸口气，攥紧了手里的笔，“为了把陷害我和宋杨的证据抹干净，有一个人的嘴必须得闭上！”

“你是说包星？”马雯问道。

李飞点点头，“他们利用包星害死宋杨，就必然知道陈珂和宋杨的男女朋友关系。当陈珂去找包星时，他们担心暴露，就派人追杀包星，弃卒保车。”

“这个我清楚，说重点。”

“重点就是，我猜测，在丰益宾馆杀我的和追杀包星的是同一拨人。”

马雯凝眸细想，李飞说着敲了敲白板，“所以，如果我们顺着这条线索继续查下去，一定能找到那个未知人物。”

沉默半晌，马雯忽然拿出手机，对着白板准备拍照。

李飞一把挡在她摄像头前面，“你干什么？”

“传给李局，”马雯理所当然地说道，“我认为你分析得很有道理，得赶紧让他提审包星，看看能不能再问出一些有用的消息。”

李飞一瞬间就急了，“这个不能给李局！”

“为什么？”

“我们自己的队伍里有‘保护伞’，所以我谁都不信任！当初也就是因为太信任，宋杨才会牺牲！”

马雯不敢置信地看着他，“可……你连李局也不信？”

李飞对李维民也不能说是不信任，就是有意见，怕他知道了之后又要来阻拦，所以得防备着，“这些我在被调查时，都和调查组说过的，我一直在说塔寨有问题，我们内部有保护伞……但是他们的反馈只有三个字——没证据！所以我只能靠自己，我自己去查，我自己去找证据！”

“你自己？外头多少人想要你的命？！”马雯一听也急了，不客气地呛他，“你单枪匹马的，这不是去破案，是去送死！再说了，你现在被李局保护着，一切和这个案子有关的消息你都看不到、摸不到、听不到……而且追杀包星的杀手在赵学超他们赶到时，已经死了，你不通过李局，你怎么查？”

李飞沉默，良久，他低声说道：“还有一个人见过杀手。”

马雯抬头看向他，听见他沉定地说道：“陈珂，她去找包星的时候见过杀手。”

马雯放下手机，踱步到窗口，看着窗外，“我的任务是保护你，我绝对不允许你去冒这个险，这事我还是得汇报给李局。李飞，我很理解你的心情，但是对不起，这是我的职责。”

她话说得很坚决，但对李飞的态度让他看出了她的犹豫，李飞追过去，“对，我一个人办不到，但是你可以帮我。”

“我？”马雯匪夷所思地看向他，“想什么呢，我的任务是保护你的安全，不是带你去陷入危险，不行。”

“是，你的任务是保护我，但没有说限制我自由！我现在已经脱离调查了，我去做什么，去哪儿，都是我的自由。你以前是 SPC 的，身手好，而且又是女的，侦查的时候目标小，今晚‘甜蜜蜜’就是证明！你我联手不仅能完成李局给你的任务，还能帮助我！一举两得！”

“谁要信你的本位主义歪理邪说？”马雯瞪他一眼，无动于衷地拿起手机翻李维民的电话，李飞知道自己从她手上抢手机大概捞不着好，急得跳脚想拦又没敢伸手，“马雯！你也是一名缉毒警！你的一名同事因此而牺牲，而真相就摆在眼前，已经越来越近，你就不心动吗？”

没心动，但听李飞突然说起“同事在面前牺牲”，她的确有些动容。

相似的经历让她眼中多了丝犹豫，李飞看在眼里，真诚恳切地说服她：“马雯，我恳求你！我比任何人都渴求这个真相，我已经置身在这里面了，我躲不了！而且如果我不去做这件事，就更没有人会还宋杨一个真相！你其实……心里是知道的！”

马雯沉默，良久，她收起手机，找了个堂而皇之的理由，松了口：“先说好了，我不是帮你，我也是在完成任务，一旦我觉得失控，我会随时终止你的行动，甚至报告李局！”

李飞松了口气，情真意切地感谢她，“多谢。”

31. 杀人灭口

东山刑侦大队这两天表面上看是难得的太平，陈光荣下班回来得早，吃完饭他媳妇儿还在客厅看电视呢，他就已经倒在床上昏昏欲睡了。

林天昊电话打进来的时候他眯着眼挺不高兴，“干什么？”

“有急事，”电话里，林天昊声音显得紧张，“我就在你家楼下。”

原本睡意蒙眬的陈光荣一下子就清醒了。

他倏地从床上下来，走到窗口掀开窗帘一角往下看，脸色随之一沉，半晌后，披上衣服下了楼。

一照面，陈光荣的声音就压不住火似的透着严厉，“你找来这里干什么，让人看到怎么办？”

“荣哥，真有急事，”林天昊赔笑，言简意赅地给他说明来意，“华叔特意交代让我来告诉你，李飞去了中山。”

陈光荣拧着眉毛不满，“这有什么大惊小怪的？”

“‘甜蜜蜜’有个小姐说，昨天周琳去找过她，两人聊了很长时间。”林天昊说道。

陈光荣奇道：“周琳不是让你们关着呢吗？”

林天昊凝重地点了点头。

陈光荣倏地反应过来，眯起眼睛立即问道：“李飞人呢？”

“估计快到中山了，还带了两个女的。”林天昊说道。

“他妈的。”陈光荣就觉得李飞这个祸害不趁早收拾了，早晚要惹出乱子，林天昊这么一说，他几乎立刻就起了杀心。

绝不能让李飞查出什么。他想留着晚节清清白白地活着，李飞就必须死。

至于李飞，为了勾出湘仔，和马雯带着陈珂，傍晚就到了中山。

夜店这种越晚越放肆的地方，去早了没用。他们换了衣服化好妆，找到杨柳之前上班的那个夜店进去的时候，差不多快十点了。

而这个时间，其实已经给了陈光荣反应的机会。

马雯还是昨天晚上在“甜蜜蜜”的那身打扮，有了昨天的经验，她这会儿更是如鱼得水，款款走到吧台边上坐下，李飞带着陈珂坐在离她不远处，低声嘱咐陈珂，“如果看到湘仔，立刻告诉我。”

陈珂显得有点紧张，她点点头，看着吧台那边没多大会儿，就有个脑满肠肥的牛仔男晃荡着走过去找马雯搭讪，“给我和这位美丽的小姐来杯邂逅。”他先是跟调酒师打了个响指要酒，而后转头笑嘻嘻地问马雯：“美女，等人？”

马雯一脸拒人于千里之外的冷艳，头也没抬地玩手机，“我在等我男朋友。”

“你男朋友这不还没来嘛，不如……”牛仔男的手不老实地摸向马雯的手。

马雯随手一翻，在牛仔男还没反应过来之际已经牢牢地抓着他的胳膊将他整个人都反扣在了吧台上，“我男朋友叫湘仔，也是在这儿混的。”

“湘仔？”男人明显诧异，背对着他的马雯看不清，李飞却察觉到了。

“认识、认识！”回过神来的男人疼得龇牙咧嘴，一叠声地求饶，“一个场子的，我兄弟，就在这儿呢！美女，你放开放开，我这就给你叫去！”

马雯将信将疑地松开他，那人揉着胳膊狼狈地跑了，马雯不露痕迹地跟李飞对视一眼，李飞轻轻点了下头。而跑到后场去的牛仔男，找了个隐蔽的地方，给陈光荣打了个电话，“人在我这儿，在找湘仔。”

彼时陈光荣的车正好进了中山市区，闻言在十字路口突然打着方向盘变道左转，朝着牛仔男在电话里说的地址开了过去，“将人留在那里，我马上到。……把那个什么湘仔也给我看住了！”

牛仔男回来的时候，调酒师正好把他要的那杯“邂逅”拿了上来，他接杯推杯之间手里一枚白色小药片已经被扔进了酒里，那东西入水即溶，送到马雯手边的时候已经彻底混进了酒液冒出来的气泡里，“美女，我和湘仔是兄弟，这杯我请你。”

马雯暗地里借着身体的遮挡跟李飞打了个“OK”的手势，对加了料的酒佯装不知，豪爽地仰头喝了几口，一杯酒还没下去一半，人已经趴在吧台上失去了意识……

湘仔被牛仔男的几个小弟带着，唯唯诺诺地走过来，照面对牛仔男喊了一声“哥”，那男人指着昏睡不醒的马雯，“这女的说是你马子，你认识吗？”

湘仔前不久刚捡了条命，这会儿夹着尾巴做人，是个人都不敢惹，闻言赶忙仔细看看马雯的脸，摇头照实说了，“我不认识她。”

那男人露出一个笑来，“既然不是你的人，那哥哥我随便了！过来搭把手，帮我把她弄楼上去。”

“他就是湘仔！”陈珂压低声音说了一句，看他们要把不省人事的马雯弄走，连忙就想站起来去拦，被李飞一把摁住了，“马雯被盯上了。你回车上去等我，无论发生什么事，千万别出来！”

陈珂脸上有控制不住的慌乱担忧和急切，“可是你们……”

“没事。”李飞说着指了指马雯刚才坐过的高脚椅下面一摊水渍，“酒她没喝，吐了。”

“哥哥把床都给你准备好了，有本事就办了她，啊？”一阵哄堂大笑，李飞赶过去的时候，正看见牛仔男把湘仔跟马雯锁在一个屋里。

李飞藏在楼梯间里，看那人留了两个小弟守门，带着人转身又从电梯下了楼，他等了等，看没人再上来，便如同猎豹一般悄没声息地追过去，不等他们反应过来，从后面抓住其中一个人的肩膀，猛地一记过肩摔，将那人摔了出去——那人几乎被摔蒙了，趴在地上半晌连一声叫喊都没发出来，另一个人闻声掏出匕首低吼一声照着李飞的脖子划去，眼看刀到面前，李飞闪身躲开的同时抓住那人手腕一记手刀砍下去，匕首应声落地的同时，房门被人从里面硬生生砸断了门锁，猛地打开了！

马雯快如闪电地冲出来抓住那个被李飞摔蒙了这会儿要跑下楼叫人的马仔，下手毫不含糊直劈后颈，那人彻底昏过去的同时，李飞也飞起一脚直接踹晕了另一个人。

两人一人一个把昏迷的两个混混拖进卫生间，反手关上已经没法锁死的房门，用拉链门闩拦了一道，李飞锁上卫生间的门，正迎上马雯的目光，他笑了笑，觉得很欣慰，“谢谢。”

他突然道谢，倒是把马雯谢蒙了，“谢什么？”

“谢你相信我这个队友。”

马雯狡黠地眨眨眼，没说话，朝房间里抬了抬下巴，示意李飞。

房间里，被这晚上突如其来的种种变故吓傻了的湘仔惊恐地看着他俩，戒备地往窗根靠了靠，“你们是什么人？”

李飞直截了当，“警察。”

“警察？！”湘仔看着这两位的作风，完全不敢置信。

李飞干脆掏出自己的警官证给他看了一眼，“你认识常山吧？”

湘仔看见警察就更尿了。他现在在中山这片道上混得跟夹尾巴狗似的，这边没人挺他，警察又来抓他，前后左右都没出路，他被李飞逼到墙角，瑟缩着，回话倒是很殷勤，“认识认识，可他不是已经死了吗？”

“常山背后是不是有什么靠山？”

“这……没有……不是，我、我不知道，不记得了！”他眼神躲闪说话打着磕绊，明显是在撒谎。马雯不客气，反拧他的手臂直接把他按在墙上，“我帮你回忆回忆？”

湘仔没想到这个穿着暴露的女警竟然比眼前这男的还不好惹，他疼得直叫，瞬间就尿了，倒豆子似的哗啦哗啦说得极快，“我说我说！他跟一个叫‘陈大队’的警察关系特别好——我原来还以为他是警察的线人！”

陈大队？李飞跟马雯对视一眼，整个广东省有多少个“陈大队”先不说，但他认识的“陈大队”，只有陈光荣一个人！

李飞冷笑一声，这里人多眼杂没时间多问，他跟马雯一边一个抓着湘仔从后门离开。陈珂看到李飞回来了，打开车门，在外面的湘仔低头一看见里面的陈珂也是惊讶，“你不是包星……”湘仔一句话没说完，人就已经倒下了。额头上一个血窟窿，皮肉都向外翻，狙击步枪的子弹从后脑射出来，直接把脑袋打了个对穿……

所有的事情都发生在一瞬间，李飞连一秒的犹豫都没有，湘仔刚倒下，他就猛地附身把车门当掩护，猫腰按住吓得失声尖叫无法反应的陈珂，“趴下！别动！”

陈珂没法形容亲身经历枪杀现场是种什么感觉，她只是觉得湘仔一个大活人，连眨眼的工夫都不到，竟然就死了，她在医院工作，她接触过那么多的死亡，可却是第一次这么真切地感受到死亡的恐惧。

她整个人都是僵的，她趴在后排椅子上一动不敢动，澄澈的眼睛里蓄满连自己都不知道的眼泪，她模糊的视线像是看唯一一根救命稻草一样死死地盯着李飞，李飞面对不知藏在哪里的狙击枪都没慌一分，却在她这恐惧的、求救的眼神里慌了神。

“不害怕，没事的……”李飞声音有点涩，他长这么大也没这么安慰过谁，还是在这种要命的场合，可陈珂的样子让他心里莫名其妙地泛着酸胀的难受，“有我在……不害怕……”

他干涩地重复这一句话，但眼神沉定，带着跟李维民有些相似的坚定笃信。他看马雯已经敏捷地猫腰绕到了车的另一面，那边车门打开，马雯跟他点点头，他微微抬头朝外面黑咕隆咚的巷子看了一眼，刚抬眼就又是一枚子弹打出来被车门弹飞，车里的陈珂猛地一震，本能地一把抓住他的手，下意识地往车里拽了一下。她在他的安抚中本来已经镇定了些，这会儿眼泪落下来，眼里的担忧让李飞看得格外真切……

“我没事，你别怕。”李飞有一瞬仿佛心虚的尴尬，但来不及管这个，他一叠声地安抚她，“保持住这个姿势，压低身子，不会有事的！信我！”

陈珂信他，所以松开了手，她吓得说不出话，却用颤抖的嘴唇对他做口型，说的是“小心”。

马雯在最短的时间里用子弹的方向判断出对面狙击手的位置，她掏出枪，试探着伸出另一侧车门的掩护准备还击，刚一冒头就被对方如法炮制的一枪打了回来，从车门上弹出去落地的子弹带着硝烟味儿，她赶忙缩回身体，朝另一侧车门的李飞指了指，示意他枪手的位置，“巷口，两点钟方向。”

“影子，”李飞也指了指她那边的地上，一边飞快脱下外套扔给马雯，一边极小声地说，“他在看你的影子行动。”

马雯会意，把枪扔给李飞，两人对视一眼，马雯猛的将外套向外扔出——

“砰”一声，从不同枪支里射出的两枚子弹声音叠在一起，彻底打破了小巷的安宁。

对方狙击手一枪打在外套上的同时，李飞循着声音方向猛地起身，抬手朝两点钟巷口位置果断开枪——

周围逐渐安静下来。一片死寂。

李飞跟马雯都在严阵以待，陈珂多了些惊魂未定又劫后余生的情绪。李飞又等了片刻见杀手始终没动静，跟马雯交换了个眼神，“他枪只响了一声，应该是中弹了。”

见马雯这个行家点头，他慢慢探头在车窗后面朝巷口看了一眼，“你留在这里，我去看看。”说着起身双手持枪警惕地走到巷尾，发现原本躲在那里的人早已经消失了，连现场都被处理得很干净，既没有弹壳也没有血迹。

他一边因为没抓到人而生气，一边又因为危机解除而松了口气，收了枪回到车旁，对马雯跟陈珂说道：“人走了。”

马雯从对侧绕过来，弯腰检查湘仔的尸体，脸色严肃，“够狠，一枪毙命，不留活口。”

李飞看着好不容易找到的人转眼又死了，沮丧懊恼地叹了口气，看着这会儿也已经从车里出来的陈珂弓着身子缩着脖子还在不停颤抖的样子，一时鬼使神差，上去轻轻抱了她一下，低声安慰道：“没事了……没事了。”

不抱还好，抱这一下，陈珂眼泪就跟断了线的珠子似的簌簌落了下来。

李飞瞬间像只麻爪的公鸡僵在原地，只觉得这么放手不抱不合适，接着抱更不合适，局促中对上马雯那双促狭揶揄的眼睛，李飞脸一红，尴尬地咳嗽了一声，故作正经地跟这个配合默契的新搭档说："打电话给赵学超，向他汇报一下。"

马雯短促地"呵"了他一声，转头打电话去了。

这一声针对李飞的嘲笑倒是让陈珂倏地醒过神来，她仓促地从李飞怀里出来，绞着手指局促得不敢抬头。李飞也别扭，憋了半天，跟陈珂挤出来一句，"……对不起。"

陈珂这会儿已经缓过来许多，抬手把脸上眼泪抹掉了，"湘仔……今天说的有用吗？对查出谁害死的宋杨有用吗？"她不害怕死人，但这会儿却不敢往湘仔身上看。

李飞连忙点头，"有用！"虽说除了"陈大队"之外没有其他的信息，但哪怕只有一个姓氏，范围也已经缩小了一大半。

"那就不用说'对不起'，"陈珂勉强笑了笑，"能帮到你们，能帮到……宋杨，我心里也好受点。"

"先送你回家，"那边马雯已经打完电话了，李飞看着陈珂，想了想，又说道，"什么都别想，好好睡一觉，别怕……明天我送你上班。"

"不用……"陈珂摇摇头，故作坚强地笑着对他眨眨眼，"我没事。"

中山的赵学超算是李维民的一枚死忠粉儿，马雯刚给他打电话报告了情况，转头他就把情报原样汇报给了李维民。

自从联合调查组改为联合督导组，李维民的办公地点就从武警部队临时换到了东山的云来宾馆。李飞跟马雯一大早就被叫过去，在会议室里正面迎接了李局的怒气——

"说，为什么擅自行动！无组织无纪律！"李维民几乎暴跳如雷，桌子拍得震天响，如果不是关着门，他质问的声音几乎大到整个楼道都能听见。

见两人都闷着头不吭声，李维民猛地一指马雯，"你！忘了你的任务了？！”

“报告李局，没有！”马雯抬头挺胸站得笔直，是跟上级汇报工作的态度，说话毫不含糊，“我的任务是保护他，所以我跟着去了。”

无法反驳，李维民被噎了一下，怒瞪着她，“为什么不向我汇报？同伙吗？！”

“报告李局！不是！是战友！不是不报告，是不知该怎么报告。”马雯有理有据地说，“李飞推断出杀包星和杀他的是同一伙杀手，而且有一漏网的。在没有确认之前，陈珂伙同李飞要私下寻找，出于保护，我必须跟着。”

李维民觉得就是这小丫头片子跟他混得太熟了，他连积威都没了，这会儿诡辩得这么理直气壮，李维民冷笑，“结果呢？”

“那个湘仔说有一个被称为‘陈大队’的和常山有交情，”马雯这是替他顶雷呢，李飞连忙把话接过来，“警方各大队里只有陈光荣。”

“广东呢？广东有多少个‘陈大队’？！”李维民猛地转向他，“又死一个证人，他说的话再次死无对证！”李维民怒其不争，“以身犯险，就换回这些，值得吗？！”

“……”李飞看看马雯，两个人这回无话可说，低着头同时哑火了。

“回去都给我写检查！”李维民深吸口气，沉着脸问他们，“车开回来了吗？”

李飞垂着脑袋闷声道：“开回来了。”

李维民瞪他，“交给杜力，查弹道，查枪！”

李飞点头，“是。”

看见他俩就生气，李维民不愿意给自己添堵，转头要走，临出去之前又突然想起来另外一茬儿，回过头低声告诫李飞、马雯，“这件事保密，不要让东山市公安局任何人知道。”

蔫头耷脑的李飞顿时精神一振，眼睛都亮了，“知道！”

李维民一走，李飞脸上转而带着一点狡黠的笑意，他抬手对马雯眨眨眼，“配合默契闯过一关！来击个掌？”

马雯狠狠瞪他一眼，看也没看他举着的爪子，转身也走了。

凌晨就已经从中山回来的陈光荣这半宿也没睡踏实，手腕上被李飞子弹划出的伤口几可见骨，好在子弹只是擦着皮肉过去，没留在里面。他这伤不好去看大夫，只能自己在家做简单的包扎处置，疼得厉害，他一早打开绷带看看，伤口周围肿得更厉害，已经有些发炎，连带着人也有点低烧。

他老婆担忧地看着他在洗手间里给伤口浇了酒精又重新缠紧绷带，“怎么伤得那么严重？上医院去看看吧。”

“不用，”他摇头，“不要往外说。”

他老婆点点头，接过陈光荣手上的动作替他把绷带绑好，拿过毛巾擦掉了他脸上的冷汗，“外面都传，说蔡永强收黑钱被停职了。”

陈光荣摇头，“你别跟着瞎传。”

“我怎么会？你们关系那么近，我不好落井下石的。”女人嗔怪地看他一眼，又说道，“要不你今天请假别去上班了。”

“忙，得去。”

陈光荣动作有点滞涩地拿过外套和包，说话间就出了门。他甚至比平时走得更早一点，只不过没去单位，而是转路先去了一家私人茶餐厅。——少有人知道，这家平时没什么生意却屹立不倒的餐厅，是林耀东的产业。只是林耀东很少过来，倒是林耀华通常会约在这里跟他见面。

一见面林耀华就很不满，“不是已经告诉你了，不要动李飞！”

“我不是冲着他去的，我只是为了自保。”昨天在夜店后门截杀湘仔的人就是陈光荣，如果有机会，他绝不会对李飞留手，但那小子比他想的难搞。

林耀华语气微缓，“他查到你头上了？”

陈光荣拽拽袖子挡住了手腕露出来的一截绷带，“放心，我已经控制住了局面。”

林耀华看看陈光荣的手，“你受伤了？伤得怎么样？”

“轻伤，多谢关心了。”陈光荣躲开他惺惺作态想查看自己伤势的手，意味深长地看了林耀华一眼，“同坐一条船，要落水都落水，谁也不能独善其身。”说着冷笑一声，转身离开。林耀华看着陈光荣的背影默然无语，半晌后，藏身在屏风后面的林耀东施施然地踱步出来，看着没关上的包厢门，若有所思地阴沉道：“这个陈光荣办事不利。必要的时候，咱们还是要断尾自救。”

林耀华点头，“我明白了。”

回到家的李飞把陈光荣的名字写在了他的白板上。

本来在考虑陈光荣在整个案子中所扮演的角色，但是想来想去，李飞不受控制地就走了神。

他总时不时想起陈珂，想起昨天晚上生死攸关时她看着自己的眼神，心神不宁，拿着手机想给她打个电话问问她怎么样了，犹豫再三，又觉得自己不方便打这个电话。陈珂毕竟是宋杨的女朋友，虽然在宋杨出事前两人已经分手了，但宋杨至死都没放弃过这段感情，现在他兄弟没了，李飞觉得自己给陈珂打电话关心慰问什么的，有点尴尬，又有点别扭。可是不打又放心不下。毕竟人家姑娘是因为跟他们跑去中山指认湘仔，才遇上这样的事情。

“担心就打电话安慰下，或者你直接去找她呗？”马雯拿了瓶饮料在旁边有一口没一口地喝着，看他那个盯着电话犹豫不决的样子有点不耐烦，“就算是资深的警察，看到昨天的画面也多少会留下些阴影，更何况一个女孩儿？那么近的距离……”

李飞放下手机，拧着眉毛摇摇头。正要说什么，突然有人敲门，马雯离得近，跟李飞对视一眼走到门边，从猫眼里警惕地看了一眼，见门外是个衣衫褴褛形容枯槁的老人，狐疑地打开门，“老伯，你找谁？”

“我……”林水伯是一路打听着李飞给他留过的地址找来的，他看见开门的是一个不认识的姑娘，显得更加忐忑不安，“我……我找李飞……”

“您是？”

“我……是他以前的老师……我姓林，我找他有点事。”

马雯点点头，把门开大，回头喊了声李飞。

李飞知道林老师来找他已经够惊讶了，趿拉着拖鞋快步迎出来的时候看见水伯脸上的瘀伤更加震惊，“林老师，您受伤了？”

“没事没事，”林水伯看见李飞才松了口气，他不自然地抬手在脸上摸了一下，站在门边没进去，局促地问李飞，“没想到你家里有客人，我……不影响吧？”

“不影响，您快进来。”

李飞热络地把他让进来，去给他倒了杯温水，回来的时候手里还拿着一个信封。林水伯正在他外婆和母亲的遗像前双手合十拜着，他动容地等老爷子一丝不苟行了三个礼，把人让到沙发上坐下，把水和信封都放在了水伯前面的茶几上，水伯看了眼信封，大概明白了他的意思，“李飞，你这是……”

李飞也看着他，“林老师，这是二千八百块钱，一千八是你上次借给我的。”

“那你给我这么多干什么？我只要一千八……”他说着就要把多余的钱数出来还给李飞，李飞一把摁住他的手，不由分说地把钱又塞了回去，“水伯，你说你来是有事找我？”

林水伯欲言又止地朝马雯看了一眼，李飞安抚地笑笑，“没事，她是自己人。”

马雯挑挑眉，却没走近，把相对独立的空间留给他们，她自己靠在玄关旁的小桌边上，听见林水伯磕磕绊绊地说：“我来……是我儿子仔仔的事。”他双手不停地摩挲着裤子，显得非常不安，看着李飞的浑浊目光里有仿佛溺水之人求救般的慌乱和恳求，“仔仔……他是被人害死的！”

李飞一惊，“害死的？不是吸毒过量死的吗？”

“不是！不是！”林水伯胡乱地摇头，“是被人害死的！”

他说话间已经激动得老泪纵横，李飞反手握住他，“您有证据吗？”

“我认识一个贩毒的孩子，他才十六岁，叫伍仔，他告诉我，他亲眼看到仔仔被人害死的。”

“有没有具体的消息？”

“多的他不肯说，只说仔仔以前没溜过冰，是有人故意将大剂量毒品注射到仔仔的身体里，造成仔仔吸毒过量死亡的。”

李飞确认道：“这个伍仔的话可信吗？”

“可信。”水伯很肯定，“我算是救过他的命吧！他无家可归，我把他当儿子看。他和仔仔一样大，都只有十六岁。”

李飞皱眉，“那这么说，林大鹏是被谋杀的？”他说着，突然间想起来什么，猛地抬头看向白板，那上面错综复杂的关系网也只有他自己才能一眼就从里面挑出想要的信息——

“你儿子是几号死的？”

林水伯哽咽着回答说：“去年10月23号。”

——林大鹏死于去年10月23号。而蔡松林，死在林大鹏的前一天。

李飞猛地转头，正色跟林水伯确认：“去年10月23号，您确定吗？”

“确定，”水伯深吸口气，“那个日子我这辈子都忘不了。”

李飞不可控制地兴奋起来。他眼睛都在放光，看着林水伯目光炯炯，“伍仔人呢？”

水伯求救地看着李飞，“李飞，你得帮他。伍仔跑了，麻子那帮人正在找他，他们要杀了他。”林水伯说道。

“除了麻子，他在东山还有什么朋友？”

林水伯仔细回忆，“伍仔说自己是江西人，十三岁辍学跟着村里的另一个十七岁的孩子，到广东惠州的一家厂子里打工……”

李飞从茶几下拿过本子和笔，一边记一边问：“惠州？什么厂？”

“是一家服装厂，具体叫什么我也没问。”

“那个十七岁的孩子叫什么名字？是伍仔一个村子的吗？”

“是，是同村的。不知道名字。”

“那么他说他是江西人？说没说过江西哪里？”

林水伯努力回想，可是记忆已经模糊了，半晌后他挫败地摇摇头，“我……现在的脑子不好使，他没说过在什么县，但他说了好像是什么乡镇……”

李飞将水杯递给林水伯，“不着急，再好好想想……”

林水伯喝了一口水缓了缓神，半晌后突然一拍大腿，“哦对了，我想起来了，萍乡镇，对，是萍乡镇，伍仔是江西上饶萍乡镇下屋村的人。”

李飞快速地在本子上记着，“还有什么关于他的信息？”

我还跟伍仔说过，我说我认识一个好警察，让他跟我一起来找你，可是他死活不干。”

李飞问他：“你和他提过我？”

林水伯点头，“李飞，一定帮我找到伍仔。”

李飞把本子上的信息看了一遍，合上笔记本点点头，“水伯，您放心。您还住在上次的地方吗？有消息了我就去告诉您。”

说到这个，林水伯又支支吾吾起来，“不，我搬走了……我妹妹她那边……不太方便……”

李飞有些担忧地看着林水伯，“那您现在……”

林水伯双手反反复复地抓着裤子，低头尴尬地嗫嚅道：“我……我现在……住在江边的那个……烂尾楼里……”

李飞动了恻隐之心，“水伯……”

“没事！”林水伯连忙若无其事地笑起来，急切地打断他，“不用担心，挺好的……不用交房租，地方还宽敞，捡回来的垃圾还有地方搁，不用担心影响别人……”

李飞想了想，起身回屋拿了外套出来，始终没打扰他们的马雯看他，迎了上去，“去哪儿？”

李飞说：“陪我去找趟陈珂……”

马雯不解地看着他，他也没多解释，“林老师，您也一起，我带您去见我一个朋友。”

“朋友？”林水伯一头雾水，却还是跟着李飞一起下楼上了车……

下

千羽之城 / 著

天地出版社 | TIANDI PRESS

目录

32. 滴水不漏

带着林水伯一起去陈珂家水果店的时候，陈珂刚下班回去。水果店的生意最近才又逐渐好起来，陈珂的父母和她弟弟都在忙，看到李飞来了，三人一脸不待见的样子。

李飞有点尴尬，迎出来的陈珂看了眼局促地站在角落的林水伯，“找我什么事？”

李飞有点不好意思，硬着头皮抱歉地说道：“我……还得麻烦你个事……能不能先把林水伯安排在你这？他是我初中班主任，5・13案……当时我从医院出来没地方去，就是水伯帮的我，还记得我给你打那个电话吗？就是用水伯的手机打的。水伯现在……现在有点困难，他因为吸毒被塔寨赶出来了，现在住在一个烂尾楼里，挺可怜的……你能不能收留他？让他在你们店里打工，晚上还可以看店，就不用叔叔阿姨轮流在店里守着……行吗？”

陈珂为难地看了看林水伯，压低了声音小声地说：“吸毒……”

李飞急切道，“水伯是因为他儿子吸毒，自己才……详细的我以后慢慢跟你说。”

林水伯明白李飞这份心意，他自己此前颓废度日完全是因为儿子没了，他也就失去了活着的念想，能活一天算一天，死了也算解脱。但现在仔仔蒙冤丧命，害死他儿子的人还逍遥法外，他不能再这么颓废下去，也想借此机会重新振作起来。连忙走过来恳切地对陈珂保证，“我一定能戒！为了我儿子！”

李飞看着陈珂，“我相信他一定能戒掉！陈珂你相信我，好吗？帮帮忙！除了这儿，我也没有别的地方可以安置他。”

陈珂咬咬嘴唇，“以前是塔寨的？”

见李飞点头，她轻轻拧起眉毛，劝说道：“李飞，我觉得你应该把这些事都告诉民叔，或者马局长。你应该找他们帮忙，别再单枪匹马地自己查了！昨天晚上……太可怕了……”

李飞一时语塞。他就是这么个猴急的脾气，之前还再三犹豫想打电话安慰人家，这会儿因为林水伯和仔仔的事，热血冲脑，就把昨天发生的事情都抛到脑后了。

他忘了，但是陈珂却忘不了。

马雯都要觉得李飞是个十足的“直男癌”患者了，她瞪了他一眼，指了指店里各忙各的陈家人，忍不住插话进来，“李飞，你别给陈珂那么大压力，你没看见她家人的态度吗？”

“……好吧，那我再想办法吧。”李飞尴尬地对陈珂笑笑，也指了指店里，“我那个……跟叔叔阿姨打个招呼就走。”

他打招呼也没人理，陈家除了陈珂外其他仨人都跟没听见他说“再见”似的，他越发尴尬，灰头土脸地转身要走，陈珂犹豫再三，却还是叫住了他们，“……让水伯留下来吧。”

陈珂叹了口气，带着林水伯进了店，找了个位置先让水伯坐下等会儿，她自己去跟爸妈说情况去了。李飞他俩也没立刻回去，坐在路边停着的车里，给江西萍乡镇派出所打了个电话，请求当地公安配合他们帮忙寻找伍仔的相关信息，不过，因为两人提供的信息有限，暂时也没能得到任何有价值的信息，不过那边同意继续帮他们再往深查一查，有消息给他们回电话。

挂了电话，跟萍乡镇派出所报了自己警号才说服对方帮李飞查伍仔消息的马雯心有余悸地重重叹气，“我算是正式被你拖下水了——现在怎么办？”

这回李飞不擅作主张了，“去找李局，我要向他汇报一下近期的情况。”

他们驱车往云来宾馆去的时候，云来宾馆会议室内，对蔡永强的讯问仍然在进行。

李维民、艾超、左兰三人坐在一张椭圆形会议桌的北侧，已经被停职、正在接受调查的蔡永强一个人孤零零坐在对面，有问必答，面无表情的脸上却看不出丁点情绪。

“说到线人，去年7月16日，马云波是不是找你谈过想发展塔寨村林宗辉的三儿子林三宝为线人的计划？”

蔡永强默默地看着李维民，回答说：“是说过。但说实话，这事让我非常困惑。”

左兰注意到他的用词，“困惑？”

“对。”蔡永强坦言道，“马局把我叫到他办公室前半个月，我已经在和林三宝秘密接触了。”

李维民和左兰不由自主地相互看了一眼，李维民问他：“你让谁跟林三宝去接触？”

“就我自己。”蔡永强自嘲地笑了一下，“局里、禁毒大队没有一个人知道。”

“为什么？”

蔡永强耸肩，“有个笑话，说谣言和真相是一对双胞胎。谣言性子急，冲在前面，人家发现他是冒充的，被拍死了。等真相慢吞吞地出了门，大家才发现真相和谣言长得一模一样——坊间早有传闻，塔寨不干净，不管是谣言还是真相，总不能置之不理吧？”

会议室里一时沉默下来，谁都没有说话。半晌后，左兰示意他，“说说林三宝的事。”

蔡永强几乎没思考，直截了当地说：“公安局是一个非常特殊的地方，它是权力的交汇点，也是信息集散地。权力的交汇点，很好理解。信息集散地，因为公安局是唯一可以毫无阻力地接触社会各个角落的机构，它本身就是一个情报中心。这是题外话。塔寨村制毒的风声早就在坊间流传，我就想试试水，看这个传言符不符合刚才我说的那个谣言理论。塔寨村一般人很难进去，这情况你们也了解。没有办法，只好再照搬当初在塘头村发展蔡三毛为线人的办法。”

“你很喜欢用线人？”

“这就是禁毒和刑侦的不同。毒品案件是不会有人报案的，必须靠我们自己积极主动侦查，而且抓毒要抓赃，所以，要想得到线索最好从团伙内部找突破口。这就是我们为什么都喜欢发展线人的一个原因——毒案需要经营。第二，我们禁毒大队所有人员的照片、出生年月、家庭地址、手机号，禁毒大队的所有车牌号，甚至临时牌号，东山的制贩毒分子都已掌握。我们的一举一动他们都了解。在这种情况下，用线人恐怕是代价最小的。”

李维民盯着他，“你为什么不把你的怀疑向上级部门汇报？”

“没有证据，而且做这件事有可能触碰红线。塔寨村是禁毒模范村，是龙坪和东山地区……怎么说呢？是我们自己树的一个典型。塔寨村的情况跟田溪镇塘头村完全不同。如果我的怀疑是错误的呢？如果像塘头村一样把线人暴露了呢？如果……”他顿了一下，定定地看向李维民，缓慢地、一字一顿地说道，“如果林耀东有什么更硬的后台呢？”他说着，摇摇头，“我不能拿干警的前途做赌注。”

不管有心还是无意，他的这番话，的确在李维民那里刷到了好感度，李维民理解地点头，“你说在马云波向你交底之前，你已经和林三宝进行过秘密接触了——有什么证据能证明吗？”

蔡永强摇头，“没有。”

“林三宝什么态度？”

“不肯合作，他不信任我们。”

“马云波给你交代任务的时候，为什么不向他汇报你已经开展的工作？”

“他是副局长，主抓禁毒，我的顶头上司，他提出的建议，在我这边还没有结果的情况下，有必要扫他的兴吗？”

“马云波向你说明他这么做的原因吗？”

“当然，跟我怀疑塔寨村的理由差不多。”

“按理说，马云波的想法与你的不谋而合，你应该兴奋才对，可你刚才为什么说，你困惑。”

“时间上太巧合。”

“你对马云波不信任？”

蔡永强诧异地抬了下眼皮儿，“我有这方面的暗示吗？”

李维民并不深究这个问题，望着他，想起来李飞带回来的“陈大队”的消息，换了个方向接着问道："你和陈光荣曾经是搭档？"

"是。"蔡永强回答说，"我任刑侦大队副大队长的时候，陈光荣是刑侦大队一中队的中队长。我们搭档三年，工作关系还算融洽。哦，他还是我的月老，我老婆是他老婆介绍的。我们两家以前住过同一幢楼，关系一直处得不错。2011年的时候，局里组建禁毒大队，我被抽调到禁毒大队任大队长，陈光荣本来想跟我一起过来任禁毒大队副大队长，但是——"

他顿了一下，李维民会意，"你没推荐他？"

"也不完全是，"蔡永强解释说，"当时局里往我们禁毒大队空降了复员军人陈自立。"

李维民笑了一下，语气很肯定，"如果你坚持要陈光荣的话，是不是也是可以把他调过来？"

蔡永强也没瞒着，"可以这么说。"

"你不是说你们工作关系还算融洽吗？为什么不要陈光荣？当时他的哥哥陈文泽是东山市的副市长，陈光荣又愿意到禁毒大队，你为什么不做个顺水人情呢？"

蔡永强眉毛也没抬一下，"有的人可能巴不得这么做，但我蔡永强不喜欢这样。每个人的工作方式不一样吧。"

"你对陈光荣怎么看？"

"有工作能力，办案有一套，有资源，有人脉，有个性。"

"缺点呢？"

"换个角度，刚才说的优点也可以成为缺点。"

李维民盯视着蔡永强，蔡永强毫无惧色地看回去，听见李维民又问他："你怎么评价自己和禁毒大队？"

"干禁毒的，有两个风险：一是生命危险，因为你的对手都是一些拿命赌钱的亡命徒。这风险不单单是你个人，还有你的搭档和家人。陈自立让他读高中的儿子随身携带一根自行车链条，用它来防身。为此他还特地咨询过我，自行车链条算不算是凶器。"蔡永强唏嘘地感叹着说道，"二是被诱惑的风险——走毒来钱太容易了，为了保命，他们会不惜成本向你砸钱。几万几十万，甚至是几百万几百万地砸。几百万对他们来说，就是几天的利润，对一个月二三千块，要还房贷养孩子的年轻缉毒警来说，落差实在太大。心里不失衡，不受诱惑是不可能的。我的手下都挺过来了，就凭这一点，我给我的队员打优秀——”

他说着，无奈地摊摊手，“当警察的时间长了不可避免地会对人性感到绝望。很多匪夷所思的事情，每天都在发生。看不到，有时候真的是一种幸福。”

似是感叹的一句话，却让全场再度沉默下来。李维民似乎想起来什么，若有所思地紧紧盯着他看了半晌，忽然不着边际地问他：“陈有泉的情况你知道吗？”

“知道——”蔡永强径自回答道，“丰西镇河沿村村民，2006年因制毒被公安机关逮捕被判五年有期徒刑，于2011年8月出狱。”他到现在都能如同背书般对答如流地说出有关这人的基本情况，末了有点奇怪地问李维民，“李局，你想知道他哪方面？”

李维民笑了一下，摇摇头，“没事了。今天就到这儿吧。”

蔡永强一走，李维民就笑了起来。

他笑得悄没声息，唇角的弧度却逐渐扩大，左兰站起来关掉了旁边的摄像机，奇怪地问他：“李局，你笑什么呢？”

李维民啼笑皆非地摇摇头，意有所指，“这个蔡永强，一个字都不差。”

他一说，左兰也倏地反应过来，“你是指——”

上次联合调查组刚进驻东山的时候，陈有泉煽动群众以“养父审养子”的名义聚众闹事，当时有人用不记名手机卡把陈有泉等人的犯罪记录发给了左兰，无论是在马云波那边还是他们自己这边，后来都没查到这个人身份。今天李维民对着蔡永强这么一问，倒是对上号了。

没想到竟然是他……左兰也是啼笑皆非，却又提了个小心，“你被他感动了？”

李维民坦言道：“我也是老缉毒警，他说的很多话，我能体会。你们有什么感觉？”

左兰也点头，“似乎还坦率。”

艾超站起来去给自己续了杯水，回来的时候他有点犹疑，“我倒是觉得我们今天的谈话节奏被他掌控了。他是说故事的，我们是听故事的。”

李维民点头，“这也是我叫停的原因。”

“待过派出所，做过刑侦，现在又干缉毒，什么样的人他没见过？就是一个人精，说话有理有节有分寸。”艾超坐回来，评论道，“蔡永强是做了充分的准备的，说话滴水不漏。”

李维民看了一眼刚才蔡永强坐过的位置，“但他故意给我们留下了两个漏洞。”

左兰问他：“你是说他早就在发展林三宝为线人的事？还有对陈光荣那番似褒实贬的评价吗？”

李维民不置可否，“你怎么看？”

左兰站起来，在会议室踱步思考着，片刻后说道：“当你提起林三宝时，他一上来就用‘困惑’这个词，似乎是想把矛头对准马云波。”

艾超点头赞同，“至少没有善意。”

“那我们的感觉是一致的。这叫以退为攻。”左兰蹙眉，“林三宝已死，我们没有证人也没有证据能证明他说的是不是实情，这招够狠。”

李维民问他们，“那对陈光荣呢？”

“撇清自己，和陈光荣划清界线。”左兰说着走回来，站在椅子后面，手指敲了敲椅背，“我怎么觉得蔡永强把我们引入了一个迷宫？”

正说着，外面敲门声响起，一名警察应声进门对他们敬了个礼，说是李飞和马雯过来了。

李维民起身先回了云来宾馆的临时办公室，跟马雯一起在那边等的李飞就把目前了解到的情况都跟李维民汇报了一遍，“林胜文手上有证据，所以他被灭了口，但林胜文死后藏在幕后的Boss并没有收手——这证明林胜文的死没有消除隐患，证据没有因为林胜文的死而一同消失。再联系林胜文死后林胜武立即就跑了，所以我觉得，这个证据很有可能落在了林胜武的手里。”

没证据，都是猜测，不过符合逻辑，李维民点头，“我会发协查通报寻找林胜武。”

就这？？李飞愣了一下，试探着说道：“林胜武的老婆蔡小玲还在塔寨，或许可以从她身上……”

“不行，”李维民断然拒绝，“你给我离塔寨远点。”

李飞越发不解了，“为什么？”

私自跑去中山的事儿李维民的火儿还没消呢，这会儿看他越发不服管的样子就来气，瞪着眼睛警告道：“还不到时候，给我老实在家待着，别逼我关你禁闭。”

李飞本来是平心静气积极过来汇报情况听取意见外带知晓行动方向的，结果就得到这么个轻描淡写的回复，因为不理解李维民的做法，他无法控制地大声表达自己的不满，“什么时候才是时候？”李维民冷着脸不说话，气氛倏地压抑起来，半晌后李飞忍不住又问道：“对蔡永强的调查有结论了吗？什么时候开始调查陈光荣？”

李维民：“我们调查蔡永强，完全是由于你的证词。但是总不能你怀疑谁，我们就调查谁。”

李飞铁青着脸不说话，李维民吸了口气平复情绪，语气缓和下来，“但我会派人监视陈光荣。”

李飞立刻问道：“派谁？”

李维民感受到他的不信任，“什么意思？”

“我想确定你派的人可靠不可靠。”

越说越不像话，李维民出离愤怒了，神色冷然地瞪着他问，“我是你领导还是你是我领导？！”

李飞嗤笑，“真相面前，不是凭谁官大谁说得就对！”

“也不是凭谁胆儿大谁说得就对！”

马雯在一边都看蒙了。她虽然偶尔也对李维民没大没小，但在禁毒局这么久，还从没见过谁有胆子跟他们李局这么呛的……这阵仗她没经历过，一时无措地站在那里，甚至都拿不准是不是应该插嘴劝个架顺带把他们拉开。

但是李飞可没怕过。他从小算是跟在李维民身边长大的，按个先后顺序，李维民先成了他的“民叔”，三年前才从“民叔”升级到了“李局”，李飞对李维民敬重佩服一样不少，但要说李局长的积威，那在他这儿是没有的。“办点儿事儿都要翻条例，对显而易见的线索视而不见——”李飞喘着粗气，嗓门不可控制地也大了起来，“照你这么查，东山的禁毒形势一百年都不会变！”

“李飞！”李维民猛一拍桌子，轰然一声响中，他腾地一下站起来，他眼睛本来就大，这会儿瞪得堪比铜铃，“你是不想干了吗？！”

李飞也呼啦一下站起来，椅子在地面摩擦出突兀的声响，他也气得脸红脖子粗，“不让我干我自己干！”

他说完扭头就走。李维民胸膛剧烈起伏，转头朝呆坐在位置上一直没反应过来的马雯喊了一嗓子，“马雯！”

“……是！”

马雯会意地赶紧追着李飞出去了，李维民瞪着两个小兔崽子忘了关上的门，半晌后拿过手机给杜力打了个电话，“给我安排一个可靠的人手，盯紧李飞。”

那边应了一声，电话挂断，他坐回椅子上，疲惫地揉了揉眉心。

李飞其实也没走多远，马雯追出去的时候，他就坐在云来宾馆马路对面的花坛边儿上。刚才跟李维民呛声呛得声势浩大的，这会儿一个人坐在那边，却红了眼睛。

马雯走到他身边，沉默着也坐下了，李飞连眼珠儿都没动一下，闷声闷气地跟她说：“以后不用什么事都和他汇报，我自己能查。”

马雯公事公办地摇头，“汇报你的情况是我的工作，也是我的职责。”

“你怎么就那么听他的话？！”李飞心里憋着劲儿呢，一听这话好不容易压下去的火气立刻就蹿出来，“你能不能有点自己的思想？就甘愿给别人做保镖？！”

“跟李局来的脾气你跟我发什么？”马雯也急了，柳眉一竖嫌弃地瞪着他，“你以为我愿意啊！我真是倒了霉摊上你！”

李飞气得呼哧带喘的，“那你别跟着我啊！”

“行，我不跟着你！”马雯倏地站起来，“请你以后也别跟着我！”

她说完扭头就走，结果没走出去十米远，李飞又硬着头皮追了上去——

手机响了，萍乡镇派出所王警官打来的。之前是马雯报自己警号给了萍乡派出所，对方才同意的，打电话的是马雯，留的却是李飞的号码，这会儿他接电话害怕露馅儿，没办法，只好自食恶果给自己收拾烂摊子，“马雯……”

他手机一直在响，马雯会意地看了一眼，冷笑一声，不屑地斜睨着他，“你刚不是挺硬气的？！”

她说完就转过身往前走。李飞害怕对方挂电话，着急地一把拽住她，赔着笑说道：“萍乡的电话！你先接！”

马雯白了一眼李飞，脚下不停地接过电话，“您好，我是马雯。”

电话那边，江西萍乡镇派出所的王警官也不废话，直奔主题地说道：“马雯同志，我刚从下屋村回来，有个人叫吕远，年龄符合你的描述，但我不敢确定他是不是你要找的那个伍仔。我一会儿把他的照片发到你的手机上。带他一起离开村子的那个人叫冯立，是他的一个远房表哥。”

“吕远这段时间回去过吗？”

李飞焦急地看着马雯凑近她想听电话，马雯冷笑着白了他一眼，刻意转身避开他，电话里，王警官回答说：“没有。村里人说，他离开村子后就没再回过家。我去他家看了，屋子都塌了大半。他家里已经没人了，他妈妈早在他十岁的时候就死了，他爸爸被枪毙了。”

马雯诧异，“枪毙？”

“故意杀人。在吕远十岁的那年，他爸把他妈和他妹妹都杀了。对了，虽然找不到冯立跟吕远的行踪，但冯立的家人说，冯立有一个姐姐叫冯春月，在广东惠州‘乐惠’玩具厂工作。不知这些信息对你有没有帮助。”

“非常有帮助！王警官，太谢谢你了。”马雯客气地跟对方道谢。

电话一挂，李飞就着急地追问：“说了什么？什么有帮助？”

马雯特别无害地朝他笑了一下，电话塞回他手里，冷冷地看了他一眼，一字一顿地跟他说：“请你——别——跟着——我！”

李飞这会儿也没脾气了，看着马雯说完就走的身影，一脸的一言难尽，半晌后又赔着笑追了上去，“马雯……马雯你等等！”

会等你才怪，嘴贱惹人家的时候你想什么了。自作孽，活该。

马雯虽然晾着他，但毕竟轻重缓急心里有数，看李飞做小伏低出了这口恶气，也就把王警官电话的内容都跟李飞说了一遍。

结果就是两人刚从陈珂家店里出来没俩小时，转头又回去了……

水果店这会儿差不多要准备关店了，陈珂父母已经回去了，店里就剩下陈珂和林水伯。就这么一会儿的工夫，水伯已经剪了头发刮了胡子，换了陈珂临时找来的陈爸爸的衣服，李飞他们过去的时候，陈珂正指着后面夜里看店的小屋子在嘱咐他，“水伯，以后您就住在这儿。烧热水用那个电水壶，洗漱这旁边有个小卫生间，洗漱用品我买好了。您就好好在这里工作，其他别想太多。工资呢，你看包吃包住每月一千五，可以吗？”

“珂珂……谢谢！谢谢你！”水伯一叠声地道谢，他显得很局促紧张不好意思，“……给你添麻烦了，我不要工资，我……等李飞查清楚仔仔的案子我就走！我不要工资！我绝对不能再给你添麻烦……”

“水伯，走了的人再也回不来了，活着的人总要活下去。”陈珂抿了下嘴唇，她指的是林水伯把给仔仔伸冤当成唯一念想的事情，她说着犹豫了一下，忍不住又说道，“我看李飞很敬重您，有时间您也劝劝李飞，该放手了……我真的有点怕了……他这么干……我担心……”

“陈珂，但这件事还没过去。”正说着，突兀的声音就插了进来，他人还没到，声音就已经先到了，“是，我是自由了，可我要的不是洗清我自己的嫌疑——叔叔阿姨被谁带走的？陈岩车上的毒品是谁放的？我家里的一百四十万现金哪儿来的？这些都没弄清楚，怎么能说是过去了？还有……包星那张PS照片是谁给的宋杨的？这些事情都没有找到根源。”

陈珂担忧地看着他，语气竟然也很强硬，“可是你们这样单独行动太危险了。”

李飞有一瞬间的歉疚，他看着陈珂不说话，场面一时尴尬起来，马雯害怕今天跟点了炮仗似的李飞再对人家妹子开火，赶忙打圆场，拽了下陈珂，“陈珂，你是要上夜班去？”

“哦，是……”她这才想起来上班这茬儿，再不走要迟到了，说着就拿起了一边的包包，“那我走了。”

李飞见她要走，下意识地想说点什么，“等等……”

陈珂微微蹙眉回头看他，“还有其他事吗？”

李飞憋了半天，想说的话还是没说出来。

马雯在一边看得都快急死了。李飞对陈珂的心思，她一个局外人都看出来了，她不相信这俩当事人谁都没察觉到。其实真追究起来，马雯能懂李飞的心思，无非就是陈珂以前是他兄弟的女朋友，现在他兄弟没了，他对着陈珂也下不去嘴，觉得于情于理都不合适。

可是马雯再怎么强悍说到底也是个姑娘，她将心比心，觉得从陈珂的角度，她本来就不该为了宋杨而拒绝以后的幸福。她没接触过宋杨，不知道他是个什么样的人——哪怕他真的特别特别好，但他现在人已经没了，并且在出事之前陈珂已经跟他分手了，那么至少陈珂的感情是不应该被束缚的。陈珂刚才那句话说得很对，走了的人回不来，但活着的人总要走下去。过去的该缅怀，可人早晚要向前看，既然喜欢，为什么要给自己设置障碍？就因为这是你已经过世的兄弟的前女友？马雯觉得这个理由在道义上站得住，但是在情理上，她不认同。

“陈珂，”思来想去，马雯追上她，不由分说地把陈珂的电动车停好在店门口，拉着陈珂上了李飞的车，“我送你去吧！”

说着根本不给陈珂反驳的机会，风风火火地回去找李飞拿车钥匙，借机小声嫌弃地挤兑他，“磨叽……活该你单身！”

她们俩一走，李飞的心就静了下来，他拿着王警官给他们发过来的吕远的照片给林水伯看，“林老师，你看看，这是伍仔吗？”

林水伯拿过手机仔细端详着，半晌后肯定地点点头，“没错，就是伍仔。不过他看上去比现在胖。你是从哪搞到的这照片？”

李飞笑了一下，没回答，又打开另一张照片，接着问他：“这位呢？你见过吗？”

林水伯看着照片仔细地回想，半晌后摇了摇头，“没有，没见过。他是谁？”

“伍仔的真名叫吕远，这位是吕远的远房表哥，叫冯立。就是他把吕远带到广东来的。”

“那伍仔是不是找他表哥去了？”

李飞若有所思地点点头，琢磨着前前后后的这些事儿，一时没再说话。

同一时间，已经过了探视时间的香港赤柱监狱里，曾在旺角连犯数起大案的职业杀手陈大雄被狱警押到了探视区的一个单间里。

最近忽然来找他的人多了，会挑这个时间来“探监”的自然也不是什么正经想要探视他的人，他有点不耐烦，但当这个被暗无天日的监禁磋磨得显了些老态的男人进去，看见正端坐在里面等他的人时，本来有些冷然的表情却倏地退了下去——打死他也想不到，今天来找他的人，竟然是叱咤香港黑白两道、跺跺脚这片土地都要抖三抖的罗绍鸿……

罗绍鸿还是那副笑呵呵的样子，看上去甚至有点慈祥，茶色镜片后面的眸光却清明得很，“大雄啊，还认得我吗？”

怎么可能不认得！他只是好奇，多大的情面，才能因为他这一条已经在网中的小虾米而把这尊大佛抬出来。

“鸿叔，”他站在边上客气地打招呼，“您这样的身份还来……这种地方。”

罗绍鸿无奈地摇头叹气，示意他坐下，“不是我愿意来的，只是为之前造的孽买单而已，出来混总是要还的嘛。”他说着笑了笑，直截了当地说明来意，“开门见山吧，我先开个价，从明天起，你的儿子可以来我绍鸿集团上班，月薪2万港元。你母亲我帮她送入圣方济敬老院，一直到她百年，所有的开销由我罗绍鸿负责。”

他拿起旁边的一个公文包，从里面取出两份合同文本推到陈大雄面前，“我只能帮到你儿子和你母亲，至于你，我无能为力了。”

陈大雄定定地看着他，没说话。

罗绍鸿指了指合同，“如果你答应这个条件，现在就可以签字。”

对面戴着手铐脚镣的男人依然闷不吭声，罗绍鸿大概能猜出来他还想要什么，叹了口气，径自说道：“每年你师父的祭日，我都会去你师父的坟前坐一坐，烧炷平安香——”他说着，话锋一转，忽然问他，“你师父生前说起过我罗绍鸿吗？”

“您跟我师父还有交情？”陈大雄意外。

罗绍鸿摊摊手，唏嘘地笑道：“当年我罗绍鸿还名不见经传，只是黑道上的一个小混混而已。有一次你师父带人突袭我们帮派，那天晚上杀得天昏地暗，最后我和另外两个师兄落到你师父的手里。两个师兄被你师父直接爆头，轮到我的时候，枪卡了壳，你师父说了句：丢你个老母，该他有命活。于是我罗绍鸿活到了今天，还上了福布斯富豪榜。”

“这确实是我师父的做事风格。”陈大雄啼笑皆非的表情裹着怀念的语气，长长地叹了口气。他师父对他有大恩，他曾经发过誓，师父百年之后，身后事他一定桩桩件件都办妥当，绝不让师父在那边被人小瞧了去。但是他师父去世没多久他就入了狱，这么多年，也不知道师父坟前杂草是不是都长成树林了……他在意这个，也在意母亲孩子，罗绍鸿张口就把他所有的后顾之忧都填平了，两份合同跟这句承诺比只会空手套白狼的警方靠谱儿得多。

“好吧。”半晌后，他仿佛有了什么决定，对罗绍鸿点了点头，“我承认，罗佳怡是我杀的。”

罗绍鸿表情不变，平和地问道：“谁雇的你？”

陈大雄回忆着当时的情景，跟罗绍鸿要了支烟，唏嘘而讽刺地笑了起来……

33. 不死不休

赵嘉良主意打得正，谭思和请罗绍鸿出面击破陈大雄的防线，绕了这么一大圈，总算功夫不负有心人。但是谭思和隔天将罗绍鸿跟陈大雄对话的录像和后来他审问陈大雄的审讯录像一起给到赵嘉良的时候，原本似乎对所有事情都运筹帷幄不慌不忙的男人却连看U盘的心情都没有了。他急切而愤怒，谭思和刚一走，他就驱车去了林浩南所在的监狱。让他几近失控的原因，都是谭思和跟他说起来，当年陈大雄杀害罗佳怡之前，罗佳怡已经服用了过量的东莨菪碱导致昏迷。

——东莨菪碱。

又是东莨菪碱！

二十几年前他的妻子钟素娟、三年前这个被人买凶杀害的罗佳怡……

陈大雄杀了罗佳怡，但她体内的东莨菪碱不是陈大雄所为。那么按照这个逻辑，二十多年前杀害他妻子的凶手虽然已经伏法，但在她体内检出的大量东莨菪碱，是不是也不是凶手做的？！

凶手在骗他——林浩南他妈的在骗他！

道上的传言并非空穴来风，当年就是他亲手把林浩南送进了局子。林浩南杀了钟素娟，他又让林浩南用余生的牢狱生活来给钟素娟陪葬，两个人本来是不共戴天，林浩南之所以在刘浩宇派来的人面前保他，是因为他们之间早有协定。赵嘉良让警方放过林浩南的老婆孩子，林浩南替赵嘉良保守身份的秘密，两个人永世不再见面。

赵嘉良今天破了戒。

“林浩南，我被你骗了十年！”探视区里，赵嘉良几乎睚目欲裂，隔着铁窗一把薅住林浩南囚服的领子，“杀害我老婆的真正幕后凶手是谁！她体内的东莨菪碱到底是哪来的？！”

“我不知道你在说什么，”林浩南抓着他的手腕试图挣脱他的桎梏，“人是我杀的，我给她注射了大量毒品，你不是早就知道了吗？！”

赵嘉良冷笑一声，更用力地将他薅向自己这边，林浩南的脸已经在铁栏杆上压得变了形，他一只手紧紧拽着他的领子，一只手从裤兜里掏出两张照片，“我再更确切地问你一遍——指使你杀我老婆的是不是他俩？！”

那是刘浩宇跟何瑞龙的照片。

从广东、香港、澳门再到法国，这条线赵嘉良盘了二十年。事情到了今天这个地步，他手里有些证据，虽然不全，但联系证据所做的逻辑推论，他基本能确定当年藏在林浩南背后的人，就是这二人。但林浩南不肯开口。

“我虽说是个浑蛋，但混在这行里有这行的规矩，”林浩南夹着几分报复般的快意，冷漠地笑起来，“你想知道的事情，我无可奉告。”

“林浩南！”如果不是有铁窗挡着，赵嘉良的拳头已经朝林浩南脸上砸过去了。里面的动静终于引来外面的狱警，赵嘉良有些狼狈地被几个狱警拉出了探视区，直到从监狱出去的时候，他攥紧的拳头还在控制不住地颤抖。

到了这个年纪，他已经很少会有如此失态的时候了，然而直到坐回车里，一支雪茄都抽完了，他也没法说服自己完全冷静下来。

十年前就应该已经了结的仇恨，跟着罗佳怡的死一起被牵了出来，并且愈演愈烈，带来几乎焚灭灵魂的痛苦和愤怒。

李维民前几天还给他打电话劝他收手，说是管不了他儿子了，让他回家教育儿子去。这么多年，李维民劝他回家的理由都用烂了，十个理由里九个离不开李飞，他知道李维民想让他们父子团聚是一方面，另一方面是李维民应该也察觉到，这次的案子牵扯太广，怕他有危险。

他也不是没动摇过，但是在近身保护儿子和替李飞把潜在威胁连根拔除之间，他永远会选择一劳永逸的后者，但现在，他的一劳永逸后面，还要加个不死不休。

或者当年杀钟素娟的幕后黑手落网伏法，或者，他死。否则，决不罢休！

赵嘉良深吸了口气，靠在椅背上闭着眼睛，手指无意识地轻叩着方向盘，强迫自己从暴怒的情绪中抽离，思考着下一步该怎么走。

罗佳怡是张敏慧的表妹，张敏慧是浩宇集团的财务总监。谭思和告诉他，警方调查黄达成的荣昌公司没有发现可疑资金的往来记录，但如果黄达成是和刘浩宇合作跨境走毒的话，这些秘密的资金就有可能从刘浩宇的浩宇集团里走。那就相当于，这些账，是张敏慧做出来的。林浩南把嘴闭死了，但是这个张敏慧，却不是无懈可击的。他手里的筹码……罗佳怡是一个，已经死在法国的那个男人，是另一个。

叩着方向盘的手倏地停下来，赵嘉良缓慢地睁开眼睛，拿过手机，给钟伟打了个电话，“去把张敏慧给我‘请’过来。”

钟伟那边答应一声，恰巧这时候另一部手机有信息进来，他收了线打开看了一眼，是张赖恩跟一个女人在教堂里亲密贴面拥抱的照片。他挑挑眉，这时候朱鸿运的电话就打了过来，电话那边，已经上了赵嘉良这条贼船的朱鸿运故作神秘的语气里透着兴奋，“你看照片了没？猜在教堂里见赖恩的那个女人是谁？”

赵嘉良笑了一声，刚打开照片他就认出来了，“何瑞龙的合法妻子、青龙物流的大股东——宋倩。”

“赵嘉良，你有千里眼顺风耳吗？”朱鸿运当然不可能知道他早就对刘浩宇跟何瑞龙他们身边的人都了如指掌，在对面啧啧称奇，“我派了多少个手下才查清楚她的底细，你掐指一算就猜到了？”

“你做好准备，这个女人是个绊脚石。”赵嘉良没回答，语气有点夸张地提醒他，“有她在，赖恩干吗要跟你合作？”

之前的货是何瑞龙的青龙物流运过来的，现在何瑞龙死了，他妻子却跟赖恩这个最大的进货商有染，朱鸿运就算是猪脑子也能想明白里面是怎么回事儿，语气当即正经起来，“你想什么时候动手？”

赵嘉良想了想，有了决定，沉声道：“明天。”

钟伟监控张敏慧行踪有段时间了，对她的行动轨迹了如指掌，“请”人也“请”得格外顺利。他和关欣就押着头上套了黑塑料袋的张敏慧进了他们在小码头上的那个不起眼的小仓库。

他们把人强行摁在凳子上坐下，赵嘉良拎着一台笔记本放到了张敏慧面前，示意他们把手铐、头罩都给她打开的时候，钟伟却敏锐地感觉到他老板今天心情极度恶劣。一张脸明明阴得跟要杀人似的，偏偏还非得尽力克制，装出来的平和样子看着更瘆得慌。

被绑架之初的惊恐无措过去后，张敏慧显得很镇定，脑袋上的黑塑料袋掀开，她看着仓库里这个阴森的环境跟面前三个陌生的人，揉着被铐子勒疼的手腕，目光落在赵嘉良脸上，很冷静地先开了口，"你们是谁？为什么要绑我？"

赵嘉良笑着勾勾嘴角，"你放心，我不会伤害你的，我只是想问你点事。"

张敏慧满眼戒备地看着他随手在前面的笔记本上敲了下空格，里面早就准备好的陈大雄的视频也随之开始播放。

张敏慧原本满心狐疑，但听到视频开始的一句话时，她的瞳孔就猛地缩小了——"是，罗佳怡是我杀的。"

久违的名字打开尘封三年的记忆，时隔一千多个日夜后，张敏慧第一次从别人嘴里听见和她关系很好的表妹是他杀而不是自杀，第一个反应竟然是恐惧地下意识别过头回避。

看她这反应赵嘉良心里就稳了——罗佳怡的死因，张敏慧果然是知情的！

他给关欣递了个眼神，那长着一张天使面孔的暴力姑娘会意地扣住她下颌，强行扭过她的脸，迫使张敏慧避无可避地继续看着电脑屏幕。

视频里，不在画面的罗绍鸿的声音问："谁雇佣的你？"

双手戴着手铐的那名囚徒讽刺地笑起来，"不知道，是我师父给我介绍的生意。他就给了我一张罗佳怡的照片，还有罗佳怡的地址，让我那天晚上九点到罗佳怡的住处，到时候自然会有人给我开门。我的任务是处死罗佳怡，伪造一个完美的自杀现场，不能让警方查到任何他杀的线索。"

电脑前，张敏慧红了眼睛，情绪不受控制地激动起来，"我不认识这个人，我根本没见过他！你们想干什么？！"

"别着急，看完嘛。"赵嘉良一脸无害地温声道，"你难道就不想知道你表妹是怎么死的吗？”

张敏慧的眼泪流了下来，方才的镇定彻底烟消云散，“我不想知道！……我一点都不想知道……”

赵嘉良看着张敏慧的样子，说道：“你是不想知道，还是你已经知道？”

张敏慧被问得呆住了，她定定地看向赵嘉良。接着他指着屏幕上的画面问她：“这个人你该不陌生？”

视频的画面已经从会见室换到了审讯室，正在审问犯人的警察躲在摄像镜头范围之外，张敏慧只能看见画面里一只手将一张照片隔着桌子推到囚徒面前，然后有人问他：“给你开门的人是不是他？”

镜头随之拉近，张敏慧清楚地看到了那张照片里的人。

——那是何瑞龙。她再熟悉不过的何瑞龙！

她知道表妹的死绝不是自杀，但从没想过何瑞龙也会跟这起案子有关联。她不敢相信，可是接下去他们的对话让张敏慧的心彻底凉了……

那个囚犯很肯定地回答：“是的，就是他。雇佣我、在屋子里给我打开门的，都是这个人。”

“这不可能！”张敏慧悲痛恐慌中陡然生出被冒犯的愤慨来，她猛地就要站起来，被关欣死死压了回去。视频中的审讯还在继续，赵嘉良知道，躲在摄像机拍摄范围之外的那个警察就是谭思和。

谭思和问陈大雄：“还记得当时你进去的那个房间号吗？”

陈大雄回答：“记得，2115。”

“你怎么能确定给你开门的人就是雇佣你的人？”

“有张香港维多利亚港的照片，从中间不规则地撕开了，我跟雇佣人各持一半，他给我开门后，我们各自持有的一半照片能对上。”

“你进门之后里面是什么情况？”

“目标已经失去意识了。”

“你进去的时候她就已经昏迷？”

“对，”视频中，陈大雄指指照片上的人，“因为事后要伪造自杀，我担心她的昏迷有问题，当时问这个人，给目标用了什么药物，他说是什么……我记不清了，很拗口的一个名字，什么东什么碱。他说就算尸检也查不出问题来。”

谭思和沉吟片刻，根据罗佳怡尸检的结果试探着问：“……东莨菪碱？”

视频中，陈大雄恍然想起来，拍了下桌子，“对，就是东莨菪碱！”

“你进去之后做了什么？”

“我问他这是不是罗佳怡自己家，他说是。我让他去给我找一把罗佳怡自己的刀，他找了把不大的瑞士军刀给我，我戴手套脱了罗佳怡的衣服，把浴缸里放满水，然后把她抱进去，放血。确认目标死亡后，我就离开了。”

谭思和指着照片上的何瑞龙，“他没和你一起离开？”

陈大雄摇头，“我走的时候他还在房间里。”

“从你进门到离开大概待了多长时间？”

“二十分钟。我看过时间。”

“当时还有什么让你印象深刻的细节？”

陈大雄笑了一下，“那并不是死者的家——至少不是她一个人的。我在房间里看到一张照片，是合影，照片里除了她，还有另一个女人，家里也有另一个女人生活的痕迹。她的死，和另一个女人有关。”

赵嘉良摁了下空格键，视频暂停，画面定住，他饶有兴味地看着瘫坐在椅子上剧烈颤抖的女人——这会儿已经不需要关欣摁着她了，她甚至忘了挣扎着站起来，“你是什么人？警察？”

赵嘉良摊手，“我是什么人不重要。重要的是，看了这视频你不想说点什么吗？”

张敏慧努力地控制着自己的情绪，但颤抖的声音出卖了她，“……是你把我请来的，你先说吧。”

“好。”赵嘉良也痛快，“罗佳怡是你的表妹，你们俩的关系很好。是你把罗佳怡介绍进入浩宇公司的。你和罗佳怡的关系一直很亲密，她也很信任你。没有错吧？”

张敏慧没说话，她似乎有点冷，双手环抱住自己，听到面前的男人接着说：“再说那位何瑞龙，台湾嘉义人，在罗佳怡死之前一个月，何瑞龙从法国赶到香港和你商量你们的婚期。我不知道你们俩是怎么认识的，什么时候认识的，但是——”他说着，打开一旁的一个文件夹，从里面取出几张照片递到张敏慧的面前——那是何瑞龙和宋倩在一起的合影，其中有一张是何瑞龙和宋倩在婚礼上的照片，那时候的何瑞龙显然更年轻，“事实上，2008年何瑞龙就在法国和一名叫宋倩的台湾人结了婚。直到一个月前，何瑞龙死在看守所，他俩的婚姻关系都没有解除过。”

张敏慧悚然而惊，“他死了？他是怎么死的？”

“被一个流浪汉刺死的。”赵嘉良嗤笑，“据说，对方只是想要抢他身上的名牌外套。”

张敏慧默默地放下手里的照片。她竭力控制着自己的情绪，可尽管如此，仍旧脸色苍白，身体抖得厉害。赵嘉良把电脑合上，站到了她面前，“你想解释什么吗？”

张敏慧没说话，朱鸿运的电话却打了进来。

钟伟拿过手机递给赵嘉良，他接起来，那边朱鸿运显得很亢奋，“你猜我在哪儿？”

赵嘉良居高临下地看着张敏慧，笑了一下，“听起来很热闹。”

“我在巴黎，艺术品拍卖会现场。大开眼界。”朱鸿运说，“那个宋倩在这里，刚花一百二十万拍了一幅画……老公刚死，她跟没事人似的，又是调情拍拖又是看画买画的，这女人不简单。”

明知道张敏慧竖起耳朵在听，赵嘉良却并不避讳她，甚至有意通过和朱鸿运的通话说给她听，“其实，青龙国际物流一直都是她在幕后运筹帷幄。何瑞龙只是她的马仔。我甚至怀疑，何瑞龙是被宋倩给灭口的。”

何瑞龙的死，要不就是赖恩，要不就是宋倩，朱鸿运从看见宋倩跟赖恩混在一起之后就也有了这种猜测，因此倒不是很惊讶，只是问他：“今天动手吗？我这边准备好了。”

“不急，”赵嘉良看着张敏慧悚然的表情，对朱鸿运说道，“再等等。”

他挂断电话，看着这会儿已经不发抖了、整个人反而死寂般黯然的张敏慧，“张小姐，咱们继续？”

自己直到现在仍然深爱着的男人，原来在他们认识之前就已经结婚了。青龙物流公司、宋倩、马仔、婚姻、被灭口……张敏慧哀莫大于心死，苦笑一下，几乎没了任何坚守，“……你想知道些什么？”

“聊聊天嘛。”关欣把电脑拿走了，赵嘉良拽过那把椅子在张敏慧对面坐下来，拿出一份资料递给她，语气很轻松地掀了张敏慧的底，“你是英国巴斯大学会计与金融专业毕业的高才生，还是国际注册会计师。你在英国BAD公司找到了令人羡慕的会计师职位，事业顺风顺水。你本来有最美好的前程，可是BAD公司却因为献金丑闻被政府调查，而你却成为替罪羔羊被扫地出门。求职无门，生活陷入困境。”

张敏慧点头承认，“是刘浩宇向我伸出了援手，他把我招进了浩宇集团。”

“他还把你在香港的父母、弟弟和妹妹全都移民到加拿大。”

张敏慧惨然苦笑，“我本来以为他是好心，谁知道……”

她没有说下去的话，赵嘉良替她说完了，“谁知道他控制了你的家人，然后威胁你，逼迫你加入他们的贩毒集团。他为什么这么器重你？因为你是一个做账高手。”

张敏慧摇头，“什么高手？不过是别人手里的一枚棋子。”

赵嘉良对她的话不置可否，径自说下去：“你本来有个机会脱身，可是那个时候，英俊体贴的何瑞龙走进了你的生活。在他的甜言蜜语下你很快坠入了情网，甚至有了婚约。你很清楚地知道你表妹罗佳怡并不是自杀，你也清楚地知道杀死罗佳怡的幕后真凶就是刘浩宇。为了不使何瑞龙被连累，再遭杀身之祸，你忍痛把他从自己的身边赶走，毁掉了所谓的婚约。”

张敏慧眸光微颤，泪光又被赵嘉良的几句话逼了出来，“因为我爱他……他是我这辈子最爱的男人。”

赵嘉良喟叹，“可你万万没有想到，杀害罗佳怡的直接凶手就是你的未婚夫何瑞龙，而何瑞龙也是刘浩宇集团里的人。”

张敏慧倏地捂住耳朵，眼泪又落下来，她几乎歇斯底里地大喊：“不要说了！我不要听！”

赵嘉良猛地站起来抓住她的手，逼近她，不容她逃避，在耳边同样大声喊道："何瑞龙接近你，走进你的生活的真实目的，只是为了进一步控制你！因为刘浩宇对你并不放心，毕竟你不是他的心腹，但你在他的跨国贩毒集团里却有举足轻重的作用！你走进了他们为你布的局，害死了你的表妹罗佳怡，也害了你自己！"

"别说了……你不要再说了！！"

赵嘉良终于闭嘴了。张敏慧环抱住自己，在这个绑架了自己的陌生男人面前，无法自控、近乎崩溃地失声痛哭。

仓库里没人再说话，女人悲哀的哭声漾开轻浅空寂的回响，让这场自始至终只有一个人单方面付出的可笑感情显得悲哀无比。

张敏慧只觉得筋疲力尽，仿佛她一辈子的坚守和信仰都在刚刚那一瞬间被摧毁殆尽，如今剩下的这具躯壳，已经什么都不在乎了。不害怕报复，不害怕死亡，只有悔恨和难言的愤怒，在荒芜空荡的灵魂中肆意滋长。

从崩溃到呆滞的漠然，张敏慧擦干眼泪，听见久久没有说话的男人问她："有一类女人，是纯粹的感情动物。如果你早知道何瑞龙是有妇之夫，你还会上当吗？"

张敏慧深吸口气，自嘲地苦笑，"……没想到都是假的，只有我当真了。"

赵嘉良有点怜悯地看着她，"你和何瑞龙是怎么认识的？"

"在一个国际交友网站上认识的。"

看见赵嘉良流露出真切的惊讶，张敏慧语气却越发冷漠，"我当时很寂寞。我们很聊得来。他说自己离过婚，当时单身。我们网聊了半年后见的面。我们真的很投缘，他对我也很好，我过生日，他会从法国飞过来给我庆生，让我很惊喜很感动……其实我应该想得到的……他是法籍的，而刘浩宇的毒品就是运往法国的。可惜当时我已经彻底失去了判断力……"她说着，深吸口气，为报复那场蓄谋已久的阴谋，声音里夹杂着几分扭曲的快意，下定决心似的对赵嘉良坦白说："我知道你都想知道什么，好，我都告诉你——你说的一点都没错，刘浩宇是在进行跨境走毒，而全部毒资都由我负责转账和入账。通过账目我发现，早在我进浩宇集团之前，刘浩宇就在走毒，不过，那个时候，他是将毒品——主要是海洛因从厄瓜多尔和巴拿马，还有哥伦比亚走私入境。2006年，2008年，一直到三年前的1月6日，刘浩宇偷运往内地的三批毒品被警方缴获。这三次失利，导致刘浩宇的资金链变得十分紧张。其实，从前两次失利后，刘浩宇就开始改变了贩毒的思路，放弃了从境外向内地走毒，变为收购内地生产的冰毒走私到境外，主要是贩往欧洲。”

她说的这些跟赵嘉良现在所掌握的情况以及所做的猜测完全对得上，他点点头，“你们现在的毒品生产基地是在哪？”

张敏慧直言不讳，“在东山。”

“我要的是具体的地点和人名。”

“我不清楚。”见他不信任地盯视着自己，张敏慧嘲讽地笑了一声，“我真不知道，我只负责资金的转账和入账。我把刘浩宇都说出来了，还怕说出东山那些人的名字吗？”

赵嘉良对此不置可否地继续问道：“你们是通过什么方法把这些巨额毒资‘洗白’的？”

“很简单，地下钱庄。”张敏慧说，“刘浩宇掌控着几家空壳公司。每次进行毒品交易时，法国方面通过开曼群岛的银行汇入那些空壳公司的账户。因为开曼群岛金融自由度最大，允许客户秘密转账。银行给予存支、投资、汇兑外币等方面的极大便利。这些毒资通过这些空壳公司洗白之后，再转入刘浩宇手下的几家投资公司里。”

“那你们是怎么将毒资转账给东山的？”

张敏慧摇头，“我只负责将这笔资金转入澳门福鑫赌场的专门账户。至于东山方面是怎么拿到这笔钱的，我并不清楚。”

“福鑫赌场？”

“对，以赌资的形式注入。”

赵嘉良毫不意外地笑了笑——果然是那家场子。

张敏慧说的话跟他们当初顺着陆童的线索查到的信息也完全一致，至少可以证明张敏慧到目前为止说的内容都是可信的，赵嘉良满意地点点头，“你们是通过什么方式将毒品运到法国的？”

张敏慧连犹豫都没有，“直接从深圳港发货。”

“以哪家公司的名目？”

“香港荣昌国际贸易公司，法人是黄达成。据我所知，刘浩宇的公司有两艘专门走毒的货轮。这两艘货轮的油库都是经过改装的，油库下层有一个藏毒品的暗仓，最多可装载两吨的毒品。”

这是个新消息。赵嘉良微微眯眼，“哪两艘？”

张敏慧摇头，“不知道。这些事刘浩宇不会跟我说，我只负责处理资金和报关。我所知道的全都告诉你了。”

“刘浩宇近期和东山还有交易吗？”

张敏慧还是沉默地摇了摇头。

赵嘉良看着她，半晌后轻声问：“——刘浩宇为什么要杀罗佳怡？”

张敏慧凄然望着他，半晌后，她眨了眨酸胀的眼睛，深吸口气，怀念悔恨中夹杂着尽力克制的痛苦，哑着嗓子说：“三年前……我记得很清楚，那天是1月7号。我们的货被查了，之前我们已经得到了消息，我也买好了回巴黎的机票，但是我很害怕，在家等时间的时候就开了电视……我本想分散下注意力，结果打开电视就看见新闻在说头天晚上，在广东省公安厅禁毒局和海关总署广东分署缉私局的统一指挥下，汕头市公安局联合广州海关缉私局，组织禁毒、特警、边防、巡警支队警力成功破获一起特大跨境走私贩卖毒品案。击毙犯罪嫌疑人2名，抓获犯罪嫌疑人14名，缴获海洛因800千克及枪支3把……我虽然知道货被查了，但压根没想到，事情居然闹得这么大。”

镜片后面，赵嘉良眸光一凛——三年前1月7号，汕头的缉毒行动，刚入职没多久的李飞差点在这次行动中丧命。

杂乱的线索渐渐拧成一股绳，沉浸在痛苦回忆中的张敏慧没有注意到赵嘉良的眼睛眯了起来，“我吓坏了，那批货的账是我做的，我看见新闻很害怕，刚好那时候刘浩宇给我打电话，我心神不宁地赶紧就接了，一边听电话一边往厨房走……电话里刘浩宇问我账目都干净了吗，那时候我已经把电脑的资料都删光了，但我还是很害怕，我一紧张就头疼，这是老毛病了，我就一边找药一边跟刘浩宇说话……我当时真是慌了，忘了佳怡在家……看见佳怡的时候，她就站在那里眼神特别惊恐地看着我。”张敏慧说着，痛苦地抱住头，“我吓了一跳，忍不住惊呼一声，刘浩宇听见了，很紧张地问我怎么回事，我真的没考虑那么多，本能地就说了一句，‘我表妹佳怡’……说了她的名字我才意识到不该这么说，但来不及了……”

赵嘉良唏嘘地叹了口气，“所以，罗佳怡的死，是因为她听见你们的对话，被刘浩宇灭了口。”

“我不知道何瑞龙跟刘浩宇是一起的……我真的不知道……”张敏慧的情绪又激动起来，声音几近哽咽，“后来佳怡死了……我害死了她，我是杀人凶手……我害怕刘浩宇再对我身边的人下手，为了保护何瑞龙，佳怡下葬那天，我就给他订了回法国的机票，取消婚约，跟他分手。”

话说到这里，就再没什么好问的了。赵嘉良看了看手表站起来，“时间不早了，一会我的人会把你送到街上，麻烦你自己打辆车回去。”

张敏慧压根就没想过她今天还能从这里出去，震惊地看着赵嘉良，不敢置信，“你让我……回去？”

“对，你回到你的正常生活，今晚的事就全当没发生过，千万不能让刘浩宇对你产生怀疑。”赵嘉良看着她，“否则的话，你怕是要跟你表妹一个下场——你知道我不是危言耸听。”

张敏慧怔愣半响，颓丧摇头，“……我做不到。”

“为了你在加拿大的亲人，你能做到，也必须做到。”赵嘉良扶了一下她的肩膀，“我们只能等刘浩宇再次交易的时候再动手，这道理你懂。”

张敏慧抬头看他，“你到底是什么人？”

赵嘉良脸上戾气渐收，和善地看着她笑了笑，依然没回答。

张敏慧也不追问了，反正知道他要对付刘浩宇就够了，想了想，提醒赵嘉良说：“他上一批货在法国失手了，损失很大，他可能……会蛰伏一段时间。”

赵嘉良点点头，“我知道。”他说着朝一边的关欣看了一眼，关欣会意地拿着黑色塑料袋过来，跟张敏慧说了句“对不起”，不等对方回答，就又把那黑塑料袋罩在了张敏慧头上，带着她走出了仓库。

赵嘉良走到门口望着她们的身影，天已经蒙蒙亮了，片刻后，拿过手机，给他在法国的人打了过去，“——动手吧。”

赵嘉良的人历来办事稳妥迅速，趁着夜色，前后没有一个小时，宋倩已经被交到了等在法国勒阿弗尔某仓库里的朱鸿运手上。朱鸿运等这朵名副其实的罂粟花已经多时了，宋倩被马仔摘掉头套看见他的时候，他正在唯一的一张大沙发里拿着冰壶吞云吐雾。

都是女人，前后没差多久被绑架，宋倩的表现可比张敏慧镇定多了——说镇定都不确切，宋倩根本就没把这个当回事儿似的不以为意，“我不认识你们，为什么要绑架我？是为了钱吗？”

朱鸿运把冰壶交给一旁的马仔走到宋倩的跟前看了看，摸了摸大光头，笑得很浪荡，“我喜欢你这样有风韵的女人，你是我的菜。”

宋倩冷冷地看着他，“你大概不知道我是谁。”

“我怎么会搞错呢？”朱鸿运抬手指了指右边的方向，那里挂着一块黑板，上面贴着何瑞龙和宋倩的照片。他引着宋倩去看黑板，又从口袋里掏出一小袋冰毒在宋倩的眼前晃了晃，“这是不是你从广东运到法国的？质量不错。我是你的忠实用户。”

宋倩笑了一下，眨眨眼，一脸无辜，“这是什么？我不懂。”

朱鸿运狂笑起来，他突然站起来，一把将宋倩从椅子上扯到沙发来，粗暴地将她摁在沙发里，人猛地压在她身上，附身低头朝着女人的嘴就啃了上去，轻而易举撬开宋倩牙关的同时，粗鲁地一把扯开了宋倩身上单薄的外套——被当众轻薄，这女人竟然连一点反抗都没有，反而半推半就地躺在了沙发上……

早就听说这朵罂粟花跟谁合作前都要睡一次，以此才能确定对方可不可以信任。朱鸿运也没想到，这荒谬的传言竟然是真的！

反正他一男的，睡个美女他半点不吃亏，原本只是试探着演戏，这会儿倒是来了假戏真做的兴致。他一手蛮横地摁着身下的女人，一手朝守在周围的手下们示意，“你们都出去，我要和宋小姐——好好谈一谈。”

34. 林大鹏之死

昨天趁夜甩掉了李维民派去监视的“尾巴”，李飞和被他“策反”的马雯一路开车直奔惠州，卡着“乐惠”玩具厂的下班时间，凭着萍乡镇派出所王警官发过来的一张证件照，把他电话里提到的那位冯立的姐姐冯春月给找着了。

李飞认路得靠标志物，但认人的眼神却很毒，一双眼睛跟人脸识别系统似的，哪怕只是通过较为模糊的照片或者跟本人判若两人的身份证，他也能通过面部特征把想找的人从人群里拎出来。

他们一路跟着冯春月来到了惠州老城区内的一个老旧小区，看着停好车的冯春月匆匆地走进连个安全门也没有的二单元，李飞示意马雯守在单元门口，自己跟了进去。

五楼一梯三户，李飞猫着腰躲开门上猫眼，凑到门边听挨家的动静——也没让他白忙活，刚贴在501门板上的时候，就听见口音浓重、粗声粗气的男人说话声，“你弟弟和那小子什么时候走？”

随后里面传来几声拿放锅碗瓢盆的动静，半晌后女人也不满地说：“我弟弟也是难得过来住几天，你就这么看不惯？”

男人更加不高兴了，“你知道你弟弟和那小子在做什么生意吗？！”

女人立刻提醒他，“你小声点！”

里面再没了声音，半晌后电视里卖三无保健品的脑残广告声音响了起来。已经确定了冯立、吕远都在这里的李飞看了一眼上面写着501的门牌，又悄然下了楼。

“冯立和吕远都在这里，人还没回来。”下楼跟马雯说情况的李飞显得有点兴奋，“蹲个点儿吧？”

见马雯没有异议，李飞指了指单元门外面，“分头行动吧，我在这，你守外边。”

马雯看他一眼，“我的职责是保护你。”

李飞无奈，“俩半大孩子，还能把我吃了？”

“那为什么不是你去那边？”

李飞很没节操地厚着脸皮回答说：“万一真给跑了呢？我看你比我跑得快，能追上。”

马雯狠狠剜他一眼，懒得跟他贫，转头出了楼道，结果这么一等，就从傍晚等到了天黑。

李飞在四楼的楼梯拐弯处坐着，时不时看看楼梯上冯春月家的房门，这段时间一直没人上楼，就在李飞已经开始犯困的时候，楼下传来两个人的脚步声——同一时间，他裤兜里的手机振了一下。

他拿过手机看了一眼，是马雯给他发的一条信息，提醒他冯立跟吕远上来了。

李飞看了看手表，站起身来，活动了一下坐得发僵的腿，没过多久，跟冯立一起回来的伍仔果然上了楼。

李飞一眼就认出了他，迎面挡在了楼梯中间，“吕远。”

这老楼的楼道里没灯，一路摸黑上来，照面却有陌生人叫了自己名字，冯立和伍仔都吓了一跳，伍仔比冯立反应更快，“条子！快跑！！”

俩人转身就朝着楼下跑去，李飞愕然伍仔怎么刚照个面就知道自己是警察，来不及细想拔腿朝楼下追去，身后半层楼外的冯春月听见吕远的动静打开房门，看着空空如也的楼道，听着楼下那慌乱的脚步声，脸色逐渐变得不安起来……

他们刚跑出楼，冯立就被埋伏在一旁的马雯一把撂倒，伍仔反应实在太快，头也没回，不要命地往前飞奔。李飞拿出当年在学校里百米冲刺的速度从小区里出来，跟着伍仔紧追不放，一边追还一边喊，“伍仔，你别跑，我不会伤害你的！”

可是伍仔根本没有停下来的意思，他仍然在飞奔。李飞一路追到小区后面巷里的十字路口，这会儿前面早就没有伍仔的身影，他四面看了看，最终目光定在前面平房墙角突出的视线死角上，朝那边叉着腰一边喘气一边骂，“累死我了，臭小子，练长跑的你？你怎么知道我是警察？怪不得水伯说你聪明，我一句‘吕远’就让你起疑心了是不是？”

李飞猜得也没错，他跟伍仔之间距离本来也没差多远，伍仔不可能这么快跑得无影无踪，伍仔听见他说水伯，犹豫半晌后从李飞身后的一个角落里走了出来，声音听上去有与年龄不相符的漠然，“水伯只知道我叫伍仔。”

李飞倏地回头，“还挺机灵，我以为你躲在那儿呢。”

伍仔警惕地看着他不说话，李飞抹了把脑门上的热汗，对他说：“是水伯让我来找你的。他真的在乎你，说你如果好好活下去，一定会有一个很好的未来。”

伍仔嗤笑，“我是个毒贩。毒贩还会有美好的未来？谁信？”

“水伯信。”李飞看着他，“他现在在我一个朋友的水果店里工作了。他现在看上去还挺不错的，可我知道他不开心，因为他心里惦记着你。水伯活得够惨的了，你是他活下去的信心和希望……”

李飞用天生的人脸识别技能找到了冯春月，又用在李维民那十几年耳濡目染到的一旦认真起来就容易让人产生信任感的技能，说服伍仔跟他一起去大排档撸了个串。

跟拿手铐铐着自己跟冯立的马雯在大排档胜利会师，并拒绝了马雯要把伍仔也铐起来的要求。李飞跟伍仔喝了两杯酒，倒是伍仔耗不住了，先开了口，“水伯去找过你……所以我也知道，你们为什么找我。”

马雯给冯立这个右手被铐的倒霉鬼拿了个串，直截了当地问伍仔：“告诉我们林大鹏死的那天的所有细节——我知道，你不想告诉水伯真相是为了他好，你怕水伯找凶手去拼命。但是你也要知道，抓凶手不是水伯的工作，而是警察的工作——我们的工作。”

伍仔嗤笑，“缉毒警还管抓杀人凶手呢？这是刑侦大队的事，蒙不了我。”

马雯被噎了一下，但为了这事儿追到惠州来的李飞这会儿却不说话了，只是盯着伍仔看，也不知道究竟在琢磨什么。

马雯不知道李飞葫芦里卖的什么药，指望不上他，只好又耐着性子软下声音来接着劝：“伍仔，水伯对你那么好，救了你，把你当儿子养，你也得为他做点事吧？”

伍仔别过头，故作不屑地冷笑，“谁稀罕他对我好，我又没要他对我好，都是他自己一厢情愿……”

“伍仔，”李飞忽然打断他，“你很久没被人这样管过了吧？我知道那种感觉，有时候很烦，有时候，又觉得有人关心其实挺好的。”

“你‘知道那种感觉’？！”伍仔这回真笑了出来，“哎呦，大哥，你这套路太明显了吧。”

“我妈在我八个月大的时候就死了，紧接着我爸扔下我不知道去哪了，三年前我去民政局给他申报了死亡。”这么多年来，李飞虽然不避讳父母的事情，但也从不会主动跟谁提起自己的身世，那毕竟是在心底生根发芽、随着年龄一起逐渐成长的一根楔子，这次为了让吕远开口，也算是下了血本了。“所以我知道那种感觉。如果真的像你表现的那么讨厌水伯，你根本就不会告诉他林大鹏是被人谋杀的事。”他声音很淡，听不出悲喜，看着从一脸夸张嘲讽到满脸呆滞不敢置信的伍仔，“——说吧，林大鹏到底是怎么死的？”

很多时候，心理上的认同感很重要。李飞最后那几句话都是戳着伍仔的要害说出来的，伍仔看着这个被水伯信任的、和自己处境类似的警察，半晌后，终于开了口：“去年，在东山的‘甜蜜蜜’夜总会里……我能记得清楚，是因为那是我第一次见到‘大虾’。

“那天麻子让我过去给大虾送趟货，‘甜蜜蜜’楼上的卫生间里，大虾把里面的人都赶走了，把门也反锁上，我就把带过来的一袋冰毒和两个针管还有其他工具都给了他。大虾当时拿着针管问我两支够吗？我没反应过来他是什么意思，他就伸舌头仰脖子地跟我做了个死翘翘的样子……我当时以为他只是逗着玩儿，所以还跟着贫了一句，说死不死得分人，像他那样的得用三支。

“他挺满意的，把货钱给我，我刚把钱收好，他电话就响了。我知道这行的规矩，也不想知道太多，但他不开门，我也不敢随便出去，就跑到旁边把水龙头开到最大，捧着水洗脸上的汗，虽然水声很大，但还是能隐约听见一些他小声讲电话的内容——他说什么‘你放心吧哥，我会办得天衣无缝的，警察绝对查不出来’……这我才知道，原来他刚才不是在开玩笑。他是真的准备用冰杀人。

“但是我们这种做毒品买卖的人，打打杀杀以前也不是没见过，我洗了半天的脸，借此让自己冷静下来，直到大虾打完电话走过来，我才没事儿人似的关了水龙头。大虾让我记住那天晚上我跟他从来没见过，我也没来过‘甜蜜蜜’——这当然好，我也不想搅进这趟人命官司的浑水里，就连忙点头，后来大虾就先出去了。

“我在卫生间里缓了缓神，没想到出去的时候，正好看见林大鹏从大虾的包间里跑出来……林大鹏总是找我买麻古，所以我认得他。当时大虾不让他走，林大鹏自己也有点犹豫，跟大虾说他没碰过冰，怕那东西太厉害。后来大虾一通游说，他到底还是同意了，我这才知道，大虾要杀的人竟然是他……

“老实说，我不是个好管闲事的人，更不敢管大虾的事，所以只当是没看见地跟他们擦肩而过。第二天，我就在新闻上看见，林大鹏死了。”

伍仔说着，唏嘘而嘲讽地嗤笑了一声，“林大鹏死得毫无悬念……那天晚上麻子让我送过去的是‘一手钻石级的猪肉’——这个叫法是我们之间的暗语，翻译过来，就是五克纯度最高的冰毒。这个量的冰，一次性注射的话，能让一只老毒虫毫无悬念地丧命，而对付林大鹏这种平时只会小打小闹过过瘾的——其实一针就够了。”

吕远说完，有那么一段时间，桌上始终没人再开口。

因为扯上人命而压抑的气氛中，马雯再次确认，“你刚才说的都是真的？”

吕远看向他，“我今天没吸毒。”

冯立正在喝水，听到吕远说了实话，吓得被呛得连连咳嗽。

吕远继续说：“我入行好几年了，从来不向警察告密，今天是看在水伯的面子上告诉你们，还有，即便你们抓到了大虾，我也不会替你们去警局当证人。”

李飞没纠结他做不做证人的问题，只是问：“大虾在‘甜蜜蜜’做什么的？”

“看场子的。”

“你还知道大虾什么事情？”

吕远摇头，“我已经说了，那天是第一次见。”

李飞看了看表，该问的都问全了，他诚恳地转向吕远，“伍仔，跟我回东山吧，我送你去戒毒所，费用我来负责，等你从戒毒所出来的时候，麻子和大虾他们都被我们收拾了。”

他不说还好，这么一说，竟然吓得吕远脑袋跟拨浪鼓似的连连摇头，“不不不，东山做毒品生意的帮派太多，山头林立，下手一个比一个狠。而且道上的人都说，你们警察内部有人和毒贩勾结。”

李飞明知道他说的是实话，自己却睁着眼睛说瞎话，“那是他们为了造势瞎编的。”

吕远冷笑一声，并不上套，“前年，你们警方组织在各大干道上设卡检查，有毒贩在过检查站之前打了个电话，等他到检查站的时候，警察都走了，这个毒贩顺手把二十万现金扔进了检查站里面。”

马雯是从省厅过来的，她没经历过东山毒品犯罪的桩桩件件，就觉得这样嚣张的事情十分匪夷所思，“你就编吧。”

吕远看了她一眼，“这不是我编的，是麻子告诉我的。那个哨卡就在丰西镇，离丰西派出所也就五百米的距离。”

“送往哪个村子？”

“他没说。”

马雯看着吕远，半晌后将信将疑地眨眨眼，“没看出来，你小小年纪，猛料倒有不少。”

吕远冷哼一声，“在这行混，什么奇葩的人什么诡异的事没见过？从我这里买货的起码已经有三个人都死了——我亲眼见的，就躺在大街的街角，比流浪狗都不如。”

李飞忽然插话进来，“你不希望自己将来和他们一个下场吧？”

吕远被噎了一下。他们这种人，过的就是朝不保夕的日子，吕远太清楚自己早晚有一天就是要跟他们一样下场的，因而也无可辩驳地默然下来。

李飞又给他倒了杯酒，继续动之以情晓之以理地劝道：“你和他们不一样，机会就摆在你的面前。”

“我……”吕远有些心动，能够过正常人的生活，谁愿意过这种每天提心吊胆的日子呢？他刚要说什么，话还没来得及出口，人却忽然瞪大了眼睛，紧接着，用比兔子还快的速度猛地跳起来，转身扭头就跑！

“伍仔？！”还没反应过来怎么回事儿的李飞下意识地也站起来要追出去，刚转个脸，差点没跟不知何时已经站在他身后的男人脸贴脸地撞在一块儿——

“李飞，”之前跟丢了李飞，自觉丢了他们侦查科的脸的梁欢不偏不倚拦住了李飞的去路，因为已经有了一次被他在眼皮底下跑了的经历，梁欢这次对他进行了严密的防守，“你可让我们好找啊，跟我回东山。”

“你们来得可真是时候！”眼看着吕远就要跑没影儿了，李飞气得差点没一口老血呕出来。

说着懊恼地一把推开梁欢，朝着吕远消失的方向追了出去。梁欢见状连忙要去拦，还没等站稳，又被后面一只手跟冯立铐在一起的马雯扯了一下，一前一后又被推又被扯，梁欢快一米九的汉子差点没直接啃地上，好不容易重新找准重心追上去，然而没追出多远，李飞却自己站住了……

梁欢不管三七二十一，先上去抓住了李飞的肩膀，“李飞！那小孩是谁？”

到嘴的肥肉就这么飞了，李飞正气不打一处来，再听见他这么一问，立即发作起来，“一个重要的证人！他本来就是惊弓之鸟，我好不容易才取得了他的信任，你一出现，立马把他给吓跑了！”

梁欢也没想到竟然是这么个情况，他接到的任务就是把李飞找回来接着牢牢看住，又没人告诉他李飞是为什么跑的……听见李飞这么一咆哮，自己也呆了一下，“为什么不通过当地公安局……”

“因为他不信任警察。”

梁欢明显不信，拧着眉毛看他，“就信任你？”

李飞没好气地瞪他，“对，就信任我！”

梁欢好好一个正经又内敛的性子，硬生生被气出了脾气，“人家说你是个刺儿头我还不信。就冲你这个脾气，把所有人都给得罪光了！怪不得人家说你是禁毒大队最不受欢迎的人。”

李飞懒得再理他，回到大排档，见马雯已经解开了跟冯立之间的手铐，此刻一个人坐在桌边等，走过去忙问道：“那个冯立呢？”

马雯站起来，“我铐车上了。”

“放了他。”

“放了他？”马雯不解，“你看我从垃圾箱里找到了什么，是他们跑的时候扔进去的。”

李飞深吸口气，拿过餐巾纸写下了自己的号码，“伍仔还会跟冯立联系的，如果冯立有他消息，就可以把我的号码给他，至少他想的话，可以联系到我们。”

李飞和马雯这对“雌雄大盗”也算是够级别了，人刚一进东山，就被杜力亲自给押回了云来宾馆李维民的办公室。

隔着办公桌，这对逃跑的“嫌犯”站着，李维民也站着，气得指着李飞的鼻子拍桌子，“又去了惠州，你怎么不上天呢你？！”说着又转向马雯，“还有你，我是让你跟着他到处乱窜的吗？！”

马雯低着头一副标准挨训的样儿，嘴里却在小声嘟囔，“不跟着怎么保护他？”

李维民气结，“你到底是哪头的啊？”

“我当然是您这头……”马雯下意识地要表忠心，话说了一半才反应过来不对，连忙又改了口，“——正义的一头！”

李维民算是跟他们两个小兔崽子没脾气了，放下手没好气地问他们，“这次去惠州，查到什么了吗？”

马雯偷偷看了同样垂着眼的李飞一眼，俩人谁也没吭声，李维民太知道李飞肚子里那点道道了，要不是中间有个桌子隔着，他都能去戳李飞脑门儿，“你肯定查到了什么！不然你能乖乖地上杜力的车？！”

李飞也不瞒着，就坡下驴地跟他讲条件，“你给我复职我马上汇报！”

李维民眼睛一瞪，“你说什么？！”

上次这对“父子”吵架的阵仗马雯可不想再见识一次了，赶紧踢了李飞一脚让他闭嘴，抢在他前面脸色一整，汇报道：“报告！林大鹏的案子非常可疑！”

李维民：“说详细点！”

马雯说：“还记得果园报假警的蔡松林吗？他的尸体是10月23日被发现的，死因是饮酒过量导致的醉酒驾驶，当时陈光荣亲自出的警。但蔡松林本人酒精过敏，滴酒不沾。”

“这跟林大鹏的案子有关联吗？”

“有关联。蔡松林死前的一天，陈光荣让林大鹏去帮他买酒，而且买的是陈光荣根本不喝的劣质酒，所以，可以推测，林大鹏极有可能是目击了什么，被灭了口。”

这真是跟什么样的人混就学什么样儿了，才多久的工夫，马雯也有了李飞那凭着猜测就敢断言的毛病。李维民虽然不否定她的推测，却不认同这个方式，“如果只是时间上的巧合呢？”

马雯皱眉，“那巧合也未免太多了。而且伍仔说了，林大鹏是被大虾注射了过量的冰毒死的。”

李维民问她：“你怎么搞得这么清楚。”

“报告李局，我的任务是保护李飞，那么必须清楚地掌握他的一切日常习惯，乃至他的所思所想以及行为活动动机。”马雯说着跟他们李局狡黠地眨眨眼，“否则追不上他，无法保护。”

李维民不说话，李飞那点勉强按捺住的耐心算是没了，“麻子和大虾经常在‘甜蜜蜜’夜总会活动，我知道这两人长什么样，只要去那儿，一定能抓到这两个人！给我恢复职位！”

“去找艾超，就在这儿安排两个房间，今晚你俩把你们掌握到的林大鹏的情况写一个详细报告给我。”李维民终于说话了，对李飞的要求却跟没听见似的，“——还有检查！”

马雯应了声“是”，李飞却没那么好打发，他撇撇嘴，一脸消极怠工的样儿，“你不给我恢复职位，我写哪门子报告和检查啊。”

李维民眉头一皱眼睛一立，“写不写？！”

写就写吧。凡事都有度，知道自己今天压着李维民的容忍底线也作得差不多了，反正从干了缉毒警之后，他写过的检查比写过的行动报告都要多，特溜儿，遣词造句信笔拈来，没个半小时就能交差。

第二天早上九点，李维民叫着左兰开了个小会，把李飞的报告给左兰看了一遍。

“根据李飞这份报告，林大鹏案没有表面那么简单，麻子和大虾必须尽快抓捕。”左兰把报告又看了一遍，抬头问李维民，“李局，打算什么时候动手？”

李维民过来之前其实就已经有打算了，“今晚，免得夜长梦多。”

“谁来执行？”

“这活嘛，”李维民沉吟片刻，老狐狸似的笑了一下，“让蔡永强干。”

左兰吃惊地看着李维民，“蔡永强？这个时候，这样的抓捕行动，启用蔡永强，算是一种考察？”

李维民说：“主要原因有三个：一是时间不允许我们从外地调警；二是外地警员不熟悉东山的情况；三是动静闹得太大会打草惊蛇。”

左兰对这个人选不太信任，“但如果蔡永强……”

李维民成竹在胸地笑着问她，“你是信不过蔡永强还是信不过我？”

这话把左兰说得哑口无言，只好看着他，无奈地叹了口气。

从会议室出来，安排行动之前，李维民先去了趟李飞的房间。

鉴于马雯的工作任务，艾超给他俩在宾馆里安排了个小套间，李维民过来的时候，马雯过去开门，原本在床边坐着的李飞一看来的是李维民，索性干脆一头又躺回了床上，拖长了音调懒洋洋地吐槽，“来查岗啊，放心了吧！人在呢。”

“虽然是停职期间，但你还是一个警察。”李维民走到床边，居高临下地正色俯视着他，语气严肃，“你说你知道大虾、麻子长什么样对吧？认得出来吗？”

李飞也固执地看着他，“你给我复职，我回答你。”

“我今晚就要抓他们，你是等复职？还是先抓？！”

李飞愣了一瞬，倏地翻身坐起来，眼睛都亮了，痛快地说道：“我看过他俩的照片。大虾，像个商人，爱打发蜡，身边总跟着麻子。麻子长发、扎辫子，特征明显，好认。找到麻子，就能找到大虾。”

马雯在旁边帮腔，“这个他确实有一手，那天从惠州玩具厂下班的人群里，就凭一张照片他一眼就认出了冯春月。”

李维民从小带着李飞，当然知道他这技能，不然也不会来找他。闻言严肃地跟他们确认，“你们知道将要面对的是什么吗？你们能保证听从命令，不擅自莽撞行事吗？！”

李飞亢奋地站起来，也格外严肃地正色道：“知道！保证！”

“这次是秘密抓捕，你和马雯进入‘甜蜜蜜’只负责一件事——”李维民对他们俩说，“辨认并确定嫌疑人位置，通知外面的同志后马上撤出。‘甜蜜蜜’里灯光昏暗，环境复杂，人员流动性大。记住，你们绝对不许动手！否则一旦打草惊蛇，三分钟内外面的同志进不来，你们会有生命危险！行动也会失败！明白吗？”

李飞、马雯：“明白！”

李维民用李飞，其实有点心理障碍，毕竟李飞现在身份敏感，他又对赵嘉良承诺在先。他顿了顿，再次对马雯下命令道："马雯，你贴身保护李飞的安全，同时监督他，一旦鲁莽行事，及时制止！"

马雯这回是真的在表忠心了，挺直腰杆中气十足地应了一声，"是！"

对被妹子贴身保护这件事耿耿于怀的李飞一言难尽地转开话题，"外面的同志是……？"

李维民看了他一眼，"禁毒大队。"

李飞瞪大眼睛简直不敢置信，"还要用蔡永强？！"

"李飞，你的正直、眼里不揉沙子，是优点，也是缺点。一个优秀的警察，不能光靠直觉，也要靠理性分析，靠实践证明。"李维民说，"你在做出判断之前，都要想一想，有没有其他的可能性。如果有，该怎么应对。"

说得这么冠冕堂皇的。李飞狐疑地打量着他，"……你不会这么信任蔡永强。"半晌后，李飞灵机一动，对不肯定也不否定地看着他的李维民笃定道："你肯定有后手！"

35. 落　网

蔡永强跟陈光荣两家住一个大院里，俩人妻子关系近，他俩又是一个系统，平时抬头不见低头见的，其实私下里关系还不错。

晚上蔡永强回来刚停好车，正好碰上同样下班回来的陈光荣，陈光荣颇为诧异，“回来了？没事了？”

蔡永强锁上车，看了他一眼，没事人似的反问：“我能有什么事？”

“前些天，都说你被停职了，我还为你担心呢。”

蔡永强不太愉快地哼了一声，语气略重地纠正陈光荣，“谣言。”

“没事就好，”陈光荣也不跟他纠结这个，“那咱哥俩得喝一杯。我正好有瓶好酒。”

蔡永强老婆孩子不在东山，这位蔡大队的日子过得跟个老光棍儿似的，他也懒得做饭，陈光荣带酒过来的时候，他家里摆桌子上的全是餐盒都没拆的外卖炒菜，边上还放着半瓶自己常喝的53°小烧酒。

陈光荣带了瓶飞天茅台过来，开酒瓶的时候蔡永强注意到他手腕上缠着绷带，“你手怎么了？”

陈光荣看了一眼，没当回事儿地给他和自己的小酒盅都满上，“没事，出任务的时候受了点小伤。”

蔡永强苦笑，“刑侦也不好干啊！”

陈光荣“嗨”了一声，端起酒杯，“来，压压惊。这段时间受委屈了。”

“我有什么委屈，配合联合督导组工作，”蔡永强跟他碰了碰杯，抿了一口，好酒是好喝，但想想这些天过的日子，也是一言难尽，他不想多说，仰头干了一盅，“……分内的事！”

陈光荣觉得蔡永强在说套话，把他面前的酒拿开，悠悠地揶揄，“既然你心态这么好，就别浪费我的好酒。”

蔡永强笑了，也不拦着他，拿过旁边自己的半瓶酒，给自己又满上了，“好坏不论，十几年了，我就习惯这味道。”

“习惯？习惯会变的。”陈光荣说，“十几年前喝这没错。可咱东山现如今哪个饭局不得开几瓶这个？”他说着跟蔡永强举杯碰了碰，语带讥消地说，“要我说，你要是早几年喝上这个，督导组都不会找你，信吗？”

蔡永强笑了一下，自顾自地喝了一口，他这酒又冲又烈，跟入口绵柔的茅台当然不能比，“我能到今天还坐在这儿，还真就是因为这个。光荣，知道我信什么？‘随波不逐流’！否则，呵。”

陈光荣看着他把剩下的半杯酒仰头又干了，摇摇头，“你这话别扭。那按你这么说，后面还得有个‘同流不合污’啊？！”

“某种意义上也对。”他说着又去给自己倒酒，“但……真有些难，真的……难！”

陈光荣看着他那个强忍郁愤非得装个没事人的样子，唏嘘地叹了口气，“现在想想没跟你去禁毒大队真是对了，否则现在停职接受调查的肯定也有我。”

这怎么还停职来停职去的没完没了了？蔡永强急了，辩解道：“我没停职好不好，也不叫调查，就是讯问好不好！”

“好好好，”陈光荣顺着他，“看看，还是有委屈吧？！”

蔡永强烦躁地重重长出口气，从糖醋排骨里夹了块脆骨泄愤似的嘎嘣嘎嘣地嚼了，“光荣，你当时怎么想的，就是不干禁毒要干刑侦？”

这话陈光荣回答得格外诚恳，“刑侦干净啊！立案、侦查、破获！非黑即白。禁毒……”他说着，嘲讽地嗤笑一声，意味深长地拖长了音调，“在东山——禁毒？！！！”

是。就是在东山，禁毒。其实蔡永强跟李维民有句话没说完整，当初陈光荣没来禁毒大队，还有他自己的意向问题。

陈光荣当初觉得自己禁不了，躲开了。而他蔡永强就是要跟毒贩死磕，所以一路走到了今天。陈光荣想要成绩，而蔡永强想成全心里的执念。

两个人虽然私底下是挂着半个亲戚的朋友，但工作上理念不同，所以这些年来虽有私交，但工作上各自为政，谁也不买谁的账。

话说到这里，两人对视着，全都沉默了。

打破尴尬的，是两人仿佛商量好似的，几乎同时响起的手机铃声。

陈光荣看了一眼号码，指了指蔡永强的手机，自己带着电话不动声色地去了阳台，反手关上门这才接起电话。餐厅里，蔡永强也讳莫如深地朝阳台关紧的门看了一眼，这才压低声音也接了电话，“李局？”他没想到李维民会给他打电话，还是这个时间。

电话里，李维民的指示很明确，“蔡永强，马上召集禁毒大队全体人员，把‘甜蜜蜜’夜总会围起来。”

蔡永强纳闷，“现在？”

“对，现在。动作要快。”李维民确认的同时嘱咐，“还有，这个消息仅限禁毒大队。”

蔡永强一愣，下意识地看了阳台上的陈光荣，“是。”

“老蔡，”蔡永强的电话比陈光荣挂得早，陈光荣从阳台回来的时候，他仰头喝掉了杯里最后一口酒，听见陈光荣先跟他说道：“今天这酒喝不成了。”

蔡永强也是不动声色，“有事？”

陈光荣故作轻松地无奈苦笑，“突然有个案子要处理。你呢？这个时候接电话，是要出任务？”

蔡永强摇头，“没什么大事儿。有个群众举报，队里需要我回去一趟。”

“好吧，”陈光荣说着拿起外套，遗憾地看了眼桌上刚开了瓶还没喝几口的茅台，“那这瓶酒我存在你这儿，咱们下次再喝。”

蔡永强笑着也站起来，拿过酒塞把瓶子封上了，“下次再喝。”

这个时候，陈光荣跟蔡永强都不知道，其实……已经没有“下次”了。

陈光荣出门就给林灿打电话，硬是把正跟朋友打牌的林灿、林天昊兄弟俩从牌桌上给叫了出来。

陈光荣没工夫跟他们废话，“我的人说李飞出现在惠州。我去交管部门确认了，他们租的那辆车昨天凌晨经过了高速路惠州收费处，今天凌晨回到了东山。”

林天昊奇怪，“惠州？他去惠州干什么？”

陈光荣烦躁得没好气，“你问我？我是神仙吗？”

沉吟半晌的林灿一拍大腿，“我知道了！前段时间林水伯和一个站街的小马仔走得很近，这个小马仔因为切了麻子的货，吓得跑路了，好像就是去了惠州。”

林天昊不以为意越发纳闷，“这算多大的事情？”

“李飞和林水伯可是交情不浅，林胜文的事最早就是林水伯给点的。”林灿语气逐渐阴沉起来，“那个大嘴巴，会不会又说了什么不该说的话？”

陈光荣心里不安的感觉越来越强烈，“那个跑路的小马仔是谁的人？”

林天昊说：“他叫伍仔，就是麻子的手下。”

“麻子？”狐疑中，陈光荣电光火石之间猛地想起蔡永强接的那个电话，语气倏地紧张起来，“你们赶紧跟这个麻子联系，告诉他今晚禁毒大队有行动，让他连夜离开东山！”

林灿皱眉，“今晚？没听说啊。”

“我说有就有！”陈光荣愈发心神不宁地催他，“快去！”

一听陈光荣的语气，林灿也一下子紧张起来，让林天昊赶紧给麻子打个电话，可是电话打过去没人接。林灿犹豫一瞬，抓着林天昊一起上了车，林天昊蒙头蒙脑地给他拽上去，“去哪儿？”

林灿脸色阴沉地发动了车子，“甜蜜蜜。”

“你就这么找麻子去？”林天昊担忧，“要不要跟东叔说一声？”

林灿摇头，一脚油门踩到底，“来不及了。”

车灯划开夜色，车子飞速朝市区驶去，林天昊还是有点没回过味儿来，“会不会是陈光荣神经过敏？”

林灿摇头，“我越想越觉得不对。李飞跑到惠州去干什么？林大鹏的事情做得干净吗？万一留下马脚……”

林灿意有所指地看了林天昊一眼，林天昊这才反应过来，下意识地从后腰掏出了枪。林灿打着方向盘往“甜蜜蜜”开，“枪先收起来，你赶紧给大虾打电话。麻子要是进去了，连他也得跑路。”

林天昊匆忙拿出手机来拨号，今儿晚上就跟撞了邪似的，电话响了三遍，大虾也没接。

林氏兄弟二人往“甜蜜蜜”赶的时候，蔡永强带着禁毒大队的所有警员开着队里的六台车已经全部就位。可人都埋伏在了门口儿，禁毒大队全队上下也都还不知道，今天到底是个什么行动……

“蔡队，”周恺跟蔡永强在一台车里，他朝着亮着花花绿绿LED招牌的“甜蜜蜜”大门看了一眼，“一个群众举报，搞这么大阵仗？今晚到底是什么行动？”

蔡永强坐在副驾驶位置，不高兴地回了一句，“不知道，等通知。”

说着“通知”，“通知”就来了。

蔡永强的手机信息提示音响了两声，还没等打开，李维民的电话就打进来了，“今晚的行动目标是两个毒贩，大虾和麻子。务必抓到这两个人，照片已经发给你了。”

合着刚才过来的两条信息是照片……蔡永强立即隔着电话汇报道：“李局，我有困难！”

李维民在电话那边沉默地听着蔡永强说：“我们禁毒大队所有警员的资料那帮毒贩都有，只要一出现就暴露，等我们冲进去这两人早跑了。再说里面情况太复杂，估计现在至少有两三百人。就凭两张照片我们没有办法准确抓捕，光认人就得认半天。”

他正说着，一旁驾驶位上的周恺忽然拍了他一下，指指车窗外，“蔡队，你看，那俩人怎么那么眼熟？”

蔡永强顺着他的目光望去，正好看见乔装的李飞大摇大摆地走向“甜蜜蜜”门口，化了妆穿着性感热裤的马雯挽着李飞的胳膊，像一对情侣一样，进门之前。他俩也注意到了蔡永强的车，转过脸来朝这边微微点了点头，接着轻车熟路地进了“甜蜜蜜”。

“李飞怎么也来了？”周恺疑惑道，“傻小子不是被停职了吗？他来这儿干什么？”

蔡永强示意周恺安静，电话里，李维民接着蔡永强刚才的问题解释道：“只有李飞能准确认出大虾和麻子，他会帮你确定目标然后通知你，你来负责抓捕，还有问题吗？”

蔡永强勉为其难地妥协，“……没有。”

“还有，这次行动之后，如果有人问，你就说接到了群众举报，‘甜蜜蜜’有吸贩毒人员，歌舞厅涉嫌为吸贩毒人员提供场所。”李维民嘱咐，“不要暴露真实目的。明白吗？”

蔡永强正色点头，“明白！”

“流氓，你放开！——”

“甜蜜蜜”里，从楼下一路找到包厢的“醉鬼”李飞跟扮演着风尘姑娘闹着欲拒还迎戏码的马雯，在推拒间撞开了里面正起哄喊着“麻子”的包间房门。里面玩得正High的混混冰妹们被马雯这一嗓子叫骂吸引了注意力纷纷看过来，贴着假纹身的李飞往里一看这阵仗，㞞得跟只软脚虾似的，连忙把跟自己要花腔的妹子给拽出来，缩脖弯腰地一叠声跟里面的人道歉，“走错了走错了……对不起对不起……你们继续！继续……”

大虾吸了毒后正瘫在沙发上。站在包间正中的人挡住了他的视线，他没看到李飞跟马雯的正脸，里面正玩得昏头涨脑的人也没把这个小插曲当回事儿，包间门一关上就开始继续叫嚣。马雯被李飞拉出来一把搂在怀里，借着亲密的姿势，跟李飞说，“目标人物确认，里面没有武器。”

李飞拨通了蔡永强的电话——

蔡永强急切道：“两个目标都确定了？”

“‘甜蜜蜜’213包间。”

蔡永强挂断电话，拿起对讲机，对剩下五台车里的警员说道：“各队注意，立即行动！”

禁毒大队的队员应声而动，陈自立带着十几名穿着警服和防弹背心的警员分别从各自隐蔽的车上快速跳下来，朝“甜蜜蜜”歌舞厅包围过去。

始终都没打通麻子和大虾电话的林灿和林天昊到底还是晚了一步，车刚从街面拐进小巷里来，眼看就到“甜蜜蜜”的后门了，却看见陈自立带着禁毒大队的人冲了进去——

林灿一脚刹车踩下去，车子顿时停了下来。林天昊被弹跳起来，手里的手机飞了出去。林天昊惊魂未定地朝着前方望去，悚然而惊，“怎么办？”

林灿脸色极冷，“来不及了。”

他说着果断急速倒车后退躲进巷子深处，却并不知道，这一切都被守在不远的高楼天台视线开阔处的李维民等人看了个一清二楚。

见李维民放下望远镜，左兰忙问：“车里的人是谁？”

李维民意味深长地笑了一下，“林灿和林天昊，塔寨的。”

缉毒警全副武装乌压压一队人闯进来，“甜蜜蜜”里顿时乱作一团。包间里面十一二个衣衫不整的男男女女都慌了神，桌上乱七八糟歪着倒着的冰壶还冒着烟气。原本歪在沙发上昏昏欲睡的大虾却突然暴起，极其果断地掏出一把匕首，拉过一个溜冰女，胳膊死死勒住她，刀尖就这么朝着女人的下颌逼了上去——

“退后！否则我杀了她！”

马雯把枪口对准大虾，但包间内混乱不堪，无法瞄准。李飞别无选择，严密监控着大虾的动作，慢慢从包间里退了出来。大虾把溜冰女挡在自己前面退至包间门口，包间里众人也趁乱往外挤，麻子跟着大虾，借包间内慌乱的众人做掩护，往门边移动，大虾带着人质一路走到包间门口，把女孩往前一推，掉头就跑，慌乱的众人挡在李飞、马雯与大虾、麻子之间，这时候蔡永强从楼下赶了上来！

楼下周恺跟陈自立控场，楼上蔡永强跟李飞分别抓大虾和麻子，马雯就一夫当关地将包间里蹿出来要跑的数名男子制伏，追着李飞一起从二楼窗户跳了出去，去抓只穿了条短裤就飞身从这里翻出去逃跑的麻子。

蔡永强追着大虾一路到了后面巷子，大虾利用对地形的熟悉，几乎甩掉了他，转角的路上却忽然听见一个熟悉的声音，低声喊他：“大虾。”

大虾倏地停下，转头看见林天昊隐藏在一个豁口，他还没来得及高兴，心就已经凉了半截——林天昊正用枪指着他。

“昊子，”大虾愣了愣，非但没后退，反而迎着林天昊的枪口向前走了两步，凄惶地看着他，“……救我。”

林天昊跟大虾私交不错，这会儿到底还是没忍心开枪，他犹豫片刻，咬牙把心一横，把枪塞进了大虾手里，“万一被抓住了，你知道怎么做。”

大虾攥着枪祈求，“你带我走吧……”

林天昊摇头，拍了拍大虾的肩膀，自己率先闪身躲进了另一条巷道里。他本来要找林灿会合，谁知人刚躲进去，大虾就被匆匆赶到巷口的蔡永强给堵了个正着——“不许动！”

蔡永强举着枪逼近他，但压根就没想到大虾居然有枪，刚照个面，他的枪还没起到威慑作用，大虾手里的枪就已经打了出去。一声枪响子弹出膛，电光火石之际，抓了麻子交给禁毒大队同事后的李飞奔至，情急之下跳了起来飞起一脚踹向蔡永强……

蔡永强四十多岁的一把老骨头，被李飞这用了十二分力量的一脚生生踹出去一米多远，整个人擦着地面蹭出去，一瞬间都蒙了。大虾还欲再开枪，被从另一个巷口包抄赶到的马雯猛地从身后扑倒，三拳两脚就将他缴了械制伏在地。

大虾被上了手铐摁在地上，他的脸贴着地面，奋力望着那条黑洞洞的豁口——林天昊早已没了踪影。

惊魂未定的蔡永强捂着刚才被踹的肋骨挣扎了半天才爬起来，他一言难尽地弯着腰看向李飞，李飞也挑眉看着他，两人的目光相交，跟能擦出噼里啪啦的火星子似的，都格外地不对盘……

“甜蜜蜜”歌舞厅门口聚集了不少的围观群众，大虾和麻子被分别单独押上警车，另一些吸贩毒人员被押上其他车辆。蔡永强一脸忍痛地摸着自己的肋骨，从牙缝里吸着冷气说李飞，“你那一脚，踹挺狠啊。不知道骨头断没断。”

单方面把他当成阶级敌人怨恨甚深的李飞板着脸生硬地看向他，“不用谢。”

“啧。”蔡永强看着他摇摇头，却在转过脸的时候几乎不可察觉地笑了笑。他们之间一时陷入尴尬的沉默里，李维民的电话就打了过来，蔡永强接了电话简短地应了几声，挂了电话，神色有点沉重地蹙起了眉。

在他旁边的陈自立不解地看着他，“怎么了？”

蔡永强语气带着跟脸色一样的沉重，“李局说刚才行动的时候，林灿和林天昊在后面巷子里。”

陈自立恍然，“进门之前我听到刹车声了，原来是林灿和林天昊？！”

蔡永强凝重地说：“偷偷摸摸走后门，肯定不是来玩的。”

“林灿和林天昊？”李飞重复这两人的名字，琢磨半晌，试探着问蔡永强，“……蔡队，今晚的行动还有谁知道？”

“如果有的话，”蔡永强顿了顿，目光闪了闪，有点艰难地、不敢相信地一边下意识摇着头一边犹豫着说道：“李局给我派任务的时候……陈大队……他正好在我家喝酒。”

陈大队……陈——光——荣。

李飞抿紧嘴角，目光复杂地看着蔡永强。蔡永强感受到他的目光，抬眼毫不避让地坦然朝他回了过去。四目相对，有些心结，倒是莫名其妙地解开了。

看着陆续也跟着嫌犯一起上车的缉毒干警们，马雯戳了戳还站在蔡永强车边上的李飞，“李飞，李飞？想什么呢，走啊。”

李飞回过神来，朝蔡永强看了一眼，点点头，回了他跟马雯开来的那台车上。打了火，却不是跟在车队后面往禁毒大队去的……马雯不知道他葫芦里又卖的什么药，坐在副驾上狐疑地问他：“咱们不参加审讯吗？”

李飞摇头，“那俩刚进去，肯定要扛一阵呢，他们今晚是不会撂的。”

马雯问他：“那你这是要去哪儿？”

“陈光荣家。”

林耀东在书房里百无聊赖地翻着林小力那本《猎人》漫画，倒是林耀华在旁边兢兢业业地看着第二季度的账本。并排放在桌上的五部手机里有一部响起来，林耀东放下书，拿过电话看也不看地接起来，“说。”

躲在“甜蜜蜜”附近，看着禁毒大队的人把大虾跟麻子押上车带走了的林灿紧张地抓着电话，“东叔，蔡永强把大虾带走了。”

林耀东眉间一动，声音里不见紧张，却也意外，“怎么回事？”

手机里，林灿惊魂未定，“说是群众举报，差一点连我和天昊也被围进去了。”

林耀东不辨喜怒，“那么巧吗？”

“荣哥事先给我们通了气，但还是晚了一步。东叔，怎么办？大虾可是知道不少事。”

“他进去过不少次，知道怎么做，李维民应该没那么容易撬开他的嘴巴。”林耀东想了想，告诉林灿，“还有，从现在起，你派人给我盯死蔡永强，他的一举一动我都要了如指掌。”

“明白，东叔。”

林耀东放下了电话，转头看向一旁也已经放下账本无声看过来的林耀华，语调微沉，“大虾被抓了。”

林耀华一惊，“怎么会？那么突然？”

林耀东这时才显出了一些深切的不快，沉声道：“陈光荣当时要是去了禁毒大队，就不会发生这种事。”

蔡永强跟没事人一样坐在车里，面无表情地看着窗外。开着车的陈自立听见了他跟李飞的对话，几次想说点什么，最终还是忍住了。

这一晚上蔡队的手机就格外的忙，车还没到禁毒大队，跟今天行动完全没关系的马云波电话又打了进来，蔡永强看了眼来电显示，有点疲惫地接起来，“马局？”

马云波站在自家客厅里，他还穿着睡衣，明显也是刚被人从睡梦中叫醒，声音里还带着些睡梦初醒的鼻音，语气却不善，“你们今晚有行动？”

之前李维民嘱咐过蔡永强让他对行动保密，蔡永强想也没想，对他的顶头上司也无差别地撒了个谎，“是这样马局，我们今晚接到群众举报，说在‘甜蜜蜜’歌舞厅里有毒贩在肆无忌惮地卖毒品，非常猖獗，所以我就临时组织队员进行了一次突击搜查。”

马云波不解，“你不是被督导组叫走了吗？”

“我今天下午就回来了。呃……”他实在不愿意多谈这个，生硬地转了话题，跟领导汇报这次行动的情况，“我们这次行动共抓获吸贩毒人员13名，缴获的冰毒不会少于1000克，另外还有大量的K粉、摇头丸等毒品和违禁药物。由于数量太大，一时还没能统计出来。”

“结果还算可以，”手机里，马云波语气稍缓，“但事先为什么不向我汇报？”

蔡永强睁着眼睛说瞎话地解释：“事发突然。再加上以为只是一次例行的突击搜查，没想到事态这么严重。等审讯结果和缴获毒品的数量统计出来，我会第一时间向你汇报。”

他不这么说还好，这么一说，本来听见他的行动成果气已经消了一半儿的马云波火又立刻蹿了起来，“突击检查？突击检查需要武警的同志在周边一公里布控？！”

蔡永强这回倒是真真正正地愣住了，“武警？”

还给我装傻！马云波气得语气倏地冷了下来，严厉地逼问他：“你还有什么好说的！”

蔡永强这才回过味儿来，今天的行动到底是怎么回事。原来李维民根本就不是信任他，而是在考察他，所以让他执行任务，却又暗中部署了武警守在外围作保障。

他抓了大虾跟麻子，把人全须全尾地带回队里审讯，就是通过考察赢得信任，他要是行动失败，麻子和大虾万一要是真跑了，守在外面的武警抓的人就不止有麻子和大虾，还有他。

想明白这一层，心里的委屈和愤怒终于按捺不住，明知道错不在马云波，蔡永强却也控制不住地蹿了火，“是，我错了！我目无组织贪功冒进，马局请你撤我的职！反正现在是上级不信我，下属不服我！我这个大队长当得太糟心太窝火！”

马云波没想到他竟然还敢跟自己这个态度，顿时也火了，“嫌糟心？嫌窝火？！你一个大队长就是这样没有担当的吗？！……明天是交行动报告还是辞职报告你自己看着办！”说着不等蔡永强回答，生气地挂断电话，把手机嘭的一声扔到了桌子上。

做了几次深呼吸，马云波盯着手机平复了一会儿情绪，走到卫生间门口，犹豫了片刻，还是轻轻地推开了卫生间的门。

卫生间里，同样穿着睡衣的于慧虚弱地坐在地砖上，而她的旁边，赫然放着一小袋还没用完的白色粉末。

一次性注射器、消毒用品之类的工具凌乱地被放在旁边，于慧目光空洞地望着他。片刻后，马云波沉默地走进去，蹲在她身边，替她把地上凌乱的东西都归整起来，一起放进了洗手台下面的柜子里。

他是市公安局主抓禁毒的副局长，当然知道他收进去的这些东西是什么。市局的副局长，荣立大大小小多少功勋的禁毒英雄，妻子竟然偷偷躲在家里注射海洛因。多么讽刺。可是他不能也不舍得因此去指责于慧半句。因为现在于慧所有的痛苦，都是为他受的……

他把东西收拾好，轻手轻脚地把虚弱呆滞的妻子抱回卧室放在床上，心疼地替她擦干额头上的细汗，“好些了吗？还疼不疼？”

于慧混乱地点点头又摇摇头，马云波想去客厅把扔桌上的手机拿过来，于慧见他要走，赶忙拉住他，声音细弱中透着依赖，“……痒。”

也不管手机了，马云波摸摸她的头，抱着将她翻了个身，把她后背的睡衣撩起来，看着她后背上密密麻麻的红色疤痕，拿起床头常备着的一块小毛巾，替她轻轻地摩擦着。

于慧在他的安抚下逐渐放松下来，脸却埋进了被子里，逃避地闭上了眼睛，痛苦地对他说：“对不起……”

细细地帮她擦着那些触目惊心的痕迹，马云波不受控制地回想起当年她想也不想扑上来帮自己挡枪的一幕，良久都没有再说话。

如果于慧不扑出来用自己的身体护住他，今天这样走投无路狼狈绝望的人……该是他。

禁毒大队的车陆续停在禁毒大队的门口，警员们把抓到的吸贩毒人员从各自的面包车里押下来。蔡永强从车上下来，边朝着楼里走边对着陈自立说道："把大虾和麻子押到审讯室。"

"分开还是一起？"

蔡永强想了想，"一起。"

随着他们回去，禁毒大队办公楼里的灯陆续亮了起来，陈自立答应一声就去安排审讯室。蔡永强看自己办公室也亮着灯，推开门看见李维民和左兰的时候也就一点都不意外了。

李维民也没废话，看他进来，直接说道："马上突审大虾和麻子。"

蔡永强心里压着火，正憋屈着呢，看见李维民这么个大领导竟然也没给好脸，"你总得告诉我，你想从他们的嘴里得到什么吧？"

李维民倒不在意他是什么态度，"林水伯的儿子林大鹏的死因。据可靠消息，林大鹏是被大虾注射过量冰毒而死的，而麻子提供了冰毒和注射工具。"

"是李飞告诉你们的吧？"

"为什么这么认为？"

"林水伯之前住在城东的那幢烂尾楼里，可今天我看到林水伯成了陈珂父亲水果店里的员工。应该也是李飞安排的吧？"蔡永强无关痛痒地耸耸肩，"当然，我只是猜测。"

李维民看着他，意有所指，"你认为消息来源不可靠？"

蔡永强摊手，"我没有这个意思。就在刚才，李飞还救了我一命。"他深吸口气，调整了一下情绪，配合地道："我现在就去准备审讯。"说着就要走，走到门口又想起什么地转回身，"另外，刚才在回来的路上马局长给我打过一个电话，问起了这次行动。”

东山市局的实权现在就在马云波的手里，调动武警协助这么大的事情他不可能不知道。李维民不意外地点点头，“他什么态度？”

“很不爽。”

“你怎么回答的？”

蔡永强盯视着李维民，“按你的吩咐回答的。有什么问题吗？”

李维民摇头，“很好。”

蔡永强本来问他那句“有什么问题吗”，问的也不是如何回答马云波的事情。这事儿摆在那里，李维民心知肚明却不肯多说，蔡永强嘲讽地勾起一边的嘴角笑了一下，看了看手表——这会儿已经是凌晨两点半了，“大虾是累犯了，本来就是个滚刀肉。这俩都是夜猫子，又刚刚溜完冰，这会儿还精神着呢。夜间审讯，咱们捞不着什么好处，今晚能不能撬开他的嘴我可不能保证。我还是建议先耗他们一耗。”

李维民点头同意。

其实耗的不止有麻子、大虾，还有陈光荣。

李飞的车一直在陈光荣家大院外面等到了这个时候，他的车终于从院里开了出来。李飞开车悄悄跟在陈光荣车后，马雯坐在副驾上，两人没工夫换衣服，身上还是刚才混夜店的那套行头，李飞花衬衣挂着金链子，马雯性感热裤闪着珠光，在夜店里看着不奇怪，在这会儿凌晨两点半空旷冷清的街上，却显得分外格格不入。

他们的车一直谨慎地远远跟着，但陈光荣能干到刑侦队长绝不是李飞平时跟过的那些菜鸡，反侦察能力很强，平时又谨慎惯了，哪怕李飞不敢近前，他还是发现了后面的这条尾巴。

发现了，但是却没甩开。他故意把李飞他们带到了林耀东的大龙房地产投资的御龙花园别墅区外。

小区保安很负责，陈光荣的车进去后，李飞跟马雯两个人连蒙带诈地也没能说服保安放他们进去，后来两人灵机一动，干脆把车开走，在不远处避开上面的监控，从围墙上翻了进去。

然而里面独栋别墅太多，陈光荣的车早已没了踪影……

别墅里，林耀华看着过来跟他们通气的陈光荣，“……可大虾知道的事情太多了，牵扯出其他就不好收拾了。你必须得想办法让他闭嘴。”

“可人是禁毒大队抓的。而且大虾也不是威胁，最大的威胁是李维民！”陈光荣烦躁地说，“我已经感觉到李维民在怀疑我了，不，也许是怀疑整个东山市局。今晚的行动目标事前完全保密，禁毒大队都是到了现场才知道。整个局里上上下下瞒了个密不透风，这绝对是李维民的手笔。他今天晚上在东山搞出这么大的动静，我竟然一点消息都没有！”

半晌沉默，从陈光荣进屋开始就始终没说话的林耀东缓慢站了起来，看向他缠着绷带的手腕，忽然没头没尾地说道：“光荣，你的手怎么样？要不然去国外看看？”

他这是什么意思实在太明显了，陈光荣愣然过后冷笑一声，“什么意思？！……让我走？！我怎么走？我一个公务员，我怎么走？偷渡吗？！”

林耀东很平和地劝他，“你现在的状态，不适合留下。光荣，这种时候要往最坏处想，不能怀着侥幸，坐等别人收拾你，明白吗？”

陈光荣断然拒绝，“我不走！”

林耀东无奈地叹了口气，从抽屉里拿出修剪花枝用的剪刀，走到窗边去修窗台上摆着的那盆造型漂亮的五针松。见他又沉默下来，莫名的逼仄感逐渐压了过来，陈光荣越发地急了，“我现在推测李维民只是怀疑，没证据——对，他没证据！你现在应该出面去抹平所有他的怀疑。你……你们！”他猛地指向林耀华，眼里生生绷出血丝，“当初是你说在东山没有摆不平的事儿吧！是你说的吧！如果我这个时候走，我哥的仕途就全完了！你们当初拉我下船不也是冲着我哥吗？他倒了你们可就没这么舒服了！”

林耀华连忙走过来安抚地拍拍他的肩膀，一叠声地劝道：“别！别激动！不走不走！陈大队，既然选择留下，咱们还是安安心心做好所有的事。不管想什么办法，把大虾和麻子弄到你那边去。”

陈光荣镇定了一些，看了看始终不动声色也不表态的林耀东的背影，还是点了点头，“我试试吧。”他说着就要告辞，临走的时候却忽然想起来什么似的，跟这屋子里的兄弟俩状似无意地说了一句，“哦对了，我刚才拖了条尾巴，你让你的人给我收拾一下。”

林耀东将剪掉的枝节放在窗台边，嘴角的笑容慢慢冷了下来。

林耀华狠狠地眯起眼睛，“这个陈光荣，知道有人跟踪还到这儿来。”

“他是在提醒我——都是一条船上的人，要死一起死。”林耀东毫不在意地嗤笑一声，拿着剪刀，忽然将五针松的一整条侧枝剪了下来，遗憾地摇头喟叹，“唉，留不得了。可惜了……”

林耀华秒懂他的意思，无可无不可的样子，只是问他，“那李维民怎么办？”

“这个我来处理。当务之急，先让你的人把陈光荣带来的尾巴给切干净。”林耀东说着，给林小力打了一通电话，简单地交代了两句。

36. 审　讯

在御龙花园里面摸不出门道，李飞和马雯只好又回了车上去守株待兔。

陈光荣在往小区外面开的时候接到了林耀华的电话，他依言带着后面那辆一路跟着他的车拐上了一条山路，不疑有他的李飞也跟着开了上去。山路几个盘绕，前面一个U形弯道，陈光荣的车暂时失去了踪影，李飞心里莫名涌起一阵不好的预感，担心有猫腻，下意识地提高车速拐弯要追上去，不承想却迎面驶来一辆装沙土的重卡……

那山道本来就窄，重卡按着喇叭发出刺耳的尖锐声音，车却向李飞的车横冲直撞了过来。李飞急打方向盘，躲开了重卡，车却失去控制地猛然撞向山体。

另一侧，在山路的制高点上，陈光荣停下了车，回头看了看，开车走了。

李飞马雯的车前脸被撞得面目全非，整个前盖凸起来差点越过窗框拍李飞脸上，挡风玻璃在撞上的一瞬间就全碎了……

两人都撞了个头破血流，也不知道昏迷了多久，趴在方向盘上的李飞先醒过来，看到旁边一动不动仿佛死去的马雯，心里突然感到无比的恐慌——宋杨已经离开，他经不起再失去一个搭档。

霎时的恐惧让他蓄起力气用力推开变形的车门下了车，慌忙把马雯抱出来让她靠车坐着，急切地想叫醒马雯，同时慌乱地检查她有没有受重伤，“马雯！马雯！你醒醒……醒醒！”

好在马雯睫毛微颤，慢慢地睁开了眼睛。李飞看她醒了，仿佛全身力气用完一般一屁股瘫坐在地上，可马雯醒过来的第一件事，竟然是下意识地一把抓过李飞。明明她额角还在流血，她却仿佛完全没感觉到疼似的，神情极度冷静地用专业的医疗检查手法不由分说地检查起李飞来。

李飞被她的紧张反常闹得有点蒙，担心她是不是把脑子撞坏了，“马雯……”

马雯几乎声色俱厉地急躁吼他：“回答我！疼不疼？！”她说着又去检查李飞的腿，所有的动作和言语都仿佛之前被设定好的程序，此刻正在自动按套路执行一样，“这呢？……这呢？”

李飞有点慌张烦躁地一把抓住马雯的肩膀，他眉宇间也糊了血，但目光清明，眼神沉定，声音虽然不稳，语调却十分肯定地告诉她：“马雯，我没事。”

被他这么抓着一摇晃，马雯才意识到自己失态了。她少见地尴尬局促起来，推开李飞，踉跄站了起来，沉默地打开后备箱找出几瓶矿泉水来，递了两瓶给李飞，跟他一起疲惫地靠着车坐在地上，用水清洗伤口，又拧开一瓶喝了几口。

李飞掏出手机，给交警大队那边认识的人打电话，“喂，我李飞，我撞车了……人没事……帮我报交警叫拖车……我给你发位置……”

马雯不说话，默默地喝着水，一手用纸巾摁着额头。李飞打完电话一回头，却发现这从来都大咧咧坚韧强势的姑娘，眼里竟然有泪光……

李飞跟李维民一样，什么都能扛，就怕看谁哭。马雯这么一掉眼泪，李飞立刻慌了，他没多想，只合情合理地觉得这是刚才那场事故给吓出来的，自己也懊丧痛苦地攥紧了拳头，“对不起，又连累你！以后离我远点吧……我不能保证每次都没事……”

他颓废地自嘲，马雯却吸吸鼻子看向他，目光坚定而勇敢，“你可以伤心，可以难过，但就是不要自责！”

李飞沉默地看着她，马雯凄惶地笑了一下，“这是我搭档，也是我男朋友，临走前跟我说的最后一句话……”

关于马雯的男朋友，李飞之前就有过猜测，但在这种情况下突然被马雯本人证实，他却不知道该怎么接口，“他……”

“他牺牲了……”马雯寥落地勾勾嘴角，眼泪却又落了下来，她拿着手里的纸巾擦了一下，逃避地看向了远方，“我们在高速公路上拦截一辆车，对方完全是不要命的做法，照着我俩的车直接撞过来……我男朋友他第一反应是向右打方向盘，把自己那边撞了上去……”

“……”李飞不知道该劝些什么，动容地拍了拍马雯的肩膀，试图从这个动作里给她些安慰和力量，“离开猎鹰突击队就是因为这个吧？”

“嗯……”

“所以呀，”始终没法从宋杨的事情里走出来的李飞也苦笑了一下，“没办法不自责对不对。”

马雯抿紧嘴唇，沉默地摇摇头，片刻后，带着浓重的鼻音，坚强地说道：“自责没有用，人死不能复生。”

李飞看着远方逐渐升起的太阳，深吸了口气，“话说得没错，但是人不能白死。”

说到这里，两人都不说话了，肩并肩坐着，心绪沉重地看着太阳一点点升起，直至阳光彻底冲破黑暗，而在公路另一头，警车灯闪烁，迅速地朝他们开了过来……

凌晨回宾馆睡了不到四个小时，李维民早上下楼吃饭，打算回来就换了衣服直接去禁毒大队那边，谁知道等吃完饭回房间的时候，去衣帽间里拿叠好的衬衫，刚一提起来，却愣住了。

——明明房门是锁着的，可他的制服衬衫竟然在吃个早餐的工夫被人蓄意剪碎了，自肩膀以下，全部碎成了一条条。

李维民眼睛都瞪圆了，愕然中只觉得头皮都一阵发麻，他猛地转身抽出配枪握在手里警惕地看着房间各处。没有人藏匿，窗户更是跟走之前一样，没有被打开的痕迹，最后床头高高隆起的被子吸引了他的注意，李维民走过去猛地掀开被子，一把大剪刀竟然直直插在枕头上，仿佛是在对刚刚还睡在这上面的人的无声警告……

正在此时，门铃响了，李维民打开门，只见左兰也拿着自己同样被剪坏的衬衣快步走了进来，反手关上门，显得有点震惊慌张，“李局，有人进了我房间……”

她刚说了个开头，就看见了李维民房间里的情形与自己房间如出一辙，顿时瞪大了眼睛，简直愤怒到不敢置信，“太猖狂了，这是赤裸裸的威胁！”

李维民收了枪，镇定地道：“这个宾馆不能住了，我们得换个地方，先去禁毒大队。”

李维民跟左兰各自从箱子里拿了备用的衬衫换上，谁知道刚赶到禁毒大队，还没等见到蔡永强，却先看见了被交警队送回来的李飞和马雯。脑袋都磕破了，衣服身上胳膊上都染着血迹，跟在泥里打了个滚儿似的狼狈不堪。李维民把这俩不省心的小兔崽子拎回蔡永强的办公室，左兰有眼色地立即躲了出来。

李维民看着他俩那样子气得脸都红了，怒不可遏地咆哮：“李飞！你他妈胡闹！我扒了你的警服！”

李飞解释：“我找到了重要的证据！”

“再重要的证据比命重要？！”李维民眼睛瞪得老大，双眼皮儿都被撑开了，“你告诉我！你命都没了你办什么案！你告诉我！”

可我这不是还活得好好的嘛……李飞理解李维民的担心，但是没当回事儿，当务之急明明就有比追究他责任更重要的事情，“李局，陈光荣铁定是林耀东的人！我要求直接给陈光荣上技侦手段！”

李维民气急败坏，“我千叮咛万嘱咐不要擅自行动！不要擅自行动！你捡了一条命回来的第一句话就是技侦刑侦大队的大队长？！你知道现在的东山有多复杂吗？！”

李飞不服，“多复杂也得查下去，得对得起警帽上的国徽！”

李维民是真急眼了，愤怒至极也不管是不是有外人在场了，抬腿一脚朝李飞踹过去，“我要你跟我讲这些大道理？！”

李飞嘴上不服输，身体却没敢躲，结结实实挨了一脚，疼得龇牙咧嘴，顿时又生气又委屈地跟李维民控诉，“疼！我现在身上有工伤！”

“工伤！你还工伤！”李维民踹了一脚还不解气，抬手就又要朝李飞脑袋上抽，“你还知道疼！东山现在多少人想要你的命！你的命！”

打一下就得了呗，您怎么还打起来没完没了了，我不要面子的吗？李飞哀怨地看了李维民一眼，眼看他一巴掌真要拍下来，连忙猫腰躲了过去，马雯趁机赶紧上前拉住李维民，扶李维民坐回座位。

李维民这次真是气得不轻，坐下了还在呼哧带喘地急促顺着气，马雯都害怕把老局长气出个好歹来，在一旁不停给李飞使眼色。李飞看着气得说不出话的李维民，默默地端起杯子，给李维民倒了一杯水，轻轻递过去。

李维民看了一眼李飞，接过水杯，没好气地瞪着他，“说陈光荣！”

“我一直跟着他，看着他进了御龙花园。御龙花园是大龙房地产开发公司的项目，林耀东就住在里面。而且今天‘甜蜜蜜’的抓捕行动，陈自立说在后门看到了林灿的车，而蔡永强在行动前正在和陈光荣喝酒，我怀疑是陈光荣向塔寨通风报信。”

“对，你不说我还忘了！”李维民气息仍然急促，“找到大虾为什么不及时撤出来？你怎么答应我的？还有马雯！”

马雯诚恳地说：“我得到的命令是二十四小时贴身保护李飞。”

李维民倏地朝她看过去，眼睛一竖差点又要发作，“你得到的命令是二十四小时保护李飞，如果他鲁莽行事及时阻拦，不是让你一次又一次跟他胡闹！”

“我们这不是立了功的，大虾也是我们找着的……”李飞还从没见过李维民气成这样，害怕真把他气出个好歹来，也不呛声了，讨好地上去拍着他后背给他顺气，“就算将功补过……”

李维民一把打开他，“你给我闭嘴！从前是宋杨，现在是马雯，你小子怎么那么大的说服力，让他们跟着你跑？宋杨的教训你还不能吸取吗？信不信我真的让你脱警服？”

李飞赔着笑，“我信我信！您喝口水！”

李维民正颜厉色地瞪着他，“我警告你，虽然你在停职期间，但你所有的行动都必须先跟我汇报。否则后果自负！我才不管你是谁的儿子！”

李飞倏地怔住，直觉得李维民这话有哪里不对，连马雯都感觉李维民话里有话，目光在李维民跟李飞身上转了一圈，直转得被气昏了头的李维民自知语失也不自在起来，别别扭扭地看向了别处。

屋里正僵着，从监控室接了个电话赶回来的蔡永强就推门走了进来。看见屋里这莫名凝重的气氛，又愕然地看着浑身狼狈的李飞和马雯，张张嘴，犹豫了一瞬，差点缩回去的脚到底还是迈了进来——

让李维民感到奇怪的是，从监控室回来的蔡永强带来的不是大虾跟麻子的口供，而是一个消息……说是市局那边罗旭局长亲自打了电话，让把麻子和大虾移交刑侦大队。理由是“甜蜜蜜”里面抓到的这两个人，身上背着林大鹏的命案，交由刑侦再合适不过。

李维民听后眼珠一转，决定顺坡下驴——得了！早上溜进他和左兰房间剪衣服插剪刀的小贼和不知道为什么也搅进这趟浑水的罗旭都别白来，他们督导组在云来宾馆住不下去了，正好带着麻子和大虾，再拎着捡条命回来的李飞跟马雯，一起换到之前的武警部队驻地去！

李维民他们转移到武警大队之后，武警驻地的审讯室里，蔡永强一直耗着大虾、麻子，到下午两点，直到在监控室里看着两个人已经哈欠连天，麻子身体开始偶尔有毒瘾发作时神经性的抽动，他才跟陈自立一起开门进了审讯室。

坐在审讯桌后面，陈自立例行核对他们的基本信息——

“姓名。”

大虾耷拉着眼睛，“林辉明。”

“出生年月日。”

“1970年3月10日。”

“籍贯。”

“东山丰西镇。”

蔡永强和陈自立看着神态自若的大虾，陈自立顿了顿转而问麻子，“你，姓名。”

麻子也低着头，但自从蔡永强他们进来，身体就一直下意识地紧绷着。他今天一早跟大虾一起被戴上头套推上车，车开了很久，等一路被押到这间审讯室的时候，里面模样摆设虽然都差不多，但他再傻也知道这肯定已经不是禁毒大队了——那么他们把他押到了什么地方？忽然换了个地方关着，是想干什么?

麻子心里没底，听见陈自立问他，控制不住地搓了下手心，低声回应，“毕涛。”

“出生年月日。”

“1994年9月11日。”虽然江湖混久了人就成了老油条，但他其实也就是二十出头，比伍仔也没大几岁。

“籍贯。”

“贵州赤水葫市镇。”

基本信息问完了，陈自立看着都耷拉着脑袋的俩人，“林辉明，毕涛，你们有两个选择。”

进门始终没说话的蔡永强这才慢悠悠地开口，脸上挂着悠然的笑，“不过他们不会喜欢那个选项的。”

“说不准。”陈自立耸肩，“没准儿还真就更喜欢十年以上的铁窗生活。”

大虾抬起眼来，看着一唱一和的两个警察，微微一笑，摇头，“不选择。”

麻子没有说话，蔡永强抬抬下巴，“告诉他们两个选项。”

陈自立说道：“你可以回家继续陪着老婆，继续过你的安稳日子。”

大虾不为所动地看着他，“什么条件？”

“说出我们感兴趣的猛料。当然，如果你没有料可曝，第二个选择就没了。你就直接可以进牢房了。

大虾脸色很冷，毫无畏惧地跟面前禁毒大队一正一副两个队长对视着，半晌后，勾着一点微微的笑意，浑不吝地哼笑一声，“无可奉告。”

麻子没什么底气，他有点虚，不自信地偷眼看大虾，见大虾神情自若，也壮了壮胆，抬起头来挺起胸膛跟着说：“我也无可奉告。”

监控室里，始终看着审讯画面，一字不漏听着从设备里传来的对话，李飞已经换了身干净衣服，身上的擦伤也让武警这边的大夫做了妥善处置，这会儿脑袋上贴着一块纱布，生龙活虎跟没事儿人一样地继续揪着蔡永强，“任何堡垒都不会是铁板一块。大虾和麻子是撕开塔寨口子的最好机会，也许是唯一的机会。蔡永强自己的污点还没洗白，这么重要的人，为什么让他来审？”

旁边的李维民看他一眼，觉得这小子死鸭子嘴硬，意味深长地挑眉深深看着他，揭发道：“其实你也愿意相信他，要不然，就不会一脚飞踹救了他的命。”

被戳中的李飞一时无语，听见审讯室里蔡永强突然问麻子：“你知道监狱里是什么样吗？”

麻子不说话，他犯了毒瘾，不自然地看着蔡永强和陈自立。蔡永强像是没注意到他开始反常的状态，“一蹲监狱，你就不能选择理什么样的头，什么时候吃饭，什么时候洗澡，什么时候上厕所，什么时候刮胡子……一切都要听从指令。连说话也要按规矩来。”

麻子满脸的汗，他身体越发地不舒服，目光怔怔地看着蔡永强，大虾不屑地哼了一声，蔡永强毫不在意地笑了一下，“你们俩都是现行，吃几年牢饭是免不了的了。除非……”

麻子充满希望地看着蔡永强，“除非怎样？”

大虾脸色微变，猛地转头，“麻子！”

蔡永强拿出一枚硬币，夹在指间旋转着把玩，轻描淡写地抛出诱饵，“我现在手里有一个名额，可以减罪甚至免罪。要看你们谁说的话有信息，有价值。”

大虾脸色更冷，转头语气严厉地提醒身边的人，“麻子，别信他的。”

蔡永强把手里的硬币扔到空中，硬币在半空翻转着落下来，蔡永强右手将那硬币拍在左手的手背上，不理大虾，看着麻子微笑，“你选哪一面？字还是花？”

大虾连忙在旁边提醒，“别理他。”

麻子毒瘾发作时的渴求逐渐麻痹了神经，也击溃了本来就不够坚实的防线，他听见大虾的声音，犹豫了一下，还是本能地顺着蔡永强的话迎了上去，“花。”

蔡永强打开看了一下硬币，满脸遗憾地耸耸肩，对麻子唏嘘道：“看来你运气不佳，你没什么机会了。”他说着就站起来。陈自立会意地过去把戴着手铐的大虾拉起来，两人竟然真就毫不犹豫地朝着审讯室外走去了……

留在审讯室里的麻子紧张地看着他们，张了张嘴，欲言又止，可这时候审讯室的门已经被关死了……

半个小时后，麻子坐在那里开始不安地搓手，他满头大汗，抬眼看着摄像头，目光像是隔着屏幕跟监控室里的李维民、左兰、苏康和李飞都对上了。

另一个审讯室里，蔡永强和陈自立跟大虾对坐着，一句话也不说。

盯着监控画面看了半晌的李维民忽然问李飞，“你以前见过蔡永强审讯犯人吗？”

李飞点头，“见过。”

“感觉怎么样？”

想了想，李飞特别诚实地回答：“我每次都很庆幸，坐在审讯室里的人不是自己。”

左兰看着两边的画面，不解地蹙眉，“为什么蔡永强和陈自立都扑在大虾这边？难道不是麻子比较容易突破吗？”

李飞倒是很懂蔡永强的套路，解释说：“麻子的毒瘾已经犯了。攻下他，是手拿把攥。这个时候越是晾着他，他就越是心慌。”他说着从操作台边上拿过薄薄一沓A4纸，忽然开始在上面龙飞凤舞地写写画画，左兰站起来去看他写的内容，发现那上面居然都是些驴唇不对马嘴的鬼画符……

“你这是干什么呢？”

“我帮他们做点道具，一会儿推波助澜，用得上。”

左兰不解又好奇，看了李维民一眼，李维民却微微点了点头，这会儿早上的火气下去了，他看着李飞，眼里多了一点赞赏。

麻子越来越烦躁不安，而大虾也沉不住气了，“都一个半小时了，难道你们不打算问点什么吗？”

蔡永强看了看手表，把手里的笔记本合上，站起身来，心平气和地反问他：“你什么都不会说的，不是吗？”

大虾梗着脖子，“是的。”

“没问题。”蔡永强做了一个请的手势，“那你闭目养神吧。”

蔡永强终于站了起来，离开了大虾所在的审讯室，陈自立继续悠闲地坐在椅子上，干脆玩起了手机。监控室里，李飞也站了起来，拉开了门走了出去。

左兰本来也不是干这工作的，参与过的审讯寥寥可数，当初对李飞、蔡永强甚至马云波的讯问，按部就班来的时候她思路清晰应付得来，但碰上蔡永强、陈自立跟李飞这样剑走偏锋的就实在弄不明白。看李飞一把将头上贴着的纱布扯掉了，拿着那摞鬼画符快步走了出去，她一头雾水地去问李维民，“这什么意思？他们什么都没问啊。”

李维民高深莫测地看了她一眼，故弄玄虚道：“表演马上就要开始了。”

没多一会儿，蔡永强和李飞出现在了麻子所在的监控屏幕上，让左兰更加不解的是，他俩站在门口看着里面的麻子，谁都没进门。

李飞拿着一沓写满了字的纸，活动着手腕，旁若无人地跟蔡永强聊天，“记了俩小时的口供，记得我手都酸了。”

麻子在里面抻着脖子紧张地看着他俩，不由自主地追问：“他跟你们说了什么？”

蔡永强环抱着手臂，“那可不能告诉你。不过我们今天可以早点下班了。”

这个样子，麻子以为大虾吐了口，顿时就急了，“你们怎么不给我个机会？”

“你要说什么我都知道了。你没有价值了。”蔡永强遗憾地摊摊手，忽然问李飞：“林辉明刚才怎么说的来着？”

李飞翻看着手里的“口供”，煞有介事地挑高了眉毛“哦”了一声，“这上面说，责任都是毕涛的，那些冰毒和K粉都是毕涛带进‘甜蜜蜜’的。”

蔡永强点头，“哦对，他还说了，他什么都没做，只是提供了场所而已。”

李飞附和，“根据条例354条，容留他人吸食、注射毒品的，处三年以下有期徒刑、拘役或者管制，并处罚金……”

没等李飞说完，听见大虾竟然把自己推出去顶罪，麻子霎时就在愤怒中慌了神，激烈地打断李飞，“他说谎！他不光是提供场地，我带的那些货都是他买的！”

蔡永强和李飞相互看了一眼，李飞替麻子可惜地摊摊手，“那又怎么样？大虾有钱，又有人罩着，最多也就是多交一点罚金，很快就能出去花天酒地了。”

“这世界就是这样，大鱼吃小鱼——只要你能找出一个垫底的，就能脱身。”蔡永强一脸唏嘘地为麻子感到不值，却转而纠正李飞，“你刚才说错了，光是持有800克冰毒，就能判 7 年以上或者无期徒刑。”他说着，又抬手指指麻子，“更何况他刚刚承认自己是在贩毒。”

“如果按走私、贩卖毒品罪定罪量刑，800克冰毒就能处15年有期徒刑、无期徒刑或者死刑，更何况他还有600克的K粉。”李飞看着麻子摇摇头，叹息，“唉，还是个90后，可惜了……”

说完，他就伸手要就把审讯室的门关上了，眼看就要失去唯一机会的麻子这下彻底慌了，“不要走！你们不要走！……你们能坐下来听我说吗？”

李飞关门的手顿住，不确定地看着蔡永强，“蔡队，你想听他说两句吗？”

蔡永强兴致缺缺，低头看了看表，“除非他有什么猛料，能立个功什么的，不然我还是选择回家。现在回去，还赶得上吃口热饭……”

麻子急道：“我有猛料！我要交代！我要将功赎罪！”

蔡永强和李飞互相看了一眼，状似犹豫地走进审讯室坐下，监控室里完整看完了两人一唱一和一出好戏的左兰惊讶得微微张嘴，笑了，“这两人是事先排练过吗？怎么那么有默契？但李飞之前不是还死咬着蔡永强不松口？”

李维民摇头笑着感叹，“不是一家人，不进一家门。”

37. 真　相

审讯室里，蔡永强和李飞一唱一和的默契配合还在继续，李飞敲敲桌子，兴致缺缺地提醒麻子，“毕涛，你可要想清楚了再说，要是拿一些鸡毛蒜皮的小事来糊弄我们，那后果可是很严重的。”

麻子害怕他们刚坐下又要走，连忙直接就把知道的“猛料”抖了出来，“我这儿有命案！杀人案！”

蔡永强偏头盯视着麻子，“继续说。”

“四个月前……”麻子仔细想了一下，抬手敲了敲有些昏涨的脑袋，“……3月14日。”

李飞不信任地看他，“脑子那么好使？怎么记得那么清楚？”

“那天我一哥们过生日，所以这日子我记得。晚上大概八点多了，大虾跟我打电话……”麻子一边回忆一边说，语速很慢，偶尔会因为毒瘾发作得难受而停顿片刻，“在我租的房子里，大家玩得正高兴呢，他让我到楼下的公用电话亭去等他打电话……我挺不想去的，想就这么用手机说，他没答应，直接挂了电话，我就只能下楼了……在电话亭里等他打过来，他跟我说，要两条‘钻石’级的新鲜‘猪肉’……两条，还是‘钻石’级的，我手里没那么多，他就问我，一个人以前只吃‘糖果’，第一次‘溜冰’，吃多少能过去？”

蔡永强和李飞都知道他说的“糖果”是指麻古，也猜得出来他叙述的跟大虾电话里说的这个吃麻古的人，就是林大鹏。

两个人对视一眼，听着麻子继续说下去，“一般吃‘糖果’的人岁数都不大，我就问他对方年纪，大虾跟我说也就十六七……我觉得他是疯了。根本要不上两条，半条就足够足够了，而且多了也能被看出来……那不就是明着告诉人家人是他弄死的吗？但是他不放心，所以找我要了一条——也就是5克。我那时候刚吸完，走不动了，正好伍仔在，他也不是菜鸟，嘴也严，我就让他拿着货给大虾送过去了……后来才知道死的是东山中学的一个学生，叫林大鹏，塔寨村人，他爸还是东山中学的老师……儿子死后，他爸也吸上了毒，现在靠捡垃圾挣点钱买货。他还从我的手里买过好几次货呢。”

李飞低垂着脸，看不见表情。

蔡永强兴趣缺缺，“就这些？”

麻子点头。

蔡永强：“伍仔人呢？”

“跑了。”

“跑了是什么意思？为什么跑了？”

“他私吞了货，手脚不干净，我揍了他一顿，他就跑了。”

李飞抬起头来，冷笑地看着他，仿佛所有事都已经尽在掌握，意有所指地问他：“揍了他一顿？怎么揍的？”

“……好吧，”麻子颓丧地松了口，“我们是想对伍仔下手来着。他坏了我们这行的规矩，得给他一点教训才是，不然我就没有威信了是不是？”

“所以，就这？”李飞撇撇嘴，“我当什么猛料呢。”

麻子瞪大了眼睛，“这还够不上是猛料啊？大虾是杀人凶手——他亲手干的，他的手上有人命！”

蔡永强沉吟着，“大虾和林大鹏有仇？”

“……那我不清楚。”

“你知道是谁让大虾杀林大鹏的吗？”

麻子明显支吾了一下，没底气地摇头，“他……他没说。”

蔡永强猛拍了一下桌子，站起来，“就算这是真的，可大虾能认吗？你又拿不出别的证据，那你等于白说。说不好，你还多一条做伪证的罪。”

麻子不敢置信地看着他，连忙说道：“伍仔，伍仔能证明我没说假话！”

李飞冷哼，“他不是跑了吗？让我们上哪去找你说的那个伍仔？”

麻子一时语塞。

早上请动自家亲大哥出马，让住院的罗旭出面找蔡永强要人，结果在禁毒大队仍然扑了个空，陈光荣左想右想越琢磨越觉得不对，挺到了下午，还是按捺不住，出门前给陈文泽又打了个电话，直接扑到了隔壁市局马云波的办公室里告状，“马局，到底是人命案大还是贩毒案大？你告诉我！”

马云波也是无奈，“我是真不知道那两个毒贩现在在哪儿。”

“这像话吗？！”陈光荣压着火，“大虾和麻子身背命案，我刑侦立案侦查，嫌疑人竟然被禁毒大队给藏起来了！藏得连你公安局局长都找不到！”

这根本就不是下属对上级领导说话该有的态度，但陈光荣身份特殊，马云波也耐着性子，“这李局领头的联合督导组办案，不一定事事都跟我报备。”正说着，办公桌上的电话就响了，马云波接起来，看了陈光荣一眼，“哦，陈市长……”

电话里，陈文泽语气也不好，刚一接通没头没尾的就是一句，“马云波，你也跟着罗旭休病假去吧！”

马云波简直是哭笑不得，“陈市长您这话是从哪来的……”

“突击‘甜蜜蜜’歌舞厅，禁毒大队全体出动，更别提还有武警支援。这么大的动静，我市政府不知道、公安局不知道！”陈文泽语气严厉，气得不行，“这还是东山吗？马上给我把嫌疑人要来，交给刑侦！你记住！命案永远比毒案大！”

他话音刚落，电话就被重重挂断，陈光荣在旁边气定神闲地补刀，“我哥生气也正常。说真的马局，李局这回做的过分了，什么事儿都不跟咱们通气，太不把东山这帮人放在眼里！”

马云波把话筒放回去，前面是东山市长，后面是他师父，马云波这个位置本来就尴尬，偏这次行动绕过他，他就没理由过问，只好揣着明白装糊涂地和稀泥，“李局有李局的工作，有些事情需要保密，这也能理解。”

陈光荣澄清道：“马局，我没有别的意思，我只是在尽我一个刑侦大队长的职责。”

"我知道，"马云波听着他的套话烦不胜烦，"我再给蔡永强打电话行了吧？！"

"那个蔡永强，就知道装傻充愣！"陈光荣还是不满，看着撑在办公桌上支着头揉太阳穴的马云波，"马局，有句话其实我一直想跟你说。"

马云波没抬头，他脑仁儿跳着疼，"你说。"

陈光荣意味深长地笑了一下，"东山的水太深……你是外边来的，我劝你能走还是早走。但如果选择不走，那就得好好想想该怎么扎到东山这块土里，别让一阵风似的李维民给带跑了。"

他说这话，明显弦外有音，马云波倏地一惊，猛地抬起头来，目光严厉冷定地逼视着他，喝问："你什么意思？"

陈光荣淡淡一笑，深吸口气，站了起来，"可能是有点累了，胡言乱语。我走了，您，保重。"

他说着转身向外走去，脚步拖着，身体也不再挺拔，马云波看着他的背影，阴郁的表情在脸上一闪而过……

看着麻子刚才明显犹豫的样子就知道他还有事情没说，武警大队审讯室里，迎着麻子紧张的目光，李飞懒洋洋地伸了个懒腰，"看样子这儿也没什么猛料啊，咱们走吧，早点下班。在这儿浪费时间，没劲。"

蔡永强点头站起来，"走吧，回去了。"

两人作势要走，麻子惊恐之下连忙又急着一嗓子喊了出来，"别走！别别别别，别走！我还有猛料，真的还有猛料！"他不想进监狱，一判还是十几年！

蔡永强回过头看向麻子，居高临下地抬抬下巴，"最后一次，说吧。"

麻子戴着铐子的手别别扭扭地擦擦脸上的汗，"能给我根烟吗？"

李飞摸出烟盒拿了一根递给他，顺手帮他点上，没毒品可吸的麻子聊胜于无地狠狠吸了两口烟，吐了口气，终于语气微沉地说道："塔寨三房，林宗辉的儿子林三宝是被林天昊杀死的。"

蔡永强和李飞两人不动声色地对视一眼，"接着说。"

"去年七月份，大虾开着一辆宝马X5来找到我，当时给我羡慕得不得了——那小子可没这么多钱，我问他车怎么来的，他告诉我是借的，但他说只要给那人办成了事，这辆车就是他的。”麻子说着又抽了口烟，拧着眉毛尽力回忆着当时的细节，“我问他什么事，他说那人要找一个开大卡车的，愿意顶罪的……办成了的话，给50万到100万办事钱，嫌少还可以再谈。这种人我那里有很多，可全都是吸毒的，大虾都没要，怕犯了毒瘾全交代了，后来过了四天还是五天我记不清了，林三宝就被撞死了，肇事车辆就是一辆大卡车。我后来偷着了解过这事儿，那卡车司机叫刘志，认罪了，判了三年，去年年底死在牢里了……”

蔡永强问他：“怎么会死在牢里？”

“他本来就查出来有肺癌，晚期。你们说有那么巧的事儿吗？”麻子连忙说，“大虾刚要找一个替死鬼，没两天这个替死鬼就出现了。虽然这个人不是我找的，但所有条件都符合要求。”

谁都没想到，原本只是打算审林大鹏和蔡松林的案子，竟然就这么牵出了林三宝的死。监控室里，李维民眼睛很亮，他看上去已经完全兴奋起来了，转头立刻对苏康道：“马上去查一下那个叫刘志的卡车司机。他所有的社会关系、经济状况、健康记录，都要查。”

一直在监控室里却始终没做任何表态的苏康站起来，沉稳地应了一声，转身出去了。左兰坐在操控台前面，显得也很兴奋，“看来咱们中大奖了。”

李维民嘴角挂着笑，紧紧地盯着两边的屏幕，却又摇了摇头，意味深长，“还早得很呢。”

监控画面里，心中巨震脸上却不显的李飞不解地皱眉打量着麻子，“这件事跟林天昊有什么关系？”李飞皱眉问道。

麻子神经质地摇摇头，“大虾虽然没说，但他当天开的那辆宝马 X5 根本就是林天昊的。车牌号我认识。我从小就喜欢车，东山一共就这么大，什么豪车都是什么样的，我门儿清。林天昊是塔寨二房的，林三宝是三房的，二房三房素来就有矛盾，这在东山人人都知道。”

李飞不信任地看着他，“麻子，你不是逗我们吧，你说这么半天没一句话是能拿出证据的，有什么用。”

“八九不离十，不信你们去审大虾啊！”麻子本来很有把握，一看李飞不相信他就又急了，“万一他招了呢，我也算是立功了啊，对不对？”

蔡永强不置可否地问他：“你们卖过塔寨村的毒品吗？”

麻子摇头，迎着蔡永强审视的目光，他无比诚恳，“真的没有。塔寨可是模范村。”

蔡永强看了眼墙上的摄像头。监控室里，听见李飞评价，“表现还算可以。”

麻子连忙问：“能宽大吗？”

“你再仔细想想，还有什么没有交代的，”李飞没说可以也没说不可以，自顾自地把桌上东西简单收拾了一下，合上笔记本，“过一个小时后我们再回来。”说着就起身和蔡永强一起离开了审讯室，留下麻子一个人在毒瘾发作和能不能减刑的忐忑里煎熬……

另一边，从市局出来的陈光荣摸了摸脑门儿，他手腕的子弹擦伤没有得到妥善处理，始终没有愈合的迹象，这两天发了炎，连带着他也在低烧。他一路上只用左手开车，到了人民医院的大门口，想进去挂个急诊，犹豫了片刻，终于还是打消了念头。

发动了车子准备离开的时候，穿着运动服，打扮得像个普通高中生似的林小力突然出现在车旁边，敲了敲他的玻璃，看上去人畜无害的样子，附身看着他问：“是陈大队吗？我是塔寨的，东叔电话。”

他说着把电话递给陈光荣，陈光荣狐疑林耀东找他为什么不直接打给自己，盯着林小力半晌没吱声，林小力开了免提，直到林耀东的声音从手机里传出，陈光荣才把电话接了过来，“喂？”

电话里，林耀东的声音依旧温吞平和，“你手上的伤不能再拖了，我已经帮你安排好，小力是我的人，他会带你去找一个牢靠的医生。”

这炭送得及时，陈光荣也松了口气，打开车门锁，让林小力上了车。

林耀东在那边温和却专断地说：“先把手治好，然后我会安排你出去，从海上走。”

陈光荣眉毛一拧，“我说过了我不走！”

“拿一大笔钱，去国外过悠闲日子，不好吗？”林耀东叹气。

“现在要钱还有什么用？！”陈光荣语气又焦躁起来，李维民这么查下去，他担心他哥，更担心自己，“林书记我告诉你，不管你用什么方式，尽快把李维民调出东山，不然大家都别想有好日子过！”

林耀东在手机里短暂沉默，还是妥协了，“……好，先治好你的手。把电话给小力。”

陈光荣把手机给林小力，林小力接听，电话那边，站在塔寨村自家天台上的林耀东讳莫如深地对林小力吩咐，“不听劝，那就给他好好‘治疗’吧。”

车里，林小力人畜无害，纯纯地笑了一下，“知道了东叔。”

蔡永强带着这次拿了货真价实口供的李飞，再回到大虾那间审讯室的时候，大虾的目光不再那么镇定了，“这么快就回来了？他胡说了些什么？”

蔡永强盯视着大虾，李飞也是阴着脸，“你这哥们一点都不仗义。我们屁股都没坐热，他就全招了。”

蔡永强指着他，“林辉明，这回我们真帮不了你了，你死定了。”

大虾愣了一下，随即故作轻松地笑了起来，“我知道你们审人的这一套手法。一个唱白脸，一个唱红脸……”

蔡永强拿过李飞手里写着口供的笔记本，直接走到大虾面前近距离地拿给他看，“林大鹏是你杀的。林三宝的车祸是林天昊设计的。而那个肇事司机刘志是你帮林天昊找的——”说着回头跟李飞确认，“还有遗漏吗？”

李飞摇头，“没有了。”

大虾脸上的笑容僵在那里，他冷冷地看着蔡永强，“他乱讲。林大鹏是自己吸毒过量死的，刘志又是谁？说我杀人……证据呢？警察不是要讲证据的吗？”

蔡永强意料之中，揶揄道：“知道你不会认账。虾哥嘛，道上都知道，最有种了，后台又硬。只要你不开口，这里恐怕还真的留不住你。”

李飞调侃地说道：“要不咱们把他放了吧。关在这儿他还能活命，放出去之后就不好说了。”

蔡永强做了个恍然的表情，“你是说林天昊？”

“我是说林宗辉。”李飞笑笑，“林三宝可是他最喜欢的一个儿子，死得这么惨，还说是个意外，鬼才信。我敢担保，林宗辉绝不会让杀害林三宝的凶手活着。”

蔡永强看着大虾摇摇头，“可惜了，虾哥。嘴这么严有什么用？天下没有不透风的墙，你牙关咬得再紧，又能替谁保密呢？”

大虾脸色已经铁青了，他一言不发，但之前的冷定已经以肉眼不可见的势头土崩瓦解。蔡永强跟李飞一唱一和，慢慢地给他压下最后一根稻草，“唯一能救你小命的人站在你面前，你还有最后一个机会。”

李飞走上前把蔡永强手里的笔记本拿回来，“跟他废那么多话干什么？你好心好意想救他，可人家领你这个情吗？”

蔡永强摸着下巴，“不会这么不识好歹吧？”

大虾咬咬牙，紧紧地盯着他们，“你们能怎么救我？”

蔡永强说：“我们可以以非法藏毒、非法提供吸毒场所的罪名控告你。你或许要在看守所或者监狱里待一阵子。等我们把林天昊法办了，你就可以立功赎罪。”

大虾不信任地摇头，“你们想得也太简单了吧？林胜武一走，林宗辉现在已经没有势力了，他都得听耀东书记的。”

李飞倒是不以为意地挑高了眉毛，玩味儿地偏头看着他，“大虾，早听说你赌性很重。又想打赌吗？只不过这赌注有点大——赌的可是你自己的命啊。”

蔡永强环抱着手臂，“我的橄榄枝只伸一次。”

大虾彻底没了坚持，“好吧……”

蔡永强点头，“那给你时间好好想想，该说的最好一次说清楚，没有第二次机会了。”

大虾被李飞和另一名警察一起押了出去，蔡永强给了他一点时间。旁观了一场精彩审讯的左兰和李维民从旁边的监控室走出来，左兰亢奋地称赞道："审得漂亮。节奏掌握得特别好。"

"多谢。这帮贩毒的，个个看着《古惑仔》长大，满嘴的江湖义气，其实一个比一个怕死。"蔡永强站起来，"他虽然不会那么快就招供，但是心理防线已经快要被突破了。"

李维民盯着他，"可你为什么不信任我们？"他是指之前讯问的时候，蔡永强始终兜着圈子不肯把话跟他们说明白的态度。

他这么一问，蔡大队又想起了昨天晚上被武警在外围守株待兔的憋屈事，看了李维民一眼，意有所指地勾勾嘴角，却没什么笑意，"……信任是双方的。"

李维民看着他，"但我并没有真的停你的职。"

"像东山这样复杂的环境，一旦站错了，万劫不复。"

审讯室里的几位都不知道，原本押着大虾出去的李飞回来，直接去了监控室想找李维民，但此刻监控室里没人，音响设备却都开着，他正好听见审讯室里李维民和蔡永强的对话——

"我不是你们东山的。"

"可东山有你的嫡系。马云波是一个，李飞是另一个。"

因为提到了自己，李飞不由自主地站住了，看着监控画面，没走。

审讯室里，李维民没想到蔡永强竟然是这么想的，顿时多了几分震惊，"我一心为公，绝不是个党同伐异的人。"

蔡永强摇头，"站队有站队的好处——会有很多资源帮你解决问题。可不站队也有很多好处——比如你能独立思考、自由行动，不用说违心话、做违心事。"

李维民盯着他，"可你既然穿着这身警服，就必须要站队。而且要选择正确的那一边，正义的那一边。这是你作为人民警察的责任和义务！"

蔡永强一副油盐不进的样子，"我是禁毒大队的大队长，我的手下有二十几名弟兄。我不能凭一时意气，让弟兄们失去前途甚至生命。"

他不说这个还好，一说这个，李维民突然瞪大了眼睛，"蔡永强，你说这些话难道就不心虚吗？"不等震惊的蔡永强回答，李维民狠狠地拍了一下桌子，倏地指着蔡永强，嘴角已经完全压了下来，语气非常强烈地质问他：“你敢说李飞雨夜进塔寨村抓捕林胜文，不是你故意设的圈套？！”

监控室里，李飞盯着监控屏幕，不受控制地头皮发麻，起了一身的鸡皮疙瘩。

里面的李维民压着火，声音却越来越冷，“你关心过李飞和宋杨的生命安危吗？你把他们看成你自己的弟兄吗！”

左兰震惊地看着李维民，李维民怒瞪着蔡永强，强烈的逼仄压力从他身上无声地透出来，有那么一瞬，竟压得蔡永强本能地想低头。

“没错，”窒息的沉默中，蔡永强终于承认，“是我故意让李飞、宋杨接待盘锦公安局禁毒支队的同志的。”他顿了顿，有点艰难地说道，“李飞带着他们夜闯塔寨村，也正是我内心期望的。你要说这是个圈套……也不为过。”

李维民愤怒地瞪着他，一方面是因为他是李飞的领导，他有责任保证每一个警员的安全，另一方面是因为李飞是他半个儿子，面对这个设计自己养子致使李飞屡屡犯险的混账，他当然火冒三丈，“就凭这，我马上就可以撤你的职！”

剑拔弩张中，蔡永强放在桌上的手机屏幕不识趣地亮了起来，蔡永强看了一眼，是陈光荣的电话。他以为无外乎就是打电话找他要人，这种时候他也不方便接，动动手指直接挂断了。他重新看向李维民，声音不卑不亢，“我可以辩解吗？”

李维民点头，沉声，“你辩解吧。”

“实际上，李飞、宋杨闯塔寨的那天晚上，我做了预案。我让陈自立带着禁毒大队剩下的十八名队员，就埋伏在塔寨村的外围。只要听到塔寨村有枪响，他们会第一时间冲进塔寨村，把李飞他们救出来。”

“听到枪响？你以为你是站在百米赛跑的跑道上等发令枪吗？！”李维民打断他，“枪声一响，那意味着事态失控，是要出人命的！听到枪响才冲进去——你这是把你的指挥权交到了敌人的手里你知道吗？更何况你手机信号都被屏蔽了，你的每一个队员都相互孤立，根本谈不上配合。你凭什么认为事态还在你掌控之中？”

完全不知道那个雨夜发生的一切竟然有这样的内幕，李飞不敢置信地死死盯着监控屏，只觉得后背发凉，眼泪不受控制地奔涌而出。

“其实，当时我有一个预判：我认定林耀东不会让塔寨村失控。因为那是他经营了多年才打下的江山，他不会容忍林胜文这样的无名小卒一时失误，让他多年的心血付之东流。所以我相信……不，我坚信——在当时，李飞和宋杨不会出事。”

李维民怒不可遏地又猛拍桌子，怒瞪着他直接开口骂道：“你混账！你也是在这行业摸爬滚打几十年的老警察了，在一线，你永远不会知道下一秒的危险是什么、子弹会从哪儿打来！就凭你这浑蛋预案，就能确保李飞他们的生命安全？你敢拍着胸脯保证吗？！”

蔡永强摇头，后来宋杨的死，其实内疚、放不下的不只有李飞，还有他。但李飞能发飙，能发泄，他却不能失控，他是下棋的人。走到今天这步，蔡永强苦笑，“我不能保证。你撤我职吧。”

他说着，把枪和警官证拍在了桌上。李维民看也没看，“我要你的枪干什么？你本应该成为一把枪，你本来应该是东山剿毒最强的火力。可你呢？你只会把李飞和宋杨当枪使！”

李维民这话说得太重了，蔡永强承受不起，也变得激动起来，“我是出于公心！塔寨和林耀东我早就怀疑了，可他就是不露狐狸尾巴！塔寨也永远固若金汤！东山是个什么样的地方——报案的人会莫名其妙地坠海，案子会被定性成假案，好容易发展的线人死了一个又一个，明明证据确凿的制毒者第二天就能被取保候审……还要我说更多例子吗？很多事情换了别的地方叫匪夷所思，换了东山就是常态。我这个禁毒大队的一举一动都被他们掌控，证人证人死，线索线索断，那村子跟一座军事堡垒似的，根本不可能进去侦查！我这个禁毒大队的大队长当得……我每天都在对抗自己的挫败感，光这就已经让我心力交瘁。”

监控室里，李飞跌坐在椅子上，而蔡永强对面，知道他说的是实情的李维民也沉默了下来。

蔡永强疲惫地闭了闭眼睛，摇摇头，懊丧地继续说道：“可我还是要跟林耀东斗，我必须想办法撕开塔寨的口子。这个时候突然冒出来一个林胜文案，那是我遇到的最好的机会！”

李维民深吸口气，强迫自己从刚才的失控中冷静下来，缓了缓语气，“那为什么要选择李飞？就因为他是你队伍里的‘异己’？”

“你错了。”蔡永强坦荡地迎着他的目光，“选择他，是因为他就像十几年前的我——那时候的我是初生牛犊，做事全凭直觉，而且往往都是对的。你们刚才也看到了……我和李飞在审讯的时候配合默契，我们的思维方式是一样的。他遇到什么样的问题会有什么样的反应，我基本上能预判个八九不离十。”他顿了顿，沉声肯定地道，“……我相信，只有他能把塔寨村撕开一个口子。”

李飞从来没这么难受过。跟当初眼见着宋杨牺牲时的痛苦还不一样，这会儿的他颓然而懊丧，其中夹杂着感动、不满、埋怨和动容，五味杂陈，眼泪顺着脸颊流过嘴角，有一些渗进了嘴里，让他满嘴泛苦。他从不知道，蔡永强原来这么信任他，但他始终怀疑他的队长，5·13的案子如果不是李维民带着调查组来审，如果蔡永强落在了别有用心的人手里，那他就是彻底把信任他的蔡永强害了进去。可是信任他、看重他的队长，却欺骗他、隐瞒他，最后宋杨丧命，他身陷囹圄，如果不是他们蔡队的刚愎自用，事情原本就不至于发展到现在这个地步。但是如果他能够信任蔡永强，如果在最开始宋杨给他打电话的时候，他能直接跟蔡永强汇报，事情同样也不会变成这样。他们都有错，可他们都活着，没错的宋杨却死了……

李飞几近失控，他看不下去也听不下去了，后来怎么样，他完全不想知道了。他猛地站起来，强忍着泪走出监控室，一路失控地飞奔出武警驻地的大院，找了个没人的地方，靠着墙根，再也憋不住地抱着头泪如泉涌，失声痛哭。

审讯室里，李维民跟蔡永强的对话还在继续。

李维民深吸口气，“为此，你不惜把自己演成李飞心目中的反派？”

蔡永强抿着嘴唇，“我无法告诉他我内心的想法，因为……”他顿了顿，李维民了然地替他把话说完：“因为李飞和马云波走得太近，是吗？——你怀疑过马云波，对吗？”

左兰震惊地睁大眼睛，蔡永强却认了，“……怀疑过。”

“结论呢？”

蔡永强摇头，“没有证据。希望我的担忧是杞人忧天。”

李维民盯着他眯眼睛，“禁毒大队的资源和警力没少用在马云波和几个副局长身上吧？”

“……我承认。”

左兰简直震惊了，“蔡永强，你身为市公安局禁毒大队大队长，你的眼里还有组织、还有纪律吗？”

“左处，你要是在我这个位子上待上三个月，你就会知道我为什么要这么做。”蔡永强看向左兰，“我蔡永强自从调入禁毒大队那天起，大大小小的毒枭毒贩没少托关系想跟我交朋友，我的一个同学甚至在茶叶罐里塞了二十万现金送我……”

在之前的讯问还没开始的时候，李维民就翻过所有跟蔡永强有关的资料，这会儿了然，“你这个同学，是已经被正法的河前村大毒枭陈光明吧？”

蔡永强却摇头嗤笑，“你太小看东山了。陈光明送的何止二十万？他为了脱罪，送过我五百万！”

李维民和左兰震惊地对视一眼。

蔡永强无视他们的震惊，唏嘘着继续说道：“还有送女人的，送古董的，五花八门，什么都有。这些是拉拢，还有威胁——我办公室的抽屉里现在还保存着他们寄来的三颗弹头。我家里的窗玻璃被砸碎过五六次，我家的锁眼被502胶水堵过十几回。我儿子……从小被小混混堵在巷子里恐吓，不敢上学，我只好送他去外地读书。老婆跟我长期两地分居。”他说到后来，也情绪激动地红了眼睛，“拉拢，威胁，利诱……这些事每天都在东山上演。我能做的，只有保证我和我的队员不被他们拉下水，光是这个工作就已经让我蔡永强精疲力尽了。至于别的部门的人、比我权力更大的人有没有被他们拉下水，我想你们是有自己的结论的。在这种氛围中，我不敢轻易相信任何人。”

38. 保护伞

让陈光荣入套是早就已经安排好的，林小力带着陈光荣去了他们自己人的诊所，大夫只说是处置创口前的局麻针，一针下去，陈光荣就已经没了力气。但他到底是干刑侦的，警觉有，身手也有，脚步虚浮，目光也已经看不真切了的情况下还能拼死挣扎着跑出去，他后面林小力带过来的大批打手穷追不舍，慌不择路又没人可信的陈光荣临死之前打出去的最后一个电话，就是打给蔡永强——那是求他救命的。

可是谁能想到呢？堂堂东山市的刑侦队长，最后竟然被一个半大孩子带人打死在街上……人死了，一切就死无对证。

林小力这个连十八岁都不到的少年，好勇斗狠，更有林耀东在他身后撑腰，他对一切都显得无所畏惧，对生命也毫无敬畏之心。人死在他面前，他竟然连半点该有的胆怯都没有，沉默地按照出来前林耀东嘱咐过的，把一切痕迹都清理干净，上车后从兜里掏出之前准备好的黑纱戴在胳膊上，直接就去了陈文泽的市长办公室。

一头儿接到群众报警有人死亡，当地片儿警汇报刑侦大队，蔡军带着刑侦的人接警赶到，所有人都反应不过来似的怔愣当场——死的人竟然是他们老大。

另一头儿，林小力打电话报了林耀东的名号，进了陈文泽的办公室，沉默而恭敬地双手将一张银行卡堂而皇之地放在堂堂东山市长的办公桌上，戴着黑纱，朝神情呆滞的陈市长深深鞠了一躬。

闻讯赶到现场的马云波抢在法医对尸体做完初步检查拍照、装入裹尸袋正要拉上拉链之前，猛踩油门带着一阵刺耳的刹车声冲过来，看了陈光荣最后一眼，潸然泪下中，他小心地、缓缓地拉上裹尸袋的拉链。

而原本正在病房里走圈儿的罗旭随后接到马云波电话，一屁股坐在了病床上……

还不知道这场惊天变故的武警审讯室里，李维民跟蔡永强坐在审讯桌后面的两把椅子上，两个人的情绪都冷静下来，把话都说开了，反倒没了隔阂，更加坦然平和了许多。

“永强，”李维民第一次这么亲近地叫他，“马云波可能会要求看你的报告和审讯记录，大虾和麻子的关键证词不能出现在审讯记录当中。”

蔡永强笑了一下，“我明白。为了圆‘甜蜜蜜’这个行动，我还得编个故事。好在我手里有一个报案人的人选，已经派周恺和那个人联系了。只要塔寨方面不怀疑，我就能蒙混过关。”

正说着，李维民的电话响了，是马云波打来的，他拿起电话按下接听键，问道：“什么事？”一时间他整个人都静止了一下，“你说什么？……陈光荣死了？”

马云波声音沉痛，“……在一条开放式的排污渠里被发现的。”

蔡永强头皮一炸，嘭地站起来，起得太猛甚至撞翻了椅子，他猛地抓起桌上被他扔在一旁的电话，上面只有一个未接来电，是半个小时前陈光荣打来的……

蔡永强再也坐不住了，没来得及跟李维民打个招呼，猛地转身就往外跑，他一边跑一边疯了似的打电话，可打到最后，却在一圈电话里，绝望地把车开到了刑侦大队，在法医室后面的停尸房冰柜里，见到了浑身是伤的陈光荣尸体，赤裸的胸膛上还有法医尸检后缝合的痕迹……

一直没回去的马云波跟在他后面也走了进来，眼睛里泛着血丝，看着躺在里面的陈光荣，声音很轻，怕惊扰了亡灵似的，“他们说躺着的这个人是东山毒贩的保护伞，你信吗？”

蔡永强无意义地摇了摇头，“……人都死了，说这个有用吗？”

似是承受不了这个事实，蔡永强踉跄着从停尸房出去了，他完全就是凭着肌肉记忆一路呆滞地开车回家，开门就看见餐桌边上放着的那瓶没有喝完的茅台。

上次分开，那人还在说，下次过来接着喝。可是谁能想到，这么快，就没有下次了……

他怔怔地拿过两个酒盅摆在餐桌上，把那瓶封好的酒又打开了，满了两杯——“我也喜欢好酒，我也喜欢好烟，就是消费不起。”他苦笑着摸着酒瓶，拿着酒盅，跟桌上的那只轻轻碰了一下，闭上眼睛，颓然地靠在椅背上，一滴泪猝不及防地落了下来……

没想到，这样，就是生死诀别了。那个总骂他“老顽固”的人，从此以后，再也不会来找他喝这半瓶酒了。

蔡永强猛地举起酒杯一饮而尽，半晌后，他站起来，一手拿着茅台的酒瓶，一手拿着剩下的那只酒盅，走到阳台上，将酒液洒向了窗外……

“……敬你。”蔡永强虎目圆瞪，哽咽着把那瓶茅台剩余的酒也倒在了窗外地上，“……走好。”

而在城市的另一边，带人出警，亲眼目睹陈光荣死状的蔡军借着悲痛的理由请了假，栽在家里的吧台边上，也一杯接一杯地喝着酒，几次手都抖得把酒洒了出来。他眼里的情绪，与其说是悲痛，倒不如说是恐惧。

陈光荣的死像是一个信号，让跟塔寨牵连在一起的所有人都不约而同地有了激烈的反应。马云波从刑侦大队出来，没再回办公室，谨慎地观察着身后有没有跟尾巴，趁着夜色，将车子开上了往塔寨村去的路……

其实蔡永强怀疑得也没错，市局主管禁毒、眼看就要升任局长的马云波，跟塔寨、跟林耀东的关系，同所有人都不一样。

蔡永强还讲个“随波不逐流”，但马云波其实连个“随波”都不想。可是他在那个位子，太敏感，东山地下的贩毒网络人人都盯着，林耀东脚下踩着塔寨这个超级制毒基地，不可能放过他。

他攻不破，林耀东就冲他的妻子伸了手。于慧中弹重伤的时机简直是千载难逢，在她被体内取不出的弹头折磨得痛不欲生几欲自杀之际，林耀东让人找机会把于慧带进了毒品的坑。上手就是海洛因，纯度越来越高，渐渐地，除了林耀东，别人就供不上这样的货了。从吞到吸再到注射，让于慧再也离不开能完美安抚痛苦的毒品。本来马云波单位忙，平时下班晚，白天更是极少回家，于慧避着他吸，妥善地藏了好一阵子。直到有一次案子的资料忘在了家里，马云波下午开车回家去取，开门就闻到了奇怪的气味儿……

他就是管禁毒的，天天跟这些东西打交道，当时就觉得不对。但即使那时候，他都没相信正在家里吸毒的是于慧，而是以为是什么人报复他报复到了家里来，给他家塞毒品，使绊子。

他拔了枪，侧耳听卫生间里的动静，猛地推门，却看见开着排风的卫生间里飘着烟雾，于慧正一脸慌乱地抱着乱七八糟的吸毒工具往柜子里塞……

他简直不敢相信眼睛看见的一切，他这辈子都忘不了当时的那一幕，忘不了于慧看他的时候那紧张慌乱又无可辩驳的眼神，“这是你干的？”

于慧扶着门框想支撑住自己，可她还是全身瘫软，顺着门框跪坐在地上，泪水无声地往下淌。而他已经气到发疯，把那些该死的东西狠命地往地上摔，溅起的碎片划破了他的手跟于慧的胳膊，他却仿佛都看不见了，“你是谁？你是缉毒英模马云波的老婆，你为什么要这么做，为什么？！”

于慧哀切而凄惶地闭上眼睛，无力地哽咽，“我……痛得实在受不了，我实在是挺不过去了……”

马云波呆呆地望着于慧，他的全身在颤抖着，指着于慧说不出一句话。于慧内疚地无法面对他，“……对不起，对不起了云波。”

当时的于慧爬起来就往厨房冲，抓起菜刀就要往自己的手腕上砍，马云波冲上前一把夺下于慧手里的菜刀扔到洗碗池里，紧紧地一把将于慧抱进了怀里……

“你让我死吧……求求你了，求求你了云波，你让我死吧！”于慧痛哭起来，撕心裂肺，那个哭声，马云波至今想起来，还痛彻心扉。

那次于慧用的海洛因，是她最后一次自己去市面上买货。但也就是这最后一次，就被别有用心的人录了视频。那之后没两天，林耀东就借着于慧跟毒贩交易毒品的引子，主动联系了马云波。从那之后，于慧的“药”，或是他亲自取，或是林耀东派人送，总之，于慧再没找过别的货源，也再没缺过货。

距离塔寨没多远的一处私人度假会所外，马云波停车熄了火，走进去，一路上了楼顶平台。平台上花园泳池做得格外精致奢华，马云波却看也不看，直奔林耀东的面前，一把掐住他的脖子，同时拔出了枪顶在林耀东的头上，“我告诉过你我的底线，人命关天！人命关天！何况陈光荣他是警察，是我的刑侦大队长！你到底想干什么？！”

跟着林耀东的林灿、林天昊等人见状奔了过来，也拔出了枪指着马云波，林耀东向四下摆手，示意他们都退回去，又指了指马云波的手。

马云波恨恨地松开手，怒瞪着他。林耀东眯起眼睛，不认同地盯着他反问：“可如果你的刑侦大队长已经失控了，他开始乱咬了，他要咬死你、咬死我的时候，怎么办？！”

“他咬什么？他能咬什么？！“

“全国公安三级英模，广东省优秀人民警察，东山市公安局主持工作的副局长，老婆买毒吸毒，发到网上……会是什么后果？你太太的痛苦，网民能理解？同事能理解？上司能理解？！”

马云波猛地拉开了保险，“你别逼我！”

林耀东毫不退让地扬起下巴，“我就是在逼你！我逼你认清你自己！你太爱惜你自己的羽毛、你的荣誉！爱得比命都重！你能接受你自己的荣耀，你就不能面对自己的肮脏吗？！虚伪不虚伪？！”

马云波瞬间愣住了。他木然地看着林耀东，半晌后，他自嘲地笑了一声，点点头，放下枪，扔给一旁的林灿，定定地看着林耀东，深吸口气，“那么，他咬你什么呢？！说实话吧，你的人是不是也制毒？塔寨是不是也制毒？你知不知情？林灿？林宗辉？林耀华？！”

“马局，这我不能告诉你。”林耀东意味深长地笑笑，“还是那句话，乡里乡亲的，能过一马过一马。但我可以告诉你，到目前为止你们抓的都是对的，比如蔡启荣、蔡启超，还有扫毒行动里伏法的那些人。”

他这话意思太明显了，但跟他之前对马云波的保证是截然相反的。最初接触的时候，他对马云波斩钉截铁地保证，塔寨不沾毒，可是到了今天，马云波算是彻底被他拉下水，他已经全无顾忌。

马云波的心倏地凉了下来，他张张嘴，终于明白过来这个布局了这么久的大圈套，却又不敢置信，“我以为你只是贩毒……没想到……你塔寨……根本不是什么禁毒模范村，而是东山最大的制毒基地？！”

林耀东好整以暇地抻平衣服上的褶皱，“放心吧，我们做的冰全都销往欧洲，祸害洋人去了。这样会不会让你心里好过点？”

“还是跨国贩毒……”马云波后背蹿起寒气，在不敢置信中，绝望地看着他，“林耀东，你这是置我于万劫不复。”

“慌什么？就算公安现在来查，也查不出任何证据。”林耀东始终很轻松，“村里现在也没有开工，我的账目也没有任何问题，更查不到你的身上。”

“林耀东，你没想过自首吗？！”马云波忽然劝他，但是这个问题连他自己都知道结果，因为没有底气，堂堂市局的马局，第一次说话虚弱起来，“说不定，现在，你自首，我还可以保你一命。”

林耀东闻言哈哈大笑起来，他似是若有所思地回想了一下，片刻后，意有所指地指了指自己的手机，“马局，同样的话，我们就别说第二次了吧？”

风云暗涌的夜，东山杀警的腥风血雨吹进香港。赵嘉良隐秘的仓库里，杨丰打开铁门，钟伟开着车从外面进来，杨丰关上铁门，朝着那辆厢式货车走去，拎起地上的漆罐，轻车熟路地开始给那辆厢式货车改头换面。

钟伟和关欣从车上下来，这时，钟伟的手机响了起来。

在自己住处刚收拾完行李箱的赵嘉良坐在床边，看着窗外的夜色，“事办妥了吗？”

“你放心良叔，都办妥了。”

“安排人手，盯着张敏慧。”

钟伟笑了一声，“已经安排好了。”

赵嘉良点头，“好，你准备一下，跟我去东山。这次可能会待一段时间。”

钟伟多一句也没问，只是痛快地应了一声，“明白。”

赵嘉良挂了电话，又拿起另一部手机，给李维民打了过去，“已经可以认定罗佳怡是被灭口，买凶的人锁定在刘浩宇、何瑞龙的身上。现在何瑞龙已经死了，就剩下刘浩宇。”

电话里，李维民无可奈何地叹了口气，“我知道你在想什么。”

赵嘉良玩味地站了起来，走到落地窗边，“我在想什么？”

“罗佳怡体内的东莨菪碱——这是你的关键词，每次一碰到这个关键词你就要暴走。我又没个紧箍咒，我该拿你怎么办？”

“放心，我会以你的大局为重。”赵嘉良以为他是害怕自己回去坏事，语气轻松地对他保证，“毕竟你才是下棋的人，我只是一颗冲锋陷阵的棋子。”

李维民在电话里纠正他，“建中，你不是谁的棋子，这盘棋，是咱俩一块儿下的。我也想查出当年害死素娟的幕后真凶，但一切都要看时机。”

“真相就像一条大鱼，二十多年前从我手里滑走，我一直都在茫茫大海里找它，没想到它又出现了。”他语气不明地忽然问李维民，“你信命吗？”

“我相信命运是人创造的。”

赵嘉良抬手看了眼时间，“我现在回内地。明天见个面。”

“好。”早就知道他要回来的李维民嘱咐他，“你到了之后，第一时间给我打电话。”

“放心。”

陈光荣的尸检报告隔天就到了李维民手里，因为死的是市局的刑侦大队长，马云波亲自把尸检报告的复印件给陈文泽、罗旭和李维民都送了一份。李维民跟陈光荣之间没有直接联系，所以马云波是在市长办公室挨了红着眼睛几近失控的陈文泽一顿痛骂后，才去的武警驻地。

“李局，陈光荣的验尸报告出来了。他身受多处钝器重击，导致多处骨折。致命伤在头部。另外，在他体内检出东莨菪碱，还有他手上的伤是枪伤。”

李维民本来拿过报告和照片在看，闻言脸色微变地抬起头来，“东莨菪碱？”

马云波点头，他在想别的事儿，心不在焉的样子，没注意到李维民转瞬的失态，接着说道：“从伤口恶化的程度来看，受伤的时间应在四五天前。但那段时间并没有出任务……”他说到这儿都没见李维民再说什么，一抬头，竟然发现李维民恍了神，奇怪地喊他，“李局？你怎么了？”

想到钟素娟和罗佳怡之死的李维民摇头，把思绪拉了回来，“没什么。你继续说。”

“另外，我的人查到陈光荣有经济问题。他在香港有个账户，里面有一千多万港币。家里也搜出八十多万现金，还有很多高档酒。”

李维民的目光锐利起来，“你是从什么时候开始调查陈光荣的？”

马云波坦言，“说实话，已经有一段时间了。有群众举报说他私生活奢侈混乱，消费水准与收入严重不符。”

“为什么不汇报？”

马云波顿了顿，有点难言地哽了一下，低声说：“他是陈文泽市长的亲弟弟……”

“暂时封锁消息，我要彻查陈光荣。”李维民说着站起来准备离开，马云波应了声“是”，也跟着站了起来，为难地看着他，“李局，‘甜蜜蜜’的案子……是不是应该交还给我们东山局？”

李维民回头，好像他一提才想起来这档子事儿，“哦，对了，我事先没跟你打招呼，是我的失误。‘甜蜜蜜’这个聚众吸毒的窝点，影响很坏，我们督导组打算拿来做一个反面的宣传典型。相关工作都已经进行得差不多了。”

马云波试探地问：“那，那两个人……”

李维民不以为意地挑眉，“蔡永强已经把人带回禁毒大队去了。所有的审讯资料，全都带回去了。你有什么疑问吗？”

“哦，是这样的，林辉明身上背着一条人命案……”

“哦……”李维民仿佛这才知道似的，恍然大悟地一抬下巴，爽快地点了头，“就让刑侦和禁毒各出两个人，联合办案。”

他说着拉开办公室的门要走，马云波又追了上去，字斟句酌地跟李维民建议，“李局，李飞对蔡永强的怀疑你是知道的。在蔡永强的嫌疑没有完全洗清之前，我建议，要是督导组和禁毒大队有什么工作上的交接，最好通过局里，我统筹安排。”

李维民压根就没把“甜蜜蜜”的案子当回事似的，摆摆手边走边说，“你说得有道理。就这么办。”

站在办公室门外的马云波看着李维民的背影，脸上的谦恭逐渐褪去，变得沉冷起来……

而在马云波看不见的另一面，李维民难掩脸上的失望和痛惜，无声地重重叹了口气，拖着沉重的脚步，上了楼。

李飞早上刚从陈珂家的水果店回来，他去看了一趟林水伯，把杀害林大鹏的真凶已经归案的事情跟他说了。看着林水伯老泪纵横他有些难受，借口去医院给撞车留下的伤口换药，从水果店躲出来，去人民医院看了看陈珂。

在医院，好巧不巧地碰上了过去取X光片的蔡永强……

蔡永强还不知道他昨天在监控室旁听了多半场，就随口问了李飞一句他怎么在这儿，倒是李飞分外尴尬起来，“我那个什么……来换药。那个……”他犹豫了一下，指了指蔡永强手里的片子，“你伤得怎么样？医生怎么说的？”

蔡永强看着李飞，声音虽然没好气，脸上却笑了起来，“多谢你脚下留情，老骨头还没断。”

“没事就好……”李飞闷闷地说，“对不起啊。”

蔡永强挑眉，“你救了我的命，为什么要说对不起？”

李飞一忍再忍，到底还是没忍住，倏地抬头，目光豁亮地看向蔡永强，忽然没头没尾地问他：“你是不是也应该跟我和宋杨说句对不起？”

跟李飞四目相对，愕然的蔡永强就反应过来了。他沉默片刻，拿着片子的手忽然垂到了身侧，看着李飞，特别正式地对他道歉，“对不起！如果那天我没有放你们进塔寨……你和宋杨也不会被卷进这趟浑水里，也许宋杨就……”

“有你这句话，够了。”李飞鼻子又有点酸，他别过头缓了一下，释然地转向蔡永强，摇摇头，“蔡队，没有那么多如果。换了我是你，也许我也会那么做的。”

蔡永强深吸口气，换了个话题，“陈光荣的事儿你知道了吧？”

李飞“嗯”了一声，“我知道了……虽然他曾经想要我的命，但我对他就是恨不起来，反而还有点同情。”

蔡永强苦笑，“又没证据，你小子怎么那么确定，是他想要你的命。”

李飞眨眨眼，“直觉。”

蔡永强哂笑一声感叹，“成佛成魔，有的时候只是一念之差。”

“一念之差……”李飞看着他，闭了闭眼，寥落地叹气，“一念之差，好多事都变了！”

蔡永强明白李飞在说宋杨，“庆幸自己还活着吧！”

“我庆幸‘甜蜜蜜’那天晚上踹了你一脚。”李飞打起精神来，对蔡永强挑衅地挑挑眉，“否则，我永远都不知道你是佛还是魔。”

蔡永强拍了拍李飞，笑了，“你踹那脚可真够狠的。年纪大了，不知道会不会留下后遗症。”

“你？你骨头硬着呢。”说着，李飞很不客气地一拳，不轻不重地杵在了蔡永强胸膛上，朝他们队长抬抬下巴，“我看好你。”

两个人从医院出去，一个被马云波叫去了市局，一个被李维民叫回了武警驻地。

武警部队二楼会议室里，李维民、左兰、苏康三个领导坐在一侧，对面左兰问李飞：“你为什么能确定陈光荣就是丰益宾馆枪击案的幕后黑手？”

李飞孤零零地坐在对面，美其名曰开会，可看这个意思，俨然又有了当初讯问时的场面。不过李飞对此也不是很在意，“因为湘仔的供词。虽然他人已经被陈光荣打死了，但我把他的证词录了下来。这件事我回来也跟李局汇报过，湘仔说常山跟‘陈大队’关系很好，可惜那天我手机里没有陈光荣的照片，不然，就可以让湘仔当场指认了。但陈光荣打死湘仔以后，我开枪还击，打中了他。”

苏康抬头证实，“法医报告证实了这一点——陈光荣手腕上的伤，确属枪伤。”

李飞露出一个“你看，果然如此”的表情，接着说道：“另外，去年10月23日，酒精过敏的蔡松林死于酒驾，蔡松林案的经办人正好就是陈光荣。林大鹏10月22日给陈光荣买过酒，买的都是劣质酒。而据多名知情人称，陈光荣本人，非茅台不喝。林大鹏因而被注射了过量毒品致死。”

左兰看向李维民，“根据现有证据，基本可以断定，陈光荣就是林胜文供词里所指的那个收取巨额贿赂的警方‘领导’，也就是塔寨的保护伞。”

李维民没说话，李飞却在对面摇头，有点一言难尽地看着左兰，“……不是的。”

“李飞，你怀疑过蔡永强，蔡永强不是保护伞。陈光荣是你查的，甚至可以说，他是被你逼到绝境才暴露的。”左兰拧着眉毛，“挖出这个保护伞，你要算首功。可你又说他不是……”

“不不，”李飞解释，“我不是说他不是，我是觉得，不仅仅是他。”

李维民开口，“为什么？”

李飞舔舔嘴唇，“如果他是林耀东手里的王炸，林耀东怎么可能那么轻易就把王炸给扔出去？没了陈光荣，他的制贩网络以后怎么办？以林耀东的思虑周密，他绝对会给自己留后手。”

左兰从见到李飞开始，听这小子说过最多的就是“猜测”。她把手里的笔扔在桌上，一脸的焦躁，“这又是一种猜测，证据呢？”

李飞诚实地摇头，“我没有证据。”

会议室里气氛瞬间有点冷场了，苏康想了想，说道：“我认为，有了大虾的供词，咱们可以先把林天昊抓起来。以他为突破口……”

“没用。”李维民断然摇头，“当事人刘志已经病逝，光凭大虾的口供不足以撬开林天昊的嘴。弄不好，反而会让我们失去手里的筹码。林胜文就是一个很好的例证。”

李飞想了想，“最好的办法，就是策反林宗辉。咱们可以把大虾的证词交给他，用亲情去打动他。”

左兰颔首，“他和林耀东有私仇，确实有反戈一击的动机。”

李维民却依然摇头，“不行。”

李飞也烦躁了，“怎么又不行？”

李维民看了他一眼，“你怎么知道林宗辉是干净的？相反，他是塔寨的三房房头，光是他手下的喽啰林胜文就可以把毒品卖到东北去。发展他的风险太大。”

“李局，塔寨村是一个坚固的堡垒，外人根本进不去。”李飞急道，“再加上林耀东的特殊身份和他在龙坪、东山的人脉，通过正常方式展开调查根本就是不可能完成的任务。我们唯一的机会就是发展线人，而林宗辉是最好的人选。”

李维民垂下眼皮儿，一副不为所动的模样，“时机未到。如果这个事儿没有打动他，就会打草惊蛇，满盘皆输。”

李飞一脸丧气和不以为然地紧抿着嘴唇盯着他，李维民看看表，合上了文件夹，“散会。有什么进展随时向我汇报。”他说着站起来要走，又忽地想起什么，指着李飞，“你！——”

垂头丧气一脸郁闷的李飞撩着眼皮儿看着他拖长了音调抢答，“知道了……服从命令听指挥，一切以大局为重。”

另一边，东山市局马云波办公室里，马云波一边看着手里的报告和审讯记录，一边听蔡永强汇报：“我们这次行动共抓获吸贩毒人员13名，缴获冰毒1034克，K粉231克，还有摇头丸213粒。在‘暴风’扫毒行动刚刚结束的情况下，‘甜蜜蜜’歌舞厅顶风违法乱纪，可见他们有多猖狂。”

“确实猖狂。”这个量，放在一场通报全局所有人严阵以待的大行动上，也算是数量惊人了，马云波点点头，“举报人是谁？”

“报案人名叫何勇，原籍是沈阳铁西区的。前年10月，何勇进入‘甜蜜蜜’当保安，今年3月，因为一个小姐和大虾的手下起了冲突，差点动了刀子。”

马云波抬头看向他，“所以他举报‘甜蜜蜜’是为了报复？”

蔡永强在东山摸爬滚打这么多年，睁眼睛说瞎话外带和稀泥的技能绝对炉火纯青，丝毫不漏破绽，“是的。”

马云波看了蔡永强一眼，点点头，“继续说。”

“经过连夜的调查和讯问，‘甜蜜蜜’歌舞厅的领班林辉明贩卖毒品、非法藏有毒品、非法提供场地、聚众吸食毒品的罪名成立。另外还有毒贩毕涛、祝运、吴小军等人贩毒的罪名成立。”

马云波放下手里的讯问记录，盯着蔡永强，“就这些？”

蔡永强面不改色，“马局，这大虾，哦不——林辉明加这次是‘三进宫’了，有名的滚刀肉。他的嘴是出奇的严，在道上是出了名的，这次要不是抓了现行，这些罪名他能认？不过，就目前掌握的这些证据已足够定他的罪。‘甜蜜蜜’歌舞厅勒令停业整顿。”

“接下来呢？”

“尽快完善一下案卷，争取早日递给检察院。大虾的事得趁热打铁，不然，又不知道他会弄出什么取保候审的证明来。”

马云波把报告和审讯记录扔在桌子上，严肃地警告他，“好在结果还算不错。不过我告诉你蔡永强，以后再遇到这种事，必须得先向我汇报，毕竟东山的禁毒工作是由我马云波负责的。”

蔡永强从善如流地点头，“是。”

蔡永强一走，马云波就给林耀东打了电话，“蔡永强把昨晚的行动报告和对大虾等人的讯问笔录已经送到我这儿了。”

电话里，林耀东不知道在哪里，听筒中有山风呼啸，“有什么问题吗？”

马云波平淡地说：“大虾的罪名是贩卖毒品、非法藏有毒品、非法提供场地、聚众吸食毒品。”

“就这些？”

“就这些。”

林耀东不相信，“你不认为蔡永强的背后站着李维民？”

“……不像。”同样的问题马云波也考虑过，“再说，就算真的是这样，蔡永强也不会让我看出痕迹的。如果李维民加入了，那就说明他已经开始怀疑我了。”他虽然一次次理智地绕开雷区，一次次完美掩藏躲避，但出于自保的本能和清楚自己要什么的理智之外，偶尔也会觉得李维民怀疑他，就这么把他揪出去，也算是救了他。

林耀东在半山腰的佛殿里，点燃香烛，又把三支清香插进了佛像前的香炉里，“大虾有可能取保候审吗？”

马云波摇头，“非常时期，又背有四个罪名，我不建议在这个时候火中取栗，免得烫了自己的手。蔡永强建议马上把‘甜蜜蜜’的案子移交给检察院。”

“你认为呢？”

“这样也好。尽早判掉，是最好的结果。”

39. 陷 害

马云波发信息找李飞去家里吃饭，从武警驻地楼里出来的李飞正好看见了坐车要走的李维民。

李飞走上去敲了敲李维民的车窗，趴在窗口，没了刚才开会时不满的样子，很亲热地笑嘻嘻问他民叔，“去哪儿啊？”

李维民朝他瞪眼睛，“我要跟你汇报吗？”

“天气预报说晚上降温，多穿点。”李飞说着，把自己身上的外套脱下来，从车窗给李维民递了进去，“已经洗干净了。我这刚披上呢，看见你，正好物归原主喽！”——那是李飞从中山被带回东山那天，李维民给他的那件外套。

李维民看透了他无事献殷勤的样儿，拧着眉毛警告他，“你小子给我老实待着，不许轻举妄动。”

“放心吧，马雯替你看着呢。”他指了指远处，李维民探头一看，果然马雯就在那儿呢，李维民略略放心下来，对前面的司机示意，“走吧。”

他车一走，马雯就过来了，不耐烦地朝李飞翻白眼，“又拿我当挡箭牌？”

李飞嘿嘿笑了一声，“给老头儿一点儿心理安慰。”他说着戒备地往后退了一步，跟马雯说：“你可别真的跟着我啊！”

谁稀罕跟着你！从监视官沦为同党又沦为挡箭牌的马雯警官狠狠瞪了他一眼，转身就走。

广州最大的游乐场停车场里，回到广州的李维民从车上下来，嘴角含笑地把李飞给他买的外套穿上，买了票进去，正好赶上公园的夜场开放时间。

他赶到约定的湖心岛时，赵嘉良正一个人坐在一只漂在离岸边有些距离的小船上，戴着蓝牙耳机听朱鸿运的电话，“宋倩招了。从香港过来的货都是她接的。香港方面的上线叫刘浩宇，是浩宇集团的董事长。”

“他们一共走过几次货？”

“三次了。何瑞龙的死保住了法国的贩毒网络，”朱鸿运顿了顿，在电话里暧昧地喘了一声，搂住了攀上来咬他耳朵的宋倩的腰，“现在正好是灯下黑，趁虚而入的大好时机。就看你那边有没有货了。”

赵嘉良看见了李维民，一边朝他的方向划着船桨，一边问朱鸿运，“不是还有一个赖恩？他势力很大，你有办法控制他吗？”

朱鸿运推开了宋倩，“放心吧，大家都是做生意，只要我朱鸿运手里握有好的货源，还怕那个小老头不合作？谁跟钱有仇啊？倒是你，货源到底找到没有啊？”

岸边，李维民被钟伟和他另一个手下拦住了，钟伟目光询问地看向赵嘉良，他摆摆手，让手下人放李维民过来，“当然，早就找到了。”

“那就好。”朱鸿运松了口气，“别让我白忙一场。”

赵嘉良因为打电话，靠岸的动作很慢，那边李维民已经上了另一条小船，也悠然地朝他靠了过去。赵嘉良看着那个扣着黑色鸭舌帽的久违的老头儿，心里陡然升起一阵久未有过的激动来，跟朱鸿运不愿多说，两句话打发了他，“你等我电话。有什么新的消息也要及时跟我通气，那先这样。”

两条船并排相聚，赵嘉良上上下下打量着李维民老气横秋的鸭舌帽跟身上宽松休闲款的外套，怎么看怎么别扭，感觉这老头儿今天脑袋跟身子放一起跟城乡接合部似的，有种不土不洋的诡异感，“今天怎么穿成这样？这不像你风格啊。”

李维民低头看看自己，显得有点无奈，嘴角却挂着笑，“这确实不是我风格，是李飞风格。”

一提李飞，赵嘉良立刻来了精神，“什么意思？他给你挑的？哎呦，我儿子这审美像我。”

李维民哭笑不得地往他身上的休闲西装看了一眼，“李飞发第一笔工资的时候给买的，不要都不行。”

“我儿子人生第一笔工资买的衣服，我这个做老子的都没有，你凭什么有？”赵嘉良越发不满，用醋意横生形容都不夸张，他说着竟然把船更近地朝李维民靠过去，隔着两条船舷，居然要去扒李维民的外套了……

“脱下来脱下来，给我！”

船被他折腾得猛烈摇晃，李维民试图拦住这个疯子，却发现他眼里除了这件衣服简直没别的玩意儿了，玩不过他，连忙一手扶住了船舷，一叠声地提醒他，“哎，哎！掉下去，掉下去！”

赵嘉良这些年浑不吝惯了，跟任务不挂边的多数时候，他的日子都是想怎么样就怎么样，李维民害怕掉下去，他却觉得淹成落汤鸡也没什么，因此才不管船翻不翻，硬是把外套从李维民身上给抢了下来。他把自己外套一脱，很兴奋地把李飞买的那件如今已经洗旧了的夸张款外套换上，挺直了胸膛让李维民看，很开心自豪的语气，“看我怎么样？”

李维民上上下下打量了他一遍，诚实恳切地评论，“——不像好人。”

赵嘉良才不管什么好人坏人，把自己的外套扔给李维民，嘿嘿地笑了一声，“阿玛尼，你赚到啦！”

李维民无奈，只觉得李飞的性子真是随了他，叹了口气，把他的外套换上了。

赵嘉良拿着手机打开前置摄像头当镜子照了照自己，满意地欣赏够了，这才像是终于想起了今天的来意，忽然就没头没尾地给李维民扔了个炸弹出去，“我把张敏慧放回去了。”

李维民差点从船上跳起来。这会儿湖里除了他俩没其他游客，天愈渐暗沉，湖里飘起雾气，李维民的动静简直如活见鬼了一样倏地变了调子，“放回去了？！”

“我的手下一直在暗中监视着张敏慧，她已经去集团上班了。”赵嘉良不以为意地放下手机，继续给李维民扔炸弹，“另外，刘浩宇在法国的合作伙伴也被我的人绑了。”

“……”李维民简直差点让他给噎死了，他跟李飞气急了能踹能骂，跟他老子却不能这样。他一口气哽在喉咙口，憋得眼睛瞪得老大，震惊异常地看着赵嘉良，“这一切你都跟谭思和交过底没有？”

“我调查刘浩宇和张敏慧的事他帮了忙，但后面的事他不知道。”

“你为什么要这么干？刘浩宇知道宋倩出事，那会有什么后果你知道吗？你在香港做了这么多事，为什么不都事先向我汇报？”

赵嘉良安抚地给他比了个暂停的手势，“你先别急，听我说完。”一边划着船又往岸边靠，一边说，“我的计划是跟刘浩宇摊牌——我已经知道了他的底牌，我的要求是跟我合作。如果他不肯，我就威胁把他所做的一切告诉警方。”

李维民划着船跟在他后面，气急败坏，“谁给你权力这么做的？你要是稍有差池，我们所有的努力全都完蛋。为你儿子吗？我早就跟你说过，你儿子现在已经没有了嫌疑，已经安全了，我的人已经把他保护起来了！”

“怪我儿子啊！”赵嘉良回头幽幽地看了他一眼，还对当年李维民纵容李飞从警的事情耿耿于怀，“李维民，我儿子是李飞啊，我儿子是东山的缉毒警，我帮他把东山的大毒瘤挖掉，是为了他今后的安全。”

李维民差点暴跳如雷，“狗屁！我们现在的这个案子涉及东山、香港和欧洲，这么大的一个摊子，我都没有权力这么往下干！”

赵嘉良的船已经先他一步靠岸了，他从船上站了起来，回头挑高了眉毛无所谓地耸耸肩，“我不是你的人，也不是你的卧底，我只是一名自愿向你们透露情报的线人，我想怎么做不需要别人的批准！”

李维民是只旱鸭子，跟水沾边的事儿他就是苦手，眼看着他跳到岸上这就要跑了，急得赶紧放开挂在船舷上的两根船桨，“哎哎哎！嘉良，我这就给厅长打电话，我这就给他打电话！”他说着作势就把手机翻了出来，划拉两下就放在耳边，“喂？王厅，王厅——”

赵嘉良也没想到他真就这么给他领导把电话打了过去，一瞪眼也急了，不得已又跳回自己船上，妥协地吼他，“你有点耐心行吗？电话等会儿再打，我的计划还没有说完！”

“哈哈哈哈！”李维民难得这么开怀地大笑，他朝赵嘉良晃了晃根本就黑着屏的手机，乐不可支地任由被他也涮了一回的赵嘉良把他的船推到了岸边，听见赵嘉良在后面说：“林耀东已经在暗网上翻了我的牌子！现在我已经没有退路，你也已经没有选择了。”

李维民收起手机跳上岸，看着随后上来的赵嘉良，“你说的是真的？”

赵嘉良点了点头，“不过你放心，是匿名的。”

他们俩一边低声说着，一边往游乐场的深处走，李维民惊疑不定，“密钥是谁给你的？”

“我老大罗绍鸿喽。”赵嘉良耸耸肩，有点心疼地叹道，“为了这个密钥，我让出了好几个商铺。”

李维民看他那个不着调的样子，哭笑不得地吐槽他，“李建中，你现在说话办事，怎么越来越像个黑社会。”

“这不重要。”赵嘉良无关痛痒地活动了一下脖子，“重要的是林耀东坐不住了。再不出货，他资金链都要断了。现在不是我找的他，是他找的我——你说主动权握在谁手里？”

李维民转头，深深地看着他，一时之间眸光在夜色和满场霓虹中显得晦暗不明，“李建中，快三十年了，你怎么还那么任性。”

赵嘉良无视他的话，伸了个懒腰，朝着前方的摩天轮走去，“这下真的要回东山喽。”

“不行，”跟赵嘉良坐在摩天轮里，俯瞰满城灯火，李维民思来想去，还是不肯点头，“你还是不能到东山去，更不能以目前的身份去。”

“为什么？”赵嘉良不以为意，“我并没有暴露我线人的身份。再说，东山正在投资兴建嘉良水果罐头厂，名正言顺，进入东山我没有任何障碍。你还有什么顾虑？”

李维民叹了口气，“我顾虑不是因为别的，而是因为你儿子李飞——他已经盯上了你。”

赵嘉良愣住，李维民掐着眉心跟他说："他家里有块白板，上面写着5·13案牵连的所有人物，你榜上有名。"

赵嘉良张了张嘴，沉默片刻，却忽然笑了。

摩天轮已经转到了最高点，李维民望着远处堵得跟个大型停车场似的城市干道，"你笑什么？"

赵嘉良很骄傲，"这小子挺聪明。遗传基因真强大啊，哈哈哈。"

李维民转过头瞪他，"跟你一样任性。"

"他知道我的真实身份吗？"

"他什么都不知道。既不知道你是我的线人，也不知道你是他的父亲。"

"那你担心什么？"

"可是他把你当作了5·13案的关键！他和你一样——为了查出真相，他是不会放弃的。这个时候你要是出现在东山，会发生什么？你能想象吗？"

"你多虑了，"赵嘉良眼珠滴溜一转，反而更加胸有成竹地笑了起来，"我正愁没办法取得林耀东的信任。如果李飞真的怀疑我，我反倒更安全。你不这么认为吗？"

李维民皱眉。赵嘉良想了想，跟李维民坦白道："我打算到了东山后，再和刘浩宇摊牌。何瑞龙死了，宋倩在我的手里——这意味着我掌控了法国的整个毒品网络。这个网络经营了不是一年两年，刘浩宇要想在短时间里再搞出一个，完全不可能办到。他一定会上钩的。"

李维民沉吟，"这么说，你是在下一盘很大的棋？可你凭什么认为事态一定会向着你预设的方向发展？万一出了纰漏……"

"不会。我在法国的人说，按原来的计划，本来十天后东山应该有一批货上路，数量不小。你想想，这批货东山方面即便还没有生产出来，也有极大的可能已经准备生产了。如果以两吨计算，应该有多达十几吨的制毒原料。十几二十吨的麻黄草囤在东山，东山的人是睡不好安稳觉的。我现在去，时机正好，筹码也够。"

"话虽如此，还是要仔细想想。如果不是万全之策，我不能再让你涉险。"

赵嘉良一脸满不在乎的样子，笑嘻嘻地揶揄他，“你还能怎么做？给我保个巨额保险？记得受益人要填李飞啊。”

李维民瞪眼睛，“还有心情开玩笑？”

赵嘉良叹了口气，终于收起了玩世不恭的面具，“维民，只有我打进他们的团伙，局面才可控，才能找到把他们一网打尽的机会。不然你们永远都只能在外围打转，隔空打拳，事倍功半。”

说完，摩天轮正好到站了，他跟李维民前后脚下去，两个人朝着更隐蔽的假山造景后面走去，李维民还是摇头，“我一人做不了主——风险太大，我得跟上级汇报。东山的局面没你想的那么简单。”

赵嘉良倏地站住，猛然转过身来，正色看着他，“时间不等人，宋倩失踪刘浩宇马上就会发觉的。我得尽早赶到东山去，不然局势会对我们不利。”

“好吧。”李维民思考再三，到底还是点了头，但是话锋一转，却说了另一件让赵嘉良也不禁怔住的事，“但是嘉良，这次，你不是以线人的身份进入东山的，而是以卧底的身份。”

赵嘉良没想到他会说出这种话来，表情有一瞬间的空白。他眨了眨眼，当即玩味地笑了起来，“怎么？你想收编我？”

李维民没有回答。回答他的，是省厅禁毒局的副局长脚跟一磕，挺直腰杆，抬手，郑重地朝他敬的一个礼。

赵嘉良动容中也肃然起来，他静默了半晌，缓慢而同样郑重地举起手来，肃然朝李维民回敬了一个礼。这个军礼，从当年他踏上走私船的那天之后，已经二十八年没敬过了。

李飞一个孤家寡人，马云波以往也总是会叫他来家里吃饭，只是今天这顿饭，因为扯上了宋杨和陈光荣的死而显得格外沉闷。

马云波的意思，认定陈光荣是杀害宋杨的幕后凶手，但李飞不认同，因为如果陈光荣是幕后Boss，他就不会死。这么简单的道理，马云波不会看不出来，他之所以这么劝，李飞也明白，他就是不想让自己再蹚这趟浑水。他劝李飞收手，但是有些事，对李飞来讲，必须有个交代。哪怕什么都可以放下，他对宋杨，也必须要有个完整的、明确的交代……

这顿饭吃得不痛快，李飞喝了不少酒，好在吃到一半，被蔡永强的一个电话给叫了回去。

回到禁毒大队，李飞的脸上还带着红晕，他推开蔡永强办公室门的时候力气有些大，发出了不小的声音，正在看资料的蔡永强抬头，看着他有点微醉的模样忍不住皱眉，“你刚才上马云波家干吗去了？”

李飞还沉浸在刚才的情绪中，说话有些冲，“我跟马局长的私交到底碍着你什么事儿了？你的成见到底要害我到什么时候？”

蔡永强不想和这样的李飞对话，摆摆手。李飞和马云波的私交很深，这也是他当初对李飞有所戒备的原因，现如今一看，连李维民都对马云波有了怀疑，这傻小子却一点没对马云波动过心思。蔡永强也不好直说，因此只是严肃地提醒他，“李飞，我对你跟马云波的私交丝毫不感兴趣，但我要再跟你强调一下纪律——未经允许，不能跟任何人讨论案情。”

李飞一愣，有些不可思议地看着蔡永强。他这是什么口气，他竟然在怀疑马云波？怀疑他的顶头上司，东山禁毒的一把手，英模马云波？！

蔡永强欣赏李飞的直率勇猛，同样也有些头疼他不撞南墙不回头的劲儿，“你忘了林胜文说的话了？林胜文证词里所指的那个受贿人，你真的相信就是陈光荣？”

李飞说不出来，错愕地看着蔡永强，看他丝毫没有开玩笑的意思，神情也忍不住沉了下来，显得倔强又固执，“是谁也不会是马局。”

蔡永强嗤之以鼻，“你能为他担保？”

“我能！”

蔡永强只觉得他太过天真，他在这位子上这么久，看过了太多人沉在泥潭里，马云波……虽说现如今还没有任何证据，但他也坚信，自己的怀疑不会有错。他缓缓摇头，冷静地纠正他，“不，你不能。连李维民都不能。”

李飞瞪着他，转身摔门而去。

上午阳光不烈，波光粼粼的海面，柔和的海风徐徐扑面，很舒服，一艘渔船漂浮在海上，随着波浪起起伏伏，马云波和林耀东背靠着背，一身钓鱼者的装备，手里都拿着钓竿静静坐在那儿，等鱼上钩。

林耀东的竿微微动了动，他动手去挑鱼线，第二次面对面地催马云波，“我要督导组离开东山。”

马云波盯着自己鱼竿之下的水面，面无表情，“这不是我说了算的。陈光荣死了，可李维民的调查越来越深入，马上就要查到我头上了！”

“自救啊。你是堂堂公安局副局长，有那么多资源和人脉可用。我盼着你给我拿个锦囊妙计出来。”林耀东调整好鱼线，微微坐直，看了看还算不错的天气，自鱼食箱子里拿出一包海洛因，“这是孝敬局长夫人的。这也不是我生产出来的，我也得从道上买。我这个位子也不好坐，要照顾到四面八方的人情关系。”

马云波探手将海洛因接了过来，放在了自己的鱼食箱子里，神情复杂。他就这样被拴住，仿若是即将上钩的鱼，被鱼钩钩死，再无任何逃脱的可能。他的眼里挣扎一闪而过，最后的良知在脑子里叫嚣。

林耀东见他还不肯下定决心，只能轻叹口气，“如果实在没有锦囊妙计，我就只好出下下策喽。”

下下策是什么，无非就是于慧。

想到自己的妻子，想到她背后那密密麻麻的弹孔，想到她为自己承受着的痛苦，马云波狠狠闭上眼，他咬咬牙，把心一横，“李维民老婆的弟弟是广州税务局的一个处长，叫张自强。张自强跟税务局里的下属搞在一起，那女的叫顾言。三年前的一天，张自强来找我帮忙，说他正准备和情人分手，和老婆好好过日子。但顾言威胁他，说手里握有张自强贪污的证据，如果分手就去纪委告张自强……”

林耀东感兴趣地回头看他，马云波继续说道：“这事我插了手，找顾言谈了话，把她压下来了。李维民并不知道这件事，张自强贪污的数目不小，有三百多万。你们找到顾言，拿钱砸她，我相信用钱能撬开这女人的嘴。然后你可以利用这件事做文章，最后告到省纪委，中央纪委。再用上你在上层的关系，说不定能让李维民离开东山。但有一点——不能让顾言说出我来。”

“张自强知道你出力了么？”

“他不知道详情。只要顾言不说出我来，事情就完全可控。光凭张自强一人的证词不足以让我卷进去，因为他根本不知道我和顾言的……交易。查顾言的底，那女人身上并不干净，她也在几家企业拿钱。”

林耀东转过头，他那边的鱼竿下，正翻腾着剧烈的水花。他隐隐扬起笑容，“这么劲爆的料，早爆了，说不定李维民就来不了东山了。还是顾念师徒旧情啊。大丈夫行事，可不能感情用事。李飞你不让我动我理解——他救过你的命，可是李维民跟咱们已经是你死我活的厮杀了，还不放大招，不是自寻死路吗？”

马云波没有说话，他那边的鱼竿依旧没有任何动静，似乎没有鱼会上钩的样子。

林耀东收紧鱼线，骨节分明的手狠狠抓紧鱼竿，用力扬起！细长的鱼线钓着一条鱼离开水面，鱼在甲板上不停地拍打身体，鱼嘴开开合合。林耀东将鱼扔进了鱼箱，心情很不错，“我倒想看看李维民怎么接这个招。”

林大鹏的案子了了，这几天，林水伯暂住的水果店却越发不消停起来。

是夜，水果店已经打烊，林水伯放下卷帘门正在收拾着，只听外面几辆摩托车的巨大引擎声靠近，轮胎在地上磨擦发出的刺耳声音在外面停下，林水伯放下手里的东西，有些警觉地听着外面的动静。

什么东西重重地砸在卷帘门上，又落在地上摔了个粉碎，林水伯连忙打开卷帘门，门口地上散落的全是啤酒瓶的碎片。水果店的门口，停着三辆摩托车，车上坐着的正是林天昊和他的一群马仔小弟。他见林水伯出来，拎着一个酒瓶便走了过去。林水伯一眼便认出了林天昊，还未等他动作，林天昊上手将他一把摁在地上，对着身后的那群小弟高喊，“给我砸！”

林水伯眼睁睁看着一群马仔冲进水果店里一通乱砸，他哀求林天昊高抬贵手，林天昊一口口水吐了出来，将他的头狠狠摁在地上，“老头儿，别以为你找到了靠山，换身衣服就能过太平日子！你跟李飞很熟是吧？他罩着你是吧？那你给他带个话，安静一点！再折腾就让他做第二个宋杨！弄死他，分分钟的事儿！”

林天昊说着，回头看了看水果店，已经砸得差不多了，这才松手起身，和一群马仔上了摩托车，前后不到五分钟，就这么浩浩荡荡地扬长而去……

林水伯自地上爬起来，看着被砸烂的水果店，悲愤交加却也无可奈何，含着泪把店里收拾了一下，把陈珂刚给他结了一个月的工钱放在了收银台的明面上，用一个还完好的苹果压好，在天蒙蒙亮之际，拖着疲惫的身体，离开陈珂家的店铺，只留下了一张字条，便踏上了前往惠州的长途汽车。

等陈珂早上过来发现店被砸了却又被人尽力收拾好，林水伯人走了却把工钱留下了的时候，林水伯已经在去惠州的路上……

陈珂连忙给李飞打电话，“林老师走了！”

李飞昨天喝多了，那会儿刚醒，闻言有点没反应过来，“去哪儿了？”

“留了字条，说是去找伍仔……”陈珂没把店面被砸的事情告诉李飞，只是急切不安地问他：“李飞，怎么办？”

“你先别急，”李飞猛地从床上坐起来，霎时清醒了，“林老师留的字条什么内容？”

陈珂连忙道：“我拍给你！”

陈珂动作很快，挂了电话，一封笔体苍劲有力的手写信就发到了李飞手机上，他一边冲到洗手间去刷牙，一边打开图片看水伯留下的那封信——

陈珂，李飞，我去找伍仔了，不用担心我。陈珂，替我向你爸爸妈妈道个歉，我不能再连累你们。我担心塔寨的人找到伍仔，我要去保护好他……谢谢你们为我做的一切！水伯现在无法回报你们，但是保护好伍仔，也算是一种回报吧……

本以为在失去仔仔后，我已经不在乎伦理道德，不在乎旁人的眼光，不在乎自己的生命，不在乎所有的一切。可不在乎恰恰是这世界上最容易做到的事情，选择在乎却要付出百倍的努力和勇气……直到我遇到了伍仔，我才发现自己还是有能力选择在乎的。

伍仔其实是个很好的孩子，他还有未来，还有希望。为了不让这丝希望破灭，我要去找他。或许，在这条路上，我还能选择再当一次“父亲”。

我要走出来，我要把儿子找回来。珂珂，你是最善良的姑娘。希望你也能早日走出阴影，重新迎接新的感情和新的生活。

原本听见这消息下意识要去把水伯追回来的李飞看完信，彻底冷静了下来。半晌后，他拿起毛巾擦了把挂满水珠的脸，又把手机拿起来，把冯春月的工作单位和家庭住址给水伯的手机号发了过去。

同一时间，大清早坐车回省厅的李维民在车上给赵嘉良打电话，“部里今天要来两个人，我马上要去跟他们见面。我刚才给了你另一个手机号，在做任何决定之前，你必须第一时间先向我汇报。东山形势复杂，你回来，千万不要乱来。”

电话那端赵嘉良的声音吊儿郎当，透着十足的好心情，他穿着当初李飞给李维民买的外套，满足地勾着嘴角，“将在外，君命有所不受。我不会乱来的——东山还有我的儿子呢。香港保安局那里不需要我跟谭处长汇报了吧？”

“今天一早省厅已经派人去香港和保安局的人见面。嘉良……一切小心。”

赵嘉良满不在乎的笑声自电话那端传来，“你不是在东山吗？有你在，我怕什么？”

李维民是拿他没办法了，摇头挂了电话，赵嘉良坐在车的后座望着车窗外，远处乌云翻滚，另一部手机响起来，他看也没看就接了起来，“是我。”

澳门某公寓里，杨丰和两个手下从楼里出来，杨丰一边往外走一边跟赵嘉良汇报道：“良叔，陆童消失了，房东说他几天前就退租了。我们也在福鑫赌场找过，他的同事说陆童辞职了，下落不明。他的手机已经停机。”

赵嘉良声音很沉，“看来他已经被‘处理’了。”他说着眯了眯眼，“你们留在澳门，给我盯死澳门福鑫赌场的老板方天逸。”

赵嘉良的车上了去东山的高速，与此同时，广东省公安厅大会议室，崔振江亲自引着公安部禁毒局的苏建国等人进入会议室，厅长王志雄、副厅长雷建华和李维民早已在会议室等候，看见他们过来，都站了起来，走上前去跟苏建国等人依次握手。

简短的介绍寒暄之后，李维民站起来，给今天的会起了头，简单地介绍目前东山地区的情况，“鉴于本地警力有被污染的可能，而未被污染的警员又被毒贩了解得一清二楚，我已经从禁毒局调派侦查员到塔寨进行侦查。”

他正说着，王志雄的电话响起，他看了眼号码，对在场众人抱歉地点了下头，接了起来，“喂？……对，是我。……我知道了。好，有什么进展随时跟我汇报。”

他脸色凝重地挂了电话，会议室里包括苏建国在内，看着他的眼神都带了探究和疑问。

王志雄盯着手机看了半晌，慢慢抬眼，目光定定地落在李维民身上。李维民本来也正在看着他，见他这样的眼神看向自己，顿时在莫名其妙中有了点不好的预感，“王厅长，怎么了？”

王志雄一脸古怪，当着刚从北京过来的公安部同志的面，张了张嘴，沉声说道：“——你被举报了。”

全场震惊，李维民自己都愣了，“举报？我？？？”

40. 试　探

去跟陈珂见一面，好好聊一聊这件事。马雯考虑了很久，不断地把念头推翻又竖起，她很少有这么纠结的时候，后来自己把自己琢磨烦了，干脆一不做二不休地直接跑到陈珂医院去，在楼下打电话把她给约了出来。

陈珂有点意外，“马雯，有什么事吗？”

马雯想想自己要聊的“这件事”，多少还是觉得尴尬又别扭，“咱俩好歹也算是一起躲过子弹的情谊了，至少也算是战友吧？”

陈珂看着她顾左右而言他的样子，眨眨眼睛，想了想，“我中午还有半个小时的休息时间。”她说着就带着马雯往医院外面常去打包的小餐馆走，“我也还没吃饭，走吧，我请你。”

然而一顿饭都快吃完了，马雯也没憋出来她想说的事情。她为难，陈珂也就不问，等吃都吃饱了，眼看陈珂下午上班时间都到了，马雯尴尬地咳嗽了一声，终于有点艰难地对她说：“李飞……喜欢你。”

陈珂愣了一下，半晌后垂下目光，回避了她的视线，“你怎么知道的？”

“他电脑里有你的照片，有时候……会打开看。”

陈珂红了脸，却没接茬儿。

反正都开了口，马雯也就豁出去了，“我是实在看不下去了。两个人明明有感情，偏偏谁都不敢往前走。太磨叽了！”她终于从不自在中恢复了过来，也不绕弯子了，直截了当地放下筷子，“你们这样，单身狗都不敢谈恋爱了。”

陈珂笑笑，她下意识地揪着手里的纸巾，显得局促，“其实我试过，但是失败了。”所以这些天她跟李飞之间都没怎么联系了。

“其实，我能理解他。”马雯靠在椅背上，尴尬没了，她放松下来，却在叹息，“虽然没见过宋杨，但我知道他一直没走远。有时候李飞会管我叫宋杨……”她想了想，回忆着李飞平时的样子，粗着嗓子学李飞偶尔把她当成宋杨时的样子，“宋杨，昨天你睡床，今天该我了吧？宋杨，泡面还有吗？宋杨，你丫穿了我袜子吧？”她学得还挺像的，陈珂笑了，马雯翻了个白眼，“谁爱穿他那臭袜子了？小姐姐我好歹也是个妹子好不好？他自己都没注意到自己叫错了。刚开始我还会纠正他，‘叫谁呢？’后来我都习惯了，我觉得自己真的变成了宋杨。我就是他的兄弟，他的手足，他可以为我挡子弹，我也可以为他赴汤蹈火。”

陈珂脸上的笑意渐渐淡去，眉头拧在一起，红了眼眶。

“李飞没了宋杨，就像没了影子一样难受。他一直不能接受这个事实。所以，我真的能理解，为什么李飞一直不敢走向你。”

陈珂勉强笑笑，“我认了。”

“你不能认。”马雯打断她，看着她的目光中，除了鼓励，还有其他更复杂的东西，“陈珂，你看上去是个很柔弱的女孩子，但我领教过你的魄力和胆识。我不能帮他走出来，但是你能。”

陈珂始终没表态，下午上班的时间到了，她拿着会员卡结了账。店门外，准备分道扬镳的两个姑娘相背而行，马雯沉默着走了几步，想了想，倏地回头喊她，“陈珂！”

陈珂眼睛鼻子都红红的，闻言回头。隔着几米远的距离，马雯转过身，抬手握拳伸向陈珂，又折回来轻轻击在自己心口。陈珂打起精神笑了笑，学着她的样子，回应了她同样的动作。

觉得自己此行目的已经达到的马雯心满意足，笑着转身走了，可是随着脚步越走越远，她脸上的笑意却渐渐没了，深吸口气，她仰起头看乌云压顶的逼仄天空，有些难过。其实如果可以，她希望能帮李飞走出来的那个人是自己。可惜……她知道自己办不到。

马雯知道，她在李飞眼里，是兄弟，并且，只能是兄弟。因为看得清楚，所以……也愿意成全。

李维民从省厅回到东山，没进武警驻地，直接让司机把他送到了李飞家楼下。他一敲门，李飞出来看见他就愣了……

“不让我进去？”

李飞反应过来，忙给他拿拖鞋让他进来，“民叔，这时候你怎么跑我这儿来了？是有事？”

“我可能要离开一段时间。”因为被举报，从省厅赶回来，立刻又要回去接受调查的李维民没有太多时间，进门就直言不讳地对李飞说：“督导组明天也要撤出东山。”

李飞愣住了，简直不可思议，“为什么？”

李维民笑了笑，他不可能告诉李飞实情，只是推说，“上级的安排。”

打死李飞也想不到李维民会被人举报，督导组会因为这莫须有的原因铩羽而归，所以他听见李维民这么说，更加不能理解，“那塔寨谁来调查？毒瘤谁来挖？”

李维民看着他，“一切要以大局为重。”

“什么大局？调查真相就是我的大局。”李飞立刻就急了，“别说我现在还是一个警察，就算我现在脱掉了这身警服，我也不会放弃调查真相。此时此刻宋杨还躺在地底下，不能给他满意的答复，他死不瞑目！”

“你的心情我能理解，但调查真相现在不是你李飞的任务。我为什么要安排人员对你进行保护？因为5·13一案还没有结论，我们必须对你的生命安全负责。”都这个时候了，眼看要把李飞一个人留在这里面对风浪，李维民心事重重，不愿意也不舍得再吼他。他叹了口气，语气压不住地有些沉重，“明天我就走了，你更得注意自己的安全。”

李飞对“上级”这个见鬼的“安排”完全不能理解，“难道你们来东山只是走个场，作个秀？什么问题都不解决就拍拍屁股走人了？

“什么问题都不解决？”李维民瞪他，“你是怎么洗冤的？”

“要是能把东山的毒瘤揪出来，我李飞就是死也愿意。”李飞转瞬之间眼圈都红了，“上级”的决定他改变不了，他憋屈，愤怒，但没辙，不是因为还好好活着的自己，而是因无法给在这个系列案中的许多许多人一个交代，“可你们就这么走了，难道宋杨就白死了吗？那么多人都白死了吗？”

李维民望着李飞，暗自咬紧了牙关，强行克制着不让李飞看出自己的不对劲，干巴巴地跟他说：“……对不起。”

李飞扭过脸去不看他，他拉着李飞在沙发上坐下，“李飞，你的话我都听进去了，但东山的局势比你想象的还要复杂。我们撤出东山不是遇难而退，有时候退一步是为了更好地出击。你看到的只是东山的一角，但东山只是一串毒瘤中的一个，这是一条完整的毒品产业链。既然是产业链，就自然包括产、供、销一条龙，东山只是这个产业链中最低端的那个毒瘤，也就是生产加工这一环，而我要面对的还有供、销这几个环节。光是摘掉最低端的毒瘤作用不大，这只能治标不能治本，因为他们可以再找一个生产加工的代理商。只有把这整条产业链连根拔掉，才能达到治本的目的，这才是我所说的那个大局。”

李飞转过脸看着他，尖锐地质问：“如果真有这么一个大局，你为什么不告诉我李飞？是因为我李飞只是一个马前卒，没有知情权，还是因为我李飞不值得你们的信任？如果真有这么一个大局，我更没有理由不参加。你把我困在这里，还派人时时刻刻盯着我，这跟坐监有什么区别？我不需要这份安全。”

他们正说着，从医院回来的马雯毫无防备地撞上了正好到访的老领导，进门就听到了李飞的话。她站在门口，一时间只觉得自己回来得太不是时候，进退维谷地离他们远远的，站在旁边抿着唇没吱声。

李维民看马雯回来，也不介意她在场，他摇摇头，纠正李飞说：“你不是马前卒，也不是不值得我信任。等将来真相大白的那天，你会知道，你是撕开东山黑幕的首个功臣。正因为你的重要性，我才希望你现在按兵不动。这会让他们觉得风头已过，可以安心露出水面，直到那时候，我们才能看清他们的真面目。”他说着，侧过身子面向李飞，几乎是语重心长了，“这么说，你能理解我的良苦用心了吗？”

意料之中的，李飞这犟小子一点没买账，“我不理解！不但不理解，我更不会领你这份情，甚至会为此记恨你一辈子。我需要知道真相，知道我的被停职，我的被保护，我的被按兵不动真是你计划里的一部分。如果一切都如你所说，我会配合你的。要说信任，这才叫真正的信任。”

李飞这话马雯也认可，李维民看看他，又越过他看看玄关边上站着的马雯，一时无语。

气氛越发沉闷起来，李飞抿了下嘴唇，“我要求争取林宗辉。”他压根就不是跟李局请求行动或者跟民叔打商量的语气，态度异常强硬，分明就是不管李维民同不同意，他就要这么干，“林三宝车祸的真相让我来告诉林宗辉。”

李维民从语重心长变成了苦口婆心，“李飞，你还要我再怎么解释……”

李飞打断他，这件事他想了很久了，也不是突然一个念头就莽莽撞撞冒出来的，“你听我说完——禁毒大队的人根本靠近不了林宗辉，但是我能。”

“为什么你能？你不也是禁毒大队的吗？”

“林宗辉的女儿林兰是我高中的同班同学，早前我跟蔡军的关系也没现在这么烂，蔡军最开始是通过我才和林兰认识的。东山其实就这么大，走到街上，一大半都是熟脸。”他条分缕析，试图说服李维民相信他可以，“说回林兰，我对她还算了解，如果我的判断没错的话，她应该不会和塔寨村的制毒有瓜葛。当年林宗辉在惠州办厂的时候，家里只留下林兰和林三宝，林兰和林三宝姐弟俩的感情很深。我有办法把林宗辉约出来。”

李维民摇头，“不，这太危险。”

“你不是说过缉毒警是最危险的警种吗？谁让我是缉毒警呢？”李飞挑眉看着他，那神态几乎跟昨天夜里赵嘉良满不在乎地自作主张、兵行险招的样子如出一辙，“你放心，我先试探一下林宗辉，就说这信息是从伍仔那里得来的。这样，就算林宗辉不愿意给我们当线人，蔡队查封‘甜蜜蜜’歌厅的真相也不会暴露。我先把仇恨的种子植入林宗辉的脑袋里，等合适的时机，它自然会生根发芽的——或者，其实这种子早就种下了。”

“但条件并不成熟，林三宝的死咱们没有证据，你凭什么让林宗辉相信你？

李飞给李维民画了个饼，“等条件成熟了，我再把证据交给他……如果有的话。”

李维民瞪眼睛，“你这是胡闹！”他几乎差点就要克制不住地发飙了。他回头看向李飞，目光很深，里面有李飞从没见过的沧桑，“李飞，你相信我吗？”

李飞站起来，用同样的问题反问他，“你相信我吗？”

李维民毫不犹豫地颔首，“我相信你。”

“那你相信我，”李飞笑起来，“我会找到证据的。”

李维民是真拿李家这对父子没办法了，管不了地摆摆手，叹了口气，终于还是松了口，“切勿操之过急。发展线人不可能一蹴而就，需要时间经营，还有内外因等各种因素。”

李飞点头，“明白。”他想了想，追着已经要关门的李维民喊着，“民叔——我会好好保护自己的。你也保重。”

李维民深深地看着他，半晌后，释然地笑着点了点头。

亲弟弟的死亡对陈文泽的打击还是太大了，把陈光荣的后事处理完，他人生生瘦了一圈，顶着两个黑眼圈去龙坪市那边开了个会，回来的时候他疲惫地靠在车后座，快回到东山市政府的时候，一个陌生的号码打了进来。

他谨慎地看了眼号码，犹豫了一下，还是接了起来，“喂？”

车已经进了龙坪地界的赵嘉良也闭着眼睛坐在后座，拿着手机用带着港腔的普通话客气地问：“陈市长吗？”

“你哪位？”

“我是赵嘉良。”

陈文泽一时没有反应过来，赵嘉良从容地在名字前面加了个定语，“香港嘉良国际贸易的赵嘉良。”

“噢，”陈文泽这才恍然想起来，疏离的语气公式化地热络起来，“是赵先生啊，你好你好。”

电话里，赵嘉良温和地发出邀请，“我一会儿就到东山了，今天晚上不知道陈市长有没有时间肯赏光一起吃个饭？”

陈文泽没搭茬儿，“赵先生这次来东山有何贵干？”

“陈市长日理万机，怕是把我在东山投资的那个小厂给忘了吧？我这次顺道过来看看工程的进度，还想跟陈市长再谈谈下一步的投资方案，我想在东山加大投资。”

陈文泽早就听说这个人在香港能量不小，手里有钱，背后还有个上了福布斯世界名录的老板扶着，这么个隐形聚宝盆来东山投资，他是不会拒绝的，“赵先生是吊足了我的胃口，那么，赵先生对我们东山什么产业感兴趣呢？”

“房地产。”赵嘉良一副特别商人的样子，“都说内地的房地产有泡沫，但我赵嘉良不这么看。龙坪和东山是广东开发得最慢的一个地区，我相信，在陈市长的领导下，东山的经济会有一个飞跃的，所以，我看好东山的房地产。”

陈光泽沉吟片刻，“独资还是合资？”

“合资。”赵嘉良把诱饵抛出去，“具体的细节想跟陈市长见面谈。”

陈文泽犹豫了一下，并没有立刻答应，“这样，我现在在外面，一会儿回办公室看看今天晚上有没有别的安排，到时候我再给赵先生回电话，你觉得如何？你现在住哪儿？”

“好。那我等你的回话。打搅你了陈市长。我现在还在高速上，三四点钟就到东山了，还住在东山大酒店。”

“好，我一会儿给你电话。”

挂断电话，车也正好进了政府大院，陈文泽从车上下来，回办公室的路上心中犯嘀咕，想来想去，还是给林耀东打了个电话。

陈光荣是死在谁手里，他心里太清楚了。林小力当天送来的那张卡里有三百万，摆明了是给他处理弟弟身后事的丧葬费，这是他弟弟一条命的钱，但是无论陈文泽想不想，都得收。他上林耀东这条船已经走得太远了，看不见岸边，没法回头。

“那个赵嘉良你还记得吗？他来东山了，说想在东山搞房地产，要和我见一面。”

东山塔寨村林耀东自己家里，穿着考究舒适对襟立领复古褂子的男人一边接着手机一边朝着楼上走去，他沉吟皱眉，电话里却故作随意地笑了一声，“来就来嘛，你为什么给我打这个电话？”

“他说要投资房地产，还只能是合资，”陈文泽说，“在东山搞房地产，只能合资，跟谁合？符合资质的不就是你林耀东的大龙房地产公司吗？我想你有必要先知道一下。要是没那个意向，我直接找个理由把他挡了就行了。”

“那他想见面，你是怎么答复的？”

“我说看看安排后再给他回话。”

“这样，你晚上在‘潮尚’见他一面，看他到底打的是什么算盘。”

“潮尚”是东山大酒店里配套的一个高级餐厅，主打潮汕私房菜，连着酒店一起，都是他们自己的产业。餐厅目前是林宗辉的女儿林兰在管着，地方陈文泽不陌生，他勉为其难地答应一声，“好吧。”

刚挂了电话，林耀东就打电话找林耀华，“赵嘉良到东山来了。耀华，你去查一下，他住东山大酒店哪个房间。”林耀东淡淡吩咐。他知道赵嘉良，之前在这边投厂的时候就知道，后来蔡启超两兄弟和他做交易的时候阴沟里翻了船一锅全栽了，他就对这个名字更加印象深刻。

“赵嘉良？就是跟蔡启荣、蔡启超做生意的那个香港人赵嘉良？他来干什么？”林耀华也很纳闷。

林耀东坐在天台的摇椅上，镜片后面，眯起的眼睛闪着寒光，“不管他来干什么，都得放一只眼睛在他身上。”

东山大酒店的潮尚餐厅，身为经理的林兰正在给员工训话，她的手机静音，屏幕亮起了几次没有引起她的丝毫注意，等训话结束，她拿起自己的手机，才发现上面有两个未接来电，都是来自李飞。

她有些讶异。按说，她是蔡军的妻子，李飞和蔡军这几年关系不断恶化，李飞应该不会给她打电话才对。他们上次见面已经是很久之前的事了，这个时候他打电话来，会有什么事？

林兰将电话回拨了过去，李飞就说要在“潮尚”订一个小包间，林兰一听就笑了，“哟，难得啊，平常请都请不来，今天怎么想来我们这里消费了？”

李飞也没觉得不好意思，张嘴就吐槽，“你们餐厅死贵死贵的，我那点工资怎么消费得起？”

老同学之间就算很久不联系，笑闹起来也没有太多隔阂，林兰听着就打趣他，“是不是要带女朋友来约会啊？”

“你就说有没有吧！”

他这一回避，林兰倒真以为他这棵铁树开了花，有点替他高兴地说：“老同学要我哪能没有？调也给你调一个出来。你放心带女朋友来吧。”

李飞不着痕迹地跟她确认，“你肯定在吧？”

“在在，肯定在。”晚上用餐高峰期，她通常都在。

“那就说定了，晚上见。”

“我给苏局长打个电话再争取一下。”看着李维民波澜不惊收拾东西的样子，左兰实在是有些按捺不住地拿起电话去翻苏建国的号码。联合督导组的工作明明开展得不错，他们的下一步行动如果继续推进，将会取得突破性的成绩，在这个时候让他们撤离中山，这指示让人无法理解啊！

李维民摇头拦住她，声音很沉，脸色也很沉，“不用了，是苏局长和王厅长共同做出的决定。”

左兰愣在那里，李维民看了看手表，将收拾好的东西整齐地放在桌上，拿起挂在架子上的外套穿上，“要走了，我得给马云波打个电话。”

左兰不解地看着他，“为什么？”

李维民抬头意有所指地看了左兰一眼，笑了笑，也不知道目光里那点失望究竟是冲谁来的，“咱们来东山时间也不短了，明天要走了，我总得去他家坐坐吧？”

电话很快就通了，马云波的声音从听筒传来，一如往昔亲切热络中透着尊重，“师父？”

李维民跟他说：“云波，昨天厅里突然打电话让我赶回广州，跟你打个招呼。”

马云波很是意外，“这个时候把您叫回去，是有什么事吗？”

李维民解释说：“东山开展的‘暴风’扫毒行动取得了显著的成果，省厅和公安部都感到满意，认为我们督导组在东山的工作可以告一段落。明天，我们督导组就将撤回广州。”

“这么快？”

“我来东山已经时间不短了，局里也压了很多工作。振江早就希望我能回去。”

电话那端突然沉默，马云波过了良久才缓缓开口，“师父，我真不希望你们这个时候撤走。有你在，我办事都有底气。”

李维民声音也有点涩，却还是故作轻松地轻描淡写，“我之所以昨天赶回厅里，就是跟王厅长商量能不能让联合督导组在东山再待一段时间。毕竟，5·13一案到现在还没有结案，我心里不踏实。可王厅长不同意，他认为我们在这儿反而妨碍你们开展工作，坚持让我们撤走，还说公安部禁毒局也是这个意见。那我还能说什么？只能服从命令呗。这样云波，明天上午10点联合督导组和你们市局开一个工作总结会，你安排一下。”他说话不着痕迹，脸色却越来越沉。左兰在一旁看着，无声地叹息着摇了摇头。

电话里，马云波答应得很痛快：“好，我马上问一下陈市长，看他明天上午能不能参加。”

“他能来最好。”李维民说着顿了顿，话锋一转，“还有，我来东山的时间也不短了，一直抽不出时间去看看于慧，今天晚上你和于慧有别的安排吗？”

“早就想请师父到家里坐坐了，可看你工作这么忙，压力这么大，一直没敢开口，于慧一直对我有意见呢。”听李维民说要去家里，马云波的声音才又来了几分兴致，“我这就给于慧打电话，让她马上准备。”

“告诉于慧不要搞得太复杂，”办公室里，李维民闭上了眼睛，语气听不出端倪，脸上的表情有一瞬是空白的，“我爱吃什么她清楚，就那老三样。那就晚上见。”

挂断了电话，他闭着眼睛静坐了许久，才默然地睁开眼睛，目光落在看着他几次欲言又止的左兰身上，痛惜而沉重地叹了口气。

左兰也是长叹口气，神色黯然，“真希望我们的怀疑是错的。”

“谁不是这么希望呢？”李维民坐在椅子上苦笑，“在马云波的身上，我投入了太多的感情。从我们踏上东山的那天起，我的心就像掉在油锅里煎熬……”

这话倒是让左兰惊了一下，“从那天起你就开始怀疑马云波了？！”

“准确地说，那时候还叫担心，不是怀疑。”李维民摇摇头，看了看手表，时间已经不早了，他又站了起来，“好了，你去跟苏康、艾超他们交代一下明天离开东山的决定吧。”

李维民也好，马云波也好，干禁毒这么多年，见过太多形形色色的人，经历过太多风风雨雨的事，早就练就了一箱子面具走天涯的本事。敲门声响，门一打开，各怀心思，一个要攻一个要防的师徒俩一如往昔，亲切热络，“师父，快进来。”

李维民哈哈一笑，一边换鞋一边说道：“我的鼻子最灵——隔老远我就闻见炖肉的香味了。”他说着就抬头往屋里看，“于慧呢？”

马云波家还是老样子，布置虽简朴却也温馨素雅，桌子上已经满满当当摆了不少菜，听见他喊自己，于慧围着围裙从厨房里走了出来，见到李维民也是甚为熟稔地打招呼，“哎呀，李局长，现在要见你一面可真难啊。”

李维民握手打招呼的动作几乎是下意识的，于慧却退了退，还是跟从前一个样子，笑起来很腼腆，“别别，我手上都是油。”

“对不起，其实我早就想来吃你做的菜。”李维民收回手进屋，看着一大桌子色香味俱全的好菜不由得拍大腿，“不是跟云波说了少做点吗？这一桌子的菜！太丰盛了！吃不了一会儿我可要打包带走啊！让组里的人也尝尝你的手艺。”

于慧不同意，跟从前一样，没把李维民当外人，“他们要吃，我哪天专门给他们做。李局，你今天必须得喝好吃好，不然我可生气啊。”

“这你放心，云波可以做证——每次吃完你做的饭菜，我都得吃两粒加味左金丸，在外面走一个小时才能坐得下来。”

“怪不得嫂子不乐意你来我家吃饭呢。”于慧笑得开心，说了两句又回厨房忙活去了，转身的时候看马云波还傻站着，眨眨眼叫他，“还傻站着做什么，下酒菜不都做好了吗？你们师徒俩先喝着。”

于慧，怎么说呢……虽然态度没变，情绪也正常，但李维民觉得她似乎比从前健谈开朗多了，平时跟他打趣逗笑的话可没今天这么多。

跟着马云波一起坐下，接过他递过来的酒杯，李维民郑重提醒，“先定下规矩，今晚只是喝酒吃饭，不谈工作。”

马云波给自己倒了一杯酒，笑着点头，“正合我意，不谈工作。”

于慧的手艺相当不错，李维民自家媳妇儿什么都好，就是不会做饭，这么多年锲而不舍地追求色香味，偏做出来的东西样子看着虽好却不能吃。李维民觉得自己这么多年没食物中毒都是个奇迹，之前住他们家的李飞宁可在学校食堂吃完才回家，就这事儿，这么多年来一直是李夫人厨艺生涯中最大的“耻辱”。

后来马云波调到东山来，李飞紧接着也进了东山的禁毒大队，跟马云波越来越熟，蹭饭就蹭成了习惯，李维民也是偶尔过来办事的时候有空就到他家里吃一顿家常解解馋。只是如今，味道还是那个味道，心情却再也找不回从前的那个心情了……

从狼吞虎咽到酒足饭饱，心满意足的李维民放下筷子满足地长出口气站起来，“我去个洗手间。”

餐桌上，于慧的身子微微颤了一下，饭桌之下马云波紧紧握住她的手，指了指方向，“师父，洗手间就在那儿。”

“我还能不知道你家洗手间在哪儿？”李维民好笑地看他一眼，径直出了餐厅。于慧紧紧盯着洗手间的方向，掌心里全是冷汗，她慌乱无措地看着马云波，声音有些发抖，“你把东西放好了吗？”

马云波更紧地握了握她的手点点头，于慧又想到了什么，“上锁了吗？”

马云波盯着洗手间的门没回答，沉默的神情一下子让于慧如惊弓之鸟般差点站起来，“你怎么不上锁呢？你师父可是老缉毒警了！他哪怕闻味儿都能闻出——”

“没事，相信我。”马云波示意她不要这么激动，笃定而平静的态度像一剂定心丸，给了于慧十足的安全感，“你镇定一点，不会被发现的。先把桌子收拾了。”

于慧看着那扇迟迟不打开的洗手间门，只能压下自己心里的惊慌开始忙碌起来。她桌子收了一半，李维民从洗手间出来了，她不由自主地偷偷观察他的脸色，觉得跟之前没有什么不同，才终于放下心来。

桌子上的菜碗都收拾了下去，于慧沏了茶，这会儿已经重新冷静下来，又坐在了李维民身边。李维民转着茶杯，沉默片刻后，借着酒劲儿，忽然略显低沉地开了口：“我李维民做事几乎从不后悔，但在云波的事上我后悔过两次。”

马云波给他的茶杯续了点水，“后悔？我怎么不知道师父你还会后悔？”

于慧在一旁听着丈夫无意的揶揄，也笑着问：“哪两件事？”

李维民抬起眼，看着马云波的目光深邃复杂中竟然糅杂着几分内疚和歉意，“第一次，是2007年12月，云波是有机会去省委党校进修学习的。为期一年，当时振江认为你是最佳人选，可我不同意，最后把名额让给了别人。”

马云波没想到他会说自己的事情，怔了一下，连忙摆手，“你提这事干吗？当时我手里有一堆的事，根本没有时间去。”

李维民摇头，看了看如今骨瘦如柴的于慧，眼睛微微红了，“如果当时云波去党校学习的话，2·18一案云波就不可能参与，那于慧身中150多处枪伤的事也就不可能发生。”

于慧在一旁沉默着坐了下来，咬咬唇不说话，马云波显然也被勾起了伤心回忆，坐在那儿也不出声。李维民叹口气，拍了拍马云波的肩膀，“第二次，就是来东山上任的事。当时我提名云波来东山，局里和省厅是有不少人反对的，主要是因为云波年轻，而东山的禁毒形势十分复杂，怕云波不能胜任。在我的坚持下，力排众议，做了许多的工作，云波才来的东山。当时云波来是接替罗旭的职务当东山市公安局局长的。可就在云波上任前三天，东山方面却说罗旭不肯退，说云波年轻，能不能在副局长位子上过渡一段时间。振江跟我说，云波可以不去东山，副局长的工作让云波去做可惜了。我怕云波有想法，跟云波做思想工作，没想到云波却说，他不会计较职务的高低，不会计较个人的得失，他不会有任何的思想包袱……”

马云波能听李维民骂他，甚至能接受李维民怀疑他，但听不了这个，感叹、煽情、亏欠，所有的一切都让他更加厌恶现在的自己，也让他更加没脸面对李维民。他本来想忍着听完，可是一忍再忍，却还是控制不了地抬起头，打断了他，他有点急切，又显得烦躁，“师父，你说这些究竟是什么意思？你是对我在东山的工作失望还是……”

李维民摇摇头，他也看着这个他亲手带出来、曾经无比信任、委以重任更抱以重望的徒弟，难过、抱歉、后悔，此时此刻，每一样情绪都不是假的，“可你在这副局长的位子上一干就是三年。这短短的三年，你看上去像是老了二十岁。于慧，你也是，跟着云波来到东山受罪……云波是我一手培养起来的，看到他现在这个状态，我心里难受……”

于慧被他戳了心里隐痛，仓促地低下头，别开了他的目光，眼睛却也红了，哽咽地摇头，“……您别这么说。”

马云波实在受不了这个，他不自在地直了直身子，将眼中的酸涩憋了回去，攥住于慧的手，“师父，今天说好不谈工作的。”

李维民深吸口气，“云波，是不是我这个师父太自私了？这么多年对你一直太严厉，你是不是在心底里恨过我？”

马云波声音发闷，他低头看着面前的茶杯，不自在地蹭了下鼻子，摇摇头，“师父，要不是这么多年你对我的言传身教，我马云波也不可能有今天的进步。”

于慧听到这里再也控制不住自己，抹了抹眼睛连忙起身走进厨房，李维民看着她的背影心情复杂，马云波举起茶杯，“师父，别说这个了，来来来，喝水。”

李维民也端起茶杯，他笑起来，调整了情绪，看着马云波的目光，跟从前一样欣赏又信任。

41. 饭　局

陈文泽打电话约了赵嘉良在潮尚吃饭，林耀华叫人提前去房间里装了针孔摄像机和监听器，虽然餐厅里也安排了他们的人，可林耀东还是不放心，让林耀华亲自去盯着。

“我总觉得这个赵嘉良好像在哪里见过。上次在潮商大会上，就觉得他有些脸熟，可怎么都想不起来。老了，脑子不好使了……”林耀东说着揉揉突突跳着的太阳穴，这段时间发生的事情太多了，法国那边出了大事，刘浩宇那个废物偃旗息鼓，一时半会儿都不敢有什么动作，塔寨这边该给的钱一直发不下去，如果再找不到买家，一旦资金链断了，后果不堪设想。他必须在短时间内找到靠谱的下家出货，正为这事儿焦头烂额，半路却又冒出来个意图不明的赵嘉良，“你盯紧点，今晚陈文泽和赵嘉良聊了点儿什么，甚至点了什么菜，喝了几杯酒，我都要知道。”

正说着，林景文推门进来，看随手把电话扔一边的林耀东眉头紧锁的模样，连忙走过来，“阿爹，怎么了？”

林耀东闭着眼，靠在沙发里，显得很疲惫，“头疼。何瑞龙死了，他老婆宋倩靠不靠得住，还未可知。好在法国的销售网还在，咱们必须尽快出货，最好是尽快找一个新的代理人。”

林景文笑了，他就是为这事儿来的，“我已经在暗网上给你找到了一个合适的买家。没有真名，他的用户名叫‘沉默之声’。”

林耀东睁开眼，不认同地看着他儿子，“不是不让你动那个？我不可能跟一个代号交易，我需要知道他的真实身份。”

林景文觉得他阿爹跟现在的时代发展多少有点脱节，给他解释说：“这是暗网，暗网顾名思义都是些见不得人的生意，是层层加密的。不可能查得到用户服务器或者路由信息，也就不可能查到身份。”

“这是几个亿的生意！”林耀东语气严厉了几分，“你让我怎么相信一个不知道身份背景的人？”

“就是来跟阿爹说这个的，我已经约他见面了。”林景文对林耀东狡黠地挑挑眉，“就在东山，咱们的地头上。到时候他会联系我的。”

林耀东一听这话，眉间厉色跟愁容才渐渐散开，笑了一声，他欣慰中透着几分自豪地朝林景文点点头，“有头脑，像我。”

夜色已深，属于东山的夜晚才刚刚开始。东山大酒店潮尚餐厅的走廊里，赵嘉良一身裁剪得体的深色西装，十足干练的模样，带着钟伟往订好的包房走。两个端着盘子的男服务生互相使眼色，都在盯着赵嘉良，昏暗的灯光下，赵嘉良微微侧身，锋利的眼神让两个男服务生根本招架不住，匆匆走掉。他刚刚走过长廊的拐弯处，李飞便推门走了进来，两个人正好错过了。

“对不起啊李飞，刚才有点忙——”知道李飞来了，林兰招呼完另一个包间的熟客就急忙过来了，却没承想，进门竟然只看见李飞一个人，“哎，你女朋友呢？”

李飞站起来把包间的门关上了，“以后我再带女朋友来。今晚请的另有其人。”

林兰斜睨着他，“还搞得很神秘。”

李飞看着他，脸上的笑意渐渐收了，“我请的是你爸，就看他肯不肯赏光。”

林兰愣住，“我爸？你开什么玩笑？”

“我没开玩笑，”他说着，指了指林兰手里的手机，“我是认真的。”

觉得李飞来意不善的林兰沉下了脸，“到底怎么回事？”

“是为了你弟弟林三宝的死因。”李飞正色看着她，声音很低，说出的话却如同一枚炸弹，直接轰得林兰脑子一片空白，“三宝不是意外车祸死的，他是被人害死的。害死你弟弟的人是林天昊。你和你爸难道不想知道真相吗？”

林兰不知道该怎么办，她彻底蒙在了那里。等了半晌看她始终没有反应，李飞煞有介事地又加了把火，“那好，看来是我白操心了。”

他说着就站了起来朝门口走去，林兰猛地追上去，“等等！”她整个人都在抖，手打着哆嗦地摁林宗辉的号码，声音慌张得不成样子，“我给他打电话，我马上打！”

林宗辉正吃着晚饭，看林兰来电话，立刻就接了起来，“阿兰？”这个时候不正忙着呢，怎么有工夫给他打电话？

电话里，林兰尽量让自己冷静下来，“爸，你现在到潮尚餐厅来一趟，有人要见你。”

老婆不舒服，他怕有什么事儿，这时候哪儿都不想去，但是也不想女儿担心，只拿吃饭当借口，“我正吃饭呢，谁要见我？”

林兰沉默了一下，“……李飞。”

林宗辉身子猛然一僵，他下意识地以为从5·13开始就跟塔寨对上了的李飞把苗头对准了他，一时间手里筷子都掉了。林兰听电话里没了声音，想了想，只好跟他说了实话，“他说他手里有三宝死因的真相，要跟你面谈。”

林宗辉的瞳孔忽然一缩，猛地站了起来，“都有谁在？”

“现在就我和他。”

林宗辉握着手机的手绷出了青筋，林兰不确定地唤了一声，林宗辉这才回过神来，“他说什么了？”

“他说三宝不是车祸死的，说三宝是被林天昊害死的！”

林宗辉说不出话，手在剧烈颤抖。这个怀疑他不是没有想过，但是他最终否决了自己，就当三宝是意外，就当他们三房倒霉！但是现在，一个警察，竟然跑来告诉他，他的儿子不是死于意外，是被人害死的！

“你让他等着，我马上过来。”林宗辉说完这句话挂了电话就往外走，夜色深沉，他也顾不上老婆了，谁也没叫，独自一人一头扎进车里，朝着东山大酒店疾驰而去……

从进了东山大酒店就注意到酒店里几乎无死角监控的赵嘉良坐在包间内

看着手机，钟伟坐在他的一侧，眼睛始终盯着门口。不一会儿门被服务员推开，陈文泽走了进来，一脸抱歉地打了招呼。赵嘉良笑着寒暄，人都到齐，服务员开始上菜。起先是打着官腔说点无关紧要的客套话，赵嘉良倒是不介意包间里始终站着个端茶倒水的服务员，但说起有关这次房地产投资的事情，赵嘉良就觉得边上杵了个外人很扎眼了。

他看了钟伟一眼，钟伟会意地喊了声服务员，“你出去吧。”

“先生们不需要我服务吗？”

“酒水我来倒，”钟伟看他不走，干脆起身给他打开了房门，“你出去吧。”

服务员无奈，再坚持就要露馅儿了，只能退了出去。陈文泽像是没注意到这小插曲，自顾自为难地说：“根据政策，外资开发经营房地产，必须和具有省三级以上城市综合开发资质的房企合资，或者合作。而我们东山只是一个县级市……”

赵嘉良神态自若地笑着提醒，“但你们东山就有一个省三级以上资质的房地产公司啊。”

陈文泽心道一声“果然”，脸上却不露情绪，只是笑着问他：“你说的是大龙？”

“法人林耀东，在东山可是比明星还有名的人物。”赵嘉良对此了如指掌，侃侃而谈，“当年，林耀东还是在陈市长的力邀下才回到东山塔寨村当村支书，带领全村人脱贫致富的。陈市长可是造福了东山啊。”

陈文泽哈哈一笑，若有所思地看着赵嘉良，语气有点意味深长，“看来赵先生对东山是下了功夫的。”

赵嘉良挑眉，一脸在商言商的架势，“该做的功课肯定是要做的。谁的钱也不是从天上下来的，我也不希望投到东山的钱都打水漂嘛……”

陈文泽微笑着看着赵嘉良，目光始终带着探究。赵嘉良摆了下手，笑得很真诚，“只要陈市长能引荐我认识林耀东，我答应往东山先期投资两个亿，帮陈市长完成对东山旧城进行改造的夙愿。”

潮尚餐厅外，一辆奔驰停在门前的停车场里，坐在车里的林小力和林耀华两双眼睛同时盯着潮尚的门口，本来是等着看情况要不要亲自上去一趟，谁知道却看见了停好车急匆匆进了餐厅的林宗辉。

林小力眼尖，一下子就认了出来，“华叔，那不是辉叔吗？”

他这么一说，林耀华也看出来了，他来这儿做什么？！跟赵嘉良有没有关系？林耀华眼珠一转，“你在这儿等我！”说完匆匆下了车，也跟在后面进了潮尚。

看着林宗辉去了二楼，林耀华紧跟上去，但还是慢了一步，等他上来的时候，林宗辉已经找到林兰告知的包间进去，关上了门。

林耀华正不知进退之际，却见陈文泽从包间里出来，他赶忙迎上去寒暄。聊了几句，林耀华的电话响起，是林耀东打来的。知道他和陈文泽在一起后，林耀东让他把电话交给陈文泽，两人进了一间空着的包房，并将门关了起来。

而这一幕，正好被刚刚上楼的林兰看到了。

林宗辉坐在那里不动声色地看着李飞，但攥紧的拳头却出卖了他此刻的态度，“这些都是蔡永强他们审出来的？”

“不，”李飞把嘴一撇，“蔡永强根本不知道。是一个叫伍仔的马仔告诉我的。”

林宗辉猛然抬起头，眼神锐利无比，“一个马仔，他怎么知道得这么详细？”

李飞面不改色地迎着林宗辉充满怀疑的目光，“林天昊给办事的大虾和麻子一人十万好处费，当时伍仔就在旁边……”

他一句话没说完，林宗辉倏地暴起，骤然发难，拎着李飞的脖领子生生把他从椅子上拽起来，猛然把他推到了墙上！

哐的一声巨响，林宗辉咬着牙，额角青筋直跳，恶狠狠盯着李飞，“……你没说实话！”

李飞被抵在墙上，但他能感觉出来，至少这会儿林宗辉没恶意，所以也任他抓着没挣扎。他紧紧地盯着林宗辉的眼睛，目光很坦荡，“不信你可以自己去查。”

林宗辉的眼神闪了闪，“我会去查的。”

这时，林兰拉开门闪身进来，看见她爸跟李飞这么个架势，也顾不得把他们拉开，连忙就说：“爸，华叔来了！”

自己前脚刚到，林耀华后脚就来了？！抓着李飞不肯放开的林宗辉头皮一麻，恶狠狠地警告般看了李飞一眼，松了手，转而凛然地问林兰，“他在哪儿？”

“不知道，我刚刚还看到他的。”

林宗辉沉默着思虑了几秒，深吸口气，看向李飞，脸色比声音更漠然，“李飞，你走吧。今天我没有见过你。”

李飞拽平了领口，不甘心地看着他，林宗辉深知被林耀华看见他跟李飞在这里，他们两个人谁都落不着好，厉声催他，“快走！”

“你想好了让林兰跟我联系。”李飞也知道没那么多时间可以耽搁了，他重重点了下头，走到林宗辉身边，压低声音冷静地提醒他，“另外，这件事蔡军知不知情我不知道，你要不要告诉他真相，怎么告诉，你都仔细想清楚了再做决定。”

与此同时，隔壁包间里，始终平静坐着的赵嘉良看看表，也站了起来。钟伟要跟着他，他摆摆手，“我去洗手间，你不用跟着我。”

他出门，李飞也出门，迎面撞上，四目相对——相见毫无预兆，两个人都愣住了……

这是二十几年来，赵嘉良第一次在李飞清醒的时候，这样堂而皇之地见到自己的儿子。

李维民跟他说李飞盯上自己的时候他不以为意，他演戏演了太多年，有时候甚至分不清哪个才是自己。他以为，跟自己儿子正面杠，接着演一场戏，他不会应付不来，甚至，这该是个很有趣的经历。

可就这么撞上李飞，多少大风大浪都闯过来的男人才恍然明白，他还是太高看自己了……

骨肉相连的本能悸动让他差一点就绷不住此刻脸上的表情，后槽牙都不自觉地咬紧了。本来应该若无其事越过李飞去洗手间的他，最终还是无法自控地停住脚步，眼睛眨一下都舍不得地死死看着李飞。尽管他儿子看他的目光充满了漠然冷淡的敌意，但他还是忍不住站住了，勾起嘴角，用一种陌生人之间出于礼貌的态度，跟他打招呼——

“你好。”

李飞也没想到，竟然会在这里碰上赵嘉良。赵嘉良的底他暗中摸了很久，却没有任何端倪透出来，李飞只觉得这是个狡猾堪比林耀东的老狐狸，今天一见面，却让他更确定了这个人背后绝对不干净的猜测。

一个潮尚餐厅，今晚林耀华在这里，香港来的赵嘉良也在这里，一个东山的地头蛇，一个香港的古惑仔，哪有那么巧的事儿？如果没关系，这两个身份都不简单的人，会穿洋渡海地在同一时间出现在同一地点？

赵嘉良跟他打招呼，李飞的脚步却连停都没停。他朝着赵嘉良的方向而来，目光始终没有离开赵嘉良，直到擦肩而过之际，他才面无表情、却用话里有话的态度，淡漠地回了赵嘉良一句“你好”，就径自走下楼梯。

这是二十多年来，父子之间说过的第一句话，是再普通、再陌生不过的一声招呼——你好。李飞不知道赵嘉良的身份，可被李飞落在后面的男人，虎目圆瞪，眼睛里生生绷出几道骇人的血丝，差点就要热泪盈眶。

当年李飞被外婆抱走的时候才八个月大，这么多年，午夜梦回他听见的都是当年儿子那让他撕心裂肺的哭声，而这一刻，这再简单不过的两个字，哪怕带着显而易见的敌意，却也轻易地代替了耳边萦绕二十多年的婴儿啼哭。

那是他的儿子，都已经那么大了，长得像他，又高又帅的，还能独当一面了，连藏得那么深的他都能翻出来，够聪明，还有胆有识。这是他的儿子！

赵嘉良的激动难以抑制，他怕被走廊的监控拍到，快步走进洗手间。而他刚拐进洗手间，中途出去接电话的陈文泽就跟林耀华从另一个包间走出来了——

答应了林耀东先帮他拖住赵嘉良、其他事情林耀东自己搞定的陈文泽把电话还给林耀华。林耀华一边接过来放在耳边，一边拉开门，往走廊里看了一眼，“哥，我看见林宗辉了，他现在也在潮尚，会不会是跟赵嘉良有关系？”

电话里，林耀东波澜不惊地吩咐，“把他找到。”

林宗辉也没用他找。李飞刚谨慎地从后门溜出去，林宗辉就大摇大摆地从餐厅正门出去了。

酒店之外，眼尖的林小力马上打电话告诉了林耀华。林耀华狐疑地琢磨了一下，这时候假作若无其事的样子从赵嘉良隔壁包间出来的林兰看见他，愣了一下，“华叔，你什么时候来的？我怎么没看见？”

“我倒是看到了你爸。”林耀华笑了，“他人呢？”

“哦，他走了。”林兰微微蹙眉，有点担心的样子，“我托人从香港给我妈买了点治疗心脏病的药，今天刚寄过来。本来说下班后我送过去的，可我爸说我妈老毛病犯了正难受，等不及，自己跑过来拿了。”

林耀华不动声色地审视着林兰的反应，“我说呢。你妈现在状况怎么样？严重还是要去医院。”

“老毛病了，我爸说吃了药再看看，他脾气犟你又不是不知道。”林兰无奈地叹了口气，强打起精神，“华叔，你在哪个包间？我让服务员给你送瓶好酒过去。”

林耀华摆摆手，“不用，我的事办完了，走了。”

林兰看着林耀华离开的背影，紧绷着的肩膀塌下去，无声地长长出了一口气。

林宗辉的车在道路上狂奔疾驰，他看着仪表盘上不断上升的数字，手越来越紧地握住方向盘。李飞的话一再闪过脑海，林三宝是被人害死、被人害死、被人害死的！当初的记忆又染着浓重的血色蒙上眼前。

三宝的死他不是没怀疑过，但所有的事情看起来都合情合理，肇事司机刘志后来也死了，最终也只能不了了之。可今天李飞的出现，几乎是把人证拉到了他面前——刘志的私生子刘子豪！

他死死攥着方向盘，老泪纵横，指甲几乎在方向盘上抠断了。转弯拐上回塔寨的公路时，林宗辉已然拿定了主意。如果只是利益，他能让，林耀东兄弟打压他三房，他也能忍，但是他儿子到底是怎么死的，他必须查清楚，他不能让儿子死不瞑目！

42. 摊　牌

马云波家里，话题太沉重，几乎拉出了师徒两人这些年来所有的隐痛，茶不知何时又换回了酒，话题也不知何时从马云波又转到了李飞身上。李维民手里拿着快空了的啤酒罐，好气又好笑地摇摇头，“李飞那个臭小子，我给他派了个特警保护他，其实也是想看着他，不想让他轻举妄动。没想到，倒让他给策反了……”

马云波笑了，“那特警我见过，是个姑娘吧？”正说着，电话响了，他拿起来看了一眼，来电显示上只有一串号码，虽然没存是谁，但号码他记得住——是林耀东。

他不动声色地给摁掉了。

李维民脸上似有醉意，喝了口酒，随口问他：“谁的电话？你怎么不接？”

马云波知道回避不了，面不改色地编出一个理由，显出一点不胜其烦来，“电视台那个安红，老说要采访我，我哪有那个时间？”

李维民忽然凑近马云波，神色悠然地拉长了每一个字的音节，若有所思地说：“我看你……没说实话。”

马云波心里猛然一惊，那个瞬间，脸上的戒备差点就掩饰不住了。

李维民说完却又乐呵呵地把抻长的脖子缩了回去，老神在在地揶揄他，“安大记者可是东山有名的美女——你不是没时间，你是怕老婆吃醋。”

马云波听到这里才反应过来李维民是在逗他，是自己太紧张了……他松了口气，头疼地揉揉眉心，“您就别笑话我了。”

李维民看了看表，他喝掉了罐子里最后一口啤酒，站起来，“我得回去了。明天就要离开东山，晚上和督导组的同志还要碰一下。”

马云波也连忙站起身，“那我就不留你了。于慧！”

正切水果的于慧连忙从厨房出来，“还早着呢，再吃点水果。你们师徒俩好不容易能坐下来说说话，怎么这就走啊？”

马云波替李维民解释了一句，“师父还有一个会。”

李维民笑着看于慧，“谢谢你亲自下厨，辛苦了。”

于慧连连摇头，有些不好意思，“哪里，谢谢你给我这个机会——平时想招待还招待不成呢。我每个周末都要回广州照顾孩子，哪天过去看嫂子。”

李维民已经走到门口，闻言有点无奈地苦笑，“那我就只能在饭店请你们俩了。”

于慧在围裙上擦了擦手，显得有点跃跃欲试，“不用，我手把手教嫂子做。我可教会好几个了。”

“她？拉倒吧。”李维民对自己老婆的厨艺太有自知之明了，简直不愿多谈，出了门摆摆手，“我走了。”

马云波送他下楼，于慧微笑地望着李维民离去，轻轻关上门，半晌后，望着空荡荡的家里，终于松了一口气，一屁股瘫坐在椅子上，只觉得整个人都有点虚脱了似的再提不起力气。

半晌后，她深吸口气，撑着桌子站起来，去了卫生间……

马云波一路送李维民从楼上下来，“师父，回广州替我向师母问好。”

李维民点了点头，“争取早日把5·13一案结了。”

马云波正色点头，“放心吧师父，我会尽全力的。”他一边说一边陪着李维民往小区外面走，顿了顿，似乎有点犹豫，但还是把想说的说了出来，“问句不该问的……部里和厅里为什么要在这个时候把你们撤走？”

李维民犹豫了一下，叹了口气，“同样的问题我也问过王厅长。王厅长似乎有口难言。看得出他的压力很大，也不知道他的压力到底来自哪里。他只说是部里和省厅做出的决定，让我执行就是。”探出手，拍拍马云波的肩膀，“所以，林耀东和塔寨村到底有没有问题——这个答案恐怕只能交给你来回答了。”

到底为什么把督导组撤走，原因马云波心知肚明，他没看李维民，垂着眼看着路灯下长长的影子，一时没吱声。手机铃声再次响起，马云波看了看，还是林耀东。

他还想挂，李维民见他不接，却又促狭地逗了他一句，“这个安记者可真是不达目的誓不罢休啊，还是不接吗？”

师父都说话了，再不接就该有怀疑了。马云波无奈地笑笑，只能接听了电话，手机里林耀东的声音传来，“说话方便吗？”

马云波把听筒紧紧摁在耳朵上，生怕林耀东的声音漏出去给李维民听到，“安记者，我是真没时间接受采访。”

林耀东瞬间明白了马云波的意思，“那我十分钟后再打。”

马云波没管他，拿着手机自说自话，“宣传当然重要。上次的‘暴风’扫毒行动有很多资料，要不这样，你跟我助理龙伟华约吧。就这样。”

说着就挂了电话，再三问李维民，“真不用我送您？”

李维民摆手，“不用。赶紧回去帮于慧拾掇吧，我这一来给她累坏了。”

眼看着要分道扬镳，李维民看着马云波又有点欲言又止。

马云波见状询问地看着他，“师父，您还有什么要交代的？”

李维民斟酌了半天，还是开口，“云波，有件事我想问你。三年前，我老婆有没有因为她弟弟张自强的事找过你？”

“张自强？”马云波莫名其妙，拧着眉毛摇摇头，显得十分疑惑不解，“什么事？”迎着李维民似有难言之隐的目光，马云波关切地问他，“怎么了？三年前有什么事？”

李维民抑郁难消地黯然叹了口气，“也没什么，一点家务事。那先这样，我走了。”

“师父，你自己保重。”

李维民点点头，向马云波挥了挥手，朝着远处走去。

马云波站在那里看着李维民走远，手机第三次响起，他不胜其烦地接了起来。

林耀东站在家里的天台上，俯瞰着自己脚下这片固若金汤的王国，“现在方便了吗？”

马云波一边往家走一边说："李维民刚从我家走。"

"李维民？他到你家去了？"

马云波的声音继续传来，"两个信息，第一，明天联合督导组将撤出东山，这是公安部和广东省厅做的决定。第二，李维民妻弟张自强的事情已经开始发酵了。看得出李维民的状态有些消沉，我仔细观察了，他的情绪不像是装出来的。"

李维民要走，这对林耀东来说当然是个好消息，"我忘了告诉你了，我们已经把张自强的情人搞定了，是她给公安部纪检委和广东省纪检委写的举报信。再加上老爷子的关系，恐怕这剂方子有了疗效。王志雄毕竟刚来广东，他也有忌惮。"

那位让林耀东都讳莫如深的"老爷子"有多大能量，马云波太知道了，"你们把我摘出去了吗？"

林耀东气定神闲地笑了一声，"我办事你难道还不放心吗？"他说着，话锋一转，"你别管李维民了，赵嘉良来东山了。"

压了大半天的乌云终于聚起雨来，细雨飘落，打在脸上被风一吹有点冷，马云波闻言颇感意外，"赵嘉良？他又来了？"

电话那边，林耀东点头，"你再查一查赵嘉良的底细。"

马云波根本不想给他干这些马仔干的活儿，厌烦地拧着眉毛，"怎么查？我不可能去香港查吧？"

林耀东更正他，"不是他在香港的历史，而是他在内地的历史。上次南井村做局的时候，我在香港的弟兄查过他的底细：他是汕头龙湖区人，原名叫钟良，1988年因故意伤害罪逃港。"

马云波拧着眉毛，"有什么问题吗？"

"我能肯定以前在什么地方见过他，但想不起来是在哪儿。你想办法再仔细查一查。"

马云波敷衍，"我尽量。"

林耀东声音沉下来，"不是尽量，而是要尽全力，把你从警二十多年来积累下来的资源都用起来。"他说着，顿了顿，声音更冷，透着摆明了的威胁，“我告诉你马云波，这不是我林耀东一个人的事，你明白吧？”

“……好吧。”马云波深吸口气，跟汕头的钱支队打了个电话，只说是办案需要，把林耀东说的有关赵嘉良的基本信息都跟那边说了一遍，让帮忙尽快查完给个消息。挂了电话开门进屋，卫生间关着门亮着灯，他顿了顿，推开了门。

卫生间里，坐在地上的于慧慢慢地张开眼睛，脸上都是汗水，看着前方的眼睛空洞而绝望……

结束了跟陈文泽会面的赵嘉良神情淡定地自电梯里走出来，直接进了房间。

林耀华的人自以为把“眼睛”装得天衣无缝，实际上，他跟钟伟进来转了一圈就把这些偷鸡摸狗的东西都挑出来了。

赵嘉良脱掉外套，只当是浑然不知房间被人动过手脚似的，径直走进卫生间，打开水龙头洗脸，借着扑面的冷水，掩住了他在低头的一瞬间几乎就夺眶而出的眼泪……

他很多年没哭过了。

连他自己都没想到，不过就是跟李飞见了一面，说了最简单不过的两个字，他心里却始终平静不下来。

李维民一直以为是他把孩子送给了老太太，但事实不是这样的，他岳母执意要带走只有八个月大的李飞，而赵嘉良到现在都记得自己当时的绝望……

那人是他岳母，素娟尸骨未寒，她就要抱走他儿子，带走他仅剩的唯一念想，他打不得骂不得甚至拦不得，只能求。

他堵在门口，甚至跪在老太太面前苦苦哀求，可那精明强干了一辈子的老人家却打定了主意决不妥协，甚至举着孩子威胁他，再不让开，就摔死孩子，自己也从楼上跳下去。

他死死抓住李飞外婆裤脚的手最后还是一根根松开了，老太太越过他，头也不回地抱着啼哭不止的小婴儿走了，他泪流满面地木呆呆看着屋里素娟的遗像，走廊里孩子的哭声荡着回音，几乎把他的心都敲碎了。

不过话说回来，当年如果老太太没把李飞抱走，他也不会下定决心只身前往香港去查妻子死亡的真相。

老太太这么做，对他来说，其实也算是另一种成全……

只是，还是太痛彻心扉了。

“良叔？良叔？”

水夹着泪真真假假糊了满脸的赵嘉良抬起头，钟伟正站在他身后，递过来一块毛巾，赵嘉良将水龙头关上，用毛巾不断擦着脸，声音有些不易察觉的颤抖，“今晚收工了，没事了，你回房间吧。”

钟伟有些担忧地看他，“那您早点休息。”

李维民自马云波家里回到武警驻地的房间，他刚一进屋，李飞的电话就打了过来，“李局，我已经把信息透露给了林宗辉。”

李维民有些惊讶，这小子的速度竟然这么快，“他什么反应？”

李飞的声音愈发亢奋了，“我的判断没错！我和林宗辉刚谈完，林兰就来说林耀华也在潮尚餐厅，林宗辉让我马上离开，就冲这句话，我相信我的话他听进去了。”

李维民皱眉，“林耀华？他发现你没有？”

“没有，以防万一，我是从东山大酒店的后门离开的，他的手下也不可能看到我。你放心吧，接下去我会盯住刘子豪，一旦发现林宗辉的人在偷偷调查刘子豪，我就立即向您汇报，到时候我们再把证据亮给他。”他说着，顿了顿，语气微微沉下去，“另外，我在潮尚餐厅看到一个人，赵嘉良。”

李维民的大双眼皮跳了一下，“赵嘉良？！”

“对，就是那个和蔡启荣、蔡启超有过接触的赵嘉良。”李飞还怕他一时想不起来这人是谁，说了关键词提醒他，“你想想，哪有这么凑巧的事，他在潮尚，而林耀华也恰恰这个时候在潮尚。”

李维民只觉得一阵头疼，本来就害怕这父子俩碰面，没想到老子刚进东山的第一天就跟儿子对上了，“这能证明什么？”

“这说明我的猜测没有错！赵嘉良肯定和5·13一案脱不了干系！说不定

是赵嘉良和林耀东合谋起来搞掉蔡启荣和蔡启超的！”

“李飞，你听我说，赵嘉良的这条线你不要碰。”如赵嘉良所说，如果需要有个警察调查他才能使他更加容易地获得林耀东的信任，李维民希望那个警察不是李飞，毕竟，哪怕李飞是最顺理成章的人选，但被自己的儿子怀疑敌视，对赵嘉良的心理压力还是太大了，可能的话，他想尽力地避免这样的局面，“你现在主要负责林宗辉这条线，盯死刘子豪就可以。”

李飞沉默片刻，还是点了头，“那好吧。”

他没有再意气用事，李维民也长长松口气。而这边挂断电话的李飞仍然有一些不甘心，港商赵嘉良如果调查下去一定会有更多的线索，但民叔的意思，是要他到此为止。一边的马雯看他不甘心的样子，忍不住开口，“这个叫赵嘉良的港商有什么问题吗？为什么你花了这么大功夫调查他？”

李飞看着白板上有关赵嘉良的资料，“就在宋杨出事的时候，与南井村的蔡启荣、蔡启超兄弟交易的正是赵嘉良的人。但不知道为什么，抓捕行动的时候被他给逃脱了。现在他又大摇大摆地出现在东山，甚至和林耀华同时出现在潮尚……”李飞叹口气，“我总觉得民叔保护过度，什么都不让我插手。”

他这个样子很有画面感，马雯忍不住做了个联想，笑起来，“你这样说，好像他是《海底总动员》里面那个小丑鱼的父亲。”

李飞苦笑着坐下，看着白板，也是头疼，“有这样的父亲，寸步难行。”

同样寸步难行的还有林兰。不过她的寸步难行是字面意义上的……

拖着疲惫的脚步回家，林兰将包放到一旁坐在那儿发呆，蔡军看她的样子就知道是出了什么事儿，半转过身给她捏了捏肩膀，“你怎么了？”

林兰木然地看着前方，心事重重，“今天李飞到潮尚来找我了。”

蔡军捏肩膀的手一顿，猛地紧张起来，将林兰转过来面对自己，“他去找你干什么？我不是说过让你离他远点吗？”

林兰咬唇，“蔡军，李飞说……我弟弟三宝是被人害死的。”

“你不要听他的！”蔡军声调拔高，站了起来，“三宝的案子非常清楚，肇事司机都认罪了。”

林兰猛地抬头，“耳朵堵住就听不见了吗？眼睛蒙上就看不见了吗？陈光荣都死了，下场有多惨你也看见了。你真的相信他是因公殉职吗？！”

说到这里，蔡军才意识到自己有些过于激动，他走到林兰身边，蹲下来看着她的眼睛，“所以才更不能强出头。”

“那我弟弟……”林兰的眼中含着泪水，那是她亲弟弟，一母同胞、一起长大的亲人！

蔡军握住了她的臂膀，“阿兰，为了家人平安只能明哲保身。”

林兰惶然地看着他，“难道一直当鸵鸟吗？”

蔡军的嘴唇动了动，将她的臂膀握得更紧，“你会知道我是对的。”

正在自己办公室的谭思和翻看着桌子上关于浩宇集团的材料，除刘浩宇、黄达成、何瑞龙等人的照片，一张林耀东的照片摆在他们那一系的上面。

敲门声传来，谭思和将文件夹收起来，一个女警推门进来，有点兴奋地跟他汇报说，找到了刘浩宇和林耀东的关系。

能证明他们之前确实关系匪浅的，是她带过来的一份2001年4月21日的《星岛日报》。那上面有一篇人物专访——《浩宇集团的大人物刘浩宇》，里面配有几张图片，其中一张是浩宇集团成立时的照片，照片中一身盛装的刘浩宇正对着镜头微笑，背后是晚宴现场。谭思和看了半天也没发现林耀东在哪儿，女警将经过技术处理后的照片递过来，虽然有些模糊，但在这张放大的照片里，距离刘浩宇不远处，拿着酒杯的人的确是林耀东。

武警驻地李维民的房间内，马上要离开东山的李局已经收拾好了行李，正准备拉着行李出去，崔振江的电话打了进来，“香港方面找到林耀东和刘浩宇有关联的证据了。虽然证据不是很直接，但能证明你的判断是正确的——林耀东在香港的时候的确和刘浩宇有交集。我马上把有关的材料和照片发给你。香港方面对照片上的那个人进行过人脸识别，确证就是林耀东本人。”

李维民精神一振，“好，你马上发过来。”

赵嘉良坐在房间沙发内，看了一阵手机上李维民转发过来的信息和照片，然后打开电视，有些无聊地频频换台，最后停留在赛马频道，现场嘈杂的助威嘶喊中夹杂着解说员的亢奋解说，他看了一会儿，百无聊赖地趿拉着拖鞋站起身，去了卫生间。

赵嘉良将热水龙头开到最大，很快水蒸气渐渐地蒙上客厅和卫生间相隔的玻璃。

伴随着哗哗的水声和外面电视机发出的声音，赵嘉良拨通了李维民的电话，压低声音开口，“你能确认那就是林耀东？”

听着对面哗啦啦的水声，李维民也压低了声音，“你那边不方便？”

赵嘉良看了一眼被雾气模糊的玻璃，对他们低劣的伎俩不屑地哼笑一声，气定神闲地跟李维民说：“搞定了，你说吧。”

“香港方面用人脸识别技术鉴定过。另外，李飞昨晚给我打电话，说在潮尚餐厅碰到你了，同时林耀华也在。林耀东对你有怀疑，可能已经盯上你。”

赵嘉良点头，“我知道，放心吧，我会处理好的。”

“注意安全，有什么问题及时告诉我。”

赵嘉良看着客厅，低声开口，“那就这样，挂了。”

香港浩宇集团，刘浩宇正坐在办公桌前签署文件，手机响了起来，刘浩宇将文件递给一边的秘书，秘书匆匆离开将门关上，黄达成的声音焦急不已，“大哥，宋倩和她儿子都没有下落，仿佛人间蒸发了一样！她的家里没有被打劫的痕迹，但有一辆车不见了。”

宋倩联系不上，刘浩宇立刻就做了反应，但他没想到，找了这么久竟然还是活不见人死不见尸，连点蛛丝马迹都没有。他眯着眼睛琢磨着这件事，半天没有说话，黄达成等了等，按捺不住地催他：“怎么办大哥？会不会出事了？”

刘浩宇站起身，“法国警方有什么行动没有？”

“没有，宋倩消失得毫无征兆，白天还在艺术品拍卖会上，晚上就不见了。我们……要不要报警？”

“报警？！你脑子里装的是糨糊吗！”刘浩宇差点没让他一句报警给噎死，顿时有些气急败坏，“她宋倩是守法良民？还报警——再他妈去找！”

刘浩宇一脸恼火地挂断电话，口袋里的另一部手机响起，他看了看这个陌生号码，犹豫地接起来，赵嘉良的声音温吞平淡地传来，带着几分笑意，“刘浩宇吗？我是赵嘉良。”

刘浩宇眸光一闪，嘴里却装着傻，“赵嘉良？是谁？”

赵嘉良哈哈大笑，“刘董事长，这么说话就没有诚意了吧，我是谁你能不知道？”

刘浩宇皱眉，脸色沉下来，“我不明白你在说什么。”

赵嘉良的声音运筹帷幄，不打算和他绕弯子，“直说了吧，宋倩在我的人手里，她已经把你的一切老底都端给我了。怎么，你还记不起来我赵嘉良是谁？”

刘浩宇脸色骤变，赵嘉良带笑的声音继续传来，悠悠然然不紧不慢，“我现在正在东山大酒店，下一步我马上要去见林耀东，这下你总该记起来我是谁了吧？”

装傻装不下去了，刘浩宇沉下声音，“你想干什么？”

赵嘉良坐在房间里，听着电话那边刘浩宇无法掩饰的紧张声音，勾起唇角，“用不着这么担心，咱们的通话没有被监听，我也不是条子。何瑞龙死了，我找到他老婆宋倩，翻出了你和林耀东的交情。然后我就直接来了东山。你放心，我不是想要什么正义，我要的只是咱们一起合作做生意，还有给我那么一点尊重。”

“我不认识什么林耀东，也根本没去过什么东山！”

“刘董事长，过去的事情我们就不谈了。大家都是为了生意嘛。蛋糕就这么大，我分一块你们就少一块，我都能理解。我承认过去我占下风，可风水轮流转，这次我占了上风。我现在手里握的筹码不小哦。”

刘浩宇那边没了声音，赵嘉良嘴角笑意更深，“我的要求很简单，从现在起，我就是你和林耀东的合伙人，所有生意，我得占51%的份额。”

“这不是我一个人说了算的！”

“那就跟你的另一半商量一下，有结果再给我答复，从现在开始，给你们三个小时，够了吧。”

刘浩宇那边半晌没回复，赵嘉良还是气定神闲的样子，说的话却狠了起来，“刘董事长，你应该见证了我的能力，所以……最好别惹我不开心，不然，如果我下次再跟你提条件，那可就不是51%了，你可想清楚。”说完，赵嘉良挂掉了手机，留给刘浩宇的只剩下一串忙音。

刘浩宇脸阴得吓人，电话刚挂断，立即就有信息进来，是张照片，照片里宋倩被反绑着，嘴巴上贴着胶条，正一脸泪水，惊恐地望着镜头的方向。

刘浩宇看着照片，好一会儿才拨通黄达成的电话，沉声道：“宋倩在赵嘉良的手里。”

黄达成一愣，“赵嘉良？他……他想干什么？”

“他说想跟我们合伙，他要51%的份额。”

黄达成将嘴里的烟狠狠掐掉，“疯了吧！他在哪儿，我去灭了他！”

“他在东山，他已经知道我们和林耀东的关系。”

得了，杀人灭口是干不成了……黄达成越发烦躁不安，“大哥，那怎么办？”

刘浩宇咬紧牙根，“你慌什么！就是现在条子来查，我们也没有证据可抓的！只要他赵嘉良不是条子就好。”

“你……上次不还怀疑他是条子的人吗？”

刘浩宇皱眉，“目前还不知道情况，但看着又不像。你让人赶紧打听一下，看能不能查清到底是谁绑了宋倩。赶紧去办。”

刘浩宇挂断电话，沉思了一会儿，马上又拨通了另一个电话。正在澳门赌场监控室内看监控的方天逸接起电话。电话一通，刘浩宇半句废话都没有，“出了点意外，你赶紧出去避一下！”

性命攸关的事儿，方天逸连一秒都没耽搁地站起来，“好，还有什么需要我知道的吗？”

“你到目的地之后再和我联系，就这样。”

挂断电话，方天逸急忙离开监控室，进了自己的办公室打开保险柜，从里面取出一沓美金，拿出几个护照，锁上保险柜后匆匆离去，却不知道，他后面，还坠着杨丰这条尾巴……

43. 追　查

“督导组对东山市‘风暴’扫毒行动所取得的成绩给予充分的肯定，希望东山市公安局能吸取5·13案件的教训，改进下一步工作意见和措施。务必做到“四个加强”，一是加强对涉毒违法犯罪行为的打击力度；二是加强对涉毒娱乐场所的查处力度；三是加强对吸毒人员的管控力度；四是加强对禁毒工作的宣传力度……”

这算是联合督导组在东山开的最后一个会了，这个所谓的“会”，除去官话套话和相互吹捧，主要的目的只剩下工作交接了。

听完李维民的汇报，做了不少记录的马云波放下笔，抬头的时候，脸上很不好看，“李维民副局长代表省公安厅督导组对我们东山的禁毒工作总体上做出了正面的肯定，我听了没有欣慰，而是感到脸红。为什么？”

李维民和左兰坐在下面默默听着，蔡永强在一边面无表情地做着笔记，“……前些天，禁毒大队接到群众举报，对我市‘甜蜜蜜’歌舞厅进行了突击检查。共抓获以林辉明为首的吸贩毒人员13名，缴获冰毒1034克，K粉231克，还有摇头丸213粒。我不知道大家对这次事件怎么看，反正我很震惊，震惊在‘风暴’扫毒行动还没完全结束就有人顶风作案！震惊吸贩毒人员的嚣张气焰！震惊我市的毒情形势比我们想象的还要严峻百倍！所以，我要求有关部门对这次‘甜蜜蜜’歌舞厅事件一定要严加惩处，决不姑息。”

左兰看着蔡永强，蔡永强还是那副石头表情，眼观鼻鼻观心的样子，从始至终没变过。

“下一步，我市将认真按照公安部、省公安厅、省禁毒局等有关禁毒工作部署要求，把禁毒工作置于更加突出的位置……”

正说着，门忽然被推开，马云波看着两名闯入者有些不悦。进门的两个人径直走到李维民跟前，“我们是广东省纪委的。”

会议室里的所有人都惊诧地望着这边，纪委同志冷冷开口，“对不起，李维民同志，请你跟我们走。”

李维民面沉如水地站起来，“有什么问题吗？”

对方并不说明，公事公办，强硬冷漠得很，“你跟我们走就知道了。”

李维民脸上有些挂不住却强撑着面色，默然地看了看在场的众人，迎着包括陈文泽、左兰在内所有人的震惊目光。片刻后，他一语不发地收拾了桌上开会用的东西，跟着纪委同志出了东山市局的办公楼……

小会议室里一片寂静。蔡永强愣在那里，他下意识地朝着左兰望去，左兰原本也只是接到通知要求督导组撤出东山，而对李维民有违纪问题的风声，半点都没听到过，这会儿的震惊无措不比场内的任何一个人少。

一时之间，好好的会，开了个人心惶惶，这会儿是没办法再进行下去了……

会议室里一片寂静，马云波和陈文泽对视一眼，陈文泽清了清嗓子，“左处长，今天的会……”

左兰收拾了一下东西，脸色铁青，却又因为他们的组长被纪委带走而显得局促尴尬。她站起身，把李维民留下的笔记本跟自己的东西收到一起，“到此结束吧，陈市长、马局长，我们督导组一会儿就回广州，有什么事……再联系。”

左兰和陈文泽、马云波等人一一握手。蔡永强僵着脸，试图在左兰的眼神里读出点什么，可是直到左兰跟苏康他们一起离开，他也没在几个人脸上看见任何哪怕一点轻松的意思。

每个人都很沉重，每个人的震惊都不是假的……蔡永强面无表情地看着他们离开，有些僵硬地坐了下来。

会议室另一侧一下子全空了，马云波声音发涩地看着会议室内的众人，“陈市长，你看还有什么要说的？”

陈文泽摆摆手，收拾了东西站起身，“都散了吧。”

会散了，陈文泽拿出手机打给了林耀东。此时林耀东正坐在养老院里看老人们排练英歌舞。

“陈市长。”

“李维民刚刚被省纪委的人带走了。”

“确认？”

“纪委的人就在我面前将他带走的。”

陈文泽的话让阴沉了几天的林耀东总算现出点笑意，看来投下的努力没有白费，这尊佛总算是送走了。他松了口气，电话里一时沉默下来，这边周围排练的声音就传了出去，那边的陈文泽莫名其妙，“你在哪儿？怎么这么吵？”

“正在养老院看老人排练英歌舞呢。”

陈文泽挖苦他，“你真有闲。”

“形象得靠一点一滴来维护。”林耀东叹了口气，“你以为我愿意来？还有别的事吗？”

“挂了。”陈文泽挂断了电话，林耀东神清气爽地做了一个深呼吸，然后走进跳英歌舞的队伍里，随着音乐也跳了起来。

平时高高在上的林书记，跳起这个来还真有那么点意思，老人们都纷纷鼓掌，一旁的林耀华心情也好得很，甚至拿过手机，给跳得正开怀的林耀东拍了几张照片……

跟林耀东打完电话，陈文泽仿佛吃了颗定心丸，明显松了口气。

李维民的存在对于他来说便是大山一座，现在一走，他就能好好喘几口气了。看着马云波有些阴沉的样子，陈文泽给自己倒了一杯水，“李维民走了该高兴才是嘛。哦对了，老爷子前两天跟我说了，龙坪市公安局局长孟岩松再有两个月就退了。老爷子已经做完工作，等你把5·13一案的尾巴擦干净，就直接去龙坪接孟岩松的位置。先在正处的位置上过渡两年，然后直接升副厅。”

马云波抬头，“那你呢？老爷子是怎么安排的？”

陈文泽喝了一口水，“我也去龙坪，市委副书记。暂时没有更好的位置。好在咱们俩还是搭档。”

马云波微微皱眉，“如果我要求调离东山和龙坪呢？”

陈文泽有些惊讶，“龙坪和东山是老爷子的地盘，经营了这么多年不容易，他不会放你走的。你不会是真想走吧？你以为离开东山就万事大吉了？林耀东本质上是个商人，他在你身上投了资，不收回本，是不会放你走的。”

马云波冷笑，“林耀东是一颗定时炸弹。咱们这次是侥幸躲过了，可是好运气总有一天会用完的。”

陈文泽连忙看了看门那边，虽然已经反锁，但还是不得不防着，“这都是私底下聊天，上不得台面的话。你记着，可不能让林耀东听到。”

马云波似笑非笑地看着陈文泽，“怕他知道了，会让你和你弟弟一样，暴尸街头？”

陈文泽拿着热水的手一僵，将杯子放到桌上，“马云波，你不要乱讲。光荣是被刑满释放人员报复杀害的……”

马云波摇头叹息，靠在椅子靠背上，“人哪，只相信自己愿意相信的事情。”

陈文泽站在窗前不说话，他何其不明白马云波的意思，但他又能怎么办。马云波坐在那儿，微微眯着眼睛，声音很沉，“林耀东这条老海鱼可是腥得很，只要和他沾上边，你这身上的腥味就一辈子也洗不净。”

陈文泽笑了一声，端着水杯的手指了指他，“我知道你暗中调查过我，说说。”

马云波也不客气，这道门关起来，他们就不是市长跟公安局副局长的关系，而是两条同样被林耀东拖下水的鱼，“1984年省厅搞了一次打击走私汽车的专项行动，你从你父亲那儿提前知道了消息，给林耀东透了风，林耀东这才逃到了香港。2008年，林耀东通过你在深圳搞的东山商会认识了你，两年后林耀东回到了东山塔寨村搞房地产。就因为这个政绩，你终于去掉了副字，成了东山市的市长。但这是官方的版本。”

陈文泽看着马云波，眼神闪了闪，马云波轻笑，耸耸肩，“真实的版本是——林耀东主动找到你，要求回的东山。你没有答应，林耀东便搬出了老爷子。最后你不得不屈服于林耀东的势力和金钱，乖乖地把他请回到了东山。80年代中期林耀东逃港后，你以为你摆脱了他，可二十四年后，林耀东又缠上了你。因为林耀东看上了塔寨村这块风水宝地。是这样吗陈市长？”

陈文泽的脸色终于变了。他放下水杯，环抱着双臂倚着马云波的办公桌，审视着他，没有说话。

马云波坦荡地看着他，语带恳切，“陈市长，2008年你为什么拒绝让林耀东回东山？还不是怕他有一天会给你带来灾祸吗？所以，逃出东山和龙坪，是我们俩内心共同的愿望。陈市长，你也算是个人精了，你能不知道自己的座椅底下就放着一只火药桶？你能不知道中央对禁毒的力度有多大？你能不知道林耀东在东山做的事总有败露的一天？”

陈文泽面如土色，马云波却轻笑道：“陈市长，你不会真的认为林耀东在香港是靠股票和房产挣出上亿身家的吧？”

陈文泽的太阳穴跳了几下，马云波就算原本心里没底，看他的反应也已经有了清楚的答案，“我敢保证，林耀东的第一桶金就是靠毒品挣出来的。”

马云波说着耸耸肩，“我是缉毒警出身。我审过九个大毒枭。我从他们身上得出的结论是：人一旦挣过毒品的钱，就不可能罢手，这跟吸毒上瘾是一样的道理。因为这钱来得太容易了，太快了。”

马云波不动声色地看着陈文泽，慢慢地给自己的这番话加码，“林耀东是一条成精的老海鱼。几个老渔夫加起来都不是他的对手，他可不像一般的毒枭那样只看上眼前一单一单的利润。他的野心是想在东山打造一个制贩毒的王国。为了这个王国的安全，他需要为自己编织一顶金光闪闪的光环。”

“你……你是怎么知道的？”陈文泽的嘴唇翕动，马云波给人的感觉始终是很刚的那种，有什么事儿从来正面死磕，他没想到马云波肚子里也有这么多弯弯绕绕的肠子，会把一切捋得比他更透彻明白。

“陈市长，你也看扁我马云波了。”马云波嗤笑一声，抬起眼，他声音里有一点骄傲，却夹杂着更多的懊恼和痛恨，“我是广东资深的缉毒警。要不是我和我老婆被他拿住了把柄，我和他，是誓不两立的。”

他说着，在陈文泽的视线中站起身，“陈市长，像林耀东这种人，是谁都不会信任的，包括你。你弟弟就是你的前车之鉴，希望我的话你都听进去了。”

半晌后，陈文泽意味不明地勾了勾嘴角，“谢谢你的开诚布公，但也未免有点杞人忧天了。都说李维民厉害，但他还不是被弄走了吗？”

“你太不了解李维民了。”马云波十分笃定地摇头，脸上倏地多了些阴寒沉冷的意味，一字一句掷地有声地告诉陈文泽，“他只要有翻身的一天，就不会放过林耀东，因为他惦记上塔寨了。所以你跟林耀东说，弄进去了，就别让他直着腰出来。不然……”他走到窗边，看着窗外压城的乌云正在酝酿的一场暴雨，缓缓地回头看陈文泽，脸色如同这天色一样难看，“他会把东山搅得天翻地覆的。”

轰隆隆一道惊雷振聋发聩地响在耳边，激得陈文泽瞳孔猛缩了一下——“我得走了，”他心情复杂地看了眼表，“咱们聊得太长了。”

马云波走过去替他打开办公室的门，陈文泽匆匆走了出去。走廊里，陈文泽走得有些心不在焉——马云波说的跟实际情况相差无几，八年之前的深圳，他怎么也料想不到消失了二十四年的林耀东会再次出现在自己面前。

林耀东在香港风生水起，却突然要回塔寨做一个村支书，陈文泽不清楚他的真实目的，心中忐忑，却又无法拒绝。直到陈光荣提着那个装满现金的纸箱到自己家里，他才有些明白，自己已经被林耀东绑在一起了。

“六百万，有一半是你的。”陈光荣的话让陈文泽至今都忘不了。虽然没有人说明，但是他已经察觉到了林耀东干的勾当。

六百公斤毒品，换了六百万人民币。他没要那钱，可即便如此，他身上“林耀东”的标签，这辈子是撕不掉了……而当陈光荣亲自护送着这批货离开广东，他就算是陷入这泥潭中，再也拔不出来了。林耀东拉了他的弟弟下水，砍断了他所有的退路。

给方天逸通了信，刘浩宇直接开车出去了。他沿着盘山路一路上山，在山顶平台僻静处把车停下，用另一部卫星电话给林耀东打了过去。

林耀东的五部手机通常都是放在一块儿的，别的他会调振动，唯独这部卫星电话，一直是铃声。

铃声一响，正在书房里跟林耀华喝茶下棋的林耀东就站了起来，“是我。”

电话里，刘浩宇的声音很紧张，“我们的事被赵嘉良发现了。”

林耀东冷静地问他：“什么事？”

“所有的一切，包括你在香港时和我的关系以及现在我们的关系。”刘浩宇有点气急败坏，“还有，宋倩现在也在他的手里，他把照片都发给我了。”

虽然对赵嘉良一直有防备，但林耀东没想到他动作这么快，手段这么狠，登时也是一惊，“他是怎么发现的？”

“在电话里我没敢问他，也没有承认。怕有窃听。”

林耀东一说“发现”，林耀华就警惕地抬起头来，看着打电话的林耀东，脸上有一丝担忧。

林耀东脸上显出些真切的冷厉来，“赵嘉良昨天到的东山，晚上还请陈文泽吃饭，说要在东山投资房地产，点名要和我合作。”

刘浩宇一个头两个大，“他是有备而来，你要小心。”

“他给你打电话是什么目的？”

“他说他要参入我们的生意，还要占 51%的份额。让我们三个小时——”刘浩宇说着看了看手表，“不，还有两个小时零十分钟给他回话。如果真是这样我倒是不担心，我担心的是我们摸不清他的底细。”

“你的担心是对的，小心驶得万年船。法国警方收了我那么多货，我的资金链几乎断裂，经不起第二次的损失了。”

“如果他是条子的人，那后果就严重了。但看他的行事作风，又不太像。”

“香港和法国警方有什么行动吗？”

“没有。你那儿呢？”

“刚才李维民被省纪委的人带走了。”

刘浩宇一顿，“怎么回事？”

一丘之貉，林耀东对他没什么好隐瞒的，“是我设的局。”

电话里，刘浩宇长出口气，“哦，那就好。”

“你那边安排好退路了吗？”

“正在安排。我先离开香港避一下，你放心，目前还没有问题。”刘浩宇账目做得干净，一时半会儿的，他不怕这里出娄子，“关键是我们该拿赵嘉良怎么办？”

“……让我想想。”林耀东头疼地掐了掐眉心，片刻后，他睁开眼，看着窗外刺眼的阳光，“我去会会他。”

刘浩宇眉毛拧成了一团，“你打算跟他见面？你确定？”

“当然要见。我不像你，我现在这个身份可不是抬腿就能走的。好在李维民被弄走了，目前东山的局面我林耀东还可控。”手机里，林耀东的语速缓慢，波澜不惊中听不出喜怒，“一会儿你把他跟你联络的手机号告诉我。只有见了面，我才知道他赵嘉良到底是打的什么主意。先这样吧，我会见机行事的。”

林耀东挂了电话，沉思片刻，给马云波打了过去，开门见山问：“省纪委的人把李维民带到哪儿去了？”

马云波一愣，不快涌上心头，怎么，他林耀东真将自己当成他的马仔，他问一句，自己就必须说出答案？

“我不知道，”马云波阴郁的情绪似散不开一样浓重地压在眉宇间，“我总不能派人去跟踪他们的车吧？有事吗？”

“我要确认一下，省厅禁毒局有没有什么秘密的行动。东山有没有他们的人，或者别的市里的警察出现？”

“你什么意思？”

听出了马云波的不快，知道自己有些操之过急了的林耀东耐着性子缓了语气，“没有别的意思。突然来了个赵嘉良，谨慎一些对你我都好，你说呢？”

“好，我会帮你留意。还有别的事吗？”

“没有了，马局长。”

林耀东挂断了电话，马云波坐在办公室的椅子上，突然一掌拍在桌子上，发出很大的响声，一脸不快地站起身，打开门走了出去。

林宗辉去了趟林兰家里——他等的不是林兰，而是下班回来的蔡军。

蔡军开门看见岳父，颇感意外，“阿爹，你怎么来了？阿兰是晚班，要很晚才……”

林宗辉看着他，开口道，“我是来找你的。”

蔡军瞬间明白了林宗辉的意思，疾步走了过去，“阿爹，你真的相信李飞说的话？”

林宗辉面无表情，“谁的话我都不相信，所以才要你帮我调查。”

蔡军皱眉劝他，“就算查出个子丑寅卯你又打算怎么样呢？”

林宗辉坐在那儿，半晌没有说话，他的嘴唇微微颤抖，狠狠叹气道：“至少……至少要给三宝一个交代。”

蔡军看着林宗辉苍老的脸，片刻后，他无奈地重重叹了口气，妥协道：“好吧，这都是为了三宝，下不为例。”

蔡军不明白李飞为什么非要把林三宝的事翻出来，他想着林兰和林宗辉对这件事的态度，直感觉头疼。他找到李飞，不满几乎立刻就爆发了，“李飞，你这不是在帮我们，是在害我们！”

李飞看着蔡军，也是直截了当就往他死穴上戳，“蔡军，别说陈光荣的死对你没有触动。”

蔡军愣住，片刻神情又恢复了正常，“陈大队那是点儿背——他以前抓的一个犯人刑满释放，找他报复。”

“这你也信？那他手上的枪伤是怎么回事？”

蔡军的喉结微微滚动，烦躁不安几乎写在了脸上，“李飞，不管三宝是怎么死的，人已经死了。我们不想追究了，可以吗？我们认了，不行吗？东山这个形势有多可怕，你难道感觉不到吗？连李局都被双规了！”

“你说什么？！”李飞声音都变调了，盯着蔡军，“这不可能！你胡说八道！”

蔡军没想到这么大的事情，他竟然还不知道，当即嘲讽地笑了一声，“你回局里打听打听啊——李局是在市局会议室被省纪委的人带走的，整个市局大队长以上级别的人都在。我胡说八道？现在整个市局，不，整个省厅估计都炸了锅了。这么重大的事件都没人通知你？也是，你现在有什么人缘？也就是我，看在老同学的情面上跟你说说。”

李飞彻底愣住了，他也顾不上蔡军的冷嘲热讽了，连忙给李维民打电话，却只听见了关机的提示，李飞揪紧的心几乎瞬间就凉了。

李维民手机二十四小时开机，别说是上班时间，就算是回家了，他家里出了多大的事儿，工作的手机都从来开着。如果不是被人控制了，他不可能关机。

听着那边不断重复的机械声音，李飞头皮发麻，他死死咬紧牙关，给马云波打去了电话，“马局长，关于李局长的事都是真的吗？”

电话那边，马云波叹口气，“是真的。李局就是在我们的会上被带走的。”

“为什么！怎么可能呢！——他会有违纪？这你信吗？！”

马云波是故意把他往5·13案他被无罪释放的事情上引，“李飞，你先不要紧张，你被释放是经过调查组和我们专案组集体商议决定的……”

李飞打断了马云波的话，他脑子乱成一团，根本没想到马云波所指的那层关系，一时间竟然错以为马云波说这个是在安抚他不会因此而受到波及——可现在谁会在乎这个？！

“马局，我打电话来不是为我自己，是为了李局。李局是什么人你最了解，他不可能有什么问题！”

马云波那边沉默了好一会儿，“对不起李飞，李局有没有问题我马云波说了不算。咱们等着组织的调查结果吧。另外，这段时间你一定要安分守己，千万别惹出什么意外，免得给李局长的调查增加不必要的麻烦。就这样。”

李飞还想说什么，马云波已经挂断了电话，听着那边的忙音，李飞缓缓地放下手机呆坐在那里。蔡军还是第一次看见他一瞬间主心骨都没了的惶然样子，兴师问罪的话也说不出来了，有点怜悯地看着他。刚想说什么，李飞却一把抓起车钥匙，转身就走了，蔡军在身后叫他，他也全然没有听到一样。

林耀东卡在赵嘉良限定的三个小时之前，给赵嘉良打了个电话，约定时间请他到塔寨去看看，赵嘉良欣然应允。去看看这个塔寨，他求之不得。

跟赵嘉良他们前后脚进村的，还有下了班的陈珂。她骑着电动车从家里挑了箱水果去看蔡小玲，一直到了村口，才停下来给李飞打了个电话，“我到塔寨了，我想蔡小玲肯定知道林胜武的下落。”

电话那边李飞的声音急躁万分，“你去塔寨干什么！不要去！很危险！你别去……！”

陈珂按下了通话结束的按钮，随后将手机调成了静音——这决定她考虑很久了，所有人都在拼命，她不想这么坐以待毙，她也想做点什么，能帮到李飞，哪怕一点，心里也好受点。

李飞那会儿正在东山大酒店外面呢，他看着赵嘉良坐车离开，刚给酒店前台打完电话问了赵嘉良的房间号，正打算趁这时候摸进赵嘉良房间去看看，这机会少之又少，他一时间不想放弃，只好心急火燎地给马雯打电话，“马雯，陈珂进塔寨了！我在东山大酒店外，赵嘉良刚被林耀东的人接走，肯定是去塔寨了，我想趁他不在，进他房间看看有什么线索。”

“你别急，我这就去塔寨找陈珂！”

“拜托，”电话里，李飞声音恳切地嘱咐，“保护好陈珂！你也要小心！”

马雯应了一声，挂了电话。

这边陈珂已经到了林胜武家门口，她其实对塔寨里面到底是个什么状况并不是很清楚，在所有事情还没发生时，她偶尔也会进塔寨到蔡小玲家玩儿，这会儿她如常地停下车，却第一次注意到，身后竟然有人一路跟着她进了村。

陈珂抿紧嘴唇定了定神，从储物箱里取出一个医用包，从后座上取下水果，敲了敲大门。早就知道她肯定会来的蔡小玲挺着肚子来开门，陈珂提着水果走了进去，屋子里面冷冷清清，完全不像从前的样子。

“就你一个人在家？你妈呢？天天和妞妞呢？”

蔡小玲要接过水果放到一旁，陈珂不让她动，自己把水果放下了。蔡小玲看向陈珂的神色有些不自然，“天天和妞妞都去我妹妹家住了，那儿上学方便。我妈跟过去照顾。”

陈珂惊讶地看她，“那谁照顾你？”

蔡小玲笑笑，坐了下来，“我自己会照顾自己，有什么事村里人也都来帮忙的。”

“可你怎么瘦成这样啊……”才多久不见，印象中有些丰满的蔡小玲竟然生生瘦了两圈——她不知道，蔡小玲在林胜武离开没多久就吸上了冰毒，“你很久没去医院做检查了吧？”

蔡小玲忙说：“做的做的。医生说除了体重偏轻外，别的都还好。”

陈珂皱眉，“你家胜武呢？什么时候回来？”

“快了吧。”蔡小玲极为敷衍地回答。

陈珂坐在她身边，看着她一脸憔悴的样子，“这叫什么事？你一个孕妇，他不管不问的，也没个人照顾……”

蔡小玲拉着她的手，站起身，“咱上楼聊吧。”

陈珂下意识地想往外看看却忍住了，搀扶着蔡小玲朝着楼上走去，让蔡小玲躺在床上，给她做了个最基本的体征检查，“血压有点高啊——高压156，低压110。你必须得赶紧去医院做产检。”陈珂看着蔡小玲，话又绕到了林胜武身上，“胜武到底去哪儿了？你现在需要他在你身边！”

蔡小玲下意识地朝着屋子的一角望去，在房间的一角有一个非常隐秘的摄像头。她想岔开关于林胜武的话题，但是陈珂又说了回来，蔡小玲忍不住狠狠掐了一下陈珂，陈珂诧异地瞪大眼睛，惊疑不定地用眼神询问着她到底怎么回事，蔡小玲借着说话摇摇头，“给他打过电话了，很快就回来了。”她说着，看着眼前看上去依旧明艳的陈珂，怀念地叹了口气，“胜武啊性格就是太倔，不过就是喜欢他那个性格……珂珂你记得吗，咱们高中毕业，我没考上大学，正在家郁闷呢……那天，我记得特别清楚，我坐在家门口，林胜武骑了一辆新买的摩托过来，问我愿不愿意跟他去兜风……

“其实在那之前，我和他几乎没说过话。他家原来可穷啦，他读完初中就辍学了，后来就跟着他叔叔贩烟，挣钱供他弟弟胜文读书。虽然我们俩同村，可并没有接触。可自从坐上了他的摩托车，我抱着他的腰，就想，这个男人我跟定了……”

陈珂看着蔡小玲的神情，听着她讲述从前的回忆，不由得有些心酸地抱紧了她。

44. 会　面

车子穿过阡陌纵横的村路，在位于村子正中心的林耀东家院子里停了下来。林耀华带着两个人迎了上去，“你好赵总，我是林耀华，咱们上次在龙坪潮商商会上见过的。”

“见过见过，你好。”赵嘉良也伸过手，笑着打了招呼，说话间，他在屋里环视了一圈，最后目光在右手边厨房里定住了——那边林耀华的老婆带着两个妯娌姐妹正在厨房里忙着，手里两根铁棒在捶打着案板上的牛肉。

赵嘉良热络地笑了一声，全然不见手无寸铁进了虎穴狼窝的局促，反而一脸的轻松自在，“潮汕牛肉丸！我在香港天天想。”

林耀华笑了，“我哥吩咐了，晚上想请赵总吃个家宴，请赵总务必赏脸。”

“求之不得。”赵嘉良点头，客气了一句，“我有事求你大哥，还让你大哥如此盛情款待，实在惭愧。”

“赵总请。”林耀华说着笑笑，带着赵嘉良上楼去书房，林灿和另外两个马仔还有钟伟都留在了楼下。林耀东的书房外守着两个人，赵嘉良微微挑眉，林耀华笑着开口，“对不起赵总，例行公事。”

见没什么可疑的东西，两个马仔退到了一边，林耀华推开书房的门，示意赵嘉良请进，自己则在他身后把书房的门关上了。

书房里，西装革履的赵嘉良笑着上前和穿着改良对襟唐装的林耀东握手，“不知该如何尊称您，还是称您林先生吧。”

“哈哈，这样最好。虚名太多，有叫董事长的，有叫书记的，甚至有人叫总理的，都叫乱了。”林耀东哈哈一笑，抬手虚引，“请坐。”

两人寒暄了几句坐了下来，林耀东双手交握，那双细长温和的眸子看着赵嘉良，“赵先生，那咱们就不客套了，都打开天窗说亮话吧。浩宇跟我说了你开的条件，51%，这条件有点高。”

赵嘉良也不兜圈子，从容不迫地说道：“既然林先生这么爽快，那我也就直说了——这条件开得不高。本来嘛，我在东山另有生意，这你心里清楚。当然，南井村的事责任并不完全在林先生。毕竟那时候我不知道你林先生也在做这门生意，不知者不罪嘛。可你们把事搅了不说，还差点把我和我的人弄进局子里。以我的性格，应该有仇必报的，可我赵嘉良现在却坐在这里跟你林先生平心静气地谈合作，林先生，我这么做，应该算是仁义了吧？”

林耀东俨然一副商量的态度，“这样，你占四成，我和浩宇各占三成，这样成吗？”

赵嘉良沉吟不语，林耀东看着他，谈判道：“不打不相识，生意场上也是一样的。过去的都过去了，如果你诚心合作，那咱们总得往前看吧？”

毫无破绽地挂着假笑的面具，赵嘉良只说：“我考虑考虑。”

林耀东点点头，话锋一转，“但还有一个条款，恐怕得先谈好——绑宋倩的人是什么人？我们总得知道吧。”

赵嘉良抬眼，波澜不惊地笑了一下，温声反问他：“我要是不想告诉你呢？”

林耀东放松身子往后一靠，摊摊手，显得有点无奈，“那这生意恐怕是没法往下做的。把今天咱们俩的位置换一换，你设身处地为我想一想嘛。说句难听的，就算你不是内地和香港警方的卧底或线人，可你如果是法国警方的卧底和线人呢？我说得够坦诚吧？”

“那我还是坚持51%。”赵嘉良十足的商人谈判面孔，耸耸肩，“林先生要是答应，我就把法国方面的底牌亮给你们。但有一个条件——货到了法国，我们才会放了宋倩。本来嘛，她一个女人，也不适合干这个行当。”

林耀东沉吟片刻，站了起来，“那请赵先生移步，我得跟浩宇商议一下，毕竟我一个人做不了这个主。”

赵嘉良欣然点头，朝着书房门口走去，林耀东忽然开口叫住了他，“你是怎么知道我和刘浩宇有合作的呢？”

赵嘉良回身，眼睛透出一点老谋深算的笑意来，开诚布公道：“从台湾人刘华明，到澳门福鑫赌场的陆童，再到荣昌国际贸易公司的黄达成，就摸到了刘浩宇。再查他们往法国的货轮号和法国的海关提货单，就找到了法国的青龙物流，也就找到了宋倩。是宋倩说的——刘浩宇的货来自东山。不过找你林先生让我们费了点劲。好在我找到十多年前的一张《星岛日报》，里面一篇人物专访配了一张照片，上面有你林先生的魅影。我手机里还有……”他说着，煞有介事地顿了顿，故意夸张地惊叹一声，“哎呀我忘了！手机被你的手下收走了。”

林耀东盯着赵嘉良，笑得意味深长，“赵先生功课做得够足的。”

赵嘉良哈哈一笑，他不介意把所有底牌都亮给林耀东，“我做的功课不只这些——你继续往下听。2006年和2008年，刘浩宇从哥伦比亚运往内地的货两次被警方截获。这让他……不，让你们损失了好几个亿，资金链都快断了。再加上2008年全球金融危机爆发，唉，生意不好做啊。所以你就回到了东山。大概是从那时起，你们把生意转了型——把从境外往内地运货，改为从内地加工生产，然后运往境外的模式。说实话，我和蔡启荣、蔡启超谈过交易，但是跟您比，他们兄弟俩的格局太小儿科了。整个东山，除了你林先生，还有谁会有这么大的手笔、这么丰富的资源和这么广的人脉？我说得也够坦诚了吧？”

林耀东微笑地望着赵嘉良，不置可否也不动声色。赵嘉良把筹码都给他压下去，心里有底，也不在乎屋里的另一个老狐狸是何反应，只是饶有兴致地问他：“我能不能去看看厨房？牛肉丸该做好了吧？”

林耀东做了个请便的手势。赵嘉良一走，他就从抽屉里取出卫星电话，朝着书房外的大露台走去。

听了林耀东和赵嘉良见面的情况，刘浩宇沉吟片刻，“听起来没什么破绽。”

“但这么短的时间里就把咱们查了个底掉，你不觉得他的办事效率也太高了吗？”

“赵嘉良是跟着罗绍鸿起家的。如果赵嘉良动用罗绍鸿的资源，是可以办到的。”刘浩宇说着，话锋一转，“不过，你跟他这么坦白，不会有问题吗？”

林耀东摇头，“放心，他没带窃听器，我已经让人在他和助手的手机里植入了间谍软件。好了，就按我刚才说的行事，你不用担心。如果他真是警方的人，到时候自然会现出原形的。”

“你儿子在暗网上找的那个买家跟你们联系了吗？”

林耀东说还没有，关于这件事，他心里多少有些打嘀咕，什么都没有真刀真枪面对面来得真实，但是刘浩宇却并不这么认为，“暗网这个东西，倒是可以接触一下。我听说那个市场很大，什么军火、毒品、买凶杀人，应有尽有。最好的一点是盲婚盲嫁，互相不必知道身份，也就不会暴露身份。”

“那个买家出现之前只能算是个潜在客户。还是先把赵嘉良的底摸清楚要紧。就这样。”林耀东挂了卫星电话，又让人把赵嘉良请了上来，“我和浩宇商议过了，你51%我们还是觉得太高。”

赵嘉良看着林耀东那张斯文的脸，沉吟片刻，做出让步，“那好，我退一步，我四成五。宋倩的封口费我出。”

林耀东站起身，对赵嘉良伸出手，“好，赵先生痛快，这事儿我做主了。”

赵嘉良也笑着起身，“他叫朱鸿运，法国华人里最大的黑帮首领。宋倩现在就在他的手里。”他说着伸出手，和林耀东的手紧紧握在了一起。

“我要一吨的货。最快什么时候能交货？”

林耀东不急不缓地开口，“不，三百公斤，只能这么多。”

赵嘉良挑眉，“林先生，不要那么小气嘛。”

林耀东笑了，“第一，这是咱们第一次合作，先磨合一下。不是不信任你。第二，出一吨的货需要时间太长，而三百公斤我一个星期就能拿出来了。这样，你就可以亲自把这批货接走。”

赵嘉良沉思了一会儿，开口道，“好吧。你和刘浩宇的这个环节我没打算接手，你还是把货交给刘浩宇，让他把货发往法国，我的人再去提……”

“不行，这批货你要亲自接走。”

赵嘉良看着林耀东，“你还是不信任我？”

林耀东也看着他，“你完全信任我吗？”

赵嘉良哈哈一笑，“那也行，我再退一步——这批货我带走。走你以前的通道还是？”

“这次走水路。你派人派船来东山的海面接货，我的人和船会把货送到你的船上。”

赵嘉良盯着林耀东，“好。不过事成之后，我至少要一吨。”

林耀东微微挑眉，不动声色，“赵先生，你是个谈判高手。”

两人相视一笑，赵嘉良像是一只准备捕猎的猎豹，那双眼里透着对猎物十足的兴味，“哪里，是因为我手里握有的筹码够多。”

东山大酒店外，李飞耐着性子坐在车里等了半天，确定赵嘉良一行不会立刻回来，才一路走进大堂，上了五楼。

李飞拿着警官证谎称赵嘉良是他同事，忘了东西在房间，让保洁阿姨给他刷房卡开了门，忙而不乱地检查509房间内赵嘉良的东西。他翻得仔细，却因为仔细而越发心惊——赵嘉良的破绽没找到，他竟然在房间里发现了三个针孔、两个监听器！

与此同时，一个电话打给了林天昊，“509房间进去人了！”

林天昊愣了一下，“不可能啊，赵嘉良和他的人还在塔寨没回去呢。”

“有人让保洁员开了赵嘉良房间的门，那人好像在里面搜什么东西。但现在已经走了！”

林天昊心里一紧，“你赶紧把画面用手机拍下来发给我。”

看着发过来的照片，林天昊一眼就认出了李飞，“奶奶的，李飞这贱骨头又痒痒了，灿哥，李维民栽了，咱不如干脆……”他的手轻轻在脖子上比画了一下，林灿往地上吐了一下口水，“东叔让你别管，你想怎的？”

林天昊撇撇嘴，闷闷地道歉：“对不起，我只是一看到李飞就来气。”

林耀东和赵嘉良的谈话颇为愉快地结束，林耀东让林耀华带他先下去，自己返回书房，拿起了专门用来联络政府官员的那部手机。马云波的声音自那边传来，“我已经让汕头的同学查了，赵嘉良的情况属实。赵嘉良原名钟良，1988年因故意伤害罪被通缉。我同学还帮我找了两张他的家庭照片和之前的身份证留档资料，的确就是赵嘉良本人。”电话那边的马云波正看着电脑屏幕，两张照片，都是赵嘉良和一对老夫妇的合影。但是年代不同。还有一张当年办身份证时派出所的留档资料的复印件。

林耀东明显想要知道更多详细的信息，“汕头还有什么人能证明他的身份吗？”

“他的养父母分别在2005年、2007年离世，目前在汕头已没有亲人。钟良是在三岁时被这家人收养的。我要不要把这些照片拍下来发给你？”

“确定无误？”

“我老同学现在是汕头市局刑侦支队支队长，他不会敷衍我的。”

“好，你一会儿把照片发过来吧。还有，今晚十点，你在御龙花园等我，有事跟你商量。”

塔寨村外，借着黄昏的余光，一辆出租车停在离村口较远的地方，马雯在车上给陈珂打电话她一直不接，正打算冒险进入塔寨的时候，看见陈珂骑着电动车正准备出来，一直监视着陈珂的两个马仔拦了上去，似乎在说着什么。

马雯递给司机两百块钱，“师傅，我马上回来，麻烦你把车掉头，在这儿等我一下。”司机答应了一声，马雯打开车门走了出去。

陈珂被之前村口盯梢的两个马仔拦住，两个马仔不怀好意地靠了过去，嘴上说着村里总是丢东西，一个去抢陈珂的包，一个要拔她电动车的钥匙，陈珂没办法，只能下车将包打开，里面除了一些她的私人物品，什么都没有，两个马仔看了看电动车坐垫下面，同样什么都没有。

那两个人还是不肯放行，“你的手机给我们看看。”

陈珂恼了，刚才去蔡小玲家手机就被收了起来，现在竟然还想查她的手机！陈珂愤愤地要上车离开，两个马仔靠了过来，嘴上说着不干不净的话，动手要去抢手机，陈珂奋力阻拦，和马仔拉扯起来。但她一个弱女子，怎么会是马仔的对手？戴着棒球帽和墨镜的马雯突然出现，一击制敌，迅速将两个马仔都打晕，旁边屋里乘凉的两个马仔见状，抄着家伙就冲了出来。

陈珂见到马雯吃惊地张大嘴巴，马雯余光扫到冲出来的两人，迅速回身挡在陈珂面前，背后挨了一棍，陈珂惊呼，马雯顾不上疼痛，抬腿极其彪悍的一个后旋踢将那人踹倒，果断地拉着她跑向出租车，“上车！”

陈珂也顾不上她的电动车了，迅速坐上车，车门都忘记关上，马雯帮她关上车门，对着司机喊道，“师傅，开车！”

司机也搞不清楚发生了什么，下意识地一脚油门踩下去疾驰而去，马雯则迅速回身，扶起了陈珂的电动车，也快速地驶离了塔寨。

一直无法联系上陈珂的李飞，开车往塔寨飞奔而去。他到塔寨村的时候，刚才被马雯教训的那几个马仔正揉着脖子说话，余光一扫看到了李飞的车，“那……那是不是李飞？”

另一个马仔看过去，李飞的车不减速直冲过来，他连忙低声开口，“快给昊哥打电话！”

几个马仔立刻走到路中间挡住了李飞的去路，李飞的车在马仔的面前刹住，摇下车窗冷冷开口，“让开！”

马仔吊儿郎当地开口，“要是我不让呢？”

李飞冷冷看着马仔，也不说话，其他几个马仔迅速上前要围住他的车，见此，李飞一脚踏下油门，车子直接朝着马仔冲去，没有丝毫减速的意思，马仔们被吓得连忙跳开，只能看着李飞的车朝着村里冲了进去——

林耀东家的一楼，赵嘉良和林耀华已经坐在席上，林耀东接完电话走了下来，笑脸相迎，“不好意思赵先生，接了一个电话，讲一点公事。”

赵嘉良笑着站起来，两人目光交锋，离得很近。众人都坐了下来，林耀华给众人斟酒，林耀东打量着赵嘉良，状若无意地试探：“总觉得赵先生似曾相识。”

赵嘉良笑了，拿起酒杯和林耀东的轻轻碰在一起，饶有兴致地挑眉，“是吗？那叫一见如故。”

吃完饭，赵嘉良和钟伟向林耀东告辞，林耀东亲自送他出来，赵嘉良走到院外，客套地摆摆手，“请留步。”

林耀东从善如流地点点头，“那就恕不远送了。”

正说着话，伴随着一声刺耳的刹车声，李飞的车直接杀到了林耀东家门口。他后面跟了一堆人，骑着摩托追上来，已经急红了眼，对此毫无惧色的李飞打开车门，低头出来，没承想一抬头就看见了站在院门外的林耀东和赵嘉良。

林耀东在这儿呢，后面追来的马仔们也不由得站住，谁也没敢出声，塔寨的大族长皱眉看着闹哄哄的门口，只觉得让远道而来的客人看了笑话，“你们闹什么？”

一个马仔指着李飞，“东叔，我们不让他进村，他就硬闯进来。”

林耀东不动声色地看向李飞，温和有礼地笑了一下，“李警官，你这次来塔寨有事吗？”

旁边巷道一众马仔虎视眈眈，面前两个大毒枭不动声色，李飞环抱着手臂靠在车上，冷笑一声，毫无惧色地嘲讽，“我来看看你们生意谈得怎么样。”

林耀东挑眉，有点惊讶，“李警官对房地产生意也感兴趣？”

李飞也挑眉，他歪着脑袋，有点浑不吝的样子，“房地产我不懂，制贩毒生意我可是内行！”

如果不是身份限制，赵嘉良简直忍不住要给他儿子拍手叫好了。他怎么看怎么觉得这小子从性格到行事作风都跟自己是一个模子刻出来的，脸上虽不动声色，心里却愈发骄傲起来。

旁边，揣着明白装糊涂的林耀东扶了扶眼镜，微微沉下脸，不悦地提醒，“李警官是禁毒大队骨干，那肯定是内行。不过我不喜欢李警官跟我开这样的玩笑，跟塔寨开这样的玩笑。”

李飞转向赵嘉良，他心里明镜儿似的，今天在塔寨说不出个所以然，故意给林耀东使绊子恶心他，“房地产生意是吧？什么样的房地产生意需要在合作伙伴住的房间里面装监控？！”

没想到他竟然张嘴说出这样的话，林耀东脸上有点挂不住，赵嘉良却仿佛没听懂李飞的话，弯着眼睛，人畜无害地温声道：“看来这位警官是对我有什么误会，改天我们找个时间好好聊聊……”

这时李飞的电话响了起来，他一看是马雯，迅速接起得知陈珂和她在一起之后不禁松了口气，挂断电话，他那双迸着火花的眼盯着林耀东和赵嘉良，根本没把赵嘉良的话当回事儿，冷笑一声转身回了车上，“我会一直盯着你们的！”

赵嘉良默默地看着李飞离开，这才缓缓收回目光，林耀东在一旁若有所思地看他，“赵先生认识他？”

赵嘉良点点头，有点好笑，“认识，他是禁毒大队的李飞。上次蔡启荣、蔡启超兄弟俩带我去南井村考察时，他跟踪过我们。”

林耀东对这个答案还算满意，挥挥手让手下送他们出去。赵嘉良和钟伟在“护送”下朝着村口反向而去，林耀东望着赵嘉良的身影沉默不语，林耀华走上前，声音很不满，“哥，李飞今天太过分了，就这样看着他胡闹？”

林耀东转身，冷笑一声，“胡闹？他这哪是胡闹。他是太聪明了！把自己折腾成东山的焦点人物，现在谁动他谁就是主动暴露。折腾得越厉害他就越安全。对这种又聪明又疯狂的人，暂时还真是什么都做不了。”

45. 各怀鬼胎

李飞的车一路开到禁毒大队。夜已深，禁毒大队的大楼里还是灯火通明，李飞直奔蔡永强的办公室，刚一进门，直接开口，“林宗辉相信了。”

蔡永强抬头看他，“相信什么了？”

李飞来到桌前，眼里闪着点点光芒，“他相信林三宝的死另有隐情，他已经派他女婿蔡军去调查刘子豪了！蔡队，现在必须趁热打铁，一把拿下林宗辉！”

蔡永强面无表情，示意李飞坐下来。李飞拉过一把椅子，说得很急切，“把大虾和麻子的审讯记录交给林宗辉。看了之后，不需要我多废一句话，他自己会做出最后的判断。”

“你要怎么给他？”

“交给他女儿林兰。”

蔡永强听了沉默不语，李飞有些忍不住，“蔡队！拍这个板就这么难吗？”

“李局对东山的形势是有全盘考虑的，操之过急有可能导致满盘皆输！”

李飞急了，林宗辉那边有了动作，他们这边如果不跟上，这绝佳的机会岂不是会白白溜走？“犹豫不决也有可能错失良机！你应该知道这是咱们最好的、也许是最后的机会！”

蔡永强摇头，李飞为了说动他，简直就是苦口婆心了，“你是觉得这个口子也撕不开？那赵嘉良来东山了你总知道吧？就是那个准备在东山开罐头厂的港商，曾经和蔡启荣、蔡启超兄弟打过交道。就在两个小时前，林耀东把他接到了塔寨村。”

蔡永强盯着李飞，“你在暗示什么？”

“如果我的判断没错，他就是林耀东所谓国际生意的大买家！东山的冰毒就是通过他的手出去的！5·13案就是他和林耀东联手做了局，把蔡启荣、蔡启超、我和宋杨，统统装了进去！现在他来了，近在咫尺，你的手不痒吗？你的心不痛吗？现在咱们迫切需要争取到林宗辉，只要咱们在塔寨有了内应，就能把赵嘉良、林耀东连锅端掉！人赃俱获！”

蔡永强直接反驳了他，“可李维民出事了，你是知道的。李维民也跟你说过了东山市公安局的复杂情况……”

“你可是东山市公安局禁毒大队的大队长！”李飞打断他的话，死死盯着蔡永强那张没有表情的脸，蔡永强也看着李飞，一字一句地开口，“李维民说过——事关大局，一切都得听他安排。”

李飞真的很想敲开蔡永强的脑壳，看看他脑子里面装的是什么，李局现在是个什么情况谁都不知道，还等他安排，他怎么安排？！怎么这家伙会这么轴！“你就不能变通一下，向省厅禁毒局、向公安部的左兰处长汇报吗？”

啪的一声，蔡永强暴躁地猛拍了一下桌子，“李维民让我只跟他一个人汇报！”

李飞也急了，竟然也跟着用力拍桌子，“没有李维民，地球就不转了吗！没有李局，难道你就可以不作为了吗？”

蔡永强狠狠咬牙，“李飞，我不上报自有我的道理。你知道马云波曾经是省厅禁毒局侦查三科的科长。他在局里甚至厅里还有多少旧部，多少资源，都是我们摸不透的。”

李飞简直迷糊了，“你们为什么总是把目光聚焦在马云波身上？我了解他。他疾恶如仇，在缉毒战线上功勋卓著，鬼门关都走了四五回。以他的钢铁意志，最不可能被毒贩收买控制！说他是保护伞，我怎么都不能相信。”

“事关全局，这个赌注太大，我们输不起。何况现在李维民被调查的原因还不知道……”

李飞见蔡永强如此顽固，他是实在没办法了，哪怕他心里相信李维民，嘴上却不得不把他当借口，就把他民叔给卖了出去，“无风不起浪，如果有问题的恰恰就是他李维民呢？”

蔡永强都愣了，他的表情一瞬间变得非常纠结，看着李飞感到一阵不可思议，“……你说什么？”

李飞把心一横，一不做二不休，“我听说过一件事……佛山茶楼行动的时候，李局曾经亲自下过一个命令——放了赵嘉良。”

四目相对，半晌后，蔡永强低声开口，“你……确定吗？”

李飞肯定地点头，“整个行动的通信回路上，很多人听见了，他们都能证明。”

蔡永强不可置信地坐到椅子上，一脸的困惑。李飞见他如此，又加了一句猛料，“如果……我是说万一……万一李维民才是东山毒贩最大的保护伞呢？”

蔡永强沉默不语，不寒而栗。打死他也想不到这浑小子竟然拿李维民当诱饵拽他上钩，他一时之间只觉得如果真是那样……那这场仗，简直是在最开始他们就输了。

片刻后，蔡永强将U盘放进一只信封里，交给李飞，有了决定，“这里面是大虾和麻子的审讯视频。从现在起，你不要再回队里来，也不要打平常我用的手机。”

“那我怎么和你联系？”

蔡永强在一张纸上写下一个手机号交给李飞，“有重要的事你打这个手机号，外面有人盯着你，从后面水产公司那个门出去吧。”

李飞心中一喜，拿起东西迅速往外走，蔡永强开口叫住了他，“……注意安全。”

李飞扬了扬手中的东西，有点好笑地揶揄他，“你要一个东山的缉毒警注意安全，就像叫打鱼的人别弄湿了鞋一样好笑。”

蔡永强朝他瞪眼睛，“你懂我的意思！”

李飞大咧咧地打了个哈哈，“放心。”

李飞自后门出去，开车去了东山大酒店。他在停车场转着，然后来到一辆红色轿车边的空位上停了进去，他摇下车窗，边上那辆红色轿车也摇下了车窗，林兰坐在车里紧张地望着李飞。

“没有别人吧？”

林兰紧张地点点头，“没有，我刚才看了一遍。”

李飞从口袋里掏出一个信封扔到林兰的车窗里，“这是你弟弟死因真相的证据，你直接把它交给你爸。里面还有一张手机卡，让你爸用那手机卡给我打电话。听清楚了吗？”

林兰连连点头，李飞说了一句你先走，林兰忙把那信封放进包里，然后摇上车窗下了车，朝着酒店匆匆走去。看着林兰走进酒店，李飞这才开车往自己家走——马雯方才电话里说，带着陈珂在家和他会合。

看着陈珂安然无恙地坐在自己家里，李飞这才真正放松下来，随之而来的便是愤怒、后怕，“今天要不是马雯，你怎么出来？你告诉我你怎么出来？！我给你打电话，马雯给你打电话……你都不接……”

李飞又急又气，但陈珂经历过刚才的生死大逃亡，恐慌还没退去，被他这么一吼，几乎所有情绪都爆了出来，倏地抬头，“我不是不接！是接不了！！！接不了，懂吗？！”

李飞也没让着她，“所以啊！告诉过你别去，你没听见啊？！”

这炮仗脾气可怎么能追得上妹子……马雯绝望地摇头，站起来拉住李飞试图让他冷静一点，谁知道竟然被他一下甩开了。马雯没想到李飞用了那么大力气，一个踉跄直接撞到墙上，后背的伤让她疼得直咧嘴，所有情绪几乎都卡在陈珂身上的李飞根本不知道马雯有伤，看着陈珂，语气越来越重，“你还去找蔡小玲，你明知道她是林胜武的老婆好吗！有多少人盯着她呢！她的房间里肯定有摄像头，你知道会有多少人看着你们呢？！……如果不是他们怀疑到什么，你怎么会在出村的时候被马仔拦下，要搜你的身……今天拦住你的如果不是两个人，是一群呢？！那怎么办？！”

马雯捂了下肩膀，看他这个火药桶的混账样儿顿时也急了，“你有完没完？！说够了没有，这不是没出事儿吗？！”

“出事？！出事就晚了！”

陈珂被训成这个样子，心中满是委屈，她是想帮李飞的，不是想故意给他制造麻烦，也不是想让他担心，她明明是为了他才去做这件事，为什么要这么说她，将她的一切努力说得一无是处！

她站起来，针锋相对地看着李飞，原本煞白的脸色都气红了，“我没让你们来救我，出事儿也是我的事儿！”

马雯和李飞一下子愣了，陈珂抬起头，“蔡小玲是我同学，我担心她的身体，我去看她怎么了？不行吗？！这叫友情好吗？！”

李飞面对着陈珂如此明显强词夺理的狡辩，盯着她，“真的吗？你仅仅是关心她吗？！”

“我就是！怎么了！你不信吗？！”

李飞一时被她呛得哑了火，“不是我信不信，是塔寨的林耀东信不信！你是宋杨的……”说到这里，李飞意识到什么，倏地闭了嘴。顿时冷凝尴尬的气氛中，他们各自仓促地别过视线，李飞心里烧着的火仿佛被兜头一盆冰水浇灭了，没了脾气，却感受到彻骨的寒冷。

马雯实在是看不下去了，只好戳穿陈珂，“我都不信！陈珂，你去，其实是想帮李飞问到林胜武的下落，是不是？！”

陈珂咬了咬唇，脾气没了，她也没有反驳，“我没问到……”

李飞犹自觉得心惊，“你就不知道这会……”

“行了！没完了？！说过就得了，你是担心陈珂，她明白了！你能换个方式吗？！好心总得有种好的方式吧……”马雯烦躁地打断了李飞的话，李飞还想说什么，马雯一瞪眼，干脆把他心里那点小九九当着陈珂的面全抖落了出来，“闭嘴！口是心非差不多得了！演到哪天？！湘仔那次之后，你偷偷开着车送她上班怕她出事，有没有？你电脑里有她的照片，有时候会打开看，有没有？！”她说着，又怒气横生地指着陈珂，“你就是想帮他才去找蔡小玲这事儿不用再遮掩了。你们俩不觉得别扭吗？！”

三人谁都不说话，马雯挠了挠头发，深吸口气，“都冷静冷静吧。陈珂，你来这屋，”她指了指李飞，“你……待在这儿。”

说着把陈珂推进了卧室，“我去买点吃的，饿死了。”放陈珂一个人在卧室里，马雯走了出去。

陈珂走进房间的一刹那，愣住了。李飞之前把客厅的白板又弄进了卧室去，她刚一进去就看到白板正中宋杨的照片。陈珂走近，凝视着照片里的宋杨，还有那上面李飞写的密密麻麻的关系线和要点，陈珂的眼眶红了。李飞正在客厅发呆，突然听见陈珂在叫他，李飞来到卧室门口，他看见背对自己的陈珂双肩在颤抖，他犹豫了一下，走进去，站在了她的身后。陈珂轻轻地将宋杨的照片从白板上取下，回过身来，看着李飞，她流着泪，表情却很平静，“我想明白了，我要和你一起把所有的这些事完成，无论你同不同意，答不答应！……我要陪着你做到底。只是，不仅仅是为了他……”

她把手里宋杨的照片拿起来，眼泪越流越凶，她声音也从闷闷的鼻音变成哽咽，最后无可抑制地抽泣起来，“我们把这些事做完——等宋杨的仇报了，我们……我们就一起……放下吧！否则，我们永远都没办法再做回自己，是不是？”

某种意义上，陈珂比李飞想象中勇敢太多。

她话里没表达的意思李飞听出来了，可是他却还是下意识地选择了回避……他站在门口进退不得，局促得手都不知道该往哪里放，直到面前情绪已然崩溃的陈珂不管不顾地一把紧紧抱住他，泣不成声，“李飞，我答应你，以后你的电话我一定会接，你的劝告，我……我一定听！”

林耀东的别墅里，马云波和陈文泽都到了，林耀东却迟迟不见人影。陈文泽有些坐立不安，他搞不清楚林耀东在卖什么关子，“他今天叫咱们来干什么？”

马云波摇头，陈文泽小心翼翼地扫了一眼房间各处，压低声音，“你说这房间里会不会有窃听器？”

马云波看着他那一副胆小不安的样子，不动声色地反问：“你是希望有，还是希望没有？”

陈文泽的声音更低了，语气急切，“云波，你不明白吗？如果咱们的谈话被录了音，那就是咱俩参与林耀东制毒贩毒的铁证。”

马云波一脸轻松地坐在那里，倒是安之若素，“既来之，则安之。”

正说着，大门打开，林耀东走了进来，笑眯眯地看着两人，“说悄悄话呢，两位？我能听吗？”

陈文泽一脸不自在地坐了下来，马云波看着林耀东，“你来晚了。”

林耀东也坐了下来，松了松自己的领子口，“刚刚送赵嘉良离开塔寨。”

陈文泽长出口气，略带不满地看着他，“你这地方太远。我很忙，下次要见面，可以约在我办公室，或者云波办公室——白天。”

林耀东挑眉，带着讽刺看他，“陈市长，你不是最怕跟我扯不清楚了吗？不用避嫌吗？”

陈文泽静静地看着他，“李维民不都走了吗？林书记还有什么好怕的？”说完，他看向林耀东，犹疑地问他：“现在村里没有开工吧？”

林耀东颔首，“马上就会开。”

这句话让陈文泽的脸色瞬间大变，“林耀东，以前你做过什么我不知道，我也不想知道。但请你赚够了就收手吧。这是掉脑袋的生意，早点收手对大家都好。”

林耀东缓缓抬眼看他，“什么叫‘够’？对叫花子来说一顿饭就叫够，对马夫人来说一顿来几克海洛因就够，对你陈市长来说两三千万都不够。这个行业，是制造需求的行业，是让人觉得永远都‘不够’的行业。”

马云波沉默地听着他们两个有些激烈的交谈，半晌后眸光晦暗不清地开口，“据我所知，你在法国的分销商出了点问题。产量那么大，谁来给你消化？”

林耀东看着马云波笑了一下，眼里隐有欣赏，相较于陈文泽这样的软蛋，他倒是和马云波比较谈得来，“马局消息灵通啊。我已经在暗网上找到了买家。”

“暗网？”陈文泽皱眉。马云波看着这位对此不甚了解的市长，心里叹了口气，解释道："是个黑市交易网络平台，买家卖家都是匿名的，查不到真实地址和服务器。主要从事军火买卖、毒品交易、洗钱、买凶杀人。FBI每年花费多少人力物力都打不掉这暗网。"

陈文泽听到这里总算明白了什么，"那你不打算和赵嘉良做生意？还请他到村里干什么？"

林耀东看着陈文泽，眼神颇为锐利，"那是你陈市长交代的呀——我是为了东山的房地产事业才招待的他。不过，我倒是怀疑赵嘉良是你们公安的线人。"

马云波摇头，"如果赵嘉良是线人，我不可能一点都不知道。"

林耀东嗤笑一声，"那是李维民没拿你当自己人。"

马云波不置可否，"你准备拿他怎么办？"

林耀东笑看着马云波，"南井村北山的5·13案可以往他头上扣。"

马云波看着林耀东，"如果他不是李维民的线人呢？"

林耀东脸上的笑容渐渐扩大，眼神却越来越阴狠，"他的筷子都伸到我碗里来了。我也护食，怎么还能跟他一桌吃饭？云波，你可以把赵嘉良当作我送你的一份礼物——想不想成为打掉跨国贩毒团伙的英雄？"

马雯买了夜宵回来，陈珂的情绪已经完全冷静了下来，三个人边吃边聊。通过陈珂对蔡小玲的描述，李飞可以断定蔡小玲已经被人控制起来，但也可以确定，在找到林胜武之前，蔡小玲都不会有任何危险。

正说着，李飞的手机突然响起，林宗辉沉稳略带沙哑的声音传出，"林天昊为了什么原因要杀三宝？"

李飞松了口气，"因为蔡永强和三宝私底下接触过，想要让他成为警方的线人。林耀东害怕三宝把塔寨村的秘密告诉警方。"

电话那边，林宗辉手里拿着桌子上放着的全家福，他看着他们夫妻俩身后站着的三个儿子、一个女儿，眼泪慢慢蓄满了眼眶。

好好的一个家，林二宝被林灿一棍打断了腿，三宝干脆人都没了，他闭了闭眼睛，声音更沉，"大虾的审讯视频是蔡永强给你的？"

李飞对着电话里的林宗辉说道："这不重要。重要的是真相。"

林宗辉沉默了一会儿，"你们想让我做什么？"

李飞的声音带着些许急切，"向我提供林耀东、塔寨村制毒贩毒的证据。"

林宗辉笑了一声，"塔寨村是一个禁毒模范村，林耀东是龙坪和东山的两届人大代表。"

李飞不愿意跟他打哑谜，"塔寨有没有制毒贩毒，你心里最清楚。"

林宗辉拿着电话，疲惫地靠在床头，"三宝的真相我知道了，你的要求我也都听明白了。"

"宗叔，希望你能做出正确的选择。"

林宗辉小心地将那张全家福重新摆好，"没有别的事，我挂了。"

"等等——"李飞拦了他一声，"蔡军之前对三宝的事真不知道吗？"

"三宝的事在前，他成为我女婿的事在后。如果他知道这个秘密，以他那点胆子，不敢和我女儿结婚。"

李飞微微沉默了一会儿，低声道："那我认为你在适当的时机可以把这视频给他看。他是我同学，本来应该成为一个好警察，我也希望他能和你一样悬崖勒马，重新做人。"

林宗辉好笑地说："我听不懂你的话。"

电话另一头，李飞仍在争取，"为了三宝的仇，更为了你和家人的后路，你没有让林大宝、林二宝成为塔寨村制贩毒团伙的成员，就说明你在本质上和林耀东、林耀华不是一类人。"

电话那端又没了声音，李飞也知道这次谈话只能到此为止，他想了想，又问林宗辉："还有，蔡小玲是不是被林耀东的人监视起来了？"

"对不起，我不知道。"林宗辉终于开口。

电话里，李飞声音笃定，"你知道。你知道一切。希望你能认真考虑一下，只有跟警方合作，你的家人才会有未来。"

林宗辉失去了耐心，他心里乱得很，不胜其烦，"说完了吗？"

"还有最后一件事——蔡小玲大着肚子，你能不能把她弄出塔寨村，安排到人民医院来住院？”

林宗辉漠然地说：“我办不到。”

珠海的某个台球厅内，许多人围在一张台球桌前。一浪高过一浪的欢呼声中，阿荣看了林胜武一眼，再次退出了人群，一边拨打手机一边推门走了出去，“没错，就是他。”

电话那边，远在东山的林灿拿着手机起身出去，“阿荣，你在那里盯住他。我已经派刚子他们过去了，一会儿就到。”

台球厅内，林胜武正在瞄准着最后一颗目标球，然后送杆，目标球再次入袋。围观的人都沸腾了。那对手把近两千块钱扔到台球桌上，“下一盘我押五千。”周围的人都看着林胜武，林胜武笑了笑，他拿起台球桌上的那两千块钱，“好，我先去撒泡尿。”林胜武朝着卫生间方向走去……

暴雨倾盆而下，没有丝毫减弱的气势。浑身湿透的林胜武匆匆推门走进了自己的暂时住处，关上门，整个身体靠在门上，大口大口地喘息。虽然成功从台球厅脱身，但路上还是遇到了林灿的人围追堵截，他左手的手指关节和掌心被刀划开了深深的口子。

他疲惫地走进卫生间，打开水龙头，颤抖地慢慢展开双掌，用水冲着血手。他疼得冷汗混着雨水一起顺着下颌往下流，抬起头看着镜子里的自己，有那么一瞬间，他觉得自己是一头被逼到了绝路上的困兽。

同一个雨夜，李飞站在自家窗边，从口袋里拿出蔡永强留给他的纸条，拨通了上面的号码，“我已经和林宗辉联系上了。”

“他怎么说？”

“现在他是不会承认塔寨村制毒的，但大虾的证词对他触动不小。我问起林胜武是不是知道什么真相才逃离塔寨村，还问蔡小玲是不是被林耀东的人监视起来，他都没有否认。”外面在淅雨，李飞把纱窗打开，将窗户关上，“另外，我今晚进塔寨村的时候，正好碰到赵嘉良从林耀东的家里出来……”

“你去塔寨村了？”蔡永强愣了一下，紧接着语气倏地严厉起来，“你胡闹！”

李飞这边只是扯扯嘴角，忽然发现蔡永强有点像第二个民叔，“蔡队，你想不想听我说完？”

电话那边的蔡永强努力压制自己的情绪，“你说。”

“很明显，赵嘉良和林耀东一定是达成了什么协议。也许塔寨很快就要有大动作……”

“就算有大动作你也不能去！你已经把大虾的证词安全地交给林宗辉了，你的任务已经完成了。”

李飞挑眉，“完成？不，只有真正把林耀东他们抓住，把他们正法，我的任务才算告一段落。”

他现在要是在蔡永强跟前，蔡永强都能抽他两巴掌，“你不想活了？你忘了陈光荣是怎么死的了？要是在停尸房看到你的尸体，我是不会向你鞠躬的，我只会狠狠地骂你！因为你是个疯子！”

疯就疯吧。反正都疯了，您就别纠结我一个下级对上级领导的礼貌态度问题了。李飞是把事情认准了非干不可的，就不想再听蔡永强给他唱衰，他叹了口气，直接就把电话给摁断了——

电话那边狂吼一气的蔡永强听见忙音都愣了，半晌后才猛地把电话扔在桌上，掐着腰在办公桌前来回踱了两圈，“李飞！你个浑小子，敢挂我电话……”

这时传来敲门声，看着一身雨水的陈自立，蔡永强闭着眼睛做了两次深呼吸，才生生把被李飞气到快要顶脑门的火气压了下去，问了句“怎么样”。

陈自立坐下来，有些为难地开口，“左处长人还在广州。据她说，李局的妻弟涉及贪污，李维民很有可能是因为这件事被省纪委调查的。”

“李维民被带到哪里去了？”

陈自立摇头，将满是雨水的外套脱了下来，“我去了一趟禁毒局，禁毒局的人也都不相信这是真的。气氛的确很紧张，演是演不出来的。看来这次省纪委调查李维民是真的，不像是你说的只是他的一个计谋。要真是李维民的计谋，不可能连左兰都不知情吧？她可是公安部禁毒局派来的。”

两个人沉默了一会儿，想来想去都觉得事情似乎没有转圜的余地，都有些泄气。

隔天上午，李飞敲开了马云波办公室的门，马云波见他进来，示意他坐下，“告诉你一个好消息，大虾已经判了。”

李飞有些惊讶，判的速度竟然这么快，马云波笑呵呵地看他，“林大鹏的案子终于可以了结，要不要亲自告诉林水伯这个好消息？”

李飞颇为遗憾地摇头，“可惜他已经离开东山了。”

马云波听到林水伯离开有些惊讶，“离开了？……好吧。等他回来，知道杀害他儿子的凶手受到了法律的制裁，一定会得到安慰。李飞，禁毒大队审大虾的时候，他有没有提到过别的什么案子？”

身为警察的李飞瞬间警觉，他有些不明白为什么马云波会这么询问，除了他和蔡永强，根本没有人知道大虾吐口的有关林三宝的事情。李飞看着马云波，只当自己是真不知道，莫名其妙地反问他：“什么别的案子？”

马云波也是很随意的样子，“我就随便一问。像他那种老毒物，身上都会背几条人命。”

“没有，”李飞似乎仔细回忆了一下，确认，“他没有说过别的案子。”

马云波点点头，有些后悔自己刚才问得太突兀，不动声色地转移了话题，“你最近……是不是在跟踪那个赵嘉良？”

李飞笑了，“什么都瞒不过你的眼睛。”

“那你有什么发现？”

李飞冷笑，“林耀东已经请赵嘉良到家里吃过饭了。要是普通的生意来往，不会请到家里吃家宴吧？”

马云波拍了拍他的肩膀，示意他别让自己那么紧张，“陈市长告诉我，赵嘉良这次是到东山来投资房产项目的。林耀东做房产起家，赵嘉良跟林耀东有业务上的联系也说得过去。”

李飞若有所思地看着马云波，“但奇怪的是，塔寨的人也在跟踪他。赵嘉良的房间里还有窃听器和针孔摄像头……你说他又不是妙龄美少女，有什么好偷窥的？”

马云波和李飞的目光对上，两个人心照不宣地笑了，马云波朝他挑挑眉，示意他说实话，“那你是怎么想的？”

他深深地盯着马云波的眼睛，片刻后，慢慢地说道：“我在想……也许赵嘉良和林耀东并不是一条线的。我之前猜测南井村事件是赵嘉良和林耀东共同布局，但现在看来，也许是想错了。”

马云波犹豫片刻，还是摇了摇头，“李飞，这件事我派人跟，你就不要再追查下去了。李局不在了，我担心你的人身安全。”

李飞故作满不在乎的样子，理所当然地有恃无恐，“有你罩着，我怕什么？”

46. 证 据

这两天一直没怎么睡着的林宗辉因为林耀东的电话出了门，走在熟悉的村道上，他精神有点恍惚，眼前总是莫名其妙地出现他三儿子曾经在这街头巷尾走过时的一些零碎回忆，连对面林天昊过来跟他打招呼，他也没察觉。

然而，林天昊却浑然不觉，一叠声地喊他，“宗叔？宗叔？你听见我说的话了吗？”

“你说什么？”林宗辉猛然回过神，林天昊有些无趣地看他，“我说蔡小玲，你得敲打敲打她，万一她那个闺密再来找她，我们可要对她不客气了。”

还他妈要对三房的人不客气！我三房的人你是想杀几个？！林宗辉勉强克制着自己的怒气，倏地转头，阴冷阴冷地警告般瞪了一眼林天昊，面无表情地推开他，径直朝林耀东家走了过去。

在他背后，被他那目光冷飕飕看了一眼的林天昊生生打了个冷战……

书房里，林耀华拿出自己的手机放出了一段录音，林宗辉一听，不由得身体颤了一下。那是林胜武的声音，他在录音里发狠地威胁林耀东，放过蔡小玲和孩子，否则鱼死网破。

听完，林宗辉漠然地抬起头，“他什么时候打来的？”

“就在二十分钟前。”林耀东看着林宗辉，“宗辉，找你来，是想赶紧解决林胜武的事。这样下去，两败俱伤，对谁都没有好处。”

林宗辉木然地看着林耀东，“大哥有什么好的解决方案？”

林耀东波澜不惊地说：“林胜武必须回塔寨，证据必须交出来。为了让他免去后顾之忧，我可以放蔡小玲和孩子们走。为了让他放心，这些事可以让胜武自己联系。”

林宗辉沉默不语，林耀东摊手，显出点遗憾，却说得理所当然，“没有办法，他是你的手下，闹出这么大的事，按理说你是有责任的。”

林宗辉听到这句话，低低地说了一声“好”，林耀东拿出手机拨号，交给了林宗辉，手机接通，林宗辉立刻开口，“胜武，是我。”

广州某个出租房内，林胜武听到林宗辉的声音并不惊讶，“辉叔。”

“大哥已经答应你的要求了。我会把小玲他们安全送上船，船开走一个小时后，你必须到惠东大宝家。这样安排你满意吗？”

林胜武握紧了手机，“然后呢？”

“然后你就回塔寨来，把手里的东西交给大哥。过去的一切既往不咎。胜武，除了这条路，你没有别的路可以选。放心，你回塔寨后，大哥和二哥不会为难你的，他们已经给我做保证了。”

其实回塔寨后到底是个什么结局，林宗辉跟林胜武都心知肚明，为了老婆孩子，他主意虽然已经拿定了，却是忍不住红了眼眶。他压抑住自己的低泣，努力不发出任何声音，听到电话那边，林宗辉继续对他说：“我这就去小玲那儿，把这个安排跟她说。过一个小时你给小玲打个电话确认一下。”

“好，辉叔，我信你的。”林胜武迅速挂断电话，马上把手机里的卡取出来掰断，然后往手机里塞进另一张卡，拿起包走出了出租屋。

这边林宗辉将手机还给林耀东，“都是按你的吩咐说的。还有什么要我做的吗？”

林耀东笑着拍了拍他的肩膀，“宗辉，这次看你的了。”

林宗辉站了起来，不露痕迹地甩掉了林耀东摁在肩膀上的手，“我尽力。那我现在就去小玲那儿了。”

林耀东点头，看着林宗辉走了出去。他走到书房露台，看着脚下的塔寨，神情冰冷，睥光睥睨，“这是我打下的天下，谁有权利在我面前说个‘不’字？”

林宗辉一路疾色赶到了林胜武家，将刚才的事情同蔡小玲说了一遍，蔡小玲震惊地望着林宗辉，“出境？我不走……”

林宗辉就知道蔡小玲会不走，他耐着性子说着其中的利弊，“胜武提出这个条件是经过深思熟虑的，你不用担心你们在国外的生活，我在泰国也有一些亲戚和朋友，都是靠得住的。你和孩子是胜武的软肋，只有你们离开了塔寨，胜武才没有后顾之忧。”

“那胜武回来，东叔对他下手怎么办？”

林宗辉摇头，“他不会，他向我做过保证。”

蔡小玲狠狠咬着嘴唇，林宗辉叹气，“如果胜武不回来，村里的生意就不能往下做。那么久没有开工，现在村里已经有人恨你们了。这样下去，你和孩子还能在村里立身吗？到时候连我也帮不了你们。”

蔡小玲焦急地抬起头，“那既然如此，就让胜武跟我和孩子一起走！”

林宗辉跟她讲道理，“小玲，谈判不是这么谈的。大哥已经让了很大一步了，我们也得给他留点脸面。逼得紧了，大家都没有退路。”看蔡小玲不再坚持的样子，林宗辉松了一口气，“大哥说了，你们出境的事他们不会插手，让胜武自己安排。我会亲自送你们上船。”

蔡小玲一手扶着肚子，一手抹着脸上的泪水，看着林宗辉，“要是胜武不出现呢？”

林宗辉笑了一下，意味深长地指了指自己，“你说呢？”

蔡小玲没再说什么。

“那就这样说定了。”林宗辉叹了口气，看着惶然落泪的蔡小玲，有些担心地看了看她的肚子，“最近去医院做检查了吗？”

蔡小玲神经一紧，她根本走不出这个屋子，却碍于监控，还是点点头，“……做了的，都挺好的。”

“离生还有多长时间？”

“还有三个月。”

林宗辉担心地看着蔡小玲越发瘦弱的身体，“你这身体受得了这么折腾吗？”

蔡小玲擦了下眼泪，话语有些哽咽，“没事的辉叔，我撑得住。”

正说着，蔡小玲的手机响了起来，林宗辉拿起手机递给蔡小玲，轻声说了一句，“是胜武。”

蔡小玲连忙接起电话，在听到林胜武声音的瞬间，崩溃大哭，“胜武……”

林胜武听着蔡小玲的哭声，一颗心都揪在了一起，“别哭别哭，辉叔都和你说了吗？事到如今，也只有这个解决方案，你别哭，听我说……”

林宗辉走进卫生间，他看了看四周，确认没有探头，忙拿出手机来给林胜武发了一条信息，让他去找一个外号叫老鬼的人，然后和蔡小玲一起出境，再也别回塔寨。

林宗辉从楼上下来时，蔡小玲一路送他到家门口，林宗辉看了看外面的日头，“别出来了，回去躺着吧。中午我会让你婶给你送饭来。”

蔡小玲擦了擦泪水，“不用麻烦婶了，她身体也不好。”

林宗辉叹息着打开门走了出去，蔡小玲也跟了出去，林宗辉走了几步忽然回头，“小玲，你不要怪我，我也是……”

他正说了一半，忽然就顿住了，目瞪口呆地看着蔡小玲扶住门框，面色惨白，殷红的血从她的裤管里淌下来，染红了惨白的脚踝……

“小玲！”林宗辉瞬间整个人都蒙了，他冲过去一把抱住摇摇欲坠的蔡小玲。

蔡小玲一头的虚汗，身子已经明显支撑不住，手下意识地揪住了他的衣襟，“宗叔，疼……”

林宗辉横抱起蔡小玲冲下楼去……

塔寨后面专门用来走车的关卡，几个马仔一直守在电动栅栏门前，身后传来汽车刺耳的刹车声，几个马仔猛然回头，便看见林宗辉的车飞速开了过来，林宗辉在车里怒吼，“开门！”

“宗叔，华叔吩咐过，任何人……”话还没说完，林宗辉冷冰冰的枪口从降下的车窗里伸了出来，直勾勾地对准了说话那人的脑袋……那人不敢再说话，只得把门打开。几个马仔愣愣地望着远去的汽车，反应过来之后，急忙给林灿打电话。

林宗辉一路开车朝着市人民医院而去，蔡小玲躺在后座上已经完全昏迷，脸色惨白。林宗辉的手机响了起来，他看着上面林耀东的来电号码，直接将手机扔到一旁，脸色阴冷地紧紧盯视着前方。

林耀东站在书房之内，他拨打的电话对方根本不接，林耀东终于放下手机，脸色彻底阴沉下来。

急救室的走廊上，满身是血的林宗辉焦急地来回走着，闻讯赶到的蔡小玲母亲坐在一旁抹着眼泪，陪在她身旁的陈珂不停地安慰着。从塔寨追出来的林天昊和两个马仔离着有些距离，吊儿郎当地等在一旁，直到急救室的门开了，医生从里面出来，林宗辉和两个女人忙起身迎上去，大夫看看他们，“谁是患者家属？”

蔡小玲的母亲连忙走了上去，医生有些埋怨地看她，“大人还好，就是失血过多，但情况基本稳定了。”

其他人都松了口气，“那……孩子呢？”

“是个死胎。”

陈珂愣在那里，林宗辉一脸不信，“怎么会这样！”

“孕妇情绪经常波动或精神过度紧张，造成大脑皮层功能紊乱、儿茶酚分泌增加等因素都有可能导致死胎。死胎时间长了大人会产生凝血功能障碍，从而导致大出血。幸亏你们送得及时，要不然连大人的命都保不住。”医生递过一张单子给蔡妈妈，“大人还需要住院观察一段时间，你去办住院手续吧。”

年近六十的女人木然地接过单子。走向急救室的医生忽然转身，“胎儿没有生命迹象应该有些时日了，你们为什么不及时给她做妊娠检查？”

女人愣在那里不知道该怎么回答，陈珂听了只是更为震惊，她还记得小玲之前说过的，她有去做检查！

林宗辉回过头来盯着林天昊，林天昊有些心虚地避开林宗辉的目光看着窗外。陈珂连忙扶着蔡小玲母亲坐下，安慰了几句，拿过单子，打起精神去为蔡小玲办理住院手续。林宗辉看着陈珂离去的背影，眸光深沉，也不知道在想些什么……

外面夜色已深，林宗辉望着镜中的自己——身上全是血迹，人显得筋疲力尽。

林天昊走了进来，“辉叔，阿巧姐和我姐已经到了，晚上她们俩在医院看护小玲。”

林宗辉喘着粗气，慢慢回过头来瞪着林天昊。林天昊刚被他吓了一回，这会儿被他的眼神瞪得又有些发毛，一边说话一边默默地往后退了一步，“你……赶紧回去洗个澡换身衣服。”

林宗辉没吱声。代替他说话的，是势大力沉朝着林天昊脸上轰过去的一记老拳——林宗辉用了十足的力量，林天昊连个动静都没发出来就一屁股坐在了地上，嘴角都破了，细细的血丝滑落下来，他看着突然发难的林宗辉，彻底吓傻了。

“告诉你林天昊，”林宗辉冷然俯视着他，目光压得他不敢抬头，“如果小玲有什么意外，别怪我林宗辉不讲情面。”

林天昊坐在地上没起来，讪笑带着些许求饶，“辉叔，你这话说的。我林天昊充其量也就是一个马仔，你何必要为难我呢？讨口饭吃，都不容易是不是？”

林宗辉盯着他，半晌后轻蔑地冷哼一声，头也不回地出了洗手间。

病房里只有蔡小玲一个病人，另一张床空着没人住进来。蔡小玲脸色苍白望着天花板，她正在输液，鼻子里捅着输氧管，各种监测生命体征的仪器在她身上贴了个遍，蔡妈妈坐在她的床边拉着她的手，想哭又怕惹了女儿伤心不敢哭。

林宗辉回去的时候，林灿的老婆和林天昊的姐姐已经到了。

林宗辉看了两个女人一眼，没说什么，俯身去劝蔡小玲母亲，“小娟出差在外，天天和妞妞在家里没人照顾，我先送你回去啊？”

蔡妈妈摇头，红了眼睛看自己的女儿，“我不放心。”

林宗辉看了看其他两个女人，又劝道，“医生说了，小玲已经没有危险了。再说有巧巧和红梅在这儿照看着呢……”

从蔡小玲把孩子都送回娘家，而后再也没来看过她和孩子开始，蔡妈妈就知道小玲、胜武肯定是出了什么事，但塔寨错综复杂，她惹不起，因此也只能抹着泪，慢慢地松开了蔡小玲的手。蔡小玲听见她要走，也还是一动不动，呆呆地望着天花板，从始至终一声都没出过。不说话，也不哭。

林宗辉搀着蔡妈妈走出了病房。林天昊见他们离去，朝两个手下招了招手，“你们俩跟着他。我在这儿盯着，下半夜你们来换我班。”

两个马仔点点头，跟着林宗辉的身影追了出去。

陈珂去给蔡小玲办住院手续的时候，借机给李飞打了个电话。李飞马上叫上马雯赶往人民医院后，两个姑娘换了衣服，陈珂就带着打扮成护士的马雯端着药盘朝着蔡小玲的病房走来。坐在门口正在玩游戏的林天昊抬头拦住她们，“干吗？你今天不是不上班吗？”

陈珂狠狠瞪着林天昊，也十分不客气，“我夜班。怎么了？你想给我放假？让开！”

她是蔡小玲的管床护士，进病房合情合理，林天昊也找不到什么借口拦她，只得让开。陈珂和马雯走进病房，看了看里面的林灿老婆和林天昊姐姐，然后把药盘放在一边。她检查着挂瓶的情况，然后望着蔡小玲，心疼地轻声问她：“怎么样，疼得厉害吗？”

蔡小玲转过头来望着陈珂，她似乎想说什么，但看到了陈珂身后林天昊的姐姐正盯着她，便微微地摇了摇头。

“来，把药吃了。”陈珂让马雯帮着把床摇起来，把药和一杯水递给蔡小玲。蔡小玲咽下了嘴里的药，喝了几口水，眼神却始终没有离开过陈珂……

“护士，我们陪床的晚上怎么睡啊？”林灿的老婆看着陈珂，陈珂说有钢丝床，十块钱一个晚上，两个妯娌立刻就有些不愿意，陈珂刚想说什么，这时，蔡小玲的手偷偷从被子里伸出来握住了陈珂的手。陈珂愣了愣，看向蔡小玲。

见两个女人还在讨论今天怎么陪床，蔡小玲掰开陈珂的手掌，用手指头在她的手掌里写着什么。陈珂望着蔡小玲想说什么，蔡小玲盯着她，轻轻地摇了摇头示意她不要说话。

蔡小玲在陈珂手里写了两个字，可是那两个字是什么，陈珂却猜不出来。只知道一个字是“纟”字旁，另一个是“⺮”字头……

她把信息告诉马雯，两个姑娘一起琢磨，却还是没结果。陈珂叹了口气，按时间起来去查房，她一边走，一边手还下意识地在自己另一只手的掌心里划拉着。

马雯在护士站里坐着，也在琢磨。陈珂回到了护士站，一个小护士正在桌上翻找，“笔呢？把笔弄到哪里去了？”

无心的一句话，突然点醒了马雯和陈珂，两人相视一望，陈珂迅速在自己的掌心里写下了两个字——纸、笔。

蔡小玲写给她的那两个字，是“纸”和“笔”！

回到家的林宗辉已经换过衣服，他一个人就着小菜喝着酒，他老婆在厨房忙着，林耀东过来，倒是让林宗辉怔了一下。

林耀东笑着走了进来，看着连忙要出来招呼的林宗辉老婆，“你忙你的，我跟宗辉有话说。”

林宗辉老婆识趣地离开，林宗辉站在林耀东的身后没有说话，林耀东回头看他，眼里有些恨铁不成钢的意思，“因为你的心软，害得我们跑到脚软，你到底是搭错了哪根神经？”

见林宗辉没有开口，林耀东叹气，“有两句话你得记住。第一句，在东山，你只在三种时候需要朋友：婚礼、守灵，还有面对犯罪指控。第二句话，好心换不来荷包鼓。”

林宗辉面无表情地看着林耀东，林耀东冷笑，“这就是做好人做好事的麻烦，做完一件还有一件，没完没了。你明天早上去人民医院把蔡小玲接回村来，就把她安排在你们家。这下你总可以放心了吧？”

“她今天刚动的手术，又流了那么多的血……”

“这没得商量，必须得这么做。宋杨的前女友就是蔡小玲同学，你难道就心安？至于出院的事我会安排的，你不用管，你只管去接就是。”

林宗辉默默地站在那儿，嘴唇嚅动了几下没有声音，林耀东拿起桌上的酒盅，自顾自地倒了杯酒，浅浅喝了一口，“嗯，还是超英的手艺好，哪天你教教秀妹，她酿的酒总有一股尿骚味。”他看着林宗辉，将酒盅放了回去，“有一句话你可能不爱听。你我是人，但人都有姓氏，否则就没有远近亲疏了。家业大了，人多了，就有了高低贵贱，就会有不懂道理的。怎么办？！就像一个人一样，总会有生病的时候。身上长个小瘤子，不忍心，不切掉，最后呢？命就没了……

“宗辉啊，不管你信不信，我一直是把你当成亲弟弟看待的。别说我总盯着你三房下手，要我说，你得好好管管。祖宗留下塔寨给我们，一是和睦，二是传承，咱们有责任啊！血浓于水才是真理。道理就这么简单，你千万不要想多了。”

林耀东说话的时候，林宗辉一直沉默，一句话都不曾开口。

“都是亲人，胜武这一走，也不知道要多久，在外面不容易，要多备点积蓄……你可能是信不过我，可这是我的一片心。用得着的时候，告诉我一声。”他说着，站了起来，挥挥手，就这么洒脱地走了。

林宗辉抬起头，茫然怔愣地看着林耀东离开的背影。林耀东总有那些让他挑不出错的大道理，三句两句的，竟搅乱了他的心，让他有些分不清自己这么做，到底是对还是错了……

东山医院这边，蔡小玲仍然睁着眼躺在病床上。林灿的老婆躺在钢丝床上睡着了，林天昊坐在一张椅子上打着哈欠，林天昊的姐姐坐在另一张病床上玩手机。陈珂例行公事地推门进来，林天昊立马站了起来，林天昊的姐姐也放下手机盯着陈珂，陈珂看着他们如临大敌的样子，脸色也很不好看，指了指手上的病案，“例行查房。”

她走到蔡小玲的病床前检查仪器上的数据，蔡小玲则是一直盯着陈珂。陈珂微微低下头，“有什么不舒服吗？”蔡小玲不说话，陈珂也看着她，“小玲，一会儿我下班了，你有什么需要和不舒服的地方，就按呼叫器叫当班护士吕婷婷。我都跟她交代过了，你千万不能硬扛。”

陈珂对着蔡小玲微微点头，示意可以信任她口中的吕婷婷，“我明天中午过来，需要我帮你带点什么吗？”

蔡小玲摇头，陈珂看着紧盯着她的林天昊，只能无奈地开口，“那我走了啊。”帮蔡小玲盖好被子，陈珂走出病房，林天昊也迅速跟了出去。过了一会儿，他见陈珂换回了普通衣服，背着双肩包自护士站出来，同护士站里的护士打招呼，然后朝着自己的方向走了过来。

林天昊扭过头，陈珂自他身边经过，走进了电梯，林天昊看着电梯门合上，长长地舒了一口气，“可算走了。”

陈珂自医院里出来，朝着四周看看，发现没有人跟踪，立刻朝李飞跑了过来，李飞将她拉到一旁问蔡小玲的状况，陈珂摇头，“林天昊盯得太紧，所以我出来了。这样他放松一点，马雯也许就有机会。”

李飞一愣，“马雯一个人行不行啊……”

不行也没别的办法。

护士站内，蔡小玲病房的呼叫器一响，穿着护士服的马雯连忙站起来，就匆匆赶了过去。

蔡小玲一脸疼痛的样子，额头浸着细密的汗珠。马雯把被子掀开，又把蔡小玲的病服撩起来，轻轻地按了一下伤口。蔡小玲叫了一声。趁这个机会，她的另一只手偷偷地把便笺本和笔塞进蔡小玲的手里。

“很疼吗？”

蔡小玲咬着唇开口，“很疼，受不了……”

马雯迅速给她盖回被子，“你等一下，我去叫值班医生。”

看着马雯推门离开，林天昊望着蔡小玲，“别耍花招啊！”

蔡小玲冷冷看他，转头可怜巴巴地看着林天昊的姐姐，“姐，能不能让我一个人清静一会儿……”

林天昊谨记林耀东的嘱咐，要不错眼地盯住蔡小玲，林天昊的姐姐却一把拉住林天昊，将他往病房外面扯，“差不多行了，就让她自己待会儿。她都病成这样了，还能出什么事？走走走，阿巧你也出来吧，咱们也到外面透透气。”

趁着林天昊被姐姐拉出去的小空当，蔡小玲一边盯着关上的门，一边在被子里写着字。很快门又被推开，马雯和一个男医生走了进来，林天昊又跟着走进病房，大夫查看着蔡小玲的伤口，趁着帮大夫掀被子卷衣服的机会，马雯把那便笺本和笔拿了出来，转而站在了一边，镇定地看着医生的检查。

医院之外，李飞和陈珂在焦急地等待，不一会儿，李飞的手机响起声音，是马雯发来的图片，蔡小玲偷偷递出来的小纸条上面歪歪扭扭写着十三个字——“胜武手机里有村里制毒的证据”。

夜里的风吹过，陈珂和李飞看着图片上这千辛万苦才得到的几个字，心情皆沉重得不行。

跟撤出来的马雯一起回了李飞家，看着那张纸条相对无言，陈珂再也克制不住地红了眼睛，“……她体重不到五十公斤，今天输了三千五百多毫升的血——相当于她自己身体里的血都流光了！就这样她还拼着性命要给我写纸条……”

“必须尽快找到林胜武！他手上的证据对于塔寨来说一定是致命的，所以他们才对蔡小玲盯得这么紧！”李飞握紧拳头，林胜武手里握着关乎塔寨生死存亡的证据，林耀东不可能让他活太久！

“可是小玲不知道林胜武在哪儿……”

“林宗辉！只有林宗辉！”

那边的林宗辉正在喝着闷酒，看着不断振动的电话，索性直接关了机。

林宗辉认识李飞的号码，但是林耀东一番话让他原本就不那么坚定的心打起了退堂鼓。他喝掉了小酒壶里的最后一杯酒，起身把李飞交给他的那张手机卡从手机里取了出来，扔进了马桶……

算了。

塔寨上上下下的林姓人没几个干净的，他跟李飞合作，就相当于是把整个塔寨都搭了出去。

他是恨林耀东，但乱了根基对不起祖宗的事情，他做不出来。

算了。

林耀东他斗不起。

不过给林耀东当了刀、直接买凶让三宝丧命的林天昊，他相信只要耐心足够，总是可以找到机会给三宝偿命的。

就这样吧……三宝，总归是阿爹对不起你。林宗辉疲惫至极地闭上眼睛。

打不通林宗辉电话，李飞心里憋的火几乎快要把自己撑爆了。偌大的城市，他曾经信赖的人，现如今一个都找不到，一个他都不能找。他拼命压抑着自己的愤怒，走到窗前，却看到楼下有两个塔寨的马仔在守着，怒气冲天的李飞想都没想，直接开门就冲下了楼。

两个马仔见到李飞气势汹汹地冲了下来，有点蒙，李飞径直上前二话不说直接抡起了拳头，照面就打。两个混混根本不是对手，李飞三拳两脚把他们踹倒在地，自己也呼哧带喘的——不是累的，是气的。

他把俩人当沙袋痛打一顿，这会儿情绪倒是发泄了不少，看着地上蜷缩着不敢起来的两个人，他轻蔑地冷笑一声，“行了，回去吧，今晚不用盯我了，我不出去。”

两个马仔不知道该怎么办，走也不是留又不敢。李飞挑眉，挥了一下拳头，“还不走？没打够是吧？！”

两个马仔骂了一声，不敢多留，爬起来就跑。李飞看着两人消失的身影，转身骑上摩托车，出了小区。

在他背后，追着他下楼看着他打人的陈珂要追出去，被马雯抓住，摇了摇头。

李飞其实也不是完全因为莽撞地泄恨而打人，他下楼之际就已经想好了，借着这个机会，他打算再去找一趟林兰。

蔡军家的小区里，林兰拿着手机急匆匆地下来，紧张地看着周围，迎上李飞，“什么事？”

李飞指指后座，“尾巴已经被我打走了，上车！”林兰不知道他葫芦里又卖的什么药，犹豫了一下还是上了车。李飞一路带着她到了郊外隐蔽的无人处，他指了指林兰始终握在手里的手机，“给你爸打个电话。”

林兰警觉地看着李飞，“干什么？”

“有件事我得和他说，很重要。”

虽然蔡军警告过，但事关她的亲弟弟，林兰拨通了林宗辉的电话。林宗辉很快接了起来，李飞却拿着手机，“是我！”

林宗辉的声音顿了一顿，半晌才颇为低沉地开口，“小子，你可真是阴魂不散。什么事？你说。”

李飞单刀直入，“林胜武的手机里有什么证据？”

林宗辉愣住，“什么？我没听懂！”

李飞有些焦躁，“你知道我是什么意思，告诉你林宗辉，只要你告诉我林胜武在哪里，就算立了功，赎了罪！”

林宗辉也火了，“立功？笑话，我林宗辉要立什么功？”

“你心里明白。告诉我，林胜武到底藏在哪儿？”

林宗辉的声音阴冷，“李飞，如果你想活命，赶紧收手。整个东山都是林耀东的，更别说你一个小小的李飞。……看在三宝的面子上，这是我对你最后的忠告！”

看着林兰神不守舍地进了卫生间，蔡军警惕地拿起她的手机。看接听记录里有李飞的名字，而紧接着是林宗辉的电话。

蔡军的脑子一蒙，拿着手机，半晌都没动过，直到林兰自卫生间出来，看到蔡军站在桌子前不说话，手里还拿着她的手机，她一阵紧张，连忙过去要把电话拿过来，“怎么了？”

蔡军拿着手机不肯还她，少有地对林兰疾言厉色起来，“李飞打你电话干什么？”

林兰看着自己的手机，急了，“凭什么看我手机！”

“我问你话呢！李飞为什么要打电话给你！”蔡军不由得提高了嗓门，那双审惯了罪犯的眼睛此刻一眨不眨地死盯着林兰，“你刚才去哪儿了，和谁在一起？给你爸打的这个电话又是怎么回事？”

林兰一言不发，上前要抢回自己的手机，蔡军冷眼看她，推搡间，林兰气急，抬手给了蔡军一巴掌，蔡军下意识地一挡，不小心将林兰推倒在地……

看着林兰一屁股坐在地上，蔡军又急又气几乎失去理智，“你疯了吧？林耀东要是知道你和李飞有联系，那你们一家——咱们一家，今后就没有好日子过了！他可是什么事都干得出来的！”

林兰坐在地上，有些失控地大吼，“那你想怎么着？去汇报啊。跟谁汇报好呢？陈光荣吗？！”

蔡军听到这里脸色发白，林兰从地上站了起来，拿起自己的手机一脸恼火地走进卧室。蔡军僵在那儿，不用想便知道这两个电话之间的关联，李飞想做什么，他在林宗辉问林三宝情况的时候就已经猜出来了，心里对林兰发的火全转移到了李飞身上——那小子，不他妈搅得鱼死网破是真的不肯罢手吗？！

蔡军一个人坐在外面冷静了很长时间，家里的气氛在夫妻俩的争吵间压抑起来，很长时间后，蔡军叹了口气，也走进卧室，看着坐在床上的林兰还一脸冷然，妥协地软下了声音，“你爸什么态度？”

林兰看了他一眼，也勉强将心中的怒火压了下去，“阿爹把李飞的电话给挂了。李飞很生气。”

蔡军长长松了一口气，“你看，你爸跟我的判断是一致的。”

林兰瞪着他，有些不敢相信自己的丈夫是个警察，“我不明白，你们这些男人的血性都哪里去了？”

“血性？你以为李飞那是有血性啊？他那是无脑！李维民阵仗大吧？还不是被双规了？现在外面在传，说他也是个贪官。”

林兰瞪大眼睛，眼前这个朝夕相处的丈夫，为什么在这一刻变得如此陌生，“当林耀东的走狗就有什么好结果吗？陈光荣是怎么死的？”

蔡军摇头，“所以你老公我两头都不靠，才能独善其身。”

林兰静静地看着他，“蔡军，你不可能永远都两头不靠，总要站一边的。”

“那也不能站李飞那边！”蔡军猛然站起身，又激动起来，“他就是个瘟神！要不是他，东山也闹不出这么多乱子出来，宋杨也不会白白送了命。这种环境下，装傻充愣随大流才能自保。好比有些贪官，是他们内心真心想贪吗？不见得。他的领导贪，他的同事贪，他的老婆孩子贪，他敢不贪吗？他要是不贪那就离死不远了！”

他喘着粗气，烦躁地撸了下自己的头发，“把我的这些话也原原本本地告诉你爸。还有，劝劝你爸，三宝的事已经翻篇了。林耀东本来就不是很信任你爸，让你爸千万别跟林耀东作对。”

林兰坐在那儿，忍不住红了眼睛，“那三宝就这么白死了？二宝就这么白残了？”

“那你们想怎么样？跟他们拼个鱼死网破？还是当告密者？告诉你林兰，东山是东山人的天下。林耀东就是懂得这个道理，才能玩得转。”蔡军说完，气喘吁吁地站在那儿，林兰在那坐着不说话，蔡军深吸一口气，他方才的话的确说得有点重。

“阿兰……”他试图去缓和一下，上前想要抱抱她，林兰却哭着狠狠推开蔡军，翻身从床上下来了，“东山人不都是你这样的懦夫！”

她哭着跑出了卧室，重重地将门甩上，留下蔡军一个人站在那儿。

今天本来该上晚班的陈珂下午就到医院了。外面门神似的林天昊不见了，保洁阿姨正在换床单，陈珂愣在当场，“阿姨，病人呢？”

阿姨回头看了她一眼，“出院了，刚走不久。”

陈珂一听，马上到护士站问明了情况，然后给李飞打了个电话，“小玲被林宗辉接走了，是林耀东用了手段让院长亲自打电话放小玲出院的！她会不会有什么事？给我们的那张纸条会不会已经被他们发现了？！”

如果发现了，蔡小玲就完了。但人既然是林宗辉亲自接走的……李飞仔细想了一下，笃定地断言，“暂时可以放心。林宗辉接走的她，证明昨晚的事情没败露，蔡小玲暂时不会有危险的。而只要证据还在林胜武手里，林耀东就不敢轻举妄动。”他说着，顿了顿，又嘱咐陈珂，“你这时候千万不能再进村了，听清楚了吗？”

“我知道了。”陈珂声音有点哑，透着深深的疲惫，“可是这样的日子还要过多久？”

提心吊胆，好朋友不能探望，在乎的人不能保护，正义的一方谨小慎微如履薄冰，而手上不知染了多少血腥杀戮的贩毒集团反而操盘了整个东山……

“快了。”电话那边，李飞轻轻迎了一句就静了下来，片刻后，他心情沉重、一言不发地挂了电话。

除了这样敷衍，他给不了陈珂其他任何答案。就在昨天夜里，他还感受过跟陈珂刚才同样的绝望。

马雯担心地看着李飞，“赵嘉良还在酒店，什么情况都没有。我们一天天在这儿守着，真的有必要吗？”

“有必要。”李飞睁开眼睛，眸光晦暗地看着东山大酒店的正门，“因为赵嘉良刚来，就又有一轮大规模制毒开始了。”

他想了想，胳膊一伸，从后座把健身包拎了过来，“你先回去，我进去一趟，正面会会那位赵先生。”

47. FLAG

赵嘉良在香港殚精竭虑，到了东山，反而能宅酒店偷懒了。

健身、游泳、偶尔晚上泡个吧，他一连三天除了上午去一趟工地外，剩下的时间，压根就没出过酒店，虽然说日子过得没什么秘密吧，但的确悠闲。

广东进了雨季，连日来看见太阳的时候就少，今天天气尤其潮湿闷热，但不晒，是个很适合游泳的天气。

赵嘉良披着浴衣下来游泳，钟伟在岸边等着他，成天他们走哪里跟到哪里的两条尾巴戴着墨镜也不动声色地在遮阳伞下坐下。赵嘉良不管他们，浴衣随手扔到躺椅上，戴上泳镜，简单做了几个拉伸动作，连个适应温度的缓冲都没有，就直接纵身跃进了水里。

他这个年纪了，赤裸的上身却不见臃肿，小腿肌肉依旧发达有力，一跃而入，转眼已经顺着冲劲儿游出去了五六米。

他游了两个来回，差不多把其他泳道的人都甩在了后面。在水里翻身站起，他抹了把脸，有点得意，正准备再游回去，旁边泳道突然跳进来个年轻小伙子，同样瞬间就甩开了其他人。

半大老头儿被激起了玩心，故意等着那年轻人游了个来回，跟他同一时间用力一蹬池壁，两个人一起在相邻的泳道上蹿了出去！

年轻人似乎也有跟他较劲的意思，两个人互不相让奋力游向对岸，五十米的标准泳道，最后到底是隔壁的年轻人快了他一个手掌的距离，率先触壁。他抹了把脸上的水站起来，不服输地赞赏，“年轻人，游得不错。不过要是我再年轻几岁，就算你身高占优势——”

“年轻人”面对着他慢慢摘掉了泳镜。赵嘉良看见李飞，愕然地住了嘴。

“赵嘉良，”李飞的侧脸线条很锋利，声音很低，毫无起伏，脸上一点表情也没有，“半小时后开发区的后山见。记得把尾巴甩干净。”

他说完把泳镜戴回去，自顾自地又游了两个来回才上岸走了，没来得及跟他多说点什么的赵嘉良潜入水中，嘴角不禁漾开真切的笑意——嘿，他儿子跟他面对面说的第二句话，约他见面了！

自泳池上来，赵嘉良回到自己房间，“伟仔，一会儿我要出去转转，你不用跟着。”

钟伟一愣，有点不放心，但既然赵嘉良坚持，他也还是点了头。赵嘉良回了房间，冲澡换衣服，拿起床上放着的那件让酒店拿去干洗熨烫后送回来的衣服，往身上套的时候却倏然感觉到不对劲——衣服靠近衣襟的内里有个较硬的东西，不仔细摸很难发现。林耀东这小人，竟然在他身上都装了监听器！房间无死角的监控之中，他只做浑然未觉状，没有丝毫犹豫，不动声色地将衣服穿上，戴上墨镜，出了酒店。

甩掉跟踪的赵嘉良到后山的时候，李飞已经在那里等他了，看见赵嘉良走近，他上上下下打量着这个穿着一身休闲装、看上去的确像个成功商人的男人，冷淡地直奔主题：“我是警察。”

“我知道你是警察。”这么开门见山的说话方式……赵嘉良觉得有点好笑，也就真的含笑看着他，“在林耀东书记家，你自己说的。还有那天在潮尚——”

“我从来没去过潮尚。”李飞漠然地打断了他的话。

赵嘉良反应过来，不着痕迹地话锋一转，操着一口港腔，语带轻慢嘲讽，过了最初猝不及防相见时的悸动，他这会儿反而觉得以这种身份跟儿子伪装演戏也是很有趣的体验，“记错了，不是潮尚，是在酒店门口。你的车天天停在那儿，想要视而不见都很难。阿Sir，请问你是在办什么案子吗？我很好奇哎。”

李飞皱眉，“赵嘉良，我不想跟你绕圈子。我只问你，南井村的事你参与了吗？”

哪有这么问话的？你问的是个毒枭哎，难不成我要跟个警察说我参与了某场毒品交易吗？赵嘉良在心里对儿子品头论足，目光始终不舍得从李飞身上离开，嘴里是标准流氓犯横式的装傻，“阿Sir，我听不懂哎。”

李飞笑了一下。他微微垂眼，目光也在赵嘉良身上转了一圈，睫毛随着他的目光落下来，衬着轮廓极深的眉眼，带出愈发冷淡疏离又咄咄逼人的意味来，“那好，5月13日你在哪里？”

“五月份我可能在香港，好像也有可能在深圳……”赵嘉良想了想，有点为难地摊手，“你知道我们生意人，飞来飞去的，行程太多，难免记不住。”

李飞不想跟他兜圈子浪费时间，倏地抬眼，眸光冷然锐利非常，冰刃一般直截了当地戳穿他，“你在佛山，跟蔡启荣、蔡启超交易。”

赵嘉良挑眉，显得无辜，“我真的不知道你在说什么。”

李飞有点想打他。他深吸口气，攥紧了拳头来克制这欲望，“那好，我再问你，你这次来东山干什么？”

赵嘉良看了看山下喧闹的城市，努努嘴，打定了主意油盐不进油腔滑调，“做生意喽，我在东山有投资的——”

他话音没落，忍无可忍的李飞突然对他动了手。

这浑小子一把揪住了他的衣领，眼里简直在闪火光，“为什么你一到东山，东山的制毒分子就开始蠢蠢欲动？”

赵嘉良不是没力气还击，不过被自己儿子揪着，这么近距离地接触，哪怕他儿子把他当敌人，他也舍不得跟他动手或者把他推开，只是碍于身上还贴着林耀东的“顺风耳”，他只能继续好整以暇地装傻，“毒？什么毒？我不做化工的，”他说着，特别认真地摊手，“我觉得做化工会污染环境，不好。”

我去你大爷啊！被他装傻充愣闹得心烦却又找不到破绽的李飞在心里忍不住恨声骂起来，他当然不知道赵嘉良的“大爷”跟他同宗同源，细算起来他还得叫声爷爷……这会儿在心里骂得毫无忌惮，一手抓着男人，一手打开手机，从相册里翻出了几张塔寨村排污渠向外界倾泄棕黄色液体的照片——

照片上，周围的庄稼已经枯死了。

赵嘉良看他一副咬牙切齿的样子，心里好笑，脸上却还是一头雾水的样子，“我不懂。”

李飞是彻底忍无可忍了。他骤然暴起发力，愤然向后推着赵嘉良狠狠撞到树上——

挺疼的，赵嘉良闷哼一声，脸上多了点夸张的表情，李飞看他这装腔作势的样子，几乎已经气急败坏了，“赵嘉良！你跟李维民什么关系？为什么在佛山他会放你走？你……是不是他的线人？！”

关于赵嘉良的身份，他有两种大胆的猜测，其实都不太可能，但他必须确认。他冷冰冰地开口，先把自己觉得还能勉强接受的一种猜测问了出来。然而原本正躺在自家书房里闭目养神的林耀东听见从监听设备里传出的这话，倏地睁开眼睛，猛然从躺椅上翻身坐了起来，脸上的困倦在转瞬间烟消云散，取而代之的是如临大敌般惊恐的表情。

同在书房里的林耀华父子也倒吸口冷气，然而脸色倏变的不止有远在塔寨的三个人，被李飞推在树上都没挣扎的赵嘉良额头上豆大的汗珠甚至在转瞬之间落了下来！

他第一反应是要伸手把藏在衣服里的监听设备拽掉，但手都要抬起来了，却在转念之际生生忍住了——林耀东一定在听，他这时候把窃听器摘掉，等于他承认线人的身份，这么多年的努力，这么长时间在东山殚精竭虑布的局，原本已经跟李维民敲定好的行动，都将毁于一旦！

他不能认。

电光火石之间赵嘉良心念电转，只当那头冷汗是后背撞树疼出来的，他夸张地龇牙咧嘴，语气也不可避免地不悦起来，“阿Sir，你这是干什么？我是来投资建厂的，这就是你们东山人的待客之道吗？东山警察都像你这么无法无天吗？没有证据可以血口喷人吗？”

一连串的问题，李飞一句也没往心里去。他紧紧盯着他，试图从他眼里看出一点破绽，然而什么都没有。李飞把第一个猜想放下，心却不由自主地吊了起来，“你给了李维民多少钱？他是不是你的保护伞？”

就算赵嘉良说是，李飞其实也不会信。他信任李维民如同信任他自己，除非把铁证砸在他脸上，否则他是不会相信的。但是有的时候，绝对的信任和心头一念而起的疑虑，是不矛盾的。就好像现在，他不介意赵嘉良的承认，但他却希望听见赵嘉良的否认。

塔寨里，林耀华跟林灿对视一眼，又看向林耀东，几个人脸上都是惊疑不定的表情。他们不知道李飞葫芦里到底卖的什么药。

“你说的李维民，我不认识。”听见他竟然怀疑李维民，赵嘉良倒是真有了一点不悦，这真实的情绪混在被冒犯后做戏的恼怒里，真真假假，让赵嘉良的眉眼都沉了下来。他看着李飞，别有深意地笑了一下，“不过5月13号，我的手下在东山南井村谈一个项目，还没到地方就听到了枪声——警察杀警察！就是因为这个原因，我的项目才没有谈成。”

警察杀警察！李飞如同被戳了逆鳞，瞬间暴怒，胳膊狠狠抵在赵嘉良的脖子上，赵嘉良的呼吸瞬间困难，他被李飞压住喉管，脸越来越红，忍无可忍地屈膝硌在李飞肚子上，李飞放开他急速躲开，说话间却又紧逼上去。

“赵嘉良，我知道你在接触林耀东，也明确地知道你们在干什么！无论你以前做过什么，我告诉你，只要我在，你是不可能和林耀东做成这笔生意的。我给你个将功补过的机会，你帮我探查清楚塔寨的制毒窝点在哪里。只要你能把他制毒的证据交到我手里，我可以放你走。怎么样？！”

也不知道哪里来的默契，两个人竟然同时停了手，大概就是一条胳膊的距离，李飞跟赵嘉良彼此目不转睛地冷然对峙，片刻后，赵嘉良却突然夸张地捂着脖子，狂妄地哈哈大笑起来，“我好怕啊！”

赵嘉良跟李飞留手，李飞对他却半点没客气，他笑声还没停，李飞已经举起手一拳朝着他的脸猛然砸了过去！

赵嘉良没想到他竟然又动手，躲闪不及被他一拳击中，李飞一拳硬得要命，赵嘉良猝不及防，竟然被轰倒在地……

多少年没被人这样揍过了？

这他妈的……重新教他做人的竟然是他自己的儿子！

赵嘉良怔愣地坐在地上，摸了摸撕裂的嘴角，在心里笑骂，骂了两句，又不可抑制地笑了起来……

从低低的哼笑到狂妄的大笑，李飞像看疯子似的看他，“你笑什么！”

赵嘉良随手蹭掉嘴角擦破的一点血迹，动作缓慢地站了起来。他声音彻底冷了下来，可那悠然的语气依旧带着些轻慢的菲薄，“你去香港打听打听，赵嘉良是什么人。总有一天，你会为你今天的所作所为感到后悔。”

他前一句是说给林耀东听的，后一句是给李飞立的Flag。他倒要看看，等事情都了解了，这浑小子知道今天打的人是他老子，到时候该是什么表情，会怎么办。

他一想到这个，就有点想笑，但半边脸这会儿已经有点肿了，一勾嘴角就有点疼。笑不出来，索性就沉着脸，意味深长地看着李飞。

正在这时，眼见着自己老板吃了亏的钟伟忽然从后面绕出来，二话不说从后面就要摁倒李飞，李飞听见动静警觉地侧身低头，躲过他的拳脚，回身跟他缠斗起来。但钟伟之所以能跟赵嘉良这么多年，除了为人忠诚可靠办事稳妥，更重要的还因为他身手绝对够好，否则的话，就赵嘉良这么个到处树敌的折腾法儿，他就算不为了保护赵嘉良而献出生命，也得被前来寻仇的仇家给弄死多少次了。

李飞在警院学的格斗技巧跟钟伟这种多年真刀真枪打出来、出手就是要人命的路数还有差距，他被钟伟一脚踹倒，从照面到被制伏，前后都没超过十秒钟。钟伟二话不说掏出手铐就要铐他，却被站在一旁的赵嘉良拦住了——

“不是让你不要跟来吗？”

钟伟拍拍手，嘿嘿笑了一声，“无聊嘛，就跟来喽。”

说什么无聊，分明就是不放心自己。

赵嘉良心里清楚，他不可能为这事儿责备钟伟，但也知道钟伟打架从来不留手。看着倒在地上的李飞也着实心疼，他忍不住上前一步，谁知道人刚移步，抱着肚子倒在地上的李飞却倏地抬起头来，怒气横生到简直要喷出火来的眼睛不服不忿地看向他，明明落在敌人手里就差任人宰割了，这小子竟然还是这么个不知道怕的模样。

赵嘉良暗叹一声，迎着他的目光，走到他面前，半蹲了下来，眼神带着一点玩味的探究，故意大到让监听器能听个清楚的声音却异常轻蔑地充满威胁，“阿Sir，奉劝你一句——要找线人，不是这么个找法。哦，还有，我的命从来都不是谁施舍的，而是我自己挣来的。最后——”他说着，拍拍李飞的脸，意味深长地教训他，“年轻人，做事情怎么可以这么毛糙？你怎么能肯定——你看到的一切就都是真相？！”

他说完，不理李飞，扔下他带着钟伟头也不回地走了。监听设备里安静下来，塔寨林耀东书房里，林耀华似是松了口气，“……赵嘉良不像是警方的线人。”

林耀东若有所思地点点头，又剪了一根雪茄，“我现在担心的不是这件事。”

林耀华凑上去给他点上，“那是哪件事？”

“赵嘉良和陈文泽在潮尚吃饭那天，李飞也在潮尚？”林耀东说着，看了看给他烤烟的弟弟，“他去那儿干什么？恰巧林宗辉那天也在潮尚。”

林耀东的多疑和敏感有时候能救命，但就因为太多疑敏感了，经常会因为没必要的事情劳心费神。林耀华知道他哥，当即摇摇头，把烤好的雪茄递给他，哈哈一笑摆摆手，“哥，多虑了，我看李飞就是在跟踪赵嘉良。你刚才也听到了。”

林耀东慢吞吞地吸了口雪茄，闭起眼睛，不置可否地沉默着没再说话。

坐着钟伟开来的车一路回了酒店的赵嘉良回到自己房间，把那件装了窃听的外套随手扔到沙发上，脱掉衬衣在衣帽间里照着镜子看脸上肿起的嘴角和后背在树上撞出的一大片瘀青。钟伟下楼给他买了瓶红花油回来，倒在手里搓热了，拿枪拿惯了的手尽量放轻力道，给他后背的瘀伤缓慢地推了药油。

赵嘉良赤着上身，想来想去，舌尖顶了顶肿起来的脸，忍不住又笑了起来，下手还挺重，嘿！

“良叔？”钟伟被他笑得莫名其妙，他们家老板吃了亏还这么高兴，他跟了赵嘉良这么多年，还是头一次见……

48. 赴　死

又一场蓄谋已久的暴雨终于重新拉开序幕，广州的某出租屋里，林胜武收拾好自己的东西，仔细清理过房间才推门离去。暴雨之中，林胜武出门看了看周围没有可疑的人，沿着小巷朝前走去，在街口拦了辆车，花了高价，让司机载他去珠海。

他在珠海市郊下了车，戴着兜帽一路冒雨而行，他准备再打个车，但此刻雨越下越大，路上没一台空车，他目光警惕地四下逡巡，最终街边的一辆摩托吸引了他的目光。见四周无人，林胜武迅速走了过去，蹲在摩托车边鼓捣了几下，很快便打着火，他骑上摩托，辨别了一下方向，跟着路标的指引，朝着上英镇冒雨而去。

塔寨村内的林宗辉家里，林宗辉的老婆正在和过来看女儿的蔡小玲母亲说话。蔡小玲从医院出来，就被林宗辉接到了自己家里照顾，这个时候，林天昊推门走了进来，喊蔡小玲的母亲，“细姨，我让人送你进城。”

细姨连忙摇头说要自己走，林宗辉走过来，看着林天昊假笑的脸，“外面在下雨，让天昊的人送你。小玲有我照顾，有什么事我会跟你打电话的，你放宽心吧。”

他说着对老婆使了个眼色，看上去矮瘦精干的辉婶会意地陪着细姨走了出去。房间里只剩下自己跟林天昊两人，林宗辉看了他一眼，隐隐地挡住了上楼的路，“小玲刚吃完药，已经睡了。”

林天昊对此没有反应，径自从口袋里掏出一支一次性的针筒和一小袋毒品。林宗辉一把抓住林天昊的手腕，声音严厉起来，“你想干什么！”

“对不起辉叔，这是华叔吩咐的。我只是执行命令而已。”他挣脱林宗辉的手，说着就要朝楼上走去，林宗辉一个箭步冲过去，不客气地将林天昊推开，“这是我的家，轮不到你在这儿放肆！”

林天昊不是不知道林宗辉的能耐，但他背后有林耀华、林耀东撑着，这里是塔寨，他还真不怕林宗辉会在这里对他怎么样，堆起假笑，他为难地眯着眼睛，“辉叔，您别让我作难。”

林宗辉寸步不让地怒瞪着他，朝外伸手，怒吼，“滚！你给我滚出去！”

林天昊没办法，只好掏出手机给林耀华打电话，那边林耀华很快接起来，林天昊将手机递给林宗辉，劝道：“辉叔，华叔的电话总要接的吧？一会婶子回来了，不好看。”

林耀华喊他名字的声音自手机里传出，林宗辉握紧了拳头，没有去碰电话，终于，他挪了一步，让出了楼梯。

“谢谢辉叔。”林天昊眼里带着轻蔑迅速上楼，林宗辉看着他的背影，眼里仿佛要冒出火，他紧握的双拳在颤抖着。楼上，沉沉睡去的蔡小玲对一切都无知无觉。

上英镇是个不大不小的镇子，林胜武寻着出租房小告示，把暂时落脚的地方定了下来。

只有简单家具的房子里，林胜武脱了雨衣，谨慎地在房间里搜了一圈，确认没什么问题，这才疲惫地坐下来，长出口气，从背包里拿出一个出门前封好的塑料袋，将卷着的塑料一层层打开——里面是一部关机的手机。

就是这部手机，送了林胜文的命，让他逃亡至今，让他们几乎家破人亡。

他将那部手机重新包好放回了双肩包里，起身走进卫生间，他看了看手上被雨淋湿的纱布，犹豫了一下，还是走出卫生间，从包里拿出成卷的新绷带把伤口重新包扎了一下。做完这些，他突然想到了什么，起身重新走进卫生间，不放心地打开镜面柜的门，用右手在上面摸了一把，从满手的灰上确认了这房子的确很久没人住过，也没装什么不该装的东西后，他若有所思地盯着抽水马桶的水箱，顿了片刻，沉默着回了屋里……

没多大会儿，林胜武背着双肩包，自出租屋走了出来。

按照林宗辉说的那个“老鬼”的地址，林胜武骑着摩托车在上英镇山前村的路口停了下来。他往远处的临海村落看了一眼，径直把车往山上骑，但山路泥泞，尤其刚下完雨更不好走，开到半山腰，他就把车靠树停下了，自己背着包，带着事先准备的望远镜和匕首，徒步上了山顶。

望着山下的渔村，林胜武掏出手机，拨通了老鬼的电话表明来意，老鬼没多问什么，思考片刻，答应了跟他见面。

没多久，望远镜内一辆绿色的丰田霸道从村里出来，开上公路。车牌清晰可见，正是老鬼描述的那辆车。车里只有老鬼，林胜武通过望远镜往后面看，整条路上，除了这辆尾号“38”的霸道外，再没其他车跟着了。

老鬼按照林胜武的指示将丰田霸道拐进了那个岔道，放慢车速朝着山里开来。车停了下来，老鬼依言下了车，朝山上看了看，然后一边拿着手机一边朝着山上走来。林胜武挂了手机，继续看着望远镜。

将周围环境都确认了一遍的林胜武终于放心地放下望远镜，站起身来。很快老鬼便出现在山道上，朝山上走着，突然停下，似有所觉地回过头，发现林胜武正站在他的身后，老鬼眯着眼睛，说话挺不客气，“我认识你，你叫林胜武，但我不喜欢这一套。”

林胜武诚恳地道歉：“对不起德贵叔，我不得不这么做，请你谅解。”

老鬼看着他，“好吧，我欠辉哥一个人情，什么事，你说吧。”

“要出境——最快什么时候能走？”

“你定时间，几个人。”

“去泰国，四个人。我和我老婆两个大人，两个小孩，一男一女，是我的孩子。”他说着顿了顿，爽快地道，“泰国。钱我照你满员的单给。”

老鬼点点头，“不用，我说过，我欠辉哥一个人情。”

林胜武开口，眼神仍然戒备地看着周围，“谢谢德贵叔，那就后天夜里，到时候我再跟你电话联系。”

“好。”

正说着，林胜武朝老鬼打了个手势，示意他不要说话。他凝神警惕地听着周围的动静，很快，不远处传来一声脚踩在枯树枝上的脆响……

说时迟那时快，林胜武反应极快地从腰里拔出匕首，以迅雷不及掩耳之势扑到老鬼的面前，一把揪住老鬼的衣领，匕首抵在他的脖颈上，双眼凶狠如狂暴野兽，“你他妈的卖我！”

老鬼面无表情地木然盯着前方，“他们先找到了我……我也有家人。”

林胜武发狠地将匕首刺入老鬼脖颈，血很快渗了出来，老鬼绝望地看着他，没有任何反抗。林胜武一把将他推开，飞身扑向半山腰的摩托车。与此同时，心知这次绝不能再让他跑了而亲自赶过来的林灿和林天昊带着一个马仔出现在不远处。林胜武一路朝着半山腰的小山路飞驰而去，林灿眸光微凝，举手朝着他的后背打了一枪——山间空旷，那枪装了消音，打出来也没什么动静，骑着摩托车的林胜武却在那瞬间差点失去平衡从车上掉下来！

林胜武眼前一阵发黑，但他不敢停下来，死死握着摩托车的把手，加速前进，很快便消失在了林子里面。林灿放下枪，眸子里透出杀戮的决心，“他中枪了，跑不远。”

说着，看了看地上还有气息的老鬼，眼睛都没眨一下地举枪对准他的脑袋，给正在地上垂死挣扎的男人补了一枪，跟在林天昊后面也追了上去。

林胜武的摩托油门已经踩到底了，但山间泥泞，实在不好开，他又伤得太重，后背的衣服几乎已经被血浸透了。

脸色苍白的他一边骑车一边观察着下山方向，林天昊和马仔在后面拼命追赶，林胜武回头确认自己已经将林天昊他们甩开了一段距离，谁知道就在这时，轮胎被一块石头绊了一下，因为车速太快，整个车身弹起来，林胜武一时失去控制，被摩托车重重甩飞了出去！

他在地上滚了几圈，拼命抓住一棵树才勉强让自己停下来。从地上爬起来，他的视线已经开始模糊，慌不择路地朝山上趔趄着跑去……

两条腿已经越来越沉，如灌了铅一般，身体冷得彻骨，好像山风都从后背的枪伤处灌进了身体里似的。好不容易走到了山顶，林胜武捂着胸朝前跑了几步，紧接着，大脑有一瞬间的空白，整个人都颓然地绝望起来……

前面是悬崖峭壁，峭壁下面就是奔腾呼啸的大海，他苦笑一声，回看身后见林灿等人还没追过来，他掏出手机，颤抖着手拨通了林宗辉的电话。

此时的林宗辉正在自家院里修着一扇门，他不知什么原因显得格外焦躁，手被自己用榔头敲中，疼得他将榔头扔在一旁，狠狠地踩上去泄愤。这个时候，放在一边凳子上的手机响了，林宗辉看着陌生号码接了起来，林胜武虚弱沙哑的声音立刻传了出来，“辉叔……老鬼被林灿和林天昊盯上了，我……恐怕挺不过去了。”

“你在哪儿！”林宗辉猛然站了起来，已经顾不得被榔头敲上的疼痛，下意识地往外走了两步。电话里的林胜武感受到他真切的担心，释然满足地笑了一下，他觉得透不过气，想做个深呼吸，可是后背的伤口太疼了，他只能小心地一下下倒着气儿，“辉叔，对不起，给你添了这么多的麻烦。”他说着猛烈地咳嗽起来，不放心地请求道，“辉叔，我的两个孩子还望您多多照顾。辉叔，能答应我吗？”

林宗辉牙齿咬得太紧，连牙龈都渗出血来，他没犹豫，沉声跟林胜武保证，“……你放心吧。”

山顶上的林胜武，抹了抹嘴，看着自己手上的血沫子，释然地跟林宗辉说：“辉叔，胜文的手机我藏好了，如果你想要的话，就派人去取吧。不过要快。我把它藏在出租屋卫生间马桶的水箱里了。”他顿了顿，准确地说出了出租屋的地点，再三跟林宗辉确认，“……辉叔，地址和开机密码，你记清了吗？”

林宗辉心里疼得几乎要揪起来了，林胜文、林胜武兄弟俩从小没了父母，几乎是他一手带起来的，他已经永远失去了三宝，又这样眼睁睁地看着林胜文、林胜武相继死在林耀东的人手上！

他情难自控，疾步回屋从卧室里摸出了枪和子弹装进口袋里，急切地问林胜武，“我记清了。你在哪儿？我去救你！”

“不，辉叔，来不及了。”走到这个狼狈的地步，还有个人愿意替自己出头，林胜武似是满足地笑了一下，断断续续地最后对林宗辉说道，“辉叔，他们并不信任你，他们从来就没有信任过你。你自己要多保重……最好为自己留条后路……辉叔，如果还有下辈子，我还会给你当马仔。”

林宗辉略微哽咽的声音传来，林胜武按了结束通话按键，看着下面奔腾呼啸的大海，不断翻涌而起的浪花就像是一张张大嘴，仿佛迫不及待要将他吞没一般。

林灿等人已经气喘吁吁地追了上来，手里的枪遥遥对着林胜武，他转过身，背后是峭壁深海，眼前是昔日兄弟的枪口。

前后皆无退路。

林天昊逼近，举着枪发狠地盯着他，“林胜武，你把东西交出来，就可能饶你一命。”

“我还会信你们的话吗？”林胜武剧烈地咳嗽，满嘴往外呛血，却张狂地笑着将手中的手机举起来，在他们面前晃了晃，“想要吗？”

“给……我……”林灿握紧了手中的枪，跑得上气不接下气，说话倒是比他这个要死了的人更费劲一些。

林胜武不屑地哈哈一声大笑，当着他们的面，将手机狠狠地扔了出去，手机入海，连声动静都没有，满耳朵都是巨浪拍打礁石的声响。看着手机被抛入海中，林灿等人瞪大眼睛，全被震住了。

林胜武挺了挺身子，他用力甩甩头，试图让视线更真切一些，仿佛已经真的将生死豁出去了，慨然洒脱道：“好了……证据我已经毁了。一人做事一人当，世上再没有我林胜武。这是你们要的最好的结果，满意了吧？”

“胜武！”林灿紧紧地看着他，犹自不放心地问，“那视频还有谁看过！”

失血太多了，后背的枪伤让林胜武身子晃了一下，闻言，他奚落地咧嘴笑起来，艰难地抬手指了指天，声音很轻，却激得林灿等人起了一身的鸡皮疙瘩，“人在做，天在看。”

说完，他毫无留恋地转过身走到悬崖边，海风拂起了他的头发，林胜武微笑着伸开双臂，他冷硬的脸上露出一点眷恋和不舍，他看了看海天相接处依旧乌云密布的天空，慢慢张开双臂，像俯冲入海的海鸟，猛地从悬崖上跳了下去！小玲，对不起，我下辈子再来陪你吧。

海浪将他瞬间吞没，林灿等人心中巨震，片刻的目瞪口呆后连忙跑到悬崖边上，不放心地往下看，海上风浪滔天，世间再找不到林胜武这个人了。

“不对。”片刻后，林灿紧紧皱着眉，“我总觉得，依林胜武的谨慎，他为‘证据’跟我们藏了这么久，不会这么轻易就毁掉。”他说着，猛地转身往山下走，边走边跟林天昊和手下人说：“赶紧去找找，他不是开了台摩托吗？看看留下什么没有！”

林胜武摔车的时候挂在摩托上的包也跟着飞了出去，林灿等人在距离摩托不远处找到了，翻找中，林天昊从里面的口袋里掏出了一把单片的黄铜钥匙，“灿哥，就这个。没有别的手机，他的手机不是扔到海里去了吗？”

林灿瞥了眼钥匙，看傻子似的瞪了林天昊一眼，“他给老鬼打电话用谁的手机打的？”

“……他自己的。”

“所以林胜文的那部呢？！”

“可是灿哥，”林天昊随手把那背包扔下，站起来，“你怎么确定扔到海里去的那部就一定不是林胜文的手机？”

林灿始终拎在手里的枪收了起来，“这小子鬼精鬼精的，他第一次来跟老鬼接头，这么重要的证据不会带在身上。”

“那他会把手机藏哪儿？”

“林胜武做事很谨慎，他不会轻易从外面过来直接扎到山前村里，目标太大了。上英镇人多，外来采买水产的外地客人也多，”林灿一边思考着一边说，“要我是他，一定会在上英镇找个地方。快让上英镇的弟兄赶紧找！”

林天昊的脑子注定了他只能当林灿的跟班，“找……什么？”

“林胜武住的地方！”林灿有点急了。

林天昊却犹自犯了难，“这上英镇说小也不小，可怎么找？”

林灿舔舔嘴唇，看看那辆倒在一边的摩托车，微微眯了下眼睛，“把林胜武的那辆摩托车拍下来发给你手下。这辆摩托车挺贵挺拉风的，应该很扎眼。肯定有人见过林胜武和这辆摩托车。”他话都说完了，看林天昊还木讷地站着，急得踹了他一脚，“快去啊！”

林天昊这才反应过来，忙答应一声，林灿看了看跟在一旁的手下，凝声吩咐，“阿扁，把老鬼的尸体也扔到海里。”

远在东山塔寨的林宗辉看看表，五分钟过去了。手机一直没再响过。这个时间……足够林胜武死得透透的了。

被打断腿的二宝、被人害死的三宝、躺在楼上流产大出血被强迫吸毒的蔡小玲、他们家该好好出生的第三个孩子、林胜文、林胜武……胜武只说他们不信任他林宗辉，这何止是不信任，林耀东兄弟俩是要把他三房赶尽杀绝啊！

林宗辉虎目圆瞪，眼睛通红通红，他攥着手机的手青筋暴起，指甲都用力到发白，他足足用了五分钟来挣扎，最终他咬着牙把心一横，决然地按早就记在脑子里的号码，给李飞打了过去！

李飞给他的电话卡他已经毁了，拨电话是用的他自己的手机，那瞬间他情绪激烈到几乎不害怕手机记录被林耀东他们发现……如果不是他们逼得胜武走投无路，胜武不会告诉他手机放在哪里，证据的事情会永远石沉大海，可是他们不信任胜武，也不信任他三房的任何一个人！

既然你们不仁，就别怪我林宗辉不义了。

手机接通，李飞那边问了声“你好”，林宗辉坐在家中堂屋里，目光直勾勾地看着院门，声音格外沉肃，“是我。林宗辉。”

李飞精神一振，他没废话，直接说了林胜武给的地址和手机藏着的地方，像林胜武刚才跟他确认一样，“你都记下了？”李飞那边应了一声，林宗辉点点头，“要快，林灿他们在那边。”

他这话的意思，就是林胜武已经死了。李飞心头一紧，他看了眼依旧毫无动静的东山大酒店正门，想也没想一边打电话一边飞速发动了车子，“……林宗辉，我想告诉你，你的选择是正确的。”

谁知道对不对？从心从情罢了。林宗辉一言不发地挂了电话，呆坐在家里，悲愤的脸上显出少见的老迈和颓然来。

李飞的车开上了主路，他给马雯打了个电话，“马雯，我已经离开东山大酒店，你替我继续盯着赵嘉良！”

电话那边的马雯愣了，“你要去哪儿？去干吗？”

李飞不再说话，决然挂断电话，顾不上违章超速，打着方向盘，直接将车往高速口开了过去！绝不能再让对方毁灭证据，不惜一切代价，他必须要拿到那至关重要的证据！

一路追赶林胜武已经精疲力竭的林天昊给手下打了电话让他们去找见过那摩托的人。三个人坐在老鬼的那辆丰田车上等消息，大约过了一个多小时，林天昊歇过一口气儿来，刚才眼见着林胜武跳海的骇然也压了下去，他搓了把脸，“灿哥，咱们回村去取车还是怎么着？”

“你脑子被猪吃了？”原本在旁边按捺着烦躁闭目等消息的林灿闻言怒骂一声，伸手就在林天昊的脑袋上打，“这老鬼的车还敢开回村里去？阿扁，直接去上英镇！”

林天昊摸着脑袋有点委屈，林灿看着他恨不得撬开他脑子看看里面到底装没装脑仁，“给你手下打电话，问他们找得怎么样了。”

林天昊连忙掏出手机，林灿又思索了一下，又把他拦住了，“等等。林胜武不会去找任何认识的人，更不会找中介租房……让你的弟兄到刚进镇的那条路上，还有附近的街面，去找那些出租屋的私人小广告。给上面留下的号码打电话，问最近两天有没有新租户。”

林天昊连忙点头，林灿给了目标，在街面上漫无目的寻找的马仔们感觉事情容易多了，四五个人分头给各种电线杆和角落里贴着的租房小广告打电话。从山前村去上英镇这段路没有高速，又刚下完雨，山路不好走，车子开了一个多小时，就在日渐西沉，林灿就快失去耐心的时候，在上英镇上打了无数个电话的马仔终于来了消息——

“昊哥，找到了！林胜武在施英村租了一间房子，今天上午才租的。”

“你们在镇上等着，我们一会儿就到。”林天昊说完，林灿看着开车的马仔，马仔看了看距离，“还有五分钟！”

而此时的李飞又把车开成了贴地火箭，导航里超速报警响了一路。

李飞下高速，绿色丰田霸道也终于拐上了平坦的公路。

两条奔着上英镇去的车道，李飞跟霸道几乎同时冲了上去，那霸道比李飞开得更快，超车间李飞下意识地看了眼对方，紧接着就眼皮一跳——他在车里看见了林灿！

李飞连忙轻踩刹车，看着那车朝着镇街方向而去，越发着急，仓促间他看见旁边上英镇派出所的宣传灯箱，心念电转，他把车停下来，拿过还开着导航的手机，直接按照上面的电话给派出所打了过去！

“警察！有人开车撞人逃逸！有一辆丰田霸道，绿色的，撞倒了一个老人，那辆车朝着施英村方向逃逸了！”李飞就是个警察，报起警来格外在行，他迅速地跟接警员报出了那台绿色丰田霸道的车牌号，末了假做仓皇地催促，“你们快派人去追啊！”

接警员按部就班地问：“被撞老人呢？”

李飞脸不改色心不跳地报假警，“已经打了120，救护车马上就到了，你们赶紧抓人，别让他们跑了！”

他说完就迅速挂断了电话，开着车追在刚才霸道消失的路口也往施英村方向去了。

上英镇派出所接到报警迅速做出反应，说巧也巧，上英镇派出所在施英村有个岗亭，离这里就五百米距离，前后没出五分钟，一台警车就把绿色霸道拦在了即将通向林胜武出租屋的最后一个路口——

“你们的车停下，停车，那辆丰田霸道！”

警察拿着喇叭喊他们，手上刚染了血，林灿等人听见警察点着名喊他们，一瞬间几乎全厌了。

林天昊声音绷得紧紧的，“灿哥，怎么办？”

林灿攥紧拳头，强迫自己冷静下来，他深吸口气，不露痕迹地往外看了一眼，吩咐阿扁，“停车。快找行驶证，快！”

警察朝他们快步走来，前座阿扁一阵手忙脚乱。

“有人报警说你们肇事逃逸，身份证、驾驶证出示一下！”

听说是肇事逃逸，林灿跟林天昊对视一眼，心里暂时全稳了下来，前面阿扁把行驶证和自己的驾驶证一起给了警察，林灿他们在警方的要求下打开车后座下了车，“警察同志，谁说我们撞人了？没有的事，我们刚进村……”

出警的民警脸色不善地看他一眼，“你们几个，把身份证拿出来。”

李飞驱车追上来，坠在后面看了一眼被拦下的林灿等人，打着方向盘从后面绕到了林胜武的出租屋背后，把车停在边上，飞快冲进楼道。

还好这房子的门不是防盗门，以李飞的开锁技能，这单片儿的锁头根本不在话下，几下就将门打开，他反手关上门，进屋就飞快地闪身去了卫生间。

抽水马桶里，林胜文的手机还裹着层层塑料袋放在那里，李飞松了口气，把手机拿出来紧张地要走，想了想却又撤了回来——

他走到桌子边上飞快地拆开手机外的塑料袋，把里面那部至关重要的手机拿出来，按了开机键……

还好有电！

李飞屏着呼吸输入林宗辉告诉他的开机密码开机，在视频文件夹里迅速翻找，文件夹里就那一个视频，他一边打开林胜文手机的蓝牙，一边把自己的蓝牙打开，开始把视频导入自己手机。

3%……8%……15%……40%……

进度按部就班地刷新，李飞紧张得脑门上见了汗。他不自觉地攥紧拳头，眼睛紧紧盯着不断往上跳字数的蓝牙数据信息，甚至忘了呼吸。

在一片死寂中，楼道里传来了凌乱而急促的脚步声。林天昊他们已经摆脱了警察的盘问赶到了这里。

75%……87%……93%……

李飞抓起手机犹豫一瞬，最终还是咬着牙放下，终于等到进度100%，传输完成！他把自己手机谨慎地收进外套的内袋放好，删掉林胜文手机上的蓝牙信息，把手机重新关机，擦掉指纹用塑料袋包好，飞身回到卫生间，打开水箱把手机原样放回去，与此同时，单薄的锁片轻轻弹了一声——

“搜！”林灿低喝，林天昊和另一个马仔开始四处查看，林灿眼尖地发现一扇窗户是虚掩的，他走到窗户前，推开窗子往外面张望着——身体紧紧地贴在墙根，站在楼下的窗台上，半只脚都悬在外面的李飞闭上眼睛，借着楼上窗台的遮掩，尽力将身体和头往后靠，只要林灿再抻长脖子低个头，李飞就将无所遁形！他嘴唇抿得极紧，只有半个脚掌着力的他几乎就要坚持不住了，这时楼上传来窗户被关死的声音，他睁开眼睛，松了口气，额头滴落的汗珠沿着紧绷的侧脸落下来……

李飞深吸口气，飞身躲过马仔的警戒，从楼道里闪出去，绕到后面，钻进自己车里，片刻都没停留，一脚油门直接轰下去，开着车飞快地出了施英村！

他单手握着方向盘，腾出一只手来给蔡永强打电话，蔡永强看他用的是自己的号码，犹豫了一下接不接，片刻后还是接了起来，“李飞？”

李飞声音有点打战，刚才争分夺秒生死一线的紧张感还没过去，“蔡队，是我，我在上英镇。上英镇派出所有没有你信得过的人？”

蔡永强关上了自己办公室的门，不知道李飞怎么会跑到上英镇，却知道他打这个电话肯定是有急事，“什么事？说。”

“我拿到了林胜武手机里的证据。林灿和林天昊也在上英镇。为了拖住他们，我报了一个假警，说他们的车撞了一个老人。”李飞虽然紧张着急，但脑子很清醒，“上英镇派出所的人会通过手机号找到我，这事你得马上摆平。”

没有任何迟疑，蔡永强点头答应，李飞另外又说：“还有，林宗辉用他自己的手机给我报的信。为防万一，你得想办法把他的这个电话给消掉。我得赶紧离开上英镇，一会儿再跟你联系。”

“知道了，我都会办妥的。”蔡永强没想到这小子竟然这么冲，听见关键证据到手，心中一震眉间一凛，转头看着办公室里的周恺，“周恺，你是不是有个同学在上英镇派出所当副所长？”

周恺一愣，“是啊，怎么了？”

蔡永强脸色紧绷，沉声道：“帮我个忙。”

彼时，正坐在自己书房内看着赵嘉良房间监控画面的林耀东拿过电话，他接通视频通话。林灿调了一下手机摄像头，把从马桶水箱里找到的手机给林耀东看了一眼确认，“东叔，林胜文的手机拿到了。奶奶的，林胜武把手机藏在出租屋的抽水马桶水箱里。我已经看过了，里面的视频也在。”

林耀东心里的石头总算是放了放，林胜文的手机就是一个隐形炸弹，现在他们总算是拆弹成功了，“没有人发现你们吧？”

“有点岔，虚惊一场，回来再跟您细说。我们得赶紧离开了。”

“好，你们赶紧拿着东西回来。”林耀东挂断了电话，站起身在屋子里面转了两圈，总觉得有些不安，掏出另一个手机给马云波打去了电话，“这几天禁毒局没有什么异常吗？”

电话里，仰头靠着自己办公室椅背的马云波没睁眼睛，“没有，周边各个市县的警力也没有异常的动向。”

“李维民有什么消息吗？”

马云波的声音听上去疲惫无力，“没有。但基本上确认就是因为李维民妻弟张自强的事被接受调查，但联合调查组的左兰和苏康没有离开广州，好像正在配合省厅有关人员的调查。”

林耀东心下稍定，告诉他，“林胜武手里的东西被我们拿回来了，你放心。”

马云波顿了顿，似是松了口气，“……林胜武人呢？”

“你放心，他不再是你担心的对象了。”林耀东话没说明，但彼此都懂，“禁毒局方面还麻烦你多盯着点。”

“好。”马云波点点头。电话里，林耀东礼貌地说了一声“谢谢”。

谢？马云波睁开眼睛，半晌后，自嘲地笑了一声……

49. 悔不当初

真细算起来，马云波被林耀东拖下水的时间不长。

也就是在一年前。他头天发现于慧吸毒，第二天夜里，就被林耀东以发现三百公斤毒品的借口叫了出去。

一座豪华会所的大厅里，就林耀东一个人。林耀东毫无敌意地和善微笑，把手里的iPad递给他，上面正播着一个偷录的视频——

“一千块钱的。”马云波哪怕闭着眼睛都能听出来这是他老婆的声音。

“你要什么货？”

“老样子。”

于慧紧张离去的背影，没露脸的毒贩中，一个人一把摁住了手机的镜头似的，画面全黑下来，视频里的对话仍在继续，“她真是公安局副局长马云波的老婆？”

“你找死啊，拍这个干什么？！”

……

视频结束，马云波心下一片冰凉。

沙发上，林耀东无辜地看着他，好整以暇，“马局。”他说着，朝门外喊了一声，“带过来！”

双开的实木门应声而开，林灿和林天昊一人抓一个，把两个录视频的小马仔推进来，摁着跪在了林耀东和马云波面前。

马云波惊疑不定地看着地上的人，眸光更沉地落在林耀东身上，听见他说：“这两个人的家我已经派人去过了，全翻遍了，所有的照片视频全销毁了，他们的父母与老婆孩子都安抚过了。现在，听您的，怎么处理这两个人。”

他的意思太明显了，马云波满脸冷硬地站在几步外跟他对峙，声音沉冷严肃得吓人，“不要以为你可以拿这个要挟我马云波。”

“要挟？！你马局长说我林耀东要挟你？！我有没有听错？！”林耀东不知因何，突然激动起来，表情愤慨，又似乎有感同身受似的怜悯，“你是英雄，我以为尊夫人更是英雄！身上九颗弹丸无法取出，那是怎样的疼痛？人的身体是肉长的，那种比死还痛苦的疼，吗啡是不管用的了。没有海洛因，她怎么活？！难道为了你一个英雄的名号，她就得去死，或者活在比死更难受的日子里吗？我的马局长，那不是一天，那是一天又一天、一年又一年生不如死的日子！我理解，非常理解！你呢？！你说我要挟你……不伪善吗？！你对得起你的妻子吗？！”

当时的马云波莫名其妙被这位东山出名的林书记教训了一通，一时弄不清林耀东的真实企图，狐疑地看着他。

林耀东一个手势，跟林灿他们一起进来的林耀华从包里拿出一大包的海洛因交到他手上，他站起来，把货亲自送到马云波面前，“对不起，我激动了，请原谅。这点东西还请收下。跟您太太说，以后这种事情就不要亲自做了。弟妹断货的时候，我会让我底下人给她送。这不是贿赂，而是……钦佩，由衷的钦佩！这样的女人，是你的福气！一生的福气。她为你英雄的名号而付出了一生疼痛。我想请问你，为她的付出，你又做了什么呢？！……你是怪罪她吗？”

林耀东说着把那包毒品放到他手上，马云波始终觉得，那是他这辈子拿过最沉重的东西……视频在前，海洛因在后，马云波知道自己是着了他们的套儿，他拿着毒品，冷硬的脸上一点表情都没有，声音却透着无法掩饰的愤怒，“说吧，你想要什么？！”

林耀东客气友好地笑笑，示意马云波坐下，马云波只当没看见，腰杆儿挺直地戳在那里盯着他，他不坐，林耀东却依旧微笑着坚持请他落座，片刻后，马云波微微眯了下眼睛，还是坐到了他旁边。

林耀东满意地看着他，直言不讳，“当然了，东山弹丸之地，抬头不见低头见，我当然也希望马局长能对塔寨有所关照。”

马云波声音很冷，“你想让我怎么关照？”

“马局长来东山上任两年，可了解东山？……东山穷啊，穷了不止几代，几十代了！但越是穷的地方，人情味越重。人呢，也就越讲理、讲义气、讲人情！当然，一个族群也总有不听话的、不懂事的、犯浑的！让他们受惩戒也是必须的。可是，他们的父母、亲人会求到我，我怎么办？！铁面无私我真做不到！……再把话讲明些，姓林的求到我头上，我都得管。一个姓林的有多少个亲戚朋友？他们求到我林耀东头上，我也得管。支书只是个头衔，虚的。威信和办事能力才是实实在在的，给我的村民带来利益才是现实的。要是平不了事儿，还会有谁服我？村民要是不服我，我还怎么管理塔寨？”

“我有我的底线，”林耀东没说明白，但马云波从这些话的信息里读出了他的意思，“你要平的事儿不能涉及人命。因为——人命关天！你应该懂。”

林耀东微笑，朝马云波伸出手，“马局，咱们这个朋友，今天就算是交上了。”

其实当时马云波已经在开始怀疑塔寨有问题，只是所有的怀疑还没有进行到拟定行动计划查证的阶段，他看着林耀东的手没动，不放心地加了一句，“第二，不能涉毒！”

“毒？！”林耀东缩回手，顿了一下，摇头遗憾地笑了笑，打了个马虎眼，含混地说道，“我保证不了，看什么性质了。马局，现在我们面前的这包东西，算不算？！”

马云波被堵得哑口无言。

那件事过去没多久，林耀东又给他打了个电话。当时市长召集开会，他和罗旭都在，他挂断一次没接，手机再响，会上领导同事都看了过来，他这辈子第一次干这种事，心虚，强打精神告了个假，出去接电话。

当天夜里，他去了电话里跟林耀东约好的地点——还是那个会所，那个房间。

临窗的墙根下堆放着十几个纸箱，林耀东指了指地上的箱子，“有人报警了，以防万一，我得请出你这尊菩萨来供一供。”

马云波心下更沉，他沉默着走到窗口，拆开纸箱，果不其然，里面是一袋袋封好的成品的冰毒！

弯腰拿起一袋仔细检查，他职业病地拆开包装，用手指沾了一点放在鼻子下面仔细闻了闻，又放在嘴里尝了尝，然后吐了出来，猛地回头，他惊疑不定地看向林耀东。

林耀东坦然道："纯度达到96%，国内目前最上等的冰毒。"

马云波扔下手里的那袋冰毒，冷冷地问他："谁的？"

林耀东微微一笑，气定神闲，"我的。"

马云波眯起眼睛，"林书记，这玩笑可开不得。"

"我这人从来不开玩笑。"

话说到这个份儿上，再说什么也没意义了。他迅速抽出手枪对准林耀东，而一旁的林灿、林天昊也拔出枪来对准他，林耀东还是那副波澜不惊的样子，"马局长，你这么做就不够意思了。"

他声音冷凝，几乎绷成一线，"林耀东，到底是怎么回事？！"

"很简单，"林耀东说，"两个小时前，一个过路的河西村民做了件蠢事，发现了我的这批货，于是打电话给110报了警。幸亏我们及时发现，把这批货转移了出来。"

马云波当时并没有把注意力放在报警村民上，他额头上渗出汗来，端着枪，紧张地判断着形势，"林耀东，如果你带着这些毒品去市局自首，或许还能救你一命。"

"自首？"林耀东仿佛听见一个笑话，哈哈大笑起来，"你要东山最大的制毒基地老大去自首？"他说着摇摇头，平复气息，笑吟吟地看着马云波，"我倒是还有一个方案。你可以成为我的合伙人，以后我的每批货你有10%的利润。10%的抽头并不高，可你得谅解我，我的利润还得被人抽走若干个10%。"

马云波仿佛听见了个笑话，"林耀东，你也太低看我马云波了吧！"

"我知道，你马云波不贪财不好色，几乎没有弱点。"林耀东微带苦恼地说，"为了跟你交上朋友，我林耀东可是费尽九牛二虎之力。不过你这种人，太过爱惜羽毛，把自己的名誉看得比什么都重要。"

他说着，漠视马云波的枪口，朝他走了过去，马云波后退一步，已经是色厉内荏，"别动！"

林耀东却视若无睹地步步逼近，"全国公安三级英模，广东省优秀人民警察，东山市公安局主持工作的副局长，老婆买毒吸毒，视频要是发到网上，会有怎么样的效果？别人能理解尊夫人的痛苦吗？能理解你的难处吗？”

对方的每一句话都在诛心，汗水从马云波的额上淌下来沾在眼角渗进眼睛里，他被蜇得眼睛生疼，握枪的手不可控制地颤抖，林耀东走到他身边，朝他伸出手来，他坚持握着枪没动，片刻后，林耀东摇头无奈地笑笑，上前抓住他的手，而他也没有抵抗……就这么让林耀东将他手里的枪接了过来。

林耀东弹开弹匣，将弹匣里面的子弹都退出来，子弹落地的声音像被放大了无数倍直敲在他心头，马云波像个木头人，看着林耀东径直走向窗边跟毒品箱子放在一起的另外三个矿泉水箱，“人啊，就是要接受自己优秀的一面，也要接受自己肮脏的一面。”

马云波呆呆地看着前方的地板，却被林耀东引着打开了另外的三个矿泉水箱——

林灿和林天昊让人把早就准备好的三个纸箱搬过来，一打开，里面满满都是一捆捆百元的人民币，码得整整齐齐，林耀东朝那笔巨额现金指了指，“这是三百万。是我表示的诚意。”

马云波摇头，“我不要钱。”

“世上每个人都有价码。这钱你恐怕必须得收下，不然我不安心。”林耀东说着，不容拒绝地拍了拍马云波的肩膀，“这是交换，也是交易。”

还有个词，林耀东没说出来，但马云波却心知肚明——

更是威胁。

他收了钱，就彻底跟林耀东的贩毒集团绑在了一起，可他不收钱，他老婆吸毒的事情就要被抖出去。

横竖都是死，而林耀东拿准了他的要害——他爱惜他的羽毛。

哪怕人已经要从骨子里往外开始腐烂了，外表的干净，他还是放不下。

结果这事儿发生的第二天蔡松林就死了。

刑侦方面草草结案，当时因为蔡松林报案发现毒品而带人出警的蔡永强为这事儿私下里找过他，“马局，你不觉得果园那个案子蹊跷吗？”

那案子后来陈光荣跟他交过底，他别无选择，“……哦，那是有人喝醉了报的假警，不是都已经证实了吗？”

“证实了？”蔡永强当时奇怪地拔高了声音，马云波能看出他的不满，“可是蔡松林第二天就死了！”

尽管如此，蔡永强那时候的怀疑还是让他强行压了下来，“蔡永强，禁毒大队没事儿干吗？这个案子没查到还有别的案子，一个毒贩没抓到可以抓下一个。东山贩毒活动那么猖獗，你老盯着一个干什么？”

他当时其实也紧张不安，借着引子把蔡永强骂了一顿，但也是从那时起，蔡永强开始把怀疑的目光也落在了他的身上。

李飞开车回到东山的时候已经晚上九点多了，他一路都琢磨着视频，车一下高速，他就先找了个人迹罕至的乡路，把车停在边上，再次打开了视频。

视频里，随着镜头的晃动，画面渐渐稳定了下来，看得出来，这是拍摄视频的人慢慢靠近了一扇窗户，站在旁边，透过一个缝隙往里拍到的画面。镜头里，距离偷拍这边没多远的另一个窗边，堆放着已经打开的成箱毒品。……和站在毒品前的马云波。

手机将会所里发生的一切都清晰无比地拍了下来……

李飞坐在那，呆呆地看着前面，手机自他手里滑落他似乎都没察觉到，他脑子一片空白，也不知道为什么这么难受，好像有只手从嘴里伸进去，堵住他的呼吸，活生生捏着他心脏拧了一圈。

三百万……他没想到，林胜文当天跟他说的“三百万”，竟然是个实数。更想不到的是，林胜文说的那个“你领导”，竟然会是马云波……

他不敢相信，他真正的敌人，竟然是他那所谓的在东山市局里唯一信任的人——他亦师亦兄的朋友，他舍了命替他挡枪子儿救回来的人。

就在前不久，他还因为蔡永强怀疑马云波，而跟自己的队长大吵了一架。他那么信任的人，最后竟然是背叛至深的人——幕后Boss，隐藏在林耀东背后、为他的制毒基地打掩护的，东山最大的保护伞！

为什么是你……为什么是你！！！！

李飞崩溃地嘶吼着一拳狠狠砸在中控台上，他发了疯，泄恨地用脚狠狠踹驾驶室下的钢板，片刻后，他却又神经质地忽然停住动作，整个人完全静止，慢慢抬手捂住脸，肩膀抽动，很快泪水自指缝间渗了出来。

地上的手机在响，李飞吸吸鼻子狠命深吸口气，咬牙接起了电话。

“李飞，是我。”电话里，蔡永强的声音也是紧绷的，“你到哪了？视频里有什么？”

“我到东山了。”李飞尽量克制着自己的声音里夹杂着挥不去的鼻音，他痛苦地闭着眼睛仰头靠在椅背上，“是……马局。”他说着，死死咬着牙，才把最后那句话说完整，“……你的怀疑没有错。”

虽然绝望痛苦，但情绪冷静下来，李飞还是非常理智的。

他怕自己这边再出什么意外，先把视频给蔡永强手机发了一份，自己在乡间小路的车里枯坐半宿，就这么迷迷糊糊地睡了过去，天蒙蒙亮的时候，他猛然惊醒，拍拍脸打起精神，下车活动了一下，家没回，禁毒大队也没去，开车重新上了高速，准备去广州，到省厅走一趟。

同样折腾一宿的不只李飞，禁毒大队蔡永强办公室的灯亮了一夜，蔡永强和陈自立都没回家，两个老烟枪抽的烟都把烟灰缸塞满了。

盯着视频上的马云波，陈自立捏了捏自己瘪了的烟盒，伸手把蔡永强烟盒里的最后一支不客气地拿过来点上，“……我心里真他妈不好受。马云波和李飞是过命的关系，对李飞来说，打击会更大。”他说着，叼着烟烦闷地深深吸了一口，“咱们现在怎么办？禁毒大队就在马云波的眼皮子底下，外面有林耀东的手下死死盯着，李局又被双规……简直是内外煎熬。”

蔡永强看了眼空烟盒，随手扔进脚下的垃圾桶，熬红了的眼睛盯着视频，他这一宿也没怎么说话，这会儿却像是终于想通了什么，沉吟着摇了下头，“我要是李维民，也会这么做的。”

陈自立眉毛一挑，“什么意思？你是说……”

蔡永强直起身子，声音透着抽烟过多的沙哑，但语气已然非常肯定，“李维民是个外科大夫。塔寨这个毒瘤，才刚刚被探明位置，他能摁下心痒，不动这个大手术？”

“那他现在是应该躲在什么地方，悄悄地做术前准备呢？”陈自立觉得蔡永强说得有道理，“那外面传的什么双规、什么受贿……”

“在这个时候，我不信李维民会被抓住什么把柄，”蔡永强摸摸下巴，他昨天没刮胡子，今天又没回家，两天下来下巴上都有了颓废的青胡楂儿，只是目光豁亮，整个人显出异常的兴奋来，“除非——他是有意这么做的。”

在外面吃了饭，昨天半夜回来的林灿没敢上门搅林耀东的好梦，但他也不敢多耽搁，天一亮，他就叫着他阿爹一起到了林耀东家。

早上林景文也还没出门，几个人都在书房里，存着证据的手机完好地交到林耀东手上，林灿低声汇报：“……另外回来的路上，上英镇派出所给我打了电话，说经调查，那个倒地的老人是自己摔倒的。目击证人从餐馆出来，正好远远地看到我们的车，就以为是我们撞了人逃逸。”

林耀东把玩着手机，皱着眉没有说话。

“哥，应该不会有问题的。”林耀华说着指了指他手上那沾着几条人命的手机，“再说灿子也找到了林胜文的手机，视频也在。”

林耀东不置可否，“赵嘉良那边有什么异常吗？”

“没有。他每天去一趟工地转转，剩下的时间基本上都待在酒店里。每天给他香港的公司打两个电话，大多是公司的事。所有的电话都录音了，哥你也都听过了。剩下的时间就在健身房和游泳池里过的。”

“李飞还盯着他吗？”

林耀华从鼻子里轻蔑地哼笑一声，“李飞和那个女警察每天都在大门口轮流蹲守，但你放心，他们看不到什么有用的东西。”

林耀东点点头，转头看向桌边随手翻着那本《猎人》漫画的林景文，“景文，你那个暗网上的买家有消息了没有？”

林景文摇头，“还没有。”

“不是说已经来东山了吗？”

“我也不知道啊。”林景文也着急，“但暗网就是这样的，我只能等着他再通过暗网跟我联系。”

林耀东想了想，看向一旁始终开着的赵嘉良酒店房间里的监控视频，把电话给赵嘉良打了过去——

房间里，赵嘉良刚洗澡出来，腰间围了块浴巾，大咧咧地接电话，“林先生，终于等到你的电话了。”

林耀东缓缓勾起嘴角，“赵先生，你今天有别的安排吗？”

赵嘉良爽快地说：“我的时间都归你了。”

“那好，我这就派我的司机去接你。”

大概一个小时后，林小力开车把东山大酒店的赵嘉良接走了。守在酒店外，几乎也一夜没睡的马雯一下子精神起来，拿着手机给李飞打电话，“你在哪儿呢？赵嘉良被林耀东的人接走了。”

“我知道了。”李飞正在高速服务区里加油，他拿着电话走得距离加油站更远了一点，“他们很有可能是去塔寨。你不要跟进去，太危险。”

“好，”一定程度上，马雯比李飞稳妥得多，她是不会在毫无准备的情况下轻举妄动的，“我就在村口等着。”

电话里，李飞嘱咐了一句“小心”，加油站那边营业员喊他了，他朝对方挥挥手示意马上，“我在去省厅的路上，去见崔局。回来跟你细说。”

一路从东山大酒店进了塔寨林耀东家里，然后被林耀华亲自引向天台，林耀东晒着太阳喝着茶，看他来了，笑着示意他请坐，“赵先生的气色不错。”

赵嘉良嘴角被他那混账儿子打肿的伤已经消了，他心情不错地笑道：“看来东山是个养人的地方。”

林耀东给他倒了杯茶，“赵先生，后天就可以交货了。”

赵嘉良挑眉，显得有些惊喜，“那可真是好消息。”

“做生意嘛，最要紧就是信用。虽说我们之间没有白纸黑字的契约，但答应下来的事我林耀东肯定是能办到的。”

林耀东笑得很坦荡真诚，赵嘉良对此却不置可否，“咱们怎么交接？”

“后天上午7点前，你的船务必停靠在东山小湾村码头接货。后天晚上12点，刘浩宇的兴盛号将从深圳港出发去法国勒阿弗尔。也就是说，后天晚上10点前，你必须把这批货交到兴盛号上。到时候，刘浩宇的人自然会在深圳港接应你们。”

“好，一会我马上跟我的手下联系，让他们准备好接货的船。”赵嘉良爽快地答应，说着话锋一转，脸上笑容依旧，说出的话却也同林耀东一样的不容拒绝，“但是林先生，我有一个条件，我的人得在发货点验货，然后我的人得一直跟着这批货，直到安全交到我的船上。”

林耀华在旁边皱眉，“在船上验货不可以吗？”

赵嘉良看他一眼，觉得这问题好笑，“我不可能把三百公斤的货在船上都一一验过，那么做太危险，时间也不允许。”他说着，像是害怕林耀东使绊子作假，话里有话地点林耀东，“再说了，发货点一定是你们认为安全的地点，在那里验货我心里踏实。”

“可以。”林耀东也很爽快，“后天早上我会派人来酒店接你的人。”

“钱怎么给你？”

“为表示我们的诚意，先不用付定金。等货安全送到法国，咱们再按谈好的比例分成。到时候我的那一份刘浩宇会帮我转账的。”

赵嘉良喝了口茶，朝林耀东伸出手，“成交。”

林耀东握住赵嘉良的手，“赵先生，你真是个爽快人。希望通过这次交易，我们之间能建立起良好的友谊。”

赵嘉良笑着点头，“这也是我想说的。”

李飞这两天开车跑的公里数快赶上专业长途司机了。他一路去了禁毒局，李维民不在，失去左膀右臂还担心搭档情况的崔振江这几天也憔悴不少，听说李飞来了，连忙让人带他上来。

就着李飞的手机看视频，崔振江表情从震惊到异常严峻，将这个视频下载到自己的笔记本电脑上，他看了眼呆坐一边的李飞，理解地深深叹口气，“李飞，我知道你对马局长的感情……我心里也不好受……”

“我到现在都不敢相信这是真的……”李飞想苦笑，可是他连苦笑都扯不出来，嘴角始终不受控制地向下压着，痛苦中他的态度却异常坚定，“崔局，一定要拿下塔寨！否则那个毒瘤不知道还要感染多少人……”他说着顿了顿，“很快就有机会——香港商人赵嘉良您知不知道？5·13案就有这个人的身影，他现在正在东山，和林耀东正密切接触。我判断，他绝不是来做房地产生意的。他很可能是林耀东的新买家，而且很快就会进行交易。”

崔振江点头，“这个情况我们会做部署。李飞，你回到东山，一定不能打草惊蛇。也要提醒蔡永强！”

视频已经传输完毕，崔振江把手机还给李飞，拍了拍他的肩膀，“你没把林胜文的手机直接拿走，这一点做得很好。这样，你就给我们争取了主动，也争取了时间。”

“李局有消息吗？”李飞看着崔振江，希望能听到关于李维民的事情，崔振江遗憾地摇了摇头，李飞顿时有些泄气，这么多天他打不通李维民的手机，没有人知道他在哪儿，突然被带走，到如今的音信全无。崔振江嘱咐李飞在马云波面前要控制好情绪，李飞点点头心事重重地走了出去，崔振江看他落寞的身影也有些心疼，和这小子关系最密切的两个人，一个成了这次事件的最大保护伞，另一个则是进了纪委就音信全无，崔振江叹息一声，拿起手机，给王志雄打了过去，把视频的事情跟王厅长汇报了一遍。

王志雄在电话里没对视频的事情评论什么，却忽然说了个此刻不着边际的吩咐——他让崔振江到星湖园度假村去跟他们开个会。还特意嘱咐了，就他一个人来，开会的事情也不要跟任何人提起。

这简直莫名其妙……崔振江心里都是马云波的事情，不知道他们厅长葫芦里卖的什么药，李飞刚走，他就去了星湖园度假村。

会议室里，王志雄、雷建华和来自武警广东省边防总队的副总队长楼晓平已经到了，他敲门进去，王志雄却告诉他再等会儿，还有人没来。

王志雄话音刚落，公安部禁毒局的局长苏建国就推门走了进来，崔振江心说神秘兮兮的原来是这位顶头上司来了，可谁知苏建国进门，跟王志雄握手后，环视会议室，却问了让崔振江更加一头雾水的话——“主角呢？”

崔振江瞠目结舌，合着今天开会连苏局都不是主角，他心里越发狐疑，目光询问地看看雷建华，又看看王志雄，讷讷地问：“谁是主角？”

他们厅长却只高深莫测地笑了一下，竟然卖关子不肯说破：“一会儿就到。”

50. 做　局

李维民在会上被纪检带走的两天前，为了跟赵嘉良碰面，借着回省厅开会的引子，跟王志雄和雷建华见了一面，同时，王志雄和雷建华一正一副两位厅长亲自操盘，跟李维民故意设了个局。

"王厅长，雷副厅长，东山的局势超出我想象，问题可能就出在马云波身上。马云波是我一手带出来的，他对我太了解了，我的一言一行他都能揣摩到。所以，如果我在东山，恐怕对我的线人赵嘉良打入林耀东集团不利。"

李维民据实以报，雷建华沉吟着，"你的意见是——把联合督导组撤出东山？"

李维民却摇头，"我认为，突然撤出联合督导组，理由不太充足，不足以彻底让马云波放松警惕。"

王志雄和雷建华交换眼神，雷建华点点头，片刻后，他从自己办公桌的抽屉里取出一封厚厚的信放在李维民的面前，示意他打开看看。

李维民打开已经被拆过的信封，只见里面十几页纸，全是手写的，竟然是一封检举信……李维民眨眨眼睛，突然笑了，"王厅长，雷副厅长，那你们还信任我吗？"

雷建华瞪他，"如果不信任你，我们就不会把顾言的举报信给你看了。"

王志雄也笑了起来，"你不是认为联合督导组撤出东山的理由不够充足吗？现在有理由了。"

李维民兴奋起来，"这顺水推舟推得好！"他说着，转念一想又犯了难，"不过有件事不好办……我走了，赵嘉良怎么办？他只信任我。他怎么跟我联系？”

王志雄和雷建华对视了一眼，说道：“其实，我和建华有一个计划。省纪委的人到东山把你带走，直接带到河源武警驻地。你到了那里，马上成立一个‘行动前期指挥小组’，由你任组长。小组的成员由你定，你开一个名单，我们给你找人。另外，我会找机会将计划跟公安部禁毒局的苏局说明，同时请求公安部禁毒局那边的支持。”

所以，赵嘉良刚回内地的那天，在广州游乐园里，从摩天轮上下来的时候，就知道了李维民接下来的所有动作。

王志雄叫崔振江到星湖园开会之前，同一个早上，雷建华按李维民的要求，把杜力和艾超“借调”到了河源武警部队。

没告诉他们为什么借调，没告诉他们有什么任务，俩人好奇忐忑，正小声嘀咕猜测着，李维民却忽然开门进来了。

杜力和艾超看见李维民跟诈尸似的，噌地一下子从椅子上弹了起来。

“李局？？”杜力简直不敢置信。

艾超张张嘴，艰难地挤出声音，“您不是被……”

李维民淡定地笑着走到他们面前，气定神闲，“假的。”

杜力眼睛瞪得大到快能跟他们李局媲美了，满脸的不可思议，“假的？！”

艾超莫名气结，想生气又觉得仿佛劫后余生似的高兴，想畅快地笑吧，他还生气……“李局，左处长一天往部里打三四个电话问您的情况！”

“为了让这戏像真的，特意瞒着崔局和左处长。特殊时期……我会和左处长解释。”李维民摸摸鼻子，做局的时候他亢奋得不行，这会儿跟下属说实话，他又有点不自在，“先说行动的事儿吧。”

杜力这一早起都快变成复读机了，“行动？”

李维民声音凛然，“我们将对塔寨村内，以林耀东为首的制贩毒集团进行清剿！你们跟我来。”临时指挥中心里，前期抽调来的八名李维民信任又看好的组员已经在紧张有序地进行行动前的准备，李维民站在门边，跟他们两个说：“即刻起，你们跟这里的其他八个人，组成前期行动组，立即开展工作。这次任务严格保密，跟任何人，包括你们各自单位的领导和家人都不能透露！明白吗？”

杜力、艾超神色一凛，郑重点头，“明白！”

看见李维民一身警服大摇大摆，肩膀上从星到章没少一个零件，崔振江瞪着眼睛猛地站起来，指着他，半晌愣是没说出话来。

李维民故作深沉，好笑地看着他，“干吗？看见我好像看见鬼。”

“李维民你个老狐狸！原来主角就是你啊！”因为太震惊，崔振江差点就要开骂了，好在想起来还有个公安部的苏局在，他深吸口气，却越发有意见，“王厅长，雷副厅长，你们连我都瞒啊！”

苏建国也笑笑，挑着眉帮腔，“他们俩的局，一开始连我都瞒呢。听说维民被省纪委的人带走了，我第一时间给志雄厅长打电话，你们猜他怎么说的？”王志雄一时无语，嘿嘿干笑了一声，苏建国揶揄地看他一眼，“他竟然说他也不知道是怎么回事！但他相信维民是个好同志。”他正说着，忽然又想起另一茬儿，眉毛拧起来，简直有点一言难尽了，“还有，左兰，她现在一天起码给我打三个以上的电话！你们是不知道，这几天来，我耳朵里可全都是李维民的英雄事迹。”

苏建国开玩笑的抱怨让在场众人都笑了起来，李维民一一跟在场众人握手，轮到崔振江，被这老搭档狠狠在肩膀上捶了一拳，回手把自己额前的头发撸上去给李维民看，“老狐狸，你看看！我头发为了你，可都白了不少。”

“好了，情况紧急，”王志雄示意他俩都坐下，“维民，你先说一下你那边的情况。”

李维民坐在崔振江旁边，“赵嘉良在省纪委把我带离东山的那天起就没有跟我联系过。确切地说，是他在我被纪委带走后，就把手机卡甚至手机都销毁了。在此之前，我知道他的房间被林耀东的人监控监听了，所以我猜想，为了不暴露身份，赵嘉良除了和他在香港的公司保持联络外，主动切断了和外界的所有联系。”

崔振江说：“据李飞反映，11日，也就是维民从东山被带走的第二天，林耀东就派司机去东山大酒店接赵嘉良和助手钟伟到了塔寨村，并在林耀东的家里待了近四个小时。这中间还包括了一顿晚餐。而后四天时间里，林耀东和赵嘉良见了两次，而且都是林耀东将赵嘉良接到塔寨村见的面。他们应该是达成了某项协议。”他说着顿了顿，看向李维民，“可赵嘉良为什么还不向你汇报呢？”

李维民猜测，“两种可能。第一种，赵嘉良找不到机会向我汇报。第二种，就算林耀东和赵嘉良达成了某种协议，但他们彼此之间互不信任。以林耀东的城府，他不会轻易向赵嘉良妥协，他很有可能在给赵嘉良设什么局，也在等赵嘉良露出破绽。”

王志雄问他：“你倾向于哪一种可能？”

“第二种。赵嘉良给香港警方当了二十多年的线人，经验丰富，只有他不想传递的消息，没有他传递不出来的消息。况且，李飞大张旗鼓地跟踪赵嘉良，林耀东不可能不知道。在这种情况下，林耀东还继续明目张胆地和赵嘉良见面，我认为，他很有可能是在玩什么阴的。”

崔振江皱眉：“那我们目前能做什么？难道就一直这么等着？”

“没有别的良策，只有等赵嘉良给我们发消息。”李维民很坚持，“不然，我们稍有闪失，赵嘉良这几天来的努力都将付诸东流，还会将他置于极端危险的境地。”

“确实。”雷建华认可，“林耀东和刘浩宇团伙制毒贩毒的事实虽说已被我们掌握，但仍然没有铁证。一旦我们轻举妄动，以他们这么多年走毒制毒的经验，该销毁的证据肯定早都销毁了。我们后期取证将会非常困难，如果没有证据，他们很有可能逃脱法律的制裁。”

李维民深吸口气，“所以，我的建议是——等待。等待赵嘉良给出明确的信号。”

会议室里片刻的沉默，王志雄看向崔振江，“振江，你先把李飞拿来的那段视频放给大家看。”他说着，看向李维民，声音有些异样，“李飞今早跑了趟省厅……送来了这个。”

崔振江立刻操作起眼前的电脑，很快，投影上开始播放视频，音响里同时传来声音。

大家的视线全部落在了幕布上，李维民心里清楚他会看见什么，却有些逃避不忍地低下了头，半晌后，抹了把脸，深吸口气，强迫自己打起精神，鼓起勇气将头抬起来，看向了投影。

李飞一天之内在珠海、东山和广州之间来来回回地折腾，从广州回来回了趟家，洗澡换了身衣服，泡了杯奇浓无比的黑咖啡，憋着气儿当提神药一口灌下去，拿着摩托车钥匙又匆匆地下楼，马不停蹄地又去了东山大酒店。

马雯从塔寨又跟回了酒店，她显得有些困倦，有人敲了敲车窗，她警觉地回头，发现是赶回来的李飞，打开车门，“你说得没错，果然是去了塔寨，没两个小时林耀东的人又把他送回来了，之后没出过酒店。”

这时候天已经擦黑了，李飞看着她明显疲惫的脸色，有点自责，“你去买点吃的，我来换你。”

李飞刚上车，送赵嘉良回来，顺路带人在潮尚吃了个饭的林灿正好从酒店里走出来，和李飞的目光碰了个正着，“呸！这个李飞，像只苍蝇一样！”林灿看见他就来气，迎着李飞毫不回避的目光，顿时恶从胆边生——既然东叔不让人动他的命，那教训几下总该可以吧？！

他心里打着鬼主意，大步朝着李飞的车走过去，看着车里李飞那张面无表情的脸，一手拿牙签儿剔牙，一手挑衅地重重敲了几下车窗，“飞Sir，你这么天天盯着，累不累？”

李飞把车窗降下来，看着林灿冷笑，“怎么，你给我支张床？”

林灿朝酒店后面的绿化带指了指，“聊聊吧？”

李飞太明白他什么意思了，本来因为马云波的视频就心里极度不痛快，这会儿见林灿挑衅，他毫不在乎地笑了一声，开门的时候车门差点把躲闪不及的林灿推马路上去，“聊聊就聊聊。”

他们碰一起，话是不能好好说的。

李飞本来只看见林灿带了两个人，他一个撂他们三个不成问题，所以也没当回事儿，然而到了酒店后花园绿化树林，李飞才知道自己中了套儿——这龟孙子不知道什么时候在这边还埋伏了两个人，他是准备好的！

原本宁静的后花园里一下子就乱了起来。双方互有来往，李飞仗着速度反应都够快，身手敏捷，照面就撂倒了俩，但对方人多，他就一个，打得了前面顾不了后面，一脚踹倒前面扑过来的，后面就有匕首的破风声凛冽而来，他下意识猫腰躲开，那人却势头不减地带着刀冲上来，他手里没武器，仓促间抬手去挡，胳膊就这么被划开了一道不深却很长的口子，起身的同时看准旁边的林灿，一拳照着他脸狠狠挥了出去！——原本上来要踹他的林灿被出其不意地打了个踉跄，带人更狠地扑上来，李飞受了伤活动就受了限制，也就渐渐落了下风……

买饭回来的马雯发现李飞没在车里，手机却扔在副驾，一下子就察觉到不对，手里的晚餐都来不及放下，转头就跑进了酒店。

一路从大堂找出来，在后花园里听见动静不对，飞奔而来看见这一幕就惊呆了。她猛地扔了打包的晚餐，冷着脸二话不说就冲了过来。林灿也算是教训到了李飞，看她来了，也不恋战，朝自己的人一招手，“走！”

此时东山人民医院的大厅里，马雯硬是把李飞给弄上了移动床，进了急诊就一叠声地喊大夫，她是被当年那场车祸吓出了心锚，情况远不至于如此的李飞看着焦虑得不得了的马雯，低声调侃着，“小伤，不至于吧？”

是不至于，都没缝针。

大夫一脸漠然地把他胳膊缠上绷带，在马雯的再三要求下给开了个胸透和脑CT，叫了个护士来给他处置伤口，就让马雯把人给推出去了。

闻讯慌忙赶来的陈珂也从外面跑了过来，径直走向李飞，仔细端详他片刻，从护士手里接过了消毒工具，默默地给李飞清创消毒。

待伤口处理得差不多了，才开口问：“怎么会弄成这样？”

不等李飞说话，马雯就带着点自责道：“在东山大酒店门口，我就离开了一会儿，回来他就被林灿他们打了。”

陈珂听到这，手中动作一顿，担忧中带着恳求，“李飞……你别再这么明目张胆地盯着了，今天这是打你，万一……”说到这，陈珂声音一顿，说不下去了。

李飞一看她难受，自己也不自在了，连忙安慰她，“放心，他们不敢把我怎么样！”

听着李飞没心没肺的话，陈珂实在忍不住瞪了李飞一眼，也不再劝他，只继续清理伤口。

李飞双眼看着天花板，不知思考着什么，突然忍不住笑出了声，他笑着对两人道："他们打我就对了……"

一听这话，陈珂擦拭李飞伤口的棉签报复性地蘸着酒精往上摁，李飞笑眯眯的表情立刻变得龇牙咧嘴起来，陈珂狠狠地瞪他，"活该！挨打了还这么开心！"

李飞忍着疼解释："当然开心，他们打我说明什么？说明他们急了……"

他越说越精神，干脆坐起身，想要往外走，陈珂连忙拉住他道："你去哪儿，伤口没处理完呢！"

李飞有点着急，"林耀东和赵嘉良肯定有大行动了……"他说着，自己也顿了顿，恍然猛地握拳击掌，"对！他们应该是要交易了！"

陈珂皱眉，想不到他都这样了心里还惦记着去跟踪的事儿，她知道他着急，也不拦他，只命令的语气，"处理完伤口才能走！"

李飞从床上跳下来，活动了一下，试了试各个零件，发现不耽误发挥，他摆了摆手，"不疼！我没事儿了！"

陈珂白了他一眼，一点都没得商量地把他拽回来，"你现在是我的病人，就得听我的。"

李飞一看这个，立刻用求助的眼神看向马雯，马雯靠在门口，凉凉地道："我听医嘱。"

李飞见两个女人达成了共识，无奈地重新躺了回去，接受陈珂的清创，陈珂认真仔细地给李飞清理创口，嘴里道："答应我，一定要注意安全！"

李飞知道陈珂是为自己好，担心自己，便正色点了点头："放心。"

此时的林耀东家里，马仔急促地敲着他卧室的房门，林耀东趿拉着拖鞋把门打开，"出了什么事儿？"

马仔连忙道："赵嘉良上网了，你要不要看看？"

一听这个，林耀东来了精神，立刻吩咐道："走！去把你华叔也叫来。"

马仔听令连忙去叫人，林耀东披着外套走进监控室里，坐在椅子上看着屏幕中的赵嘉良，只见赵嘉良正在一部笔记本电脑上操作着什么，不一会儿，林耀华也匆匆而来，马仔从旁边道："如果他是警方的线人，很有可能通过电脑跟他们取得联系。"

林耀东皱眉道："有没有可能看到电脑屏幕？"

马仔为难道："这个角度，看不到。"

林耀东直起了身子命令道："想办法！"

就在这时，林景文匆匆往楼上跑来："阿爹！"

林耀东回头看着林景文道："你怎么也来了？"

"'沉默之声'突然跟我联系了。他说他现在就在东山。"

林耀东连忙问道："他在哪里？"

林景文的表情一瞬间非常精彩，"他说……他说他在东山大酒店，509房间。"

听到这个答案，林耀东当即愣住了。

此时的东山大酒店509房间外面的走廊里，一个服务员端着一只果盘和一瓶红酒敲响了房门，赵嘉良打开门，那服务员满脸堆笑地道："先生，酒店送您的果盘。"

赵嘉良皱了皱眉，侧过身子让服务员进来："这么晚？……进来吧。"

服务员端着果盘跟着赵嘉良走进了房间，假意找地方放果盘，悄悄将果盘底下的摄像头对上赵嘉良的电脑，林耀东刚要仔细看赵嘉良电脑屏幕上是什么，就见赵嘉良走上前啪的一声把电脑屏幕给盖上了。

林耀华和林景文看着屏幕上的情景，不约而同地都看向林耀东，林耀东面上不动声色，看不出什么表情。

待服务员走后，赵嘉良环顾房间，从一只摆件里找出一只针孔摄像头。

林耀华看他竟然把其中一个监控直接揪了出来，顿时拧起眉毛，不安犹疑，"他想干什么？"

接着他们就看到监控画面中，赵嘉良的手入画，这边整个屏幕只能看见他的手掌了，他朝着针孔摄像头挥挥手。

林耀东对马仔命令道："放大。"

屏幕上，只见赵嘉良拿开手，没动那个针孔摄像机，反而又拿过自己的笔记本电脑，打开，转过来，对着针孔镜头。

林景文失声道："他就是沉默之声？！"

林耀东盯着屏幕，忽然哈哈大笑起来，脸色却愈渐阴沉起来。

与此同时，赵嘉良就像有所感应似的，在镜头前也笑了起来。两个人隔着屏幕大笑了片刻，赵嘉良冲着摄像头悠然愉快地说道："我可是你的唯一选择哦。"

林耀东的笑更冷了……

夜晚渐渐过去，朝阳从东方冉冉升起，整座城市被霞光笼罩。

在林耀东家的露台上，整个塔寨村也逐渐苏醒过来，林景文在林耀东身后道："阿爹，这下你可以放心了吧？赵嘉良就是'沉默之声'，他不可能是警方的卧底。"

林耀东没有回答他，只是沉吟片刻道："景文，村里要开工了。按照惯例，你出去避一避吧。"

林景文点头，"好。"

随后，林耀东拨通了赵嘉良房间的电话，"是我，你的船准备好了吗？"

赵嘉良弯起嘴角道："准备好了，半个小时后会准时到达你指定的地点。"

林耀东简洁道："你和你的助手现在下楼，我的人马上到酒店门口接你们。你坐我的车，你的助手坐灿子的车，听明白了吗？"

赵嘉良也不废话，直接道："好。"

东山海面的一艘渔船上，杨丰正站在甲板上拿着望远镜看着远方，他脚下的渔船正朝着远处的渔村方向快速驶去，他的目的地正是这座东山小湾村的小鱼港码头，正是凌晨时分，码头上十分安静，几艘小型的渔船被拴在码头上漂荡。

关欣和船老大都在渔船的驾驶室里，一个船员正在开船，船老大突然发现了什么，突兀地喊了一嗓子："减速！"

东山大酒店对面建筑的顶层，马雯也拿着望远镜盯着，只见林耀东的那辆奔驰车和林灿的越野车来到东山大酒店外停下……

马雯立刻拿出手机向李飞汇报道："李飞，赵嘉良和他的助理分别上了两辆车。方向相反。"

李飞跨上摩托戴上安全帽道："告诉我赵嘉良那辆车的方向。"

马雯说明了方向，随即，李飞骑着摩托车追着林耀东的奔驰从一条小巷里绕出来，始终保持一个距离远远地坠在了后面……

同一时间，林宗辉在村道里走着，突然看到林天昊和另外四个马仔朝着村外匆匆而去，他皱着眉略一犹豫便跟了上去。

只见林天昊和四个马仔走到村口，匆匆上了一辆轿车，轿车朝着村西头驶去。

林宗辉停下脚步，掏出手机来拨号，对方接通电话，是他的心腹阿和："辉叔？"

"阿和，你在村里吗？"

"在。"

林宗辉吩咐："天昊带着几个人开车朝着村西方向去了。你马上骑车跟住他们，看他们要去干什么，机灵点，千万不能让他们发现你。听明白了吗？"

阿和点头："明白辉叔。"

钟伟坐着林灿的车，只见前面是大片的虾塘，紧靠着海，另一边就是西山。车正好经过刚才那个虾场，钟伟望着虾场的门挑挑眉，林灿随口介绍道："这是我们村的虾场，主要是给虾塘的虾做临时加工的。"说完，他紧打方向盘，开着车离开公路朝着西山飞驶而去，一直驶进了一家屠宰场院里，在一排房子前停了下来。

钟伟跟着林灿一起进了屠宰场里的一个房间，林天昊和两个马仔已经等在空荡荡的房里。墙角桌子上盖着一块儿油毡布。

两个马仔上前来，钟伟知趣地伸开双臂，让马仔搜身，一个马仔将钟伟的手机交给一旁的林天昊。另一个马仔朝林灿和林天昊点了点头。

林灿指着桌子，对林天昊道："让钟伟验货。"

林天昊上前掀起油毡布，下面是码得整整齐齐的冰毒，林天昊看着这些毒品道："都是上等的货，每包五公斤，一共六十包。等你验完货，我们会把这些货藏在冰虾里，送到你的船上。”

钟伟从进屋到现在一句话没说，只默默地望着那六十包毒品。

而另一边，赵嘉良坐在林耀东的后车座上望着车窗外，轻松地吹着口哨，车辆行驶着，前面就是东山大酒店，林小力把车开到酒店的门口停下，赵嘉良挑挑眉却毫不意外道：“绕了一大圈，又回来了？”

林小力丝毫没有歉意，“赵总，我只是奉命行事。”

赵嘉良微微一笑，“我可以下车了吗？”

林小力点点头，“可以，谢谢赵总理解。”

门童过来将车门打开，赵嘉良下了车径直朝着酒店走去。

李飞的摩托车远远地停在路边，他眼睁睁看着赵嘉良下车，林小力开车离去，摘下头盔，狠狠地一拳捶在车把上，恨恨地拿出手机给崔振江拨打电话。

“崔局长，今天一大早，赵嘉良和他的助手分别被林耀东的车和林灿的车接走，两辆车开往不同的方向。我选择跟踪赵嘉良，可赵嘉良被林小力拉着在街上逛了二十分钟，又被送回了东山大酒店。我上了他们的当！崔局，他们费这么大的心思甩掉我，我敢肯定，他们今天有交易！”

崔振江点头，“我知道了，为了安全，你马上撤离东山大酒店……”

李飞不甘心，“崔局长……”

崔振江厉声，“这是命令！马上撤走。”

李飞粗喘了几口气，终是应了一声，“好。”

他挂掉电话无奈地看着东山大酒店，再次启动了摩托，掉了一个头朝着远处飞驶而去。

挂了李飞的电话，崔振江立即给李维民打了过去，“你到河源了吗？”

“刚到。”

崔振江皱眉，“刚才李飞给我打了一个电话……”

河源武警驻地，临时组建的前期行动办公室里，李维民接听着崔振江的电话，另外两个被李维民借调过来的行动组成员，正将一张放大倍数的东山地图挂在前面的白板上。

李维民沉默地听完崔振江传递过来的消息，电话里，崔振江说完就接着问他：“赵嘉良还没有跟你联系？”

李维民简短答道：“没有。”

崔振江有些担忧道：“那你有什么预案没有？”

李维民抿着嘴，一时沉默着没说话。

51. 调　包

“良叔，货都验完了。”

赵嘉良抬起手腕看了下手表道：“好，你们上路吧。”

钟伟也点点头：“好。”

赵嘉良挂掉手机，这时，一批旅游团的客人进入酒店，五六个旅客进入商店，趴在赵嘉良身旁的柜台上研究商品，女服务员终于起身来招待那几个客人，赵嘉良的眼睛则落在柜台上那部女服务员的手机上。东山大酒店里到处都是监控，这一幕当然逃不过林耀东的眼睛，赵嘉良的一举一动都被监控真切地拍下来，林耀华和马仔在监控画面前，紧紧地盯视着屏幕，看着赵嘉良的一举一动。

那个女服务员正在招呼着客人，赵嘉良拿起一本杂志走向柜台，把那本杂志盖在那女服务员的手机上。

马仔阿森精神一振，连忙喊林耀华，“华叔，赵嘉良要偷服务员的手机！”

林耀华腾地站了起来，拿出手机正要拨号通知林耀东，阿森却又喊了一句：“等等华叔，他没有拿走手机。”

林耀华连忙朝着屏幕看去，只见赵嘉良在柜台边站了一会，离开了商店。那本杂志仍然在手机上盖着，突然手机铃声响起，女服务员扔下顾客，匆匆来到柜台找手机，她拿起杂志，从杂志下面取出手机来接听。很快就跟手机里的人熟络地交谈起来。

林耀东家里，看着这一切的林耀华也不知怎么，重重地长出口气，总觉得是在鬼门关转了一圈儿……

河源武警驻地办公室里，李维民紧张地望着手里的手机，这时，目前隶属行动组内的冯涛匆匆进来，“李局，东山驻地的武警已经做好了准备。”

李维民抬眼问道：“有多少警力？”

“一个连。还有两艘边防的巡逻艇，随时待命。”

李维民没有说话，沉默地点了点头，视线又落到了手机上——赵嘉良始终没有联系他。

御龙花园林耀东的别墅里，别墅的主人还是有一搭没一搭地翻着书，手机突然响了起来，他拿起手机：“喂？”

林灿的声音从手机里传来：“东叔，我们这边要出发了。”

林耀东看了看表道：“好。走吧。”挂掉手机，他犹豫了一下，再次拨号，电话接通后，林耀华的声音传来：“哥？”

林耀东开门见山问道：“赵嘉良在干什么？”

林耀华盯着监控道：“回到房间了。”

林耀东接着道：“有什么异常吗？”

林耀华立刻道：“没有。除了接了钟伟的一个电话外，没有接听过别的电话，也没有打过手机。”

林耀东犹不放心，继续叮嘱道：“继续给我盯死了，不能让他离开你的视野。”

林耀华点头：“明白。”

挂掉手机后，林耀东拿起另一部手机开始拨号，东山市公安局办公室中，马云波点开接听键道：“喂？”

林耀东不放心地问，“小湾村周边有什么情况吗？”

马云波确定地摇头，“没有。东山的武警驻地和周边的几个武警边防驻地都没有异常的动向。”

此刻的屠宰场中，两个马仔上了那辆小型冷冻厢式货车，钟伟则上了林灿的车。

林灿在驾驶座上扭头对钟伟道：“接下去的事天昊会盯着办完的，我就不去了。昊子，路上小心点。”

林天昊点头道：“明白灿哥。”

林灿又看了他一眼才道："走吧。"

那辆冷冻的小型厢式货车和林灿的那辆越野车驶离了屠宰场……

阿和藏在岩石后面望着那两辆车驶离屠宰场，拿起手机给林宗辉打了过去，"辉叔，他们好像在和那个香港人做交易，香港人的助手和昊子正押着货离开屠宰场。"

林宗辉咬咬牙，"你跟着他们，看他们把货运到哪里。"

阿和道："明白。"

吩咐完，林宗辉挂掉了手机，焦急地在卧室里来回地走着，他纠结地望着手机想拨号，可拨了一半又按掉了。这时突然传来敲门声，他媳妇儿的声音从门外响起："宗辉？宗辉？"

林宗辉打开门，听到蔡小玲的房间里传来痛苦的叫声，他媳妇儿紧张地道："小玲在嚷嚷着要吸那个，我怎么都按不住。"

林宗辉无奈地道："那你就给她一点。"

她媳妇儿吃惊地看着他，好像没听懂他在说什么，张着嘴道："啊？"

林宗辉长长叹了口气，肯定道："给她一点。"说罢便匆匆离去。

在别墅茶室里等消息的林耀东显得焦躁，时不时地看表，反而是一举一动都被监视的赵嘉良坐在沙发上一边看着电视一边喝着茶，手机则安静地放在面前的茶几上，外面乱成一团，他自己倒像个没事人一样仍然悠哉。

而从东山大酒店离开的李飞，则出现在蔡军家的小区中，敲门的时候，今天正好休班的林兰刚洗完澡，正拿着电吹风在吹着头。突然她停下动作，侧耳听了听外面的动静，果然，急促的敲门声从外面传来，她连忙走到门口打开门，李飞推门而入，随即将门关上道："林兰，你现在马上给你爸打电话。"

林兰愣在那里，因为蔡军上次说的话而下意识地摇头，"李飞，三宝的事谢谢你，可是……"

李飞没时间和林兰解释，他直接走到桌前拿起林兰的手机开始拨号，林兰上前要抢，李飞侧身避开，脸色严峻地看着她的老同学，"林兰，这个电话将决定你爸会不会在监狱里度过后半生。"

听了这话，林兰呆愣在那里，这时电话接通了，那端传来林宗辉的声音："阿兰？"

李飞放到耳边道："是我，李飞。"

林宗辉拿着手机的手突然握紧，他脑海中瞬间进行着激烈的思想斗争，半晌后，终于还是妥协了……

得到李飞消息的崔振江立刻告知李维民，"……李飞判断，他们奔着小湾村去了。"

李维民一边看着那刚挂好的东山地图，一边对一旁的冯涛说："小湾村。"

冯涛差不多是个活地图，小湾村这么个不起眼的地方，他在地图上找了两秒就准确地指给李维民看，并且说道："离东山武警驻地有十二公里的路程，但巡逻艇从海上包抄过去的话完全来得及。"

李维民望着地图没有说话，电话里再次传来崔振江的声音："维民，正如你说的，也许赵嘉良被困住了，他根本无法跟你取得联系。"

李维民顿了下，开口道："你刚才还说，李飞亲眼看到赵嘉良下了林小力的车一人进入酒店的——这是最可疑的地方。"

崔振江皱眉问，"为什么？"

李维民双眼幽深地分析，"如果我是林耀东，在这么关键的时候，我会把赵嘉良接到塔寨村控制起来。可林耀东却放赵嘉良回到酒店……这不合理。这明显是给赵嘉良通风报信的机会。"

崔振江咬着后槽牙，半晌后他劝李维民，"维民，你要考虑清楚。"

李维民面色凝重，声音不带半点犹豫，"我想清楚了。如果赵嘉良认为这次交易没有问题，他一定会想尽办法跟我取得联系的。他没联系，就说明赵嘉良也不相信这次交易的真实性。这个时候如果我们贸然出击，后果不堪设想。相信我，再等等。"

李飞从蔡军家出来，正准备给蔡永强打，他们队长倒是先打过来了，"蔡队？"

蔡永强道："是我。"

李飞确定地道："林宗辉的确切消息——他们就是去的小湾村。"

蔡永强停顿了下才道："我现在命令你回来！"

李飞不可置信地停下脚步，"为什么？！"

蔡永强一时半刻没法和他解释，只得催促道："你赶紧回队里，我有重要的事要跟你说。"

李飞气愤道："你们……你们怎么能……"

蔡永强怕李飞又私自行动，加重语气又一次下令道："李飞！服从命令！"

李飞粗喘着气吼了一句："我还没有正式归队！也还没有正式复职！"便将手机挂断，他一脚跨上摩托狠踩油门，车子朝着外面飞驰而去。

蔡永强皱着眉，立刻对一边的陈自立道："李飞往小湾村去了，快去截住他！借别人的车！不许用队里的任何车辆，不能让尾巴跟着。"

陈自立不等蔡永强说完便已经奔出了门外。

通往小湾村的公路上，周恺开着车，陈自立坐在副驾驶上，两人在前面十字路口正好看到李飞的车横向飞驰而来，陈自立立刻喊道："是李飞！"

周恺看了看周围环境，一打方向盘，车子拐进一条小巷，想要走小路超过李飞，闯出小巷后，沿着一条村道飞驶着，和村道并行的公路上，是飞奔着的李飞的摩托。

陈自立降下车窗冲着李飞喊道："李飞！停车！"

周恺一边开车一边道："没用的，他根本听不见。"说罢，他瞅准时机猛打方向盘，车从一旁的小路横插上公路横在李飞的前面。陈自立和周恺一边咳嗽一边灰头土脸地从车里出来。

李飞看着这两个人，愤怒道："你们想干什么？"

陈自立也喊道："你想干什么？给你打电话为什么不接？"

李飞焦急道："你们让开！抓毒抓赃！争分夺秒！这是咱们最好的机会！"

周恺拦住他的去路道："我们得到的命令是——绝不能让你通过！"

李飞气得扔下了摩托，摘了头盔扔在地上，不由分说就要从周恺和陈自立面前硬闯。

双方一边要走，一边不让，针锋相对地打在了一起，李飞此时满腹恨意和怨气，全部发泄在了周恺和陈自立的身上，你来我往互不相让，却谁也没法跟对方下重拳，这架滚刀肉似的根本没法打，缠到后来三人就都脱力躺在了地上，李飞咬紧牙关颤颤巍巍地站了起来，终于从周恺和陈自立的双重“枷锁”中脱身，固执地踉跄着朝小湾村的方向跑去，在他的视线前方，已经隐约可见海面闪动的波光。

陈自立瘫在地上喘息片刻，终于爬起来拿着一直在响的手机看了看，对往前走的李飞爆吼：“蔡队的电话，接还是不接！”

李飞猛地站住了，他犹豫了一会儿，终于回身一把抢过电话道：“蔡永强，你今天到底是怎么了？你知不知道他们现在正在交易？咱们等这一天等了多久？你要当缩头乌龟我不管，可我不能！如果宋杨还在，宋杨会支持我！现在宋杨不在了，我爬也要自己爬过去！”

蔡永强在电话里一字一句道：“李飞，你冷静听我说。如果我说完你还要去，我不拦着你。”

李飞吼道：“说！”

蔡永强严肃地道：“李维民局长根本没被省纪委的人带走！赵嘉良极有可能是李维民安排的卧底！”

听到这个，李飞猛地愣在那里，他回过头来，灰头土脸的周恺和陈自立正无奈地站着。周恺拍打着自己身上的泥，回瞪着他。

小湾村码头上，林天昊的手下马仔和杨丰带来的船员已经将小型冷冻厢式货车上的那些货都卸到了船上。林天昊警惕地看着周围，他拿出手机来给林耀东拨号道：“东叔，货已经卸完了。”

林耀东问道：“一切顺利？”

林天昊肯定地重复道：“一切顺利。”

这边钟伟也拿起电话拨给东山大酒店的赵嘉良，“良叔，货已装船。”

赵嘉良也是同样的问话：“一切顺利？”

钟伟看了看四周情况道：“一切顺利。”

赵嘉良笑着道：“一路上，货都在你的视线里吧？”

钟伟听了这话，开始回想起刚才路上的一个小插曲，当时他坐在后车座上，林天昊坐在副驾驶座上，有个女人骑车横冲直撞过来，林天昊的这辆车急刹，下去查看被撞倒的女人，正好前面弯路，货车拐了进去，扬起一阵尘土，在前面等着与他们会合了之后又一起走的……

被赵嘉良一问，钟伟也反应过来他在担心什么，犹豫着说道："装货的那辆车……消失了一会儿，但一分钟都不到。"

赵嘉良听了这话却沉默起来。

钟伟见对方不说话了，声音也紧绷起来，"良叔？"

酒店里，目光彻底冷下来，脸色铁青的赵嘉良冷声命令："开箱验货。马上。"

钟伟立刻应声，挂了电话转向正看着人装货的林天昊，"等等。"

林天昊看他，"什么？"

钟伟转头喊杨丰，"看住他们！"

杨丰立刻将手伸到腰里，一双眼睛死死盯着林天昊他们道："不想出事，最好都给我乖乖地站好，别动！"

钟伟看了看这局面，弯腰进入船舱，关欣也跟了进来问道："怎么了？"

钟伟把其中一个做了记号的装货箱子搬出来，朝关欣抻出手，"刀。"

关欣从腰里抽出一把匕首来交给钟伟，钟伟接过来把箱子刺开，他在箱子里翻着——里面全是冻虾，根本没有冰毒，他又拿出一箱做过记号的箱子用刀刺开，里面一样——

钟伟直起身子，拿起手机重新拨给赵嘉良道："良叔，被调包了。"

三百公斤毒品被调包，千钧一发之际，赵嘉良却松了口气。还好稳住了，否则的话，这么久的筹谋，都将功亏一篑。

他心里松了口气，脸上却从最初一瞬间的震惊逐渐转变成了惊怒交加的阴冷。到了这种时候，谁也别给谁留面子，谁都别跟谁装孙子。赵嘉良一个电话给林耀东打了过去，林耀东接起来的时候，他的脸正正出现在他在房间里安的隐形摄像头的斜下方——阴戾的眸子透着冷意，一错不错地盯着隐藏摄像头的地方。

林耀东正好在主监控屏的前面，这么一对上，就好像赵嘉良是隔着屏幕直接锁死了他似的。

“林先生。”电话里，赵嘉良的声音听不出有多大的火气，可是却不阴不阳显得格外嘲弄，“我也算是混过江湖的，但这次居然在眼皮子底下被林书记偷梁换柱，真是惭愧，赵某佩服。”

“对不起了，赵先生。”林耀东语气里有很诚恳的抱歉，只是听来不痛不痒的，形式有余，诚意不足，“相信赵先生能谅解的。换作你也会这么做的，毕竟咱们不熟。”

赵嘉良在摄像头下，看着那东西不爽道：“你到底要怀疑我到什么时候？”

“做咱们这行，多几分疑心，多几分谨慎，又有什么坏处呢？”林耀东说，“放心赵先生，下一单生意我会给你补偿，你占51%。”

“下一单？”赵嘉良这才显出真切的不爽来，他冷笑着对着镜头比了个中指，“你以为我们之间还有下一单吗？”

林耀东声音里带着笑意，不置可否，“你是希望有呢还是不希望有？”

屏幕上，赵嘉良靠座回了沙发里，跷起二郎腿，想了想，“多少？”

林耀东盯着屏幕，把对方的每一个表情都收入眼底，半晌后，对着电话沉声道：“两吨。”

赵嘉良终于来了点兴趣，“什么时候交货？”

“请赵先生少安勿躁，我这边安排好了自然会通知赵先生。”

赵嘉良也笑，方才恼火的人仿佛不是他，他自顾自地给自己茶杯里续了水，慢悠悠地轻呷一口，淡淡地笑着提醒道：“如果林支书还想使什么三十六计，那就别怪我不客气了。”

“我明白。”林耀东应了一声，“那就这样？”

赵嘉良连话都懒得再说一声，直接挂了电话，顺手抄起一块毛巾，毫不客气地往摄像头上一扔，毛巾彻底遮住了林耀东的监控画面——主屏幕前，林耀东的笑容渐渐消失了。

林耀东时间也不多，事情到了这个地步，等着出货，更等着回款。钱回不来，一旦资金链断了，塔寨两万口人的肚子喂不饱，等着他的是比被警方盯上更大的麻烦。

挂了跟赵嘉良的通话，他拿起手边另一部卫星电话，打了两通电话。

一个打给刘浩宇，告诉他赵嘉良暂时没看出问题，让他安排人手等待在汕头接货，另一个打给了马云波，让他安排市局这边派辆车给他们护送过去。

——多可笑，堂堂的东山市公安局，竟然给走毒送货的当镖师。本来应该是毒贩避之不及怕之又怕的公安局副局长，竟然堂而皇之地应下了东山最大毒枭提出的要求！

对，就是要求。就如同他刚上任的时候，因为蔡三毛的死，会议室里骂蔡永强的时候一样——“要求”，上级对下级说话时才能用到的，命令似的语气。

而他没得反抗，不得不从。

该死的不得不从！

良久，马云波突然爆发，恶狠狠地猛然挥手，办公桌上手机座机文件图书——通通被他恼怒地扫了下去！

李维民根本没被省纪委的人带走……

赵嘉良极有可能是李维民安排的卧底……

跟他妈笑话似的。可是李飞鬼使神差地，竟然没有多少怀疑，甚至在那一瞬间，很多让他觉得奇怪的事情，在脑海中首尾相连，有什么可怕的、不得了的猜想，好像就要随着这个消息呼之欲出……

海堤上，不再坚持的李飞上了陈自立的那辆车，跟周恺一起坐在后座，他手攥得死紧，“那你们凭什么说，赵嘉良是李局派到东山的卧底？”

“因为我们知道了李局没有被中纪委带走。”周恺看着他说，“那么，既然李维民被调查是省厅下的一盘大棋——这是有意为之，那么赵嘉良的到来跟李局的离开都卡在同一个时间点，我们觉得，不会有这么巧的事。

“蔡队说，赵嘉良在珠海和蔡启荣交易的时候，就被李局放过一回。李局那根硬骨头，会在那个节骨眼上让他走，按蔡队的说法，就只有两种可能——一种是李局就是赵嘉良的保护伞，但后来我们都知道既然这是个局，那么这种假设就不成立。所以，第二种可能性更大——”

陈自立一边开车一边挑了下眉毛，“用蔡队的说法，李局是广东资历最深的老缉毒警，是咱们这一辈缉毒警的老祖宗。他应该知道，发展线人是攻破制贩毒团伙的最有效方法，也是他惯用的手法。所以蔡队怀疑，赵嘉良这个人，恐怕不只是线人那么简单，甚至可能是李局派到东山来的卧底。李局这个时候撤出东山，是为了蒙蔽林耀东和马云波，给赵嘉良接近和打入林耀东团伙内部创造一个良好的环境和条件。所以，在赵嘉良没有和林耀东达成交易之前，省厅和李局他们是不会有任何动作的。”

周恺点头附和，“我们都认为这个逻辑说得通。”

李飞难以置信地看着他俩，很多线索都在他脑子里自动穿针走线似的慢慢组合，他感情上却尤其觉得这不可思议，“如果赵嘉良是卧底，此时此刻李局派出的警力肯定已经在小湾村行动了……”

“小湾村没有任何行动。”陈自立打断他，“这也正是蔡队让我俩拼死也要拦住你的原因。万一这次交易是假的呢？是林耀东探赵嘉良的底细呢？林耀东老奸巨猾，他绝不会这么轻易地相信别人——这是蔡队的原话。”

李飞彻底愣住了。

周恺忽然伸手在他脑袋上胡噜了一把，挺大的劲儿，揉的李飞脑袋都被他摁得偏了一下，“李飞，我承认你是挺聪明的，可比起老狐狸们，还差点儿。”

前面陈自立笑道：“接下来，咱们就看着老猎手怎么布网下套吧。”

不擅长跟人亲近的李飞，被从前的师父突然来了个摸头杀，这会儿也都忘了别扭。

他脑子有点不太转个，可思维却仿佛自己有了方向，弯弯绕绕，把曾经零零碎碎的片段全推了出来……

民叔说跟他父亲很熟悉，民叔说他父亲走私，赵嘉良是民叔的线人或者卧底，赵嘉良有很深的黑道背景，他父亲所有生活影像都被抹掉了，赵嘉良是香港人……

李飞的手控制不住地颤抖起来，心倏地被提到嗓子眼，有什么答案好像张口就能吐出来，但是他却本能地死死闭紧嘴巴，几乎前所未有的，渴望而抗拒，期待又害怕起来。

52. 绑 架

从小湾村出来，李飞直接跑回了家，神经质地把那个收藏着曾经父母照片的盒子拿出来，他手抖得自己都稳不住，片刻后，却从里面翻出了唯一一张没有把李建中的脸完全撕干净的照片来。照片中，他的父亲环着他母亲的腰，脸已经被撕掉了，眼睛以上的部分却没撕干净。

这张照片他从小看过很多次，用这张照片试图脑补李建中的样子，也很多次。可他从来没想过把这个跟他怀疑的主要嫌疑人之一的大毒枭赵嘉良联系在一起。但是现在却不一样了，他仿佛连呼吸都忘了，颤抖的手指举起照片跟他贴在白板上的赵嘉良的照片相对比，一分一毫都不放过地仔细查看，看了半晌，浑身的汗毛都竖了起来——一模一样的。李建中的眼睛，跟赵嘉良的眼睛，几乎是一模一样的！

“马雯！”他差不多已经疯了，踉跄地从屋里跑下来，几乎是连滚带爬地跑下来，疯了似的钻进自己车里，一边颤抖着打火一边给监视赵嘉良行踪的马雯打电话，“赵嘉良在哪里？”

“十分钟前他离开酒店去了商场。”正在偷偷跟着他们的马雯被他失控的声音吓了一跳，说了个商场的名字，冷静地告诉他：“林天昊派了两个马仔跟着他。”

终于把火打着了，李飞挂了电话发动车子，一打方向盘，油门一脚踩死，几乎不要命地朝马雯说的那个地方追了过去！

李飞站在电梯口看着注意力都落在赵嘉良身上的那两个人，稳了稳情绪，心里已经有了计较。

他勉强压住越来越快的心率，抹了把汗，拽了拽衣服，大大咧咧地走进了那家店。

照面看见那两个马仔，挑衅地吹了声口哨。那俩人一回头看见是他，立即充满敌意地戒备起来，同时脸上满是嘲讽，“怎么又是你？真他妈阴魂不散。”

李飞吊儿郎当地看着他们，耸耸肩，也是浑不吝的样子，“这店是你家开的吗？”——这摆明了就是来找不痛快的。

那俩马仔也没让李飞失望，没两句话就动了手。

赵嘉良穿着蓝色衬衫从试衣间里出来，看见那两个马仔正在跟不知道打哪儿冒出来的李飞推搡，半点情绪都不露，仿佛不认识他们似的，看了看镜子里的自己，又温和儒雅地看着女导购，“美女，能借用一下你的手机吗？我手机落在我老婆那儿了，我想让她过来帮我选一选。”

店员笑着应了声“没问题”，把手机拿过来给了他，他准备先回试衣间把自己的衣服换回来，带着手机进去之际，看了一眼门口推推搡搡的三个人，唏嘘地摇摇头，指了指他们，跟店员说：“赶快叫保安吧，别真闹出什么事。”

“是啊。”那小姑娘不安地连忙去拿座机打电话，赵嘉良关上试衣间，插上门闩，匆匆地拨了李维民的号码——

李维民的手机被调到了响铃加振动的模式，铃声被开到最大，乍然响起，正在办公桌前面来回转圈坐立不安的李维民仿佛是被谁踩了尾巴，立即大跨步冲到桌边把手机接了起来，“你好，我是李维民。”

赵嘉良的声音压得极低，却很稳，“是我。”

听见熟悉的动静儿，李维民如释重负地闭着眼睛长长松了口气，他担惊受怕的那根弦刚松开，就立即又急切地问目前的情况，“小湾村的交易是真的吗？”

“假的。”李飞拖不了那两个马仔多少时间，赵嘉良语速极快，“真货半路上被林耀东调包了。幸亏你们没有出手，不然我的底就全露了。我已经责问过林耀东，他答应马上跟我做一单两吨的大单作为补偿。等我和他谈过了，再告诉你详情。就这样。”他说完就立即挂断了电话，同时删掉了手机里的通话记录。

若无其事换上自己的衣服出去，将手里的衬衫跟手机都还给店员，他露出了恰到好处的抱歉的笑，“对不起，我老婆说她已经给我买了。麻烦你了，谢谢。”

店外面，李飞跟两个马仔已经被保安拉开了，双方却谁也没退开，李飞没走，正虎视眈眈地看着对方，看见赵嘉良出来，他仿佛挑衅似的，冷笑着挑了挑眉。

赵嘉良看也没看他，转身离开了服装店，两个跟李飞对峙的马仔立刻跟了上去，李飞就这么大摇大摆地缀在后面跟着他们，刚走了没几步，胳膊被人从后面拉住了。

匆匆赶到的马雯好不容易找到了他，他对马雯朝着赵嘉良他们的方向使了个眼色，马雯会意地点点头，让李飞明目张胆地跟上去，自己悄悄藏在了人群之后，也朝着他们行进的方向跟了上去。

赵嘉良觉得李飞的行为举止到眼神脸色都有点反常的激动，经过一家咖啡店的时候，他想了想，开门坐了进去。

那两个马仔一边跟着赵嘉良一边提防着李飞，时间长了就觉得烦得不行，“我们还是赶紧回去吧，那个小警察真的很讨厌，怕出了事，东叔那里不好交代。”

赵嘉良和煦地看着他们，人畜无害的样子，抬着眼问他们，“我要喝点东西，可以吗？”他问得客气，马仔倒是尴尬了。

赵嘉良招呼服务员点单，刚好跟进门的李飞在门口站定，他没有马上走向赵嘉良，而是远远地凝视着他，而这时候，赵嘉良才悠悠地抬头，朝他看了过来——

李飞脸色极其难看，赵嘉良却气定神闲。

两个马仔觉得这俩人跟用眼神无声地打了场仗似的，都怕他俩谁先撑不住就这么直接掏枪了，可是别人眼里充满敌意的对视，在李飞和赵嘉良两个当事人之间，却完全不是这样的……

李飞藏在愤怒后面的无声疑问赵嘉良看得懂，而赵嘉良眼里神态自若中藏着的一点欣慰，李飞也感受得到。

大概就是……默契。而默契，可能……就是源自血缘的神奇羁绊……

马雯刚坐下，李飞几乎压不住地急切，“我要拿到他的DNA！”

不明所以的马雯惊了一下，“什么？！”

“赵嘉良，”为了保持冷静和若无其事，李飞后槽牙咬得死紧，声音几乎是从牙缝里挤出来了，“我要拿到他的DNA……”

马雯怔了一下，没问他要干什么，只是毫无保留地信任他道：“明白了。”

李飞站了起来，径直朝赵嘉良走去。马雯也随后站了起来，绕开了这条通道，从咖啡厅后面那排绕了过去。

赵嘉良目不转睛地看着走向自己的李飞，眼中隐有让人捉摸不清情绪的笑意，紧张的马仔连忙冲了上来拦住李飞，李飞挑眉，在商场压着没发泄够的情绪，都集中在他举起来的拳头里，朝着挡在他前面马仔眼睛直接轰了过去！——

李飞与两个马仔厮打在一起，赵嘉良静静地看着他们不动声色，从后面绕过来的马雯靠近赵嘉良，恰好此时服务员端着一杯咖啡走近赵嘉良——

马雯悄无声息地碰了一下服务员，服务员托盘中的咖啡杯落地，咖啡混着飞溅的瓷片溅出来，赵嘉良猝然收回视线，马雯从地上捡起了一块碎瓷片……

“对不起对不起……”一叠声的道歉中，试图为赵嘉良擦拭咖啡渍的马雯手里藏着瓷片，又稳又准地在赵嘉良手背上轻轻划出了一道血痕。

马雯妥帖地藏好沾了血的瓷片，道了歉低头转身就走，径直出了咖啡厅，时刻关注马雯行动的李飞看她已经得手，连个盹儿也没打，俯身躲开两个马仔的拳脚，冷笑一声，闪身离开了咖啡厅。

在他们身后，赵嘉良看着自己手背上的一道血痕，若有所思地拿过丝巾把那抹血迹擦掉，慢慢勾了勾嘴角，低头垂眼，却难掩喜悦和欣慰的眼神。

汕头某港码头，从东山过来的警车停在一旁，被警车护送着的那辆小型冷冻厢式货车朝着不远处的码头飞驶而去，那码头上，货轮早已在等待，看车过来，两个准备接货的人从船上快步跑了下来。

与此同时，广东省公安厅指挥中心灯火通明，两边的监控画面全开着，正中间主屏幕也开着，广东省公安厅厅长王志雄、副厅长雷建华、禁毒局局长崔振江、边防总队副总队长楼晓平均已就位，各个形容整肃严阵以待，亮着的主屏幕上，公安部禁毒局局长苏建国也已经坐好。

视频会议马上就要开始，全场没有人说话，偶尔能听见技术干警操作设备敲打键盘的声音，整个指挥中心严肃非常。

片刻后，指挥中心大门打开，匆匆从河源赶回来的李维民一身警服端正地戴着帽子快步从外面走进来，走到几位领导面前，对视频中的苏建国郑重敬礼——“李维民，报到！”

被藏了多天的李局，终于是在公众视野中重新露面了，而跟他一起回来的河源武警部队的行动组，也从临时指挥部正式并入广东省厅指挥中心，听从统一调配。

王志雄、雷建华、崔振江等人——甚至视频中的苏建国，都对他郑重回以敬礼，片刻后，苏建国的声音从音响中传来，“维民，欢迎归队。那咱们进入主题，志雄主持会议。”

“是，”王志雄应了一声，转向李维民，“维民，你先介绍一下目前的进展情况。”

“是，”李维民在位置上坐下来，“根据赵嘉良刚刚送来的情报，小湾村三百公斤的毒品交易是林耀东对赵嘉良的考察和试探。我们安全通过了这次试探，现在林耀东已经基本消除了对赵嘉良的怀疑，确定与赵嘉良合作。”

王志雄问：“交易量呢？”

李维民严肃异常，连声音都异常沉肃，“两吨。”

雷建华都惊了，“两吨？！”

“胆大包天！”王志雄忍无可忍地拍了下桌子，挺大一声，衬得整个场合更加沉闷，“……他们大概什么时候进行下一单的交易？”

“如果这两吨的交易是真实的，那么林耀东会马上组织毒品生产。这是我们端掉林耀东制贩毒集团的最好时机。”他说着，重新又站起来，郑重地对在场的所有领导一字一顿地说：“我建议，行动即日开始！”

没有人会对此有异议。苏建国在视频里肃穆而冷静地宣告：“毒品问题早已经成为一个全球问题，而广东省因为特殊的地理位置，近年来受国内外毒情因素综合影响，已经成为我国毒品问题最复杂的地区，并且呈现出毒品制作、集散、过境、消费‘四位一体’的总体态势。冰毒、氯胺酮等合成毒品制贩问题辐射全国，影响全球。国家禁毒办、公安部各级领导已经下定决心，在广东打一场硬仗、一场大仗、一场持久仗，把广东的毒品问题一举攻克！其中的重点就是清剿广东制贩毒‘第一堡垒村’塔寨村！经过前期的侦察、经营和布置。我们现在终于到了可以行动的时刻！”

“行动代号：破冰！”

所有人的表情都严肃而冷冽，苏建国目光从在座每个人脸上依次扫过，正色宣布：“由在座各位组成行动指挥部。总指挥：王志雄同志，副总指挥：雷建华同志，副总指挥：楼晓平同志。”

所有被他点到名字的人都站起来严肃敬礼再坐下，苏建国目光最后落在李维民身上，“雷建华同志具体负责协调公安部和境外警方的合作事务，以及与香港保安局、澳门司法警察局的相关合作事项。楼晓平同志负责协调武警广东边防总队的战士以及装备保障。李维民同志——”

李维民唰地起立敬礼，隔着屏幕，眸光肃然而坚定地直视着苏建国的眼睛，听见他说：“维民同志为这次行动的前线总指挥，成立前线指挥部。负责清剿塔寨村前线的行动所有部署和指挥。”

他说着，目光殷切地看着在场四人，郑重嘱托：“希望你们不负重任！”

所有人都慎重点头，王志雄接过来介绍具体行动，“‘破冰行动’共分三个阶段：情报侦察、定位布控和最后的收网行动。”他说着，示意雷建华介绍具体细节，“建华同志。”

雷建华点头，“我说一下第一阶段情报侦察工作，四个要点：第一，本次行动实行特级保密。行动指挥部就设在这里，省厅已经全部戒严，非本系统人员一律不准进入。指挥中心所在的这一层设立岗哨，所有出入人员由指挥部指定并授权，只认脸，不认警衔和级别。第二，调动无人机进行大范围侦察。第三，联合电信部门、公安交通部门等配合行动。第四，调动省公安厅经侦局大案处，对龙坪、东山地区可疑涉毒人员的银行账户进行监控，随时根据行动需要，对涉案账户进行快速查控和冻结。维民，”雷建华说着顿了顿，似笑非笑地看了李维民一眼，“你在‘双规’期间也没休息，说说吧，你掌握的情况。”

“林耀东在塔寨周边，利用部分便利店、修车洗车店、小餐馆等等，布置了暗哨。我已安排了咱们的武警边防战士们进行了乔装侦察，现在这些暗哨都已经在我们的布控和监视之下。最后的收网行动前一天，可以实现一次性全部清除，让塔寨变成聋子和瞎子。”李维民也不管雷建华那点玩笑的揶揄，接过来直截了当地说道，“另外，福建料头供货商进入龙坪、东山地区必经的高速公路、海上航路已经布控。所有重点酒店、宾馆、民营小旅馆，尤其是他们常住的宾馆，也已经在我们的控制之下。”

王志雄点头，“再强调一条纪律，整个行动的参与人员要严格审查确认，分工要明确。信息要分类、分时传达。各行动小组之间的信息不能互相进行分享，所有的信息和线索都要单线直接汇报到这儿来，由指挥部再往下通知。”他说着看了一下时间，“好，时间紧迫，你们抓紧提人员名单，尽快开展工作。”

李维民直勾勾地看向雷建华，“雷副厅长，我要的人什么时候到？”

“少不了你的！”雷建华佯作嗔怒地瞪他一眼，却抬手指了指隔壁，“就在隔壁会议室等着呢。”

李飞把血液样本给陈珂送过去，可是根本没耐心等到结果出来。种种端倪，他已经可以认定自己的猜测了。

他现在才明白，为什么那天他往赵嘉良脸上狠狠打了一拳，赵嘉良被他轰倒在地上，看着他却还能笑得出来。从他八个月之后，那应该是二十多年里……他们父子的……唯一一次身体接触。

他打了他一拳。

他打了……他爸一拳。

他坐在家里看着白板上赵嘉良的照片出神，回来路上连听带猜知道了个大概的马雯陪着他，犹豫片刻，打破沉默，“李飞，那你有没有想过他们为什么瞒了你二十多年？”

“我管他为什么！”李飞暴怒地打断他，又突然黯然沉寂，“二十年多了……我倒是要去问问他……为什么这二十多年一次都不来见我……”赵嘉良当初那个Flag是真没白立，他说着，虎目圆瞪，倔强地不肯让眼泪落下来，声音里却已经带了浓重的鼻音，“他哪怕来见见我妈！给她上炷香……

如果他早点来见我……告诉我……这次我也会和他配合得更好！”

马雯虽然不能感同身受，但是却能理解李飞的心情。她动容地轻轻拍了拍李飞的肩膀，李飞却像触电了似的，猛地站起来，扭头就往外走！

“李飞！”马雯一把拉住他，“你去那儿？！”

马雯将李飞拉回座位，连忙劝他，“你别冲动！赵嘉良是你爸，那这次的交易就是李局给林耀东安排的一个陷阱，你去认他就会暴露！”

“我爸离开了我二十多年！李局这盘棋下了二十多年！”李飞忍无可忍地失控爆吼，“这么大的局，林耀东肯定跑不了了……李维民自以为算准了一切，自以为瞒我瞒得很好……但他没算到我认出了我爸！”

“李飞……”

“我不去干什么，”李飞眨了下酸涩的眼睛，深吸口气，“我……我就是想去跟他见个面，说两句话我就走。”

马雯没法再拦着他了，摁着他，自己却站了起来，“你目标太大，我先过去，帮你盯着。”

李飞定定地看着她，目光里写满感谢，他动了动嘴，那两个字，却终究还是没有说出来……

李飞根本坐不住，马雯走了没多久，他就也开车过去了。

他开车本来就快，这会儿更是踩着油门几乎就没松过，停了车他扣好帽子匆匆进入大堂，四下打量一下，没发现有什么可疑的人，径自走向前台，跟前台要了张纸，拿着签单笔写了个小纸条，就四个字——三点，泳池。

他把纸条撕下来揣进自己的兜里，剩余的纸扔进了垃圾桶，正好这时马雯的电话打了进来，“你到了吗？”

“我在大堂。”

“赵嘉良刚进电梯，十几秒后就能下去。”

李飞刚刚挂断电话，就见赵嘉良和钟伟从电梯里出来，让李飞陡然一震的是，赵嘉良身上穿的那件衣服特别眼熟……

有一个特殊的图案。当年看着特潮，现在看着又有点土。

就是他刚拿工资的那个月，送李维民的那件外套……

他不知道他是怎么得到这件外套的，可是打眼看过去，却瞬间就懂了，赵嘉良——或者说他父亲李建中，已经知道他猜出了真相，并且……在用这种方式告诉他，他的猜测是对的。

李飞看着赵嘉良，攥紧的拳头把兜里的纸条揉皱了。他咬着舌尖，借着瞬间的刺痛才让自己镇定着冷静下来，他不着痕迹地深吸口气，若无其事地迎着赵嘉良走过去，赵嘉良从电梯里出来，也脚步不停地往他的方向走——

跟在赵嘉良身边的钟伟见状要拦，后面监视赵嘉良的两个马仔也虎视眈眈，钟伟被赵嘉良轻描淡写地挡开，没了前方障碍物，李飞危险地眯着眼睛，眼底的愤怒和敌视几乎要在四目相对间喷出来，他猛地上前发狠地一把揪住赵嘉良衣领，咬牙切齿地对他说："我都知道了！所有的我都知道了！"

他抓得太狠了，赵嘉良不得不双手抓住李飞揪着自己衣领的手试图让他松开，李飞借机把纸条塞到赵嘉良手里，男人脸上露出几乎不可察觉的笑容，镜片下，眼里控制不住地泛起泪花来，声音却始终是不以为意的悠闲，甚至带着挑衅，"李警官不要冲动，改天我请你喝茶，我们好好聊聊。"

李飞眼睛也是湿的，半响后，他瞪大眼睛，倏地松开手，猛地推了赵嘉良一把，头也不回地大步离开酒店，赵嘉良看着他出了酒店大门，转身和钟伟往酒店花园走去。

花园里，钟伟不着痕迹地缠住了那两个耳目，赵嘉良寻了个没人的地方，打开手里的纸条看了一眼——三点，泳池。

他几不可察地勾起嘴角，然而下一秒，有人在背后拿着黑色的大垃圾袋套住他的头，抢在他做出反应之前，一记闷棍直接击倒了他……

纸条脱手，飘飘荡荡地落进刚浇完水的灌木丛里，立即就被水迹模糊了字迹。

而在酒店泳池等他的李飞，从最开始期待雀跃得像个孩子似的不得不下水靠游泳来控制激动情绪，到后来一直等到四点也没人来赴约的恐慌不安，半晌后，他倏地从泳池里站起来，抹了把脸，翻身直接跑出了泳池，莫名地笃信——他不会不来赴约，他不来，一定是出事了。

李飞来到赵嘉良的房间，赵嘉良已经不在了。里面空无一人，连床单被罩都是新换的，里面所有的东西都不见了。

再看钟伟住的506，也是一样。

可是打电话问酒店前台，前台却说509和506的客人没有退房。

从房间出来，李飞坐着电梯一路到了地库——赵嘉良的车还在，但车里同样没人也没东西。

李飞激灵灵地打了个冷战。他从来没这么害怕过。当初跟宋杨被村民围在塔寨没怕过，被警察通缉没怕过，被人追杀没怕过，可是这一瞬，他却害怕得起了一身的鸡皮疙瘩。

他手指微微打战地掏出手机，从通讯录里找到崔振江，连忙给他拨过去，“崔局长，赵嘉良被人绑架了！”

崔振江一瞬间都没反应过来，“你说什么？”

李飞一字一顿，无比确定，万分紧张，“赵嘉良被人绑架了。”

他一边说一边从地库跑出去上了自己的车，听见崔振江在电话里用非常严肃的命令口吻对他说道：“李飞听着，你马上赶到省厅。”

“现在？去省厅？”

崔振江半点迟疑都没有，“对，我在省厅等你，急事。现在就出发！注意，一定不能有尾巴，明白吗？”

李飞大概能猜到是什么事了，他咬咬牙，狠命一点头，打着了火，“明白。”

崔振江挂了李飞的电话就给正在指挥部跟各组了解情况的李维民打了过去，“李飞刚打来电话，说赵嘉良被人绑架了。”

李维民倒吸一口凉气，“他是怎么知道的？”

“李飞就在东山大酒店！”

这种时候，赵嘉良被绑架——谁绑的他，他被绑去哪了？

挂断电话李维民急得在指挥部里负手踱步，半晌后倏地停住脚步猛然转身——对艾超负责的技术小组说道：“马上调塔寨的画面，快！”

幸亏无人机是早架上的，整个俯瞰图也都拍回来了。实时监控中，这么一查，果真就看见了林灿等人指挥着几个马仔，将头上罩着黑罩子的两个人从电瓶车上架下来拖进林氏宗祠里。从体形上，李维民已经完全可以辨认出来，那的确是赵嘉良和钟伟无疑。

李维民盯视着监控屏幕，倏地转头朝向监听处那边，“林灿在电话里说了什么？！”

艾超亲自在监听设备上快速操作着，半晌脸色紧绷地对李维民说道：“李局，查不到，用的是一次性卡。”

李维民又转过身，盯着监控画面，看着那模糊的人影被推进了林氏宗祠屋内，接着就消失在了画面上，李维民脸色逐渐凝重起来……

赵嘉良的后脑勺上被那一记闷棍打破了，血污糊了满头满脸，看上去很狼狈，但是他神色却很漠然，好像受伤的不是他自己，被绑在这里任人宰割的也不是自己一样，他环视四周，发现这是个地下室，里面空空荡荡，看不见什么折磨人的玩意，也没什么额外的摆设，片刻后，他微微笑起来，“想请我来塔寨，不用费这个劲。”

林灿上前一把抓住赵嘉良的头发，“你以为我们不知道你的真实身份？”

“身份？”赵嘉良奇怪道，“我是香港嘉良国际投资公司的总经理赵嘉良，这有问题吗？”

林灿闪到一旁，林天昊上前挥起棒球棒朝着赵嘉良的肚子狠狠击去，赵嘉良竟是硬生生咬牙忍住了闷哼，一脸痛苦的表情却遮掩不住，他艰难地抬起头来盯视着林灿，听见这小子梗着脖子问他：“说吧，你是不是警察派来的？”

林天昊那一下子够狠的，赵嘉良没把这些学人家斗狠的小崽子们放在眼里，虽然疼得汗水顺着额头淌下来，说话都有点费劲了，但还是很硬气，“你们没……资格跟我说话。”

林天昊挥起棒球棒朝着赵嘉良的肚子又是狠狠一击。

赵嘉良硬生生又扛过了一记，咬着牙忍着痛，倒是轻蔑地笑了，“我告诉你们，这招对我没用。我当年在旺角受过各种酷刑。让林耀东来跟我说话。”

林灿和林天昊一愣，互相对视了一眼。林天昊挥棒要再打赵嘉良，林灿拦住了他。

血从赵嘉良的嘴里流了出来，他看着林灿，眸光和脸色一样平静，“你们可以把我打死，我死过好几回了，这没有问题。问题是你们得想到打死我会有什么后果。去告诉林耀东，如果他再派你们这些小马仔来对付我，别怪我翻脸。去吧。”

“你他妈的！——”林天昊仿佛受到了莫大的侮辱，抡起棒球棍就又要砸，被林灿再次拦住，拉着他出了地下室。赵嘉良挑衅地笑着，毫无惧色地朝地上吐出一口血水。

大概过了将近半个小时，林耀东施施然地从楼梯上缓步走了下来。

赵嘉良听见动静抬起头，看见他，眯着眼睛打量了一会儿，“林耀东，你这是又搞得哪一出？”

林耀东盯视着赵嘉良没有说话。

赵嘉良也收了脸上玩世不恭的笑，沉冷地看着他，“你不想想弄成这样的局面，以后咱们俩还怎么合作？”

林耀东沉吟片刻，让人把铐子给他打开了，接着走到一旁的桌子前做了一个请的手势。

铐子一松，赵嘉良踉跄了一步，刚才林天昊那两下子伤了肋骨和脏器，这会儿一动就疼得撕心裂肺，他有点迈不开步子。

林耀东没有说话，只是冷冷地望着他。片刻后，他扶着腰站直了，也不在乎被人看见自己的狼狈丢不丢人，就这么一瘸一拐地艰难走到桌前坐下了。

“那好，就实说吧。”林耀东也坐下来，“赵嘉良，我还是信不过你。我们之前应该在哪里见过面。在我对你没有彻底消除疑惑之前，我还是不敢贸然和你做生意，更何况这次是两吨的单子。”

赵嘉良盯视着林耀东，他这会儿从刚才的疼痛中缓了过来，声音听上去还是有点滞涩，但状态已经恢复过来了，“去年，龙坪潮商大会咱们不是见过面吗？”

林耀东摇头，仔细盯着他那张脸，也在回想，“不不不，更久远以前。”

赵嘉良笑了一下，“我这个人记性很好，我想我没有见过你，不然我不会忘记你这张脸。”

林耀东久久地盯视着赵嘉良，赵嘉良也坦然地望着林耀东。片刻后，林耀东眸光一收，率先摊了牌，“好吧，我既然来了，那今天咱们的见面有两个结果：第一，咱们握手言和，精诚合作。第二，今天就是你的忌日。”

“验明正身？”赵嘉良仿佛也来了一点兴趣，“好啊，问吧。”

这两个人，一个不客气地绑了人还把人打成这样，一个被绑过来又在他手里吃了苦头，这会儿坐在一个桌子上说话，却好似都跟没事人一样稀松平常的。

林耀东微微垂下眼皮儿，扭头朝林灿示意了一下，林灿从口袋里掏出两小瓶药剂，然后又拿出一副一次性的注射器。赵嘉良看了看那东西，轻蔑地从鼻子里哼了一声，“我已经戒毒了。”

林耀东神态自若地笑起来，“放心，这不是毒品，是东莨菪碱。”

赵嘉良眼皮微微一跳，“东莨菪碱？”

“赵先生博闻强识，难道没听说过吗？”林耀东好整以暇地介绍道，“这种药能使人的中枢神经系统变弱，让他更难撒谎。”

林灿正拿着注射器吸入那药剂，赵嘉良眼睛眨也不眨地盯视着林灿的动作，表情终于逐渐紧绷了起来。

林耀东温润和缓地轻声道：“我向来反对酷刑。简单粗暴，不文明。我林耀东虽然没读过几年书，但天生不喜欢看到那些粗暴的场面。我们有科技嘛，干吗要搞得那么不人道？是不是？”

他说着，示意已经准备好药剂朝赵嘉良走去的林灿等一下，“赵嘉良，如果你对我有什么隐瞒，现在说还来得及，至少我会让你死得痛快。如果一会儿再让我问出什么的话，那就是另外一种死法了。”

赵嘉良若有所思地看着他，半晌后，毫无惧色地主动揭开袖口卷起袖子，把手臂伸到了林灿面前，压根没把这些伎俩放在眼里地不屑冷笑，“放马过来。”

与此同时，相邻的另一个地下室里，被打得奄奄一息的钟伟被铐在柱子上，两个马仔死死地按住他，林天昊拿着一个注射器，上前将跟赵嘉良同样的药液注入了钟伟的体内……

53. 过　关

李飞飞车赶到省厅的时候，在大门外面看见横在门口等他的艾超跟杜力，就了然明白过来，是李维民回来了。

杜力一路带他上去，再看见让他担心得好几天睡不着觉的李维民，他却没有劫后余生的庆幸和喜悦。

李维民自己的办公室里，杜力给他们关上门，李维民看着他笑笑，还没等说什么，李飞却冷漠地看着他，慢慢地走到他的面前站定，压着火气，一字一顿地开口质问："这一切是你的局，你离开东山时告诉我的大局……"

李维民感受到他语气中的愤懑却没去管，他素来喜怒都能妥善隐藏的声音里，平静中夹杂着一丝激动和兴奋，"是的，到今天，我要告诉你的是，准备收网了，代号'破冰行动'！"

换了平时，李飞大概要比他更激动兴奋几倍不止，可现在他却对这一切都感到麻木，"付出可能牺牲你线人的代价，为了林耀东这条鱼，你放下了一个大大的鱼饵，对吗？"他勾勾嘴角，想笑，觉得至少也应该冷嘲热讽一下，可是却说什么也笑不出来了，"为了让他相信这是食物而不是鱼饵……在你走之前，就已经算好了，我是迫使林耀东相信他的那条同样追食物的鱼……一条鲶鱼，对吗？！"

李维民语塞，不知道他是什么时候看破这些事的，一时之间不知该如何解释，"飞飞……"

李飞眼睛里爆出骇人的血丝，他几乎是吼出来的，"回答我！"

李维民梗了半天，憋出来了一句蹩脚的安慰，"你……辛苦了！"

“如果你当时跟我说清楚他的真实身份，”如果可以，李飞不想现在跟李维民说这些，他自己亲爹失踪了，生死未卜，他知道应该先去关注这件事儿，可李维民也是他大半个养父，他不能原谅他最亲最近的人这样欺骗自己，悲愤的质问完全克制不住，“如果……你告诉我他是谁，也许……也许，我们可能会做得更好！！”

李维民猛地意识到什么，他脸色有一瞬间的空白，半晌后，他惊疑不定地看着李飞，从他那双不躲不闪的眸子里读懂了一切……

“你……”李维民几乎是小心翼翼地问他：“都知道了，是吗？”

“不，是猜的。”李飞痛苦地眨眨眼，狠狠咬了咬嘴唇内侧的肉，“所以……我猜对了，是吗？”

李维民哑着声音问他：“怎么猜到的？”

“眼睛。”果然猜对了。李飞凄惶地笑笑，“他看我的眼神，不是一个毒枭的眼神……有亲情。”

李维民不自在地别过目光，“你……你想多了……他怎么会……”

“不用描了，越描越黑。你越遮掩我越坚信！”李飞说着，痛苦地仰起头，有一瞬间，他觉得自己真就是那个被世界抛弃的人，连他曾经最依赖的民叔，竟然也骗了他二十多年，“这二十多年，你们……一直都有联系。你……一直瞒着我。”

李维民叹了口气，颓然地在椅子上坐了下去，既然已经走到了今天这一步，他索性也不想再继续瞒着李飞，“你……还想知道什么？”

“一切。”李飞断然道，“所有的一切！”

李维民点点头，指了指他前面的凳子，“坐。”

李飞没有坐，他望着李维民，在长久的沉默后，听见他说：“你父亲……走私。自从你母亲牺牲后，你父亲只身去了香港。这二十几年来，你父亲在香港混黑帮，和毒贩一起做生意，闯过几次生死线，就是为了找到杀害你母亲的凶手，为你母亲报仇。这么多年来，你父亲在一直给我们、给香港保安局禁毒处提供有价值的情报。我们根据他的情报共端掉了四个有规模的跨境贩毒团伙，抓获了六个毒枭、五十多名贩毒分子，缴获数量超过三吨的毒品。”

李飞已经能猜到他父亲去做线人的起因了，他低下头，借着揉太阳穴的动作，手在眼睛上不着痕迹地抹了一把，还以为李维民没看见，“他找到杀害我妈的凶手了吗？”

“找到了。”李维民点头，“他叫林浩南，香港旺角人，他身上背着五条人命，还不算跨境贩毒。目前被判三十年监禁，关在香港的赤柱监狱。是赵嘉良亲手把他送进去的。”

李飞惨笑，“既然他已经报了仇，为什么不回来认我？”

“赵嘉良……不，你父亲李建中，一直不敢面对你。”李维民的声音带着陷入回忆的怀念和叹息，“你母亲在他走私的录像机里发现了毒品，虽然你父亲是被利用，但他始终觉得你母亲因他而死。而他又缺席了你的整个成长过程，对你有愧疚。”

“这二十多年你们一直有联系，对吧！从小到大……”直到今天，才明白从小到大李维民热衷给他拍照片的意义，“你给我拍那么多照片……是为了……给他看吗？”

“是的。”李维民坦然承认，“你父亲……他很爱你，无时无刻不在想着你。每次拿到你的照片，他都会喝大。”

李飞木然地听着这一切，“那你呢？这么多年了，你为什么不把真相告诉我？”

他等了等，看李维民始终没有回答的意思，嘲弄地自己揭开那让人感到心凉的谜底，“因为他对你们还有用处，是不是？”

“李飞……”

李飞进一步逼李维民，“四个贩毒团伙，六个毒枭，五十多名毒贩，几吨毒品……他可是经验丰富的功勋线人啊。是你派他来东山和蔡启荣、蔡启超交易，是不是？你是想用他做线人，帮你挖出潜藏在东山的地下制贩毒团伙，是不是？”

李维民点头，哪怕回东山是赵嘉良自作主张，李飞面前，他还是把一切都自己认了下来，“是。”

李飞腾地站了起来，转身就走，李维民赶忙追上前拦住他，向来修炼成精都快喜怒不行于色的表情和声音终于透出急躁来，“李飞！这些年来，我劝过你父亲无数次，希望他回来，希望他能和你生活在一起。十年前他抓住林浩南之后，他是想过回来的……但是——”

但是有些东西，就是人算不过天的。

刚结束钟素娟案子的时候，李维民劝他回来，但当时谭思和有个案子需要赵嘉良跟，如果那个时候回来，他警方线人的身份就会被发现，回东山只能招来比他妻子被谋杀更大的杀身之祸。后来李飞上中学了，快中考之前，赵嘉良正好有事要到内地，李维民建议他跟李飞见上一面，可那时候偏巧赵嘉良刚刚取得了厄瓜多尔那帮毒贩的信任，这个时候回去，一样会连累李飞。

再往后，李维民把李飞考入警院的照片给赵嘉良看的时候，赵嘉良拿着照片说嫉妒他天天能看见自己儿子，可是因为当时他跟的那案子就要收网了，他正在帮李维民他们收集更多的证据，这么一拖再拖，每一次见面的预想都被新的任务取代，到了李飞警校毕业进入禁毒大队，缺失了李飞整个成长过程的赵嘉良却已经没脸再见儿子了……

他从李飞进警校那天开始就告诉李维民不要让他儿子做缉毒警，太危险，可李飞不听，也正好是赶上那时候李飞外婆病入膏肓，他就借着这个引子回了东山，生米煮成熟饭，到了最后，赵嘉良说，他还是多抓几个毒贩，这样帮他儿子分担一点工作，他多干一点，他儿子就会轻松一点，日子就这么过下去也不错……

李维民抓着李飞让他在自己对面坐下来，讲完这些，忍不住伤怀，“你父亲疾恶如仇。这一点，你跟他一模一样。”

李飞呆呆地听着，整个人仿佛都被使了定身术似的，怔愣着良久都无法做出任何反应……

“李飞，”李维民喊醒他，“事关紧急，现在不是谈这些的时候。”李维民提醒他冷静理智一点，把话题又扯了回来，“为什么赵嘉良会被绑架？”

他不问这个还好，说起这个，新仇旧恨的，原本还在伤怀的李飞瞬间就炸了，“你问我？我问谁？如果你跟我说清楚他的真实身份，告诉我你没有被双规，你是以退为进，甚至是将计就计，我怎么可能这么孤立无援？你知道我这些天有多绝望吗？”

“当然，不能完全抹杀你的努力。有关马云波的证据，你还是有功劳的，林宗辉也是你争取过来的……”

“对不起李局，我没想邀功。”李飞别过头倔强地澄清，“我只想——我只想当面问问我爸，这二十多年来……他……”

李飞说不下去了，声音带上了无法克制的哭腔。

李维民活到这岁数，平时最害怕的就是有人跟他哭，虽然多少滴眼泪也不能改变他作为领导时的任何一个决定，但是看见别人跟他哭，他却受不了地心疼。

李飞长这么大，一哭他就麻爪，决定不能改，劝还不会劝。李飞这么大一人了还当着长辈的面哭，他自己面子也挂不住，不是爷俩儿胜似爷俩儿的两个大男人都很尴尬，不由自主地回避对方的目光，李维民却仍在提醒李飞，“李飞，情况紧急，我们现在急需知道赵嘉良被绑的原因——你跟他接触了？”

深吸口气，李飞抹了把脸，点头，“我写了张字条，约他三点在酒店泳池见面。”

“他赴约了吗？”

“没有。”

“然后发生了什么？”

“我去了他房间，房间已经空了，但是并没有办理退房手续。他是不是被发现了？”

“不应该，不应该啊……”李维民思索着，把前前后后的事情又在脑子里迅速过了一遍，“到底是哪里出了问题？”

李飞根本不想追究中间的过程到底是哪里出了问题，他现在只在乎结果——他爸被人劫走了！

李飞待不住了，转身就要走，被李维民一嗓子吼住了脚步，“你去哪儿？”

“回东山，”李飞猛地回头，眼睛通红通红的，却坚定倔强，“我要救我爸！”

——我爸。

他猜出赵嘉良是他亲生父亲的那会儿还百般回避不知该如何面对，这会儿面对李维民，脑子一热，却忽然就把那个称呼叫了出来。那么顺溜儿，好像这二十多年一直都这么叫着某个人似的。

"胡闹！"李维民听见他的这个称呼心里也是猛然一颤，这么多年了，李飞该叫赵嘉良的一声"爸"，竟然是在这种场合下喊出来的，他站起来，指着李飞，"你父亲看到你现在这样会怎么说？你是一名警察，你有你的使命和责任！"

"我只知道我现在是一个儿子！"他越说越激动，"我已经错过他二十几年，我不想再错过！他是我爸！我爸！"

两个人对视着，李维民硬生生用眼神压着李飞暴走的情绪暂时偃旗息鼓，沉吟道："也许是林耀东仍然不相信赵嘉良，想再试探他一次。"

李飞皱眉，"小湾村交易过了关，他还不放心？"

"以林耀东多疑的个性，是有这种可能的。文的过关了，林耀东说不定想在最后交易前再以武的方式考验赵嘉良……"

"那我们现在该怎么办？"

"只能等。"片刻后，他猜测道，"我猜想……林耀东绑架他，是真的制毒的开始。"

"林耀东……"李飞的声音里带着勉强维持的理智，"会对他做什么？"

"不知道，也无从想象。"李维民闭了闭眼睛，片刻后，他再睁开的时候，眸光重新坚定起来，"你爸是条硬汉，可以肯定的是——他现在正经受着考验。"

"他有风险吗？如果……他暴露了呢？！"

"如果……我是说如果他的身份真的暴露了，我们现在冲进塔寨估计也已经无济于事了，你明白吗？"赵嘉良是他这么多年的老兄弟，他失踪，李维民的担忧绝对不比李飞少一丝半点，但冲动无济于事，他强行摁下李飞，眼里快速闪过一丝痛苦，"他在香港曾经遇到过无数次这样的劫难，每次他都扛过来了。希望这一次，他也能扛过来……"

李维民颤抖地深吸口气，正色嘱咐李飞，"记住，你今天看到的、知道的，都是最高机密，对外要绝对保密！‘破冰行动’马上就要开始了，你准备归队，向蔡永强报到，然后……待命！”

李飞点点头，忽然叫住他：“民叔……”

“嗯？”

李飞舔舔干燥的嘴唇，酸楚地笑了一下，“我看见他……穿着我给你买的那件衣服……挺合适的。”说完又勉强笑了一下，转身离去。

李飞转身的时候，一滴眼泪从李维民眼角滑落。他看着李飞反手关上门，怔怔地站在办公室里，深深地做了几次深呼吸，才勉强把差点失控的情绪平复下来。

这二十多年，从钟素娟开始，赵嘉良接触到的毒品案子里多少人死在了东莨菪碱上，重新踏足东山这片土地，赵嘉良不会不防。

林耀东永远都不会知道，他在来东山之前，就已经在香港带着钟伟一起接受了有关东莨菪碱的“特别训练”。

钟伟、杨丰、关欣，这三个人是他的心腹，这么多年跟着他刀头舔血地过来，对赵嘉良的忠诚都是他自己用命换来的。他豁出去地玩着自己的命去救他们，所以他们也愿意为他卖命——不问缘由。

他虽然没明确说过他的身份，在互相试探的怀疑过后，他也没特意瞒过他们。钟伟他们对他的底细多少都知道一点，只是他们从来不好奇，也不问，听见赵嘉良毫不避讳地跟李维民打电话也当没听见，帮他做一些不该黑社会或者毒贩去做的事情，也从不问缘由。就连给自己注射东莨菪碱这种事，也都随着他一起干了。

赵嘉良把林耀东可能会问到的问题列了一张单子，他身先士卒，最先给自己扎了一针，等药劲儿上来，让钟伟按着单子上的内容挨个问他。

如此反复了几次，脑子里有了惯性的潜意识，编过的假话也成了真话。

——他叫赵嘉良，本名钟良，汕头龙湖区人，老婆叫叶美娟，多年前癌症死了，没有孩子，他1988年逃港去了香港，认识李维民是因为李维民2013年抓了他手下一个叫傅康的人，傅康因为跨境贩毒2014年在广州被执行死刑，同时李维民缴了他180公斤海洛因。他不是警察，更不是警察的线人。

每一个问题，在东莨菪碱的药理影响中，意识迷蒙却滴水不漏。

另一边，钟伟嘴里当然也没漏出任何破绽。而赵嘉良药劲儿慢慢缓过来的时候，林耀东却接到了来自杨丰的电话——杨丰绑了他唯一的儿子，林景文。

手机视频里，让林耀东看见林景文被绑在他们地盘的杨丰声音十分从容冷静，“林耀东你看到了，你儿子好好的，我也希望我老板好好的。”

星聚堂的主位上，看见儿子在赵嘉良手里的林耀东有一瞬间几乎差点就没了方寸，片刻后，眼睛里却淬着冰冷的杀意，“你怎么知道你老板在我这儿？”

“老板说，只要他和钟伟的手机都打不通，那他们一定就在你的手里。林耀东，我想你是明白人，知道怎么做。”不管他冷不冷，是不是想杀人，杨丰都不在乎。赵嘉良带出来的手下行事作风几乎跟他如出一辙，一张王牌握在手里，他半点啰唆都没有，说完直接挂了电话。

对面，林耀东气得摔碎了手机。

地下室里，成功挨过这一关的赵嘉良一杯接一杯地灌着水。东莨菪碱药性发作的后遗症，他嗓子冒烟口渴得不行，林灿守在边上，林耀东带人进来的时候，他已经给赵嘉良递了五杯水。

赵嘉良看他进来，仰头将手里那杯灌下去，终于不再喝了，杯子一推，挺不满意地吐槽，“你们塔寨的水，一股麻黄草的怪味，记得下次给我买纯净水。”

这个时候，他肯定是知道林景文已经落到了杨丰的手里，但却没提，看林耀东的目光已经平和平静，林耀东也没提，尽管刚刚气到摔手机，此刻跟赵嘉良对上，他们两个都像个没事人，“没问题。”

赵嘉良坐在桌子边上无辜地摊摊手，“你做好决定了吗？”

林耀东点头，“但我还有一个条件——你必须一直待在这里，直到我交货为止。”

赵嘉良一听就乐了，跟听了个笑话似的，“开玩笑。嘉良国际贸易公司要赚钱的。老总在你这儿住那么久，手下人怎么开工？”

林耀东退让地跟他约定，“我十二天就能出货。”

"十二天，"赵嘉良怀疑地拧起眉毛，"两吨？"

林耀东气定神闲地笑，"一两不少。"

"林书记果然有本事。"赵嘉良挑挑眉，也不知道是嘲是赞，"我必须说——这么高的产能这么高的效率，是我没想到的。"

他始终不动声色装无害，林耀东却不想再跟他打这个哑谜，"你的手里有我儿子，有宋倩。所以你必须得在这儿待着，一直到这批货出海，放了我儿子，你才能走出塔寨村。"

赵嘉良微微垂眼，不置可否地勾了下嘴角，悠然道："听起来，也算公道。"

"我说过，我是讲理的人。你就说和东山市政府、和我谈合作的事项，要耽误一段时间再回香港。"林耀东连理由都给他想好了，"不然，这生意谈不成。"

"十二天？就待在这地下室？"赵嘉良环顾四周，不满地摇头，不肯轻易妥协委屈自己，"这么潮湿，住出关节炎怎么办？"

"你可以上去活动，但不能出林氏宗祠，不能在村里露面。"

片刻后，赵嘉良眼睛转了一圈，忽然点了头，"这么大一单生意，谨慎一点我能理解。"

"多谢理解。"怎么说呢……做生意要看眼缘看气场，赵嘉良偏就属于让林耀东既没有眼缘又不合气场的人。他太难搞了，头脑清楚，胆子够大，豁得出命去，既不缺钱，又滑不留手地狡诈。

林耀东心里压着林景文的事儿，不愿意跟他再废话周旋，点点头起身离开了地下室。

"十二天要做出两吨的货，时间很紧。"回了住处的林耀东立即就开始安排开工的事情，他看向林耀华，"你马上给老土打电话，让他们连夜把料头送来。"

54. 诀　别

塔寨外围半山腰，新修没两年的观景平台上，马云波跟林耀东在翻修一新的佛殿前并肩而立，看着山下塔寨万家灯火，背对着神殿内通亮的长明灯，不悦地问他："什么事非得见面？"

"赵嘉良被我绑进了村里。"

马云波震惊地看向旁边这个疯子，"小湾村交易的测试他不是已经过关了吗？你绑他干什么？"

林耀东眼前浮现起赵嘉良的那张脸，却实在跟模糊的记忆对不上号，"我以前肯定在哪里见过他，我还是不踏实。"

坏事儿干多了，谁能踏实？马云波冷笑，"那你审出什么结果来了吗？"

林耀东没有说话。马云波问他："现在撕破了脸，你准备怎么收场？"

林耀东沉默一瞬，回答说："明天就开始做生意，我已经和他达成了协议。"

马云波简直不能理解他的逻辑，"既然不相信他，为什么还要和他做生意？"

林耀东脸上看不出太多的情绪，声音淡淡的，"我儿子在他的手里。"

"……"马云波深吸口气，"这次做多少公斤？"

"两吨。"林耀东忽然转向他，"未来十二天里，警方有任何风吹草动，你都要及时向我通报。"

"光是通风报信的事儿，不用见面说吧？"马云波不动声色地看着他，嘴角微微压出拒绝的意思来，"你叫我来，还想让我做什么？帮你救儿子？

我鞭长莫及啊。”

林耀东却摇头，“再查赵嘉良。”

“我已经替你查过了。”

“再查一遍。我还是相信我的直觉。”林耀东坚持道，“我的直觉帮我化解了无数次危机。”

马云波愈发地不耐烦，“你总得给我一点启发吧？”

林耀东盯着他的目光倏地转冷，“你是公安局副局长，找人查线索是你的本职工作。”

马云波冷笑，“我是公安局副局长，不是你的马仔。”

林耀东慢悠悠地笑起来，好整以暇地点头摊摊手，“你当然不是。”

马云波冷冷地看着他，林耀东却笑吟吟地回视。他那眸光里承载了太多东西，看得久了，就让马云波不得不又一次清楚地认识到，走到这个地步，他已经退无可退。

半晌后，马云波在这场无声的交锋中败下阵来，他颓然嘲弄地笑了一声，拿出手机，当着林耀东的面，给他在汕头市局的朋友打了个电话……

收了线，他深吸口气，沉得不见星月的夜幕下，他定定地看着林耀东，“林耀东，你打算什么时候收手？”

“收手？”林耀东一边同他一起往山下走，一边狂妄地哈哈大笑起来，“我打造的王国才初具雏形，怎么可能收手？”

一路到了山下，两个人各自上了车，林耀东降下车窗，对另一台车里的马云波好似关心地说道：“马局，刚才我算了一下日子，尊夫人的特效药应该差不多用完了。我会差个小弟送去。”

马云波知道这是个威胁。林耀东走后，他狠狠一拳砸在方向盘上，只觉得这马上要吹台风的午夜，气压低得越发让人喘不过气了。

他深吸口气压下满腔奔腾着就要破体而出似的怒火跟恼恨，拿起被他上车时随手放在副驾的手机，把从上山起就一直开着的录音关掉了。

天亮了，正好是周末。马云波给李飞打了个电话，约他来家里吃饭。

彼时李飞正在从广州往东山赶，接了电话含糊地应了一声，到了东山，直接就去了马云波家里。

李飞一个孤家寡人，从前到他们家蹭饭是常事，只是发生了这么多事之后，逐渐开始来得少了。于慧一直很喜欢他，把他当个大孩子，他爱吃于慧做的糖醋排骨，只要每次提前知会要过来，她都会特意给他做一份。她爱看他吃饭，大快朵颐的样子，吃得特别香，让她这个做饭的也特别有成就感。

可是今天他对着一盘子排骨，却有点晃神……这还是他知道真相后第一次这么直面马云波，那视频跟刺似的扎在心里，扎得他疼到几乎拿不住筷子。

给他盛了一碗汤放过去，于慧有些担忧地看了看他张张嘴却什么也没问，倒是旁边的马云波不动声色地观察半晌，忽然就问他："你为什么咬住赵嘉良不放？"

李飞跟那盘排骨大眼瞪小眼，像是没听见马云波的话。

他不满地喊了一声"问你话呢"，李飞才回过神来，仓促地回答："我告诉过你啊，他是……毒枭。"

"你……还信任我吗？"马云波忽然好似没头没尾地对他说，"放手吧，李飞，听我一句。"

"为什么？"

马云波沉默一瞬，"你相信我来做这件事儿吗？！我向你保证，我一定能完成你的心愿，抓到毒贩，铲掉毒源。只是，你别再参与了行吗？"

他依然是从前那种让李飞毫无保留相信的沉肃而肯定的语气，可惜现在听起来，却全变成了讽刺的声调，李飞忽然无法克制地激动起来，他猛地转头，抓着筷子的手用力到指节泛白，"你能保证？怎么保证？！"

马云波张张嘴，一时被问得哑口无言。

"马局……你……你有没有想过离开东山？"李飞艰难地开口问他，却不由自主地回避了他的目光，"我……我其实一直想……东山这么难，离开也许是一条路……你上次劝我别再追了，我停不下手，其实……其实，真离开了，也就停下了……总不能，把自己的前途全赌在这儿吧！你和崔局也是老熟人了，你……你去找他谈谈？！"

马云波深深地看着他，一瞬间，餐桌上有了让人窒息的沉默。

突然，李飞拿起了酒，自顾自地倒上了两杯，递给马云波一杯，自己端起一杯，仿佛下定决心似的慨然道："要不要我陪你去？"

马云波脸上表情从始至终没变过，"你到底想跟我说什么？！"

想说什么？李飞没说出口，但其实已经心照不宣了。

对视中，马云波端起了酒，"李飞，你嫂子背上的子弹，你右胸为我留下的弹孔……我……我马云波全记在心里，抹不掉的。这些……都刻在我的英模奖章里了！明白吗？！我走？往哪儿走？！走得了吗？！我想告诉你的是，我总在想——总在想什么时候能替你挡一回子弹……你明白吗？……这样我能心安些。

"记着，任何时候，我欠你一颗子弹，你可以随时来取！因为……你不可以再成为另一个宋杨。"动情处，马云波尾音都打着战，说到最后，夹杂着无数欲言又止的情愫，仿佛在嘱咐他什么似的，语气倏地变得格外严厉——"你一定要给我记住！"

李飞觉得他这二十多年攒下来的眼泪，都要在这段时间流尽了。

从马云波家出来，开车回去的路上，他给李维民打了个电话。

"李局，和你汇报个大消息。"

"什么大消息？"

"今天马云波约我去他们家吃饭。"

"你去了？"

"去了……"

手机里，李维民沉默一瞬，长叹口气，了然道："你想把马云波拉回来？"

"他们一家对我都那么好，我实在不忍心……"李飞声音黯然，"我实在难以想象……"

"缉毒英雄最后被毒贩收买的例子不是没有。"马云波是李维民最器重的徒弟，他堕落成现在这样，李维民心里不比李飞好受，但比起李飞的犹豫，这个向来在打击毒品犯罪这件事情上不给任何人留余地的老缉毒警虽然沉痛，却很坚决，"缉毒警是最危险的一个警种，这危险除了来自毒贩枪口的威胁，还有来自巨额现金的利诱。虽然我们不愿意相信，但马云波已经被毒贩腐蚀，他已经不是当初你认识的缉毒警马云波了。李飞，这种时候，绝不能感情用事！”

电话里，李飞默然半晌，深吸口气，眼神逐渐清明起来，“……明白了。”

李飞走后，收拾完屋子的于慧躲进卫生间里，半晌后，她疲惫地走出来，看见马云波正呆呆地坐在客厅里。于慧走近，俯身蜷缩在马云波的怀里，马云波轻轻抱着于慧，两人默默地拥抱着，脸色都很疲惫。

“云波，”长时间窒息般的沉默后，于慧很轻的声音透着小心翼翼，忽然问他：“你……恨我吗？”

马云波仿佛没听见，半晌后同样轻轻地问她：“怎么会这么想？”

于慧听出了马云波停顿中的犹豫，了然地轻轻笑了起来，“你不说，是怕伤我。其实，云波啊……别看你天天拉着一张脸，你的心太软！”

“软？”他还是第一次听到有人用这个词来形容自己。

于慧却说得很肯定，“软！……我第一次用毒止痛的时候，你就下不了狠心……之后慢慢地有瘾了……你还下不了狠心……当时，要是送我去戒毒……也就……也就没今天了！”

马云波痛苦地闭上了眼睛，于慧环住他腰的手搂得更紧了几分，“我偷偷去买毒，你没一次说过我。就看着我啊……从抽到吸再到注射，量一次比一次多，直到你拿回来给我……”

马云波听不下去了，轻轻打断她，“于慧，对于你来说，那是……药。”

“就是毒。”于慧其实很清楚她都干了什么，她有多大的罪过。马云波曾经多么清清白白、宁折不弯的一个人，禁毒英雄模范，家里勋章奖状摆了一柜子……是她把他的荣耀跟心气儿碾碎了。

马云波深吸口气，压下心里所有负面的情绪，轻轻拍了拍她后背，平和地安抚她，“你今天怎么了？打了多少量？”

“不多。”她其实很清醒，从没这么清醒过，“有时候……真想一针打够……打到不用再打……那也是解脱……”

马云波抱紧了于慧，沉和的声音逐渐被心疼和痛苦填满，“于慧，不可以……不可以这么说！”

“你一公斤一公斤地拿回来……云波……我是不是害了你？有时候，真的很恨你，你当时就让医生给我取出那九颗弹丸，哪怕死在手术台上，你现在也不用这样……对吗？”于慧自顾自地呢喃着，仿若叹息的声音说到后来却逐渐难以控制地激动起来，她挣扎出马云波的怀抱，定定地看着他，并拢手腕将双手伸到他的面前，“我知道你怕什么！我吸毒，你是英雄……你……为什么不抓我？来啊……抓我啊！……”

“于慧！”马云波重新把她紧紧地圈进怀里，他手臂的肌肉全紧绷起来，好像害怕她真出什么事一样，把她紧紧地搂进怀里，两个同样颤抖的怀抱，两个同样都快崩溃的人，马云波痛苦地嘶吼：“没有那九颗子弹，哪儿来的我的英模？你是我的命！知道吗，我的命！”

于慧在他怀里痛哭流涕，“别人已经拿我要挟住你了，对吗？！你从来不说，但其实……我全明白！”

“不。”马云波不肯承认，“你想错了，于慧，他们要挟住我的不是你，是我的……我的名声！”

于慧再说不出话，趴在他怀里失声痛哭起来。马云波一下一下轻抚她的后背，半晌后，失控的感情在沉默中逐渐回归正轨，于慧眼睛肿肿地从丈夫怀里出来，抽了张纸巾，擦了擦脸和鼻子，深吸口气。

马云波替她捋顺散乱的头发，“明天请假吧，在家休息。”

于慧点点头，“单位领导体恤我的伤情，我早就是半病退的状态了。”

马云波嘱咐她，“少跟人接触。尤其是……那个陈珂。”

于慧经常去医院，陈珂跟她聊得来，“为什么？”

马云波却十分笃定地说：“因为李飞在怀疑我。”

于慧眨眨眼睛，顿时紧张起来，“你从哪里看出来的？”

“聊天的时候，”马云波笑了一下，“他居然关心自己的前途。”

于慧不解，“这有什么不对吗？”

“李飞？关心前途？怎么可能呢？”他长叹一声，想着那猴小子，觉得他办案是一把好手，但实在不是演戏的料，“他一心只关心怎么抓毒贩，名和利都跟他绝缘。他昨天的戏演过了。”

于慧怔愣，张了张嘴，泪水顷刻之间又涌了出来，她惶然不安地握住丈夫的手，“云波，咱们这是要众叛亲离吗？”

众叛亲离？

早晚有一天，会走到这一步的。

马云波黯然地拍了拍她的手背，没有说话。

天亮的时候，潜伏在塔寨上空的无人机拍摄到祠堂的画面，几个人陆陆续续地将床、电视、冰箱、沙发之类的生活设施搬进去，又运了几箱子瓶装水，由此可以判断，赵嘉良暂时通过了测试，取得了林耀东的信任，目前没有生命危险。至此，李维民跟李飞的心才算暂时落了地。

李维民约了省厅这边的几个领导开小会，进了会议室的李维民，也就心安理得地打起了鬼主意——

“破冰行动”得向全省调派数千名警力包围塔寨村，这么大的动作，还要做得天衣无缝。所以，他想在“破冰行动”正式打响之前，先原样克隆一个山寨版本，将林耀东保护伞们的注意力从东山转移开，让他们觉得东山是安全的，甚至可以让崔振江向马云波要人抽调东山警力去支援山寨版本的行动，以此来降低林耀东的警觉度，给后续真正的行动打掩护。河东县还没收到网的K粉制贩毒团伙，正好可以这时候拿来用。

王志雄等人对此都没有异议，行动就这么定了下来。

到了晚上的时候，连续预警了好几天的台风在广东登陆，这场狂风骤雨，终于是搅起了看似平静的海面，带来声浪滔天的回响。

“……受‘天兔’外围环流影响，汕头海面已出现10至12级大风。22日8时，离‘天兔’中心约110公里的汕头海洋气象浮标站平均风速33.8米/秒，最大阵风40.2米/秒，最大浪高12.1米。中央气象台预计，‘天兔’将以每小时20公里左右的速度向西偏北方向移动，目前正逐渐向广东龙坪、东山一带沿海靠近……”

新闻里，伴随着主持人字正腔圆的报道，台风“天兔”登陆的各种画面在新闻中展现出来，临时指挥部里的李维民也好，坐在家中客厅里喝茶的林耀东也好，哪怕是老神在在趴在地下室席梦思上养伤的赵嘉良，不约而同地收看了有关报道。

林耀东说的那位“老土”派出来往塔寨送料头的两辆福建牌厢式货车刚进了闵粤交界的收费站，车牌跟司机正脸就被乔装成收费人员的警察跟收费站上方的摄像头清清楚楚地拍了下来，等他们缓缓驶入塔寨村，停在了祠堂外，负责监控塔寨的艾超也从两架无人机拍摄到的画面中确认了这两辆车。灯火通明的临时指挥部里，都是彻夜未眠的王志雄、李维民、雷建华、崔振刚等人第一时间听到了艾超的汇报：“报告王厅、李局。根据情报小组以及无人机拍摄画面，可以确认，4点20分，两辆福建车牌的厢式货车进入塔寨村。林耀东应该很快就会开始分发料头准备制毒了。”

这几乎是一针强心剂，让整个指挥部里连续加班彻夜忙碌的警员们振奋起来！

天还没有亮，黑漆漆的村子里只有祠堂前的空地亮着灯，悄然有序从自家出来的村民们打着手电陆陆续续地骑着三轮车、骑着电动车、推着小推车从四面八方往祠堂走去。

祠堂空地上，林天昊手里拿着一个名册，按上面详细记载分配的数量让手底下的马仔往村民的三轮车、小推车、电动车上搬福建货车运过来的各种“油漆桶”“涂料桶”，王志雄看着主屏幕上的监控画面，震惊而感叹地指了指李维民，“维民，你看，像不像蚂蚁搬家。”

“的确，”李维民沉声说道，“整个塔寨，就像蚁群一样分工明确、纪律严明。如果说这是一个蚁群，那么林耀东就是这个蚁群的蚁后。”他说着扶了扶眼镜，想要看得更清楚一点却发现眼镜帮不了他，回头问艾超：“能不能再飞低点？”

“不行，”艾超很坚决，“再低就暴露了。而且台风要来了，气象条件越来越不利于无人机操作，得赶快撤回来。”

李维民无奈地把眼镜戴好，点了点头，“行吧。”

塔寨重新开工，警戒岗哨就按照原来固定的管理密不透风地安插了下去，七处固定“哨位”、三个移动“哨位”，二十四小时轮班，戒备森严到用固若金汤来形容，一点不为过。

地下室里，赵嘉良坐在沙发上，前面电视开着，地下室的破信号搜不来几个台，来来回回不是时政要闻就是本地东家长西家短，他调了一圈分外无趣，最后又把电视停在了刚才看过的本省新闻上……

林灿给他拿过来的手机开着免提扔在沙发上，手机里传来杨丰无奈的抱屈，“赵总，该用的办法我们都用了。你不在，人家就是不认，我这实在是没别的办法了。”

赵嘉良慢慢拧了下眉毛，“那批货我们损失多少钱？”

“少说也得三四百万美元。”

赵嘉良叹口气，也是无奈，“你们先把罚金交上，别的事等我回来再处理。现在只能这样了。”

杨丰站在阳台上，门关着，林景文还在他手里，“赵总，你什么时候回来？”

“目前还不能确定，可能得待十天半个月。”电话里，赵嘉良稀松平常毫不在意地说完，忽然又想起来，“对了，下个月2号公司的董事会我会尽可能赶回来参加。你通知一下董事们出席。”

杨丰迟疑了一下，随即应了一声，“好的。赵总，你在东山待着还习惯吧？”

“我很好，不用担心。”赵嘉良晃了晃跷起来的二郎腿，把电话拿起来，“先这样，有事随时跟我联系。”

没两分钟，正在指挥部听杜力和艾超汇报塔寨岗哨、监听情况及海外账户掌握进度的李维民就收到了一个陌生号码发过来的信息——

“我是良叔的手下。林耀东有可能在下个月2日出货。”

李维民一阵深思熟虑之后说：“刚刚赵嘉良送出了关键信息——交易日期是下个月2日。塔寨村人口两万多，按照交货日期，两吨的冰毒，需要三百户左右的人家参与制毒才能完成，那就是将近10%的人参与制毒！”

他声音不大，可仿佛小石子落入水面却激起一片涟漪，整个指挥部似乎都在那个瞬间安静下来……

十二天，两吨货，三百户，10%人口参与制毒……

“王厅，”片刻沉默后，李维民突然郑重地转向王志雄，“制毒原料已经进入塔寨，交易日期也已确定。我们已经等到了收网条件的关键一环，我建议可以开始第二阶段定位布控的工作了。”

王志雄面沉如水地看着他，慎重地点头，“同意！”

厅长局长们都有了决定，在场所有警员都站了起来，气氛沉肃中，王志雄环视全场，目光最后落在李维民身上，“维民，讲讲你的计划。”

下了这么大一盘棋，终于从相互试探的胶着走到了即将举手无毁落子厮杀的地步，李维民这几天熬得布满血丝的眼睛里仿佛都在冒红光似的，他显得格外亢奋——

“塔寨村有村民二万一千余人，可全村90%的村民共属于一个大家族——林氏。林耀东之所以能控制住这么庞大的村子，就因为两个字——宗亲！宗亲思想禁锢着塔寨村两万多的村民，已经形成相互庇护的利益共同体。由于进村围剿重创制贩毒人员利益根基，刑事追责将剥夺其人身自由直至生命，可能引起一些犯罪分子、宗族势力以及不明真相群众的激烈对抗，由此可能会引发区域性群体对峙事件、大规模群体恶性事件甚至流血冲突事件。所以我们这次行动的目标是，制贩毒分子一个不许漏抓，未参与制贩毒的群众村民，一个都不许错抓！抓捕只有一次机会，所以必须精准打击！如果因为错抓引起群众误会造成动乱，势必影响到抓捕的成果……”

雷建华就害怕他故弄玄虚这一招，都这时候了，还给画饼呢。他挥手打断他，瞪了一眼，“两万多人口的村子，怎么精准打击，别卖关子了，说详细点。”

李维民胸有成竹地嘿嘿笑了一声，扬声喊艾超，艾超应声回答：“制毒过程中，必须要生火开灶，利用热感摄像头，通过无人机进入塔寨，就可以精确定位哪些家庭正在制毒。”李维民接过来详细说道，“这是空中侦查。同时，成立秘密行动小组，乔装打扮后分五路进入塔寨，进行地面实地侦查。在最短的时间里，查清东山塔寨村进行制贩毒的证据，和制贩毒团伙的建制与规模，摸清骨干成员在塔寨和东山的具体住址及他们的社会关系网，为下一步的收网行动提供精确和详细的情报。”

杜力有问题，“塔寨村遍地是他们的暗哨，怎么进去？”

李维民盯着大屏幕一角标注的天气情况，转头又看看窗外阴云密布、风雨欲来的天气，没说话，杜力却反应过来，“你是说利用台风‘天兔’？”

“对。”李维民定定地点点头，沉声对杜力命令道，“杜力，这次秘密潜入塔寨执行侦查任务的警力，全部从外地抽调。在台风过去前，让执行任务的干警们背熟塔寨村和三丰地区的地形地貌，将我们绘制的塔寨村内部地图分发给每一位干警。每条街道、每条小巷、每个建筑、每条河流都熟记于心。还有，对东山市公安局的每一个警员的信息也都要烂熟于心。任何一条信息都有可能在关键时刻救他们的命！”

杜力：“是！”

“台风‘天兔’明天下午将要登陆东山、龙坪一带。记住，这是一场真正的战争，一场和毒犯进行决战的战争，”李维民说着，殷切的目光从在场每一个人脸上扫过去——

“为了这次行动，你们在东山的同事忍受着委屈，付出了鲜血甚至生命。我希望你们不要辜负了他们的期望！台风一过，就开始行动！”

众人齐声应道：“是！”

当天午夜，强台风“天兔”在东山市沿海地区登陆，登陆时中心附近最大风力14级。是近40年以来登陆粤东最强的台风，满城狂风骤雨，沿海房倒屋塌，海水倒灌城市，塑料垃圾随着海水被推向城市的各个角落，到处都一片狼藉。

广东省公安厅指挥部的门被推开，杜力进来，“李局，按照您的要求，特别行动小组一共分成五组，台风一过就进塔寨。”

——连王志雄都不知道他把行动组分成五个组一起进塔寨的事情。

王志雄犹豫地看向他，“维民，特别行动小组本身就是执行秘密行动，五组会不会目标太大？”

李维民慎重地摇头，“我让五组借着‘天兔’的皮，打着不同的旗号，进塔寨！”

杜力介绍道："五组分别是，A组乔装打扮成电视台采访，主要负责拍摄塔寨内部画面，侦测塔寨内部监控位置；B组乔装成环卫，主要负责提取村内制毒垃圾；C组乔装成电力检修，主要负责检测定位村内用电量异常的住户；D组乔装成水文探测，负责提取塔寨村排水水样，检测麻黄碱的含量；E组乔装成民政巡查，负责检测村内是否有为方便制毒而改造的地窖、夹层、暗室。"

楼晓平听得瞠目结舌，熊掌似的大手在李维民后心拍了一巴掌，"老狐狸还会用障眼法！"

李维民计划打得是不错，但塔寨比他想象的更难啃。

狂风初停骤雨却不歇，东山市防汛抢险指挥部紧急安排人员处理各地区受灾情况，市政各部门也在此时开始忙碌起来。

李维民的五个组就是在这时候以各种理由进了塔寨村。

可是让他没想到的是，前后没有半个小时，竟然都被以各种理由拔掉了——

伪装成电台采访的跟故意找茬的当地居民起了冲突被砸了摄像机，伪装成环卫的在垃圾堆放点被侧面冲出来的卡车撞倒送了急救，伪装成电力检测的发现私接电线以此为借口要求查看被群殴了一顿，伪装成水文监测的在河边被暴雨天拿着鱼竿说来钓鱼的村民逼离，伪装成市政巡查的被负责接待的林耀华堵在屋子里吃饭硬是给灌了个烂醉……

指挥中心，大屏幕上的实时画面一个接一个地熄灭，整个指挥中心从高涨的情绪一下子跌入谷底，陷入沉默。李维民面沉如铁，"杜力，让机动小组快速到塔寨外围接应，必要时刻联系当地武警。"

杜力忙应了一声，李维民大吼着催他，"快！"

正在这时，艾超也大吼了一声，"李局，红外热感侦察无人机调试好了！"

来得正好。李维民猛一挥手，"飞！"

林耀东在阳台上的遮雨棚里，看着村里外来的这些人员和林灿、林天昊及众马仔乱哄哄的情景，掏出手机，装上一张一次性电话卡，拨通了陈文泽的号码，"喂，我，林耀东。"

电话那边陈文泽也不知道是在哪，有点乱，"哦，是林书记，怎么换号了？"

“塔寨今天有点热闹啊？”

陈文泽不明所以，“怎么了？”

“台风刚过，电力、民政、环卫、电视，就连水文都来我们村了，”林耀东冷冷地勾勾嘴角，“陈市长，上面是不是有什么行动？”

“你太敏感了吧？这么大台风，市政各部门忙起来不是很正常嘛！连我的秘书都带人正在小湾村抢险呢！”

“可是我塔寨没有受灾，无非就是塌了一所没人住的老房子。”

陈文泽也察觉出不对来，“你是不是又开工了？”

林耀东那边沉默，不承认也不否认，陈文泽就有了答案，只不过也不深问，“每次台风之后民政电力环保市政维修都得忙乎一阵，你不用紧张。只要不是警察进塔寨就行了！林书记，我这儿还忙着呢。”

“那好你先忙，”林耀东看了看外面逐渐小了些的雨幕，挂了电话，“再见。”

另一边，因为暴雨而一夜没回家守在办公室待命的马云波接到也带人正在外面跑的助理龙伟华的电话，“马局，针对河东县的K粉制贩毒集团的专项打击，还调动了武警边防总队的一个副总队长。”

马云波瞳孔猛缩了一下，“连边防都有动作？你从哪儿听说的？”

“治安大队的林虎被抽调去了，他跟我很熟，刚才给我打的电话。”

“有谁被抽调了？”

“刑侦大队的刘芳和邱凡。”

消息跟他得到的指示对得上，马云波眼底的警惕逐渐松了下来，“嗯，崔局跟我说过，这次要的都是刑侦口的人。”

“说是这次涉案人员众多，活动轨迹涉及多个省市，不排除跨省行动，时间跨度大概半个月。”

“行。咱们全力配合吧。”

龙伟华的电话挂了，马云波站在墙上的广东省地图前看着河东县所在位置沉默不语，正思考着什么，手机却又响了起来，这一次，倒是让他真有点慌了——于慧被120送去急救了。

于慧想戒毒，但马云波舍不得看她受苦。情况稳定住，把她从医院接回来，亲手给她扎了针“药”，可于慧醒来，看着他的眼睛里只有灰沉沉的绝望……

早饭是马云波做的，于慧勉强吃了一小碗清粥，马云波看着她越发面黄肌瘦的样子，心里疼得跟被人划了刀似的。

偏偏划刀的那人还阴魂不散。

林耀东的电话一共打了三次，前两次被他挂断了，第三次接起来，塔寨的林支书对着他这个副局劈头盖脸地问：“为什么不接我的电话？！”

还是让他查赵嘉良的事情。上次打电话过去查钟良，汕头那边一直没回复，他也没上心，只觉得左右不过就是林耀东生性多疑的那么点事儿，这次再追，他答应再去帮忙催着问问，说完这个，林耀东又问他：“听说部里和省里在惠州有行动？你知道吗？”

马云波越发不耐烦起来，“应该是针对河东的。”

于慧在旁边听了全部，虽然马云波不说，但她知道电话里的人是谁。

挂了电话她的男人就去上班了，她温柔爱恋地帮他穿好外套，给他拿上伞，看着马云波出门的身影，恍然间忽然发觉，原来这几年，她的丈夫不止愁白了头发，连原本宁折不弯的脊背，如今也佝偻了起来……

她拖他太久了。

她站在门边，温柔眷恋地看着那个给过她所有幸福和安全感的男人走进电梯，片刻后，浑浊的眼中泪珠无声无息地滑落，眷恋不舍，愧疚绝望，最后所有的情愫，都变成了诀别的勇气——

临走之前，她把家里收拾得井井有条，熨衬衣，铺床单。仔细整理马云波的衣物和生活中一定会用到的各种卡片，她把家里所有海洛因跟吸毒工具都处理掉了，洗了个澡，换上前不久马云波陪她逛街时刚买的那套灰色裙子。窗外骤雨初歇赤霞漫天，她拿出许久不用的化妆品，化了个浅浅的淡妆，钥匙留在家里，只带了个手机，就这么孑然一身地出了门。迎着这漫天的流火，走向她人生的终结……

她去了海边。台风过后，海上风浪还很大，她脱了鞋，赤着脚，静静地站在沙滩上，感觉冰凉的海水一下下拍打在脚面，又溅在小腿的冰冷感，感受着眼前海天相接望不到边际的开阔，释然地笑了笑，拿着手机，给这个时间快下班的马云波发了几条信息……

“衬衣我都帮你熨好了，挂在柜子里。警服送去干洗了，单据在我钱包夹层里。家里所有的卡都在书桌第一个抽屉的卡包里，密码你知道。我帮你买了一年份的维生素，记得每天吃一粒……云波，别难过，我走了是解脱……没有我，你就什么都不怕了……本来是想陪你走一辈子的，没想到最后是我拖累了你……”

接到这条信息的时候，马云波猛地站起来，动作太大，椅子哐当一声就翻了，他顾不得管，抓上车钥匙不要命地冲出了办公室。

可是什么都已经晚了。于慧下了决心，不会给他再来阻止自己的机会。

她慢慢朝着她命运的终点走去，脸上很恬淡，目光柔和而释然，海水漫过小腿，再扑到大腿根，她却始终坚定地一步步向前，半步也不肯往后退——“云波，那些见不得人的‘药’我都扔掉了，不会留下任何痕迹。我不能忍受我的男人因我而落人以柄。希望我走后，你仍然是从前那个缉毒英雄马云波。”

赶上晚高峰，暴雨过后城市内涝严重，刚开出市局没多远就开始堵车，马云波的车陷在车阵里，前面的路被堵得严严实实，想向后退，可后面的车却也顶了上来，他疯了似的从车上下来，车扔在马路上都忘了熄火，他用最快的速度跑回家——可是家里已经没有于慧了。

马云波从头寒到脚，声音都不稳了，两手剧烈颤抖地握住手机给他秘书打电话，“伟华，去交通队，调两小时以内所有的交通监控。”他脑子是空白的，耳边嗡嗡作响，市局的副局长，说情况竟然语无伦次，“我家门口的，路口的，找一个穿灰色裙子的女人。——是……是我爱人，她可能……要自杀。”

电话还没挂断，就有一条信息进来。

“如果能再世为人，我会堂堂正正当你的妻子。云波，做你应该做的吧。”

手机落地，马云波瞪着空洞的眼睛，颓然瘫坐在家里，看着这个忽然之间冷清清空荡荡的家，撕心裂肺，放声号哭……

55. 罪　孽

广东公安厅指挥中心里，所有人都看着铺满主屏幕的热成像沉默不语，气氛凝重异常。

李维民简直不敢置信，“是仪器的问题吗？”

艾超摇头，语气同样凝重，“检查确认了，仪器没有问题，是整个塔寨村全开灶了！”

这不合理，但李维民想不出来问题到底出在哪里，想来想去，他把李飞跟蔡永强从东山秘密叫了过来。

李飞、蔡永强赶往广州的同时，被困在塔寨祠堂地下室的赵嘉良伸了个懒腰，随着动作闭着眼睛做了一次深呼吸，“虽然有烧猪肉的味道，但我还是能分辨出空气里的臭味。”

过来给他送PS4的林天昊耸耸肩，“做冰就是这样臭的，何况那么大的量。”

他看着林天昊，倒是有点好奇，“这么大的味道，你们就不担心别人闻到？”

林天昊老神在在，理所当然地说：“林支书通过关系，专门把东山的垃圾填埋场设在我们村的东南方向。这么大的垃圾填埋场，能没有气味？”

两人对视一眼，都笑了。

他在这儿待了几天，平时都是林灿跟林天昊给他送东西，一来二去，倒是熟络了起来。林天昊在旁边小桌子上坐下，对赵嘉良的担心丝毫不以为意地随口说：“且现在家家户户都在为祭祖熬猪肉，要不是做这个的，谁能闻得出来？！你放心赵先生，我们这样做了几年了。几公里外进村的路上都有我们的哨位。村里连一只外来的狗都进不来。一有动静，第一时间通知村里。等条子赶进村，他们什么都找不到。”

赵嘉良半是佩服半是讽刺地感叹，“你们东叔为了建立这个制毒基地真是煞费苦心啊。”

林天昊自豪，“三丰地区哪个村没有人偷偷制毒？可他们都被查的查、抓的抓。这几年来，都毙了好几个了。可我们塔寨却连续两年是龙坪地区的禁毒模范村。为什么？那是因为我们塔寨村有东叔。”

赵嘉良挑眉，手撑在沙发靠背上，扭过身子兴致盎然地回看他，“我还是不懂——你们塔寨村有二万多村民，并不是家家都制毒吧？那你们是怎么瞒过别的村民的呢？难道没人举报过吗？”

“有啊，怎么没有？”林天昊冷笑一声，“镇小学的一个老师有一天家访，发现学生家的人在制毒，就把这事举报了。结果怎么样？那个老师以强奸幼女罪被判了七年有期徒刑。”

赵嘉良做出吃惊的表情。

林天昊解释道：“塔寨村确实不是家家制毒，但我们村的福利好啊。不制毒的人只要不说，虽然没肉吃，可也能捞着点骨头汤喝。”

“哦……”赵嘉良恍然地晃晃脑袋，对他竖起拇指，“利益共同体。佩服，佩服。”

林天昊也感慨，“都说广东是中国最先富起来的地区，可哪有人想到还有像龙坪和东山这样的贫困地区呢？在这儿，只要有钱挣，哪怕是杀头的罪，也有人挺身冒险。因为实在是穷怕了。”

赵嘉良仿佛对他们这些年怎么过来的、是不是穷怕了毫无兴趣，指了指地下室一侧开在地面上的换气窗，“被‘天兔’耽误了两天，还能按时出货吗？”

“能，”林天昊胸有成竹，“这两天村里没日没夜地干着呢。你放心吧，保证能按时出货。”

赵嘉良挑眉努努嘴，满意地点了点头。

尽管来的路上李飞跟他们蔡大队说了整个行动，但被带着进了指挥部，看见里面各种人员配置、设备和监控画面，蔡永强的眼睛还是倏地睁大了——

怎么说呢……给蔡队用个比较时髦儿点的词，就是他觉得特别燃。好像一直压在心底的那点小火苗一下子就蹿成了燎原的火势，他激动地看着李维民，“终于……这个毒瘤要切除了！”

李维民点头，“永强，我们这次行动的代号叫‘破冰’，行动一共分三步，情报侦察、定位布控、最后收网。本来想着到收网的时候再把这次行动告诉你，让你的禁毒大队在最后一环参与进来，但我们现在在定位布控上出现了一点问题……”

蔡永强不用他多说，了然地打断他直截了当地问：“你们是不是进塔寨了？”

李维民看见李飞也目光不明地盯着他，噎了一下，点点头，“最让我奇怪的是，热感侦察拍回来的画面，全村都是红点，我们根本没有办法精准定位制毒家庭。”

蔡永强苦笑，“塔寨村将他们开祠堂祭祖的日子提前了一个月，家家户户开始熬猪肉。”

“……”李维民一句国骂差点就这么飚出来。

蔡永强叹了口气，“接到这消息的时候我就猜到塔寨一定有动作了，而且量很大！”

李维民掷地有声，“两吨！”

蔡永强愕然地睁大了眼睛，“现在我能做什么？”

李维民对他说：“外部要再想进去几乎是不可能了，我想从塔寨内部入手。”

李飞挑眉，“林宗辉？”

蔡永强摇头，“现在再想要联系上林宗辉几乎是不可能了。”

李飞果断道："我和林宗辉的女儿林兰是同学，我可以试试，让林兰进去帮我们劝说林宗辉，拿到塔寨制毒分子的准确信息——"他说着，突然右手握拳砸了下左手，"对，还有一个人！林水伯！"

蔡永强是知道水伯的，"被塔寨赶出去的那个老师？"

李飞点头，"是的，他在塔寨生活了那么多年，他比我们任何人都要了解塔寨。"

"但是他被赶出塔寨后，一直居无定所，不好找。"

李飞只庆幸前不久他亲自去揪过伍仔的底，"去找一个叫伍仔的，真名吕远，找到他，就能找到林水伯。他们现在应该在惠州。"

蔡永强郑重点头，"好的，这个交给我。"

"辛苦，"李维民殷切地看着他俩，"时间紧急，你们就开始分头行动吧！"

"是！"

掌握了蔡军当初托人帮常山跟张彪制造假身份的证据的李飞照面就把这事儿抖了出来，原本看他莫名其妙跑自己家来，气势汹汹要赶他离开的蔡军立刻就颓了一截儿，事到如今，他眼一闭心一横，把知道的事情全抖了出来……

"你以为我想当这个刑警啊？你以为我想掺和这些事儿啊？我不也是没办法吗？陈光荣是我顶头上司，我老丈人又是塔寨的三房头，你说我怎么办？！"

林兰是不知道塔寨制毒的，这会儿听见，整个人都不敢置信地下意识后退了一步。

蔡军是个浑球儿，但他是真爱这个媳妇儿，"你不用这么看我，"迎着林兰抗拒甚至戒备的目光，蔡军苦笑着摇摇头，什么心气儿都没了，"是你爸拉我下水的。为了让我下水，林耀东让林宗辉找我替他们押过货，从东山到深圳港。算是我的投名状吧。"

李飞倒是觉得意外，"所以，你不是林耀东的人？"

蔡军哼笑，“我不是任何人的人，我只想自保。”

林兰心力交瘁地靠在墙上，泪水滚落下来。蔡军起身想去搂她，被她崩溃地猛然推开，“你别碰我！”

父亲、丈夫涉毒，整个塔寨都在做毒品……乍然知道真相的林兰几乎崩溃了，事情闹到现在这个地步，所有的真相突然就这么毫无预兆地摊开，赤裸裸血淋淋地见了人。

蔡军也快崩溃了。他本来就不是个什么有气节的人，当初被逼着干那种事情的时候他顺水推舟，如今被李飞挖出真相他也从善如流。李飞离开前跟他说晚上在东山小馆等他，入了夜，他倒是也真去了。

过去的时候，李飞独自一个人在桌边喝着酒，桌上三个杯子，他自己的和旁边的那个满着酒，对面那个是空的。

蔡军坐过来的时候就知道，满上酒却没人坐的那个位置，是留给宋杨的。

“来了？”李飞给蔡军开了一瓶酒，倒上。

“我替我们家林兰来的，”蔡军看着他，满脸的不爽，“有什么事我们男人间解决，别再去找林兰了。”

李飞揶揄，“哎哟，这会儿挺有担当。”

蔡军懒得跟他废话，“说，什么事。”

李飞不说话，举起杯子看着蔡军，蔡军无奈，举起杯子草草碰了一下就喝了，然后听到李飞跟他说：“这些事发生之前，我最后一次跟你喝酒是毕业那会儿吧？那时候还有宋杨，警校就我们三个东山的，都说我们是东山三剑客。我就不同意，你的专业水平太弱，拉低我和宋杨的平均水平。”

蔡军不理会，看着别处，给自己又倒上一杯，仰头就干了。

李飞也陪着他干了一杯，“去年开同学会，牺牲了一个。现在宋杨也死了，再开同学会的时候，又会是一片伤感。大家谈起工作和生活的心酸哪个不够写本书？可既然选择了这身警服，就要把这身警服穿得干净、笔挺。国旗在上，警察的一言一行，决不玷污金色的盾牌。宪法在上，警察的一思一念，决不触犯法律的尊严。人民在上，警察的一生一世，决不辜负人民的期望。这是咱们刚穿上警服时宣誓的誓言，你都忘光了吧？”

“官话套话谁不会说？现在你要面对的是手眼通天的林耀东！”蔡军仿佛被说到了痛处，愤怒地看着他，“东山什么环境你李飞应该比任何人都要体会得更深刻！你不要命，我还要呢。”

李飞本来就压着事儿呢，闻言突然情绪就冲破了理智，猛地一拍桌子，“你为了保命，就可以出卖自己的兄弟，是吗？！”

蔡军愣住，半晌后，他痛苦地惨笑一声，“李飞……那是宋杨，他是你兄弟也是我兄弟……我怎么会……”

“蔡军！就在这个桌上！就在这个桌上！你想想宋杨！你想想！”他恶狠狠地指着旁边那个动也没动过的酒杯，“都这个时候了你还说和你没关系？！”

蔡军一杯接一杯地给自己倒酒，仰头又干了两杯，他悔恨而羞愧地低下头，“是，宋杨那天喝醉了，把林胜文和你说的话告诉了我，我回去就给我丈人林宗辉打了电话，问塔寨在上面的人是谁，能不能走走关系把我往市局调，我没想到——”

“那蔡杰呢？”李飞逼视着他，攥紧拳头的手背青筋暴起，“蔡杰怎么知道的包星曾经追过陈珂？”

“……是我查的。我给陈珂以前的同学打过一个电话。”蔡军是完全泄了气，他也不在乎把知道的都说出来了，反正那些秘密他背到现在，也要把他压垮了，“不过我对天发誓，我当时不知道陈光荣和蔡杰的阴谋！”

李飞拍着桌子愤然而起，“我要是手上有枪，我现在就替宋杨崩了你！！”

蔡军自嘲地笑了一声，不说话，一杯接着一杯地灌着酒，一瓶啤酒喝到最后还剩半杯的时候，他慢慢地放下杯子，嘴角不自然地抽动，脸埋进手掌中，痛苦地哭了出来……

“去塔寨，找到林宗辉，让他把林耀东制毒团伙成员的名单、他们在塔寨村的具体住址，还有制毒团伙里骨干成员的联络方式、他们在东山别的住址都写下来、标出来。”李飞站在他对面，定定地看着他，声音格外郑重而严肃，“就当是为了林兰，也为了死去的宋杨。”

李飞说完后深深看了他一眼，转身离开。而同一时间，远在惠东的蔡永强找到了伍仔，又通过伍仔，带回了林水伯。

河源某武警驻地指挥部，上到王志雄下到艾超、杜力，行动组的主要人员都在这里，所有人都在大屏幕前看着布控地图，杜力沉声汇报：“所有从全省抽调来的特警，将在明天中午前分别到达龙坪、海丰、新乡、陶河、梅陇、红草这六个集结点。”

李维民眼睛眨也不眨地盯着主屏幕，面无表情，声音却冷肃至极，“这将是广东有史以来打击毒品犯罪规模最大的一次行动。所以，保密工作必须做到万无一失。”

杜力应了一声，指着大屏幕另一处说道：“为了造成对河东县进行行动的假象，我们考虑在惠东的草田再布置一些警力。草田离深汕高速近，赶到东山只要一个半小时。”

李维民眯着眼睛，缓慢地点了点头，“麻醉药算是打好了，就看李飞的了，看他能不能成功拿下切除塔寨这个毒瘤的手术刀！”

李飞赌对了，蔡军还真就回了一趟塔寨。再戒备森严，他毕竟是林宗辉的女婿，跟他们又是一条绳上的蚂蚱，总不至于不让他进去。

蔡军打定了主意，进门插上门闩，跟林宗辉也没兜圈子，直接就把来的目的说了。

林宗辉气得浑身大颤，指着鼻子骂他，偏怕人听见还不敢大声，“这是要干什么？！要我出卖自己的族亲吗？！我还姓不姓林？！我是不是姓林？！……他李飞是不是疯了？！以为我给他通过两次信儿，他就敢问我要名单，要住址，啊？！……你回去告诉他，我林宗辉给他的证据足够抓住林耀东了，但想我干这个，让他问问他自己会不会干？！他的祖宗让不让他干！那还是人吗？！”

可现在已经箭在弦上了，李飞虽然什么也没说，但蔡军也是干刑警的，味道他能嗅得出来，“爸，你觉得抓了林耀东，这些人保得住吗？！”

“那我不管，反正不是我卖的！不是我！！！塔寨走到今天全是他林耀东带的！如果当初的村支书选的是我，会到今天吗？！所以，抓了他，我三房可以翻身，塔寨的子孙们可以重新开始……”

“做梦呢吧，爸！”蔡军也有点急了，干警察的，哪个人入职的时候想的不是清清白白过一辈子，但有时候老天爷他就跟你拗，蔡军拗不过老天爷，只能随波逐流，可眼下有个机会能让他被拉上岸，他为什么不伸手？就算不考虑他自己，他得为他老婆考虑吧？得为自己的前途考虑吧？得为以后的孩子考虑吧？！

他也在低吼，声音诚恳又严肃，“人碰了毒有停过手的吗？！看看楼上的小玲，那是吸上瘾的！再看看死了的胜文，那是制上瘾的！谁停得了手！抓了林耀东，林耀华不干了？林灿不干了？！那些制毒的，你以为收得了手？！必须连根拔起，除恶必尽！再说，他李飞敢向我们要，就说明警方一定要动手了，有没有都要动手了，这你还不明白吗？！”

林宗辉愣住了，他说不出来话，蔡军心有余悸地点头，“李飞说得对，塔寨现在已经成了毒瘤，不动手术，怎么改变？！只是，他要我来问你，作为三房的房头，想不想自己动刀……爸，听我一句难听的话吧，亏得林兰出去得早，想想二宝、三宝、胜文、胜武……如果再这么下去……三房……就没人了。这毒……不铲掉，行吗？”

林宗辉跟林耀东兄弟俩不对路到现在，自己以后的路他看得清楚，指不定哪天也要跟林耀祖一样就那么悄没声息地死了。他不在乎死，也不惧怕林耀东跟林耀华落网，可是他不能让这么多人跟着一起下水，“可……可……我要让多少人妻离子散啊。我又得让多少人去……去死？！我……就是……就是林家的罪人啊！……阿军……我怎么可以？！我……做不到！！！祖宗会不收我的！”

蔡军淡淡地一笑，透着眸光格外惨淡，“连子孙都没了，哪儿还有祖宗。爸，你想想。”

晚饭之后，林耀东把赵嘉良从地下室“请”到了自己家里，坐在露台的凉棚下面，请他喝了壶茶。

从这个位置，赵嘉良能看见村里各家各户为制毒忙得热火朝天，他像是很感兴趣，却不说话，低头轻轻抿了口茶水后，听见林耀东忽然问他："赵先生，你的人生目标是什么？"

"人生目标？"这倒真是个久远的词儿了，好像早就过时了，但听上去又很新鲜，赵嘉良努努嘴，"我们好像已经过了谈人生目标的年纪咯。"

"也对。"林耀东颔首，仿佛漫无目的地闲聊，"那以前呢？总有过人生目标吧？"

赵嘉良挺随意的，"赚钱咯。"

"一直是这个目标？变过吗？"

"从来没变过，我是个执着而且专一的人，认准的事情，一定要做到。"

林耀东笑了一下，对他举了举茶杯，"有所体会。"

"林书记呢？"赵嘉良忽然问他，"你的人生目标是什么？"

林耀东眼底这会儿倒是有了一点真心的笑意，指了指祠堂的方向，"我要新建一座……林氏祠堂！"

"有记载的塔寨村，起源于南宋嘉泰四年，史瀛公从福建安溪县迁到此地，购置田亩，搭了一座草棚安家立业。后来他的几个孩子，有了一定的经济基础，便把最早的那座草棚改建为林氏家祠，以纪念父母。清乾隆、嘉庆年间，得益于制糖业发达和甲子港的繁华，祠堂大修了一次。到了民国，国家基层政权出现真空，国民党兵痞横行乡里，人们普遍缺乏安全感，承担维护乡村社会稳定和安全的宗族组织借此壮大起来。……第三次兴建祠堂的使命当由我林耀东来承担。"

赵嘉良心中默默笑了一下，他觉得这个毒枭的目标十分清奇。

林耀东感觉到他的侧目，却不在乎，自顾自地说着："解放初的时候，塔寨由于人口众多，经济发达，是整个东山最大的封建村。土改的时候，塔寨的地主和富农户数也居全县之首。上世纪80年代第一次土地承包的时候，塔寨全村共有荔枝地八千多亩，虾塘三千多亩，水稻田两千多亩，集体经济名列前茅。但是很快，由于长期拖欠水费，水利设施年久失修，塔寨的农田基本荒废下来。一部分人走出村寨，到深圳去收废品，我和我弟弟耀华就是这一批的淘金者。”

“淘金？”赵嘉良不客气地戳穿，“是走私吧。”

林耀东笑笑，并不生气，也没否认，“那时候太难了……当年我这一房在塔寨村的势力最小，在村里也受尽了欺凌，一直都没有自己的祠堂，”他说着，倏地转头看向赵嘉良，“在这个世界上，只有两样东西是受人膜拜的——那就是权力和金钱。”

赵嘉良笑了一声，有点唏嘘，“这些你林耀东早就有啦，干吗还这么拼命呢。”

“也许是贪婪，也许是拥有权力的感觉太好了，所以不能有丝毫松懈。”渐渐地，他看向祠堂的目光有灼灼的热度，好像说着就已经激动起来，“明年，过了年就动工，就在老祠堂旁边。图纸我已经设计好了。我要把塔寨村新的林氏祠堂修建成东山最大、最有排场的祠堂。”他说着，站起来，俯瞰尽在他脚下的塔寨，有些骄傲地眯起了眼睛，“就快了！”

而就在他站起来的时候，心思不宁在村里走了一圈的林宗辉回了家，从里面插上了堂屋的门。

蔡军的话林宗辉其实是听进去了的，不答应，完全是过不了自己良心那一关。刚才看着各家各户一张张因制毒而忙碌兴奋的脸，不得不承认，现在的塔寨，他们这一辈人，还有林灿他们那一辈，只要待在这村子里的，都毁了。

这颗毒瘤不除掉，连下一辈的孩子们也要毁在这里。

这才是最大的罪孽……

林宗辉独自在堂屋里枯坐半宿，最终还是提了笔。

李飞要的他都知道，他也都写了，可是写的时候，他知道，他没法儿送出去。就好像自欺欺人——你看，我写了，但是送不出去，不能怪我，我两边都成全了。

然而谁都没想到，流产之后吸毒吸得越发浑浑噩噩的蔡小玲，成了压死林宗辉的最后一根稻草。

躺在林宗辉家楼上的这个女人已经没有多少时间好活了。她孩子没了，丈夫也没了，人困在塔寨出不去，连外面的两个孩子也看不见。她没了坚持，没了希望，也就没了盼头儿。临走之前，只有一个愿望，她想再见见陈珂。

林宗辉没办法，林胜武、林胜文都没了，他对不住蔡小玲全家，就这么一个愿望，他得满足，所以他给陈珂打了个电话——陈珂接到这通电话的时候，同一时间，省厅指挥部跟塔寨负责这些事儿的林灿也监控到了这一通电话。

李飞得到消息之后立即去人民医院找了陈珂，“简单说吧，”李飞目光复杂地迎向陈珂，“整个塔寨村正在大规模制毒，省厅和李局要趁这次机会把塔寨所有制毒户包括林耀东团伙一次性全部抓捕。但是现在遇到了问题，前期侦察的情报难以准确定位制毒户，给精准抓捕带来难度。我们一直在做林宗辉的工作，希望他能把他掌握的详细情况提供给我们。但是……”

他没说完，经了这么多事儿的陈珂已经明白了，“是需要我借这个机会进塔寨，再劝劝他？”

李飞嘴唇抿到泛白，半晌后才沉闷却恳求地对她说：“……让林宗辉写出这些制贩毒家庭的名单和地址。”

他以为陈珂会后退，有那么一瞬间，他甚至希望陈珂后退，可没想到陈珂竟然跨步迎了上来，连一秒钟犹豫都没有，“好！”

“陈珂……”

陈珂很狡黠地对他笑笑，“没事儿，我不怕了。”

“我……已经安排好了一切，”明知道那是虎口，却还是亲手把她往那里送，李飞死死咬着牙，有一瞬间他想抬手拍拍陈珂的肩膀给她——也给自己一点力量，可是手指动了动，他还是把念头打消了，“我……我会让马雯陪着你一起，她会保护你的安全。”

“多一个人不是目标更大？”陈珂想拒绝，“我自己就行！”

“林宗辉的态度一直摇摆不定……如果林宗辉反悔了……很有可能向林耀东交出你和马雯，同时，塔寨的制毒会停止……你们……你们就出不来了……这是一次只能成功，不能失败的任务……”

陈珂静静地看着他，半晌后，很轻却非常郑重地朝他点了下头。

马雯已经准备了救护车，正经的120司机开车，马雯拉开车门穿着一身白大褂，坐在里面看着他们俩。

李飞咬咬牙，“所以，马雯陪着你是我的底线和唯一的保险！”

陈珂轻轻抿着嘴唇，眼睛里闪过一点水色。

李飞心里不知道为什么跟被针扎了似的疼起来，“现在也没有别的办法……我的车会远远跟着你们一直到塔寨外围，一旦你们有什么危险，我就进去接应你们！如果林宗辉不配合……我马上进入，控制林宗辉，至少阻止林耀东的察觉……”

陈珂咬紧嘴唇，“我一定要拿到！”

三房虽然凋零了，但林宗辉的积威还在，重重戒备之下救护车到底还是停在了门外，陈珂见了蔡小玲最后一面，送她走了，马雯在楼下找上林宗辉，眼见着三房一脉儿子辈只剩下林兰一个人的林宗辉，在楼下默然对上马雯，从来底气十足的声音听上去像是苍老了十几岁，“你们什么时候动手？”

马雯毫不含糊地对他承诺，“很快。抓捕的队伍已经集结差不多了，就等你的名单，核实完就开始抓捕。目的……尽可能地平稳解决，不出意外，而且，不扰民。”

林宗辉寥落地摇摇头，“你……知道这意味着什么吗？”

“辉叔，你不交……结果是一样的，也许还会有更混乱的情况发生。我们不想看到这样的结果，还有……”马雯定定地看着他，“我认为你是救了塔寨，而不是毁了它。塔寨的毒瘤不除……没有未来！没有！有句话，除恶务尽！对吗？”

林宗辉狠狠咬了咬牙，把心一横，从怀里拿出名单，仿佛已经打定主意下定决心迎接马上就要发生的一切，他发狠地把名单交到马雯手上，“切吧！切干净！”

马雯把名单妥帖地收好，郑重道谢：“谢谢，辉叔。”

他刚把名单交给马雯，林灿就带人过来了。他让马雯也上楼先躲着，自己整平了衣服上的褶皱，迎了上去，跟着林灿去了祠堂。

林灿留了人守在林宗辉家门口，马雯和陈珂出不去，陈珂攥着蔡小玲逐渐冰凉的手，哭得眼睛鼻子都红了，已经得到消息的李飞车就停在距离塔寨没多远的路边，焦急地跟李维民打电话，“李局，我得进去！”

“李飞你先冷静一下！”李维民那边声音也是紧绷着的，但脑子很清晰，“我马上请林水伯到指挥中心，他知道有小路可以进村，让他来指路。”

“好，”李飞急得直搓手，“快点！”

李维民在电话里面冷静地吩咐：“你先到村北侧。打开你的导航随身携带。等我指令。”

闷热的天气，夜色却显得沉冷。

林水伯已经到了省厅指挥部，在主屏幕上看着李飞身上设备传回的定位，看着大屏幕地图上显示出了李飞所在位置的红点，有条不紊地一路指着他从后院翻墙摸进了林宗辉的家。

李飞进门就迎面碰上了呆坐在楼下的林宗辉老婆。她因为蔡军和林兰而认识李飞，看他来了，猛地迎上来，仿佛看见了救星，“你辉叔……被他们……带走了……”

李飞黯然，“我知道……”

闻声从堂屋出来的马雯跟陈珂看见他都惊了，“你怎么进来的？！”

李飞朝马雯指了指自己耳朵上的耳机，“联系不上你们，我担心出事！水伯给我指的小路！”

连一秒钟的犹豫都没有，马雯掏出林宗辉留下的名单交到李飞手上，果断道：“你带着情报，原路返回！”

李飞不肯接，“你们呢？”

陈珂复议：“马雯说得对，你先走，我们再想办法！”

“不行，我带你们一起出去！”

“外面有人看着怎么出得去！”

陈珂和马雯疑惑地看着李飞，李飞眯眯眼睛，不带任何犹豫地对她们说道："我有办法，你们按我说的做！还有，马雯，无论如何，不许动枪，抓捕前不能打草惊蛇！"

林氏祠堂的牌位前，林宗辉上好香，退到后面，看着牌位发呆。

林灿带着几个马仔，端着饭菜过来，还算客气，"辉叔，您先吃着，东叔还有事，晚些再来……"

林宗辉轻蔑地冷笑一声，理也不理，而在他家里，林宗辉留下守着家里蹲在前院大门内的两个马仔尖叫着跑了出来，"小玲不行了！小玲不行了！"

已经没有气息的蔡小玲盖着毯子躺在地上，陈珂和马雯一起，准备把人运出去。

林灿留下的人应声推门而入，照面就要拦住他们，"辉婶，您等等，我看一眼就放你们走！"

林宗辉留下的人挡在前面不肯让他们过来，辉婶从屋里出来，颇为泼辣，"滚开！人都要没了，看什么！"说着就狠狠地瞪了林灿的人一眼，朝后面挥手，"上车！"

林灿的人苦着脸不肯让路，"是啊辉婶……您别为难我们了，我们就看一眼！看完就走，也不耽误救人！"

辉婶冷笑一声，寸步不让地挡在前面，"我看今天谁敢动！快上车，先救人！"说着，就护着担架推出了院子，林灿的马仔突然迅速掀起毯子，看了一眼蔡小玲惨白的脸。救护车启动，径直开了出去。

而李飞则带着情报原路退出了村子。

56. 雷霆出击

李飞开着车往省厅飞驰而去，用能达到的最快速度，将那张情报交到了李维民手上。

李维民眼睛里有些细润的水汽，他喉结剧烈滚动两下，生生把一阵阵心疼压了下去，将情报交给杜力，肃然沉声命令："……核实，不得遗漏！"

杜力双手接过情报，立正站好，坚定地答道："是！"

李维民又看了看众人，也没跟王厅他们打招呼，脚步沉重地转身走出了指挥中心。

马云波此时正在办公室中，看着全家福的照片怔愣地出神，手机突然响起，他拿出手机，看着上面"钱支队"三个字，接通后，就听对方急速道："云波，赵嘉良有问题！"

马云波面色紧张起来："查到了？！"

钱支队快速道："准确地说，我是找到了钟良的一个高中同学，把赵嘉良的照片给他看，结果他说赵嘉良是一个冒牌货。真的钟良当年曾是一个学员警，被招募成了一个卧底，早在1987年就牺牲在了云南。但是，赵嘉良敢拿一个警方卧底人的身份来伪装自己，恐怕这里面有蹊跷……"

马云波握着电话的手越发用力，指节泛白道："你的意思赵嘉良也是一名警方的卧底。"

钱支队道："你是搞缉毒的，这其中的奥妙你应该最清楚了。我只能查到这儿了。"

马云波道了声谢就挂了电话，然后呆呆地想着什么，片刻后，他激灵灵打了个冷战，猛地起身看向地图，那个瞬间，他一下子全明白了……

省公安厅的小会议室中，李飞看向李维民，“开始行动还需要多久？！”

“明天凌晨3：00。”

李飞点点头，起身决然道：“我回去了。”

李维民知道他在想什么，不许他走，“你坐下！”

李飞依旧站在那里有些犹豫。

“坐下！！！”

李飞拧不过他，抹了把脸重新坐下。李维民定定地看着他，“你准备……再进塔寨？！”虽然是问句，但用的是极为肯定的语气。

李飞没看李维民的眼睛，低着头道：“塔寨地形复杂，村口道路狭窄，大车根本进不去，抓捕的警员徒步进村至少要二十分钟。再加之进去之前停电、停网络的时间，林耀东一定会销毁证据……”

李维民没等李飞说完就打断他，“你是想去救他？！我要告诉你的是，突击小组的一组是直奔林氏祠堂，解救你的父亲，所以——”

李飞猛地抬起头来，“我依然记得你训斥蔡永强时的话。蔡永强说在塔寨外面已经准备好了一切，只等枪响……然而，我的证据……所有的证据落在了雨里，当时，我很愤怒，但现在……不一样了，我要进去……因为，我知道……我该做什么了！”

李维民皱眉，“你要做什么？”

李飞定定地道：“干扰林耀东的心智，打乱他的布置。直到……你们冲进来的那一刻！我是那颗棋子！……我愿意是那一颗棋子！！！李局，请相信我！”

李维民双唇颤抖，哽咽几乎压不住了，“我想……我想……你的父亲现在就在做着你说的事，所以……我不希望你去！”

李飞深吸了一口气，挺直了背脊道：“好吧！……民叔，我有私心，我想陪着他……陪着他一起完成！我怕……我怕看到他永远闭上的眼睛……没有——没有机会……再看看我！”

他已然是做好了最坏的准备。破釜沉舟……哪怕赴死，也义无反顾。

李维民连手都抖了起来，他憋着不让自己哭，眼睛却红肿起来，那双眼皮显得更大了，眸光中闪着极其复杂、甚至也极其痛苦的绝望的光，“你有没有想过……我的感受？也许……也许我不仅要面对你父亲牺牲，我——我还要再面对一个你！”

“对不起民叔，我没想过。”李飞又站起来，与他四目相对，眼泪不断落下来，“我只想……如果真是这样，我就可以再见到宋杨，再见到我的母亲……也挺好的。”

李维民死死地盯着他，觉得一颗心被什么东西撕成了碎片似的，他浑身都打着战，李飞等了半天，可他一句话都说不出来了。

片刻后，李飞不等了。他决然地大步离开，拉开会议室的门，李维民终于在后面哽咽地喊住他：“等等！”

李飞站定，却没有回头，李维民走到他的面前，他突然之间不像运筹帷幄的李局，也不像意气风发的民叔，而是一个看着自己孩子的、苍老凄惶却又无可奈何的老人，“飞飞……牺牲……是艰难的抉择，可你能不能明白，当我看到我最珍视的人一个一个从我身边离开……最后——最后就剩下我一个！我会想，你们这些人，这些混账，死是简单的，可你们死了，留给我的牵挂以及愧疚……是无以、无以……言表的——折磨！！！……”

李维民说不下去了，他突然紧紧地抱住了李飞，像个年迈的父亲看着自己即将奔赴前线的儿子，一向刚强的男人几乎崩溃了，“答应我！……一定要答应我……活着、活着回来！飞飞……飞飞……我……我受不了！”

“我答应！”李飞的眼泪打湿了李维民的肩章，他用更大的力气死死抱住李维民——他从小到大都没这么用力、这么亲近地抱过他，“而且……我要把他带出来！！！”

说罢，他重重拍拍李维民的后背，脸上还挂着泪，眸光却冷静而清明起来，条分缕析地跟李维民说：“我不希望这次行动因为我的父亲而中止，但我更不希望因为这次行动而见不到我的父亲！我还是从林水伯给我指的路潜进塔寨。一旦行动开始，我会配合救援小队开展救援。如果有什么突发情况，我会把林耀东的注意力集中到自己身上，给你们的行动争取时间！”

李维民不忍地摇头，“可你这是在拿你和你父亲的命做赌注……”

李飞张扬地笑起来，带着些许骄傲和自豪道：“缉毒警，哪个不是在赌自己的命！”

李维民看着他的样子，也深吸口气，调整情绪冷静下来，重新打起精神，“李飞，你要对你自己的决定……负责！我也一样！”

李飞郑重点头，“警力集结到开始行动需要多久？”

“两个小时！”

“知道了。”李飞抿着嘴唇笑笑，这回真的走了……

在他身后，李维民突然想起了什么，“等等……把导航仪带着！”

李飞背对着他举起自己的右手，晃了晃手上的定位手表，决然地离开了省厅……

此刻的塔寨村内正在热火朝天地制造毒品，一些村民正在将慢慢结晶的冰毒进行晾制，另一些村民则把刚刚制好的冰毒装袋封口，林天昊带着几个马仔挨家挨户收货，一麻袋一麻袋的毒品被收走，然后林天昊将一袋一袋的现金交给制毒家庭。

时间慢慢由下午进入黄昏，再到入夜，省厅指挥中心里，李维民在指挥中心来回踱步。

直到凌晨已至，杜力走到李维民身边，“李局，各小组全部准备就绪。”

李维民闻言走向指挥席，他深吸口气，脸色严峻肃穆地对着话筒沉声开了口——

“所有现在奋战在一线的同志们，我是这次行动的前线总指挥，我叫李维民！我宣布，破冰行动，正式开始！”

省厅大院外面，三架直升机整齐地排着，螺旋桨从慢到快转动起来，卷起猎猎冷风，片刻后，三架直升机冲入夜空，直升机上的灯，撕破了这漆黑的夜……

就在省厅参加“破冰行动”的所有人员开拔奔赴塔寨之际，塔寨村村北小路口，早就赶回东山的李飞驱车赶到塔寨村村北的秘密小路，而马云波则带着一个装有一封信和一个移动硬盘的文件袋从办公室出来，迈步下楼，他走到自己车前，将车缓缓驶出。

东山公路边的某便利店正是塔寨村外围暗哨之一，其中两个马仔从店里奔出，看着一列武警军车在马路上飞驰而过，不由面面相觑，其中一个问道：“这么多军车，什么情况？”

另一个马仔指了指车尾挂着“新兵拉练”的横幅，不以为意地随口说道：“新兵拉练。”

塔寨村祠堂里，赵嘉良正躺在床上，突然听到些许动静，他走到窗边一看，正好瞧见李飞隔着栅栏勒晕了一个马仔，然后轻手轻脚地翻过栅栏，两人四目相对，李飞对他做了个“嘘——”的手势，赵嘉良会意，悄悄地从身后拿起一个板凳，不动声色地喊看着他的马仔，“喂，我没啤酒啦……”

听到叫声，夹道里玩着手机的马仔走过来，还没等反应过来，赵嘉良一凳子拍下，马仔应声倒地，李飞愣住了。

赵嘉良看着他道：“喂，还不过来帮忙搬进去，等着别人来吗？！”

李飞张张嘴，这才反应过来，连忙手忙脚乱地帮赵嘉良把两个晕过去的马仔抬进了里面。

李飞一边搬着一边耐不住性子地低声跟赵嘉良说话：“我知道你是谁了，也知道你的任务……我进来是帮你把他们拖到最后的一刻。证据不能销毁，人一个都不能跑掉，再有不到一个小时，三点，总攻开始……”

李飞一边说一边跟赵嘉良把一个马仔绑好，赵嘉良平时看儿子跟个偷窥狂似的，如今知道真相的李飞堂而皇之自己上了门，他反而不知道该如何是好，只能用不耐烦掩饰不自在，“我晓得啦！费那么多的话！我已经想好了，不用你帮忙也搞得定的，为什么还要派你来！你看，你一进来就动手，手忙脚乱的，万一这时候林耀东进来，怎么办？！打草惊蛇不懂啊！李维民搞什么东西！添乱……”

李飞看着赵嘉良一边忙着一边半尴不尬地低头抱怨，忍不住勾起嘴角笑了起来，赵嘉良此时已经去抬第二个人了，他看李飞没有动静，回过头，看见这臭小子竟然在笑，顿时觉得更局促了，他故作严厉地瞪了儿子一眼，理所当然地倚老卖老，“帮忙啊！让我一个老头子一个人背吗？！”

李飞连忙上前帮他抬起马仔，突然来了一句话道：“那天在咖啡馆，我用沾了你血的瓷片儿……去验了你的DNA。”

赵嘉良听到这个，手一下子松了，马仔重重地摔在了地上，好悬没再给摔醒，他愣愣地看着李飞。

李飞定定地看着他，有些艰难地继续说道：“还有……我的。”

赵嘉良一下子蒙了，他盯着李飞说不出话来，突然走向李飞——他想跟儿子拥抱一下，他二十多年来始终暗中关注李飞的点点滴滴，就算被戳穿了身份，最初的尴尬劲儿过了，也不觉得有什么别扭，可李飞这个孤儿了二十几年的孩子突然有了爹……他就十分不习惯了。

在赵嘉良抱过来的瞬间躲闪开，李飞掩饰地一个人将马仔拖进了房间，沉默地去把他绑上……

赵嘉良看着他的背影，突然皱着眉毛怒骂，“李维民这个老狐狸！不守信用！我已经帮他了，还把我儿子也搭进来。他什么意思？！”

李飞没有回头，只是低声道：“我自己要来的，我怕……我怕你应付不过来……”

赵嘉良有些感动，但嘴上不服输道：“有没有搞错？！你是我生的，我搞不定，你就搞得定？！我早就想好了，看到没，手机我一直拿着，什么时候一断网，我就去找林耀东，我肯定让他什么都干不成……”

李飞突然回过头道：“那别人呢？”

赵嘉良道：“让他去控制喽！”

李飞道：“你真小看林耀东了，他宁可死，也不愿意你抓住他，懂吗？！我盯了他三年！”

赵嘉良一下愣住了，他半晌才反应过来，张嘴道：“喂……怎么跟你老爹说话呢？！”

李飞不知道该说什么，他转移了话题道：“我们先在这里等行动开始。一旦行动开始，你就跟着我，我们翻墙从祠堂出去，直奔林耀东家，我先把他控制住，你在门口，守住人，只进不出……”

赵嘉良看他一本正经，只得点头道：“好好好……先去控制林耀东！可房间里要是有好几个人，你怎么办？！”

李飞来的时候就有了计划，“擒贼先擒王，我先抓林耀东，胁迫住林耀华，林灿是他儿子，就好控制了。如果还有其他人，我就只好——先发制人了。”

赵嘉良一脸满足和欣赏地看着李飞，特别得意地笑，“我的儿子长大了！”

李飞沉默片刻，突然问道：“这么多年为什么不来见我？”

赵嘉良给自己辩解，“我来了……我来看过你，也去看过你妈！”

李飞有些激动，“为什么不来当面见我？！为什么不来家里……给我妈上炷香！……”

赵嘉良低声道：“因为我答应过自己，也答应过你妈的事……没完成……我得抓住杀她的人！”

李飞问道：“抓到了？”

赵嘉良点头：“林耀东……”又过了片刻，赵嘉良再次开口道：“儿子，有几句话……总还是要讲的，如果……如果这次我发生了什么意外，就把我和你妈埋在一起！你无论如何要好好活着！总得有人替我和你妈上香！”

李飞不知道该怎么回答，沉默片刻，他突然上前，用力抱住了赵嘉良：“不会的！我不会让你有事的！”

赵嘉良的手也慢慢地抬起，用力抱住自己的儿子，良久，他松开手，扶着李飞的肩道：“来，快叫声爸爸听听……我等了二十多年了！”

看着赵嘉良满怀期待的眼神，李飞犹豫了片刻，终于还是泄气了，“……叫不出来。”

赵嘉良眼睛一瞪，拍了他脑袋一下，“这有什么叫不出来的！快，叫声我听听！”

“二十多年没叫过……别扭。”他说着，一把拍开赵嘉良的手，有点恼羞成怒，“你让我适应适应！”

他越拒绝赵嘉良心里越痒痒，“叫一声就适应了！快快快，叫一声！”

就在赵嘉良催促着，李飞眼神躲避着的时候，祠堂中堂忽然传来了争吵声，两人立刻安静下来，一同听着屋外的动静，李飞立刻把枪交给了赵嘉良，赵嘉良又将枪死死地放到了李飞的手心里。

林耀东走向阳台看着夜晚的塔寨，灯火通明。

林耀华跟着出来站在一边，突然听到林耀东对他说道：“耀华，货的数量、质量都要盯紧了，等过了今晚，就能好好歇一下了。”

林耀华摇摇头，看着林耀东，“哥，你都好几天没休息了，要不今晚你歇歇，我盯着？”

林耀东没有回答，只是看向祠堂，片刻后，摇了摇头。今晚至关重要，半点马虎不得。

57. 天人永隔

整个东山警力都没有参与这次行动，但马云波从家里出来的时候，换上警服，开着警车，一路跟着数辆伪装过的卡车、亮着灯的消防车和救护车往塔寨方向去的时候，沿路关卡，也没人拦他。

因为每个单位和小组都只知道有任务，但是具体任务是什么，都要在人员就位后等通知，相应的，他们也都不知道谁才是参加行动的人。

通往塔寨的路上，有几辆号牌上挂着“百年好合，新婚快乐”字样的接亲车从塔寨的方向开了出来，马云波面色沉冷，换挡超车，闯着红灯直接把车速开到了极限。

林宗辉在思过室待了一天一夜。林耀东、林耀华带着林灿、林小力走进祠堂的时候，发现他正直直地跪在牌位前。

林耀东失望地摇摇头，走上前去躬身给牌位上了炷香，这才回过头去问他，“听说你把自己关在思过室一整天了，说说，都在想什么？”

林宗辉没什么表情，连语气也是平平，整个人仿佛都透着认命的死气一样，“我在想，这些年我都干了什么……如果见到祖宗，我该说什么……我是不是林家的叛逆，我，很后悔，好人做得不彻底，坏人也没有做彻底。”

林耀东难得黯然，“宗辉，我理解你的心思，但你要想想，以前的塔寨什么样？龙坪东山最最穷困的村子！村里到处是没人住的空房子，一片破败！连这祠堂都快塌了……”

“我宁愿这祠堂塌了！”林宗辉突然爆发，几乎崩溃地大喊，“现在的塔寨是散发着恶臭的塔寨！你以为村子里没有人吸毒这个村子就不受毒品的伤害？！别再自欺欺人了！你去看看那些人，一个个地习惯了赚这份制毒的快钱，谁还愿意去老老实实劳动赚钱？！你再看看塔寨这些孩子们，凡是制毒的人家，哪个孩子有出息？不是跟着制毒就是贩毒！林耀东！塔寨就要彻底毁在你的手上了！你赶紧收手……我跪了一天，我就等你来，我要告诉你，我已经把所有制毒人家的信息都交给了警方！”

赵嘉良从后面绕出来，悄悄地站在了祠堂的侧旁，藏匿着身形，静默无声地躲在暗处看着这一切。

林耀东愣了一下，霎时间以为是自己听错了，“你……你说什么？！”

林宗辉几乎痛哭流涕，“这全是你逼的！我不能看着林家断子绝孙。塔寨的毒，必须清除！”

“你疯了！”林耀东嘶吼，声音几乎都破音了，他从来没有这么失态过，他日夜提防着外贼，防来防去，却不承想竟然是林宗辉在他背后捅了他这最致命的一刀，“你这是出卖！你出卖了你的族亲！你还是不是人？！是不是人？！”

“我不是！”林宗辉惨笑一声，“我和塔寨的人都被变成了鬼！我去见祖宗了！我要向祖宗告你的状！”

他从家里出来就抱了必死的决心，到了这个份儿上，也不想再跟林耀东纠缠下去，话音未落，他人已经一头撞向了石柱，撞得满脸鲜血却没有死，昏沉沉地想爬起来再撞一次，可是却没力气了……

在场谁也没想到他竟然做出这样的选择，连林耀东都傻了眼。林宗辉伏在地上艰难地翻了个身，仰面看着林耀东，眼睛里带着哀求，虚弱地喊他：“东……东哥，再叫你声东哥，帮帮我，我要去见祖宗……帮帮我……”

林耀东猝然倒退一步，那一瞬间，已经哑了的嗓子竟然微微地打战，“我……我手上不沾血，更不沾林姓族人的血。”

林宗辉笑笑，有点嘲讽，甚至有点怜悯，“你……你沾的还少吗？胜文、胜武、我家三宝……还有……还有这个……”他勉强抬手指了指还是个半大孩子的林小力，“他才多大……你是怕我告状吧，放心，你见不到祖宗，你没资格……”

这是在戳着林耀东的心说话。林耀东愤然火起，一把抢过林灿的枪，恼怒地扣了扳机——一声枪响，林宗辉再无气息。林耀东膝盖一软，倏地跪在了他的身前，半晌后，慢慢地拂过他的眼睛，帮他闭上了眼。

同时熄灭的，还有祠堂里所有的灯。就在林耀东、林耀华震惊之际，带着人一路打一路退的林天昊连滚带爬地冲进祠堂，人还没进门就一叠声地喊：“东叔，警——警察！”

林耀东愣住，大脑充血，眼前都黑了一瞬，他晃了一下，林耀华这次却比他反应更快些，“快！能销毁多少算多少！快！！！”

两吨冰毒，这么短的时间，能销毁多少？林耀东声音有点不稳了，他闭了闭眼，把心一横，豁出去地抓住林耀华，“快，耀华！去把账本烧了……然后通知村里，尽量拖延时间，组织大家，尽量销毁！如果被抓，所有事情推到我身上……一切跟你没关系！”

“大哥……”

林耀东怒吼催促，“快去！！！”

林耀华不得已，转身快步往外跑，林耀东看着愣在当场不知所措的林灿，抓着他手腕的手青筋暴起，“阿灿，听东叔说！你可能会进监狱，但是出来之后一定要记得，挑起家族的担子，让塔寨东山再起……”

“林书记这是打算自己扛了啊！”看够了好戏的赵嘉良从祠堂后面走出来，气定神闲，甚至是好整以暇地拍了拍巴掌。

林耀东转身，看见他的一瞬间一下子全明白了……

塔寨村各处，监控镜头有的被突击队员剪断了线，有的干脆被蒙上了黑色塑料袋，梁欢率领突击小分队，飞檐走壁占据了制高点，用带电击头的弩将修车铺里的数名壮年男子击倒，两名男子企图反抗，杜力上前肉搏，悍然将之放倒，梁欢随即汇报，“二号哨所——村北修车铺已控制。”

村南暗哨小卖部里，发现手机没信号的马仔破门而逃，被突击队员堵了个正着，带队的组长汇报：“三号哨所已控制。”

深夜的指挥中心灯火通明，指挥中心内所有人都在忙碌，电话铃声此起彼伏，大屏幕上是塔寨全貌地图以及抓捕现场传回来的实时画面。地图上村口位置被标红，村内明哨、暗哨也已被全部标出，播音设备里再度传来现场汇报的声音，“突击组已全部就位。”

大屏幕上代表村内明哨、暗哨的红色标识随着突击队员的汇报声一一熄灭，设备里传出杜力的声音，“报告王厅、李局！塔寨村所有明哨、暗哨已全部清理干净，各组已按原计划开赴塔寨村。”

李维民紧紧盯着大屏幕，“各组到位后迅速进入塔寨！突击小组继续往塔寨内部渗透！”

“是！”

塔寨祠堂，林灿捡起林宗辉身边的枪，林耀东慢慢地走向中堂，看着赵嘉良，声音幽冷幽冷的，“在塔寨，赵先生花了不少心思吧……现在可以告诉我，你到底是谁了吧？”

赵嘉良沉下脸，慢慢眯起眼睛，眼底浮现刻骨的仇恨，“你是否还记得二十年前的一个故人，钟素娟？”

林耀东愣住。

“我是她的丈夫。”二十多年了，赵嘉良终于可以重新把这些话堂堂正正地说出来，“我找了你二十多年，另外，我还要告诉你，李飞，是我们的儿子。”

错愕震惊之余，林耀东放声大笑，“我就说你很眼熟……儿子是缉毒警，老子是卧底……你们这一家子和我还真的是有缘！”

赵嘉良活动了下手腕，他看着自己的手掌，片刻后，吊儿郎当地抬起头，幽幽地冷笑，“那林书记，咱俩的账，今天算算？”

话音未落，林耀东的眼睛却已经充血了，“那我整个塔寨的账怎么算？！我苦心经营那么多年的塔寨！怎么算？！你告诉我？！怎么算！！！”

在门前正好截住了要去毁账本的林耀华的李飞，拿枪抵着林耀华的脑袋，从门口进来，冷然看着拿枪指着他爸的人，“当然是一起算！”

让人没想到的是，林灿不仅没有放下枪，反而上前一步，以同样的姿势控制住赵嘉良，并结结实实地把枪抵在了赵嘉良的头上，他这动作，连他亲爹林耀华都没想到，他有点慌，身体几不可察地颤抖起来，“阿灿，李警官，别冲动，有什么话我们先商量……大哥……”

林耀东不看林耀华，死死盯着李飞，林耀华见林耀东不说话，彻底慌了，“大哥……你说句话！阿灿……阿灿！把枪放下！”

林灿却像是没听见林耀华的话，狰狞地瞪着眼睛咬牙切齿，“李飞，我们人多，你就一个人……有本事你就把我爸打死，我们一起开枪，一命换一命，没本事，你就松开我爸！”

李飞慢慢眯起眼，手更紧地钩在了扳机上面，“你开枪试试！”

“我赌你不敢开枪——但我敢。”林灿冷然而疯狂，大批警察堵在了家门口，林灿知道弄不好他们塔寨林氏今天谁都没有好下场，那早死晚死有什么区别？拉一个垫背的更好！林灿狞笑，已然疯了似的，竟然不顾林耀华死活，“爸，对不起！”他说着，竟然真的打开了手枪的保险。

在林灿手里的赵嘉良脸上半点惧色都没有，他就是看着李飞，心里涌起一阵复杂的遗憾和不舍，片刻后，却豁达地笑了一声，微微仰着头，仿佛林灿枪口下的人不是自己一样，悍然地对李飞喊：“仔！别怕！记得给我和你妈上香！”

哪可能不怕？李飞对敌的时候就从来没有这么害怕过！他拿捏不准林灿那疯子是不是真的敢开枪，但他的确是真的不敢。

他犹豫着，试探着也慢慢拉动枪栓，他试图在林灿脸上看出一点心虚或者做戏的端倪来，然而让他的心不断下沉的是，林灿从始至终眼睛里竟然没有半点犹豫！

剑拔弩张针锋相对间，林灿野兽一样盯着他，“李飞，我数三个数，数完我就开枪！”

李飞没有回答，眼睛死死盯着林灿手里的枪，而与此同时，林灿竟然真的开始数——

“一！”

李飞握枪的手攥得更紧了。

林灿扣着赵嘉良的手也更紧了，“二！”

汗从李飞的额头流下，林灿放在扳机上的手指开始慢慢使劲，李飞的视线从林灿的手移到林灿的脸，在他准备数三的时候，心理防线崩溃，他沮丧地放下了枪，松开控制林耀华的手。

……他看出来了，如果他不放，林灿真的会开枪。

林灿能舍下林耀华，但他不能放弃赵嘉良！

李飞松开桎梏，此刻也看出儿子意图的林耀华不敢置信地颓然一屁股坐在了地上，同样松了口气的赵嘉良闭上了眼睛……

林小力冲上前，抢过李飞手上的枪，不客气地把他一脚踹倒，林耀东冷笑地看着赵嘉良，转头对林灿开口，“押过去。”

林灿用枪顶着赵嘉良的脑袋，把他和李飞分别用手铐铐上，一起押着强行摁跪在牌位前，李飞还不服不忿地挣了一下，赵嘉良根本连挣都懒得挣。林宗辉满脸是血的尸体就倒在不远处，赵嘉良转头去看李飞，李飞却垂下头，“对不起……我算到了一切，我没算到这个。”

他轻笑起来，抬头去看心虚到不敢正视林耀华的林灿，轻蔑地冷笑着奚落，“毒品真有意思，能让人六亲不认。”

林灿被踩了尾巴似的，发狠地想要动手教训这个坑了塔寨的罪魁祸首，林耀东却拖着沉重的脚步走过来，站到了赵嘉良和李飞面前。

“耀华、阿灿，今天我是走不掉了，但祖宗这边必须要有个交代！”他话是对林耀华和林灿说的，但目光却始终阴狠地盯着地上的赵嘉良父子，他说着，举起手里李飞的配枪，走近了赵嘉良……

千钧一发之际，李飞挣扎着想要用自己的身体挡住赵嘉良，赵嘉良却比他更快，挣开林灿飞身一扑，将李飞死死地压在身子下面！

林耀东冷漠地看着眼前好一出父慈子孝的徒劳挣扎，残酷而嗜血地勾起嘴角，“林氏今天这个劫是你们父子给的，好吧，你们陪着我一起上路吧！”

他说着，掰开了李飞手枪上的保险。李飞拼命想把身上的赵嘉良弄下去。他不怕死，但他害怕赵嘉良为救他而死，而他却还活着！难以名状的巨大恐慌让李飞不顾一切地挣扎，可赵嘉良强硬地不肯妥协，反而在他的挣扎中，用身体将他更严实地保护了起来……

林耀东的手钩在了扳机上，眼看就要扣下，门外一个熟悉的声音却打断了林耀东的动作——“林耀东！”

声如洪钟的一声爆吼，林耀东倏地抬头，惊疑不定地朝祠堂外望去，来人破门而入，没想到，竟然是马云波。

他举着枪自外面走进来，枪口对着林耀东，而那边的林灿瞬间调转枪头，对准了马云波的脑袋。林耀东不动声色地看着他，此刻脸上惯常闲适的神色是没有了，不过他依然很冷静，“马局长，你这什么意思？我有些看不懂。”

马云波举枪，只是冷冷问他：“林耀东，你想不想走？”

“走？”林耀东惊疑不定，在一瞬间，却又燃起了一丝希望来。

“警方已经围死了塔寨！想出去，现在只有我能带你走！”马云波指了指外面的警车，看着林耀东开始出现犹豫的脸，加大了筹码，“走吗？！也许……还有未来！”

林耀华闻言赶忙走到林耀东近前语速飞快地劝说：“哥！你得走！为了塔寨，你不能死！你死不得！”

林耀东看着也是老泪横流痛苦不已的弟弟，犹豫一瞬，微微眯起眼睛问马云波：“条件呢？”

马云波指了指李飞和赵嘉良，“我得带着他们两个！……我欠李飞的……得还！”马云波余光扫了下手表，行动组随时可能攻入，而他也不想在这个地方伏法，留给他的时间已经不多了。他紧紧地看着林耀东，手心已经开始冒汗，他仰头催促，“最多还有十分钟！你走不走？这是你最后的机会！”

片刻僵持后，林耀东深吸口气，转头看着他身边的所有人，“耀华，记住，所有的事，都推在我身上，和你们没关系！阿灿！塔寨的未来就在你的肩上了！不要给祖宗蒙羞！”

都这个时候了，林灿还有什么未来？祖宗还有什么脸面？他竟然还做着光宗耀祖的美梦！马云波心里又是唏嘘又是冷然，扬声催他，“交代完了吗？抓捕小组估计已经进村了！”

“带他们俩上车。”林耀东把心一横，跟林灿点点头。现在的情况，马云波主导，而他已经没有其他更好的选择。

马云波对他们没有信任，始终举着枪戒备着，看林灿给戴着手铐的李飞和赵嘉良嘴上贴好胶带，率先一把拉起李飞推进他开过来的警车，把他铐在后座扶手上。

双手被吊在车顶的李飞全程不屑地冷然盯着他，这种时候林灿也顾不上别人看他都是什么目光了，锁好了李飞，就要回去如法炮制赵嘉良。

可是他还没来得及转身，身后却枪声骤响，砰的一声，几乎让整个祠堂在一瞬间沉寂下来。

林灿惊疑不定地猛然回头，李飞同时朝他身后望去，紧接着，他猝不及防地看见了表情倏然凝固，胸膛慢慢洇出血色，目光牢牢看着他的脸，颤抖着嘴唇，想要说什么话，最终却缓缓向下一头栽倒的赵嘉良——

不……不！！！

李飞一声呜咽嘶号全被胶带堵在嗓子里，他瞠目欲裂地下意识地想冲过去，可是铐在车上的双手限制着他甚至连警车都出不去……

时间仿佛都凝固了，除了他含混的呜咽悲鸣，现场包括林耀东在内，所有人都怔愣了足足几秒钟。

谁也没想到，这么个节骨眼，林耀东都已经妥协了，竟然还有人会开枪。他们更想不到，躲在人群后面开枪的……竟然是林小力！

赵嘉良倒下，躲在他后面还举着枪的林小力全身颤抖。从赵嘉良胸口涌出来的血几乎在无形中染进李飞的眼睛，他眼中迸出道道红得极其骇人的血丝……

本来都要上车了的林耀东铁青着脸大步走回去，抬手狠狠甩了林小力一巴掌，“为什么杀人？为什么！”

“我本来是想杀李飞的。谁知道他来挡了我的子弹！”让林耀东感到害怕的是，林小力这个半大孩子杀了个人，竟然没感觉到怕，“李飞把东叔害成这样！他该死！他该死！！！”

有那么一瞬间，林小力的反应让林耀东感到绝望。这是他塔寨的下一代。可是他们的下一代怎么会变成这样？真是他创造的这个环境改变了人，让所有人都变得贪得无厌、麻木不仁吗？

林耀东叹了口气，他扳住林小力的肩膀，严厉地告诫他：“那你也不能杀人！以后你的手上不许再染血！听到没有？听东叔的话，回家！赵嘉良是我杀的，这里的一切都和你没关系！回家！！”

林小力开枪没害怕，却在林耀东的几句训斥规劝中鼻涕眼泪一道流了下来，“东叔，我要跟你走！我要保护你！”

林耀东猛地往外推他一把，“走！！”

林小力哭着飞跑了出去，在他们争吵中，马云波迅速跑到赵嘉良身边，摸向他的动脉，血还在往外渗，可人已经死透了。

他遗憾、愧疚而心疼地看了一眼半个身体悬在车外，疯狂挣扎着的李飞，目光落在他转眼已经被手铐勒出两道血肉模糊骇人血痕的腕子上，半晌后，似做了什么决定，攥紧拳头，朝李飞走过去。

李飞惶然求救地看着他，马云波颤抖着吸了口气，尽量用沉定的语气使他暂时能找回一点理智，至少，能听懂他的话，“……你总得先回车上坐着，我才能给你解手铐。你这个样子，把车门都堵了，你让我怎么进去给你开锁？”

李飞呆了呆，表情空白呆滞地依言坐回了车里，被手铐割得皮肉模糊的手腕上，鲜血顺着胳膊染红了衣袖，他却浑然未觉似的。

马云波扶着车门，看李飞把腿拿进车里，扭过身子等自己给他解锁，咬咬牙，在他急切哀然的目光中，决然地把他那边的车门关上了。他回头喊了林耀东一嗓子，在林耀东迅速上车后，摁着中控锁，把车门都给锁死了……

后座上，李飞猛地挣扎起来！——马云波！你放我下去！停车！停车！！那是我爸！是我爸！你让我去看看他！！！

他始终没法开口管赵嘉良喊一声“爸”，现在他终于克服了心理障碍，可是这声“爸”，被胶布堵着，依然说不出来，而他爸永远都失去了听见这个字的机会……

“你现在下车没有任何用处，你……得先跟我走。”马云波心里也不好受，声音发闷，态度却很强硬，“出了塔寨，以后你会有机会看他……最后一眼的。”

不管他如何嘶吼挣扎，马云波依然挂上挡，踩着油门，坚定地带着他和林耀东离开了塔寨……

后座上的李飞疯了一般头狠狠撞击着玻璃，直至目光再也看不见赵嘉良的身影，直至出了塔寨跟不断朝这个方向涌入的车流逆向而行，很久后，他始终干涩血红的眼睛，终于落下泪来……

他分明看出来了，赵嘉良倒下去的时候，做着口型跟他说的最后四个字——儿子，保重。

马云波的车刚离开塔寨，塔寨上空就有三架直升机开着头灯由远及近呼啸而来，牵着警犬的边防武警、带着防爆装备的公安特警，大批警力不断聚集，越来越多的行动组按地图标注点进驻塔寨，无人机俯拍视角中，进驻塔寨的警车车灯从村子外围的各个路口亮起，宛若一条浩瀚长龙，同时朝着塔寨的中心逼近、汇聚。

已经带领一队突击组成员来到祠堂的蔡永强，进门看见赵嘉良胸部中枪倒在地上，急忙上前检查赵嘉良的情况，摸了摸脉搏后，他沉痛地闭了闭眼，看了一眼祠堂里倒着的林宗辉尸体，他脸色极度难看地通过对讲跟指挥中心汇报：“……突击组1队报告，祠堂内发现……发现了赵嘉良和林宗辉的尸体。李飞不知去向。重复，祠堂内发现赵嘉良、林宗辉的尸体，李飞不知去向。”

蔡永强的声音通过指挥中心的扩音喇叭，将赵嘉良的死讯传给了在场的所有人，李维民一下跌坐在椅子上，所有人都呆住了，片刻后，李维民猛然又脸色煞白地站起来，嘶吼着喊艾超：“艾超……艾超！把李飞的定位给我调出来——”

艾超行动极快，片刻后，将准确的信息打到了主屏幕的一处分块地图上，涩着声音向李维民汇报：“李局，这是我们根据李飞定位调出来的交通监控画面，李飞应该在这辆警车上，根据车牌号，这是马云波的警车，李飞生死不明，是否派出小队支援？”李维民站在大屏幕前，看着各个小组的行动画面，看着李飞距离塔寨越来越远的红点，狠狠咬牙，“追！！”

塔寨内，警察们飞速在村道里穿行着，各个行动小组按照行动计划书朝着自己的目标逼近，一扇扇门被踢开，一组又一组警察们冲向不同的目标，2号抓捕组在一户民房前用破门锤破开院门，队员随即进入，随队记者迅速跟了进去，抓捕小组直接冲进了卧室，毒贩惊醒刚要起身，抓捕组直接扑了上去，同时组长通过对讲向指挥中心汇报，“2 号到位，2 号到位！”

另外一组抓捕小组，按照导航奔赴目标地点，还没到达，就远远地看到目标楼房的阳台上，一名男性毒贩正在往外倾撒着毒品——

“别弄了！弄不完了，走啊！命重要！”林天昊扯过还在试图销毁毒品的马仔，一行人刚走出，就看到路面上手电筒的光亮，林天昊慌不择路地想找东西堵住大门，抓捕组破门而入，林天昊的枪口对着面前，却忽然有人自后突袭，直接将他制伏！

“11号到位，11号到位，目标人物林天昊在我的位置，已被抓获。重复，林天昊已被抓获！”

林耀华的家内，他往行李箱里拼命塞着现金，刚要出门，3 号抓捕组破门而入，林耀华还想做最后抵抗，却被冲进屋的武警三两下摁倒——

“3 号到位，3 号到位，发现目标人物林耀华，已经抓获。重复，林耀华已经抓获。”

塔寨之外，盘旋在上空的直升机头灯明晃晃地照亮村子，直升机的喇叭朝村里越聚越多的村民们持续进行着喊话，“村内的犯罪分子，你们已经被包围，无路可逃！必须立即自首，争取宽大处理。如有反抗，警方将坚决依法严惩！”

愤怒的村民们手持着东西在狭窄的道路上和武警对峙，有些过激的村民甚至开始朝武警扔石头，冲撞防爆盾，特警们列队举着防爆盾，僵持中对着手台汇报：“村民情绪开始失控，请求空中支援！”

其中一台直升机根据定位而来，盘旋在撒泼的村民头顶，“袭击殴打执法人员，破坏执法车辆和设备，哄抢涉案财物，甚至实施打砸抢烧等极端行为，已经严重威胁人民群众和执法人员生命财产安全，警方将依法采取断然措施，严惩犯罪分子。请无关人员立即离场回家。”

随着直升机的喊话，失去昔日能在前面给他们壮胆撑腰的主心骨的村民们气势渐渐颓了，特警趁机将他们彻底冲散……

58. 离开，是为了更好的相见

这场“破冰行动”，多地警方联合行动，在广东警方突袭塔寨取得阶段性进展的同一天，远在法国勒阿弗尔的朱鸿运落网，香港刘浩宇、黄达成落网，澳门方天逸落网，龙坪季筱桐落网。

从塔寨村仓皇逃出来的马仔跟毒贩被海警军舰上全副武装的武警抓了个正着，从塔寨出去的那些“百年好合”婚车被拦在国道关卡前，所有毒贩都被持枪武警当场抓获。另有两辆之前给塔寨送料头的厢式货车，被福建公安在宾馆门外停车场查获，两名运送料头的福建人被捕。

天蒙蒙亮的时候，马云波把李飞跟林耀东带到了海边。

他下车，林耀东也跟着下来，看了看空旷的海滩，“从海上走？”

马云波微微一笑，抽出手铐来，熟练地把他铐在了车门的内扶手上。

林耀东这才觉出不对来，“马云波……你什么意思？”

马云波平静地看着他，“带你走之前得先来这儿一趟。”

“来这儿？”

马云波不理他，开了后门，把李飞嘴上的封条撕开，看着眼泪糊了满脸却哭不出声来的李飞，黯然愧疚地闭了闭眼，不忍地避开他的目光，钻进去给他把手铐打开了，“李飞，我很抱歉。没能救出你的父亲。但是，我答应你的事，现在完成了，我已经抓到了林耀东，把他……交到了你的手里了。”

于慧自杀的那天夜里，马云波给他发了一条语音信息——

“李飞……是我！我要告诉你，你……你嫂子……走了……自己走的！……不！……是我逼的！我逼的！听着，记着今天啊！……以后……如果……如果我有什么意外……你在这天，给你嫂子上个香……还有，记着……我答应过你的事儿……我一定完成！！！”

大概半个小时之后，李飞给他回了电话，他帮他挡的那一枪，马云波欠他的一条命，他请他到塔寨帮忙救赵嘉良。

所有的人里，除了李维民、马雯跟陈珂，马云波是第四个听见李飞亲口承认这件事的人。

明明是两肋插刀的兄弟，最后却走到了这个地步。

李飞的手铐松开了，他坐在后座，头抵着前面的座椅，脸埋进手掌中，半晌后，他忽然情难自制，懊恼又绝望，悲恸不已地抓住前面的座椅，脑袋就这么恶狠狠地撞了上去……

车外面，林耀东盯着马云波脱下警服外套，整齐地叠好，将警帽庄重地放在衣服上，知道再无转圜余地的他竟然冷静下来，“马云波……马局……好吧……我愿意为你夫人陪葬。来吧，打死我吧，我愿意！”

马云波看了他一眼，走回车内，取出了枪，并且上了膛，“林耀东，你早就准备好也许会有这么一天了，对吧？而且，你也早就想好了结局和归宿。”

林耀东似是感叹地笑了起来，反而看开了一切，很豁达的样子，“你说得对，我从开始的第一天就想过今天，我选择死。我是为林氏的族群而死的。”他仿佛自己真就是死得其所了，竟然释然恬淡地笑了起来，“他们会明白我的意义、代价。所以，马局，希望你能成全。”

马云波也笑了，没什么意义，嘴角勾起来也不像个笑的样子，反倒有种报复得逞的快慰，“所以，我进了塔寨，”他说着，凛然讥诮道，“我不会让你得逞的。你以为你可以死得其所？错了，你死有余辜。在你没有把一切交代清楚、接受审判之前，你……没有死的资格！”

林耀东没想到他那枪里的子弹竟然不是给自己的，听见“接受审判”这个词，他一瞬间慌乱而愤怒起来，“马云波！！！”

马云波眼底有了浅浅的笑意。他走到坐在车里埋着头的李飞身边，抬手重重地拍了拍李飞的肩膀——

“有你这样的警员，我很骄傲……回去记得帮我和我师父说声对不起，我这个当徒弟的让他失望了！”

李飞头仍然顶在椅背上，没看他，声音带着哽咽，“你跟我一起回去，你自己当面和他说。”

马云波却摇摇头，“我就不回去啦……我没脸见他了。”马云波寥落地苦笑一声，又拍了拍李飞的肩膀，看着他的目光有殷切的期待和鼓励，“李飞，记住，没有什么能制住你，除了你自己！所以……”

所以什么，马云波说不下去了。嘱托也好，安慰也罢，一切到这里戛然而止，成为一个小谜团、小悬念，也好。至少你偶尔好奇地纠结起来，还会想到我。说到底，还是我对不起你。

马云波苦笑一声，收回握着李飞肩膀的手，转身要走，李飞终于抬起头来，猛地要下车追上去，却被马云波异常坚决地摁了回去。他眼中隐有恳求之色，欣慰、绝望而释然，“……让我和你嫂子单独待一会儿。”

李飞说不出话，眼睛通红地看着他佝偻着的背影，满身疲惫、孤零零地走向正在涨潮的海边。看着他掏枪，看着他拿枪指着自己的太阳穴，然后……枪响。

飞驰而来的蔡永强没给他难过的时间，从车上跳下来，将一张逮捕令郑重地交给了李飞，他接过来，动作缓慢地下车，仿佛身体就是个空壳子，灵魂都不知道飘到哪儿去了，木然地走向林耀东，看着他的眼里从仇恨到愤怒再到空茫，半晌后，他漠然地宣布——

“林耀东，根据东山市检察院1309号《批准逮捕决定书》，因你涉嫌走私、贩卖、运输、制造毒品罪，涉嫌故意杀人罪，现依法对你执行逮捕。”

至此，海面明艳耀眼的红日升起，天光破晓，照亮了连日来阴云笼罩的东山大地。

一切，在鲜血铺就的底色中，尘埃落定。

破冰行动，抓获了制毒贩毒的最大头目以及182名犯罪嫌疑人，捣毁制毒工厂77个，缴获冰毒制成品2.5吨、制毒原料15吨、K粉800公斤、枪支 9 支、子弹62发、手雷 1 枚、管制刀具弓弩及制毒工具一批。

行动创下了一次性捣毁制毒工场数、一次性缴毒总量、一次性抓捕毒犯数的全国纪录，同时成为亚洲范围内破获的最大宗族制毒贩毒案件。其缴获毒品数量之巨、涉案人数之多，震惊世界。

经过漫长的审理期，广东省高级人民法院做出终审判决，认定原审判决事实清楚、证据确实充分、定罪准确、量刑适当、审判程序合法，予以维持龙坪市中级人民法院一审判决结果。

塔寨村制毒贩毒系列案件中，主要涉案人员——

被告人林耀东，犯故意杀人罪及走私、贩卖、运输、制造毒品罪，其走私、贩卖、运输、制造毒品数量巨大，主观恶性深，人身危险性极高，社会危害性极大，数罪并罚依法判处死刑立即执行，剥夺政治权利终身，并处没收个人全部财产。

被告人林耀华，犯故意杀人罪及走私、贩卖、运输、制造毒品罪，其走私、贩卖、运输、制造毒品数量巨大，鉴于其有受人指使参与毒品犯罪之情节，同时，归案后认罪态度良好，能够对案情如实供述，有从宽处罚情节，数罪并罚依法判处死刑，缓期二年执行，剥夺政治权利终身，并处没收个人全部财产。

被告人林灿、林天昊、林小力、林景文等均一一被定罪量刑，受到了法律的制裁……

染着血的巨幕落下，查抄马云波家的时候，警员给李维民带回了马云波整理的所有林耀东集团的犯罪证据和亲笔忏悔信……

师父：

您要的高汁靓汤的材料我终于给您备好了，而且……是活的。所有的录音证据，我的……犯罪记录，也留给您了。因为，我想看到他的伏法。

请原谅我不能当面向您道歉了。……我知道，人都会犯错，但有些错只要犯了，就是无法原谅的，只能补赎。我不知道的是我这样的做法算不算是补赎，但我知道……至少我可以对于慧是一种补赎。

师父，最后一次这么叫您吧。其实我恨过您，恨过您把我派来东山。是因为您认定了我是英模，可以信任。其实，错了！我的英模当中有于慧，有李飞，有许许多多的人。而您却没看出来我的虚荣，已经全然忘记了他们的存在。……我已经放不下这个称号了，我视之为我的生命。当于慧用她的性命告诉我，我错了的时候……我已经失去了放下的意义。

好吧，我不是英模了，但我还想是个警察。无论大家承不承认，我只能用这种告别来表白，我曾经是个警察。我用我最后的行为告诉我自己，我是名警察。

此致，

敬礼！

罪人：马云波

赵嘉良……不，李建中的追悼会在林耀东等人被正式移交检方后才举行。父亲下了葬，一连多少天始终恍惚沉默一句话也不说的李飞就忽然失踪了。

没人知道他在哪里，也没人知道他接下来会干什么。李维民在知道他出走的消息后，再也撑不住地大病了一场，住了一个礼拜的院，出院的时候整个人瘦了一圈，天生欧式双眼皮的眼睛显得更大了，两个大灯泡似的，在省厅已经有了“看谁谁打怵”的威慑力，不过状态好了不少，人也终于重新打起精神，回到了表面上的正常工作和生活状态。

肃清了毒品的东山太阳升起又落下，所有的伤痛，都在每一个这样的轮回中逐渐沉淀。

直到半年后，陈珂收到了一封从新疆寄来的信。

信上手写字体龙飞凤舞，她坐在海边听着波涛汹涌的浪潮，看着朝阳逐渐冲破海面照亮大地，轻轻地拆开信封，珍而重之地把那封信一个字一个字地读下来——

陈珂，你还好吗？我在新疆，很好，勿念。马雯怎么样？新疆很辽阔，也很美，只是……我有点想念广东的生菜、海鲜，甚至台风。看着眼前一望无尽的戈壁滩，有时候我会恍惚，恍惚我眼前的这片沙海，就像东山的大海。有时间的话，替我去海边走走，感受一下湿润的空气，感受海风的吹拂……不知道我什么时候还能再看到那片海，因为我不知道意外什么时候会再发生，但是放心，和以前相比，我没那么莽撞了，我会注意自己的安全。

这封信没署名，信封的地址只笼统地写了“新疆”，别说详细地址，就连城市名都省了。

可陈珂知道那是谁寄来的。

坐在礁石上的女生染着酡红的脸上恬静地漾开笑意，她站起来，赤着脚走在海滩上，背对着那片霞光，轻轻把鬓角散落的碎发别在了耳后——

不管你在哪里
不管你在做着怎样的事
不管你要离开多久
我等你回来。
或者
这一次，换我去找你。